Flavie ou l'échappée belle

Bertrand du Chambon

Flavie
ou l'échappée belle

ROMAN

Albin Michel

Première
partie

LA SELVE

LORSQUE je descendis du vaisseau, posant le pied sur ce continent inconnu, je décidai de changer de nom à l'instant même. Je me nommerais Flavie. Mon nom d'avant, mon histoire auparavant, toute ma vie serait désignée par un seul mot : autrefois. Et maintenant que j'abordais ce pays neuf, ce maintenant-là s'appellerait : désormais. Désormais tout était changé.

Flavie, donc, et c'était moi ! posa son petit pied tout fin, chaussé de chevreau blanc, sur la terre du Brésil, et sans doute était-on le 17 mai 1794 puisqu'à la question posée à un officier au visage sombre cette date me fut annoncée. C'est à moi qu'il parlait, cet inconnu. Comme j'étais neuve !

J'inspirai profondément l'air chaud et humide, quantité d'odeurs terrifiantes m'envahirent les narines, je voulus sortir mon éventail, protester contre l'insolence de ce monde nouveau, puis je me dis : non, c'est un nouveau pays, je veux être nouvelle. Et puisque le port où j'avais débarqué s'appelait Natal, je décidai qu'il en serait ainsi : ce serait mon pays natal. *Vita nuova.*

Bien sûr le ballet des esclaves m'effrayait, les ballots qu'ils se jetaient depuis le pont d'un navire jusque sur des charrettes éclopées manquaient me renverser, les voyageurs les mieux vêtus me bousculaient comme si je n'avais pas existé, mais j'étais là, juchée au bord du Brésil comme une mouette qui va picorer les coques parsemant la grève, je m'empressai d'engloutir de tous mes yeux ce paysage ahurissant, et de mes narines affolées humai l'odeur infecte de ce port magnifique. Mon Dieu, comme ça puait !

Nul ne peut imaginer ce qu'était cette odeur : étaient-ce le suint, la graisse, les liqueurs fermentées, la poussière, le bois assoiffé du tillac des bateaux qui ensemble donnaient ce mélange violent, épicé, comme si les cales de toutes les barcasses avaient balancé leur cargaison de poivre et de safran et l'avaient laissée pourrir là, charognes attendant que le vautour les fouaille ? Cela vous asphyxiait, vous prenait à la gorge et en même temps vous attirait ; soucieuse de n'être pas bégueule, je respirai cet air vicié, obscène et obsédant, et prenais garde de ne pas vomir le peu de nourriture que j'avais absorbé sur *l'Echappée Belle*, qui m'avait menée à bon port... « A bon port ! » quelle ironie ! encore aujourd'hui, il faut que je me fasse violence pour attribuer le nom de port à ce chaos de pontons gluants, à ce méli-mélo de pauvres gens exténués, couverts de sueur et de gale, transportant sur leur dos des tonneaux, des sacs, des barils, des caisses, des coffres et des meubles, bavant d'envie et songeant au contenu mirifique des écrins fabuleux qui leur cassaient les reins... Un Noir de l'Afrique, un géant qui aurait pu tuer six hommes, chargeait d'un coup d'épaule rêveur le trésor de bois d'ombre ou de sel qui lui sciait la colonne vertébrale. De braves petits Indiens métissés trottinaient autour d'un mulet qu'ils surchargeaient tant que celui-ci croulait sous le poids. Croyez-vous qu'ils le soulagèrent ? Non point. Mais l'ayant vu ployer dix fois, ils le portèrent à eux tous, avec son bât et sa charge aberrante !

Natal. Je me trouvais à Natal. Enfin... j'étais loin de la France, j'étais sauvée. Une existence imprévue s'annonçait, et mille découvertes à faire, dans ce pays où je ne connaissais personne. Sur *l'Echappée Belle*, j'avais parlé à quelques marchands riches, à deux ou trois nobliaux qui me voyaient déjà comme une pendule embellissant leur cheminée. Mais très tôt je leur avais fait comprendre que j'étais hors d'atteinte, et que même leur fortune parfois importante ne pouvait leur permettre de me faire coudre une seule robe. Vexés, ils rôdèrent autour de ma cabine durant toute la traversée, maugréant que j'étais riche émigrée fuyant la Terreur, et qu'à Nantes ou Bordeaux ma peau n'eût pas valu si cher.

Et c'était vrai – à part la richesse. Autrefois, je me prénommais Angélique. J'avais quitté le Bourbonnais sans rien, à la mort de ma mère et de toute ma famille, ne sachant même pas ce qu'étaient devenus deux de mes frères. Mais la richesse était en moi, et la fuite n'avait pas atténué ma splendeur. J'étais belle, j'étais un triomphe. Sur le vaisseau, tous les hommes me regardaient, depuis le commandant jusqu'au plus misérable hunier. Après m'avoir bousculée d'un coup de sac plein de farine, le plus abruti des matelots se retournait et, jetant précipitamment son calot, me saluait jusqu'à terre. Je ne les regardais pas. Pour ces gens, j'étais un rayon de soleil, un coup de vent qui fait ployer les blés, et le vent ne doit pas s'arrêter devant les gens qu'il décoiffe. J'agrandissais leur paysage d'avoir osé leur être inaccessible.

Depuis longtemps, ma beauté ne me gênait plus. Très jeune déjà, les hommages silencieux des hommes, l'admiration réprobatrice des autres femmes m'avaient servi de décor et foyer : ma prestance y brûlait comme un doux feu près duquel chacun se réchauffe. J'avais pris l'habitude, pour mettre les gens à l'aise, de leur demander de minuscules services, pour leur montrer que je ne les dédaignais pas, et de les quitter au bout de quelques secondes, pour ne leur manifester aucune familiarité et, surtout, rester hors d'atteinte. Les gens laids ou pauvres ne tolèrent pas que la beauté soit trop tendre et trop proche. C'est du moins ce que je croyais à ce moment-là, en arrivant au Brésil, alors que j'étais loin d'avoir trente ans.

Je ne savais guère où j'avais mis les pieds ; j'étais partie au Brésil parce que *l'Echappée Belle* s'y rendait et que, harcelée par la Terreur, je n'avais aucun endroit où aller. Française et belle, m'avait-on dit, tout vous sera possible au Brésil. Vous y rencontrerez des nobles émigrés comme vous, qui vous aideront... Quelle sottise !

Après que j'eus visité Natal, je compris qu'on m'avait abusée : les rares survivants de l'aristocratie qui s'y étaient réfugiés étaient déjà morts, accablés par les fièvres ou tués par leurs hôtes. Je n'avais aucune adresse. Un peu d'argent, mais très peu. Un nom, une silhouette, et une manière de porter le chapeau et de nouer les rubans que d'aucuns jugeaient incomparable – à Bourges ou à Paris, très loin des Amériques.

Comme me disait ma chère petite maman, qui avait parlé à la reine Marie-Antoinette à la cour et qui connaissait tout des usages du monde, « quels besoins as-tu donc puisque tu as la jeunesse ? ». Oui, certes... mais j'arrivais là seule, la plupart des gens ne me comprenaient pas, ils ne savaient pas que je parlais la plus belle langue qui soit au monde, ils baragouinaient dans des babils qui roulaient barils et tonneaux et gargouillaient avec des borborygmes de fontaines tout juste débouchées ! Oui, je sais, j'étais sotte. Eux aussi avaient une belle langue, des chansons aux lèvres, et les poèmes d'Eça de Queiros. Eux aussi avaient des mots doux pour les femmes, des chuchotis qu'on glisse à l'oreille des bébés. Mais à ce moment-là, je débarquais bourrée de préjugés, plus férue de ma propre culture qu'une oie ne l'est de sa basse-cour ! Oh, comme j'étais fière ! Si j'avais su jusqu'où je serais rabaissée...

Je rêvais. Je venais de payer un jeune Indien pour qu'il portât mes deux bagages, et le voilà qui s'enfuyait avec ! Un homme blanc et fort, qui avait l'air d'un contremaître, le rattrapa – visiblement pour s'attirer mes faveurs. Je le remerciai d'un air dédaigneux ; il avait frappé le petit Indien ; je fis signe aussitôt à ce garçon que je le prenais à mon service, quoi qu'il eût fait ou voulu faire. Le gamin essuya le sang qu'il avait au coin des lèvres, me sourit et reprit mes bagages comme si rien ne s'était passé. Il me suivit alors fidèlement, et plus tard ponctuellement, tel un petit chien.

Les bras ballants, le contremaître me regardait partir, prenant des rues dont j'ignorais où elles menaient. Il me héla, me poursuivit, et à ma grande surprise, me parla en français :

— Madame ! Madame ! pas par là !

— Pourquoi, Monsieur ? Verriez-vous un inconvénient à ce que j'aille où bon me semble ? !

Il me considéra d'un air effaré. Je vis qu'il serrait son chapeau entre ses grosses mains et commençait à le tordre.

— N'essorez point ainsi votre galurin, lui dis-je en souriant. Pourquoi ne dois-je pas aller par là-bas ?

— C'est un mauvais lieu, Madame. Il y a des coupe-jarrets, des malades, des femmes de...

Je continuais de sourire. Cela lui faisait peur. Il allait réellement finir par détruire son chapeau, lorsqu'il osa :

— Madame, vous cherchez certainement un hôtel. Venez dans ma maison, je vous en prie. Mon épouse sera heureuse d'accueillir une dame française.

Bien, il avait une épouse, il parlait français, c'était un début. Qui d'autre aurait pu m'accueillir à Natal ? Je ne savais même pas combien de temps allaient me durer les vingt écus que je serrais dans ma bourse.

Je suivis cet homme. Il se nommait Amédée Bauzerand. Il vivait au Brésil depuis vingt ans et tenait un petit commerce : « Aux Vins de France », qui ravissait les gosiers des grandes familles du Rio-Grande-do-Norte et jusqu'au Pernambouco. Mon jeune Indien, qui prétendait s'appeler Zorillo, en conçut une manière de jalousie qui ne disparut que longtemps après...

Le lendemain, après une longue nuit de sommeil, une matinée plus grasse que les prairies de ma mère patrie, un somptueux déjeuner, je découvris que j'étais installée au Brésil. Je m'étirai. Madame Bauzerand me fit prier à sa table. Encore jolie, elle était une femme assez menue de cinquante ou soixante années, vive, aux yeux bleus, abritant sa chevelure toujours dorée, piquée de gris, sous un immense chapeau de paille. Elle ignorait qu'il ne me restait plus que quelques écus pour la payer. Comme si mon ange gardien avait voulu lui insinuer cette pensée, elle me demanda :

— Ma chère, allez-vous demeurer au Brésil ? Et seule ? Et – pardonnez mon indiscrétion – de quoi allez-vous vivre ici ?

— Je ne sais, Madame, si je dois vous répondre. Mais vous êtes aimable, et j'ai la faiblesse de vouloir vous parler. Sachez que je suis une comtesse, et que je suis issue d'une des plus grandes familles du Bourbonnais. Je me nomme Flavie de La Roche-Dragon. Je resterai ici tant que je le voudrai, et tous les banquiers de cette ville, sur la plus banale des lettres de change, m'accorderont des millions. Je n'ai pas à me soucier de connaître « de quoi » je vais vivre, mais à la rigueur, avec qui. Toutefois, partager la vie d'une comtesse n'est pas chose facile, et je ne crois pas qu'il y aura ici un gentilhomme qui pourra m'arriver à la cheville.

Ce petit mensonge, ou plutôt ce grand racontar, avait produit l'effet souhaité : craignant de m'offenser, mon hôtesse n'osait pas en demander davantage. Mais ce qui était certain, c'est que dès le soir, on parlerait de moi dans toute la ville, et c'était ce que je souhaitais.

Comme il me fallait mettre mon hôtesse à l'aise, ne point la laisser gênée d'être si curieuse, et dans une condition qu'elle supposait si inférieure à la mienne, je lui donnai quelques détails sur ma vraie famille, sur mes origines en France – sans toutefois lui dire mon vrai nom – et lui livrai au moins la vérité sur les raisons de ma présence ici : j'étais une émigrée qui, comme tant d'autres, avait tout simplement fui la Terreur ; je ne devais mon salut qu'à cette fuite ; j'avais perdu presque toute ma famille, et restais sans nouvelles de ceux qui, peut-être, avaient survécu.

— Pauvre Demoiselle, me dit-elle, ah ! je vous en prie... Pardonnez ma curiosité ! Mais ne savez-vous pas aujourd'hui si vos parents, au moins, sont encore de ce monde ?

— Ils sont morts, Madame.

Puis j'ajoutai, pour ne pas l'effaroucher :

— Mes sœurs ont été tuées, mais je pense que l'un de mes frères est peut-être vivant, et réfugié dans la ville de Lyon. Je n'en suis pas certaine.

— Mon Dieu ! Et cela ne vous fait-il pas horriblement souffrir ?

Manifestement, pensai-je, cette dame n'a jamais lu comme moi Condillac ni les sensualistes, ni le marquis de Sade, ni d'autres philosophes. Je fis l'effort de lui répondre quelque chose de simple, en espérant qu'elle pût comprendre :

— Si fait, mais je ne souhaite pas souffrir, et je pense que nous ne souffrons que si nous le voulons bien ! Pour l'instant, je me dois de songer à vivre, et plus tard, lorsque j'aurai retrouvé un semblant d'équilibre, je songerai à chercher ce qui me reste de famille.

— Bien sûr, bien sûr, dit Madame Bauzerand, se confondant en excuses, comme je suis sotte ! Je ne devrais pas vous interroger alors que vous venez d'arriver, que vous êtes orpheline, et tout juste échappant à un terrible péril ! Ah ! comme ces révolutionnaires en France sont méchants ! Pourquoi avoir fait tant de mal ? !

— Madame, répondis-je vivement – car elle commençait à m'agacer – des familles telles que la mienne ont fait travailler pour rien des générations de paysans, des artisans et quelques ouvriers. Mon père autrefois punissait nos valets de son fouet, et nos servantes de sa cravache. Un homme que j'ai connu traitait les jeunes filles comme bêtes à plaisir, et des juges que j'ai salués faisaient martyriser des innocents jusqu'à ce qu'ils s'avouent coupables. Je suppose que nos révolutionnaires ont voulu changer tout cela.

— Comment ? cria Madame Bauzerand effarée. Vous leur donnez raison ? !

— Non point. On a sûrement tort de tuer d'autres gens pour changer ce bas monde. Mais je comprends qu'ils l'aient fait, et qu'ils aient voulu me couper le cou. Leur seul tort est de n'avoir pas vu qu'il est joli !

— Je suis... je ne sais que vous dire, Mademoiselle ! Vous paraissez si sûre de vous !...

— Alors ne dites rien, répondis-je, tout sourires. Savez-vous si l'on donne des bals, ici ?

— Oh... Ooh ? Des bals ? Dame oui, assurément. On donne des bals. Le commandeur Juvencio Macielda Rocha donne un bal demain soir.

Et Madame Bauzerand me quitta, offusquée, outragée, subjuguée, comme si j'avais voulu mettre le feu aux poudres. Voyez cette gourgandine, semblait-elle penser, à peine a-t-elle échappé à la guillotine qu'elle veut aller au bal !

Bien sûr, je n'eus pas longtemps à attendre. Mon petit Zorillo dormait devant ma porte : je lui avais fait installer un hamac dans la galerie bien ombragée qui donnait sur le balcon. J'avais même poussé la sollicitude jusqu'à lui offrir un panier de fruits – lequel depuis peu gisait inentamé sous le hamac. Il avait entendu qu'un serviteur qu'il connaissait était entré dans la maison et avait laissé un message à Madame Bauzerand. Ce message m'était destiné. Il avait aussitôt couru voir ma logeuse, avait tendu la main d'un air sévère, s'était emparé du message sans mot dire et avait couru ventre à terre me l'apporter.

Je fis signe à Zorillo de me laisser seule. Je brisai le sceau de la lettre. Ce monsieur Juvencio Macielda Rocha s'adressait à moi dans les termes les plus choisis :

Chère Mademoizelle de La Roche-Dragon,

Il est si rare qu'une personne da votre qualite reside dans notre ville et nous en somme si heureux que je vous prie de pardoner l'impertinense de ma lettre.

Nous serons tres honorez de vous recevoir le 20 mai 1794 en soirez car nous donons un bal et si vous le souaitez, ce bal est en votre honeur.

Notre famille commande la place et le port de Natal. Chez nous, vous serez chez vous. Je suis, Mademoiselle la Comtesse, de votre personnalité le Très respectueux serviteur.

Et ce pli était signé :

Le commandeur Juvencio Macielda Rocha.

Je devinai que ce commandeur avait dû faire écrire cette prose un peu fautive et chantournée par quelque gouvernante récemment importée de France, ou quelque précepteur qui n'y était pas allé depuis longtemps, mais ceci n'avait guère d'importance : on voulait que j'entre dans les palais de Natal par la grande porte, et cela tombait bien, je n'en voulais pas d'autre : les portes trop petites obligent à se courber.

Il me fallait désormais être à la hauteur des attentes de mes hôtes. Je me dis qu'un bref entretien avec Madame Bauzerand m'avertirait au moins des bourdes à ne pas commettre, et des préjugés en cours ; puisqu'ils voulaient une belle comtesse française, on allait leur en fournir une, et de la plus belle eau. Il me fallait seulement savoir en quel écrin me faire livrer chez eux !

J'appelai Zorillo. Il appela la dame. La dame vint.

— Madame Bauzerand, lui dis-je, vous me trouvez bien aise de vous voir. Savez-vous que vous êtes ravissante, dans cette robe rose et vert, et que ce chapeau de paille est très seyant ?

Madame Bauzerand rougit épouvantablement :

— Mademoiselle la Comtesse est trop bonne..., commença-t-elle. Je ne mérite pas de...

— Ta-ta-ta, la coupai-je. Vous m'avez accueillie comme une amie et je veux rester pour vous cette amie. Ne me donnez pas de « comtesse », cela n'est fait que pour les sots. Pour vous, je resterai Flavie, et serai votre amie, si vous voulez.

A ma surprise, ce discours honteusement faux et intéressé fut pris pour sincère. Elle se jeta vers moi en pleurant et m'entoura la taille de ses bras.

— Oh ! dit-elle. Je n'ai aucune amie... et vous, Mademoiselle, vous, qui pourriez être ma fille...

Elle sanglotait. Etrangement, tout cela dut m'émouvoir plus que je ne le désirais, et elle trempait ma robe de ses larmes, la tête appuyée dans mon giron. J'en étais toute remuée, car moi aussi j'étais seule, je savais que ma mère était morte, et chaque nuit je faisais des efforts insensés pour n'y plus penser, pour rejeter ma famille de France le plus loin possible de moi, dans un pays de cercueils et de limbes : je savais que je ne les reverrais jamais.

Sentir pleurer cette femme risquait de me faire pleurer aussi. Or je voulais être forte, et me sentir capable de triompher. L'adversité avait été trop formidable. Il me fallait l'énergie d'un monstre.

Aussi la repoussai-je doucement, mais fermement :

— Allons Madame, nous ne lécherons pas nos blessures. Laissons cela aux chiens. Ma famille a péri, et je n'ai plus personne. Je vous ai offert mon amitié, non ma faiblesse. Ne l'encouragez point.

— Pardon ! pardon ! dit-elle. Oh, pardon... mais moi je suis ici depuis des années, depuis des siècles croirait-on, j'attends qu'une Française atteigne ces rivages et soit la personne à qui je puis parler, et voilà que vous arrivez, plus belle que le jour, plus sereine qu'une rivière, et j'ai voulu être emportée par vous... Pardonnez-moi. Je ne vous encombrerai pas.

— Voyons, n'exagérons pas trop. Vous n'êtes pas un caillou et je ne suis pas une rivière. Je suis juste une amie qui veut savoir comment s'habiller pour ce bal, quelle conduite y tenir et quel masque adopter.

Elle me considéra d'un air attristé et reprit :

— Oh, Mademoiselle Flavie, n'y allez pas ! Vous ne connaissez pas ces gens. Ils sont riches, ils sont brillants, parfois même beaux, mais leurs coutumes sont horribles. Certains sont plus cruels que les aristocrates que vous avez dû connaître en France. Ils sont parfois sans foi ni loi. Ils prient souvent, ils vénèrent la Sainte Vierge, et brusquement, sans raison, ils font assassiner un cousin, une esclave, tout comme chez nous on fait abattre un vieux cheval fourbu. Quant à ce commandeur, ce n'est pas un méchant homme, mais plutôt un aveugle. Il ne voit rien de ce qu'on trame autour de lui.

— Chère Madame, chère amie, lui répondis-je, je me doute bien que ce monde-là n'est pas aussi rose que les bergeries de la reine, mais j'ai connu pour ma part quelques grandes familles où il y avait aussi bien des vilenies, bien des crimes – et je n'en suis pas morte pour autant ! De surcroît, je dois songer à l'avenir, et trouver à tout le moins un ou deux amants, une maison, un peu de calme. Je ne vois que ce bal où agiter mon éventail !

Elle vit que j'étais résolue. Elle me regarda avec admiration, mais aussi avec tristesse : elle avait une nouvelle amie, mais c'était le diable en personne. Donc elle me conseilla, me dit ce qu'on aimait dans les salons de Natal, ce qu'on y portait, ce qu'on escomptait qu'une comtesse y porte, française qui plus est... Tout emplie de l'importance de sa mission, elle me bichonna, me pomponna, du lendemain matin jusques au lendemain soir, au moment de partir au bal. On aime la grandeur, ici, me dit-elle. Mettez tous vos bijoux, soyez brillante, rutilante, admirable, ne vous contentez pas de scintiller : soyez resplendissante !

Et je sentis qu'elle savait, qu'elle devinait. Elle voyait que j'allais triompher, peut-être gagner le cœur d'un noble seigneur du Nordeste, de toutes manières être adulée, appréciée, gâtée : demain, qui serait-elle encore pour moi ?

Je fis comme si j'y avais pensé, moi aussi. Sans qu'elle eût rien demandé, je lui dis :

— Vous resterez mon amie. C'est chez vous que je suis tombée, c'est chez vous que je me réfugierai, dans le besoin. C'est chez moi que vous irez, si j'ai un jour une demeure digne de moi. C'est vous que je viendrai voir, si je désire me confier. Là, êtes-vous contente ?

— Oui, dit-elle.

Je n'eus pas à louer un carrosse. On m'envoya celui du commandeur, trois heures avant. C'était un grand cabriolet orné d'angelots baroques, tiré par quatre juments blanches, conduit par quatre laquais noirs en livrée blanche à boutons en or. Cela éclaboussait de lumière toute la cour, pourtant protégée par de grands mancenilliers. Je mis mon ombrelle devant mes yeux et très tard, je descendis. Il me fallait arriver la dernière afin que chacun pût voir mon équipage, celui du commandeur qui m'avait fait quérir. Chevaux et cochers transpiraient, suaient, coulaient en flots de sueur. Par contraste, assise parmi les coussins du carrosse, j'avais l'air d'une fleur que la rosée vient d'honorer. Le soir tombait. Des lanternes tenues par les angelots illuminaient mon équipage. De rares passants nous regardaient, époustouflés. C'est la Dame française qui passe.

Puis nous approchâmes des grandes avenues. Quelques lampadaires éclairaient les pavés, moins que nos insolents fanaux. Sur l'une des collines qui dominait le port, loin au-dessus des voiles et des mâts, il y avait un palais jaune. On eût dit le palais de beurre frais des chansons de mon enfance. Ces gens m'espéraient. Sous des arbres immenses, aux frondaisons proprement faramineuses, un valet attendait, planté tous les cinq mètres, tenant une torche. Ils étaient quarante, tous en livrée blanche. Ils montraient le chemin et se mirent à genoux sur mon passage. Je n'en crus pas mes yeux.

Enfin le chemin s'élargit, sous les roues du cabriolet craquaient les pommes de pin et les galets – de petits cailloux fins ramassés sur la plage, mais de toutes nuances, de toutes couleurs, et par milliers, pour faire joli – j'imaginai les servantes les récoltant ! –, puis le palais du gouverneur apparut entre les arbres et c'était comme un rêve ahurissant qui débutait.

Gros, large et suintant la morgue et la faconde par tous ses pores, un homme somptueusement vêtu descendit les marches à ma rencontre. Il était le seigneur Juvencio Macielda Rocha. Un huissier le précédait, qui me chuchota d'autres titres, innombrables – commandeur de cela... grand-duc de ceci... illustre perruquier de Sa Majesté l'Empereur... il eût pu ajouter : énorme gâteau à la crème parsemé d'or... boursouflure géante... très grotesque serviteur de tous les pouvoirs... marchepied de l'Eglise et de l'Empire... sa Très Grasse Suffisance... Hélas ! je devais être encore plus grasse et suffisante que lui, puisqu'il se prosterna quasiment à mes pieds et me dit :

— Très honoré, Mademoiselle de La Roche-Dragon.

Et il prononça bizarrement le mot « Dragon », comme si ce dernier eût été le seul monstre vraiment capable de le manger. Comme toujours en ce cas, je fus odieuse : le regardant à peine, dédaignant de lui abandonner plus d'une seconde le bout de mes doigts à baiser, je me détournai, manquai le heurter de mon immense éventail et regardai autour de moi, de l'œil altier d'un aigle qui veut savoir si l'aire est propice à la chasse.

Plus de cent vingt paupières battirent en même temps. Un grand murmure courut vers moi. Puis, n'y tenant plus, oubliant toute retenue, ils et elles accoururent. On faillit m'étouffer. On me parla en français, en portugais, en italien, en diverses langues inconnues. Des dames touchèrent ma robe. Un homme vola mon gant. Plusieurs mains pourvues d'un éventail m'aérèrent, car on craignait que je ne m'évanouisse : les dames de France ne sont-elles pas les plus fragiles du monde ? Puis on me traita comme une porcelaine de Limoges ou de Sèvres : le gouverneur Macielda Rocha m'accompagna jusqu'à un canapé où il me supplia de poser mon auguste personne. Comme il était énorme, et que ma robe était immense, cela obligeait tous ces courtisans à laisser un peu d'espace, et je m'affalai sur le canapé, étourdie, mais gardant soigneusement un air gai et charmé, quoique hautain.

Trois mains tendirent un verre de limonade. Je les écartai d'un revers, cognant le chaton de ma bague contre un cristal des plus jolis.

Les dames étaient les plus furieuses. C'était à qui jouerait le mieux des coudes afin de se placer auprès de moi. J'avais étalé ma robe si largement qu'aucune d'entre elles ne pouvait s'asseoir sur le canapé, par peur d'être impolie. Quelques hommes, de loin, m'observaient, prenant l'air connaisseur : la diablesse est de taille, pensaient-ils, à nous ridiculiser tous. Attendons qu'elle ait montré quelques-unes de ses armes.

Plusieurs dames parlaient français – en roucoulant, il est vrai, mais d'une manière qui était délicieuse à entendre. L'une d'elles, qui se présenta comme étant l'épouse du commandeur, Madame Leonora Macielda Rocha, insista sur le mot « Madame » pour bien me faire entendre qu'elle était la seule légitime représentante féminine de la puissance étalée ici. Pomponnée, remuant son éventail avec fureur, elle voulut m'assigner une place d'une indéniable qualité :

— Savez-vous, Mademoiselle, que vous devez rester chez nous autant qu'il vous plaira ? Cette... comment dit-on ? restaurant... non, résidence... est la vôtre.

Perfidement, elle ajouta en baissant les yeux :

— Si vous voulez.

C'était un de ces petits examens de passage que j'avais connus, très jeune, à la cour de Versailles. La plupart du temps, je m'en tirais fort bien :

— Madame, répliquai-je, votre bonté est grande, et bien sûr j'accepterai votre invitation. Mais je craindrais de froisser vos compatriotes si je n'en acceptais pas d'autres, et résiderai donc chez quelques autres personnes de qualité, afin de mieux connaître vos coutumes, et de ne pas galvauder l'immense honneur que vous me faites.

La coquine a l'air bien rompue à nos mœurs, semblèrent de loin murmurer certains hommes. Gageons qu'elle me fera l'honneur de résider chez moi, ou j'en mourrai ! Et fous de leur honneur, je les voyais se friser la moustache, bomber le torse, secouer leur perruque et toucher le pommeau de leur épée d'un air fat.

Tout ce petit monde bourdonna en savourant cette réplique. Madame Macielda Rocha voulut aussitôt m'assurer que je n'avais nul besoin d'un quelconque apprentissage, que seules mes coutumes étaient belles, justifiées, légitimes, du fait que j'étais une demoiselle de la plus haute noblesse française, un parangon des us les plus raffinés que connaît ce monde, ou qu'il fait semblant de savoir. Les courtisans opinèrent du chef, leurs femmes, filles et maîtresses itou : on me prenait telle que j'étais, puisque j'étais la perfection tombée du ciel, ou plutôt Vénus arrivée par la mer. Ce fut d'ailleurs ce que dit un jeune seigneur qui portait beau :

— De grâce, Mademoiselle, demande-t-on à Vénus des lettres de créance ?

Les dames soupirèrent, ravies ou bien outrées.

— Non, Monsieur, répliquai-je. On demande à Vénus de naître en ce rivage, au cœur d'un coquillage, et fort peu habillée : vous souffrirez que je conserve ma parure !

Les rires fusèrent : de quelle audace étais-je aussi pourvue !

— Madame, dit le bellâtre un peu surpris, votre parure est... elle est superbe. Votre habit est digne de Junon en personne. Toutes les dames ici présentes voient en vous le modèle qu'il faudra dès demain copier. N'est-ce pas, Mesdames ?

Charitables, une fois n'est pas coutume, les dames vinrent au secours du beau parleur. Elles ne pouvaient faire autrement, puisque depuis dix minutes elles louchaient sur le moindre de mes falbalas. Je subis donc un interrogatoire serré sur mes tissus, les coupes et les rubans puis, lassée, je réclamai du champagne. J'étais certaine que le gouverneur en avait, et que j'aurais ainsi l'occasion de le féliciter.

Un serviteur noir portant une perruque argent se pencha au-dessus de mon dossier, me fit passer un verre avec une grâce inégalable ; en France, je lui eus fait un léger sourire, mais ici, je m'abstins : il fallait qu'ils crussent que j'étais habituée à être ainsi servie. Je posai mes lèvres et goûtai, de ce champagne, un soupir.

Cette gaieté oubliée, cette pétillance manquèrent de me porter les larmes aux yeux. Vivement, je battis de mon éventail et me penchai vers la maîtresse des lieux, comme pour lui faire une confidence. C'était pour cacher mon trouble ; mais j'eus la sagesse de lui dire :

— Comme tout est beau ici, Madame, et que Monsieur le gouverneur doit être fier de vous !

Puis me tournant vers son époux le gouverneur :

— Vraiment, Monsieur, dis-je en soulevant légèrement ma coupe, on se croirait ici à Reims... ou à Versailles.

Le seigneur Macielda Rocha se rengorgea, se mira dans les pampilles du lustre, s'enfla, gonfla si fort que je craignis de le voir devenir la grenouille de la fable. Heureusement, il demeura crapaud. Il s'approcha encore, écarta quelques dames d'un geste impudent, et se risqua :

— Mademoiselle, c'est votre présence qui transfigoure... qui transforme cette maison !

Les dames l'approuvèrent bruyamment. Il n'était pas peu fier d'avoir si vite capturé la seule dame française qui se fût trouvée en ville, et de l'avoir si bien apportée sur un plateau pour la livrer à la curiosité infinie de ses hôtes : ici, en d'autres maisons, ne montrait-on pas une panthère, prise la veille dans cette jungle qu'ils appellent la selve ? J'étais cette panthère, la cage était dorée, mais nul dompteur encore n'avait osé venir.

Une heure passa autour de moi : je dus résumer ma vie, conter très vite ma naissance, narrer le passage de ma mère dans la maison de la Reine, la charge de mon père, commandant d'une compagnie des gendarmes du Roi, évoquer en deux mots l'Allier et ses brumes, le château de ma famille désormais dévasté, mes frères et sœurs morts ou perdus, ma fuite, le vaisseau, la traversée, les marins, et même quelques baleines entrevues loin au large – ici aussi bien sûr, les naturalistes avaient sévi ! Je ne dis mot du marquis de S., ni de mes amours d'enfance avec mon frère, je tus l'évêque, le juge et les perfides, les amies corrompues, les machinations ourdies pour plaire ou pour voler un fief, les mots insolents de la jeunesse : je me fis lisse et bien gommée.

Les messieurs s'étaient encore approchés, les dames soupiraient, les serviteurs nous éventaient ; nul n'en perdait une miette ; les voyant si fascinés, ce fut moi qui dus les rappeler à l'ordre, gaiement, sans trop d'impolitesse :

— Mais Monseigneur le gouverneur n'a-t-il pas dit que nous passions à table ? !

Sitôt dit, ces dames que je regardais dans les yeux se levèrent toutes, comme inquiètes d'avoir commis un impair : on ne laisse pas une princesse étrangère clamer aussi impudemment sa faim ! Des traînes balayèrent les planchers, des cannes frappèrent le marbre, des plateaux transportés par des servantes accoururent de toutes parts, des robes furent pincées sous le pied d'un siège, des fauteuils grincèrent puis tintèrent les couteaux : le repas commençait, que princes et ogres offrent aux fées quand elles viennent à Natal. Bien évidemment, je fus placée à la droite de la maîtresse de maison, et en face du gouverneur : on séparait les dames et les messieurs en deux rangées. Tel était le protocole en France, autrefois. Un vieux majordome avait dû le décrire. Je regardai aimablement chacune des cent ou deux cents convives, fis un petit signe vers les cent ou deux cents autres convives du sexe masculin, qui tous me faisaient face, puis saisis ma fourchette.

Ce qui me surprit tout d'abord, chez tous ces gens gavés et riches, ce fut qu'ils mangeaient gloutonnement, comme s'ils n'eussent rien pris depuis huit jours. Mais Madame Bauzerand m'avait dit que les nobles de ce pays mangeaient ainsi pour montrer qu'ils faisaient honneur aux plats servis, d'une part, et d'autre part du fait qu'il y avait d'horribles périodes de famine, où parfois même les plus riches maisons n'étaient pas épargnées. Elle avait connu un temps où l'on manquait de grain, de riz, de fèves et même de fruits, que pourtant ce pays faisait mûrir à profusion. Donc les nobles et les pauvres, pour une fois logés à la même enseigne, avaient presque tous connu la faim. Je n'avais pas osé lui dire que moi, à cause des batailles liées à la révolution, c'était depuis des semaines que je connaissais la faim et que sur le vaisseau la nourriture était comptée. Je ne me réjouissais pas d'être mince : les dames venaient de me dire que j'étais d'une beauté exquise, mais que les hommes ici aimaient les beautés rondes. La mode que j'apportais de France, qui soutenait haut le buste et laissait flotter un large tissu fin dessous la poitrine jusqu'au bout des pieds, n'était pas encore parvenue jusqu'ici : on portait encore ici des robes serrés à la taille, avec de gigantesques armatures qui soutenaient les flots de tissu. Ma robe, dont le tissu heureusement n'était pas transparent alors que cela se faisait depuis peu à Paris, apparaissait comme très audacieuse. Les hommes connaissaient ce genre de décolleté, qui vous métamorphose en colombe, mais ignoraient ces plis vaporeux qui ne dissimulent pas le galbe des jambes : lorsque j'avais monté les marches de ce palais, les plis de ma robe passaient entre mes jambes et soulignaient ce que notre nature a de plus intime ; j'avais vu des hommes l'apprécier. Par ailleurs, j'étais plus grande que beaucoup de ces dames brésiliennes, et je toisais certains des hommes. Ils en étaient très étonnés, et en paraissaient mécontents.

Les mets servis ici ne se comptaient plus. On m'annonça des coques, des homards, du faisan sauvage, du veau élevé sous la mère, des entremets de toute sorte, et seuls les vins me parurent un peu verts – tous ces breuvages venaient du Portugal et reposaient dans d'immenses carafes telles que je n'en avais jamais vu ailleurs. Je mangeai peu, du bout de la fourchette, attentive à ne pas commettre le moindre geste inélégant. Les dames m'admiraient. Certaines savaient à peine découper le faisan ; une demoiselle fit jaillir son couteau qui avait dérapé sur un os. Un serviteur le ramassa et vint lui découper la viande. Personne ne rit : cette demoiselle leur faisait honte devant moi, qui étais la perfection même, l'émanation divine d'une France rêvée.

— Mademoiselle, dis-je à la pauvrette, lorsque j'avais votre âge, je faisais de si vilains miracles avec mon couteau que mon père me soupçonnait de vouloir le battre à l'épée !

Sa voisine lui traduisit ma phrase : elle me lança un petit sourire reconnaissant. Entendant la traduction en portugais du Brésil, tous ces courtisans s'esclaffèrent : que j'étais fine ! comme j'avais de l'esprit ! la France n'était-elle pas le pays de la culture, du bon mot et des raffinements de l'intelligence ? Ah, combien j'en étais digne représentante... A force de les entendre me louer, je finis par être surprise de voir quelle immense capacité de s'extasier avaient ces gens : vivant dans le pays le plus extravagant du globe, tout près de jungles peuplées de monstres, au bord d'un océan rempli de bêtes géantes, voilà qu'ils admiraient les colifichets dont j'étais ornée, les petits mots que je disais. Voici bien un des paradoxes de l'être humain : il ne voit que ce qui le surprend. Il faut le saisir au collet pour l'intéresser.

Quelqu'un que j'avais comme saisi au collet, c'était un homme, un jeune seigneur de haute taille, très brun, à la figure de cuivre. Il semblait être né ici, et avoir des origines indiennes – mais l'on m'affirma plus tard que cela n'était pas possible. Le visage taillé en lame de sabre, les pommettes extrêmement hautes, il avait dans ses yeux gris comme une tristesse insondable, en même temps qu'une fierté extrême. Il était beau, et le savait. Il m'avait regardée. Mais sachant qu'il lui faudrait se mesurer à des adversaires qu'il ne jugeait pas dignes de lui, il avait déjà abandonné la partie, et feignait de ne plus me voir. Ses voisins me dévoraient des yeux. Ils détaillaient impudemment mon visage, mon cou, ma gorge, et le moindre mouvement de respiration qui faisait saillir encore davantage ma douce poitrine. Des dizaines d'yeux suivaient attentivement les mouvements de chaque centimètre de ma peau, comme si tous espéraient que peu à peu les fraises de mes seins allaient bourgeonner hors de mon corsage, et cette attention était si insistante que les autres femmes en étaient conscientes ; courroucées, elles se demandaient si finalement il était gratifiant de recevoir une telle ambassadrice ! Je redoublai d'efforts pour paraître prude, mais je n'en eus jamais l'air : mes cheveux dorés, d'un blond vénitien aux nuances de roux, cascadaient sur mes épaules nues, dont on voyait que tous voulaient y planter leurs dents ; mes mains fines, mes coudes charmants, mes bras plus blancs que ceux d'aucune dame présente apparaissaient comme susceptibles de ravir les sceptres les mieux surveillés ; tout ce que ce palais comptait d'épouses bruissait de jalousie, et tout ce qu'il comptait de vierges trépignait du dépit d'avoir une telle rivale ; je fis donc mille manières envers mes voisines, les caressant du mieux que je pouvais, les ensevelissant sous les compliments les plus fleuris. D'aucunes m'en savaient gré, mais beaucoup d'autres ne se laisseraient pas figer par tout ce miel.

Je discutai plus particulièrement avec une très jeune dame, qui me dit être mariée. Elle se nommait Conceiçao de Goyaz et venait d'une région éloignée. Madame Macielda Rocha était sa cousine ; elle m'avoua qu'elle avait très peur d'être malhabile, et que la plus grande part des dames présentes l'étaient aussi : car, contrairement à ce que j'avais imaginé, ce genre de réception était rare, et ces dames, a fortiori ces demoiselles, n'avaient le plus souvent été invitées à de semblables festins que deux ou trois fois dans leur vie. Je lui répondis que toutes étaient fort élégantes, et je le pensais. Mais pour une raison que j'ignore, elles se tenaient toutes pour des sottes qui ne sortaient jamais de leurs manoirs, de leurs *haciendas* (c'était ainsi qu'elles appelaient de grandes maisons, celles des riches fermiers), ni de leurs petites villes de province, fort éloignées de la capitale où l'Empereur avait une cour. Je lui demandai alors si elle avait été reçue à cette cour. Elle rougit et me dit que oui, mais que deux ou trois dames ici seulement, y compris la maîtresse de maison sa cousine, y étaient allées. Les autres étaient simplement de riches dames, peu titrées, n'ayant pas de rôle vraiment important.

— Et qui donc est ce jeune seigneur, là-bas, qui a l'air si plein de morgue, et fait semblant de ne pas nous voir ?

— C'est le duc de Toiros, me dit-elle à voix basse. Hector de Toiros. Sa famille est une des plus puissantes de notre Etat du Rio-Grande-do-Norte, et sûrement l'une des plus riches. Déplorablement, il n'est pas marié, et refuse les plus belles prétendantes. Il m'a repoussée, autrefois. C'est un jeune homme assez cruel et qui m'a fait horriblement souffrir : il m'a fait croire que je lui plaisais beaucoup... mais je vous ennuie sûrement, avec mes petits racontars de jeune fille ?

— Point du tout, répondis-je. Ce que vous dites est très intéressant. Ainsi, ce jeune seigneur a été odieux à votre égard ?

Ma voisine soupira. Elle reprit, la voix rauque, étouffée :

— Je ne puis en dire davantage ici. Nous nous verrons dehors. Méfiez-vous des esclaves. Certains rapportent tout à leur maître.

— Des esclaves ? demandai-je.

— Eh bien, oui. Des esclaves. Vous n'ignorez tout de même pas que nous avons des esclaves ? ! L'esclavage n'est pas aboli, ici, dit-elle en riant. Nous sommes au Brésil !

— Bien sûr que non, mentis-je. J'ai d'ailleurs un petit serviteur, je veux dire un petit esclave, que j'ai acquis dès mon arrivée. Il se nomme Zorillo. N'est-ce pas mignon ?

— Oh, c'est un surnom charmant, répondit-elle.

Sa phrase ne laissa pas de me contrarier : pourquoi disait-elle que ce nom était un surnom ? Et pourquoi Madame Bauzerand avait-elle omis de me dire que cette chose incroyable n'avait pas été abolie ici ? Je n'ignorais pas qu'en France, de nombreuses gens voulaient revenir au Code Noir et abolir l'abolition, mais je doutais qu'ils y parvinssent, tant que le gouvernement révolutionnaire durerait. De plus, les seuls anti-abolitionnistes étaient surtout les marchands de l'ouest de la France, les grandes familles nantaises ou bordelaises, et quelques ennemis farouches du droit humain. Pas un instant je n'avais songé que ces gens que je prenais pour des valets, que je croyais payés et libres, étaient des esclaves. Je me dis que cela méritait une petite enquête. Je me tournai derechef vers Madame Macielda Rocha, qui fulminait d'avoir été oubliée par « sa » Française. Je la priai de m'excuser d'avoir été si peu constante. Je lui dis que je la trouvais très élégante et très riche. Après d'autres compliments, tous plus énormes les uns que les autres, elle se radoucit : cette dame aimait les grosses confiseries, et à la louche.

— Avez-vous, très chère, beaucoup de serviteurs, ici ? demandai-je de mon air le plus innocent.

— Oh, je ne sais pas exactement, dit-elle sans paraître choquée. Non, combien... ? Je ne sais pas.

Elle apostropha son époux à travers la tablée. Je ne savais plus où me cacher car elle déclara :

— Mlle de La Roche-Dragon demande si nous avons beaucoup d'esclaves. Mais mon cher, je ne sais plus trop. Combien en possédons-nous ?

Cette question eut l'air d'intéresser prodigieusement notre petit monde ; elle avait dit « esclaves », et non pas « serviteurs » ; les têtes se tournèrent vers M. Macielda Rocha, qui en devint disproportionné, immense et difforme. Il laissa tomber ses petits bras gras le long de sa bedaine d'apocalypse et lâcha :

— Chère, je ne sais plus le nombre exact. Mais je crois que c'est quatre-vingts ou quatre-vingt-dix. Trouvez-vous que cela n'est pas assez, Mademoiselle ? ajouta-t-il, soudain tout inquiet.

— Pas du tout, Monseigneur, lui dis-je. C'est peut-être même beaucoup. Ne faut-il pas s'occuper souvent d'eux ?

J'avais dit là une sottise : beaucoup d'hommes rirent. Ce serait plutôt à eux de s'occuper de nous ! murmurait-on. Mais il y eut pire. Le gouverneur me prit au mot.

— Vous avez raison, cela est trop, dit-il. Demain, j'en ferai tuer cinq.

Je faillis m'étrangler en buvant. Il parlait sérieusement. J'allais être responsable de l'exécution de cinq esclaves qu'il jugeait en surnombre. Je protestai avec véhémence :

— Ah non, Monsieur ! Il ne faut surtout pas faire tuer vos serviteurs. Ces gens sont trop précieux. Au lieu de les tuer, donnez-les-moi, je saurai bien quoi en faire !

— C'est une très bonne idée, me dit-il. Dès demain, je vous fais installer dans le petit palais qui est à côté de celui-ci, et je vous y ferai conduire ces esclaves. Il m'en reste quatre-vingts. C'est encore trop.

— Pas du tout, lui dis-je. Ce nombre est parfait. Très harmonieux. Cinq aussi, d'ailleurs. Très joli nombre ! J'accepte votre offre avec grand plaisir, et grande reconnaissance aussi.

Pour le coup, les messieurs s'imaginèrent que j'avais fait la niaise exprès : pour disputer du nombre des esclaves, et m'en faire offrir quelques-uns ! Elle sait négocier, la méchante, semblaient-ils penser. Quelle finaude, quelle matoise personne ! Le beau seigneur de Toiros me regarda même avec une lueur d'intérêt : une créature aussi rusée que moi, cela devait être un vrai plaisir que de la réduire à merci. Madame Conceiçao de Goyaz, tout près de moi, se détourna d'un air dépité. Quelle intrigante ! devait-elle penser. Et elle attire même l'attention de cet infâme Hector... Honte à elle !

J'en eus du regret : je trouvais cette Conceiçao gentille, et elle m'avait paru être l'une des seules personnes humaines de toute cette assemblée, malgré ses idées sur les esclaves. J'avais pensé m'en faire une amie. Mais elle me fit comprendre qu'elle ne souhaitait plus me parler.

Nous nous levâmes. Les fauteuils grincèrent. On nous suggéra d'aller prendre les liqueurs ou les rafraîchissements en de petits salons disposés sur les terrasses. J'aperçus de loin les lumières du port où j'étais arrivée quelques jours plus tôt : cela semblait un siècle. Puis je songeai que j'allais résider dans un palais, et que sûrement je n'apprendrais jamais pourquoi Conceiçao trouvait que le nom de mon petit Indien était un surnom. Madame

Macielda Rocha me prit par le bras et me présenta à nombre de dames supposées importantes à qui je n'avais pas encore daigné parler. Les messieurs m'observaient à la dérobée, fumant d'étranges cylindres de tabac qu'on appelle ici des cigares. Un verre de cognac à la main, ils essayaient de voir si ma robe floue et vaporeuse épousait toujours aussi parfaitement mes formes. Et je fus contente de voir que parmi ces esthètes se trouvait Hector de Toiros.

Tout se déroula comme je l'avais prévu : je résidais au palais des Macielda Rocha et passais mon temps à me faire offrir des cadeaux, conter fleurette et promener en calèche. De loin, on m'observa, m'épia et me suivit. Un jour que mon équipage paraissait distrait, un cavalier s'approcha de ma voiture. C'était Hector de Toiros. Il parla peu et fit valoir la cambrure de sa taille.

Je fis tomber mon mouchoir et il le ramassa.

Durant une semaine, je connus un peu de bonheur.

Quoi ! mon mari était beau, riche, puissant, les gens se courbaient sur notre passage et j'étais traitée comme une reine. Que fallait-il de plus ? Je crus Hector empressé, alors qu'il était seulement pressé - avide de me circonvenir, de m'enfermer, de me posséder. Il m'offrait des robes, des souliers, des colliers. Il m'offrait des bagues. Il m'offrait des anneaux, des chaînes, beaucoup de chaînes. Le fait qu'elles étaient d'or m'abusait : je les prenais pour des bijoux.

Mais au début, je le répète, je fus heureuse, et somptueusement. Nous avions fait route en calèche, suivie de plusieurs chariots, en direction de Teresina, une autre petite ville qui se trouve à l'est de Natal, et près de laquelle se trouvait notre domaine, connu sous le nom de Toiros-et-Teresina. Nous nous enfoncions dans les terres, qui tantôt dessinaient une plaine désolée, tantôt montraient une forêt luxuriante, aux endroits où courait de l'eau. Un seul fleuve coulait très loin de là, le Rio-Grande-do-Norte, et les cours d'eau s'y jetaient tous. Peu d'entre eux étaient des rivières ; c'étaient des ruisseaux, et quelques torrents, dont un petit nombre était censé se jeter très loin de là dans le Rio Tocantins.

Mais ma description des lieux est certainement pleine d'erreurs, car la géographie n'était pas parvenue jusque-là : les explorateurs, français y compris, qui avaient exploré la région, n'en avaient dressé que des cartes incomplètes. Il fallait « être d'ici ». Nous avions perdu de vue l'océan Atlantique. En quittant Natal, je l'avais aperçu, longue nappe bleue ondoyant entre les palmes, scintillant, brillant parfois violemment... et puis plus rien. Les montagnes l'avaient caché. Mon unique lien avec mon pays d'origine avait disparu.

Le cœur serré, je contemplais tous ces monts arrondis, ces montagnes fessues couvertes d'un duvet énorme, obscène, offensant, envahies de palétuviers, de palmiers, d'arbres rouges, tous entrelacés de lianes effrayantes. Et puis la terre devenait rouge, le vent la plaquait sur les feuilles, sur les chevaux, sur nos vêtements, et voilà qu'il n'y avait plus de forêt ; il ne restait guère que de l'herbe rare, des mottes de terre et des bucranes, ceux de pauvres animaux morts de soif.

Mon mari ne me parlait pas. Il donnait des ordres à ses valets, à son capitaine, à des servantes. Parfois deux hommes s'éloignaient du convoi, allaient tirer un animal dans la forêt, et j'apercevais la dépouille de la bête que nous mangerions le soir. Il y avait dans cette forêt une sorte de sanglier nommé phacochère que les gens d'ici appelaient « cochon sauvage » et qu'ils prisaient beaucoup. On le faisait rôtir au moment du repas sur une broche en acier d'Espagne. La botte appuyée au rocher, le poing posé sur la hanche, mon mari humait cela d'une narine frémissante. Il était beau. Il avait l'air farouche. Il ordonnait que l'on découpât un petit morceau tendre, spécialement pour moi, puis il taillait lui-même une part du cuissot et mangeait sans plus de façons. Les autres alors pouvaient manger : d'abord les hommes de troupe, puis les valets ; ensuite les femmes, toutes servantes.

Notre convoi se déplaçait lentement. Il fallait que les chevaux s'arrêtassent une heure de temps à autre, que l'on fît paître les mules, que les femmes allassent chercher de l'eau. Mon mari m'avait attribué une jeune servante noire fort jolie, nommée Inaua.

Elle portait les cheveux tressés en très fines nattes, pour être serrées sur la nuque et réunies par un ruban. Elle n'avait pas vingt ans. Sa petite robe de coton laissait deviner un corps mince et ferme, une peau couleur de caramel. Son visage, très harmonieux, étonnait par la grandeur de sa bouche : sa lèvre inférieure était très épaisse, rebondie, et les lobes de ses oreilles étaient très allongés. Mais surtout, elle avait les yeux clairs, plutôt gris, et un petit air rieur qui promettait : « Ah ! vous ne savez pas de quoi je suis capable ! » Elle était là pour m'éventer, me servir, me distraire. Elle disposait d'un vaste éventail composé de plumes bleues ou noires ou mauves, et elle le remuait tout près de mon visage sans que jamais ne m'effleurât la moindre plume. Et puis, elle me souriait. Elle me regardait franchement, droit dans les yeux, fronçait le nez et puis riait. Elle s'approchait de moi, baissait la tête, prenait un air mutin et puis souriait. Dès que je la voyais, je souriais aussi ; elle me mettait de bonne humeur, et bientôt je ne pouvais plus me passer de cette coquine-là.

Un matin, et le soleil était déjà haut dans le ciel, nous parvînmes à notre maison. Notre maison... Que dis-je ! Notre propriété... Notre hacienda, comme on disait ici. Les maisons qui la composaient étaient grandes, longues, et de deux étages. Tout en bois blanc, elles avaient des fenêtres garnies de rideaux, en bois léger ou en tissu, mais sans vitres : on ne mettait pas de verre ni de carreaux, et on installait les vitres à la fin de l'été. Les sols étaient en pierre blanche ou en tomettes de terre cuite. Les murs étaient couverts de chaux et de carreaux de faïence aux couleurs vives appelés azulejos. En certaines pièces, les murs de chaux étaient peints, les portes en bois aussi étaient peintes : on se serait cru dans un petit musée. Des sièges voulaient imiter le style français et présentaient des dossiers plus hauts et plus arrondis, tels des fauteuils Voltaire qui eussent trop grandi ! Les canapés étaient tous tendus de tissu rayé, quasiment toujours blanc et vert.

Lorsque je pénétrai dans sa maison, mon mari m'annonça que « nous avions », à quelques lieues de là, une ville qui portait son nom, Toiros, ainsi qu'un petit comptoir portuaire, à quarante lieues au nord de Natal. On y faisait commerce de sel, de sucre, de cuir, de viande salée et surtout de tissus. La principale église s'appelait Bom-Jesus-dos-Navigantes. Je compris alors que « notre » richesse n'était pas mesurable. Nous étions si riches, paraît-il, que le duc de Toiros-et-Teresina n'avait pas même besoin d'être éleveur, comme les autres gens nobles et puissants de la contrée : eux devaient élever du bétail à moitié sauvage, que l'on éloignait des champs de canne à sucre qu'ils risquaient de dévaster, puis que l'on faisait revenir du littoral afin qu'ils paissent les déchets de la canne à sucre ; aussi, disait-on, cette viande a-t-elle un goût si particulier ! Mais ici le duc n'avait pas à se soucier de tout cela. Le sucre, les fruits, la soie suffisaient amplement.

Je fis à nouveau la connaissance de ma belle-mère, que j'avais à peine vue lors de mon mariage.

— Ma petite fille ! ma pauvre petite fille ! cria-t-elle.

Et elle s'effondra dans mes bras en pleurant. Sur un geste d'Hector, une servante l'éloigna. Ma belle-mère vivait recluse dans une partie de la maison et ne venait jamais à table. Elle se faisait servir dans ses appartements. La plupart des serviteurs paraissaient la tenir pour folle.

Au premier étage, qui était bien sûr l'étage noble, on avait préparé mes appartements. Je disposais de deux salons, d'une chambre pour mes servantes les plus proches, et mon boudoir donnait sur la chambre conjugale où mon mari pouvait venir me rejoindre quand il le désirait. J'avais aussi une chambre à coucher pour moi seule, et une salle d'eau dans une partie du boudoir. Des paravents en bois léger trônaient partout : on pouvait à tout instant se dissimuler, où modifier la disposition de la pièce. Quelques commodes étaient dorées à la feuille. Tous les tiroirs étaient peints, comme sur les meubles provençaux de Pujol au début de ce siècle, et quasiment tous décrivaient des scènes de chasse, des chevaux, des attelages. Mon mari aimait les chevaux et en élevait des dizaines. A part ce haras, nous avions des plantations sur plus de vingt lieues, des nopaleries et des vergers. Une rivière coulait au milieu de nos terres. Si je devais comparer celles-ci aux domaines que j'avais connus en France, je dirais qu'ici elles étaient vingt à trente fois plus grandes, mais que le même nombre de gens travaillait dessus. La région abritait peu de monde ; c'est ainsi que je découvris que, bien loin d'être peuplées d'Indiens comme je l'avais imaginé, nos terres étaient peuplées d'esclaves.

Mon mari tolérait sur nos terres une catégorie de gens que je n'avais auparavant jamais rencontrée : les missionnaires. Presque tous venaient de France ou d'Espagne. Ils passaient dans un hameau, couraient la campagne, allaient porter la bonne parole aux nègres, aux Indiens, et aux catholiques oublieux de leur éducation. Parmi ces derniers figuraient tous les gens qui vivaient avec nous, notamment Dom Baghero, notre intendant, et mon mari. Un jour ils recevaient ces bons pères à notre table et les traitaient avec aménité ; une autre fois ils les jetaient dehors à coups de pied dans l'arrière-train ! Tout ceci participait d'une diplomatie assez simpliste : si l'un des missionnaires approuvait ce que faisait l'intendant, louait mon mari, vantait nos mérites, tout allait bien et ils étaient bien accueillis. Si par malheur l'un d'eux s'oubliait jusqu'à critiquer notre économie, les traitements infligés à nos gens, ou notre charité défaillante, l'intendant se levait, ayant guetté l'assentiment de mon époux, saisissait le bon père par sa capuche et le propulsait dehors sans autres façons.

Imperturbables quoique humiliés, ils revenaient : quinze jours plus tard, l'un d'eux venait frapper à notre porte, se répandait en excuses, s'installait, faisait revenir ses coreligionnaires, et cela durait jusqu'à ce qu'un missionnaire plus jeune allât dire, au dessert, que décidément nos esclaves étaient bien maigres.

— Cela ne fait rien ! clamait mon tendre époux. Quand ils seront morts, j'en achèterai d'autres. Dom Baghero ?

L'intendant saisissait la balle au vol, s'emparait de l'impertinent et le jetait dehors. Les autres se levaient, soit qu'ils voulussent manifester une forme de solidarité, soit parce qu'ils s'attendaient à subir le même sort. Deux semaines plus tard, le jeune missionnaire inexpérimenté grattait du doigt contre mes volets :

— Ah, Madame de Toiros ! Pourquoi donc êtes-vous si cruelle ? !

— Cruelle ? Moi ? ! ?

Et je ne pouvais guère lui parler davantage : le peu de portugais-brésilien que j'avais appris pour l'instant ne nous suffisait pas. Un valet surgissait et envoyait le jeune homme aux cuisines : l'intendant affirmait que les gaver était le meilleur moyen de les faire taire.

— Vous comprenez, Dona Flavia, ils vont ensuite raconter chez les Cambredon et dans les autres haciendas que nous sommes les plus méchants des hommes, et impies, et cruels... Alors que dans les autres haciendas, il s'en passe de pires ! Si nous voulons avoir la paix, il faut leur remplir le bec !

J'approuvais sans savoir quoi dire ; je mourais d'envie de discuter vraiment avec l'un de ces gens, mais je n'en étais pas encore capable. Avec mon mari, nous parlions tantôt en portugais, tantôt en français, car il le savait un peu. Mais c'était rare, car mon mari n'aimait pas beaucoup parler. Il aimait agir, crier, donner des ordres, galoper à cheval.

Un soir, mon mari, Dom Hector de Toiros, rentra ivre.

Il força la porte de ma chambre, se planta devant mon lit, et déclara :

— Flavie, vous êtes trop belle. J'ai souvent envie de vous tuer, mais je ne peux pas le faire.

Puis il cracha par terre et claqua la porte.

Je surpris un jour une conversation entre Dom Pedro de la Cruz et le jeune missionnaire qui parfois demandait asile chez nous.

— Père, disait le jeune homme, comment ces gens peuvent-ils être aussi malheureux ? Pourquoi souffrent-ils tellement ?

— Dom Juanito, vous êtes un enfant, dit le vieil homme. (Je compris qu'il parlait de nos serviteurs.) Ces gens souffrent parce qu'ils l'ont choisi.

— Et nous, Père, est-ce que avons choisi de souffrir, nous aussi ? Est-ce que nous... comment Dieu, qui est Amour et Bonté, peut-il permettre que tous, nous souffrions tant ?

— Une fois encore, et je ne le répéterai jamais assez, Dieu nous laisse libres. Nous avons chacun un ange gardien qui nous oriente, qui dispose les épreuves sur notre chemin, pour que nous puissions nous améliorer. L'entrelacs de toutes ces épreuves choisies par tous les hommes et de toutes ces libertés multiple est organisé par l'Universelle Harmonie. Ces épreuves, qui sont des étapes, nous, nous les appelons souffrances. Et vous ne savez pas le plus beau, mon fils...

— Quoi donc, Père ?

— ... le plus beau, c'est que cet ange gardien est une partie de nous-mêmes. Dans notre tradition, on l'appelle ainsi pour faciliter l'interprétation des fidèles. Mais c'est une instance qui se trouve en nous.

En entendant cela, que j'avais beaucoup de mal à comprendre – non seulement du fait de la langue, mais surtout de la philosophie qui s'y révélait –, je fus saisie d'un sursaut de révolte. J'en avais compris assez pour entendre le fond de leur pensée, à ces religieux si exemplaires... Comment ! Ainsi, selon eux, nous sommes les artisans de notre propre malheur ! Si un homme mène une vie d'esclave, c'est qu'une partie de lui a choisi cette épreuve ! Ah, je ne pensais pas qu'ils pussent être aussi hypocrites. Au lieu de croire tout simplement que Dieu est méchant, qu'il joue avec nous comme avec des marionnettes, ces gens faisaient porter la responsabilité sur l'homme lui-même. J'en étais atterrée, folle de rage. Quoi ! Ces pauvres Indiens, ces Nègres au dos lacéré avaient choisi sans le savoir d'être les victimes de mon mari, ou des propriétaires qui les faisaient trimer sur leurs terres ? ! La belle explication que voilà !

Car j'en apprenais en même temps de belles : en écoutant les missionnaires, en allant interroger certaines servantes, j'appris que servantes, elles ne l'étaient pas : elles étaient esclaves, tout bonnement. J'appris aussi que mon mari, plutôt que de me tuer lorsqu'il rentrait ivre, partait fouetter à tour de bras de belles femmes noires qu'il arrachait à leur mari, à leur enfant... et qu'il en violait certaines, les remettant à l'aube, toutes pantelantes, entre les mains des missionnaires, afin que ceux-ci les soignassent un peu, car nous n'avions aucun médecin.

Mais tout en épiant leurs conversations, je ne pouvais qu'être troublée par les paroles du Père de la Cruz :

— Ils ont choisi ce chemin garni de ronces car une partie de leur âme sait que c'est là le seul moyen d'aller plus loin. Parfois, pour traverser une forêt profonde, il n'y a qu'un seul chemin.

Et moi, est-ce que je n'avais qu'un seul chemin ? Est-ce que j'avais « choisi » de perdre ma famille, de m'enfuir au Brésil ? Est-ce que j'avais vraiment choisi cette maison, ces gens, cet homme qui m'avait épousée ?

Chose affreuse à reconnaître, il y avait en moi une petite voix lointaine qui disait : mais oui, cela aussi, tu l'as choisi.

A fort peu de temps de là, une affaire bizarre me fit oublier beaucoup les vilenies qui se passaient assurément chez nous ; voici que nos voisins, les Cambredon, donnaient une grande fête. Leur domaine commençait à vingt lieues d'ici, et jouxtait le nôtre.

Nous étions supposés ne nous apercevoir qu'une ou deux fois par an, et nous adresser des vœux pour la Noël.

Mon mari, toujours soucieux de son prestige, et trop heureux de pouvoir exhiber partout sa « merveilleuse épouse française », décida sur-le-champ que nous irions, en grand équipage, chez M. et Mme de Cambredon, à Villa Pahejù-de-Flores. Bien sûr, nous irions avec nos gens, tous en livrée, et avec notre troupe, au cas où de rares bandits de grand chemin voudraient nous importuner, et resterions là-bas un jour et une nuit.

Une lettre, un peu de cire, le sceau de M. de Toiros, et nos voisins furent prévenus : nous viendrions.

Cette fois-ci, je ne fus pas reçue comme une reine, mais comme une impératrice. A une lieue de leur hacienda, des serviteurs qui portaient des candélabres en or nous attendaient. Ces gens, munis de brûle-parfums, chantaient nos louanges à notre approche : photophores, ils étaient aussi thuriféraires ! Un valet formidablement grand marcha près de notre berline, m'ouvrit la porte, balaya d'un seul geste nos propres valets comme il eût fait de quelques mouches importunes, et cria :

— Bienvenue à vos Seigneuries, de la part de Madame la marquise et de Monsieur le marquis de Cambredon !

Puis il mit un genou en terre et déplia le petit escalier rétractile qui était disposé dessous la portière. Comme il n'enlevait pas ses doigts assez vite, je fis exprès de lui marcher sur la main. Il souffla sur sa grosse main d'un air contrit, et me fit un large sourire :

— Merci, Madame la duchesse ! Je suis un maladroit. Pardon.

Il me remerciait de lui avoir piétiné les doigts. Je me mis à me détester pour mon agacement, et ma façon déplaisante de me conformer soudain aux odieux usages de ces gens.

Le marquis survint, tout empanaché, avec son épée au côté jaillissant d'un fourreau chamarré qui lui donnait l'air de porter une queue de léopard.

— Monsieur de Cambredon, lui dis-je, quel plaisir de vous rencontrer enfin.

Et je lui tendis ma dextre à baiser. Il s'en empara d'un air avide et, à ma grande stupéfaction, me lécha discrètement le dos de la main au lieu d'y poser chastement ses lèvres. Je retirai vivement cette main, mais sans trop de brusquerie, afin de ne pas l'offenser. J'eus tort : il y vit un encouragement. Sa femme vint m'embrasser, et voulut me prendre sous son ombrelle – je dus faire signe à Zorillo et Inaua de se tenir à distance. Chacun d'eux, pourvu d'une ombrelle, prit un air renfrogné : c'était à qui se dévouerait et se mettrait en quatre pour me protéger des ardeurs du soleil. Que ne me protégeaient-ils aussi des ardeurs du marquis !

Quant à la marquise de Cambredon, c'était une assez belle femme brune, au visage assez joliment ridé, mais qui avait un air maussade, et la lèvre inférieure quelque peu tordue ; peut-être les déceptions, au fil de la vie, produisent-elles cette moue. Mais elle voulait réellement être aimable, et je la mis à l'aise en l'invitant à me parler de sa maison. Je savais bien qu'elle désirait avant tout entendre des potins de Paris, ou d'autres régions de la France, mais je comptais la faire patienter.

Nous passâmes à table un peu vite : c'était le soir. Le marquis avait hâte de déballer sous nos yeux d'autres splendeurs. Au lieu de dresser la table dans son salon, il l'avait fait installer dehors, et nous exposait aux piqûres des moustiques. Il avait donc fait poser d'immenses et ridicules moustiquaires, tenues par des piquets qu'un vent violent pourrait emporter. Conscient de ce défaut, il faisait tenir chacun des piquets par un serviteur. D'autres, en livrée, apportaient les plats, les couverts. Sous la table, près de chaque fauteuil, il y avait un serviteur, ou une servante, pour chaque convive. J'en fus bien étonnée : que pouvait bien faire sous la table un serviteur ?

On fit d'abord servir des melons au porto. Evidemment, cette liqueur provenait du domaine portugais de la grande famille qui nous régalait. Les melons étaient cueillis sur la propriété, car les Cambredon cultivaient les agrumes et toutes sortes de fruits. Puis arriva une salade de concombres en tranches quasiment transparentes tant elles étaient fines, accompagnée de languettes de saumon fumé lui aussi très finement découpé. Le rosé le plus exquis nous était versé ; je vis qu'il était de Tavel.

— Madame la duchesse appréciera notre rosé de France, dit le marquis.

— Certes oui, répondis-je promptement. Même chez nous, je n'en ai jamais goûté d'aussi bon !

Je vis alors le marquis bomber le torse, et se rengorger de l'air le plus fat qu'on puisse imaginer. Mon mari, face à moi, me fit signe de n'en pas trop rajouter. Il avait l'air mécontent. Je compris pourquoi : il n'était pas certain de pouvoir recevoir les Cambredon, plus tard, d'aussi munificente manière !

Et le repas se passa ainsi, dans ces agapes entrecoupées de petites surprises. Je découvris que les serviteurs étaient là pour recevoir nos rogatons, nos reliefs et déchets, ou prévenir nos plus étranges désirs. Madame la marquise de Cambredon se faisait lécher les doigts par son laquais lorsqu'elle lui donna un os de poulet à ronger. Monsieur son époux semblait se faire gâter, dessous la nappe, par sa servante, d'une manière que la décence m'oblige à taire. Je fis tomber mon mouchoir et me penchai pour le ramasser ; ainsi, je pus entrevoir sous la table que mon mari s'était secrètement déchaussé, et que son pied était appuyé dans le giron fort découvert d'une complaisante jeune personne. La pudeur me contraint à ne rien ajouter. Je dus faire signe à un valet d'éloigner le serviteur qui, dessous la table, cherchait à me divertir. Pour faire comme la marquise, je lui donnai un os mal rouzigué, mais rien de plus.

Mais durant cette soirée, il se passa d'autres choses plus étonnantes encore. Un valet du marquis me suivait, écartant Inaua lorsque je me rendis à la chambre qui m'était offerte, éloignant aussi les valets de notre suite, que nous reconnaissions à leur livrée noir et or. Les valets du marquis de Cambredon portaient, eux, une livrée rouge et argent. J'en remarquai un, assez petit, qui paraissait se dissimuler. Lorsque je me couchai, ayant brièvement salué mon mari, je constatai que ce valet furtif était venu se tenir devant ma porte.

Il y resta sûrement toute la nuit : à l'aube, lorsque je me levai pour respirer un peu d'air frais, je le découvris, tout raide et presque assoupi, devant la porte de ma chambre. Il me sembla le reconnaître, mais... qui était-ce donc, et où avais-je déjà vu cette tête-là ?

Je soupçonnai une ruse de mon mari et rentrai dans ma chambre. J'appelai pour qu'on me servît le premier déjeuner : thé de l'Inde, petits pains, oublies, jus de mangue et jus d'orange, jus de corossol et de fruit de la passion. J'exigeai qu'Inaua vînt m'aider à m'habiller ; le mystérieux laquais, offusqué, s'en fut. Inaua survint, fronça le nez, secoua ses nattes minuscules, me fit un sourire et me présenta son front : je lui baisai le front comme si elle était ma fille. Puis elle m'apporta mon jupon et ma robe. Je la priai de s'éloigner, mais elle fit semblant de sortir et resta derrière le paravent pour m'épier : elle aimait assister à mon déshabillage, car ma peau blanche la fascinait. Je la laissai faire, trouvant cela sans conséquence. Elle me tendit ensuite une paire de chaussures très légères, en raphia, et se mit à m'éventer. Je la calmai et lui dis de s'asseoir. Elle prenait toujours un petit tabouret pour se tenir près de moi, et en dessous. C'étaient là ses façons à elle, que je n'avais en rien dirigées. Soudain elle me dit, sur le ton de la confidence :

— Dona Flavia, le valet des Cambredon est très étrange. Je crois que ce n'est pas un valet.

— Comment cela, petite sotte ? Pas un valet ? !

— Oui, c'est quelqu'un qui fait semblant : je l'ai vu, il ne sait même pas fermer les rideaux de jonc.

— Fort bien, mais pourquoi ferait-il semblant ?

— Sûrement pour vous voir, Dona Flavia, pour être près de vous.

Je décidai d'éclaircir ce mystère. J'appelai par la porte le valet, en ne le regardant pas lorsqu'il accourut, et lui dis :

— Vite, mon garçon, il fait trop chaud, allez me clore ces volets.

Il trotta en direction de la fenêtre, ou plutôt il boitilla : c'était le marquis de Cambredon ! Joli valet, en vérité ! Je fis comme si je ne l'avais pas reconnu. Comme il mettait une heure à fermer les volets, je le fis sortir et restai seule avec Inaua. Elle voulut me distraire : elle chanta des chansons de son pays, d'abord, puis ensuite elle s'étendit à mes pieds, et me dit qu'elle savait danser, nue, allongée sur le dos, d'une façon fort divertissante. Je lui commandai de n'en rien faire, et lui dis que jamais elle ne devait avoir de comportement qui pût outrager ma pudeur. Elle baissa les yeux... puis se mit à sourire aussitôt après ! Je jugeai bon de la congédier, mais elle était si gracieuse que je ne voulus pas la gronder davantage. Attendant que mon mari voulût bien décider que nous repartions, je me préparai, puis descendis faire mes adieux à la marquise, et je la remerciai infiniment tout en lui promettant que nous les inviterions bientôt à notre tour.

Quelle ne fut pas ma stupeur ensuite, au moment de remonter dans notre calèche, de constater que le valet en livrée qui m'ouvrait la portière, et toujours déguisé, n'était autre que le marquis lui-même ! Croyant qu'il n'avait pas attiré mon attention, il se tenait, un genou en terre, devant la berline, et son autre genou voulait me servir de marchepied. Je fis quérir le garçon qui paraissait être le responsable des valets puis, désignant M. de Cambredon grimé, je dis à voix bien haute :

— Monsieur, dites à votre maître de renvoyer ce garçon : il ne sait même pas ouvrir la portière d'une calèche !

Puis je m'éclipsai, m'assis dans la voiture, fis un petit signe de tête à mon mari, et ne jetai même pas un regard à ce pauvre marquis, qui voulait tant sentir mon talon sur sa cuisse.

Je racontai ensuite l'anecdote au duc de Toiros. Il me regarda avec admiration, très heureux que j'aie eu l'occasion d'humilier un peu le marquis, lequel nous était inférieur en titres de noblesse. Que son épouse française ait été l'objet d'un tel désir lui plut beaucoup. Enfin mon mari me manifesta, dans la calèche, toutes les marques d'une ardeur peu commune, après que les rideaux eurent été tirés.

La seule personne à qui je n'avais pas vraiment parlé, depuis mon arrivée à Toiros-et-Teresina, c'était ma belle-mère. Sous le prétexte qu'on la disait folle, je n'avais pas eu la courtoisie de m'entretenir avec elle.

Un beau matin, donc, prise d'une vive curiosité, je me rendis dans ses appartements, après avoir défendu à Zorillo et Inaua de me suivre. Bien évidemment, Inaua s'était mise à pleurer, à trépigner, me suppliant de l'emmener chez « la vieille dame folle ». Je refusai.

Lorsqu'une voix, faible et lointaine, me dit d'ouvrir la porte, j'entrai doucement, craignant de déranger. Mais ce n'était nullement le cas. D'une voix assez nette, la vieille dame me dit :

— Je vous attendais, ma fille.

— Vous m'attendiez ?

— Oui. Depuis trois mois que vous êtes ici, je pouvais bien me dire que vous finiriez par venir me voir. Tôt ou tard.

— Je vous prie de me pardonner. On m'a sûrement conté des mensonges ou des idioties à votre sujet.

— Des idioties, non point. Il est plus sage de me faire passer pour folle. Lorsque je ne suis pas malade, le fait que l'on me croie folle arrange beaucoup de monde.

— Vous n'êtes donc pas... ?

— ... Folle ? Non. Je ne le pense pas. Malade, certes. Mais folle, non.

— Pourquoi votre fils... ?

— Votre mari, ma chère fille, veut accréditer l'idée que tout ce que je dis ou pense n'est que mensonges ou lubies d'un esprit déréglé. Depuis que son père est mort, notre Hector n'en fait qu'à sa tête. Il gère le domaine à sa façon, gaspillant et dilapidant pour le prestige. Il néglige les nopaleries, qui nous ont servi à élever les cochenilles, lesquelles produisent la soie, autrefois richesse de cette province. Et il ne s'occupe que des chevaux, et des esclaves. Il monte d'ailleurs tout autant ces deux sortes de créatures !

Je commençai à m'échauffer :

— Enfin, Madame, si mon mari est un si méchant homme, que ne m'avez-vous prévenue juste avant mon mariage ! ?

— Madame ma bru, le jour de votre mariage, on m'avait tellement droguée que je tenais à peine debout. J'ai dû boire un thé mélangé à je ne sais quelle mixture de mescal que l'on utilise ici pour endormir les mules avant le brandon : je dormais pendant la cérémonie.

Il m'était pénible d'imaginer cette noble vieille dame, droguée et manipulée par son entourage, et il m'était encore plus pénible de comprendre qu'elle me disait la vérité. Je la questionnai sans relâche :

— Mais Madame, dites-moi, s'il vous plaît, ce que fait mon mari ! Pourquoi les missionnaires disent-ils que je suis cruelle ? Pourquoi ne m'a-t-on jamais laissée approcher d'une autre servante qu'Inaua ?

— Ma chère enfant, ce sont là beaucoup de questions ! Prenons, si vous le voulez, les plus simples. La petite servante que vous appelez Inaua a été enlevée tout récemment en Guinée. Comme elle n'était pas abîmée ni mutilée, on vous l'a donnée, pour que vous ayez une bonne opinion de la manière dont on traite nos gens dans ce pays. De la même façon, on vous a laissé ce Zorillo, que vous aviez recruté auparavant. S'il avait appartenu à Monsieur mon fils, il n'aurait pas vécu huit jours, du fait de son insolence.

— Mais enfin, c'est... Mais moi, je n'ai jamais voulu qu'on fasse du mal aux serviteurs ! ! !

— Ce que vous voulez, ici, n'a aucune importance. J'ai chapitré mon fils, autrefois. Il m'a fait enfermer. Il vous fera enfermer vous aussi, si vous critiquez ses manières.

— Que fait donc mon mari ? Pourquoi les missionnaires ont-ils dit que je suis cruelle ?

— Parce qu'ils se sont figuré que vous approuvez votre mari, puisque vous ne dites rien. Monsieur mon fils fouette plusieurs esclaves deux fois par jour : à midi, et le soir. A celui qui s'enfuit, il coupe quelques doigts ; à celui qui s'enfuit une seconde fois, il fait couper la main, ou le pied. Il n'y a pas de troisième fois. Les très rares fois où un esclave tente encore sa chance, il est tué. Monsieur mon fils est furieux lorsqu'un de ses chevaux est malade, perd une course, ou est mordu par un serpent. Alors, dans sa fureur, il éventre une esclave. Comme nous sommes riches, il en achète d'autres, qu'il navre tout autant. L'an dernier, sur nos terres, quelque vingt-huit esclaves, hommes et femmes, sont morts.

Je tombai des nues. J'avais simplement imaginé que mon mari était sévère, et libertin. Qu'il avait bien des défauts, qu'il était orgueilleux, immensément, et soucieux de sa gloriole, qu'il pouvait être brutal, mais je n'eusse jamais imaginé qu'il mettait ses rêves en pratique. Quand il avait menacé de me tuer, il disait la vérité, sans nul doute. Et martyriser, et tuer ! Quel plaisir pouvait-il y prendre ? Je continuai longtemps à parler avec la mère de mon infâme époux, cherchant toujours à en apprendre davantage.

— Ce n'est pas vraiment le plaisir, ma fille..., reprit-elle. Au début, oui, bien sûr, c'est le plaisir de faire souffrir, que vous connaissez sûrement... Enfants, ne nous amusions-nous pas à tuer de petits lézards, ou à couper des vipereaux en morceaux ? Ne déchiquetions-nous pas nos poupées ? Mais cela passe, avec l'âge, d'habitude, et la compassion nous procure la maîtrise de nos sens... Plus tard, c'est l'habitude, l'envie d'exercer un pouvoir, le bonheur d'être un autocrate, c'est tout cela qui fait qu'un homme peut s'habituer à tuer, puis s'endurcir, ne plus verser de larmes lorsqu'il voit que des enfants souffrent... Peu à peu, le monstre se fait une carapace, et lorsqu'il s'en aperçoit, elle devient une armure qu'il ne peut plus enlever.

— J'ai bien connu, en France, un marquis très libertin, qui trouvait du plaisir à faire souffrir, mais je ne croyais pas qu'on puisse éprouver une joie quelconque à tisonner des chairs torturées, à fouailler un corps dolent et qui va perdre l'âme... Pensez-vous que votre fils continuera de faire du mal à tant de monde, si je lui parle avec fermeté ? si je le menace de partir ?

La vieille dame se récria aussitôt :

— Ne le menacez surtout pas ! Que croyez-vous ? Il vous fera enfermer, tout comme moi. Dom Baghero, l'intendant, veille au grain. Il est chargé des basses besognes. C'est lui qui va chercher la petite fille qui sera violée, ou l'esclave qui sera...

— Comment ? ! Mon mari ? ! ? Vous dites que mon mari maltraite des... de petites filles ? Des enfants ?

— Je n'ai pas dit : « maltraite ». J'ai dit : « viole ». C'est différent. Vous n'imaginez pas, mon enfant, ce que j'ai pu voir ici ! Votre mari, ou... mon fils, puisque vous préférez que je l'appelle ainsi, a été seul pendant longtemps. Son père est décédé depuis près de onze ans. Il a eu le temps de se fabriquer des plaisirs, et de bâtir son enfer. Je suis bien triste que vous appreniez tout cela. Mais que devais-je faire ? Vous laisser dans l'ignorance à tout jamais ? Un jour, hélas, vous auriez découvert un esclave au poignet tranché, des chaînes trop serrées sur une cheville, ou une enfant détruite. Vous auriez demandé des explications. Et elles auraient été pires que mon récit. Car si vous parlez de tout cela à Monsieur mon fils, croyez bien qu'il ne niera pas. Il avouera, vous narguera, et vous menacera du même sort que la plus humble petite esclave de l'île de Gorée. Vous êtes une perle de France perdue dans son désert, vous êtes un bijou... mais valez-vous plus à ses yeux qu'un petit cauri de l'Afrique ?

A ces mots, je ne pus retenir mes larmes : tout était devenu soudain trop monstrueux, trop navrant, un ravin gigantesque venait de s'ouvrir devant mes pas. Je ne sus que sortir et, dans le couloir, sangloter.

Je rêvais de m'en aller.

Cela me vint très tôt, juste après le récit de ma belle-mère. Soudain j'avais compris ce que j'étais, dans le domaine de Toiros-et-Teresina : rien. Je n'étais rien. Ma vie aurait pu en effet être décrite avec les mots de la mère de mon odieux Hector. J'étais un bijou qu'il s'était offert, un jouet, une petite duchesse de pacotille qu'il voulait montrer à l'aristocratie brésilienne, et reposer ensuite dans son écrin. Si ma musique un jour devenait insolente, il y mettrait un fermoir. Attachée à une chaîne qu'il portait au cou, une bélière retenait une très petite cuiller en or, qui lui servait à goûter de certains fruits. J'étais comme cette babiole, et la chaîne était fort bien sertie.

Lorsque je lui parlai du sort atroce qu'il réservait à nos gens, il me rit au nez. Il indiqua que dorénavant, je devrais demeurer toute ma vie dans mes appartements, sauf lorsqu'il m'enjoindrait d'en sortir.

Je crus mourir de tristesse. Zorillo venait me parler, faisait des galipettes en croyant me divertir ; Inaua était de plus en plus câline, me brossait les cheveux, se frottait contre moi, se pelotonnait à mes pieds tel un chat. Je n'osais plus la repousser, ni lui dire de se tenir bien. J'avais peur d'être seule. Je ne pouvais plus parler à ma belle-mère : il m'avait été interdit de la voir, et ses appartements avaient été fermés à clef. On la nourrissait en lui passant son repas au moyen d'un monte-plats, et elle ne pouvait plus sortir ; deux semaines après ces actes atroces et déplorables, j'appris qu'elle était morte. Mon mari m'avait autorisée à sortir une seule fois, dans une calèche, accompagnée de Dom Baghero, qui me regardait d'un œil narquois.

Je n'étais plus rien – une prisonnière, tout au plus. Je décidai de partir.

La chaleur devenait suffocante. Les robes les plus fines me collaient à la peau. La sueur coulait, on buvait de l'eau et la sueur coulait à nouveau. Il m'était désagréable de rester assise. Mais on ne pouvait tenir longtemps debout. Lorsque je regardais au-dehors, dans la cour de l'hacienda, je vis que personne n'osait marcher en plein soleil. Dans l'ombre, des silhouettes bougeaient doucement. Elles étaient les ombres de l'ombre. Elles glissaient, portant un panier, trébuchaient à cause de leurs chaînes ou d'un fardeau trop lourd, elles couraient, si elles étaient encore jeunes, et toutes avaient l'air de fantômes. Les esclaves...

Il y avait là une immense population, un fourmillement de gens qui n'avaient pas droit au titre d'être humain. Toute la journée ils trimaient, se coupaient les mains en coupant la canne, s'arrachaient les ongles en cueillant les fruits, se blessaient les pieds en paissant les bœufs, titubaient dans l'écurie en bouchonnant les chevaux, s'écroulaient épuisés sur des couches infectes et dormaient d'un sommeil de brute. Les araignées les mordaient. Les moustiques les piquaient. Parfois même, une petite chauve-souris surgie de la jungle leur suçait le sang. Ils n'avaient ni draps, ni couvertures, ni moustiquaires. Comme ils étaient dangereux, et susceptibles de se rebeller contre le maître ou l'intendant, ce dernier avait défendu qu'ils possédassent des outils. Ils n'avaient pas de couteau, pas d'oreiller, pas de miroir. Le hamac en lequel ils dormaient ne leur appartenait pas. Les haillons qui les vêtaient avaient été tant de fois recousus que parfois de vastes bandes de peau étaient visibles. Dans les trous des haillons brillaient leurs cicatrices.

Un jour, le cœur serré, j'aperçus mon petit Zorillo qui se faisait gronder par l'intendant – quelle bêtise avait-il pu faire ? L'odieux Baghero lui donna des coups de bâton, lui tordit le poignet et le jeta à terre. Zorillo s'enfuit, grimpa si vite à mon balcon – j'avais encore droit à un balcon – que j'eus peur qu'il ne tombe à terre depuis l'étage. Je songeai alors que je devais m'enfuir bien vite, et les persuader de venir avec moi : lui, et Inaua. Au moins eux deux. S'il arrivait malheur à l'un d'entre eux, je ne me le pardonnerais jamais. Et qui me disait que mon infâme époux, qui d'ailleurs ne venait plus me voir – ce qui était heureux ! –, n'allait pas un jour leur faire du mal pour mieux me persécuter ? Je ne comprenais d'ailleurs pas pourquoi il m'avait laissé Inaua, et intacte. Ma petite gazelle de l'Afrique ne lui plaisait donc pas ? Puis je laissai de côté ce mystère. L'essentiel était qu'elle me fût restée, vivante et toute mignonne qu'elle était. Je la considérais comme ma petite sœur ou comme ma fille. Je ne pouvais pas supporter d'imaginer qu'on lui fasse du mal. Quelques jours avant, j'avais entr'aperçu une esclave qu'on reconduisait dans sa hutte. Elle était jeune et belle, mais avait des marques de fouet sur les épaules, et du sang coulait entre ses cuisses. J'en aurais pleuré. Il ne fallait pas que cela puisse arriver à Inaua.

Bien. Mais qui allait m'aider ? Je ne connaissais personne qui me soit amie. La mère de mon mari était morte. Il l'avait enterrée sans rien me dire. Un missionnaire était venu m'en prévenir. Cet homme mourait de peur. Je n'avais aucune chance de pouvoir compter sur ces gens-là.

Me réfugier chez les Cambredon ? Cela ferait scandale, et après deux jours d'hésitation, ils me remettraient à mon mari, en le plaignant d'avoir une si versatile épouse ! Retourner à Natal ? Mais comment ? Des jours de voyage, pour me cacher peut-être chez Madame Bauzerand, et tenter de prendre un bateau pour un autre pays ? Et pour lequel ? Et comment ? Ce qui était certain, c'est que je n'atteindrais jamais Natal et serais reprise : mon mari était un fin cavalier, il avait une troupe d'une centaine de soldats, son capitaine était un fidèle qui l'avait suivi depuis l'Alcantara, et sur le chemin d'ici à la ville tout leur était acquis. Même si je me dissimulais dans un village pendant quelques jours, il était absolument certain que je serais rattrapée bien avant d'atteindre Natal. Il ne fallait surtout pas tenter quelque chose de ce côté-là.

Restait la jungle.

Il n'est pas possible de dire à quel point Zorillo eut peur lorsque, sous le sceau du secret, je lui révélai que nous devions nous enfuir, et que ce serait dans la selve que nous nous cacherions. Je lui avais donné l'ordre de se renseigner avec la plus grande discrétion, de tenter d'apprendre si un parti d'esclaves en fuite ne se trouvait pas près d'ici, et si par hasard quelques esclaves de chez nous n'envisageaient pas, par le plus grand des hasards, de marronner ces jours prochains.

Mais au début, il refusa de m'obéir, partit se cacher dans le grenier, revint le lendemain en pleurnichant, disant que les esclaves marrons étaient des méchants, et que dans la jungle, à part les panthères, il y avait encore pire : les Indiens.

A force de l'interroger, il m'avoua qu'il était l'enfant d'une femme blanche de Natal, sans doute portugaise, et d'un Indien Paiuto venu commercer dans le port. Il avait une fort mauvaise opinion de son père et il m'annonça, très bizarrement, qu'il eût préféré que moi, je fusse son père ! Je ne savais trop comment prendre ce compliment. Mais pourquoi pas sa mère, lui demandai-je. Eh bien, parce que j'étais si courageuse, de vouloir aller dans la jungle, que je devais en réalité être un homme. Et il me considéra dès lors avec la plus grande admiration !

Je réussis, après bien des manœuvres occultes, à me rapprocher du vieux missionnaire, Dom Pedro de la Cruz et, en cachette, à m'entretenir avec lui des Indiens. Il ne comprenait pas du tout que je veuille en savoir davantage à leur sujet et maugréait, grommelait, grognait dès que j'abordais ce domaine.

— Ce sont des sauvages, affirma-t-il carrément. Mais notez bien !... Ce que l'on appelle « les Indiens » n'existe pas ! Il existe des tribus, peut-être même des nations indiennes, des clans qui vivent tous séparés les uns des autres, et qui sont tous différents. Non loin d'ici, on rencontre les Groahira, qui sont plutôt pacifiques, et un peu plus profond dans la selve, les Paiacù. Ceux-là sont peut-être parfois méchants. Ils coupent les têtes de leurs ennemis, les installent sur des piquets, et ont d'autres mœurs assez déplorables. Mais nous ignorons tout des autres groupes qui habitent plus loin dans la forêt : les Yahaunaua, les Tupi, les Botocudos, les Oanas, les Chemilpuque, les Paiuto, et beaucoup, beaucoup d'autres. Ils parlent presque tous le guarani, ou le tupi-guarani. Certains de mes frères les comprennent. Mais il faut bien reconnaître que nous ne les connaissons que très mal, et que chaque clan est divisé en plusieurs autres clans minuscules : certaines tribus comptent à peine cent âmes, tandis que d'autres sont subdivisées en dix clans d'une douzaine ou d'une vingtaine de personnes.

— Vous avez dit : « âmes », fis-je remarquer au Père de la Cruz.

— Oh, c'est par habitude !

— Vous n'êtes pas certain du fait qu'ils...

— ... qu'ils aient une âme ? Non. Nous ne le savons pas. Pour ma part, je pense que oui, ils détiennent une âme, mais qui est comme jeune, ou peu développée : ils sont très sauvages, ne s'occupent que de leur subsistance, ne travaillent pratiquement pas, et leurs sorcelleries ne ressemblent pas à une religion. Mais je suis peut-être un peu plus sage que les autres missionnaires : j'ai la modestie d'avouer que nous savons très peu de choses à leur sujet. La plupart du temps, ce qu'on raconte sur les Indiens est faux. Par exemple, les racontars sur les têtes réduites, avec les yeux remplacés par des émeraudes : cela est faux, les Indiens ne s'intéressent pas aux pierres précieuses. Ce sont les conquérants espagnols qui ont raconté des choses de ce genre. Ou par exemple, des cités indiennes aux rues pavées d'or, aux arbres d'argent : cela est faux, les Indiens ne construisent pas de cités ; ils ont parfois des huttes, avec des hamacs. Ou encore, par exemple, des tribus peuplées de femmes guerrières, telles des amazones. Cela est faux, seuls les hommes font la guerre, et cela relève des légendes inspirées par l'Antiquité grecque. Tout ce que nous racontons sur les Indiens est faux. Presque tout.

Heureusement, le Père de la Cruz ne chercha pas à savoir pourquoi je voulais tant me documenter sur les Indiens. A quelque temps de là, Inaua trouva quelqu'un qui m'en raconta beaucoup plus. Il y avait dans l'hacienda une petite négresse fort courageuse nommée Ukawa. Elle n'avait plus de doigts à la main gauche, car elle avait déjà tenté de s'enfuir et était restée cachée dans la jungle, disait-on, durant une semaine. C'était un miracle. Les hommes de la troupe du capitaine Vargas, qui servait mon mari, avaient fini par la récupérer, morte de faim et épuisée. L'intendant l'avait nourrie, fait reposer, puis il l'avait amputée des doigts de la main gauche en présence des autres esclaves, pour l'exemple.

Cette jeune Ukawa, grâce à ma petite suivante, nous faisait confiance : elle voulait s'enfuir à nouveau, et elle avait deviné que nous allions tenter de partir.

Une nuit où elle avait pu s'échapper de la case où ses sœurs dormaient, elle vint nous voir en montant sur le toit, puis en descendant du toit sur le balcon. Il n'y avait jamais qu'un seul garde au-dehors, et c'était assez facile à faire. Inaua la fit entrer chez moi et lui fit jurer de ne jamais, au grand jamais, rien raconter de notre secrète entrevue. Je lui donnai à boire de l'orangeade. Elle en fut ravie : jamais une femme blanche ne lui avait offert quoi que ce soit. Elle nous fit part de tout ce qu'elle avait vu quand elle s'était échappée durant une semaine entière.

Tout d'abord, elle dit que les *quilombos* existaient, que ce n'était pas une légende : des groupes d'esclaves marrons s'étaient réunis, et constituaient un petit clan, à quelques jours de marche. Elle les avait vus de ses propres yeux. Ils vivaient de la chasse et de la pêche, non loin du lac Surunauhia. Ils avaient même des contacts avec des clans indiens !

Inaua et moi, nous mourions d'excitation. Nous voulions à tout prix en apprendre davantage. Nous pressions Ukawa de nos questions : comment vivaient ces gens ? Portaient-ils des vêtements ? Avaient-ils des outils, des armes ? Et pourquoi n'avaient-ils pas été repris par les troupes de mon mari ?

La pauvre Ukawa ne savait pas grand-chose. Ce dont elle était certaine, c'est que pour l'instant, jamais les troupes du capitaine Vargas n'auraient osé s'aventurer si loin, à plus de dix jours de marche : trop de bêtes sauvages, trop de dangers. Trop de vivres à emporter, trop de maladies à craindre. Et surtout, ils avaient peur des Indiens. Ils n'avaient pas peur des esclaves marrons, ils ne pensaient pas qu'ils s'étaient vraiment organisés en petites sociétés, ils se moquaient bien que ces esclaves-là survivent ou non ; mais ils redoutaient les Indiens.

— Ils m'ont trouvée lorsque j'ai perdu ceux du *quilombo.* J'avais dû m'endormir... et eux avaient levé le camp. Quand ils m'ont ramenée, dit Ukawa, ils m'avaient ligotée et ils me portaient à deux : j'étais attachée à un long bâton. Ils regardaient tout le temps à gauche, à droite, derrière eux, parce qu'ils avaient très peur d'une attaque des Indiens. Ils disaient tout le temps que les Indiens étaient cruels, qu'ils gardaient longtemps leurs prisonniers en vie et qu'ils se faisaient des pagnes avec leur peau.

Et Ukawa mima les mouvements apeurés des soldats, scrutant la selve de tous côtés, mourant de peur à l'idée de finir comme trophées. Cela nous fit beaucoup rire, mais il nous fallut bien, ensuite être un peu plus sérieuses. Qui voulait partir et s'enfuir avec nous ? Qui escomptait rejoindre le *quilombo* ? Etait-ce une chose souhaitable ? Devions-nous craindre les gens du *quilombo* presque autant que les Indiens ?

Nous en étions là de nos questions lorsque le lendemain, il se passa quelque chose qui nous contraignit à partir sans autres réponses.

Dans la matinée, j'entendis au loin les cris de Zorillo.

Qu'avait-il encore fait ? Je lui avais ordonné de se tenir coi, de ne pas souffler un mot de notre projet. Mais cette fois, j'entendis que cela n'était lié que de fort loin à notre entreprise : dom Baghero lui hurlait après.

— Petit misérable ! Tu voles des cuillers et des fourchettes ! ? C'est ta belle maîtresse qui t'a payé pour ce larcin ! ? Et quelle idée d'aller les enterrer au bord du ruisseau ? Petit crétin !

Cette fois, hélas, au lieu de se contenter du bâton, il avait déroulé le fouet qui pendait à sa ceinture. Je vis la mèche siffler au-dessus de la tête de mon protégé ; pire encore, j'aperçus la lanière qui brusquement, tel un éclair dans le ciel de son visage, lui zébrait la joue et le nez. Il hurla et se jeta à terre à plat ventre, prit encore quelques coups sur le dos, et s'évanouit. Dans sa petite poigne bien serrée se trouvaient trois fourchettes et quatre cuillers. J'appris plus tard qu'il avait bien compté : un couvert pour moi, un pour Inaua, un pour Ukawa, et un pour lui, mais qu'il n'avait pas eu le temps de chiper la quatrième fourchette ! En tout cas, cette vilaine affaire précipitait mon projet : il fallait partir le soir même, ou la nuit prochaine, car j'avais entendu Dom Baghero lui promettre :

— Demain, quand je ferai revenir les hommes des plantations, je te fouetterai à mort devant tout ce beau monde !

Il était certain qu'il mettrait sa menace à exécution. Aucune clémence, évidemment, ne pouvait être attendue de mon mari, lequel d'ailleurs ne me rendait plus visite : on me portait mon déjeuner, mon dîner, on m'interdisait de sortir et, de loin parfois, à cheval, on m'adressait un petit salut narquois. Je compris que Monsieur de Toiros espérait que je demanderais à le voir et que je le supplierais. En échange de ma totale soumission, il jouerait les époux magnanimes. Il m'autoriserait peut-être à faire deux ou trois promenades surveillées chaque semaine !

Aussi brusquement que je l'avais aimé, je me mis à haïr cet homme. Comme nous sommes vifs ! comme nos sentiments changent vite, nous les humains ! Un mois auparavant, je trouvais cet homme beau, admirable, impressionnant, habile. Sa puissance et son caractère farouche me fascinaient. Et voici qu'après avoir vu son vrai visage, je rêvais qu'une chute de cheval l'emportât au plus vite. Il n'y avait rien à espérer en ce sens : Hector de Toiros montait fort bien à cheval, et toujours accompagné d'au moins deux de ses hommes. On disait que la région n'était pas sûre, et ce n'était certes pas le *quilombo* qui l'inquiétait le plus. De certains brigands faisaient des ravages au nord, près de la mer, et aussi sur la route de Natal. Des marchands qui allaient voir les Cambredon s'étaient fait détrousser. J'en étais là de mes pensées lorsque je fus dérangée par Inaua, qui arborait une mine très grave. Nous devions sauver Zorillo, me dit-elle. On l'avait enfermé dans une petite case, et il n'avait sans doute pas de fers aux pieds, tant on le tenait pour faible et peu redoutable. Il faudrait le tirer de là pendant la nuit.

Je dis à Inaua que nous partirions dès que la lune serait un peu cachée. Elle me prévint qu'au moins quatre esclaves comptaient s'échapper et venir avec nous – Ukawa l'en avait avertie. Nous nous retrouverions près de l'aile nord de l'hacienda et partirions d'abord par un sentier qui menait vers l'ouest : la selve ne commençait pas très loin.

Je lui fis coudre plusieurs fois deux robes à manches longues ensemble, pour avoir des sacs. Nous les porterions sur le dos, nous servant des manches cousues comme de sangles. Je pris avant tout des bougies, de quoi faire du feu, de petits ustensiles, du fil, des aiguilles, tous mes bijoux, quelques vêtements et surtout plusieurs paires de chaussures en chevreau que j'avais achetées à Natal. Je me doutais bien que je souffrirais de la chaleur, mais je préférais avoir des souliers bien fermés et protégés. Je pris des pantalons de soie, pour éviter de devoir être toujours en robe. Comme ils servaient d'habitude de dessous pour l'hiver, ils étaient indécents, mais je m'en moquais : la jungle n'avait que faire de pudeur et coquetterie ! Je réfléchis à quels objets pratiques je devais encore penser, et ne trouvai à prendre en plus qu'un petit canif. Pour confectionner d'autres vêtements, nous volerions des sacs vides au-dehors : les sacs prévus pour la farine ou pour les fruits sont en sisal ou en coton grossier, et les esclaves s'en font fréquemment des chemises. Je n'avais pas vraiment peur. On m'avait déjà mise en fuite, et récemment. Je savais ce que l'on ressent.

La nuit venue, je me débrouillai pour qu'Inaua laissât traîner dehors une bouteille de vin : on m'en servait pour mon repas et, par tristesse ou à cause de la chaleur, je n'y touchais plus. Au bout de quelques minutes, le garde la découvrit et, une heure plus tard, il ronflait. J'apercevais encore de la lumière, là-bas, dans une des cases où l'on enfermait les femmes. L'intendant y était : nous entendions ses cris. Mon mari aussi devait y être.

Je fis signe à Inaua et nous nous glissâmes le long du balcon, descendant prestement le long des montants en bois ouvragés que

Zorillo escaladait si facilement. Ayant rejoint Ukawa, nous nous dirigeâmes vers la petite hutte où était enfermé Zorillo. Il n'était au courant de rien. Ukawa brisa quelques palmes sans faire de bruit, entra, se servit de mon canif, défit ses liens, le fit sortir en le tirant par le bras. En me voyant, il faillit pousser une exclamation. Effrayée, je le giflai ! Il fut si surpris qu'il se tut. Je lui fis signe de ne plus dire un mot et lui fis comprendre que nous partions. D'une petite caresse, je lui fis aussi entendre que j'étais désolée de l'avoir giflé : il avait déjà la cicatrice du fouet sur le visage.

Après avoir longé en tapinois toute l'aile nord de l'hacienda, nous nous assîmes. Nous attendions les esclaves qui devaient nous rejoindre, et ils ne venaient pas.

— C'est trop tôt, dit Ukawa, ils doivent être encore dans les cases. De toute façon, ils étaient épuisés par le travail : ils devaient dormir un peu avant de partir.

— Où les fait-on travailler, en ce moment ? lui demandai-je.

— Dans les champs de canne à sucre et dans les vergers. Ce sont ceux des champs de canne à sucre qui veulent partir. Ceux des vergers disent qu'ils peuvent supporter.

— Crois-tu qu'ils viendront bientôt ? Car j'ai une idée pour nous cacher, et je voudrais la mettre assez vite en pratique.

— Nous cacher où ?

— Attends ! Je te le dirai... J'entends du bruit.

— Oui... moi aussi, souffla Inaua.

Par-delà les herbes hautes nous parvenait un frôlement. Etait-ce un très grand serpent, qui venait nous punir de nous être enfuies ? Non, c'était Zorillo qui revenait, sans que nous ayons vu qu'il était parti.

— J'avais peur, dit-il. J'ai fait pipi.

Nous essayâmes d'étouffer nos rires. Ukawa, qui jusque-là avait l'air très triste, se dérida enfin. Soudain nous entendîmes un autre frôlement.

— Qui est-ce ? Nos compagnons ? murmura Inaua.

— Je vais voir, dit Ukawa.

Elle se mit à ramper en direction du bruit. Dans l'obscurité, elle semblait avoir été avalée par la nuit. Il ne se fit plus aucun bruit.

J'attendais. Inaua tremblait, la tête posée contre mon épaule. Zorillo s'était endormi. Brusquement, la face d'un diable tout noir se dressa en face de moi. C'était un monstre : il avait une cicatrice au milieu de la bouche, et quatre lèvres !

Je faillis hurler. Mais je me retins, car Ukawa était à côté du monstre :

— Voici Quatre-Bouches, le Coupeur, Marcus et Meilleur-Fardeau, dit-elle. Ils partent avec nous. Les deux autres n'ont pas pu venir. Ils dormaient.

— Bonne soirée ! dit étrangement le Coupeur.

C'était un nègre de taille moyenne, aux longs bras. Il avait gagné son surnom dans les champs de canne. Il était un des préférés de l'intendant : il coupait les tiges deux fois plus vite que les autres. Un coutelas et deux machetes battaient contre sa hanche : il savait couper des deux mains en même temps.

Parmi les autres, il y avait celui que j'avais pris pour un diable : il était très fort et très laid. L'énorme cicatrice au milieu de sa bouche lui dessinait en effet comme deux bouches, et non pas quatre, mais son surnom lui convenait fort bien. Les deux autres étaient des Guinéens de haute taille, de belle allure, qui n'avaient pas encore dû souffrir trop longtemps dans les plantations.

Je chuchotai :

— Vous savez que nous sommes faibles : trois femmes et un garçon, leur dis-je. Vous voulez quand même partir avec nous ?

— Oui, dit celui qui s'appelait Meilleur-Fardeau. Ils vont nous rechercher demain matin. Plus nous sommes nombreux, plus nous serons difficiles à rattraper : nous nous séparerons s'il le faut, et nous leur donnerons huit pistes à suivre !

— Je ne me séparerai pas d'Inaua ni de Zorillo, dis-je. Et Ukawa restera avec nous tant qu'elle voudra.

— Très bien ! Cinq pistes ! dit Meilleur-Fardeau.

— Bon, partons maintenant, dis-je de mon ton le plus martial. J'ai pensé que d'abord, nous pouvions aller vers les nopaleries : ils n'auront peut-être pas l'idée de nous chercher là, car je sais que le duc de Toiros n'y va plus jamais.

— C'est une bonne idée, chuchota Quatre-Bouches. Pourquoi abandonnes-tu ton mari ?

J'étais outrée d'être ainsi apostrophée, mais je ne le montrai pas :

— Je n'aime pas ce qu'il fait aux esclaves. Je n'aime pas ce qu'il me fait. Je n'aime pas cet homme. Je n'aime pas cet endroit.

— Ce sont de bonnes raisons, dit Marcus.

— Ce sont de bonne raisons, répéta Quatre-Bouches. Partons.

Ils se levèrent, courant très vite et en silence.

Et c'est ainsi que nous gagnâmes d'abord le royaume de la cochenille... Après une heure de marche en pleine nuit, sous la lune rousse, nous nous approchâmes de la plantation de nopals et des magnaneries. J'avais appris par ma belle-mère que sa famille y possédait depuis des générations un très grand élevage de cochenille, et que la sériciculture était la principale activité sur le domaine, autrefois. On use et abuse du ver à soie en lui faisant produire, au moins sept fois par an, trente à quarante kilogrammes de cocons bruts pour une trentaine de grammes d'œufs, ce qui est paraît-il six fois plus qu'en Europe. Les Italiens ont importé ici ces vers à soie qu'ils nomment *trivoltini*. Les cocons sont traités, nettoyés, cardés par les esclaves. Le ver à soie se nourrit des pousses de nopal ou des feuilles de mûrier, comme le fait une espèce appelée bombyx : ici, on préfère le nopal, qui demande encore moins d'entretien. Du fait de la température, la soie est extrêmement fine. Tissée dans une fabrique, elle est produite à raison de plusieurs dizaines de mètres par jour. Des milliers de nopals. Des millions de vers à soie. Des centaines de mètres de tissu le plus fin du monde, que les dames de l'Amérique du Nord ou de l'Europe achètent au prix de l'or. Les Toiros, comme les Cambredon, étaient devenus fabuleusement riches grâce à ce commerce. Mais on le négligeait depuis peu, car les riches propriétaires croyaient que certains fruits allaient les enrichir encore davantage : on venait de planter les premiers caféiers.

C'est pourquoi nous entrâmes dans des cases presque vides, où seules des centaines de boîtes qui servaient aux cocons se trouvaient encore. Je touchai la soie vivante. Elle crissait, se faisait et se défaisait comme la toile d'une araignée, elle enveloppait les doigts d'une douceur infinie.

Comme ils n'y étaient jamais venus, les quatre esclaves contemplaient tout cela d'un air hébété.

— Tu penses que nous pouvons rester cachés ici, et dormir un peu ? me dit Quatre-Bouches.

— Dormir ? dis-je, stupéfaite. Qui parle de dormir ? ! Nous allons courir le long des nopaleries, longer toutes ces cases sur une lieue et rejoindre la forêt par des sentiers que plus personne ne prend. De plus, les chevaux auront du mal à passer par ici !

— Nous sommes déjà fatigués, nous avons travaillé toute la journée et tout le soir, dit Quatre-Bouches.

— Non ! Elle a raison, dit Marcus. Il faut mettre le plus de distance possible entre nous et nos...

— ... Nos poursuivants, termina Meilleur-Fardeau.

Tout le monde semblait d'accord. Je tirais Zorillo par la main : il dormait presque en marchant. Mais Ukawa et Inaua, fort vaillantes, trottaient comme pouliches au pré. J'étais heureuse. Dans la nuit, avec ces esclaves en fuite, avec Inaua et Zorillo, je me dis que peut-être, nous allions vivre. Nous courions dans la nuit. Oui, c'était bien cela : nous courions dans la nuit.

Au matin, après avoir franchi les barrières qui protégeaient les nopaleries, nous aperçûmes la forêt. C'était Brocéliande, en plus grand. On s'attendait à en voir surgir des licornes, des dragons, des bêtes fabuleuses. Au lieu de tout cela, une manière de sanglier géant au défenses recourbées en sortit en grognant, et puis passa au loin, tout effrayé.

— Oh ! dit le Coupeur, un cochon sauvage ! Ça se mange !

— Tais-toi, gros bêta, on ne pourra pas l'attraper... Et tu n'as qu'un coutelas, lui dit Marcus.

— Bien. Mais dès que nous serons dans la forêt, il faut s'arrêter, et trouver de quoi manger.

— J'ai emporté des fruits ! dit Ukawa.

— Des fruits ! La belle prise ! grimaça Meilleur-Fardeau. Puisque nous sommes dans la forêt, je ferai un arc, et nous allons chasser !

Il sortit des flèches de la très vaste besace qu'il portait sur le dos. Lui non plus n'avait pas démérité de son surnom.

— D'où tiens-tu ces flèches ? dit Marcus, tout surpris.

— Je les ai fabriquées, mon grand nègre, dit Meilleur-Fardeau. Dans ma tribu, on sait faire des flèches !

Et tout fier, il exhiba les belles flèches en bois léger qu'il avait dû faire de nuit, caché dans son hamac. J'étais contente, parce que je me disais qu'avec ces quatre hommes, ou cinq, si je comptais Zorillo, nous n'étions pas vraiment démunies. Mais ce qui m'inquiétait le plus, c'était de penser qu'à cheval, le capitaine Vargas et ses hommes ne mettraient pas une journée à nous rattraper, s'ils retrouvaient trop vite nos traces. J'en parlai à Quatre-Bouches et à Marcus, qui paraissaient les plus décidés.

— Bon, dit Marcus. Ukawa, est-ce que tu saurais retrouver le chemin du *quilombo* ?

— Non, je ne crois pas, dit celle-ci. Quand ils m'ont ramenée, c'était par un autre côté. Au sud de l'hacienda... Je ne sais plus...

— Alors il nous faut avancer le plus loin possible dans la forêt, dit Marcus.

— Oui, dit Quatre-Bouches. Et les arbres. De temps à autre, nous allons passer par les arbres. Il n'y a que ça. Le Coupeur nous ouvrira le chemin avec ses deux machetes.

— C'est une bonne idée, dis-je, pour leur montrer que j'étais avec eux, et pour qu'ils se sentent confortés dans leur décision. Je suis contente de m'être enfuie avec vous !

— Tu... Maîtresse ! bafouilla Quatre-Bouches.

— Oui ?

— Tu ne m'en veux pas ? Tu comprends, je ne peux plus t'appeler Madame, maintenant.

Je ne sais pourquoi, ces paroles me firent monter les larmes aux yeux. Je détournai vivement la tête et lui dis :

— Je ne t'en veux pas du tout ! Appelle-moi Flavie. C'est mon nom, désormais.

A marcher aussi longtemps, j'aurais pu devenir folle.

Nous avions mangé des fruits. Au milieu de l'après-midi, nous commençâmes à grimper dans les arbres. Je dus enlever ma robe, donner des pantalons légers aux deux jeunes filles, offrir une paire de bottes à Zorillo : elles lui allaient ! Marcus et Meilleur-Fardeau jetèrent un œil intéressé sur nos formes rebondies délicatement moulées dans ces pantalons de soie. Mais ils songeaient surtout à sauver leur peau, et à nous aider. Marcus grimpait très habilement. Il nous montra comment saisir un tronc avec une corde ou une écharpe, et nous hisser en gardant les talons bien serrés. Nous avions peur. Un serpent était descendu d'un arbre au moment précis où nous y montions. Zorillo était tombé — sans aucun mal. Nous ne savions pas quels serpents étaient venimeux, et lesquels n'étaient pas à craindre. Quatre-Bouches prétendait que seule une espèce de mince vipère noire était dangereuse. Mais il ne nous convainquit pas. Les arbres n'étaient pas encore très hauts. La plupart étaient des sortes de palmiers, qui atteignaient la taille de six ou huit hommes. Comme ils étaient très proches les uns des autres, il était facile de passer d'un tronc à l'autre : nous ne laissions aucune trace au sol, et c'était moins fatigant pour le Coupeur, qui devait constamment tracer un sentier à la machete quand nous étions en bas. Mais nous devions nous reposer plus souvent. Nous étions éloignés de quelques dizaines de mètres, et les quatre Africains marchaient plus vite que nous. Vêtus de leurs seuls pantalons de toile, ils ne s'accrochaient pas dans les branches, et seul Meilleur-Fardeau possédait un gros baluchon. Les trois autres avaient une petite besace en bandoulière, et progressaient bien vite. Alors que nous étions dans les arbres, j'entendis un grand vacarme au loin.

C'était une cavalcade.

Il devait y avoir un sentier à notre gauche. Sur un signe de Marcus, nous nous étions plaqués chacune et chacun derrière un tronc – il était impossible de nous apercevoir à cause des palmes. Cependant nos poursuivants devaient être fort près de nous.

J'entr'aperçus un cheval et son cavalier. C'était Vargas. Il hurlait, tempêtait, et nous l'entendions au loin crier dans la forêt :

— Sortez, chiens ! Nous savons que vous êtes là ! Nous allons vous débusquer ! Si vous sortez maintenant, on ne vous tuera point !

Zorillo tremblait, feuille parmi les feuilles. J'ai bien honte de devoir reconnaître que je tremblais aussi. Depuis son arbre, Inaua me lança un regard désespéré. Mue par je ne sais quel absurde courage, mon canif apparut dans ma main, j'en dépliai la lame dérisoire, et jetai à Inaua un grand regard vainqueur. Elle me regarda d'un air étonné, puis se mit à froncer son petit nez, et elle rit, elle rit tellement qu'elle manqua en tomber de l'arbre ! Les autres lui firent des signes menaçants : qu'elle se taise, à la fin ! Vargas, au loin, revenait sur ses pas. Nous l'entendions crier encore. De temps à autre, il tirait un coup de feu dans une direction choisie au hasard. Pour une raison qui tient à la providence, il ne tira pas du tout vers nous. Puis il s'éloigna, rebroussant chemin.

Hélas ! Il se passa alors quelque chose d'affreux : tandis que nous allions redescendre pour explorer un peu ce fameux sentier, Ukawa tomba ; comme un fruit mûr, elle s'écroula du haut de son arbre ; un serpent était enroulé autour de sa jambe.

C'était atroce, mais heureusement pour elle, ce fut très rapide. Le serpent s'enfuit, l'ayant déjà mordue. Lorsque nous nous frayâmes un chemin à la machete vers l'endroit où elle était tombée, elle était en train d'expirer. Je me penchai, vis son beau visage fier et jeune qui blêmissait, devenait tout gris, tout triste, inhabité, ses yeux se révulsèrent et elle mourut. Je l'embrassai sur le front. Inaua se pencha, l'embrassa et prit son paquetage. Je voulais l'enterrer. Les autres se récrièrent : dans la jungle, on n'enterre jamais, disaient-ils. La jungle se charge de tout nettoyer.

— D'ailleurs, on ne peut pas enterrer, dit Quatre-Bouches. Il n'y a pas de terre, ici.

Je trouvai tout cela affreux, mais ce qu'il disait était vrai. Nous partîmes, ayant tous baisé le front de notre petite compagne, celle qui avait essayé de s'enfuir une fois encore sans succès.

— Maîtresse ! me dit Zorillo. Vous croyez que nous aussi, nous allons mourir bientôt ?

— Oui ! dis-je, en fureur. Tu mourras très bientôt, si tu manifestes trop souvent de la crainte et de la sottise !

Et je me mis à courir en direction du sentier : j'entendais le bruit de la machete, il n'y avait qu'à le suivre.

Nous avions rejoint le sentier. Mal nous en prit. Les traces de chevaux sur le sol étaient si nombreuses que nous ne pouvions pas nous tromper : un très fort parti des hommes de Toiros était à nos trousses. On comptait les fers d'au bas mot vingt montures, et ils n'étaient pas loin. Ne trouvant pas nos traces en deçà, ils allaient revenir par ici très bientôt.

Nos compagnons paraissaient calmes. Marcus dit que nous allions de nouveau nous cacher dans les arbres, et que dans le pire des cas, ils ne nous trouveraient pas avant la nuit tombée. Durant la nuit prochaine, ils feraient reposer leurs chevaux, dresseraient un campement de fortune, et ne nous rejoindraient que le lendemain matin. Donc, nous devions marcher pendant la nuit.

Mais nous étions déjà fourbus, prêts à nous écrouler. Il faudrait au moins nous reposer un peu, en haut d'un arbre. Après nous être cachés, nous choisîmes chacun un creux de branches tant soit peu accueillant et tombâmes en sommeil, comme frappés par un sortilège accablant.

Je rêvais. Un grand serpent me tombait sur l'épaule et me serrait le cou !... Ce n'était pas un serpent. C'était la main de Meilleur-Fardeau qui s'était déplacé d'arbre en arbre pour nous réveiller. Il me secouait. Je faillis tomber du creux de l'arbre où j'étais. Dans la nuit, je le voyais à peine.

Mais peu à peu, mes yeux s'habituèrent à l'obscurité. Nous voyions au moins un peu de ciel et des étoiles... Le Coupeur entreprit de frayer un passage dès que nous eûmes mis une bonne distance entre le sentier et nous : nos poursuivants ne trouveraient sans doute pas ce passage tout neuf, ou bien ils ne le découvriraient que beaucoup plus tard.

Nous marchâmes dans la nuit, exténués, mettant nos pas dans les traces du Coupeur : comment faisait-il pour mouliner des deux mains, géant armé de ciseaux dans la nuit ? Les lianes tombaient, les palmes fendues d'un seul coup nous frappaient au visage, des insectes le mordaient, des bruits de bêtes en chasse nous effrayaient, mais tout doucement, lentement, inexorablement, nous avancions dans la nuit de la jungle. Notre bruit éloignait les animaux : ils avaient peur, eux aussi.

Je vis l'aube se lever au-dessus de la selve. Certains oiseaux se turent, d'autres prirent la suite de leur concert. Le soleil fit briller quelques feuilles qui étaient noires : elles furent vertes.

Il ne faut pas rester trop longtemps dans la selve : on y devient sauvage.

Au commencement, on ne se rend pas compte du fait que l'on devient fou et farouche. Puis l'on se surprend à souvent regarder par-dessus son épaule – où est le grand serpent que j'ai entrevu tout à l'heure ? Y a-t-il par ici, dedans les frondaisons, deux yeux qui me surveillent, comme ceux que j'ai surpris hier ? Qui m'a frôlée, tout à l'heure ? Puis-je vraiment être une proie pour une autre créature ? La réponse vient tout de suite : bien sûr que oui.

Les panthères. Les jaguars. Les lions de la selve. Les grands serpents, qui étouffent. Les petits serpents, qui sont venimeux. Les insectes mystérieux, qui mordent et piquent et pondent sous la peau. Meilleur-Fardeau avait vu son jarret s'ouvrir comme une mangue : les œufs éclosaient. Nous avions fait du feu. Il s'était brûlé la plaie avec un brandon et il boitait. Il savait qu'il allait mourir plus tôt que nous, mais il tenait à fabriquer son arc à flèches, pour nous le léguer. Il taillait son arc tout en marchant, dans du bois de ronces. Il ne regardait plus le chemin. Nous ne savions plus où nous étions, ni dans quelle direction nous allions. Est-ce que nous revenions vers le sentier de la veille ? Vers Vargas ? Nous n'en savions strictement rien. Inaua me montra un singe, tout près de nous, qui nous regardait. Nous apercevions les animaux les plus étranges, qui sur une liane, qui sous une large feuille ou l'écorce d'un arbre. Et celui-là, est-il dangereux ? Et celui-ci, qui est si beau ? La selve nous apprit la méfiance et la peur.

Le Coupeur coupe les lianes, là-bas, loin devant. Je ferme la marche. J'entends un bruit derrière moi. Je cours, je cours, je cours à perdre haleine. Je cours et je casse les branches ou les lianes qui m'entravent. J'ai fait plus de cinq cents pas en quelques instants. Mes compagnons se moquent : derrière moi, il y avait un oiseau rouge et vert.

Je cours, je cours, et puis je tombe. Je suis morte de fatigue. Inaua m'aide à me relever. Tous, nous nous sommes rapprochés. Il est encore très tôt dans la matinée, mais nous entendons un bruit, au loin. Le Coupeur a cessé de couper. Nous avons fait une erreur affreuse : nous avons tourné en rond, et notre bruit s'entend. Nous sommes presque revenus sur le sentier. Et nous tombons sur le campement de Vargas !

Il faut imaginer la stupeur de ces hommes, qui nous ont cherchés pendant plus d'une journée, qui craignent de retourner bredouilles, et qui au petit matin nous entrevoient, là, à vingt mètres, parmi les arbres, en train de couper un chemin qui revient vers eux ! ! !

Nous nous retournons et courons à perdre haleine sur le passage que le Coupeur vient de frayer. Nous entendons les premiers coups de feu. Une balle casse une grosse liane à côté de moi. Meilleur-Fardeau vient de tomber. Il a un gros trou dans le dos. Zorillo se penche, prend ses flèches et son arc.

— Arrêtez ! crie la voix de Vargas. La dame est avec eux ! Un escudo d'or pour qui la capturera !

En entendant cela, ils cessent de tirer mais lancent leurs chevaux derrière nous. Le passage est assez étroit pour les retenir. Leurs armes, leurs épées ou leurs selles sont retenues par les lianes. Ils mettent pied à terre, nous poursuivent en courant. Un nouveau coup de feu éclate.

— Arrêtez, imbéciles ! leur crie Vargas.

Il est maintenant si près de nous, à une vingtaine de pas, qu'il va nous rattraper. Je vois alors Zorillo faire quelque chose d'incroyable : il s'arrête, me pousse afin que je le dépasse, et je me retourne... pour le voir mettre un genou à terre et bander l'arc de Meilleur-Fardeau !

— Zorillo ! Viens avec moi ! lui dis-je.

Il serre les dents et tire sur la liane toute neuve. Il hurle et insulte les soldats qui s'approchent :

— Quatre flèches ! Venez voir, sales porcs ! Soldats de merde ! Sales vendus ! Tu vas voir, mon capitaine ! Quatre flèches pour ma liberté ! Quatre flèches pour ma vie ! Quatre flèches pour Dona Flavia !

Et il tire sa première flèche. Un soldat tombe. Et il tire sa deuxième flèche. Un autre soldat tombe. Je retourne sur mes pas. Je le prends par le bras, il reste planté là, comme une statue. Sa troisième flèche file dans les feuillages – à cause de moi ! Je m'enfuis, je cours, je hurle en m'enfuyant :

— Pitié ! Zorillo ! Viens ! Ils vont te tuer ! Viens, Zorillo !

Sa quatrième flèche, il la garde pour le capitaine Vargas. Il veut punir cet homme qui a maintenant levé son pistolet vers lui, qui l'a armé, et qui va le tuer. Au moment où Vargas vise et tire, la flèche de Zorillo l'atteint sous la gorge. Zorillo tombe en arrière. Le coup de Vargas l'a tué. J'aperçois son petit torse tout sanglant, à travers les grosses feuilles.

Je cours en pleurant, si bien que je me cogne à un tronc d'arbre. Les soldats n'osent pas nous suivre. Presque assommée, je sens que Quatre-Bouches revenu sur ses pas m'emporte sur son dos. Mes cheveux frôlent l'humus et les feuilles coupées au sol. Devant, inexorablement, le Coupeur taille une sente en la forêt profonde.

Nous avons dormi durant l'après-midi, dans le même arbre – un immense palmier aux énormes racines qui sortent un peu du sol. Je n'ai jamais vu cela auparavant. Lorsque je me réveille, ces racines géantes me font peur. Et si cet arbre se mettait à marcher, où nous emmènerait-il ?

Inaua se redresse et pose sa tête sur mon ventre. Ses nattes sont toutes sales. Je ne la repousse pas, je lui caresse la tête comme à un bébé. Je vois que... où sont les autres ?

Hélas, ils sont tous là. Nous sommes tous là, dans le creux de cet arbre. Plus que cinq. Les autres sont morts. Je pleure en pensant à Zorillo.

Quelques jours après, ayant longuement marché dans la selve, et mourant presque de faim – nous n'avions plus d'arc à flèches et ne savions pas en fabriquer un – nous rencontrâmes enfin les hommes du *quilombo*.

C'était au bord du lac Surunauhia. Nous nous apprêtions à pêcher ; Marcus avait taillé une canne et Inaua confectionnait une ligne, avec l'extrémité d'une de mes boucles d'oreilles les plus fines comme hameçon ! Le Coupeur considérait cela d'un air attentif : il aurait voulu savoir le faire, mais il n'avait pas la patience. Il faisait toujours de grands mouvements des bras, comme pour se débarrasser de quelque chose – d'un cauchemar, peut-être. Il regardait les petits doigts d'Inaua qui, avec beaucoup de dextérité, nouait une liane très mince autour de la pointe de la boucle d'oreille. A ce moment précis, il entendit quelqu'un venir.

— Ce sont peut-être des Indiens ? lui dis-je.

— Non, il y a très peu d'Indiens par ici. C'est une voix que je connais.

Il se leva, tout joyeux, courut à la rencontre des arrivants.

— Le Coupeur ! cria une grosse voix de femme.

— C'est moi !

Et nous le vîmes revenir avec une femme et trois hommes. Tous étaient pauvrement vêtus, ou presque nus : des esclaves marrons. Ils portaient de bizarres chaussures qu'ils avaient dû fabriquer eux-mêmes. Ils souriaient. L'un d'eux avait un arc et des flèches !

Le Coupeur fit les présentations. La femme se nommait Uta-Fawé. Je la connaissais : elle s'était échappée deux mois auparavant. Elle parut abasourdie de me voir là, en compagnie du Coupeur, qui était son frère.

Les trois autres étaient Beau-Lancer, un gaillard qui avait une fronde, et savait s'en servir ; Didjo, qui portait un sifflet en bois autour du cou ; et Gowa, qui ne disait rien, mais qui me regardait d'un air peu aimable. Au lieu de demander simplement pourquoi j'étais là, Uta-Fawé déclara :

— Que fait avec vous cette femelle ? ! Pas question qu'elle vienne avec nous au camp !

Inaua prit aussitôt ma défense :

— Elle s'est enfuie avec nous, Uta-Fawé ! Elle reste avec nous !

— Vous êtes idiots ? dit la grande femme en se tournant vers son frère, vers Marcus et Quatre-Bouches. Elle nous trahira quand elle voudra. Dès que son mari s'approchera du camp avec une centaine de soldats, elle les appellera, et nous serons morts.

— C'est faux ! criai-je. Mon mari m'a emprisonnée, et jamais je n'irai le rejoindre. Je préfère mourir. Je suis incapable de vous trahir ! Je suis partie pour sauver Inaua, et Zorillo, qui est mort, maintenant. Dis-le-lui, Coupeur !

— Elle dit la vérité, dit le Coupeur.

Uta-Fawé parut étonnée que son frère ait pris la défense d'une femme blanche, et de la femme du maître, qui plus est. Comme elle sentit que nous n'allions pas céder, et que les épreuves nous avaient unis, elle n'insista pas. Elle fit signe à Didjo, qui émit un petit sifflement, et ils tournèrent les talons. Gowa fit tout de même un signe de tête : nous étions invités à les suivre.

Au bout de quelques minutes, le Coupeur se porta devant eux : il traçait le chemin plus vite que n'importe lequel des autres, dont les machetes étaient d'ailleurs usées. Mon impatience ne faisait que grandir : j'avais très envie de voir comment ils s'étaient organisés, s'ils avaient construit des huttes, et s'ils avaient des armes. Chez les Cambredon, on m'avait dit qu'il y avait au nord de la province un *quilombo* qui comptait des hommes fortement armés.

Je fus terriblement déçue : ils n'avaient pratiquement rien, comme nous. Leur campement était un ensemble de hamacs répartis entre une dizaine d'arbres, autour d'un feu. Quelques baguettes de bois servaient à faire sécher du linge, des sacs de jute, et quelques proies, poissons et viandes, avaient été fumées au-dessus d'un maigre foyer. En tout, et en comptant Uta-Fawé et les trois hommes, il y avait là onze personnes. Onze esclaves qui marronnaient dans la forêt, vêtus de peu, armés de rien.

Avec nous, cela faisait seize. Les autres nous accueillirent plutôt bien, et nous offrirent à manger. Tous connaissaient le Coupeur et semblaient très contents de le revoir. Marcus et Quatre-Bouches restaient discrets : ils faisaient partie de ceux qui n'avaient pas travaillé longtemps dans les plantations. Une femme, qui s'appelait Kahowa, s'approcha d'Inaua et la salua avec beaucoup de gentillesse : elles venaient du même village de l'Afrique, avaient été capturées en même temps, vendues en même temps à Natal, et ne s'étaient pas vues depuis des semaines ! Je sentis que cette Kahowa serait pour nous une alliée : elle protégerait Inaua ; d'ailleurs, elle demanda tout de suite, d'une voix accueillante, pourquoi j'étais parmi eux, mais avec un sourire, une sorte de geste gracieux qui chez moi aurait signifié : bienvenue dans notre salon, Madame ! Il est vrai que ce salon se trouvait dans la jungle ; mais on a le salon qu'on peut. J'accédai tout de suite à sa demande. Je leur racontai qu'à mon avis, mon ancien mari était un monstre ; que je ne me tenais plus liée au moindre engagement vis-à-vis de lui ; que j'étais opposée à l'esclavage ; que lui, de surcroît, traitait les esclaves d'une façon si abjecte qu'il aurait à le regretter un jour ; et enfin que s'il s'approchait de notre campement, je serais la première à tirer des flèches pour le tuer.

Ce discours fit grande impression. Je constatai qu'à part Uta-Fawé, laquelle gardait un air renfrogné et de plus en plus menaçant, tous acceptaient parfaitement ma présence, et avaient confiance en moi. Nous étions quatre femmes et douze hommes. Gowa avait une compagne. Kahowa semblait très proche de Beau-Lancer. Uta-Fawé devait être la compagne d'un nommé Grand-Arbre, qui était plus âgé que les autres et taciturne. Mais elle paraissait aussi être très proche de Didjo, qu'elle caressait d'un air distrait. Je compris assez vite qu'elle craignait d'avoir une nouvelle rivale : elle pensait qu'une femme blanche pourrait choisir les hommes qu'elle voudrait.

Ce problème au début ne se posa pas : nous étions harassés, menacés. Nous devions changer de camp tous les deux ou trois jours, nous enfoncer toujours plus loin dans la forêt, devinant bien que le duc de Toiros ne nous laisserait pas en paix. Mes compagnons ne pensaient pas, du moins au début, que ma présence attirait sur eux les foudres de leur méchant maître ; ils savaient bien que ce dernier voudrait toujours rattraper ses esclaves, tous ses esclaves. Ils s'attendaient tous à être attaqués un jour prochain, mais voulaient tous mourir libres. Il n'était jamais question de se rendre, ni de retourner en direction des plantations et de sortir de la forêt. Uta-Fawé avait dit bien haut :

— Je préfère mourir dans un mois, ou demain. Mais je ne veux plus jamais sentir le fouet.

Ce qu'il fallait, c'était simplement ne pas être pris vivants. Il nous fallait des armes. Après quelques jours passés avec eux, je parlai d'abord à Marcus et à Quatre-Bouches de ce que j'avais l'intention de faire. Puis, le soir, autour du feu, alors que nous mangions, je pris la parole :

— Nous savons bien ce qui nous manque. Il nous manque des outils et des armes. Je crois que nous devrions attendre les soldats qui nous cherchent depuis une semaine, et leur tendre un piège. Ainsi, nous aurions des armes !

Ce discours fit un très mauvais effet. Uta-Fawé me regarda et dit :

— J'avais bien deviné ! Elle veut aller à la rencontre des soldats, et nous vendre ! Peut-être son mari l'épargnera-t-il, si elle lui livre nos cachettes ?!

— C'est stupide, répondis-je calmement. Tout le monde ici a compris que j'étais avec vous. Si le duc nous surprenait, je serais la première à être massacrée. Ou peut-être mettrait-il beaucoup de temps à me tuer.

— Ce qui est stupide, dit Grand-Arbre, c'est de vouloir attendre les soldats quelque part dans la forêt. Nous leur tendrons un piège. Nous en tuerons deux ou trois. Nous saisirons un ou deux pistolets. Et nous aurons quatre-vingts autres soldats sur le dos !

— Bien sûr, dis-je, cela est vrai, mais il faut leur tendre plusieurs embuscades, et ne pas les prendre de face. Si nous parvenons à en isoler un ou deux, à attaquer leur campement de nuit...

— Bon, dit Grand-Arbre. Pourquoi ne pas essayer ? Qui veut aller avec elle ? Toi, Didjo ?

— Non ! dit celui-ci.

— Alors, toi, Gowa ?

— Non.

— Qui, alors ? ajouta Grand-Arbre.

— Moi, dit Inaua.

— Et moi ! dit Marcus.

— Et moi ! dit Quatre-Bouches.

— Quelqu'un d'autre ? demanda Grand-Arbre.

— Moi aussi, je veux bien, dit un des marrons nommé Ubo.

— Vous êtes déjà cinq, dit Grand-Arbre. Après tout, c'est peut-être possible. Vous y parviendrez peut-être, à cinq. En tout cas, si vous étiez davantage, vous vous feriez sans doute repérer trop vite. A mon avis, il vaut mieux que vous soyez peu nombreux. Nous allons vous faire des arcs et des flèches demain matin, et nous vous donnerons des provisions. Nous nous retrouverons au lac dans trois jours. Cette nuit, reposez-vous le plus longtemps possible.

— Vous en aurez besoin, dit Uta-Fawé.

Et tout fut dit. Le lendemain, nous partîmes vers midi, en direction de ce que nous croyions être l'orée de la forêt. Nous allions tenter de rejoindre un des sentiers que nous connaissions. Mais nous n'avions pas le Coupeur avec nous – il voulait rester avec sa sœur ; donc nous n'avancions pas très vite.

Durant l'après-midi, nous vîmes des aras en quantité ; on se serait cru dans une volière ; ces oiseaux sont des sortes de perroquets très bruyants, aux couleurs bigarrées rouge, vert et jaune. Nous en abattîmes quelques-uns pour avoir à manger le soir. La chair de ces volatiles est assez bonne, et rappelle un peu le goût du pigeon ramier. Je conservai leurs plumes.

J'étais réconfortée d'avoir deux ou trois amis avec moi. Ubo paraissait fiable. Il était calme, habile de ses mains, et marchait sans se plaindre. Quatre-Bouches, pour sa part, était infatigable. Il avait voulu tenir le rôle du Coupeur, et taillait le chemin de la plus ardente façon. Mais il ne pouvait égaler le frère d'Uta-Fawé. Bientôt il fut épuisé, et Ubo le remplaça. Nous grimpions de temps en temps à un arbre pour voir où nous étions. Vers la fin de l'après-midi, nous aperçûmes une petite fumée qui s'élevait dans une clairière, non loin de là. Nous décidâmes d'y aller seulement à deux. Inaua, Ubo et Marcus nous attendraient. Je partis avec Quatre-Bouches.

Nous progressions très lentement, car il ne fallait plus couper les lianes, pour ne pas donner l'alerte. Après une heure de reptation, ayant dû éloigner deux serpents, le grand nègre et moi nous approchâmes tout près de ce campement. Quatre-Bouches eut un air surpris.

— Ce ne sont pas les soldats ! chuchota-t-il.

Je rampai tout près de lui pour épier à travers les feuillages. Il y avait là quelques enfants tout bruns, une femme nue, un vieillard, et leurs corps étaient par endroits marqués de traces de teinture végétale.

— Ce sont des Indiens ! murmurai-je. Allons-nous-en...

Assez longtemps après, nous revînmes tous deux vers nos trois compagnons. Ils écoutaient ce que nous avions à leur conter de façon très attentive. Inaua était tout excitée : elle aurait voulu « voir les Indiens » ! Je l'en dissuadai.

— Je ne sais absolument pas qui sont ces Indiens, mais les hommes – les chasseurs – n'étaient pas là. Ils sont donc partis traquer le gibier. Nous allons peut-être les croiser. Soyons extrêmement prudents.

Le lendemain, après une nuit d'inquiétude, Marcus déclara :

— Bon ! Nous n'avons toujours pas vu ces Indiens ! Continuons de marcher très doucement. Nous tomberons peut-être par hasard sur les soldats !

J'admirais son optimisme. Or il ne croyait pas si bien dire : à quelque temps de là, Ubo sentit au loin une odeur étrange. Il dit que cela pouvait être une charogne. Nous avions très prudemment marché en direction de cette odeur pestilentielle : c'était un cheval mort. Un cheval en pleine forêt vierge ! Si un cheval était mort là, c'est que les soldats y étaient passés peut-être un jour auparavant.

— J'ai peur, me dit Inaua. Un animal mort est toujours un mauvais présage.

— Ne t'occupe pas de présages, et avançons sans bruit, lui dis-je. Les soldats ont peut-être déjà installé leur bivouac. Nous allons les surprendre ce soir ou cette nuit.

Quatre-Bouches eut l'air réjoui :

— Je vais tuer un soldat, dit-il.

De mon côté, je n'étais pas heureuse d'entraîner mes amis dans une telle aventure. Mais je savais que la meilleure défense est l'attaque, et que nous devions nous procurer des armes pour survivre. Je voulais vivre. Je voulais qu'Inaua, que mes compagnons vivent.

Au milieu du brouillard qui tombait maintenant sur la forêt, je pouvais entrevoir les traces du passage des soldats qui nous traquaient. Ils avaient coupé des branches pour se faire un campement. La petite clairière qu'ils venaient de faire dans la forêt était quasi invisible dans la brume. Le soir tombait. Nous manquâmes marcher sur le premier soldat qui se reposait. Quatre-Bouches me tira vers l'arrière et saisit Marcus par le bras : à notre droite, un soldat épuisé montait la garde, une arquebuse sur l'épaule. Nous reculâmes très lentement sous le couvert des frondaisons.

— Attendons la nuit, murmurai-je.

Nous nous allongeâmes sur un arbre dont le tronc était presque parallèle au sol. Tout en mangeant le peu de volatiles rôtis qui nous restait, nous tremblions, nous trépignions d'impatience : ceux qui nous avaient traqués, nous les traquions désormais. Ils étaient là, à notre portée, incapables de sentir que leurs proies étaient prêtes à les assaillir. C'était grisant. Inaua se tenait allongée tout près de moi, sur le large tronc de cet arbre immense, et pour la première fois, elle me serra le poignet. C'était une sensation si forte que j'en fus estomaquée. Je lui pressai l'épaule. J'avais l'impression de sortir de la nuit.

Une heure encore passa. Je commençais à m'engourdir, à ne plus sentir mes bras ni mes jambes. Inaua s'était endormie. Je demandai à Ubo de rester près d'elle. Marcus me suivit. Nous avions chacun notre arc, et deux flèches. Quatre-Bouches avait mon canif. Dans l'obscurité, je le vis se glisser derrière le garde presque endormi. Je vis sa main sur la bouche de cet homme, et tout fut fait. Nous n'avions pas commis le moindre bruit. Revenant vers Ubo, je lui montrai l'arquebuse et le pistolet. Il les toucha. Il sourit, ses dents brillaient.

— Prenons-en un autre, dis-je. Réveille-la !

Il secoua doucement les épaules d'Inaua. Je mis ma main sur sa bouche pour qu'elle ne crie pas. Cela me fit penser au soldat qui venait de mourir. Je lui expliquai la situation et lui dis de me suivre.

Inaua et moi nous approchâmes à nouveau du camp.

— Fais-leur du charme, lui dis-je. Avance toute seule près du feu.

Elle avança près du feu et l'un des soldats qui dormaient la vit. Tout abasourdi, il réveilla ses congénères. Inaua se dirigea vers l'un d'eux avec un sourire on ne peut plus prometteur. Stupéfaits, les trois hommes virent cette belle jeune fille noire qui avait surgi d'on ne sait où tourner sur elle-même comme un elfe né de la forêt. L'un d'eux se leva. Une flèche de Quatre-Bouches le cloua sur place. L'autre soldat voulut saisir son pistolet. Marcus l'abattit. Lorsque le troisième essaya de se précipiter sur Inaua, je décochai ma flèche. Au lieu de le frapper en plein dos, dans la région du cœur, la flèche se ficha dans son omoplate. Ubo dut se jeter sur lui pour l'étrangler. Inaua prit les fusils et les pistolets, les poires à poudre, les couteaux, serra tout cela contre elle et courut se mettre à couvert. Les autres soldats ne s'étaient pas réveillés ! Nous prîmes encore chacun un fusil et courûmes de toutes nos forces rejoindre Inaua. Ayant franchi le grand tronc d'arbre où nous avions attendu le moment propice, nous commençâmes à nous éloigner, sans couper la moindre liane.

Après quelques minutes, nous pûmes nous arrêter. Les soldats ne nous suivaient pas.

Il est inutile de dire comme nous fûmes bien accueillis, le lendemain, en retrouvant le reste du *quilombo* près du lac Surunauhia. Nous étions sains et saufs, épuisés certes, mais nous rapportions sept fusils, deux arquebuses, plusieurs pistolets, des couteaux, des balles et de la poudre ! J'avais même attrapé une tige en métal qui sert à charger une arquebuse, et un affût. Nous avions gardé nos arcs à flèches. Nous aurions presque pu soutenir un siège.

Uta-Fawé avait l'air à la fois contrariée et très contente. Je lui tendis le plus long fusil :

— Regarde, Uta-Fawé ! Regarde, si je t'ai trahie ! Ma flèche a percé le soldat, tout comme les autres flèches !

Elle ne savait plus quelle contenance tenir. Elle me regarda d'un air consterné, puis éclata en sanglots :

— Tu es ma sœur, femme blanche ! dit-elle.

— Je m'appelle Flavie. Et je suis avec toi. Garde le fusil ! Vous avez dû nous attendre ici, et cela n'était sans doute pas très drôle ! La prochaine fois, si vous voulez, nous irons tous ensemble attaquer les soldats.

Les autres se réjouissaient. Avoir tant d'armes était réellement impensable quelques jours avant. Nous pouvions maintenant défendre notre liberté. Dorénavant, si l'on nous attaquait, nous vendrions chèrement nos vies. Le vieux Grand-Arbre était ravi :

— Comment, me dit-il, comment avez-vous eu l'audace ? !... et tu dis que la petite Inaua s'est approchée des soldats ? ! Comme ça, sans avoir peur ? Je n'en reviens pas ! C'est incroyable.

Et il grimpa dans un arbuste voisin pour aller cueillir un fruit pour Inaua.

— Merci, vieil homme, dit Inaua.

— Ne m'appelle pas ainsi ! Je suis un jeune homme, maintenant ! Vous m'avez redonné la jeunesse. Allons chasser. Ce soir, nous construirons un campement plus solide. Et pour ne pas être aussi stupides que les soldats, nous le construirons dans les arbres, tout près du lac.

Nous avions désormais beaucoup moins peur dans la forêt. Les animaux ne nous inquiétaient plus, car ils ne sortaient guère que la nuit pour chasser. Il suffisait de s'habituer à leurs bruits ; cela ne cessait jamais. Quant aux Indiens, ils ne se trouvaient pas loin de là, mais ils ne cherchaient ni à nous rencontrer ni à nous surprendre : nous avions parfois entr'aperçu quelques-uns d'entre eux, très loin, de l'autre côté du lac. Ils restaient debout, parfaitement immobiles. Puis ils partaient.

La nuit, nous avions installé des gardes à tour de rôle. Personne n'y échappait. Je prenais toujours la première garde, à l'heure où tout le monde est fatigué, pour montrer que je tenais à faire ma part du travail, à l'égal de tous les autres. Nous avions plus de six cabanes construites dans les arbres, et des hamacs tendus entre les branches les plus serrées. En dessous, une plate-forme, faite de quelques rondins. Dès qu'un bruit anormal était perceptible, dès qu'un mouvement se produisait dans la forêt, ceux qui montaient la garde faisaient grimper les autres. Il ne fallait jamais être surpris au sol : c'est parce qu'ils avaient eu la sottise de bivouaquer au sol, comme s'ils avaient passé la nuit dans la plaine, que nous avions surpris les soldats. Je savais que nous avions joui d'une chance insolente et qu'elle ne se représenterait pas. Nous entretenions nos fusils comme des horloges ou de précieuses pendules. Il ne fallait surtout pas qu'ils se détraquent. Dans la forêt, l'humidité pouvait être si forte que certaines pièces rouillaient en peu de temps. J'avais appris à faire des hameçons avec mes boucles d'oreilles. Je pêchais quelques poissons chaque matin : le lac en regorgeait. J'avais appris à confectionner des sandales au moyen de lianes, et de la sève qui coulait de certains arbres. C'était une sève épaisse, qui devenait souple et dure. Les gens de Natal appelaient ceci *caùchu*, et l'achetaient aux rares Indiens qui se rendaient au port. Du moins c'était ce que Grand-Arbre nous avait raconté ; il laissait une vieille chaussure dessous une entaille qu'il faisait dans cet arbre ; il la retournait côté semelle ; il laissait le caoutchouc se répandre, et devenir solide ; puis il le coupait autour de la semelle avec un couteau ; une fois que la chaussure avait séché une journée, elle était parfaite. Je réparai ainsi mes propres souliers et distribuai les paires qui me restaient à qui pouvait les porter. Nous avions depuis longtemps transformé toutes mes robes en sacs ou en chiffons. Les pantalons de soie étaient déchirés, mais ceux en jute étaient parfaits. Avec tous les sacs, nous avions refait d'autres vêtements. Nous faisions provision de viande et de fruits, que nous faisions sécher, car dans quelques semaines commencerait le temps des pluies et des inondations. Nous devions marcher vers le nord, échapper définitivement aux soldats, et gagner un pays plus hospitalier. Grand-Arbre pensait que nous devions tenter de rejoindre l'océan, puis marcher le long du rivage vers le nord. Marcus disait que c'était impossible, que nous devions aller vers l'ouest ou le nord-ouest, traverser un très grand fleuve et continuer, continuer longtemps. Il pensait que cette marche durerait des mois. Je leur expliquai que j'étais de l'avis de Marcus, car j'avais vu des cartes, sur le bateau qui m'avait conduite à Natal : j'avais vu qu'il se trouvait un fleuve immense au nord ou au nord-ouest, et qu'on ne pouvait pas longer le rivage sans se trouver devant l'embouchure de ce fleuve. Ils croyaient que ce fleuve était large comme un de leurs fleuves en Afrique. Je leur dis que je ne savais pas, mais que je croyais que ce fleuve-là, nommé Amazone, était infiniment plus large.

Des jours et des soirs durant, nous débattîmes entre nous de ce qu'il fallait faire. La saison des pluies commença. Nous étions réfugiés dans nos huttes, que nous avions protégées avec d'immenses feuilles de palmes. Il fallait constamment réparer, colmater, coudre même les feuilles les unes aux autres. Nous étions toujours épuisés, prêts à sombrer dans le sommeil. Le soir, il fallait une volonté terrible pour encore songer à monter la garde, entretenir le feu caché sous les frondaisons, frotter et envelopper les armes dans de vieux chiffons. Les mois passèrent. Nous étions habitués à vivre ensemble. Je ne pensais plus aux soldats. Le duc de Toiros avait dû renoncer, ou nous oublier. J'étais perdue pour lui. Il m'abandonnait à la forêt vierge.

Quelle absurdité !... Appeler cela « forêt vierge », alors que la selve avait été parcourue par toutes les tribus de ces régions, explorée par tous les sauvages, pillée par des singes moqueurs, des perroquets fous, des félins effrayants. Tout au contraire, c'était la forêt femme, la forêt mère, pénétrée par des créatures incroyables, ensemencée par tout ce qui crie, mord, feule et hurle la nuit.

Dans la journée, je sentais ces hommes autour de moi. Presque toujours dépenaillés, des mâles, des hommes en sueur, frémissants, aux bras entaillés par les feuilles. Ils n'osaient pas me regarder. Quatre-Bouches, surtout, détournait les yeux dès que je m'approchais. Beau-Lancer et Ubo me frôlaient parfois, puis sursautaient, et s'enfuyaient comme s'ils avaient touché une anguille ! S'ils en avaient eu l'audace, immédiatement ils m'auraient prise de force. Mais ils étaient si occupés de leur survie, si attentifs au moindre détail de la jungle, si inquiets de la traque dont nous avions été l'objet qu'ils ne pouvaient s'offrir le luxe ni de se reposer vraiment, ni de me désirer.

La forêt frissonnait.

Les libertins que j'avais connus m'avaient assurément déniaisée. Mon infect mari m'avait brutalisée. Certes j'étais fraîche, mais n'étais point novice. A vingt et six années, je me souvenais des leçons que le marquis de S. m'avait infligées lorsque j'en avais quinze ou seize, et aussi des bons préceptes qu'un évêque athée ou qu'un juge peu prude m'avaient enseignés. J'étais habituée aux loups ; toute jeune louve connaît sa meute. Mais la nouvelle saison venait et l'envie de vivre me tenaillait, m'aurait presque fait hurler. Où étaient les proies ? Que faisait ma horde ? Que devrais-je déchirer à belles dents, si personne ne tombait sous mes griffes ? Oh, je m'en veux de dire ces choses aussi crûment, mais les personnes qui ont connu la solitude me comprendront. L'envie de saisir, et d'être saisie – que l'on s'empare de moi et qu'on me morde. Que l'on me capture et qu'on me fouaille.

Printemps ! tes crocs me tenaient et ne lâchaient pas prise. Je sentis que la saison des pluies nous rendait fous. Nous avions décidé de rester, d'attendre que les pluies s'apaisent, car nous savions que nous aurions à traverser des torrents. Nous voulions aller vers le nord-ouest, traverser la forêt en prenant le chemin le plus profond : car nous craignions les soldats, les hommes des autres plantations, et nous ne voulions donc surtout pas nous retrouver dans la plaine ou sur les plateaux. Mais nous ne savions rien de la géographie de ce pays gigantesque : nous allions tout bonnement nous y perdre.

Une nuit, alors que je revenais de mon tour de garde et que je grimpais vers mon hamac, je vis que Marcus ne dormait pas. Je m'approchai de lui et lui touchai le bras. Je lui dis que je le voulais pour amant.

A ma stupéfaction, il se montra presque effrayé. Il me dit qu'il me prenait pour une femme dangereuse, et quasiment pour un démon :

— Tu veux de moi parce que tu es seule, mais moi je suis un homme noir, je ne suis pas bon pour toi. Et puis j'ai peur de toi parce que tu as été capable de lancer une flèche contre un soldat.

Je tentai de le rassurer. Il était un homme noir, certes, mais il était aussi un homme bon, et solide, et gentil. J'étais sûre qu'il serait tendre et aimant. Je le lui dis, avec le plus de douceur possible dans la voix. Comment ? Etais-je devenue si sauvage ? Je lui dis que j'avais été capable de tuer ou de blesser un soldat car nous devions les attaquer pour nous défendre, et que les circonstances, dans la jungle, étaient exceptionnelles. Je lui dis que lui aussi avait tué un soldat, et que pourtant je ne m'étais pas mise à le craindre. Il n'avait pas l'air convaincu par mes paroles. Alors je m'allongeai à côté de lui dans son hamac et devins plus clairement exigeante. Il refusa de se laisser chevaucher et m'écrasa sous son poids. J'avais pensé qu'il serait tendre et aimant. Il le fut.

Pendant quelques jours, malgré la pluie, malgré la jungle qui devenait une sorte de bourbier, nous passâmes de délicieux moments. Tantôt je pêchais en sa compagnie, tantôt je dormais dans son hamac. Nous avions préparé notre départ : nous allions laisser le camp auprès du lac dès que les pluies auraient cessé. Elles cessèrent. Nous avions construit des pirogues. Nous attendîmes encore trois jours pour tout organiser au mieux.

La petite garnison de M. le duc de Toiros avait dû faire le même calcul.

Un matin, nous fûmes réveillés par les cris d'Uta-Fawé, qui avait le dernier tour de garde. Elle ne cria pas longtemps. Les balles des soldats commençaient à hacher les feuilles et la fauchèrent comme un épi. Je la vis, écrasée au sol, couverte de sang. Je courus prendre des armes et veillai à ce que Marcus en ait une. Depuis les arbres, nous pouvions tirer sur les soldats qui se trouvaient au bord du lac, derrière nos pirogues, dont ils se servaient comme remparts.

Kahowa vint près de moi et me dit :

— Tu m'aideras à fuir, Flavie, tu m'aideras à fuir ! Je vais avoir un bébé.

Je la regardai, tout étonnée : la vie humaine aussi pouvait naître ici ! Je n'y avais même pas pensé. Je la serrai contre moi et lui donnai mon pistolet. Puis je me tins derrière une branche énorme, tout près de Marcus. Lorsqu'il avait fini de tirer, Inaua et moi lui donnions de la poudre et des balles. Nous nous étions un peu entraînés en allant à la chasse, et nous ne tirions pas trop mal. Marcus tirait bien : il atteignit deux soldats. Dissimulés en bordure du lac, les autres se méfiaient. Ils se souvenaient de quoi nous étions capables.

Soudain, j'entendis au loin la voix haïssable de celui qui avait été mon mari. Le monstre ! Il était donc là, lui aussi. Il cria :

— Ohé ! esclaves ! arrêtez de tirer. Ecoutez ce que j'ai à vous dire. Nous sommes fatigués de vous poursuivre. Rendez-moi ma femme, et je vous laisserai partir en paix !

Je me rencognai derrière ma branche. Entre les feuilles, j'apercevais mes compagnons : tous m'avaient jeté un regard. Auraient-ils songé à me livrer ? Non, point du tout. Marcus tira un coup de feu en guise de réponse. Gowa tira. Beau-Lancer tira. Quatre-Bouches tira. Le Coupeur tira et cria :

— Pour Uta-Fawé ! Viens donc, assassin ! Essaye de reprendre ta femme ! ! !

Je rechargeai l'arme de Marcus, qui cria :

— Elle est ma femme, à présent !

Et à mon tour je criai :

— Viens donc me reprendre, assassin ! Porc immonde !

Je demandai le pistolet, visai soigneusement, et tirai dans sa direction. Il eût été merveilleux que je l'atteignisse, mais cette chance ne se produisit pas. Au lieu de cela, nous reçûmes une grêle de balles. Ubo dégringola de son arbre en se tenant la tête. Marcus voulut descendre le chercher, mais je lui dis qu'hélas ! il était mort à coup sûr. Nous devions quitter notre refuge. Très lentement, en organisant notre retraite et en continuant de tirer, nous abandonnions nos arbres l'un après l'autre et nous recommençâmes ce que nous savions faire le mieux : mettre nos pas dans ceux du Coupeur, qui s'avançait en faisant grand massacre de lianes.

Nous craignions évidemment le pire, mais les soldats ne pouvaient pas nous suivre : tout d'abord, parce qu'ils mirent trop de temps à comprendre que nous avions filé, et surtout parce que, nous ayant suivis, ils virent qu'il leur était impossible de courir tout en nous tirant dessus alors qu'ils devaient prendre le même étroit sentier que nous, les uns derrière les autres, gênés par tout leur barda. Nous n'avions emporté que très peu de choses, et toutes les armes. Eux avaient des chevaux, un petit canon, de lourdes arquebuses... et nos pirogues ! Plutôt que de les détruire, ils avaient pensé à les transporter, sachant qu'elles leur seraient bien utiles par la suite. Nous marchâmes deux jours en les ayant toujours sur les talons. Parfois nous nous arrêtions, laissions deux hommes leur tendre une embuscade pour en tuer un ou deux. Les deux hommes pouvaient ensuite nous rejoindre et continuer. A chaque fois, nous avions deux armes de plus. C'en était déjà trop, puisque nous n'étions plus qu'au nombre de quatorze. Bientôt treize : Grand-Arbre était à bout de forces et disait qu'il allait mourir... Non, bientôt quatorze à nouveau, si Kahowa réussissait à donner naissance à son bébé. Nous étions des esclaves en fuite. Poursuivis, traqués, épuisés, prêts à tout. Des *cimarrons*. Ainsi appelait-on, chez les Espagnols, les gens de notre condition. Je marchais en pleurant parfois, et en riant lorsque je voyais notre arrière-garde revenir avec un pistolet de plus. Des misérables, du gibier, voilà ce que nous étions. Si par malheur nous tombions sur un fleuve, nous ne pourrions pas le traverser. La centaine d'hommes qui nous pourchassait pouvait compter, tôt ou tard, sur notre épuisement. Nous n'avions pratiquement plus de munitions, et la poudre était mouillée. Il nous fallait à nouveau fabriquer des arcs et des flèches. Au lieu de nous reposer, le soir, nous coupions des branches, taillions des pointes, les durcissions sur le feu, et nous amassions ainsi, au milieu de la nuit, six ou sept flèches.

— Pitié ! murmurai-je, une nuit. Pitié ! Seigneur, si Vous existez, ayez pitié de nous.

J'apercevais la lune, tout là-haut, entre les palmiers noirs et immenses. Je sentais le froid qui mordait mon épaule gauche. Couchée sur le flanc droit, je voulus saisir la couverture tombée sur mes hanches, alors mes mains rencontrèrent le tissu rêche, voisin d'un sac de jute, que Marcus m'avait prêté ; ce contact était si désagréable que je préférai me frictionner l'épaule. Comment peut-on dormir dans la jungle et avoir froid ? pensai-je. Le jour, on mourait de chaleur et de peur, on était accablé par cette humidité torride qui rendait la chevelure aussi touffue que la forêt... et voilà que la nuit, on devait souffrir du froid ! Quel pays injuste !

Je maugréai en essayant de me rendormir. Or il se produisit des bruits étranges. Quelque chose glissa dans un arbre voisin, secoua une branche – était-ce un singe qui cherchait un fruit ? – et s'envola vers d'autres branches plus éloignées. Cela dérangea quelque oiseau, qui protesta en piaillant. Soudain toute la jungle décida de bruire, puis de hurler, grogner, couiner, caqueter, tous les arbres devinrent des balançoires, toutes les feuilles des éventails malmenés par une main avide et impatiente.

Dans son hamac, Marcus cria. Il rêvait ; les animaux ne l'avaient pas réveillé. Avait-il vraiment pris l'habitude de sommeiller au milieu d'un pareil vacarme ? Je me dis que jamais je n'y parviendrais. Je me rappelai les rives de la Loire, les matins calmes, le brouillard qui ressemble à un fantôme ou à un homme, les arbres qui en frissonnant ne produisent nul murmure et me tournai sur l'autre flanc comme si le sommeil s'y fût niché par mégarde. Mais ce côté ne recelait aucune promesse d'assoupissement. Les bêtes, fugitives et timides, s'étaient calmées ; dans les plus hautes branches on ne percevait plus que quelques mouvements furtifs. La Loire était à dix jours de marche puis à soixante-dix ou quatre-vingts jours de croisière. Je ne pensais presque plus jamais à mon pays d'origine. Je comptai et recomptai ces journées de voyage impossible et trouvai le sommeil.

A l'aube du matin suivant, le soleil resplendissait. Il jouait dans les feuillages comme jamais. C'était un enchantement. La forêt pouvait être si laide et puis si belle que c'en était étourdissant.

Des papillons gigantesques se posaient sur les feuilles. Des oiseaux minuscules piochaient dans le calice des fleurs. Je contemplais tout cela d'un air émerveillé, lorsque Inaua me tira par la main :

— Les soldats ! Courons ! Ils sont juste derrière nous... ils nous ont rattrapés. Viens, Flavie, courons ! C'est Quatre-Bouches qui me l'a dit. Viens vite !

— Que dis-tu ? Les soldats ? !

J'avais fini par ne plus y penser. Derrière nous, dans un cliquetis d'armes et un fracas de branches écrasées, les soldats galopaient : ils étaient à cheval. La forêt n'était pas assez touffue pour les ralentir vraiment. Ils se rapprochaient dangereusement, et nous décidâmes de laisser quatre hommes pour les retenir – Beau-Lancer, Gowa, et deux autres compagnons. Nous les entendîmes tirer, tirer encore, puis... plus rien. Ils lançaient peut-être des flèches. Jamais nous ne les revîmes par la suite. Le Coupeur taillait notre chemin en pleurant et en serrant les dents. Je fermais la marche avec Marcus. Nous avions chacun un fusil à la main. Ils allaient nous rattraper d'une minute à l'autre.

— Adieu, Marcus ! lui dis-je. Si nous devons mourir tout à l'heure, je préfère t'avoir dit adieu.

Il me serra dans ses bras et m'embrassa de toutes ses forces.

— Peut-être que nous allons vivre, dit-il. On ne sait pas. On ne peut pas savoir.

Et il m'entraîna avec lui, courant toujours plus vite. J'allai le supplier d'arrêter, quand nous entendîmes un vacarme effrayant sur notre gauche. Je criai au Coupeur :

— Qu'est-ce que c'est ?

Il écarta les bras comme pour faire comprendre qu'il ne savait pas. Et en effet, il ne savait pas. Nous n'avions jamais vu cela.

En dessous de nous, c'étaient les chutes. Les eaux, plus larges que plusieurs fleuves, s'étendaient au loin. Et juste avant, ou plutôt au-dessus de nous, elles se déversaient en plusieurs chutes formidables, blanches, mousseuses, inondées de soleil.

— Je crois que ce sont des chutes d'eau, dis-je. C'est un peu comme un grand torrent, mais plus fort.

— Si nous pouvions y plonger, dit Marcus, nous échapperions aux soldats.

— Je ne peux pas plonger, dit Kahowa.

— Tu plongeras avec Inaua et moi, répliquai-je. De toute façon, nous n'avons plus le choix : les soldats sont là.

Ils approchaient en tirant. Ils n'étaient plus qu'à une vingtaine de pas. Grand-Arbre mit un genou en terre, prit tous les fusils, et se tourna vers eux. Il commença à tirer. Marcus voulut le forcer à venir, puis le laissa.

— Viens, Grand-Arbre ! criai-je. Viens avec nous !

Il refusa, et continua de tirer. Il vidait un pistolet, vidait un fusil, tirait, tirait... Je le vis se pencher, tout saccagé par les balles. Il avait voulu protéger notre retraite – ou plutôt notre saut dans le vide. Tenant la main d'Inaua et serrant Kahowa entre Inaua et moi pour mieux la protéger, je plongeai dans les eaux tumultueuses.

Deuxième
partie

DANS LA BOUCHE DES CIEUX

Je n'arrive pas à ouvrir les yeux.

Mes paupières sont scellées.

J'entrevois de la lumière à travers un rideau rouge. Le rideau rouge, ce sont mes paupières. J'ouvre lentement les yeux. Ce que je vois me fait mourir de peur.

Penché sur moi, un homme ou une femme me fixe de ses yeux bridés, effilés, aux pupilles noires. Il ou elle a de l'eau sombre dans ses yeux, presque pas de blanc. Il porte un casque. Non, ce sont ses cheveux. Il ou elle a les cheveux coupés en casque, comme s'il avait un gros bol sur la tête, et tout est maintenu par de la glaise ou de la teinture végétale. Il y a du vent, mais ses cheveux ne bougent pas. Je le vois mieux. C'est un homme. Il me touche le visage. Il ne me fait pas mal, mais j'ai peur. Son nez est étrange. On dirait qu'il a quelque chose au milieu du nez. Ses oreilles sont percées et il porte des plumes très longues et chatoyantes dans les lobes de ses oreilles. Il me touche les cheveux. Il me parle. Sa voix est presque inaudible. Pourquoi est-ce que je n'entends pas sa voix ?

Je dois être blessée, ou morte.

Non, je ne peux pas être morte, puisque je le vois. Ma poitrine me fait mal. J'entends des sons mélodieux, au loin, une sorte de mélopée fredonnée par des oiseaux.

On me soulève.

Je ne suis plus sur le sol.

Que se passe-t-il ?

On me soulève et on me porte. Au moins huit bras me soutiennent. Je sens le coude de quelqu'un dans mon dos.

Cela dure longtemps. Je somnole. On me pose à l'ombre. Je sens une natte, par terre, sous mes doigts. Je dois être dans une case en feuilles. J'aperçois des feuilles sèches au-dessus de moi. Une femme s'approche de moi. Elle se penche. Je vois sa poitrine qui tombe vers moi, qui dévale vers moi comme si elle voulait poser un oreiller sous ma tête. Ces gens sont nus et portent un casque de cheveux.

Brusquement, je comprends où je suis. Ce sont des Indiens. Je dois être parmi les Indiens.

La chute d'eau. Le torrent qui nous a emportés.

La femme s'est installée derrière moi et m'a soulevé les épaules. Ma tête repose sur ses cuisses repliées. Elle me caresse les cheveux et chante une chanson. Un homme très grand et très beau s'avance alors. Il porte des plumes immenses : le bout des plumes frôle les parois de la case. Il me parle. Je ne comprends pas ce qu'il dit. Il parle en chantant. On ne dirait pas qu'il parle, il chante. D'ailleurs tous ces gens chantent. J'entends des voix de tous les côtés de la case au-dehors. Ils chantent.

La femme me donne de l'eau dans un récipient en bois. Le bois est si léger que je le saisis mal. Je renverse l'eau. Quelqu'un me verse encore de l'eau. Je me sens faible. Quelque chose dans ma poitrine me fait mal. Je me palpe les seins et je sens qu'ils sont recouverts de quelque chose. Ils m'ont mis une sorte de pansement. J'ai dû me blesser sur un rocher en glissant dans la rivière.

Je me souviens, maintenant. Nous avons glissé sur des centaines de mètres, peut-être même beaucoup plus, durant de longues minutes. Ce fleuve ou ce torrent nous a charriés très loin, nous secouant comme des fétus de paille, et nous a jetés contre des rochers. Je me rappelle avoir vu Quatre-Bouches heurter violemment un rocher, devant moi. Les eaux nous ont portés très loin. Sur l'autre rive, très loin des soldats. Soudain je me souviens de tout, je me rappelle chaque personne, chaque détail.

— Où est Marcus ? Où est Inaua ?

Les Indiens me regardent gentiment. La femme continue de me caresser les cheveux. Ils ne comprennent pas ce que je dis. Ils ont l'air très sérieux, ils sont graves, respectueux. Ils me donnent de l'eau chaque fois que j'ai parlé. Peut-être croient-ils que je demande de l'eau ?

— Plusieurs d'entre vous sont sains et saufs ! dit quelqu'un.

Je comprends ce qu'il dit. Un homme en robe de bure vient d'entrer dans la case. Il parle portugais, et très posément, comme si j'étais malade.

— Vous avez été blessée, dit-il. Vous devez vous reposer. Vous êtes très faible. Vous avez une cheville brisée. Vous pourrez peut-être marcher dans deux ou trois semaines. Les Paiacù vous ont trouvés hier, au bord de la rivière.

— La rivière ? C'était une rivière ?

— Oui, il y a d'immenses chutes d'eau, mais c'est une rivière. La Paiacùci. Elle se jette dans un fleuve, beaucoup plus loin vers le nord.

— Qui êtes-vous ?

— Je m'appelle Luis Garzon. Je suis un missionnaire. Je suis venu vivre chez les Indiens. Je suis ici depuis cinq ans.

— Depuis cinq ans ? Mais... attendez ! Où est Inaua ? Où sont mes compagnons ?

— Ils sont tous vivants, sauf un. Un très grand, très fort, qui a une grande cicatrice sur la bouche.

— Quatre-Bouches. C'est Quatre-Bouches. Il est mort ?

— Oui. Mais les autres sont vivants. Les deux jeunes femmes. Un grand bonhomme noir. Un homme plus petit qui a des cicatrices aux mains.

— Marcus, et puis le Coupeur. Ça doit être le Coupeur. Et les autres ?

— C'est tout. Les Paiacù ont ramené cinq personnes. Attendez. Le chef veut vous parler. Je vais traduire ce qu'il dit.

L'homme très beau, fier de ses grandes plumes, s'avance et s'assied. Il me touche les pieds. Non : il me caresse les pieds. C'est très agréable. Je me sens détendue, heureuse. Faible, mais heureuse. Il parle d'une voix lente, mélodieuse. Il chante. Le padre Luis traduit aussi lentement que l'Indien parle. Il déroule son discours comme une toile, un tableau, un lé de tissu.

— Le chef s'appelle Pahuti-Hin. Il dit que vous êtes la bienvenue parce que vous êtes une déesse. Il dit que vous êtes Jali, la déesse des eaux. Vous êtes sortie de la rivière Paiacùci avec vos compagnons. Or personne ne sort de la rivière Paiacùci. Donc vous êtes la déesse Jali.

J'essaie de me relever mais la femme maintient mes épaules et ma tête contre ses cuisses, puis me caresse le front. Elle humecte ses doigts de salive et me lisse les sourcils. Pahuti-Hin continue de me parler. Il a l'air de plus en plus grave et respectueux. Il me caresse les pieds, mais avec déférence et, semble-t-il, pour me faire du bien.

— Le chef Pahuti-Hin vous accueille. Il vous aime et vous vénère. Il promet que personne ne vous coupera la tête : ni à vous, ni à vos compagnons. Vos compagnons sont sacrés, car ils sont sortis du fleuve eux aussi.

Le chef se tut. Il retira une plume de sa coiffe et la posa près de ma main. Je la pris. Il eut un large sourire, se leva et sortit. Je regardai le padre Luis.

— Mais... attendez ! Expliquez-moi. Il croit vraiment que je suis déesse ?

— Oui. Personne n'est jamais sorti de la rivière Paiacùci. Et vous êtes blonde et toute blanche, comme Jali. La déesse des eaux. Ils en parlent sans cesse. Ils chantent pour elle et pour Joto, le dieu de la forêt. Je leur ai expliqué qu'il n'y avait qu'un seul Dieu, mais ils ne me croient pas. Ils voient des dieux dans toutes les parties de la nature : les Cieux, la Pluie, les Rochers. Je crois que tout se passe bien, car sinon ils vous auraient recueillis, puis coupé la tête. Il a promis de ne pas vous couper la tête, et il tiendra parole. De plus, il vous vénère. C'est une très bonne chose pour vous.

— Et vous ? Comment se fait-il qu'ils ne vous aient pas coupé la tête ?

— Je leur ai appris beaucoup de choses, j'ai été très poli et honnête avec eux, et ils se sont habitués à moi. Mais au début, ils voulaient me sacrifier. Quand ils capturent un homme d'une autre tribu, ils lui coupent la tête et ils offrent son sang à un dieu. Je pense qu'ils vous offriront du sang.

— Seigneur ! que je garde le mien peut me suffire ! Attendez... avant de partir, pouvez-vous demander à cette femme de retirer ses cuisses de dessous ma tête ? Je voudrais m'allonger et dormir.

— Je vais le lui dire. Reposez-vous, maintenant.

Je l'entendis baragouiner et chantonner quelque chose en prenant le phrasé bizarre et modulé de la langue des Paiacù. Cela me fit sourire. Je sombrai à nouveau dans le sommeil.

Lorsque je me levai enfin, je sortis de la case en boitant, cherchant mes compagnons. L'une des femmes paiacù m'avait donné une attelle en bois. Je me déplaçais en soulevant le pied droit. Ma cheville me faisait mal. Je n'avais plus de pansement sur la poitrine. La femme me conduisit dans une autre case. Je ressentis un bonheur intense : Inaua, Marcus, le Coupeur et Kahowa étaient tous là, allongés. Ils dormaient. Ils dormaient comme des enfants.

Pour la première fois, je souris à l'une des personnes qui m'avaient soignée. J'offris un grand sourire à la femme qui était là, qui m'avait servi d'oreiller, d'infirmière, et qui m'avait donné à boire. Elle s'approcha de moi et frotta son immense chevelure casquée contre mon épaule. Elle portait une fine ceinture de lianes. C'était tout. Sa poitrine était vaste et tombait beaucoup. Elle devait avoir eu des enfants. Tout son corps était brun, cuivré, parfaitement lisse. Seuls ses cheveux paraissaient travaillés, ouvragés, compliqués. J'avais aperçu des hommes et des femmes qui s'aidaient mutuellement à couper et arranger leur casque de cheveux. Quelques hommes seulement portaient des plumes. Je montrai à cette femme la rivière Paiacùci. Elle y descendit avec moi.

En chemin, marchant très lentement à cause de ma cheville, nous croisâmes plusieurs hommes de cette tribu. Ils me regardaient avec infiniment de respect, s'approchaient doucement, disaient quelque chose, et frottaient leur tête contre mon épaule.

Un petit enfant vint trottiner devant nous. La femme s'empara de lui et le haussa vers moi. Elle mit la tête de l'enfant près de moi afin qu'elle pût toucher mon épaule. Je fis une caresse à l'enfant. La femme me regarda avec un amour et un respect infinis :

— Jali ! dit-elle.

Je n'étais pas au bout de mes surprises. Le padre Luis était dans la rivière, lui aussi, comme beaucoup d'autres hommes, de femmes et d'enfants. Il avait quitté sa robe de bure et se baignait nu, comme tout le monde.

— Bonjour, dit-il. Ne soyez pas étonnée ! Ici, les gens vivent à l'état de nature, ils sont simples et sans façons. Comme vous êtes une déesse, vous pouvez faire ce que vous voulez, et demander ce que vous voulez. Ils feront tout ce qui leur est possible pour vous satisfaire.

— Pensez-vous que je doive me baigner comme eux ? lui demandai-je.

— Oui ! Vous êtes la déesse de la rivière. Vous devez vous plonger librement dans votre élément.

J'ôtai ma chemise et mes pantalons grossièrement taillés dans des sacs de toile. Tous les Indiens me regardaient. Je fis un geste un peu fou : je laissai tomber mon attelle et plongeai dans la rivière !

Dans un grand bruit d'éclaboussures, je ressurgis au milieu d'un groupe d'enfants et de femmes. Elles s'écartaient pour me laisser de la place et me regarder. Ils n'avaient jamais vu de peau blanche. Ils n'osaient pas me toucher. Je m'approchai alors d'une jeune femme, tendis doucement la main, et approchai sa tête de mon épaule. Elle l'y posa et frotta son front. Alors, toutes les autres personnes s'approchèrent de moi et posèrent leur front sur mon épaule. Certains des Paiacù regardèrent alors le padre Luis d'un air sévère. Il comprit qu'il devait se plier à ce nouveau rite ; il s'approcha et fit comme les Indiens. Je me mis à rire. J'étais dans la rivière, je nageais, mon pied blessé touchait délicatement le bout des rochers, je sentais le glissant des rochers sous la plante de mes pieds, j'étais nue au milieu des Indiens, j'étais heureuse. J'avais cru que nous allions mourir, tués par les soldats, et surtout que nous allions nous rompre le cou dans les chutes. Voici que j'étais vivante. Et on m'accueillait. Et j'étais une déesse. Et je nageais.

Les Paiacù semblaient très contents. Ils me regardaient avidement, mais avec respect. Ils ne risquaient aucun geste déplacé, alors que je voyais qu'entre eux ils se touchaient d'une façon assez brusque : une femme attrapait un homme par ses attributs virils, ou un homme tirait le bras d'une femme pour la faire se tourner vers lui, ou une femme s'emparait d'un enfant comme d'un paquet. Je sortis de l'eau, plus triomphante que Vénus. Mais ma cheville me rappela vite les épreuves passées. Je grimaçai, et dus me retenir à un rocher. Deux hommes vinrent. Ils me montrèrent qu'ils pouvaient me porter. Je refusai. Je repris mon attelle et fis signe à la femme qui m'avait soignée. Elle vint me soutenir, la nuque sous mon bras. Appuyée sur cette femme, nue, trempée, mais déesse des eaux, je me dirigeai vers la case de mes compagnons et fis signe que j'avais faim. Le padre Luis se tenait à distance : il attendait que je fusse rhabillée. Il avait remis sa robe de bure et ressemblait un peu à un chien tout mouillé. Sa barbe avait un aspect étrange.

Pour ne pas le gêner, je remis mes vêtements. Mais ils étaient sales, et cela m'était désagréable. Ils me collaient à la peau.

— Demandez à cette femme de me trouver une étoffe, lui dis-je. Comment se nomme-t-elle ?

— Elle s'appelle Aé.

Aé revint avec un grand carré d'un tissu très lourd, qui paraissait fait de fines lianes. Tant pis ! Cela irait. J'enlevai à nouveau mes vêtements et m'enveloppai dans cette grande toile. Aé me tendit un bol. Il y avait là-dedans des choses indescriptibles. Des légumes ? Quelque chose qui ressemblait à de la courgette. Des champignons. Un bout de poisson, aussi, peut-être. C'était fort insolite à goûter, mais j'avais si faim ! Je mangeai sans me plaindre !

Je regardai mes compagnons toujours endormis. Ils avaient été placés chacun dans un hamac, bien tendu à chaque extrémité de la case, qui tenait par de vastes poteaux de bois rouge. Quel bonheur ! Marcus était là, étendu, grand, le coude replié sur les yeux. Inaua dormait en chien de fusil. Kahowa avait la bouche ouverte, et la main posée sur son petit ventre déjà rond. Le Coupeur avait les deux bras qui tombaient hors du hamac. J'étais si heureuse, et stupéfaite d'avoir été sauvée ! Recueillis. Nous avions été recueillis par les Indiens paiacù. Je me rappelai alors que l'on disait, autrefois, parmi les missionnaires, que ces Indiens étaient dangereux et meurtriers. C'était aussi ce qu'avait l'air de dire le padre Luis qui devait bien les connaître, puisqu'il vivait parmi eux depuis cinq ans. Mais en tout cas, avec nous, ils avaient été si doux, si accueillants, si tendres que je pensais vivre un rêve.

J'offris à manger au padre Luis et je demandai une ceinture, pour retenir ma robe improvisée. Puis, m'appuyant sur Aé, je parcourus très lentement le village.

— Regarde, Flavia ! Regarde, comme elle vole loin !

La flèche de Marcus monta dans le ciel, monta, atteignit presque les frondaisons, et se perdit sur la rive d'en face, parmi les branches. Les arcs et les flèches des Paiacù faisaient merveille. Depuis quelques jours, ils nous enseignaient l'art de tirer avec leurs arcs, du fait que le Coupeur et Marcus avaient pris un air intéressé en les voyant revenir si souvent avec du gibier magnifique : petits phacochères, singes, oiseaux, et même un jaguar – qui est une sorte de panthère au pelage brun pâle et blanc, avec quelques taches noires. Les Paiacù savaient cuisiner tout ce gibier, et c'était délicieux. Avec tous les légumes et les fruits qu'ils cueillaient dans la forêt, ils s'étaient composé une alimentation magnifique. Un seul aspect de leur menu me dérangeait : ils cultivaient une sorte de racine appelée *nioc*, ou *anioc*, qu'ils faisaient bouillir et que je trouvais fort mauvaise. Mais tout le reste était délectable. J'avais été répugnée à l'idée de manger du singe, mais il me faut bien admettre que ces animaux ont un goût excellent.

Pour l'instant, nous découvrions l'extraordinaire habileté des Paiacù en ce qui concernait les arcs : ils les taillaient dans un bois extrêmement léger, qui était bistre ou de couleur marron, et ils y adaptaient une cordelette très fine, mais exceptionnellement dure, confectionnée avec une liane de *péhicuri*, l'un des grands arbres les plus courants, aux feuilles énormes. Ils avaient donc des arcs très légers, mais solides. Leurs flèches étaient deux fois plus longues que les nôtres, et trois ou quatre fois plus légères. Seule la pointe était faite dans un autre bois plus lourd, si bien que la flèche avait tendance à piquer vers le bas une fois lancée. De ce fait, il fallait tirer les flèches vers le haut : elles partaient alors très loin, dessinant une magnifique parabole, puis retombaient brusquement vers la cible en ne faisant strictement aucun bruit. Les Paiacù étaient si adroits qu'ils ne rentraient jamais bredouilles. En cas de mauvaise fortune, ils ramenaient toujours de la chasse quelques perroquets, toucans ou cacatoès. Les oiseaux que j'avais admirés dans des cages, à Natal, vivaient ici sans crainte, et par milliers. Lorsqu'on faisait du bruit sous un arbre, il en jaillissait un bouquet d'une centaine d'oiseaux !

Marcus gaspillait les flèches de nos hôtes : les Paiacù étaient si heureux de le voir admirer leurs talents qu'ils lui fabriquaient plusieurs longues flèches en un quart d'heure, et s'amusaient de le voir tirer vers les cieux. Mais peu à peu, nous devînmes tous habiles avec ces arcs. Les flèches ne furent plus jamais gaspillées, et nous aprîmes aussi à construire les arcs. Nous devinions que cela nous serait utile.

C'est peu dire que nous fûmes heureux de nous retrouver tous, lorsque mes compagnons se réveillèrent enfin. Inaua me sauta dans les bras, m'entoura de ses jambes, couvrit mon visage de baisers. Marcus fit de même. Le Coupeur s'étira d'un air satisfait. Et tous nous entourâmes de nos soins la petite Kahowa, qui venait de sentir son enfant bouger dans son sein. Elle était si contente qu'elle se mit à pleurer, pleurer, puis se rendormit ! Nous pleurions la mort d'un de nos compagnons les plus courageux, et de bien d'autres. Mais au moins, nous étions cinq à avoir survécu, et j'avais été la seule à être vraiment blessée. Les autres n'avaient que des cicatrices sur les bras et les mains, des bleus au visage ou dans le dos. Marcus avait gardé une pommette un peu déchirée pendant quelques jours. Le sorcier paiacù lui avait mis là-dessus une sorte de cataplasme de terre glaise, et il n'avait plus souffert du tout de cette petite blessure. J'étais comblée de l'avoir de nouveau près de moi. Je lui avais bien recommandé de me traiter avec beaucoup de déférence, puisque j'étais la déesse Jali aux yeux des Indiens, et il observait cette vénération avec beaucoup de soin, tout en étant capable d'oublier cette déférence la nuit, lorsque nous étions seuls, partageant son hamac. Kahowa s'était appariée avec le Coupeur, qui la protégeait et s'occupait d'elle comme si elle avait toujours été sa femme. Il conservait une grande expression de tristesse depuis la mort d'Uta-Fawé, mais au fil des semaines, sa joie devint visible, au fur et à mesure que le ventre de Kahowa s'arrondissait. Il m'étonna beaucoup, le jour où il me dit :

— Flavia, je vais être père ! Moi, un esclave !

— Mais Coupeur, tu n'es plus un esclave ! Tu dois d'ailleurs reprendre ton nom, ton nom d'avant, quand tu étais en Afrique... Comment t'appelais-tu, avant d'être surnommé le Coupeur ?

— Flavia, tu vas te moquer de moi... mais je ne m'en souviens plus !

— Ce n'est pas possible... Tu dois te moquer de moi ? murmurai-je.

— Mais non ! Pas du tout !

Il se tordit les mains, une expression horrible s'esquissa sur son visage, et je n'osai pas l'interroger davantage... Pourtant, j'en fus épouvantée. Comment quelqu'un peut-il vraiment oublier son propre nom ? ! En tout cas, je n'entendis aucune explication de sa part, et il continua d'être appelé le Coupeur.

Je discutais souvent avec Marcus et avec le padre Garzon. Nous l'appelions Luis, et il était devenu un véritable ami. Il nous était très utile lorsque nous voulions parler avec le chef Pahuti-Hin, ou d'autres guerriers paiacù – même si nous commencions à baragouiner un peu dans leur langue. J'apprenais à moduler les mots avec Aé. Puis je les répétais à Inaua, qui parlait leur langue beaucoup plus aisément que moi.

Luis nous avait raconté sa vie, avant le temps des Indiens, et nous lui avions conté la nôtre. Il fut abasourdi quand je lui racontai quelle était ma naissance, et de qui j'avais été l'épouse. Il trouvait cela très ennuyeux.

— Un jour, vous devrez faire annuler ce mariage devant l'Eglise ! me dit-il.

J'étais presque nue devant lui, dans une robe de raphia et de lianes, et il me parlait d'Eglise !

— Luis ! mon cher Luis... où voyez-vous cette Eglise, ici, dans la selve ? !

— Ah, Flavie ! dit-il, très offusqué. L'Eglise est partout, et mon cœur est une cathédrale !

— Parlez-nous plutôt des Indiens, cher padre ! Avez-vous rencontré d'autres tribus ? d'autres clans paiacù ?

— Il n'y a pas d'autres clans paiacù. Quant aux autres tribus, les Groahira, les Yahaunaua, qui sont les seuls que nous ayons rencontrés, nos amis paiacù les ont toujours tués. Ils s'entendent très mal avec les autres groupes. Et de plus, ils affirment qu'ils doivent sacrifier du sang ennemi et le verser sous forme de libations à la Terre, à la Rivière – donc à vous – ainsi qu'à d'autres divinités. Lorsque je leur ai dit que Dieu est bon, et que ces sacrifices ne lui plaisent en aucune manière, le chef Pahuti-Hin m'a rétorqué que, dans ce cas, Dieu allait leur interdire bientôt de sacrifier les ennemis, et qu'Il foudroierait le sorcier en plein milieu d'une cérémonie d'offrande !

— Avez-vous assisté à plusieurs de ces sacrifices ?

— Hélas oui ! Seulement deux, mais cela a amplement satisfait ma curiosité. Ils tiennent le guerrier ennemi, les poignets liés, au-dessus d'un rocher ou au-dessus de la rivière. Tout en lui tranchant la gorge, ils font couler le sang sur le lieu de ces horribles libations. Puis ils le transpercent de coups, afin que tout le sang soit offert. Je n'ai pas pu assister à la fin de la cérémonie.

Marcus eut un léger haut-le-corps. Il demanda :

— Mais pensez-vous qu'ils puissent un jour être aussi cruels envers nous ?

— Cela me semble impossible. Ils croient que Flavie est la déesse des eaux. De ce fait, ils vous offrent tout ce qu'ils ont, et davantage. Ils ont proposé plusieurs fois de jeunes hommes à votre amie Inaua, et elle a dû refuser poliment. Ils croient que votre venue est bénéfique à leur tribu, et que tout cela annonce une longue période faste. La seule chose que je craigne...

Le padre Luis hésita un peu. Je le brusquai :

— Oh, arrêtez de prendre des précautions ! Ces hommes d'Eglise ! Pires que des félins ! Dites-nous ce que vous redoutez.

— Je crains que les Paiacù ne veuillent faire quantité de sacrifices en votre honneur. Et donc, qu'ils ne s'engagent dans de dangereuses expéditions contre une tribu voisine. Les Yahaunaua, par exemple. Je crois qu'il serait sage, pour ne pas dire rusé, de leur suggérer d'accomplir un tout petit sacrifice, une modeste obole humaine, durant la prochaine saison des pluies. Cela nous laissera le temps de réfléchir.

— C'est une bonne idée, dis-je. J'en parlerai au chef Pahuti-Hin. Vous viendrez m'assister.

Ainsi fut fait. Le très bel Indien fut immensément heureux de ma demande. Il se récria un peu : quoi, une seule victime en offrande ! Mais je lui précisai qu'il fallait qu'elle soit très belle, et qu'elle porte des tatouages. J'imaginais – assez sottement – que ce genre de victime serait deux fois plus difficile à dénicher pour les guerriers paiacù.

Mais j'avais d'autres sortes de soucis, et il fut assez tôt certain pour moi que nous ne resterions pas fort longtemps parmi les Paiacù. Un soir où nous avions chassé, nous revenions de la forêt et je me rendis compte que je n'avais pas vu passer la dernière lune. J'avais senti quelque chose d'inconnu en mon sein. J'en touchai un mot à Kahowa. Elle fut d'accord avec moi, il n'y avait pas à s'y tromper : j'étais enceinte.

Je le dis aussitôt à Marcus. Il me serra dans ses bras et me dit qu'il était heureux. Moi aussi, j'étais heureuse ! Oui, comme j'étais heureuse ! J'avais tellement changé, ma vie avait tellement changé que je n'étais plus la même personne qu'autrefois, la jeune Angélique prétentieuse et insupportable qui avait fui la France, ni la jeune femme hautaine et traquée qui était arrivée à Natal, je n'étais même plus la petite duchesse qui avait fui son époux, j'étais une esclave devenue libre. J'étais fière de ma liberté, de celle d'Inaua, de celle de chaque personne que je voyais ici. Mais je ne pouvais ignorer que je jouissais d'un statut très particulier aux yeux des Paiacù.

— Pensez-vous que la déesse Jali puisse attendre un enfant, mon cher Luis ? dis-je un beau matin au padre Garzon.

Il se signa.

— Seigneur ! gémit-il. Epargnez-nous... Je n'en ai aucune idée ! Mais si elle attend un enfant, il faut au moins qu'elle l'ait eu avec le fils du Soleil, ou avec le dieu des Rochers !

Et il m'expliqua que selon une légende des Paiacù, Jali devait rencontrer en secret le Soleil. De leur union naissaient les reflets de l'eau et les pierres précieuses : j'avais remarqué que dans certains endroits de la rivière, on pouvait ramasser de longues pierres vertes, ou parfois d'autres couleurs, qui brillaient beaucoup et que je n'avais jamais vues.

— A ce propos, Luis, quelles sont donc ces pierres qu'il y a dans la rivière Paiacùci ?

— Vous vous moquez de moi, gémit-il encore. Ne me dites pas que, riche comme vous l'avez été, vous ne reconnaissez pas les émeraudes !

— Ce sont des émeraudes ? Mais je ne peux pas les reconnaître : je n'en avais jamais vu de si grandes. Je croyais que c'étaient de petites pierres, avec beaucoup de faces.

— Mais enfin, Flavia ! quelle enfant... Vous ignorez donc que les pierres précieuses doivent être taillées ? Celles de la rivière sont simplement très grandes. Les Indiens s'en moquent. Si des Brésiliens parvenaient jusqu'ici, ils en deviendraient fous !

Lorsque je rapportai toute cette conversation au Coupeur et à Inaua, ils en furent tous à la fois réjouis, et très inquiets : réjouis, parce qu'ils songeaient à faire provision d'émeraudes ; inquiets, parce qu'ils envisageaient aussi bien que moi la réaction des

Paiacù lorsqu'ils verraient que je mettais au monde un enfant qui serait vraisemblablement métis. Il serait dangereux de leur faire accroire que l'enfant était fils du Soleil et des Eaux.

Je conclus de ces débats que nous devions partir avant la saison des pluies, nous réfugier très loin de là, hors d'atteinte des Paiacù, et que nous devions profiter du fait qu'ils étaient encore parfaitement amicaux à notre égard.

J'expliquai au chef Pahuti-Hin que la déesse des Eaux voulait aller voir d'autres rivières, puis revenir afin d'apporter davantage de prospérité à leur peuple ; que l'on devait monter une expédition pour moi et mes compagnons avec quatre guerriers qui nous seraient parfaitement dévoués ; que j'en avais parlé à d'autres dieux, et qu'ils approuvaient beaucoup ce projet.

Il demanda alors au sorcier de bien vouloir me demander, avec la plus grande componction, à quels autres dieux j'en avais parlé. Le sorcier me le demanda, non sans s'être allongé au sol en me caressant les pieds ; je répondis que j'en avais parlé surtout au dieu Soleil, car je voulais avec lui créer de nouveaux reflets et dessiner des arcs dans le ciel.

Cette évocation parut sublime aux yeux du sorcier. Il me baisa les pieds, les genoux, et m'offrit un énorme collier qu'il portait autour du cou, qui était fait de plumes de toucan bleu et était d'une rare beauté. Il se prosterna devant Pahuti-Hin afin qu'on suivît mes directives à la lettre.

La déesse Jali serait obéie. Inaua et le Coupeur eurent à peine le temps de ramasser quelques dizaines d'émeraudes dans la rivière. J'avais fait coudre pour Kahowa une robe de lianes avec une large ceinture pour retenir son ventre arrondi. J'espérais hériter de cette robe quelque temps après.

Les quatre guerriers se nommaient Pa-Etin, Lum-Téhétin, Péhi-Hin et Lupa-Hin. Ils étaient nus, portaient une ceinture, un carquois et un arc. Leur hamac était roulé sur leur dos et contenait quelques provisions, un peu du tabac qu'ils avaient coutume de fumer, des pierres coupantes pour tailler les pointes de flèches. Comme nous avions appris une soixantaine de mots essentiels dans leur langue, et qu'Inaua les comprenait bien, nous n'étions pas inquiets quant à la façon de communiquer avec eux. Ils étaient très contents de nous accompagner, car ils appréciaient beaucoup Marcus et le Coupeur. Ce dernier avait reçu du chef Pahuti-Hin de longues lames de pierre serties dans des manches en bois léger : cela faisait office de coupe-coupe et c'était aussi efficace que des machetes. Le Coupeur leur avait montré comment il s'en servait. Ils en étaient fascinés. De plus, ils étaient très heureux d'être au service de la déesse Jali, et avaient tous juré de mourir pour moi si besoin était.

Un matin, longtemps avant la saison des pluies, nous fîmes nos adieux au padre Garzon et au chef des Paiacù. J'osai un geste très insolent : je pris la tête du chef contre moi, l'attirai contre mon épaule, et la frottai vigoureusement. Il me toucha, ange élu parmi les archanges. Je me rendis compte que j'aimais beaucoup cet homme, et que je le trouvais toujours beau et élégant. Ses plumes me caressaient le bras. Ce contact me fit frissonner. Je me tournai vers Luis et lui tendis la main. Il la baisa.

— Dona Flavia ! dit-il. Soyez prudente. Que Dieu vous protège. Ou que les dieux de la forêt vous protègent !

Je vis qu'il avait les larmes aux yeux. Il restait seul parmi les Paiacù. Je lui avais offert de venir avec nous, mais il ne voulait pas les quitter :

— Je mourrai ici, avait-il dit.

Nous le vîmes agiter les bras en tous sens alors que nous partions. Il nous scruta longtemps, jusqu'à ce que nous ayons disparu à l'orée de la selve : neuf silhouettes s'enfonçant dans la forêt profonde.

Les premiers jours, je ne ressentis rien de particulier. J'étais désormais habituée à la forêt. Les Paiacù nous en avaient enseigné presque tous les mystères. Chaque jour, les quatre guerriers qui nous accompagnaient nous expliquaient de petites choses, parfois infimes, mais souvent si utiles : comment repérer la trace d'un animal, comment voir si un rameau a été cassé, comment deviner si un homme est passé, comment reconnaître les excréments dans les endroits secs, comment différencier les serpents inoffensifs de ceux qui sont dangereux, comment piéger certain gibier, comment retailler la pointe d'une flèche. Nous avions tous, sauf le Coupeur et moi, un grand carquois sur le dos. Comme celles des guerriers, les flèches de Marcus ne manquaient pas leur cible. Le Coupeur préférait ses sabres. Inaua portait un très gros sac :

elle avait dû ramasser trop d'émeraudes et ne voulait pas me les montrer.

— Ce sera quand vous aurez votre bébé, dona Flavia.

— Sais-tu que depuis le temps, tu devrais me dire « tu », et enlever ce « dona » qui ne correspond plus à rien ? Nous sommes dans la forêt !

— Je le sais bien, et je vais essayer de dire « tu ». Mais je ne crois pas que je pourrai t'appeler autrement que dona Flavia !

Nous étions sur un sentier. Devant nous, le Coupeur et les Indiens frayaient le chemin. Brusquement, Inaua fit volte-face. Elle se jeta dans mes bras et m'embrassa.

— Je t'aime, dona Flavia !

Je puis dire que j'en fus estomaquée et toute confuse. C'était comme si elle m'avait donné un coup de poing. Je savais qu'elle m'aimait beaucoup, mais de là à me le dire, et à m'embrasser ! Ses lèvres avaient touché mes lèvres. J'en étais très émue, mais aussi très gênée, comme lorsqu'un enfant vous fait trop de câlins. Et moi aussi, je l'avais embrassée. J'avais senti la douceur de sa bouche. Elle avait un goût de mangue, et aussi de sel. Je la laissai poursuivre son chemin devant moi, et la contemplai de dos. Qu'elle était jolie, dans sa robe de lianes et de bouts de tissu ! Ses longues jambes bougeaient comme les branches d'un saule. Ses petits pieds serrés dans des sandales étaient tout clairs : je voyais la peau de ses talons, rose et fine. Son dos avait la couleur du caramel. Elle était si douce et mignonne que j'avais envie de la mordre.

En même temps, je m'en voulais de l'avoir laissée m'approcher et devenir si familière : elle avait été habituée à me servir, puis nous avions fui ensemble, ensuite elle avait vu les Indiens m'aduler, me servir, me plaire : ne devait-elle pas encore beaucoup trop me tenir pour une duchesse, ou pour n'importe quelle sorte d'être supérieur ? Or je ne voulais plus de cette prétendue supériorité ; je souhaitais qu'elle devienne femme, et qu'elle soit libre, et qu'elle soit aussi forte et respectée que moi. Je ne voulais pas de ces « dona », de ces marques de respect, de ces colifichets. Je voulais qu'elle soit ma petite sœur ou ma fille. Je me dis que si un jour elle se trouvait avec moi en France, ce qui était malheureusement impensable, je la traiterais comme ma propre sœur.

Nous devions nous arrêter : Kahowa se plaignait de la fatigue.

Nous devions la porter : elle ne tarderait pas à accoucher. Peut-être cela allait-il se produire dans les jours qui suivaient. Nous étions donc occupés à lui fabriquer une sorte de petite civière, et le Coupeur maniait ses coupe-coupe à grand fracas, lorsque les quatre guerriers Paiacù nous signalèrent un mouvement anormal tout près de nous. Le doigt sur la bouche, la flèche prête sur le fil de l'arc, ils nous firent signe de nous baisser et de nous abriter derrière un tronc d'arbre. De grands remuements se manifestaient maintenant à quelques pas, dans un feuillage rigoureusement impénétrable. S'il s'agissait d'un animal, il devait être gigantesque.

Nous attendîmes ainsi quelques minutes, sans faire le moindre bruit. Le guerrier nommé Lum-Téhétin s'était éloigné. Il revint en rampant.

— Douze guerriers, dit-il. Yahaunaua.

Nous n'avions rien vu.

Lui, en se dissimulant, plaqué au sol, les avait vus passer. Ils ne nous avaient pas entendus : ils faisaient un énorme vacarme en coupant les lianes. La forêt était très dense, et beaucoup d'insectes les dérangeaient, eux aussi. Ces Yahaunaua étaient-ils dangereux ?

Lum-Téhétin haussa les épaules : là n'était pas la question.

— Ennemis ! dit-il.

— Crois-tu que nous pouvons continuer ? lui demandai-je.

— Oui. Finir lit femme noire. Partir, dit-il.

— Bien. Nous allons faire selon ton conseil.

Lum-Téhétin bomba le torse, tout fier. Etre approuvé par une déesse ne lui arrivait pas assez fréquemment !

Je terminai d'installer Kahowa sur sa couche. Les trois autres guerriers, avec Marcus, allaient la porter. Le Coupeur continuerait devant, avec Lum-Téhétin, qui me semblait fort vigilant. Nous poursuivîmes notre chemin, nous guidant au son : la forêt devenait tellement sombre et resserrée que nous avions l'impression d'être tenus dans le poing d'un géant. Ses doigts ne s'écartaient jamais. Parfois, un rai de lumière descendait sur une feuille et la faisait scintiller, comme une émeraude de la rivière. Nous suivions chaque choc causé par le Coupeur. Les feuilles, les tiges et les lianes tombaient, s'accumulaient sous nos pas. Elles nous protégeaient des araignées et des petits serpents. Les animaux plus imposants s'éloignaient en nous entendant approcher : en ce sens, le bruit nous était favorable.

Mais il nous devint très défavorable quelques jours après. Nous étions très fatigués de dormir au creux des arbres, de monter la garde, de porter Kahowa. Nous étions donc moins vigilants. Notre bruit avait dû avertir un petit clan indien. Alors que nous nous asseyions dans une clairière, une très courte flèche vint se planter à quelques centimètres de Lum-Téhétin !

Aussitôt, nous plongeâmes à couvert. Avec Inaua, je me saisis de Kahowa pour lui faire quitter sa civière et la mettre à l'abri. Elle trébucha, ce qui nous sauva la vie : une grêle de flèches s'abattit au-dessus de nous, à l'endroit même où nous nous tenions une seconde avant.

Ayant couru, et protégés par les quatre guerriers, nous attendions, cachés derrière les arbres, que nos ennemis se manifestent à nouveau.

— Moi essayer, dit Péhi-Hin.

Je ne saisis pas ce qu'il avait l'intention de faire. Il se dressa, fit quelques pas en direction de la clairière, et se mit à insulter nos assaillants dans sa langue :

— Porcs ! Oiseaux ! leur disait-il. Peureux comme oiseaux !

Aussitôt, cinq ou six flèches jaillirent d'un bosquet en face de lui. C'était ce qu'il voulait : il se jeta sur le côté, évita les flèches et resta à terre, comme s'il avait été touché. Pendant ce temps, Pa-Etin, Lum-Téhétin, et Lupa-Hin, puis Marcus tiraient une douzaine de flèches en direction du bosquet menaçant. Le résultat ne se fit pas attendre : des cris perçants retentirent dans ces fourrés. Au moins deux ennemis avaient été touchés.

Il suffisait d'attendre encore. Nos six hommes allèrent ensuite vérifier que le clan ennemi avait pris la fuite ; puis ils revinrent.

— Il y a eu trois blessés, dit Marcus. Nos amis paiacù les ont achevés. Ils disent que ce ne sont pas des Yahaunaua. Ce sont des guerriers couverts de teinture noire, et qui ont des flèches courtes. Ils n'ont peut-être pas d'arcs à flèches.

— Mais alors, demandai-je, comment peuvent-ils tirer leurs flèches ?

— Ils ne savent pas, dit Marcus. Je crois que cela leur fait peur. Les guerriers qu'ils ont tué n'avaient pas d'arcs !

— Comme c'est étrange ! Et sait-on d'où ils viennent ? Ont-ils l'habitude d'attaquer les Paiacù ?

— Oui, dit Marcus. Ils ont dit que c'étaient des Pannati. Des guerriers qui vivent sur le fleuve. Ils ne sont pas dans la forêt, à l'accoutumée. Ils ont des pirogues et vivent sur le fleuve. Ils ne vivent pas du tout comme les Paiacù.

— Il y a au moins deux bonnes choses dans tout cela, déclarai-je crânement. La première, c'est que nous n'avons pas été blessés. La seconde, c'est que nous sommes proches d'un fleuve. Allons voir les corps de ces ennemis !

Les quatre Paiacù, malgré leurs réticences, nous montrèrent les corps de leurs victimes. Autour d'eux, je voyais les flèches courtes, à pointe fine, et de couleur bleue... mais rien qui permît de les lancer !

Nous regardions partout. Lum-Téhétin me regardait, l'air désespéré, honteux. Je lui montrai une sorte de branche très droite, sur le sol, tout près de l'un des cadavres.

— Regarde ! lui dis-je.

J'avais entr'aperçu que cette branche était creuse. C'était un tube. Ils plaçaient la flèche au bout, soufflaient, et la lançaient ainsi. De fait, certaines branches que nous avions vues au sol étaient des sarbacanes. J'expliquai à nos quatre guerriers ce dont il s'agissait, sans leur dire que le padre Luis m'en avait parlé.

Lum-Téhétin me considérait avec une admiration sans bornes. Bien sûr, une déesse pouvait expliquer ces choses magiques ! Tandis qu'il me caressait les pieds, j'expliquai aux trois autres comment la sarbacane était faite : ils n'osaient pas encore la toucher. Inaua, ravie de ma science, me fit observer que la pointe des flèches était bleuie, et peut-être trempée dans quelque substance vénéneuse. Ils mettaient du poison au bout de leurs flèches !

Comme j'avais expliqué tout cela aux quatre guerriers, ils fronçaient les sourcils, s'apostrophaient, se congratulaient d'un air furieux : comment ! ces misérables Pannati osaient souffler dans des tubes pour propulser leurs flèches ! Quelle honte ! Alors que les arcs sont si beaux, si élégants ! Vraiment, cela montrait, s'il était besoin, la pleutrerie et l'absence d'esthétique de ces ennemis grotesques. Nos Paiacù en éprouvaient presque de la honte. A vaincre de pareils ennemis, peut-on tirer quelque gloire ? !

Je ne songeai pas à discuter gloriole avec eux. Ce qui s'était passé les avait rendus plus confiants, mais aussi plus prudents. Nous pûmes donc reprendre tranquillement notre chemin... en attendant quelques jours non loin de là : Kahowa venait d'accoucher.

Quelques heures après cette vilaine rencontre, elle se sentit secouée de convulsions, et nous l'étendîmes sous un grand arbre, sur des feuilles propres et sèches. Les guerriers et le Coupeur avaient pour mission de rester autour à nous protéger soigneusement, et Marcus devait aller chercher de l'eau : il s'en trouvait souvent dans le creux des plus grandes feuilles. Il revint avec une énorme feuille toute repliée sur elle-même et, ayant fait du feu, nous fîmes chauffer de l'eau fraîche. Inaua aida le bébé à sortir. Il était tout sanglant et tout noir ; après avoir été nettoyé, il était tout propre et toujours noir, mais d'une belle couleur de caramel. Je pris des feuilles propres pour nettoyer sa mère, et je fis encore chauffer de l'eau. Ayant déchiré un pan du bas de ma robe, j'en enveloppai cette minuscule fillette et la déposai entre les bras de Kahowa. Elle était tout heureuse et n'avait presque pas souffert ; tout s'était fait très vite ; on appela le Coupeur, qui tint dans ses bras la petite qu'il voulait avoir pour fille ; il en parut transfiguré ; les quatre Indiens vinrent regarder et plissèrent un peu le nez : qu'un bébé eût la peau si sombre leur déplaisait un peu ; je leur expliquai que c'était une fille des Rochers, que Kahowa l'avait conçue avec le jeune dieu des Graminées et des Rochers. Ils se récrièrent alors : quoi ! mais cette enfant était très belle ! Il fallait la porter ! Chacun voulut s'en emparer et jouer avec. Je dus exiger que le bébé fût immédiatement remis à Kahowa.

Puis j'avertis que nous resterions encore deux jours dans cette partie de la forêt, et qu'il fallait que l'un des guerriers aille trouver, pendant ce temps, le chemin du fleuve. Péhi-Hin se porta volontaire.

Il revint deux jours après, tout dolent, blessé. Il avait de la bave aux lèvres. Cette écume coulait sur son menton. Il mourut.

Dans son dos, nous découvrîmes la trace d'une flèche empoisonnée.

Je fus inquiète car nous devions partir très vite, mais plus encore parce que les Indiens pannati devaient l'avoir rencontré du côté du fleuve, et pouvaient fort bien savoir où nous étions. Malgré les protestations de nos alliés paiacù qui voulaient partir les affronter, j'ordonnai que nous repartions vers l'intérieur de la forêt, quitte à retomber sur le fleuve beaucoup plus loin ou bien en amont sur son cours.

Mécontent, Lum-Téhétin me dit que ce n'était pas une bonne idée, car ils étaient invincibles, puisque j'étais avec eux ! Je dus passer une heure à lui expliquer qu'une déesse ne protège pas tous les humains, qu'elle doit laisser parfois les hommes s'arranger entre eux, et qu'à la première occasion, je les vengerais tous des Pannati, d'un seul coup.

— Mais comment ? demanda Lum-Téhétin, interloqué.

— Je suis la déesse de la rivière. Je les noierai tous d'un seul coup, quand ils seront dans leurs pirogues.

Il me regarda, frappé comme par la foudre. Bien sûr, il n'avait pas pu imaginer... Il se répandit en excuses, et me dit que je devais prendre sa vie, puisqu'il avait douté. Je finis par être fort gênée de jouer ce rôle, et lui dis que je prendrais sa vie lorsque nous serions en vue du fleuve, mais pas avant.

Nous fîmes une petite cérémonie pour saluer la dépouille de Péhi-Hin et l'enterrâmes dans un lit de feuilles de palmier. Trois feuilles géantes suffisaient pour linceul.

Nous marchâmes encore longtemps dans la forêt. A divers moments, nous entendions au loin le fleuve, mais ne voulions pas nous en rapprocher. Nous le longions à une centaine de mètres, le devinant, le supposant à travers les arbres, et nous doutant qu'il était très large.

Je fus déçue : il était très violent, mais pas très large. Nous avions parcouru une région qui commençait à ressembler à de la montagne. Le fleuve était un large torrent, parsemé de nombreux et gigantesques rochers pointus, taillés dans une pierre noire et luisante, striée de veines blanches. C'était beau, et fort impressionnant. Le courant était si fort que nous ne pouvions pas songer à le traverser sans cordes. Sur mon ordre, les trois Paiacù tressèrent de longues lianes.

Lum-Téhétin vint me demander si je voulais prendre sa vie sur-le-champ. Je lui dis que je souhaitais d'abord qu'il nous tresse au moins trois cordes.

Il ne revint pas me prier de la lui prendre ; sa vie lui fut prise par quelques fléchettes, qui jaillirent d'un rocher, sur l'autre rive ; la vie de Lupa-Hin aussi nous fut volée ; une poignée de fléchettes nous décima plus sûrement que tous les dangers de la jungle ; je vis ces deux courageux guerriers tomber presque en même temps dans le torrent, la poitrine criblée de traits, et tous nous nous mîmes à couvert derrière les rochers. Le Coupeur, fou de rage, se mit à lancer des cailloux qui rebondissaient et cognaient contre les rochers. Deux Indiens au corps teint de noir s'enfuirent là-bas, loin en face. A peine tressées, nos cordes descendaient le cours du torrent avec les corps de nos compagnons.

Nous ne pouvions pas traverser.

Cachés près de la rive, derrière des rochers très hauts, nous allions songer à passer au moins la nuit en sûreté, si c'était possible. Je demandai à Marcus d'être extrêmement prudent : il voulait explorer la rive. Nous nous tînmes cachées dans une grotte, Inaua, Kahowa et moi, avec le bébé. Le Coupeur et Pa-Etin montaient la garde. Des nuages roses passèrent dans le ciel. La nuit tomba.

Marcus n'était pas revenu.

Je me mis à trembler, à pleurer, à avoir plus peur que jamais auparavant. J'aimais Marcus. Je savais qu'ici, il était le meilleur homme que je puisse avoir, qu'il était fidèle, qu'il se battrait pour nous. J'avais confiance en lui.

J'attendais son enfant.

Et lui, je l'attendais dans la nuit, je l'attendais. Je crus vraiment qu'il ne reviendrait pas : il pouvait tomber dans le torrent, ou pire, être capturé par les Indiens... Il pouvait être mort !

Inaua vint se serrer contre moi pour me consoler.

Marcus revint.

Tout épuisé, alors que l'aube allait poindre, il revint, sale et trempé, mais très content de lui : il avait trouvé un passage ! Très loin d'ici, en amont, le torrent devenait étroit. Il y avait deux rochers assez proches où nous pourrions sauter sur l'autre rive.

Je lui pris le visage entre les mains et le couvris de baisers. Comme il était sale ! Et mouillé ! Et pitoyable ! Comme je l'aimais ! J'essayai d'expliquer à Pa-Etin ce qui se passait. Il ne comprit rien tout d'abord. Mais il refusa tout net de franchir le torrent avec nous.

Il dit que nous allions mourir. Il ne pensait pas du tout que j'étais la déesse de la Rivière, ni que je les protégerais : car la déesse Jali aurait évidemment recueilli les guerriers qui avaient chu dans le torrent, et les aurait fait revivre. Elle les aurait sortis de l'eau, les pourvoyant d'un arc en argent et de flèches en émeraude, triomphants, beaux et rutilants tels des vainqueurs qui retour de la chasse arrachent les crocs du jaguar !

Il me regarda avec un mépris indescriptible : je n'étais pas Jali, la déesse des Eaux. J'étais une femme, une mortelle comme eux. Je tentai de lui dire qu'il se trompait, j'essayai désespérément d'inventer une fable qui pût lui convenir. Il me regarda avec un dédain insondable, plus terrible que le fracas du torrent

— Tiens, regarde, « déesse Jali » ! cria-t-il. Sauve-moi ! Tu peux !

— Non ! Pa-Etin ! Non ! ! !

Il se lança dans le torrent. Impossible de le retenir. Le Coupeur voulut aller le chercher, là-bas, loin en dessous de nous, parmi les rochers. Nous apercevions les restes de son corps, éparpillés sur la pierre noire. C'étaient les restes d'un homme déçu. Je me sentis coupable. J'étais assurément responsable de sa mort. Je n'avais jamais eu le courage de leur dire qui j'étais vraiment. Ces hommes voulaient me servir, et je m'étais servie d'eux.

Marcus et Inaua me dirent que c'était faux, que ces Indiens étaient comme eux lorsqu'ils étaient encore des esclaves : qu'ils étaient esclaves de leurs superstitions. C'était peut-être le cas, mais j'avais abusé de leur superstition. Ils prétendirent alors qu'il n'était pas possible de faire autrement et que sans nul doute j'avais adopté ce comportement pour nous sauver tous, mais j'avoue qu'ils ne me convainquirent pas. Pendant plusieurs jours, après que nous eûmes enfin sauté ce torrent, je rêvai la nuit de cet homme nommé Pa-Etin, qui sautait dans le torrent et qui hurlait :

— Viens, Déesse ! Sauve-moi si tu peux !

Et je fis ce cauchemar très longtemps encore.

La fumée montait en virevoltant au-dessus des arbres. Inaua caressait mes cheveux et me peignait. Mon ventre avait grossi. Je ne percevais pas encore les mouvements du bébé, mais je sentais que quelque chose me... peut-on dire m'habitait ? ou se nichait en moi ? Oui, c'était cela, quelqu'un nichait en moi. C'était comme une présence inconnue. Par moments, je voulais prendre dans mes bras la fille de Kahowa, Inoumé, pour me rendre compte. Je tenais cette petite boule noire aux gros yeux verts et je la regardais intensément pour tenter de comprendre ce que peut être une nouvelle vie qui vient de connaître la lumière du jour. Mais c'est un peu comme vouloir être une fleur. On peut l'imaginer, mais on ne sent pas tomber la rosée, ni l'insecte courir sur nos étamines.

Nous scrutions la selve, épiant le plus infime mouvement. Nous avions marché près d'un mois le long du torrent, qui était redevenu fleuve. Il n'avait pas encore rencontré d'affluent. Et voici que là, en contrebas, une petite fumée montait entre les arbres tout humides...

Au moins, j'espérais que nous avions définitivement laissé les Pannati et autres méchantes créatures derrière nous. Car depuis trois semaines, nous n'avions plus vu âme qui vive. Nous gravissions des montagnes, puis retrouvions le fleuve un peu plus loin. Nous dormions dans le creux d'arbres très bas, au tronc court, mais gigantesques. Ils avaient d'énormes racines qui semblaient même parfois traverser le fleuve et reprendre sur l'autre rive. Presque toute la forêt était composée de ces arbres extraordinaires, qui étaient des palétuviers. Le seul inconvénient était les nombreux serpents d'eau qui se lovaient dans les flaques ou dans les mares, entre les racines de ces arbres. Mais la plupart n'étaient pas venimeux. Le Coupeur en avait tranché un, le prenant pour une liane. Ce serpent mesurait deux mètres. Nous n'en avions encore jamais vu d'aussi longs. Inaua me dit que dans son pays, les serpents pouvaient mesurer quatre ou cinq mètres. Elle me dit que cette forêt ressemblait un peu à la jungle de son pays. Elle en conclut qu'il devait se trouver ici d'autres serpents, d'une ampleur beaucoup plus conséquente.

Le lendemain, rampant et nous faufilant entre les arbres et les rochers, nous avons été en présence de ce foyer qui nous intriguait. Or cette petite fumée signifiait : présence humaine. Mais qui donc étaient ces gens ? Autour du foyer, il y avait six Indiens nus. Trois hommes et trois femmes. Ils étaient parfaitement silencieux.

Lorsque nous arrivâmes si près d'eux qu'il devint possible de les toucher, ils ne firent pas un mouvement.

L'un d'eux tenait une petite baguette creuse et fumait ; puis il tendait cette baguette à son voisin ou à sa voisine. Les autres attendaient en silence. Et ils ne bougeaient pas.

Nous attendîmes une heure ou deux pour ne pas les déranger : peut-être observaient-ils un rite qui leur était commun ?

Puis Inaua leur demanda en dialecte paiacù s'ils pouvaient nous dire vers où se diriger pour trouver le « très grand fleuve ». L'une des femmes montra un point, en aval, d'un seul geste du bras. Nous les saluâmes. Nous n'échangeâmes pas un seul mot.

C'était toujours un ensemble touffu de palétuviers et de longs rocs plats ou pointus que nous traversions. Il n'y avait presque jamais besoin de couper de lianes. Le plus souvent, il fallait passer d'une racine sur une autre, ou d'un rocher à l'autre, en prenant garde de ne jamais poser le pied dans l'infect marigot qui croupissait là en dessous.

Pour porter son enfant, Kahowa imitait les femmes paiacù : elle avait fabriqué une sorte de tout petit hamac avec une grande feuille de palme, dont les extrémités étaient reliées par une liane, et elle s'était mis cette liane en bandoulière. Le bébé se tenait contre son ventre et agrippait son sein de temps en temps. Kahowa buvait beaucoup et mangeait des fruits tout en marchant. Je lui cueillais des sortes de figues, toutes jaunes, pleines de pépins minuscules, mais qui avaient un goût délectable. Elle avait pris l'habitude de cracher les pépins sans aucun bruit, comme si elle avait été anxieuse de nous faire surprendre par les Indiens ou par des animaux.

Depuis le groupe de silencieux autour du feu, nous n'avions pas rencontré âme qui vive. En revanche, nous faisions souvent une rencontre fort désagréable, à savoir des serpents fort longs et fort épais, noirs ou mouchetés de brun, qui glissaient du haut des arbres à une vitesse effrayante. Il fallait s'habituer à faire un grand geste avec une perche ou l'un de nos arcs : voyant des proies beaucoup trop vastes, ils n'insistaient pas. Mais ils nous effrayaient à chaque fois, et nous n'osions plus dormir au creux des arbres. Il fallait donc toujours découvrir une cachette près du fleuve, soit quelques rochers entre lesquels nous posions des feuilles, soit un abri quelconque qui pût passer pour une grotte ; nous n'étions pas trop exigeants, et dormions parfois à même le sol de pierre, en ayant pris soin de nous répartir des tours de garde. Il était impensable de dormir sans être gardé : très souvent, le matin, l'un de nous racontait qu'il avait dû éloigner un serpent, ou des araignées, ou toute autre créature déplaisante. Il eût été très dangereux de sommeiller sans que nul ne veillât. Mais franchement, ce que nous redoutions le plus, c'étaient les hommes – d'autres hommes que nous, aussi féroces peut-être que les Pannati, et qui nous eussent attaqués durant notre sommeil.

Au bout d'un mois passé le long du fleuve, parmi les rochers, nous dûmes reconnaître que nous avions traversé une région trop inhospitalière pour abriter des humains.

Nous étions en vue des plateaux.

Des masses colossales de montagnes se dressaient au loin, dans la brume. Il y avait un fleuve ; puis des marais, et de la forêt ; puis un creux immense, une sorte de gouffre, dont nous ne pouvions pas apercevoir le fond, à cause de la brume ; et encore beaucoup plus loin se trouvaient les plateaux.

Pour une raison que j'ignore, nous étions attirés par ces plateaux. Vus de loin, sans doute à des semaines de marche, on aurait dit des forteresses. Le Coupeur voulait absolument les contempler ; il disait que cela ressemblait « aux dents du Seigneur ». Je ne croyais pas que Dieu pût avoir des dents, mais s'Il en avait eues, alors ç'auraient pu être ces montagnes-là. Elles paraissaient si formidables que l'on avait peur de ce qui était caché dans la brume, au-dessous d'elles. Comment un être humain aurait-il pu vivre là-bas, dans la brume, ou là-haut, dans les nuages ? Cette perspective donnait le vertige. Moi, Inaua aussi, et Marcus, et Kahowa, tous nous voulûmes aller voir de plus près ces immenses massifs. Nous ignorions qu'il nous faudrait un an.

Ce qui nous abusa, c'était d'abord la brume. Elle déformait tout. Dans ces contrées, la brume est une personne. Elle vous laisse entrer chez elle, vous tient par la main, vous égare, vous fait visiter toutes les pièces, puis vous dépose au bord du fleuve ou au milieu de la forêt. Vous êtes perdu. La brume dissimule un monde fait de cachettes, de chausse-trappes, de pièges emplis d'eau et de boue. Elle cache le marais qui cachait la forêt. Elle s'installe sur un territoire vide et disparaît. C'est elle qui a vidé ce territoire : il n'a plus d'eau, plus rien. Seulement des arbres. Ou bien il n'a plus d'arbres, plus rien. Seulement de l'eau.

Là où nous étions passés une heure auparavant, d'énormes orchidées fleurissaient. Elles poussaient près des palétuviers ou sur leurs racines. Lorsque nous revenions pour nous reposer ou pour chasser, les orchidées avaient disparu. La brume les avait prises, escamotées, subtilisées, puis déposées beaucoup plus loin, dans une clairière... Nous avions l'impression de devenir fous, ou de perdre la mémoire.

La brume nous enveloppa durant des semaines. Nous descendions en direction des immenses vallées qui paraissaient se creuser au-dessous du plateau, et ne découvrions jamais les premiers contreforts de ce plateau. Donc nous décidions de rebrousser chemin, pour avoir à nouveau une vue d'ensemble, ou un panorama qui nous eût remis en mémoire les perspectives que nous avions remarquées. Mais c'était peine perdue – une semaine de retour sur nos pas pour n'apercevoir rien. La brume avait tout modifié. A force de nous perdre et de revenir en arrière, nous comprîmes que les plateaux étaient beaucoup plus loin devant nous : notre regard nous les avait fait paraître proches, mais ils devaient être à un mois de marche ou peut-être davantage.

Un jour, la mine très sombre et presque décomposée, le Coupeur déclara :

— Nous devons trouver des refuges. Nous n'atteindrons jamais ces plateaux avant la saison des pluies.

Il avait raison. Nous étions très souvent revenus sur nos pas et il était certain que nous ne progresserions pas davantage pendant les semaines à venir. Or le vent se levait parfois, quelques orages éclataient, et nous voyions moins de bêtes sauvages. Certains animaux partaient, sans doute pour se cacher en des lieux plus hospitaliers. Il nous fallait nous construire de grands refuges dans des arbres solides, et je devais songer à me construire un nid, comme les oiseaux. Mon ventre s'arrondissait et j'étais plus que fatiguée. Le soir, je tombais là où Marcus m'avait installée. Il me semblait que je passais mon temps à dormir des journées entières. Il nous fallait aussi des vêtements, ou des fourrures, ou n'importe quelle sorte de peau pour nous protéger des pluies diluviennes pendant les mois à venir. Marcus, le Coupeur et Inaua commençaient à tuer des serpents. Nous avions constaté que les félins étaient trop difficiles à chasser. Nous avions quelques peaux de ces grands fauves qu'on appelle léopards et qu'on ne peut entrevoir que la nuit, lorsqu'ils sont en chasse. L'une de ces peaux servit à vêtir Inoumé, et je me disais que mon enfant, lorsqu'il naîtrait, aurait droit à l'une de ces fourrures magnifiques, tachetées de larges ronds noirs. Mais nous, nous n'avions rien pour nous vêtir ; nos chemises en toile de sac étaient en lambeaux, nos pantalons et nos robes étaient cent fois recousus, consolidés avec des lianes et déchirés, lacérés, parfois troués du fait des immenses efforts et grands écarts que nous faisions pour passer d'un arbre à l'autre ou pour franchir un ruisseau. Notre tenue nous faisait passer pour des sauvages. Le soleil avait tanné mon visage et, si je n'avais toujours eu mes cheveux blonds, on m'aurait aisément prise pour une Indienne – ce qui était loin de me déplaire. Chaque soir, mes trois compagnons nous montraient, à Kahowa et moi, ce qu'ils avaient chassé : plusieurs serpents longs de deux ou trois mètres, à la peau brune et couverte de dessins – losanges violets, zigzags noirs, cercles marron foncé. Nous avions bâti une case dans un grand arbre et nous y tannions les peaux. Une fois bien raclées avec des pierres coupantes puis étendues, elles séchaient pendant deux semaines, devenaient fines. Nous les mouillions au bord du fleuve, y mettions un peu de terre argileuse, les faisions encore sécher, et répétions l'opération jusqu'à ce qu'elles deviennent fines et souples, comme je l'avais vu faire autrefois dans une mégisserie. Ces peaux de serpent étaient étonnamment solides. Après les avoir coupées sous forme de chemises et de pantalons, nous les cousions avec des lianes très fines. Toutes ces opérations durèrent des mois. La saison des pluies revint. Mon ventre grossit. Je sentais mon bébé bouger, parfois violemment, et même me donner des coups de pied dans l'estomac. Qui pouvait bien être cette petite personne ? Je l'imaginai d'abord comme un de ces reptiles qui nagent dans l'eau à toute allure, comme les minuscules alligators que nous avions vus dans un marigot et qui nous avaient effrayés. Puis je me le représentai comme un petit homme, une sorte de Marcus tout petit et tout remuant, avec de grands yeux ; ou une petite femme comme Inoumé ; ou une petite femme comme Inaua. Certains jours, j'aurais voulu qu'il ressemble à Inaua.

Nos vêtements en peau de serpent étaient merveilleusement confortables. Souples, ils épousaient parfaitement nos formes. Et surtout, les jours où il pleuvait, la pluie glissait là-dessus comme sur des rochers. Le Coupeur et Marcus avaient tué tant de serpents que nous avions des peaux en réserve : Inaua s'en fit même deux très grands sacs. Elle gardait toujours ses vêtements d'avant, alors que nous autres avions tout jeté. Elle y rangeait aussi ses émeraudes, et d'autres pierres précieuses qu'elle recueillait au bord du fleuve. Elle y mettait aussi des fleurs séchées, principalement des orchidées, et d'autres fleurs inconnues qui sentaient délicieusement bon. Je découvris plus tard, aux Antilles, que ces longues fleurs effilées se nommaient strelitzias. Pour l'instant, Inaua occupait ses nombreux moments d'oisiveté à composer des colliers de fleurs et à comparer les tailles de ses pierres précieuses. Ses sacs étaient lourds. A un moment, j'eus l'impression que ses sacs de trésors lui tenaient lieu de ventre, et que peut-être elle aurait voulu attendre elle aussi un enfant.

Le mien naquit. Je hurlai en sentant que je perdais les eaux. C'était comme être fleuve et s'ouvrir comme un fruit. Il pleuvait. J'étais dans la case. Kahowa m'aida. C'était un garçon.

A force de marcher, courir, sauter d'arbre en arbre, je suppose qu'il n'était pas difficile d'être vite délivrée. En tout cas, l'enfant sortit brusquement. Il jaillit de moi et j'eus l'impression qu'il s'en allait, que quelque chose comme un géant magnifique partait de moi et allait s'établir plus loin. Quand je revins à moi, Kahowa m'avait nettoyée et avait coupé le cordon. Un petit bébé tout brun, à la peau assez claire, gigotait sur mon ventre. Je le soulevai un peu pour mieux le voir. Il se mit à crier d'une voix perçante ! Je le reposai aussitôt contre mon ventre et le caressai. Je dormis un peu tandis qu'il dormait.

Marcus revint de la chasse. Je lui tendis son fils. Il eut l'air très content, mais hélas voulut garder notre enfant dans les bras trop longtemps ! J'exigeai qu'il me le rendît. Je dus alors offrir mon sein à ce petit être avide et frissonnant. Kahowa me donna une fine et belle peau de léopard qui aurait suffi à envelopper quatre enfants comme le mien. Puis je connus les nuits sans sommeil, les nombreux moments de la tétée, l'extrême lassitude. Mais au moins n'étions-nous pas contraints de bouger, attendant la fin des pluies pour dans deux mois.

— Comment appelons-nous notre fils ? demandai-je à Marcus.

— Je ne sais pas du tout, répondit-il modestement. Je ne connais pas bien les noms. Il faut que tu choisisses.

— Il faudrait un nom qui puisse convenir à plusieurs langues, dis-je. Ta langue d'Afrique, ma langue de France, une des langues de ce pays-ci...

— Ne pense pas à l'Afrique, dit-il d'un air mécontent. La Côte de l'Or est le pays où l'on m'a fait prisonnier, vendu comme esclave et torturé. Je ne veux plus jamais y penser. Je ne veux plus connaître aucun mot de ce pays.

Je fus si touchée par ses paroles que je n'osai plus rien dire. Mais quelques jours plus tard, ma curiosité ayant repris le dessus, j'oubliai toute compassion et tout respect. Les mots qui me brûlaient les lèvres jaillirent soudain :

— Tu ne m'as jamais – jamais ! – raconté comment tu avais été enlevé. Ne serait-ce pas le moment, maintenant ?

— Je le veux bien, à condition que nous n'en parlions plus jamais. J'ai été enlevé, comme Inaua, comme le Coupeur, comme Kahowa, à la suite des guerres qui se déroulaient entre plusieurs tribus. Ma tribu était nommée Ikwo. Nous étions les plus faibles. Je fus fait prisonnier à la fin de ma jeunesse. Les vainqueurs nous conduisaient dans un port et nous vendaient à un marchand, un seigneur Ewani qui nous revendait aux Blancs. Les Blancs venaient d'un comptoir voisin. Ils étaient seuls. Ils n'avaient pas de femmes. Ils n'avaient pas leurs enfants avec eux. C'étaient des magiciens. Ils n'avaient que des esclaves. Ils nous examinaient, grâce à leurs sorciers qu'ils appellent médecins, et décidaient ce que nous allions devenir. Hormis ceux qui restaient dans les comptoirs, à l'ouest de mon pays, sur la côte, tous étaient jetés sur des bateaux négriers. Nous étions entassés les uns sur les autres dans la cale. Nous étions malades. Nous étions torturés, marqués au fer rouge qui nous brûlait la peau, on nous mettait des fers aux pieds, aux poignets, parfois autour du cou. Nous priions les hommes blancs de nous donner quelques-uns des poissons qu'ils avaient pêchés, mais ils les rejetaient à la mer en se moquant de nos suppliques. Nous avions de grands bacs très longs, en bois, pour faire nos besoins, et parfois un bébé se noyait dedans. Nous respirions un air fétide. Nous vomissions sur nos frères, sur nos sœurs, nous mourions entre les bras de nos pères, de nos mères, nous ne pouvions pas bouger, nous ne pouvions pas boire, nous...

Marcus se tut et se mit à pleurer. Je déposai son fils entre ses bras pour le consoler, et ne le questionnai plus jamais sur ce sujet.

— Tu t'appelleras François, en français, et Francesco, en brésilien, dis-je à mon bébé.

Il pleuvait. La pluie crépitait et le vent battait les feuilles.

— Marcus ! Il s'appellera Francesco, déclarai-je.

— C'est assez beau, dit Marcus.

— C'est un nom, dit Kahowa. C'est comme Inoumé. C'est bien.

— Et toi, Inaua ? Qu'en dis-tu ?

Ma petite Inaua se détourna. Elle était triste ; elle murmura seulement :

— Francesco, c'est sûrement un beau nom.

Mais le bruit de la pluie rendit ses paroles inaudibles.

Je reprenais des forces. Marcus et le Coupeur allaient me chercher des fruits. Nous avions parfois le sentiment bizarre d'être de véritables petits singes, vêtus de peaux de serpent, attendant la fin de la saison des pluies.

Le Coupeur, chaque jour, nous encourageait à repartir bientôt : il voulait voir les « dents du Seigneur ». Mais Kahowa, Marcus et moi, voulions attendre que les enfants soient un peu plus forts, et surtout que le déluge se soit arrêté. Nous apercevions de moins en moins d'animaux sauvages, et la chasse devenait difficile, fit remarquer le Coupeur. Il nous faudrait bientôt changer de campement : nous ne pouvions pas éternellement nous nourrir de fruits et de morceaux de serpent ! Nous avions en effet découvert que ces reptiles peuvent être dépecés, mis sur un feu et braisés, puis fumés. Lorsque les fruits ne nous suffisaient plus, nous en mangions parfois. Il fallait surmonter une grande répugnance. Mais cela avait un goût fort banal, qui était celui du lapin. J'étais la seule à aimer en manger. Kahowa refusait obstinément d'y goûter et se contentait de fruits. Elle crachait toujours ses pépins en silence. Inaua ne mangeait pas beaucoup et maigrissait. De temps en temps, lorsque Marcus était parti chasser, je la prenais contre mon cœur et la berçais comme je le faisais pour Francesco. Elle se serrait contre moi et m'embrassait dans le cou, me peignait les cheveux avec ses doigts. Parfois nous nous enlacions, avec Kahowa et sa fille, et cela faisait une boule composée de trois femmes et deux enfants. Nous écoutions la pluie clapoter sur les feuilles.

Enfin, après cette très longue période d'attente, nous connûmes la fin de ces pluies. Je me pris soudain à calculer les mois passés. Cela ne m'était jamais arrivé auparavant. Nous devions être au printemps 1796. Francesco était né en janvier. Il avait quatre mois. Ces chiffres me parurent aussitôt fort bizarres : tels les contours des montagnes, ils disparaissaient dans la brume.

Au début de ce printemps, nous levâmes définitivement le camp en direction des hauts plateaux. Nous savions que nous mettrions encore longtemps à les atteindre. Notre nouveau voyage se plaça d'emblée sous le signe des plus grands dangers : alors que nous traversions précautionneusement l'un des marais qui s'étendaient juste avant les vallées, nous vîmes un vaste et long serpent nager dans le marais ; il filait telle une anguille, disparaissait, réapparaissait en dressant sa tête menaçante au-dessus des eaux : il était poursuivi ; un formidable monstre jaillit de l'eau et le happa dans ses mâchoires énormes. C'était un terrifiant alligator, beaucoup plus grand que ceux que nous avions aperçus durant la saison des pluies. Entre ses crocs se tordait le long ruban qu'était ce reptile bientôt tranché en deux. Ce spectacle formidable nous remua beaucoup et fit pleurer la petite Inoumé : nichée dans les bras de sa mère, elle avait vu le monstre... Mon fils dormait dans sa nacelle en peau de léopard, accrochée à l'une de mes épaules et reliée à ma ceinture. Marcus et le Coupeur se postèrent devant nous. Le monstre s'en alla, satisfait et gavé. Il ne s'intéressait pas à nous.

Après un tel incident, il nous parut indispensable de nous déplacer avec d'infinies précautions, de ne jamais plonger dans l'eau sans l'avoir explorée avec nos arcs ou des perches, et d'éviter tout ce qui ressemblait à un marécage. Mais pour atteindre ces profondes vallées, il nous fallut donc faire de grands détours. Nous avions mis près d'un mois à franchir l'une des plus grandes. Nous ne voyions plus les hauts plateaux. Le Coupeur se lamentait. En montant très haut dans un arbre, regardant par-dessus la canopée, Inaua réussit à entrevoir les montagnes. Elle redescendit, dépitée. Selon elle, les montagnes étaient encore beaucoup plus loin que ce que nous imaginions.

Nous parvenions en tout cas à rester en vie, à nourrir les deux enfançons, à dormir près de la cime des arbres en attachant nos hamacs à des branches très élevées. Seuls Marcus, le Coupeur et Inaua montaient la garde, chacun un tiers de la nuit. Kahowa et moi étions trop fatiguées : nous nous serions endormies et serions tombées d'une branche, notre enfant dans les bras.

Chaque matin, nous nous réveillions, émerveillées pour deux raisons : stupéfaites d'avoir pu survivre un jour de plus, tant la forêt nous paraissait immense et hostile ; et surprises par sa splendeur.

La moindre feuille, la moindre fleur nous arrachait des cris. La beauté d'un papillon nous fascinait. La rapidité d'un animal, serpent ou rongeur, nous ahurissait. L'habileté d'une énorme araignée, qui tissait une toile de plusieurs mètres d'envergure, nous ravissait. L'extrême sinuosité des rivières nous obligeait à d'importants détours. La vitesse à laquelle la nuit tombait nous inquiétait. Chaque soir, la voûte céleste s'assombrissait brutalement, se couvrait d'étoiles et soudain il faisait nuit. Il y avait un moment magnifique, lors de l'apparition des premières étoiles : là, il fallait trouver très vite un arbre où se réfugier.

Un soir où le Coupeur venait de grimper dans un arbre pour voir si nous pourrions y passer la nuit, il se passa quelque chose d'extraordinaire : il sentit la main d'un singe le pousser, le projeter hors de l'arbre, et il tomba d'une belle hauteur, qui était celle de plusieurs hommes. Par chance, il atterrit sur de très larges feuilles épaisses qui amortirent beaucoup sa chute. Se relevant et se frottant, il nous dit ce qui s'était passé. Aussitôt, nous scrutâmes les arbres pour voir ces singes mystérieux. Il n'y en avait pas. En revanche, Marcus aperçut, très haut sur une branche, une silhouette humaine qui s'enfuyait.

— Ce n'était pas un singe, dit-il.

— Mais, dit le Coupeur, j'ai senti sur mon bras comme une main velue, lorsqu'il m'a poussé !

— C'était peut-être une parure, ou autre chose. Mais là-haut, moi, j'ai vu un homme. Un Indien, avec de très longs cheveux. Il s'est enfui.

Bien entendu, cet incident ne pouvait que nous inquiéter : nous avions commencé à nous habituer au fait qu'il y avait peu d'animaux, et n'avions rencontré aucun Indien depuis des mois. Nous nous sentions à peu près en sécurité lorsque nous n'étions plus au sol, et lorsqu'il n'y avait plus de marécages. Mais si les arbres aussi devenaient dangereux, et des repaires pour de possibles ennemis, nous ne pouvions plus avoir confiance en rien. Au lieu de mourir de fatigue, ou bien sous les assauts d'un fauve, nous allions mourir d'inquiétude, ne pouvant plus trouver ni repos ni asile.

— Je ne suis pas d'accord ! dit Kahowa. Les arbres, la plupart du temps, ne sont pas dangereux. Il ne s'y trouve que des oiseaux, des singes, de petits serpents. Les grands serpents se trouvent plutôt près des marais. Nous devons continuer de nous fier aux arbres. Les arbres sont bons. Seulement, il faut nous assurer à chaque fois qu'ils ne sont pas habités !

— Kahowa a raison, dis-je calmement. Nous devons explorer les arbres avant de songer à nous y installer, et désormais il faudra que Marcus ou Inaua monte avec le Coupeur. Ainsi nous aurons peut-être moins de mauvaises surprises.

Pour une fois, ma naïveté, et l'envie de paraître volontaire, m'empêchait d'envisager quelles incroyables surprises nous allions connaître. Au bout de quelque temps, nous comprîmes que les vallées étaient peuplées d'Indiens, mais que nous ne les voyions jamais. Un matin, nous constations qu'on nous avait volé du gibier. Un soir, nous trouvions des excréments près d'un arbre. Parfois, nous entendions de très légers sifflements, ou de petits cris, dans le lointain. Ces vallées étaient habitées.

Il ne s'y trouvait sans doute que quelques clans, peu importants en nombre, et chacun devait être composé d'une ou deux familles. Lorsque nous entendions un groupe se déplacer, au loin, cela faisait un petit bruit, une infime activité dans la forêt – cinq, six ou huit personnes, jamais plus.

Enfin, une nuit, j'en eus la confirmation.

Je dormais. Francesco se mit à geindre. Je me réveillai et lui offris à téter. Alors qu'il posait sur moi sa petite bouche, il y eut trois ou quatre visages qui écartèrent les feuilles, puis disparurent. Des gnomes curieux m'avaient espionnée ! Je me précipitai au bord de la branche où était tendu mon hamac, tout en maintenant Francesco d'une main ferme : j'aperçus quatre nains aux cheveux longs, vêtus de robes sombres, qui s'en allaient. Ils n'avaient rien entre les mains : pas d'objets, pas d'armes.

Qui étaient ces Indiens qui marchaient de nuit dans la forêt, sans armes ?

Je ne l'appris que bien plus tard. Nous marchions depuis des jours sans rien voir des sommets qui nous préoccupaient, quand nous rencontrâmes un tout autre groupe : de grands Indiens nus, au teint très cuivré, très sombre, aux pommettes hautes, et qui avaient les dents limées. Ils étaient trois. Ils se trouvaient au bord d'une rivière et nous attendaient. Leurs sarbacanes étaient attachées à leur épaule par un fil de liane. L'autre épaule supportait un petit carquois. C'était tout. Ils nous regardaient d'un air tranquille, comme si nous avions été les proies qu'ils recherchaient depuis quelque temps. Ils avaient l'air contents de nous voir enfin tomber à leurs pieds.

Nous voulûmes leur parler en langue paiacù, mais ils nous écoutaient d'un air narquois, s'approchant simplement, sans mot dire, pour nous tâter les bras. Je compris.

— Reculez-vous ! criai-je.

Marcus ajusta son arc. Le Coupeur prit son sabre bien en main.

— Que se passe-t-il ? cria Inaua qui nous rejoignait.

— Ce sont des mangeurs d'hommes ! Menacez-les ! Marcus, tire une flèche à leurs pieds ! Ne les blesse pas.

Lorsque la flèche, habilement lancée, atterrit juste à leurs pieds, les trois Indiens comprirent notre message : nous étions prêts à nous défendre.

Quand ils furent partis, je laissai exploser ma colère :

— Comment des hommes peuvent-ils songer à dévorer d'autres hommes ? Ces Indiens sont des bêtes féroces !

— Ils sont affamés, prétendit Inaua. En Afrique, dans mon pays, quand mes ancêtres souffraient de la faim, j'ai appris qu'ils attaquaient des hommes d'autres tribus pour les manger. C'était rare, mais cela est arrivé. Je sais que mes parents ne l'ont jamais fait : cela n'existait plus, à leur époque.

— Je ne savais pas que je vivais tout près d'une anthropophage ! susurrai-je d'un air sournois.

— Oh, répliqua Inaua, je te mangerais volontiers, Flavia ! Mais avant, je te demanderais par quel morceau je dois commencer !

Et elle éclata de rire, très contente de sa plaisanterie. Marcus et le Coupeur se mirent à rire eux aussi. Kahowa fronça les sourcils, puis ne put s'empêcher d'éclater de rire. Je me mis alors à rire, moi aussi. Le plus insolite, c'est que nous entendîmes au loin les trois Indiens que nos rires faisaient rire, eux aussi ! Toute la forêt riait.

Etant repartis, nous décidâmes de marcher très vite et de courir autant que nous pouvions. Marcus se tenait derrière nous, l'arc à la main. Il surveillait les frondaisons, observait la lisière de la forêt lorsque nous entrions dans une clairière. Le premier, le Coupeur eut un grand cri de joie :

— De la pierre ! dit-il. Je suis sur un rocher !

— Et alors ? demanda Kahowa.

— Ce n'est pas la même pierre qu'avant ! celle-ci est presque blanche, et elle s'effrite. Nous approchons des grands rochers.

Je proposai alors que nous grimpions tous en haut d'un grand arbre : nous verrions depuis la canopée si les montagnes étaient proches.

Ainsi fut fait. En haut des cimes, nous dominions la brume. Et enfin, enfin ! à quelques jours de marche, nous pûmes entrevoir les gigantesques montagnes rocheuses que nous appelions « les dents du Seigneur ».

Mais comment y aller ?

Et surtout, quand nous serions juste en dessous, comment monter ? Bien sûr, il y avait d'étroits sentiers. Bien sûr, les pentes de caillasses et de rochers plats semblaient pouvoir être escaladées. Mais ensuite ?

Nous apercevions des parois qui devaient faire plusieurs centaines de mètres en à-pic. Il était impossible de distinguer vraiment le sommet. C'étaient des montagnes formidables, plus grandes que tout ce que j'avais jamais vu. De leur vie, Inaua ni Marcus n'avaient contemplé une telle immensité. Le Coupeur seul prétendait qu'il en avait vu, en Afrique – mais que jamais il n'aurait tenté d'y grimper. Désormais, nous étions immobilisés : soit nous franchissions ces montagnes, soit nous rebroussions chemin et faisions un détour de plusieurs mois pour les contourner. Cette dernière solution était impensable. Nous étions curieux, et avides de savoir. Nous sentions que dans ces montagnes se cachait quelque chose d'important, d'inimaginable peut-être. Elles paraissaient inexplorées. De loin, elles ressemblaient à un vaste territoire inconnu, placé à une hauteur inégalée. Elles nous appelaient.

Le Coupeur ne proposa qu'une seule chose : avec des lianes, fabriquer des cordes. Des dizaines de mètres de cordes. Des cordes de cent coudées !

L'idée paraissait folle, mais après tout, me dira-t-on, nous avions été assez fous pour arriver jusque-là. Nous avions survécu dans la jungle avec deux enfants, qui grandissaient et se portaient fort bien, babillaient et tétaient à loisir. La petite Inoumé commençait à manger de la pulpe de fruits. Mon petit Francesco commençait à s'asseoir sur un tronc d'arbre et avait à peine besoin que je lui maintienne la colonne vertébrale.

Nous étions inconscients des dangers. C'est ce qui nous permettait, peut-être, d'en éviter quelques-uns. Nous savions que nous aurions dû mourir et pourrir dans la selve depuis longtemps, mélangés à l'humus. Cependant nous voulions vivre, et notre volonté de vivre était plus forte. Pour qui veut absolument vivre, à n'importe quel prix, la selve peut devenir une amie.

Mais ce qui semblait certain, c'est que jamais nous ne parviendrions en haut de ces plateaux seuls et sans aide.

Je me dis alors qu'une aide allait se présenter. Pour la première fois de ma vie, je me mis à penser à l'Univers, à notre Terre, comme à une vaste machine vivante. Je lui adressai une prière pleine d'amour, une sorte d'action de grâces, et La remerciai pour tout ce qu'elle nous avait accordé, et pour tout ce qu'elle allait nous accorder ensuite.

Cela me fit beaucoup de bien. Je n'avais plus peur, lorsque Francesco me réveillait la nuit. Je réconfortais aussi Marcus, qui avait souvent l'air sombre, alors que nous tressions des cordes, et qui ne voyait pas pourquoi nous voulions nous acharner à gravir ces montagnes. Je pensais à la Terre comme à une amie, qui peut fournir toutes les ressources. Je lui parlais.

Un jour l'aide arriva, sous une forme que vraiment je n'avais pas prévue.

Un Indien de très petite taille s'approcha de nous sans aucun bruit, seul et sans armes. Il portait la robe bleue que nous avions déjà vue dans la forêt. Il avait les cheveux exceptionnellement longs.

Il s'approcha de moi.

— Vous, faire des cordes, me dit-il.

J'étais si stupéfaite que je crus en tomber à la renverse. Il me parlait, et je comprenais ce qu'il disait !

— Difficile de grimper sur montagne, ajouta-t-il.

— Mais... qui es-tu ? Comment se fait-il que je te comprends ?

— Moi, tribu wanauhia. Parler toutes les langues. Beaucoup de langues.

Il me considéra d'un air tranquille. Ce qu'il disait ressemblait à un mélange de portugais et d'espagnol. Les autres aussi le comprenaient. Il attendit que nous soyons remis de notre surprise.

— Où est ta tribu ? demanda Marcus.

— Là-haut, dit-il. Et en bas. Partout. Beaucoup d'endroits. Wanauhia, petits hommes, grande tribu !

— Tu veux dire que tu viens de là-haut ? de la grande montagne ? !

— Non, de la forêt. Mais savoir monter grande montagne.

— Peux-tu nous aider à monter tout en haut ? lui demandai-je.

— Oui, répondit-il. Connais le chemin.

J'en étais ravie, émerveillée, pantoise. Il était petit, beau et tranquille. Il avait l'air raffiné. Il parlait un peu notre langue. Et il connaissait le chemin de cette montagne !

— Quel est ton nom ? demandai-je encore.

— Wanauhia.

— N'est-ce pas le nom de ta tribu ? Tu n'as pas d'autre nom ?

— Non. Wanauhia ! insista-t-il.

Nous lui offrîmes de manger les oiseaux que nous venions d'abattre ainsi que les fruits que nous avions cueillis, et il accepta de partager notre repas, mais il ne mangea que les fruits. Il désigna les oiseaux :

— Mauvais ! dit-il.

Pourtant, ces oiseaux rôtis nous semblaient délicieux. Mais

nous ne voulûmes pas le froisser en discutant de nos goûts respectifs : rien n'est plus intime que les façons de manger et les goûts – je n'ose ici parler de manières de table... quoique j'aurais pu en parler, car ce petit homme semblait si délicat, si poli, en un mot tellement civilisé, que j'avais l'impression que l'on pouvait tenir salon avec lui, dans la jungle !

Afin de nous rassurer, il annonça d'emblée qu'il nous conduirait dès le lendemain en haut de la montagne. J'avais une dernière crainte, que je voulus dissiper :

— Est-ce que nous ne risquons pas de rencontrer ces Indiens féroces, aux dents limées, qui sont... ?

— Ah, Jirinauhia ! dit-il. Mauvais. Mangent des hommes. Exécrables coutumes.

J'en restai abasourdie.

— Mais enfin, comment peux-tu connaître des mots tels que « exécrables coutumes » ! ?

— Là-haut, missionnaire déjà venu. Il parle ainsi : certains Indiens posséder exécrables coutumes. Moi redire.

— Il y a un missionnaire là-haut ?

— Oui. Père Goffredo. Vivre là-haut près du chef wanauhia.

— Et les Indiens jirinauhia ?

— Très mauvais. Incapables grimper en haut montagne. Wanauhia seuls connaître sentiers et méthode.

— Une méthode ?

— Méthode pour bien monter là-haut, dit-il tranquillement.

Puis il nous souhaita bonne nuit. Nous l'observâmes : comment allait-il se coucher, sans hamac, sans grimper à un arbre ? Il creusa la terre près de la rivière, s'installa dans la couche ainsi faite, se recouvrit presque entièrement d'argile et s'endormit.

Le monde ne ressemble pas à ce que nous en savons.

Si l'on vit en France, dans une ville, le monde ressemble à cette ville ; si on vit dans la selve, au milieu des arbres et des serpents, le monde ressemble à la selve ; si l'on vit dans la selve, au pied d'une montagne, le monde ressemble aux contreforts de cette montagne. Il faudrait additionner les images du monde pour s'en faire une seule, et encore serait-elle incomplète. Chaque fois que j'avais cru m'approcher d'une réalité neuve et entière, j'avais été désappointée : le monde présentait toujours une nouvelle face ; il me faisait penser aux yeux des insectes. Un seul œil, beaucoup d'ocelles. Les événements de notre vie étaient le plus souvent incompréhensibles : il y avait toujours un changement, une surprise. Bonne ou mauvaise, c'était une surprise : le bon heur ou le mauvais heur. Jamais les événements ne se déroulaient comme je l'avais prévu, ni comme Marcus l'avait envisagé, ni comme aucun de nous ne l'avait pensé. Soit c'était un désordre, un fatras d'événements qui arrangeait nos vies à la diable ; soit, comme le pensaient les missionnaires que j'avais connus, une invraisemblable harmonie présidait à tout ce désordre.

Toujours est-il que nous suivions ce Wanauhia qui grimpait hardiment sur un sentier de plus en plus escarpé. Il avait attendu que nous ayons fini de tresser nos cordes. Puis il avait affirmé qu'elles seraient inutiles !

Et nous grimpions. Parfois il fallait qu'il s'arrête pour nous attendre, Kahowa ou moi, qui en plus de notre propre charge devions transporter un bébé chacune ; Inaua nous relayait parfois, portant Inoumé, puis Francesco. Elle préférait porter Inoumé, qui était sage ; Francesco la pinçait, lui touchait les cheveux, la bouche, et parfois criait brusquement au risque de nous faire sursauter et, peut-être, tomber dans le vide : le sentier était raide. A peine avions-nous grimpé durant une heure que déjà nous surplombions la canopée, admirant le dessus des arbres. Tous, fascinés, nous demandâmes à Wanauhia de bien vouloir arrêter sa course un moment.

Lorsque l'on s'assied dans la montagne, certains rochers épousent si bien nos formes que l'on croirait qu'ils ont prévu de nous servir un jour de siège et qu'ils ont voulu se polir, tout lentement, au fil des siècles, pour nos fessiers. Voluptueusement adossée à la pierre, j'attendais que la montagne m'enlace à mon tour, puisqu'elle le fait de divers arbres dont entre les rochers disparaissent les racines.

J'étais juchée au-dessus de la cime des arbres.

C'était cela que j'avais toujours voulu : être assise en haut des rochers et observer la cime des arbres. Me trouver au-dessus des ultimes pointes des arbres et les contempler. Et enfin je parvins à les voir de dessus, après ce long chemin dans la forêt profonde.

Marcus était heureux. Il me regarda et sourit : nous avions déjà accompli une partie de ce que nous voulions accomplir. Lorsque nous repartîmes, je pus enfin suivre Wanauhia, le cœur léger.

Un nouvel ennemi nous attendait plus haut ; c'était le vent. Il se leva sans crier gare. Inaua marchait devant moi lorsque je la vis être repoussée en arrière brusquement ; elle tomba sur moi et faillit me faire perdre l'équilibre. Tout en protégeant Francesco, je la reçus dans mes bras et compris aussitôt ce qui venait de lui arriver : nous étions arrivés sur une sorte de coude qui longeait la falaise. Tout était abrupt autour de nous. Le vent qui provenait d'en face avait manqué nous renverser. Wanauhia revint sur ses pas et nous cria de nous mettre à l'abri. Il se trouvait là au-dessus de nous une étroite plate-forme ; nous nous assîmes. Wanauhia nous recommanda de nous attacher :

— Vent trop fort, dit-il.

Il désigna les racines de certains arbres maigres qui surgissaient d'entre les rochers. Il ne fut pas difficile d'y attacher nos cordes et de nous relier à ces racines. Bien nous en prit : le vent redoublait de violence et nous lançait des poignées de poussière au visage. En quelques minutes, Marcus et le Coupeur était tout gris. Quant à Wanauhia, sa robe bleue avait tourné au noir. La poussière recouvrait tout. Je protégeai les enfants du mieux que je pouvais : Kahowa, exténuée, s'était déjà endormie, cachée sous une de nos couvertures en peau.

Wanauhia sourit :

— Cordes utiles, finalement !

Il avait bon caractère et montrait là son honnêteté. J'avais envie de lui parler, mais le vent nous forçait à crier. Je devais attendre. Je fis venir Marcus auprès de moi. Je posai ma tête sur ses reins et m'endormis.

Je rêvai qu'une longue corde nous avait servi à nous attacher à la montagne. Elle en faisait le tour. Elle était si longue, si immensément longue... La corde se mit à bouger, à onduler, et à secouer la montagne dans tous les sens. C'était un serpent ! Je criai de frayeur lorsque le serpent géant lança sa tête vers moi et me mordit. Ses crocs s'enfonçaient dans ma poitrine.

On me pinçait. On me tirait sur le sein. C'était Francesco. Je me réveillai tout à fait. Le vent avait cessé. J'essuyai le visage de mon bébé et le frottai un peu. Il pleura : la terre sur ses paupières lui faisait mal. Je ne savais pas quoi faire exactement. Je décidai de lui lécher les paupières. Il sourit et se mit à babiller, puis à me téter. Wanauhia, très intéressé, était venu à côté de moi pour contempler Francesco et son mode opératoire. Marcus le surveillait : qu'on n'aille pas toucher à son fils sans le lui demander ! Je me sentis heureuse de cette double présence. Mon petit était protégé. J'étais comme une panthère qui se repose dans la montagne.

Lorsque Kahowa se fut elle aussi réveillée, nous continuâmes notre ascension. L'après-midi était déjà bien entamée. Des oiseaux rapaces volaient non loin de nous. Ils étaient noirs, portaient une mince crête blanc et rouge et semblaient dotés d'un bec crochu fort impressionnant.

— *Itsin*, dit Wanauhia. Mais le père Goffredo appelle « condors ». Gros oiseaux. Pouvoir soulever cochon ou animal. Eloigner oiseaux exécrables !

Il emprunta son arc à Marcus, décocha une flèche et, d'un seul coup, transperça l'un des rapaces, qui tomba à nos pieds.

— Belles plumes, dit-il. J'offrirai plumes !

Et il rendit la flèche à Marcus d'un air négligent, comme si cet exploit avait été tout à fait banal. Je n'avais jamais vu quelqu'un agir ainsi : cet Indien était parfaitement modeste, ne se vantait pas, ne faisait rien pour être admiré ni remercié. Il manifestait un flegme qui fait défaut à la plupart des gens. Plus je le voyais agir, plus je constatais que sa petite taille pouvait abuser beaucoup de monde. Il était fort, de fait, et vif, et intelligent. Il parlait peu, mais en disait juste assez. Il nous aidait, et donnait tout ce qu'il savait faire, mais ne demandait rien. C'était l'homme le plus gracieux que j'eusse rencontré de toute ma vie !

Le soir enfin, après avoir fait du feu avec de longues racines sèches, nous pûmes enfin parler. Ce Wanauhia aimait philosopher, discuter longuement, réfléchir. C'était la première fois que je rencontrais un Indien qui aimait réellement converser. J'en profitai. Marcus, Inaua, le Coupeur et Kahowa nous écoutaient.

— Nous diras-tu de quel côté de la forêt tu es venu, lorsque tu nous as abordés ? lui demandai-je. On dirait que les tiens habitent la forêt, puisque nous avons aperçu de petits hommes en robe bleue, et tu dis aussi habiter en haut des plateaux ?

— Bouche des Cieux, répondit Wanauhia. Plateaux appelés

Bouche des Cieux. Nous vivre... vivons sur les bords. Lèvres des Cieux. On ne peut pas entrer dans la Bouche des Cieux.

— Que veux-tu dire ?

— Nous vivre... vivons dans la Forêt aussi. Chercher fruits, cultiver légumes. Très difficile pour nous cultiver légumes en haut sur la montagne. Nous utili... utilis...

— Utilisons ?

— Nous utilisons la Forêt pour cultiver. Mais autres Indiens dangereux : Jirinauhia, Botocudos, tous très mauvais. Nous défendre... défendons nos jardins. Nous cachés dans terre et faire prisonniers mauvais Indiens. Jaillir hors de terre et faire prisonniers. Mauvais Indiens, très surpris !

Et Wanauhia se mit à rire. La perspective des grands sauvages, plus forts qu'eux, et bien plus agressifs, qui devaient les prendre pour des diables en les voyant sortir de la terre, le réjouissait beaucoup. Il fut pris d'un fou rire.

— Mauvais Indiens, très stupides ! ajouta-t-il. Eux ne savons... ne savoir pas cultiver légumes. Eux manger viande pécari et autres animaux détestables !

Et il se remit à rire, tout secoué de hoquets. Il ne pouvait plus s'arrêter. Marcus lui tapa gentiment dans le dos.

— Tu vas t'engouer, si tu ris comme cela en mangeant ! dit Inaua.

— Je suis très content ! répliqua-t-il. Rire très bon pour Indiens wanauhia !

— C'est sûrement une bonne chose que de rire souvent, concédai-je. As-tu des relations avec les autres tribus indiennes ? Est-ce que la « Bouche des Cieux » est habitée par d'autres tribus indiennes ?

Cette question le laissa coi et stupéfait. Il nous regarda comme si nous étions des ignorants d'une espèce rare, si ignares et abrutis que c'en était inqualifiable. Il bredouilla :

— Mais... Je connais.... Nous connaissons vingt, cinquante, cent tribus !

— Comment cela ? ! Une centaine de tribus ?

— Oui, oui, insista-t-il. Une centaine de tribus ! Botocudos, Ihexpiri, Cacheté, Pimenteiras, Potiguara, Exinoque, Urucaruni, Urupùca, Ximbe, Xiquitos, Guajajara, Oppinaze, Ico, Pacahà... et beaucoup d'autres tribus !

— C'est incroyable... Elles habitent toutes dans ces montagnes ? ! ?

— Mais... c'est Le Cercle !

— Le Cercle ?

— Le Cercle. Vous ne... vous ne pas savoir ?

— Non.

A ces mots, Wanauhia ne parut pas vouloir en dire plus. Il paraissait même contrarié, comme s'il nous en avait trop dit. Il ajouta que nous en apprendrions bien davantage là-haut, quand nous aurions rencontré les Gê et le père Goffredo. Lorsque je lui demandai enfin, et ce fut mon ultime question, ce que c'étaient que les Gê, il répondit que c'étaient les « hommes des Nuages ».

Nous étions donc bien impatients de voir enfin ce père Goffredo ainsi que ces fameux « hommes des Nuages ». Cela se fit très simplement.

Il nous fallut d'abord finir notre escalade. A la fin, Wanauhia nous montra un sentier si escarpé que nous ne pouvions le gravir avec nos seuls pieds, et nous le priâmes d'attacher une corde de loin en loin. Pour grimper, nous nous aidions de la corde. A certains endroits, elle n'était là que pour nous rassurer, mais sur d'autres escarpements, elle s'avérait indispensable. Heureusement, aucun d'entre nous ne souffrait du vertige. Nous grimpions au-dessus d'à-pic immenses, profonds de plusieurs centaines de mètres, et nous distinguions mal la selve en dessous de nous. Si j'avais su que cela serait si dangereux, je n'eusse peut-être pas osé le faire. Kahowa gémissait parfois. Je lui prenais de temps à autre sa petite fille et confiais mon fils à Inaua. Enfin, ce fut fini. Nous sentîmes un énorme souffle d'air courir sur les rochers plats devant nous. C'était le début du plateau !

Nous nous jetâmes dans les bras les uns des autres. Nous avions réussi. Wanauhia aussi fut embrassé et mille fois remercié. Il paraissait très content de l'attachement que nous lui manifestions.

Notre campement fut dressé en haut de la montagne, sur les Lèvres. Il nous fallut dormir deux jours.

Un matin, en me promenant autour de notre camp, je vis un grand bassin de pierre qui avait dû être creusé de main humaine. Il était rempli d'eau de pluie. J'y bus avec délices et je baignai

Francesco. Puis j'enlevai mes vêtements en peau de serpent, qui étaient collés, sales et empoussiérés, et je me baignai dans cette eau avec grand plaisir. Elle était assez froide. Comme c'était surprenant, de se trouver dans une eau presque froide ! J'avais été si habituée à une chaleur torride que j'en ressentis tous les bienfaits. Brusquement, je ressentis la faim. Nous n'avions pas mangé depuis deux jours. Francesco s'acharnait sur mon sein, qui était assez abîmé par ses efforts. Je remis mes vêtements après les avoir un peu lavés et marchai vers notre campement. Marcus et Inaua étaient réveillés et me cherchaient déjà partout. Je les embrassai tendrement.

Le simple fait de regarder le plateau, avec ses beaux rochers plats et gris ou bruns qui s'étendaient de toutes parts, et de deviner là-bas, très loin en dessous, la forêt dont nous étions sortis, était une satisfaction importante.

Alors que je commençais à évoquer la faim, nous entendîmes dans le lointain un petit concert de flûtes.

Tandis que les autres se réveillaient – mais où était Wanauhia ? —, nous plissâmes les yeux pour apercevoir les nouveaux arrivants. Nous avions un peu peur : c'était toute une petite troupe d'au moins une trentaine d'Indiens qui se dirigeait vers nous. Marcus voulut aller prendre son arc.

— C'est inutile, lui dis-je. Voyons ce qu'ils nous veulent.

— C'est Wanauhia ! dit Inaua. Regardez, il y a Wanauhia, juste au-devant d'eux !

Cela nous rassura. Nous sentions bien que jamais Wanauhia n'aurait voulu nous faire du mal. Le groupe qui arrivait paraissait d'ailleurs très amical : ils agitaient les bras, avançaient sans armes, et quelques-uns jouaient de la flûte. Nous fûmes accueillis comme jamais nous ne l'avions été de toute notre vie.

C'était une véritable ambassade. Les uns nous offraient des légumes. Un autre nous posait le front sur l'épaule. Un autre nous tendait une petite flûte en roseau. Un autre donnait une couverture. En quelques minutes, nous avions trente nouveaux amis ! Tous avaient l'air d'être des Wanauhia, sauf peut-être trois ou quatre Indiens, qui portaient une robe blanche, avaient la peau plus sombre et les cheveux encore plus longs. L'un d'eux, assez âgé, avait des cheveux qui tombaient jusqu'à hauteur de ses cuisses. Deux de ces petits hommes à robe blanche portaient la barbe.

— Les Gê, dit Wanauhia en nous les désignant. Ils vous conduiront au père Goffredo et à... ils vous conduiront.

Au lieu d'attendre nos remerciements, nos salutations, Wanauhia tourna les talons et redescendit par le sentier. Il redescendait ! Il repartait ! Nous lui fîmes de grands adieux en criant au bord du précipice.

— Mais vous le reverrez, dit une voix. Il va revenir demain.

— Comment t'appelles-tu ? demandai-je à celui qui venait de parler.

— Wanauhia ! dit-il.

— Mais encore ?

— Wanauhia-hipé. Nous avons tous un nom après notre nom, pour faire des différences. Mais nous ne les utilisons pas beaucoup. Nous sommes tous wanauhia. Venez ! Dès que vous serez prêts à partir, nous vous conduirons au père Goffredo. Il sera très content de vous voir. Il n'a pas vu d'être humains de votre sorte depuis qu'il est ici.

— Et depuis quand est-il ici ?

— Depuis vingt ans. Il est âgé. Mais ne soyez pas impatients. Vous le verrez ce soir.

— Il faut marcher seulement jusqu'à ce soir ?

— Oui, affirma Wanauhia-hipé.

Il avait beaucoup présagé de nos forces : exténués à force de courir sur ces rochers plats, qui faisaient mal à la plante des pieds, nous dûmes nous arrêter le soir. Nos amis indiens nous dirent qu'il n'y avait aucun danger : très peu de bêtes sauvages, juste un peu de vent, et de plus quelques-uns d'entre eux montaient la garde autour de petits feux de brindilles. Nous étions en train de manger des légumes lorsque je remarquai que les quatre Indiens gê ne prenaient rien. Ils burent un peu d'eau – ce fut tout. Je voulus leur demander la raison de ce miracle, et je m'adressai à Wanauhia-hipé. Il dirigea ma question vers ses compagnons :

— Demandez, dit-il. Ils vous comprennent.

Ayant répété ma question en m'adressant à eux, le plus âgé, qui se nommait Ale-te-heia, me dit :

— Nous les Gê ne mangeons pas beaucoup. Nous n'avons pas grand besoin de ces nourritures-là.

— Mais... vous mangez tout de même un peu ?

— Oui, dit-il, mais très peu. Nous nous habituons à jeûner.

De toute manière, il n'y a pas beaucoup de nourriture, là où nous vivons.

— Où habitez-vous ?

— Vous voyez ces montagnes, là-bas, celles qui sont pointues, au-delà du plateau ? Nous habitons sur les pentes de ces montagnes. Les Crocs du Devant. Vous appelez ces Dents : les canines.

Il prit alors une racine de *anioc* qu'un de ses congénères lui tendait. Il en croqua un peu, la mâcha longuement – comme pour me réconforter, moi. Il n'avait pas l'air d'avoir vraiment besoin de se nourrir.

— Voulez-vous savoir autre chose ? me dit-il, très obligeamment.

— Oui, beaucoup de choses, assurément ! Quel âge avez-vous ?

— Selon votre calendrier, j'ai cent dix ans.

Marcus haussa les sourcils. Nous avions du mal à le croire. En l'examinant de près, ce vieil homme paraissait avoir soixante-dix ans, tout au plus. Mais Wanauhia-hipé se mêla de notre conversation :

— Les Gê vivent très vieux, dit-il. J'ai connu une femme de leur clan qui avait vécu jusqu'à cent quarante ans.

— C'est impossible ! murmurai-je. Est-ce qu'ici, sur ce plateau, ces choses peuvent exister ?

— Je pense que oui, dit tranquillement le vieil Ale-te-heia. Je pense que oui.

Mais par la suite il ne parut pas très désireux de répondre à d'autres questions, car j'avais mis sa parole en doute. Ce ne fut que bien plus tard que je compris que les Indiens Gê ne mentaient pas.

Le père Goffredo n'était sûrement pas aussi vieux, mais deux fois plus grand. Il était long et solide comme un peuplier. Il devait avoir cinquante-cinq ou soixante ans. Son beau visage mince était orné d'une courte barbe bouclée qui grisonnait un peu, et son nez étroit, long et cependant busqué lui donnait l'air d'un de ces vieux aristocrates de Castille. Il était de manières simples et aimables. J'appris qu'il était portugais, et non pas castillan. Il parlait nos langues à merveille, et s'adressait à moi en français ou en portugais-brésilien. Il pratiquait aussi plusieurs langues indiennes, et s'entretenait avec les Gê dans leur langue étrange et modulée comme un chant. Les Gê ne parlaient pas : ils chantonnaient, murmuraient, psalmodiaient. Leur nom m'amusait, car loin de faire penser aux cris disgracieux des oiseaux qui leurs sont homophones, leur langage était proche de celui des mésanges, ou d'autres petits oiseaux. Mon Francesco se mettait d'ailleurs à babiller lorsqu'il les entendait ! On eût dit le pépiement de plusieurs oiseaux. Encore plus étrange était la rauque toux de gorge qu'ils expectoraient parfois : elle ne semblait pas correspondre à leur corps, délicat et petit ; et leur étrange façon de fumer ensemble le soir ne leur ressemblait pas. Je crus d'abord qu'ils fumaient du tabac. Mais le père Goffredo me dit que le tabac ne poussait pas par ici. Ils fumaient de petits boutons séchés provenant d'un nopal qu'ils appelaient *uxque*. Avec des pipes assez longues, ils inspiraient la fumée par la bouche ou par une narine, et toussaient à fendre l'âme. Le père Goffredo disait que c'était un rituel très ancien de leur religion, et qu'ils en avaient besoin pour discuter avec leurs ancêtres. Il ne paraissait pas contrarié par ces mœurs étonnantes : tout le monde, selon lui, avait le droit d'avoir sa religion. Il m'expliqua que, lorsqu'il était plus jeune, il avait été très intolérant. Puis, ayant vécu parmi les Indiens, son point de vue avait changé.

Les Gê parlaient souvent avec lui. Tous les soirs.

Mais avant de prendre part à leurs débats, Marcus et moi voulûmes explorer les environs : le plateau était magnifique. Nous nous trouvions sur une succession ininterrompue de plaques rocheuses, entre lesquelles poussaient çà et là un ou deux arbres. Ils ne ressemblaient à rien de connu : de loin, on aurait dit des conifères, et en les examinant de plus près, on pouvait voir leurs grosses feuilles presque rondes, assez épaisses et qui, si on les cassait, laissaient sourdre une sève blanche ou bleuâtre. Des herbes jaunes assez hautes poussaient aussi sur ces plateaux. A part ces deux formes de végétation, il n'y avait presque rien. Les rochers formaient des pentes douces, s'arrêtaient parfois pour laisser passer une mince faille où coulait un ruisseau. Les eaux de pluie dévalaient naturellement la montagne selon ces pentes. Rien ne semblait pouvoir être cultivé ici. En creusant dans la terre, les Indiens récoltaient de petits oignons sauvages. Mais pour leur alimentation, ils entretenaient des cultures, très loin en dessous des plateaux, dans la selve. Une seule fois, nous entrevîmes une grande bête sauvage, qui ressemblait à un puma. Mais les Wanauhia nous dirent que ses oreilles insolites, terminées par de petits plumeaux de poils blancs, signalaient un lynx. Ce félin semble exceptionnellement farouche et ne vient jamais auprès des hommes.

Ayant parcouru les plateaux durant plusieurs jours, Marcus et moi revînmes au camp. Nous avions laissé Francesco aux bons soins d'Inaua et de Kahowa. Nous fûmes très inquiets en revenant : ni elles ni Francesco n'étaient là. Après quelques moments de grande angoisse, nous les retrouvâmes tous avec les Gê. Francesco se promenait à quatre pattes au milieu de tous ces gens, l'air ravi. Il babillait et se roulait sur le sol en pierre, qui était tiède et agréable au toucher. L'un des vieux Indiens nous fit un signe amical. Aussitôt, nous nous sentîmes réconfortés : nous étions bien avec ces gens. Notre petit garçon grandissait beaucoup. Il essayait de se tenir debout, s'accrochait au vêtement de l'un, tirait la barbichette d'un des Indiens, ou se pendait à leurs longs cheveux. Aucun des Indiens ne bronchait. Ils semblaient avoir l'habitude des enfants et manifestaient à leur égard une grande gentillesse ; ils prenaient Inoumé dans leurs bras et la faisaient rire en lui fabriquant des papillons avec des feuilles que le vent emportait. La fillette courait après ces papillons de feuilles et les regardait disparaître, son minois exprimant une nostalgie qui faisait peine à voir.

Vint un moment où mes questions me brûlaient trop. Je pris l'habitude de rester le soir autour du feu pour deviser avec les Gê et le père Goffredo.

En ma présence, les Gê ne fumaient pas. Ils attendaient que je fusse partie me coucher et allumaient discrètement leurs longues pipes, après avoir pilé les boutons de nopal. Devant moi, ils extrayaient d'une pochette en cuir ces minces boutons de cactus séchés, les écrasaient sur une pierre creuse avec un pilon de pierre, faisant la chose très sérieusement, l'air grave, comme si leur vie en avait dépendu. Puis ils rangeaient la poudre ainsi faite, ramassaient la moindre miette de cette mixture, la déposaient dans d'autres sachets de peau, et discutaient pendant ce temps comme si de rien n'était. Ils parlaient surtout de la terre, des étoiles, des signes dans le ciel, et de tout ce qui concerne les plus grandes dimensions de la nature. Les étoiles surtout semblaient les passionner. Ils avaient une sorte de calendrier très complexe qu'ils basaient sur l'état du ciel. Ils en parlaient longtemps, comme si les choses du ciel avaient eu plus d'importance à leurs yeux que celles de la terre. Puis ils évoquaient des ancêtres, des faits d'un passé très reculé, et c'est ainsi que je recueillis beaucoup d'éléments sur eux et sur d'autres populations indiennes. Un soir, ils finirent par m'en peindre une description générale.

Des siècles auparavant, ils étaient venus du sud, de l'ouest et du sud-ouest. Les pères de leurs pères étaient arrivés sur des bateaux faits de troncs d'arbres très légers reliés entre eux par des cordes. Pour eux, ces Cordes étaient sacrées : elles avaient permis que leurs ancêtres parvinssent sur ces rivages. Je ne savais pas de quels rivages ils parlaient, mais je sais qu'ils provenaient d'îles très lointaines, situées sur un Océan immense. Comme je n'avais pas de cartes géographiques et que mes souvenirs de celles que j'avais vues étaient peu précis, je devais imaginer qu'ils venaient d'îles lointaines, à l'ouest, et que leurs ancêtres avaient franchi des montagnes formidables, encore beaucoup plus hautes que celles que nous contemplions d'ici.

Ils étaient tous de petite taille, dans ces îles de l'ouest, et tous savaient naviguer sur des navires reliés par ces Cordes, ou sur des pirogues à balancier. L'une des îles d'où leurs ancêtres étaient venus s'appelait Tuamotu. En se transmettant oralement les récits de leurs ancêtres, en les apprenant par cœur et en n'en perdant pas un seul mot ni une seule phrase, ils finirent par dresser une sorte de tableau historique des populations indiennes de cette région.

Leurs ancêtres avaient eu des contacts avec des tribus très différentes de leur clan, et qui ne provenaient pas de la même région du monde. Si je compris bien ce qu'ils racontaient, ils provenaient de plusieurs îles de l'océan Pacifique. Lorsque leurs ancêtres finirent par traverser les montagnes de l'est, puis une bonne partie des grands fleuves et de la selve, ils rencontrèrent alors d'autres groupes qui, eux, venait du nord et de l'ouest. Ils comprirent que vivaient dans la selve des populations fort différentes, issues de continents différents. Au lieu de devenir ennemis, la plupart de ces clans s'entendirent bien, et il y eut parfois des mariages entre les différents groupes. Cela produisit le fait que de nos jours, les

Gê se reconnaissaient des cousins parmi des tribus indiennes très éloignées d'eux, telles que les Botocudos, qui venaient de l'ouest, ou les Oppinaze, qui étaient originaires du nord.

Au sujet de ces tribus, les Oppinaze, qui étaient alliés aux Wampunme, eux aussi du nord, les Gê connaissaient une histoire réellement extraordinaire. Les Wampunme, selon cette légende, étaient descendus de l'Amérique du Nord, mettant plus de cent ans à se rendre des montagnes glacées de l'extrême nord jusqu'aux déserts du Mexique. Auparavant, ils venaient de l'Asie, et avaient franchi les passages glacés qui, au nord, reliaient le continent asiatique au continent américain. Leurs descendants les plus audacieux étaient arrivés jusque dans la selve, grâce à l'aide des clans oppinaze avec lesquels ils s'étaient alliés lorsqu'ils les avaient rencontrés dans une région des déserts du nord.

Pour toutes ces raisons, fort compliquées, et qui m'étaient bien difficiles à saisir du fait de l'absence de cartes de géographie ainsi que de connaissances scientifiques sur ces sujets, il apparut aux plus sages des membres de la tribu gê qu'il fallait préserver cette diversité des populations qui les unes après les autres s'étaient établies dans la selve ou alentour.

Vingt années auparavant, me dit Ale-te-heia, ils avaient constaté que nombre de clans allaient disparaître, soit parce qu'ils ne s'étaient pas unis à des personnes d'autres tribus, soit à cause des maladies, des bêtes sauvages et de l'épuisement.

— C'est alors, dit Ale-te-heia, que les Gê pensèrent à fonder un lieu de retraite où les descendants de ces différentes populations pussent trouver asile. Notre ami (et il désigna le père Goffredo) venait d'arriver ici. Ce fut lui qui donna un nom à ce projet : le Cercle des Peuples disparus.

— Ce n'est pas moi qui en ai eu l'idée, dit le père Goffredo, intervenant d'un air un peu gêné. J'ai simplement repris l'idée des Indiens gê, et lui ai donné un nom.

— Mais pour nous, dit Ale-te-heia, ceci a une très grande importance : car les noms ne sont pas un destin, ils sont les gens et les choses mêmes. Donner un nom permet de faire vivre quelque chose. Si quelque chose n'a pas de nom, cela ne peut vivre ! Bien. Laissons ce sujet. L'important est que nous avons tous décidé alors de nous installer sur ces plateaux, qui sont la Bouche des Cieux, là où vivent les ancêtres et les dieux, et peut-être Dieu Lui-même.

— Mais alors... qu'avez-vous fait ? demandai-je, fascinée par cette étrange histoire.

— Nous sommes allés chercher dans la selve tous les petits groupes de gens que nous connaissions : des survivants. Il ne restait plus que huit membres du clan des Botocudos, six du clan Oppinaze, et beaucoup d'autres gens : des Exinoque, des Guajajara, des Ico, des Ihexpiri, des Pacahà, des Paiacù-Xilnoque, des Pimenteiras, des Potiguara, des Puruhurù, des Urucaruni, des Urupùca, des Uruxùru, des Ximbe, des Cacheté, des Tluxque. Malheureusement, il ne restait qu'un très petit nombre de Wampunme. Les derniers d'entre eux sont morts sans que nous ayons pu les sauver. Nous avons laissé de côté les groupes d'Indiens qui étaient nombreux ou qui n'avaient aucun problème pour survivre. Ces tribus-là vivent d'ailleurs toujours dans la selve et se sont multipliées. Il y a au moins trois cents clans différents qui vivent dans la selve. Et encore ne les connaissons-nous pas tous !

Ale-te-heia se tut, l'air calme et fier. Il m'avait raconté l'essentiel. J'appris par la suite quels trésors d'imagination et d'organisation ils avaient déployés pour convaincre tous ces petits groupes d'Indiens de venir vivre sur les hauts plateaux. Certains clans ne voulaient pas venir. D'autres voulaient bien, à condition que tel ou tel autre clan n'y soit pas. Et la plupart se demandaient à juste titre comment ils se nourriraient tous là-haut, si près des Cieux, dans la Bouche. Les Gê leur firent comprendre qu'eux y vivaient déjà ; que quelques dizaines d'hommes et femmes pourraient s'installer aisément sur un plateau aussi gigantesque ; et enfin que leurs alliés les Wanauhia les aideraient en toutes circonstance. Tous les nouveaux arrivants aideraient chacun leur tour les Wanauhia à cultiver les jardins cachés dans la selve, à récolter, à transporter les vivres, et peu à peu la survie de ces divers petits groupes s'organiserait parfaitement. Les Gê, les Wanauhia et le père Goffredo y mirent une telle ardeur que tout finit par se mettre en place. On n'eut à déplorer, hélas, que quelques chutes le long de la paroi rocheuse, car la plupart des Indiens ne venaient pas de régions montagneuses, et souffraient même parfois de l'altitude. Mais il y eut très peu d'autres soucis : les membres de divers clans se mariaient, des enfants naissaient, et le bonheur de vivre avait repris ses droits, éloignant l'anxiété de ceux qui craignaient d'être les derniers représentants de leur tribu. Diverses tribus se mélangeaient, au point que certains enfants appartenaient manifestement à deux groupes distincts. On vit de très grands et solides guerriers oppinaze s'unir à de petites femmes wanauhia ou urucaruni. On s'étonna de voir naître un enfant très solide et très brun, né d'un père ximbe et d'une mère guajajara. Mais les différents clans s'en réjouirent : loin d'imaginer que leur groupe allait se diluer dans un autre, ils disaient que « les eaux de la mer restent salées dans les eaux douces » et que ces naissances étaient une garantie de survie pour leurs populations respectives. On pouvait supposer que la sagesse du père Goffredo et de plusieurs d'entre les Gê et les Wanauhia permettait à ces nouveaux venus de comprendre les choses en ce sens. Ce qui était magnifique, extravagant, incroyable, c'est que ce mélange de tribus existait et vivait sur les hauts plateaux.

— Mais où sont-ils ? demandai-je. Où sont toutes ces tribus ?

— Partout, dit le père Goffredo. Le Cercle des Peuples disparus se réunit une fois l'an, avant la saison des pluies. Il y a de grandes fêtes. Restez vivre avec nous quelques années ! Vous assisterez à ces fêtes...

L'offre du père Goffredo me laissa pantoise. Les vieux Gê sourirent. Ale-te-heia opina du chef, l'air satisfait. On nous invitait à rester !

Peut-être aurions-nous dû rester parmi eux ? Vivre là, dans la Bouche des Cieux ?

Je l'avais envisagé. Il fallait en parler avec Marcus. Mais il se produisit plusieurs faits qui m'en dissuadèrent. Comme à l'accoutumée, nous dormions sous de grandes couvertures, bien protégés dans une anfractuosité des rochers. Un petit foyer défendait l'entrée de notre grotte. Une nuit je me réveillai à cause du vent qui s'était levé, et je découvris que j'étais seule avec Francesco, qui sommeillait paisiblement. Où était Marcus ?

Je fis quelques pas et marchai vers la petite faille où le Coupeur et Kahowa reposaient d'habitude. Dans l'obscurité, à la lueur d'un petit reste de feu, je surpris Marcus. Il était avec Kahowa. Le Coupeur devait être parti chasser et explorer la nuit ; il le faisait fréquemment et revenait parfois avec les plumes d'un oiseau, comme s'il était devenu l'un des Indiens.

J'observai Marcus et Kahowa, paisiblement enlacés. Pourquoi ne pas avouer la vérité ? L'infidélité de mon compagnon ne me blessa pas, mais elle me surprit. Sans doute m'occupais-je exclusivement de mon enfant, et Marcus se jugeait-il délaissé. Qu'il eût trouvé en Kahowa une compagne accueillante m'étonna, alors que j'aurais dû le soupçonner : ils venaient du même pays, avaient eu la même histoire, et se sentaient peut-être plus proches, plus liés que je ne l'étais à Marcus. Mais le fait qu'il avait comme oublié qu'ensemble nous avions un fils, que mon éloignement n'était que provisoire me déçut. Me déçut également le fait que cela ne me causait pas beaucoup de peine : quel dommage ! Est-ce que je n'aimais plus Marcus ?

Je rentrai dans mon abri et serrai mon petit contre moi. Louve en ma tanière. Si, j'aimais encore Marcus ! Mais devais-je accepter son infidélité ? Qu'eût-il fait, s'il m'avait trouvée entre les bras du Coupeur ou de quelque autre mâle ? ! Je me sentis injustement traitée, et le jugeai stupide. Il risquait de me perdre. J'en étais outrée : pouvait-on se permettre de me perdre, moi ?

Je ne pouvais reprendre le fil de mon sommeil. Je sortis à nouveau, furieuse. Je cherchai à voir si le Coupeur était revenu. Où traînait-il ? Il aurait dû être là, garder Kahowa et sa fille comme un précieux trésor. Je me sentis prête à pleurer et me retins. Mes pas me poussèrent vers la grotte où dormait Inaua. Je la distinguai mal : le feu devant sa grotte crépitait doucement mais dégageait peu de lumière. J'entrai m'asseoir auprès d'elle et la regardai dormir. Comme elle était jolie ! Son front haut prolongeait superbement des sourcils magnifiquement dessinés et des paupières fines et bien dessinées. Ses petites nattes couraient autour de son visage triangulaire aux pommettes un peu hautes. Sa bouche était légèrement entrouverte. Sa lèvre inférieure ressemblait à la moitié d'un fruit charnu et tendre. Son cou long et gracile était entouré d'un fin collier de lianes. Je la contemplai longtemps : c'était une jeune divinité. Puis je songeai à mon fils et je retournai dormir dans ma grotte, entourant de mes bras ce petit garçon tout chaud et si paisible.

Quelques jours plus tard, Ale-te-heia nous annonça que nous

allions être mis en présence du Cercle des Peuples disparus. Et nous découvrîmes un matin que le Coupeur n'était pas rentré.

Avec les Indiens, plusieurs jours durant, nous partîmes sur les traces du Coupeur. Il restait introuvable. Les Wanauhia pensaient qu'il était redescendu dans la selve pour chasser. Ils disaient même que le Coupeur cherchait à capturer ou à tuer un oiseau très beau, rare et pourvu d'un magnifique plumage, qu'ils appelaient *hoatzin*. Ils pensaient donc que notre compagnon était parti dans la forêt et qu'il mettait simplement plus de temps que d'habitude à revenir.

Ces paroles qui se voulaient rassurantes ne correspondaient pas à la réalité : jamais le Coupeur n'eût laissé Kahowa si longtemps seule ; jamais non plus il ne fût parti plus de trois jours sans nous en prévenir. Il lui était arrivé un accident, et dans la selve, un accident signifie la mort. Je savais déjà que nous ne le reverrions pas vivant.

Il n'avait d'ailleurs pas eu le temps de parcourir la selve : nous retrouvâmes son corps en bas des falaises rocheuses qui conduisaient aux plateaux. Il avait dû vouloir descendre seul ces dangereux sentiers, en partant au milieu de la nuit et en imaginant que l'aube lui permettrait de bien distinguer les passages dangereux entre les rochers. A un endroit, il avait fait tomber des rochers : nous découvrîmes autour de lui des pierres récemment tombées. Je me mis à pleurer. Kahowa pleura aussi. Nous enterrâmes notre ami dans la selve, qu'il avait si souvent taillée, coupée, traversée, la labourant sans cesse de son sabre inlassable.

Je me sentis infiniment triste : perdu, disparu, le Coupeur laissait un grand vide ; nous comptions tous beaucoup sur lui. Et il laissait Kahowa seule avec son enfant. Je songeai tout de suite au fait qu'elle allait se rapprocher davantage de Marcus, et que celui-ci allait me délaisser tout à fait.

Quelques jours plus tard, Inaua me dit :

— Flavia, tu ne pourras plus compter sur Marcus. Il est avec Kahowa, maintenant.

— Je le sais, répondis-je. Avec qui partirai-je, si je pars ?

— Avec moi, dit Inaua.

Son amitié pour moi me faisait grand plaisir. Mais je ne savais pas encore si je voulais partir, et je doutai beaucoup que nous soyons capables de partir seules, et d'affronter à deux tous les dangers qui nous attendaient. Je décidai en tout cas d'en parler au père Goffredo, et d'attendre que nous ayons assisté à la cérémonie du Cercle des Peuples disparus.

— Point culminant ! cria l'Urupùca.

Il lança une flèche enflammée vers les cieux. Lorsqu'elle redescendit sur lui, il la saisit dans sa main et l'y laissa brûler. C'était un spectacle hallucinant. Je n'en croyais pas mes yeux : la flèche brûlait dans sa main et il ne paraissait pas en souffrir.

La fête avait commencé depuis deux jours. Elle ne s'arrêtait pas. Ce tourbillon ne voulait pas cesser.

Nous nous étions retrouvés environ deux cents, à l'est, en direction des montagnes pointues qu'habitaient les Gê. Dans un formidable cirque rocheux, les Peuples disparus s'étaient réunis. Il n'y avait pas eu de véritable début à la fête. Dès qu'ils arrivaient, les clans se lançaient dans une activité qui leur était propre : jet de flèches, lancer de lances, musique, peinture sur la peau. Les Ihexpiri et les Oppinaze me faisaient peur : ils étaient entièrement recouverts de peinture rouge ou verte. On eût dit des démons. Les Oppinaze surtout, couverts d'une espèce de laque rouge, secouaient leur casque de cheveux soudés par une terre glaise rouge en lançant vers le ciel des épieux longs et minces. Le jeu consistait à les faire vibrer au moment où ils retombaient sur le sol. Ces lances en bois très dur produisaient alors un son étrange. Ce son vibrant et inquiétant ravissait les guerriers : ils riaient, lançaient leur bouclier en l'air, enlaçaient les femmes qui étaient avec eux et s'unissaient à elles à même le sol, aux yeux de tous.

Les Urupùca projetaient leurs flèches enflammées dans le ciel et les rattrapaient à mains nues.

Les Wanauhia et les Gê faisaient de la musique. C'étaient surtout d'étranges mélopées qui gonflaient tel un chant de crapauds accompagné de flûtes. Le soir venu, ils se réunissaient et fumaient l'*ayahuasca* en inspirant la fumée de ces petits boutons séchés par les narines : l'un d'eux tenait le *hutzin*, très fine pipe faite d'un seul tuyau végétal, sous le nez du fumeur et lui insufflait cette fumée en soufflant doucement à l'autre extrémité du tuyau. Les

Wanauhia et les Gê toussaient épouvantablement. Ils paraissaient entrer dans une transe extraordinaire, et faisaient alors des choses très étonnantes : ils marchaient sur du feu, parlaient aux ancêtres morts, communiquaient entre eux à de longues distances et souvent tombaient à la renverse ; leurs congénères les soutenaient avant qu'ils ne se fissent mal et leur maintenaient la nuque surélevée à l'aide d'une sorte de minuscule tabouret en bois conçu pour être posé sous la tête ; ils disaient que cela permettait de « grandir » et de voir les dieux.

Les Puruhurù, à partir de fruits de la selve, avaient distillé une sorte d'eau-de-vie qu'ils buvaient avant de se lancer des défis : c'était à celui qui grimperait au rocher le plus haut, le plus pointu. Sur leurs têtes rasées, oiseaux, ils collaient de petites plumes blanches et s'envolaient du haut des arbres.

Les Potiguara se faisaient sur la peau des bras et des jambes de fines incisions avec une pierre coupante et versaient de la teinture végétale noire dans les plaies. Presque aussitôt, elles cicatrisaient et formaient des dessins remarquables.

Tous riaient, se saluaient, s'appelaient, se montraient ce dont ils étaient capables et manifestaient un goût de vivre qui faisait plaisir à voir. Une grande cérémonie les réunit lors du troisième jour. Le père Goffredo se tenait assis sur un vaste rocher plat, au centre d'un cirque de pierres. Les différents clans s'étaient assis, mélangés, se tenant serrés par les mains ou par les coudes. Un étrange personnage apparut alors : c'était un chaman gê que je n'avais encore jamais vu.

Il fit de longues incantations et un discours. Mon ami Wanauhia-hipé me le traduisit à l'oreille.

— Nous sommes les Peuples disparus, disait-il. Tout ce qui disparaît peut revivre ! Nous sommes la preuve : nous avions disparu, et nous sommes revenus. Nous sommes revenus vivre dans la Bouche des Cieux. Nous sommes la nourriture du Ciel : nous vivons dans sa bouche. Les Dieux du Ciel un jour nous mangeront, car nous sommes leurs aliments délectables. Nous serons mélangés aux corps des Dieux. Nous deviendrons les Dieux eux-mêmes. Ainsi la boucle sera bouclée, et nous deviendrons les Dieux qui nous auront mangés.

Puis il répéta plusieurs fois un discours similaire, comme pour persuader chacun des Indiens qui composaient cette assemblée.

Les femmes et les hommes l'approuvaient bruyamment. Certains continuaient de boire et de fumer. A ma stupeur, je vis que le père Goffredo approuvait ce discours et applaudissait : était-il devenu un Indien parmi les autres ?

A la fin de cette cérémonie, je demandai à m'entretenir seule avec lui, car malgré son étrangeté, je le croyais capable de me donner un avis sensé. Il me considéra d'un air ennuyé, mais ce n'était pas pour la raison que je croyais :

— Vous allez me demander conseil pour votre vie, me dit-il avec beaucoup de chaleur dans la voix. Mais vous n'en avez nul besoin ! Vous savez déjà ce que vous allez faire : votre vie a changé. Vous allez partir !

Il hésita, puis reprit :

— Venez avec moi. Vous allez parler avec Ale-te-heia.

Il me prit par le bras et me conduisit dans la grotte où le vieil homme, avec trois autres Gê, était en train de fumer.

— Maître, dit-il à Ale-te-heia, cette jeune femme croit encore avoir besoin de conseils.

— Bah... pourquoi pas ? répliqua Ale-te-heia.

— Vous appelez cet Indien votre « maître » ? demandai-je à Goffredo, abasourdie.

— Oui, car il est plus sage que moi, et sait davantage de choses. Il distingue dans l'avenir des choses que je suis bien incapable d'y voir.

— Vous lisez dans les astres ? demandai-je à Ale-te-heia, incrédule.

— Non, grande femme blanche, dit Ale-te-heia. Je lis dans tes yeux ! Et je ne t'en dirai pas plus que ce que tu désires savoir.

— Alors, racontez-moi, puisque vous êtes si sûr de vous !

J'étais mécontente. Je sentis qu'Ale-te-heia me dominait, qu'il regardait au-devant de ma vie comme sur une route. Ses yeux étaient magnifiques et bons. J'étais mécontente aussi parce que j'avais sous-estimé ce petit homme bizarre, à la barbiche tremblante, qui bavait en tirant sur le tuyau de son *hutzin*. Ses compagnons sortirent avec le père Goffredo. Je restai seule avec lui dans la grotte. Il me prit la main et ne la lâcha plus. Il regardait vers le haut, vers le fond de la grotte. Il ne voyait rien. Je compris qu'il était aveugle. Je ne m'en étais pas rendu compte au début, puisque toujours un de ses compagnons se tenait auprès de lui. Il était aveugle ! Il était aveugle, et il voyait autre chose ! Je me suis toujours rappelé ce qu'il m'avait dit ce soir-là : ce qu'il avait prédit s'avéra exact.

— Tu pars pour les pays du nord. Il y a des dangers. Mais pourquoi ne pas les traverser ? Tu traverses tous les dangers. Tu bénéficies d'une très grande protection. Ni toi ni moi ne savons ce que c'est. Tu aurais dû mourir cent fois dans la selve.

Il fit une pause, me serra très fort la main et reprit :

— Protège ton fils ! Ton enfant est petit, et il va subir de nombreuses épreuves. Protège ton enfant ! Il faut savoir aimer un enfant. C'est la plus importante des choses. Protège et aime ceux et celles qui sont autour de toi ! Ne sois jamais tentée de les abandonner ! Marcus ne t'a pas fait de mal. Dis-toi bien ceci : Marcus et Kahowa ne t'ont pas fait de mal. Ils essayent de t'aimer telle que tu es. Avec toutes tes erreurs effrayantes. Tu dois toujours t'éloigner des hommes puissants. Tu ne peux supporter leur présence. Lorsqu'un homme puissant veut quelque chose de toi, tu dois partir. Si tu évites les hommes qui ne pensent qu'à la puissance, alors tu seras la plus heureuse des femmes. Si tu acceptes de les fréquenter, tu seras la plus malheureuse. Je vois des personnes puissantes qui veulent s'approcher de toi, qui veulent décider de ton sort. Tu ne dois pas les laisser t'atteindre. Tu es comme le serpent : heureuse de toujours glisser entre les herbes, sur les rochers, dans les arbres. Mais un serpent doit savoir se cacher. Si on enferme le serpent, le serpent se dessèche, il meurt, et même la plus belle peau n'a aucune valeur si elle est desséchée. Mais aussi le serpent doit monter, toujours monter. Le serpent est le lien entre le ciel et la terre.

Il s'arrêta de parler et enfonça ses doigts dans la paume de ma main. Il me fit mal. Je retirai brusquement ma main. J'aurais voulu le remercier de m'avoir parlé, lui montrer que j'appréciais sa présence et ses conseils. Mais j'en demeurai incapable. Je me levai et rejoignis Inaua, qui gardait mon fils.

Plusieurs guerriers urupùca voulaient nous accompagner. Ils avaient l'intention de rendre visite à leurs cousins les Uruxilte, qui vivaient dans la selve, loin vers le nord. Ils étaient braves et habiles. Bien évidemment, nous acceptâmes leur offre de grand cœur.

Marcus et Kahowa, qui paraissaient réticents au départ, avaient décidé de m'accompagner. Inaua, bien sûr, venait avec moi. Je serais partie seule avec elle et avec mon fils, sans demander son avis à Marcus. Mais j'eus avec lui une brève discussion, ou plus exactement, ce fut lui qui me parla :

— Bon, constata-t-il un jour. Je suis avec Kahowa. Mais je dois te protéger : tu as été ma femme, et nous avons un enfant. Je sais que tu ne veux pas rester ici chez les Indiens. Donc je partirai avec toi et Francesco. Kahowa et sa fille nous accompagnent.

— Je ne sais si tu as raison, lui dis-je. Nous avons changé. Tout a changé. Tu pourrais rester vivre ici : peut-être Kahowa désire-t-elle vivre ici chez les Indiens, avec Inoumé.

— Non, dit-il. Kahowa est comme moi : elle veut regagner la côte, et un jour, si nous pouvons, faire voile vers l'Afrique. Nous voulons repartir en Afrique. C'est là que nous sommes nés.

Je ne savais que lui répondre. Jamais une seule fois je n'avais soupçonné qu'ils voulussent regagner les rivages de l'Afrique. Cela me paraissait tout bonnement impossible – c'était comme si moi, j'avais voulu regagner la France ! Comment aurais-je fait ?

Je lui dis alors que je comprenais son projet, que j'étais d'accord pour que nous partions ensemble, et que je n'avais plus de rancune contre Kahowa et lui. Mais je lui dis aussi que son projet était irréalisable :

— Comment irais-tu trouver un bateau, ou parler au capitaine d'un navire ? Ne serais-tu pas d'abord repris comme... comme esclave ?

J'osais à peine prononcer ce mot honni. Il était banni entre nous.

— Inaua nous aidera.

— Comment ? Inaua veut-elle repartir en Afrique, elle aussi ? C'est impossible, elle m'en aurait parlé !

— Inaua ne veut pas repartir en Afrique. Tu sais très bien qu'elle veut rester avec toi ! Mais elle peut nous aider à trouver un bateau : elle a des émeraudes... On peut obtenir beaucoup de choses avec des émeraudes.

J'avais oublié tout cela. Comme je ne pensais qu'à moi et à mon enfant, je n'avais pas songé qu'Inaua pût vouloir aider Marcus et Kahowa. Et j'oubliai très vite toute cette conversation : l'essentiel, c'était que, d'après Marcus, Inaua voulait rester avec moi.

Les Urupùca voulaient partir très bientôt. Je fis des adieux très brefs, trop brefs, aux Wanauhia, aux Gê et au père Goffredo. Je ne revis pas Ale-te-heia : il était parti. Peut-être le croiserions-nous de nouveau en franchissant les premières montagnes de l'est : c'était là que vivaient les Gê.

Quelques minutes avant notre départ, le père Goffredo revint me voir. Il me salua, me souhaita bonne route. Il embrassa Francesco sur le front. Mon petit garçon avait grandi. Il rit et caressa la joue de cet homme qui était devenu indien parmi les Indiens.

Je fis une dernière chose avant de quitter cet endroit béni : j'allai embrasser Kahowa, car je ne lui avais pas parlé depuis des jours. Je touchai la main de Marcus. Puis je pris Inaua par la main, Francesco sur mes épaules, et nous partîmes. Wanauhia-hipé avait décidé de nous accompagner durant quelques jours. Et nous faisions comme les Urupùca : nous bondissions de rocher en rocher.

Gravissant les pentes en direction des plus hautes montagnes, nous aperçûmes les très beaux oiseaux que le Coupeur avait pour son malheur voulu capturer : des *hoatzins*. Ils déployaient leurs magnifiques ailes bleu et gris et volaient au-dessus de nous, poussant des cris moqueurs. J'entrevoyais parfois leur œil cerclé d'orange, leur gros bec jaune et crochu, et je me demandais si l'un de nos amis n'allait pas leur décocher une flèche. Je finis même par le leur demander ! L'un des six guerriers urupùca me toisa, l'air offensé :

— On ne tue pas ces oiseaux. Ils sont sacrés.

Je pensai alors que le Coupeur avait peut-être commis un grand sacrilège sans le savoir. Puis je me concentrai sur les pentes que nous allions gravir : il n'y avait plus aucun arbre, et des nuages épais les dissimulaient.

Nous tombâmes ensuite sur un petit groupe d'Indiens gê. Ils habitaient tout près de là. Ils chantonnaient tout en descendant la pente. Nous échangeâmes quelques mots, je leur demandai s'ils avaient vu Ale-te-heia. Ils me regardèrent en riant.

— Ale-te-heia est partout, dirent-ils. Il est sûrement à côté de toi !

Et ils s'en furent, très contents de leur plaisanterie. Inaua vint auprès de moi :

— Ils veulent peut-être te dire qu'Ale-te-heia nous protège, dit-elle.

— Non... Pourquoi ? Et pourquoi ont-ils ri, en disant cela ?

Elle ne répondit pas. Comme je la regardais d'un air mécontent, elle me dit :

— Flavie, ce n'est pas ma faute !

Et j'en fus encore plus mécontente. Nous repartîmes lentement, nous épuisant à grimper le long de ces pentes interminables. Marcus et Kahowa marchaient loin derrière nous, cette fois-ci. Ils observaient les hauts plateaux qui s'étendaient en contrebas. On eût dit des cailloux, tous disposés avec la pointe en direction de la selve. Je remarquai que, si on regardait ces rochers d'une certaine façon, certains d'entre eux composaient d'étranges dessins. On aurait dit une mosaïque.

Nous vîmes alors, sur une pente voisine, les premières huttes de pierres. C'étaient les maisons des Gê.

Dans chaque maison, il y avait de petits oreillers en bois.

Et de manière inexplicable, j'aperçus une petite silhouette grisâtre, qui se faufilait entre les huttes, s'aidant d'une sorte de canne. C'était Ale-te-heia ! Je l'avais reconnu, j'en étais sûre. Je faillis courir, le rattraper, lui demander comment il pouvait se trouver déjà ici, mais je me sentis retenue par mon incompréhension. Chaque fois que je ne comprenais pas quelque chose tout de suite, je m'irritais, puis j'accusais quelqu'un. Cette fois-ci, je décidai de lutter contre cette méchante partie de moi qui me tracassait. Ale-te-heia était ici ? Grand bien lui fasse ! Je n'irais pas me donner le ridicule d'aller l'interroger, pour savoir s'il avait réussi à voler au-dessus de nous.

Comme le soir tombait, une femme gê nous invita à passer la nuit dans la maison des invités : c'était une grande construction en pierres, longue et basse, où avaient été construites des sortes de niches : il suffisait de s'allonger dans la pierre, polie et froide. On mit des couvertures et on s'en arrangea. Puis on dormit.

Durant la nuit, je fis un rêve magnifique.

Quelqu'un venait et me prenait par la main. C'était un grand personnage, qui avait le corps d'une femme et le visage d'un homme. Il me conduisait devant un lac qui était contenu dans un écrin de rochers. A ce moment, j'eus la conviction que cet endroit existait, qu'il voulait me le montrer afin que je m'y rende. Mais où se trouvait ce lac immense ?

Au moment où je me posai cette question, une abeille vola vers moi et entra dans ma poitrine. Elle ne me fit aucun mal et se logea dans mon corps. Je me réveillai.

Je me grattai entre les seins, pour sentir où était passée cette abeille. Puis cela me fit rire. Très gaie, très contente, je ne remarquai pas qu'il faisait gris au-dehors ; des brumes enveloppaient tout, les montagnes, le village, et on n'entendait aucun oiseau. C'était le pays du ciel, le pays des nuages. Auprès de moi, mon petit garçon commençait à remuer. Francesco. Je lui caressai le front tandis qu'il dormait, j'essuyai sa sueur. Quel âge avait-il, maintenant ? Je pensai à ce que m'avait dit Ale-te-heia, qu'il était petit, et qu'il fallait le protéger. Serais-je toujours capable de protéger mon enfant ?

Panihi, l'un des six guerriers urupùca, vint à moi et me donna une galette. C'était peut-être du maïs. Je mangeais à peu près de tout, et depuis longtemps. Je lui touchai l'épaule pour le remercier. Il me regarda d'un air très satisfait, comme si mon infime geste de remerciement avait été pour lui la plus belle des récompenses.

Nous aurions dû redescendre depuis longtemps – du moins je l'espérais. Mais nous montions, nous gravissions des montagnes qui se perdaient dans les nuées, nous cheminions parmi les nuages ; et tout juste n'étions-nous pas devenus nuages nous-mêmes. Des flocons, des nappes fuligineuses, du crachin. Nous naviguions dans une sorte de coton impalpable, qui s'effilochait à peine sous nos doigts ; le sage Wanauhia-hipé nous poussait parfois, la main posée à plat sur notre dos. Parfois, il chantonnait pour encourager les guerriers urupùca. Ceux-ci resserraient contre eux leur couverture en laine et en écorce, maugréaient parfois, sifflant entre leurs dents, mais ne se plaignaient pas. Ils marchaient, grimpaient, grimpaient, couraient, bondissaient. On avait l'impression d'arpenter les montagnes en compagnie de panthères ou de pumas.

Je plissai les yeux pour apercevoir Inaua. C'était à peine si elle osait me parler : lorsque nous étions parties, et que nous avions fait nos adieux à Kahowa, à Inoumé, à tous les Indiens qui allaient les accompagner vers le sud-est, et après que j'eus fait mes adieux à Marcus, et après que nous eûmes pleuré, car nous étions encore faibles et humains et perdus et solitaires, car nous étions encore amoureux, car Marcus devait dire adieu à son fils et savait qu'il ne le verrait jamais grandir, car je devais dire adieu à Marcus alors qu'il était l'homme avec qui j'avais fui et avec qui j'avais eu cet enfant, et pour infiniment d'autres raisons que je ne souhaite pas dire en espérant pourtant que chacun les comprenne, lorsque nous étions parties donc, Inaua avait donné un tiers de ses pierres précieuses à Marcus et Kahowa afin qu'ils puissent un jour regagner l'Afrique. Elle s'imaginait que je lui en voulais. Moi, lui en vouloir !

Peut-on en vouloir au feu follet, au vent, à la flamme, au duvet de plume qui s'envole ? Inaua était tout cela. Elle représentait à mes yeux ce qu'il y a de beau et d'insaisissable dans le monde. Adonc à travers la brume et les nuées je l'appelai, je m'arrêtai pour qu'elle me rejoignît, je lui dis que je n'avais contre elle nulle rancune, qu'elle avait fait ce qu'il fallait, et bien agi ; que ce n'était certes pas elle qui s'était approchée de Marcus et l'avait séduit ; que Kahowa toujours avait été loyale envers elle et qu'elle avait eu raison de l'aider.

— Je sais que tu penses comme ça, Flavie, me dit-elle à la fin. Mais je croyais que tu m'en voulais pour une autre raison.

— Pour quelle autre raison ?

— Parce que, dit gravement Inaua, je leur ai donné de quoi acheter leur passage vers l'Afrique, et je les ai envoyés à la mort.

— Nous n'en savons strictement rien, répondis-je. Ils sont loin. Ils doivent être maintenant à six journées de marche d'ici. Nous ne les reverrons jamais. Absolument jamais... Nous, nous partons vers le nord. Un jour, Inaua, et ce sera peut-être dans une dizaine d'années, nous serons peut-être au nord de l'Amérique, et nous penserons à ces nuages où nous les avons laissés.

Nous avons rarement reparlé de Marcus, ni de Kahowa, ni de sa fille qui était si petite, si noire et si mignonne. Nous avons peu souvent reparlé du passé. Heureusement, nous étions capables de nous servir de cette faculté merveilleuse, que tant d'humains manient si bien : l'oubli.

Je ne puis décrire les semaines interminables, épouvantables, éprouvantes, pendant lesquelles nous demeurâmes dans les nuages. Nous avions l'impression d'avoir disparu. Sur le sol rocheux, souvent humide et poreux, nous ne laissions presque aucune trace : il nous semblait que nous fussions devenus des fantômes.

Les Urupùca manifestaient souvent leur mauvaise humeur. Chaque soir, les haranguant, les exhortant, les encourageant, Wanauhia-hipé leur répétait que bientôt nous retrouverions la selve, que nous redescendrions si vite vers elle que nous en serions stupéfaits. Il leur décrivait des lianes immenses, des Cordes comme celles de leurs ancêtres, si belles, si humides, si glissantes qu'ils pourraient les serrer entre leurs paumes, et se laisser glisser jusqu'aux frondaisons d'arbres proches, doux, fous, feuillus, aux belles tiges si vertes que ce serait grand plaisir de les casser et d'en voir le jus couler sur nos poignets !

Ebahis, les Urupùca rêvaient de ce pays de cocagne. La forêt ! On désire tellement cette forêt profonde, quand on ne s'y trouve plus... On rêve de ses troncs, ses fûts gigantesques et impavides, ses fleurs obscènes et mordorées, on songe à s'abriter dans son ombre démesurée, à planter les pieds dans ses ruisseaux ou sur ses branches... On veut les arbres, on veut du vert, des lianes, des tiges, de la feuille large et odorante ! La forêt !

Un matin, un *hoatzin* cria, juste au-dessous de nous. Wanauhia-hipé nous dit au revoir. Il posa la tête sur mon sein, car il était bien plus petit que moi, et me dit une chose bizarre, que personne ne m'avait jamais dite :

— Adieu, Flavie. Bonne Flavie !

Puis il désigna un soupçon de feuillage, à quelques pas de là, sous un sentier. La forêt était de retour !

Je lui serrai les deux mains, et il partit. Nous étions seules, Inaua et moi, avec Francesco bien sûr, et avec les guerriers. Ceux-ci ne s'occupèrent pas du tout du départ de notre ami, le remarquèrent à peine : ce qui les occupait, c'était la selve, là, en dessous, la très grande forêt.

Des lianes, en effet, s'avéraient utiles pour descendre. De temps en temps, nous passions d'un grand arbre à un autre, nous servant des lianes souples que les Urupùca mouillaient avec le suc d'une grosse fleur rouge : le *psùn*. Les mains enduites de ce suc, nous nous laissions glisser le long des lianes. En quelques glissades, nous étions descendus de plusieurs centaines de mètres : l'altitude avait changé, et nous sentions à nouveau la chaleur. Il fallut nous arrêter pour enlever nos vêtements de peau. Par respect pour les Urupùca, Inaua et moi allâmes à l'écart, sur de grosses branches éloignées, pour revêtir nos légers vêtements de toile, rapiécés et par endroits quasi transparents. J'habillai Francesco avec un petit sac de coton que j'avais découpé pour lui laisser les bras nus. Nous revînmes vers les Urupùca. Panihi nous considéra d'un œil très critique : visiblement, il nous trouvait plus belles habillées en serpent ! Un peu rassurées qu'ils ne se soient pas précipités sur nous, mus par quelque désir inavouable, nous commençâmes à reprendre notre progression d'autrefois : d'arbre en arbre, de branche en branche, sans jamais toucher le sol. Je n'avais aucun souci à me faire pour Francesco. Heureusement, il était plus habile que nous à ce jeu. Je prenais garde à le surveiller, parfois à lui tendre la main. Mais très souvent, c'était Inaua, plus agile que nous tous, qui l'attrapait par la main, la cheville, le poignet, le faisait tournoyer, virevoltait, disparaissait entre les feuilles comme un atèle ou un écureuil ! Francesco riait souvent, très heureux de toute cette activité. Parfois, il se trouvait nez à nez avec un petit singe, presque aussi étonné que lui. Nous reprenions nos réflexes d'avant : repérer les serpents, écouter les bruits les plus infimes, balayer les araignées d'un revers du pied, lancer une liane d'un seul geste ample et sûr. Au bout de quelques jours, la forêt était redevenue notre terrain de jeux. Et puis, soyons justes, les Urupùca nous aidaient constamment, nous rassuraient, et devenaient des compagnons indispensables. L'un d'entre eux, Pacil, s'approchait quelquefois tout près d'Inaua, la regardait, captait son regard : il attendait qu'elle le regarde aussi. Puis brusquement, il tirait d'on ne sait où une fleur magnifique, la lui plantait dans les cheveux, et s'esquivait.

Inaua avait bien compris qu'il lui faisait une cour assidue, vive et discrète, et elle ne semblait pas vouloir répondre aux avances de Pacil. Prête à m'endormir un soir, lorsque je lui demandai, un peu moqueuse, si un jour elle allait lui céder, elle rétorqua, l'air grave :

— Est-ce que j'ai ton autorisation, Flavie ? !

— Comment ? Mais enfin, Inaua, tu n'es plus ma servante ! Tu es mon amie. Tu as le droit de faire ce que tu veux ! Avec Pacil, ou avec qui tu juges bon de...

— Ah, c'est ainsi ! ? me coupa-t-elle. J'ai le droit de faire ce que je veux ?

— Mais... mais enfin oui ! Pourquoi es-tu furieuse ?

— Parce que je t'aime, Flavie, et parce que toi, tu devrais m'aimer aussi ! ! ! C'est pour ça que je te demande si tu me donnes le droit d'aller avec cet homme.

Je faillis tomber de mon hamac.

A mes côtés, Francesco se mit à pleurer ; je dus le bercer et le rendre au sommeil. Je ne savais pas quoi dire. Je versai moi aussi quelques larmes. Qu'avais-je donc fait ? Bien sûr, je reconnaissais que j'aimais Inaua, qu'elle était devenue ma meilleure amie, ma confidente irremplaçable, je la trouvais belle, gentille, amusante, mais je ne pouvais ni ne voulais la traiter comme si elle m'appartenait ! Doucement, avec des mots très choisis, je lui parlai dans l'obscurité, et lui expliquai tout cela : que je l'aimais comme une amie très chère, comme ma sœur, comme ma fille, que je ne pouvais un instant songer à l'abandonner, mais qu'elle était libre, que je n'avais pour autant aucun droit de la garder pour moi, comme si nous avions été mari et femme ! Comprenait-elle au moins que je voulais la laisser libre de ses choix, même si nous restions tendrement liées ?

— Il existe certaines choses que tu ne peux comprendre, dit-elle. Flavie... tu es ma maîtresse, et je ne sais pas quel sens a aujourd'hui ce mot. Je suis presque née esclave. Toute petite, j'ai été esclave. Puis tu es venue, comme un soleil, au domaine de Toiros-et-Teresina... tu étais belle comme un astre ! Sans doute es-tu restée pour moi la duchesse, la dame, la beauté, le soleil ! Je suis une petite négresse de l'Afrique... et toi, tu es le centre du monde ! Non, s'il te plaît, ne m'interromps pas. Tu ne peux pas voir ce que je vois. Nous nous sommes enfuies, nous nous sommes sauvées, nous nous sommes sauvées l'une l'autre. Nous sommes devenues d'autres personnes, c'est vrai, mais nous sommes aussi restées nous-mêmes – le nous d'avant ! Que ferons-nous si un jour nous parvenons en Amérique du Nord ? Nous vivrons, toi comme une grande dame du Brésil et moi comme sa fidèle servante. Nous ne pourrons pas vivre différemment... Ou alors, il faudrait rester dans la selve ! Ne m'interromps pas ! Et nous sommes liées comme les doigts de la main. Toi, Francesco et moi. Et nous sommes toujours ensemble. Peu à peu, je t'ai aimée : exactement comme si tu avais été mon homme. Nous ne dormons pas ensemble, c'est vrai, mais nous sommes ensemble exactement comme un homme et une femme. Et nous éduquons ton fils.

— Mais c'est pure folie !

— Ne m'interromps pas. Il n'y a aucune folie là-dedans. Je me suis juste trompée. J'ai cru que tu allais m'aimer exactement comme moi je t'aime, alors que toi tu m'aimes comme une amie. Moi je voudrais dormir auprès de toi, comme ce tout petit garçon. Personne ne m'a fait de petit garçon, à moi ! Je voudrais me serrer contre toi, et sentir ton odeur qui est merveilleuse car elle est le parfum de la beauté, de la splendeur. Tu es tellement belle que je rêve de toi presque chaque nuit. Tu...

— Tais-toi, Inaua ! S'il te plaît, tais-toi ! C'est réellement de la folie, j'en suis certaine. Es-tu une femme, oui ou non ? !

— Oui, bien sûr ! Pourquoi ne serais-je plus une femme, d'un seul coup ?

— Mais enfin, sais-tu ce que tu me dis ? Que tu m'aimes, moi, une autre femme ? Que tu voudrais te serrer contre moi ? !

— Mais oui ! Qu'est-ce qu'il y a de mal ?

— Mais enfin, c'est contre les lois de la nature ! Ce sont les tribades, dans l'Antiquité, qui faisaient cela ! C'est une chose vilaine et stérile. Tu crois peut-être que je vais te faire un petit enfant ? !

— Non, voyons, pourquoi te mets-tu en colère ? Je te dis que je t'aime, et toi tu te mets en colère ! Comme tu es injuste ! Comme je suis malheureuse ! Je suis déjà malheureuse d'être seule, et la seule personne qui pourrait m'aimer me dit que c'est une chose vilaine et stérile que de s'aimer ! ! !

— Mais nous sommes des femmes !

— Oui, oh, très bien ! J'aurai un enfant avec Pacil, ou avec un autre Indien. Mais je ne vois pas pourquoi nous ne pourrions pas nous aimer, et nous aimer librement. Je ne sais si tu l'as oublié, mais nous sommes dans la forêt vierge ! Personne ne viendra te traiter de... comment as-tu dit... de « tribade », c'est bien ça ? Nous sommes déjà une tribu, alors nous pouvons bien être des tribades !

Je ne savais réellement plus quoi lui répondre. J'étais à la fois gênée, et furieuse. Est-ce que j'aurais cédé à son amour, si j'avais été hors de la jungle, par exemple en France, ou à Toiros ? Non, certes non. Nous n'allions pas profiter de la jungle pour devenir des tribades ! Et dans le même temps, je me sentais attirée par elle : je comprenais fort bien qu'elle veuille me serrer contre elle, puisque pour ma part j'avais parfois envie de l'embrasser, ou même de la voir nue. Mais ce que je trouvais inadmissible, c'est que nous fussions devenues des amantes, là, en pleine sauvagerie, comme si soudain tout nous eût été permis. Or il n'y a rien de plus strict et de plus rigoureux que la selve. On ne peut pas y faire n'importe quoi, ni ce que l'on veut, ni ce que l'on désire. On doit toujours rester sur le qui-vive. J'avais l'impression que cet amour-là agirait comme un somnifère, et que les bêtes féroces n'auraient plus qu'à nous cueillir. Je me pris soudain à me demander aussi quelle mine les Indiens eussent arborée s'ils nous avaient vues nous laver ensemble et nous bécoter telles des perruches ! Je suppose qu'ils nous auraient mises en cage, en tant qu'inséparables, et fait rôtir ensuite.

— Je ne pense pas que tout ceci nous mène bien loin, dis-je, soudain apaisée. Je ne crois pas que nous devrions nous aimer comme tu le dis. Je t'aime comme une amie, comme ma propre sœur, et c'est déjà beaucoup. Essaie de t'en contenter. Pour le reste, tu verras si Pacil est secourable. Bonne nuit.

Elle ne dit plus rien. Je l'entendis sangloter dans son hamac. Je serrai Francesco contre moi et m'endormis.

Quelques semaines plus tard, nous parvînmes en territoire urupùca. Pays de feuilles épaisses, immenses, sous lesquelles on peut s'abriter. Une nouveauté : des clairières. Et des obstacles à franchir, là encore, de très larges fleuves, des rivières, des bras de fleuves et des archipels, des pans de forêt humides, la chaleur. Nous étions à nouveau moites, collant et collées et gluantes et visqueuses. Francesco se plaignait. Chaque soir, je me baignais et me raclais la peau avec un petit râteau en bois léger, puis je me frottais avec de l'argile. Je faisais pareil avec Francesco. Inaua, qui avait cessé de me parler depuis des jours et des jours, s'adressait de nouveau à moi :

— Veux-tu que je te frotte avec ces fleurs ? Les femmes urupùca me les ont montrées. Elles laissent un parfum délicieux et sèchent un peu la peau. Comme cela, on transpire moins.

J'étais assise au bord de la rivière, et entièrement déshabillée. J'enfilai ma chemise.

— Non, merci, dis-je, tu es très gentille, je viens de me sécher. Je le ferai seule un de ces jours. Est-ce que tu as pu t'unir à Pacil, ou à l'un de ses congénères ?

— Oui, répliqua Inaua, l'œil méchant. Je l'ai fait une, et une seule fois. Comme cela, je suis une femme, à présent ? ! Mais il a été brutal, et il m'a transpercée comme si j'étais un petit sanglier ! Je suis très mécontente. Tout cela est de ta faute !

— Comment cela, de ma faute ? !

— Puisque tu ne veux pas de moi, tu aurais pu au moins me trouver un amant convenable !

— C'est incroyable ! Comment peux-tu dire des choses pareilles ? !

Elle m'embrassa soudain, me tira un peu les cheveux, puis me jeta de l'eau à la figure et s'enfuit en courant. Comme Francesco trouvait cela amusant, il m'aspergea d'eau, lui aussi, et tomba dans la rivière. Je le rattrapai par les pieds, alors qu'il coulait à pic, puis le séchai, et lui donnai une bonne fessée.

Lorsque je retournai au cœur du village urupùca, une femme m'attira par le bras en riant. Inaua était dans la case réservée aux jeunes hommes. Elle usait de tous les atouts dont dispose une femme pour en satisfaire trois ou quatre à la fois. Je fus très surprise et scandalisée. Mais aussi je me rappelai que les Indiens sont souvent très libres de mœurs, et font toutes ces choses très honnêtement, sans se cacher. J'avais lu autrefois un philosophe, qui affirme que ces manières sont naturelles, et que cette sorte de naturel, nous l'avons perdu. Mais si la nature est naturelle, elle ne paraît pas toujours décente. Nous vivions dans un monde où l'obscénité règne.

Je me promenai peu après avec mon fils, et nous vîmes au pied d'un arbre deux *tamanduas*, lesquels ressemblent à de petits tamanoirs, campés sur leurs pattes, l'un sur l'autre. Après l'acte qui devait les satisfaire, ils se nettoyaient du bout de leur très long museau pointu, d'où sortait par moments une très fine mais très longue langue visqueuse, pareille à la trompe d'un papillon. Non loin de là, les orchidées s'épanouissaient, énormes, ouvertes comme les bouches d'un monstre de pétales. La nature se moquait de moi.

Des mois passèrent encore. Je ne voulais plus bouger. Je désirais voir grandir Francesco, jouer avec lui, lui apprendre un peu le français, et laisser Inaua s'amuser avec les jeunes Urupùca. Sans m'en apercevoir, je devenais plus libre, plus forte, plus capable de m'occuper de toutes sortes de choses ; de grande dame, j'étais devenue une femme. J'étais toujours audacieuse, insolente, mais je pouvais être aussi prudente, parfois même avisée. La chaleur me rendait plus calme, je ne me laissais plus incommoder par la torpeur de cette immense maison qu'était devenue la forêt.

Alors que je commençais à me préparer à repartir, après en avoir discuté avec plusieurs Indiens qui acceptaient de nous accompagner vers le nord, vers la Grande Rivière, il se passa une chose effrayante dont je me suis souvenue depuis toute ma vie.

Nous dormions. Les hamacs se balançaient mollement dans la nuit. Si l'on ouvrait un œil, on apercevait des feuilles géantes, et les étoiles. C'était beau. Mon Dieu, c'était si beau qu'on pouvait pleurer de joie rien qu'en contemplant le ciel ! Et justement, une nuit, j'avais ouvert un œil. D'habitude, les feuilles géantes étaient vert d'eau, vert de nuit. Or le ciel était rouge.

Rouge ? Le ciel ne devait pas être rouge ! C'était la nuit ! Je me réveillai brusquement. Le cri d'un Urupùca retentit violemment, tout près de nous. Je serrai Francesco contre moi. Avaient-ils décidé un massacre ? Des gens d'un autre clan attaquaient-ils le village ?

Nullement... Le ciel était tout rouge car la forêt brûlait.

Ce fut d'abord un effrayant brouhaha, un tumulte terrible, des hurlements de terreur de femmes et d'enfants. Certains Urupùca n'avaient jamais vu de feu : quelques braises, parfois, timidement nées au creux d'un petit foyer où l'on avait frotté des pierres une heure durant... Inaua leur avait montré maintes fois comment faire du feu avec une pique de bois bien taillée, mais force était de reconnaître que l'on manquait toujours de bois qui ne fût pas humide. L'incendie qui montait vers nous transformait les Indiennes en statues : pétrifiées, elles contemplaient cette chose mouvante qui s'avançait vers nous.

— C'est Dieu, dit l'une d'entre elles.

— Non ! criai-je, non, ce n'est pas Dieu, et il faut fuir ! Venez avec moi à la rivière !

Déjà, les hommes avaient mis à l'eau toutes les pirogues. C'est avec eux que j'avais découvert ces merveilles : des embarcations en bois léger, creusées patiemment dans le tronc d'un seul grand arbre, mises à l'eau pendant des mois pour qu'elles pourrissent, puis retravaillées, polies, débarrassées de toute écorce, transformées en fins et subtils esquifs.

Les hommes ne se souciaient pas des femmes et des enfants, à part quelques-uns. Inaua surgit à mes côtés ; elle appelait l'un de ses jeunes compagnons urupùca ; il la vit, la poussa du plat de la main, fit glisser une pirogue dans la rivière, et disparut. Nous étions seules, sans aucune aide, figées au bord de la rivière. Inaua avait eu la présence d'esprit de prendre toutes nos affaires, et des arcs, et des flèches, et de grandes couvertures. Mais le feu approchait. De grand incendie qui dévorait les arbres, il s'était mué en un tourbillon qui emportait le village ; les huttes, les maisons de bois, les claies pour parquer les animaux s'envolaient et se consumaient en quelques secondes. Des arbres monstrueux, magnifiques, hauts comme trente hommes, s'embrasaient telles des torches et dispensaient une lumière aveuglante. La chaleur était insupportable.

— Mettons-nous à l'eau, dis-je à Inaua, et nageons.

Elle attacha les sacs, ballots et couvertures ensemble, pour nous construire une sorte de radeau ou de bouée. Au début, cela flottait. Nous avions mis Francesco là-dessus, bien arrimé. Puis notre chargement commença de trop s'imprégner d'eau et de couler. Nous glissions doucement au fil de la rivière, entre deux murailles de feu. Des deux côtés la forêt s'enflammait, parce que des arbres en feu s'étaient écroulés sur l'autre rive et avaient fait flamber des buissons imposants. Ces boules de feu propageaient l'incendie encore plus loin, et nous n'apercevions plus aucun endroit qui ne fût la proie des flammes.

Il nous fallut une heure pour descendre la rivière et parvenir à une sorte de lac, si vaste que l'une des rives était invisible. Nous avions essoré plusieurs fois notre radeau de sacs sur les rochers, et voyions que seule l'une des rives brûlait encore. Nous pouvions donc tenter de rejoindre l'autre rive. Mais elle paraissait bien éloignée. Bravement, Inaua commença à nager en tenant Francesco hors de l'eau. Je nageais tout en tirant le ballot de sacs, qui était de plus en plus lourd. A un moment, comme j'allais me noyer, je hélai Inaua :

— Inaua ! Je... je n'en puis plus ! je vais devoir lâcher les sacs...

— Surtout pas ! Approche, charge-toi de ton enfant, je vais prendre les sacs. Et puis il faut garder les pierres précieuses qui sont dedans !

Elle nagea vers moi, me repassa Francesco qui me regardait d'un air très grave – il ne pleurait pas. Les yeux agrandis de terreur, il semblait devenu muet. Là-bas, très loin, il entrevoyait encore le rivage craquant et fumant, dans l'aube autant blême que pâlotte ; des arbres incendiés tombaient dans le lac en un grand bruit d'eau giflée, comme font certains reptiles lorsqu'ils plongent. Je songeai avec terreur à ces grands sauriens qui parfois se trouvent dans les eaux de la forêt. Mais un ange gardien devait voler au-dessus de nous : il n'y avait pas de reptiles, et l'autre rive s'annonça brusquement, dans la brume, toute proche et enfin accessible !

— Regarde, Inaua ! La rive ! Elle est là !

Je n'entendis rien derrière moi. Un seul sac flottait. Le ballot devait s'être détaché. Inaua n'était plus là.

Je me mis à hurler et à pleurer, et nageai de toutes mes forces vers la rive, déposai Francesco sur un rocher plat, regardai tout autour pour m'assurer qu'il était là en sécurité, et replongeai dans l'eau froide. Je plongeais et revenais à la surface. En faisant cela plusieurs fois de suite, j'entendis soudain un grand cri tout près de moi.

— Flavie ! Où es-tu ?

— Inaua ? C'est toi ? Inaua !

Evidemment, j'avais reconnu sa voix. Elle avait plongé pour attraper les sacs perdus, et elle les avait tous récupérés. Toute fière, maintenant, elle les balançait sur la rive de toutes ses forces, d'un grand mouvement de bras mouillés qui faisait un arc-en-ciel dans ce matin naissant. La rive à peine atteinte, je me précipitai sur elle :

— Oh ! sale petite négresse ! J'ai cru que tu t'étais noyée ! Mon Inaua...

Et je mis à sangloter dans ses bras, tant j'avais cru que je l'avais perdue une fois pour toutes. Bientôt, elle me serra si fort que je crus étouffer, et sa chemise mouillée se collait à la mienne avec des bruits de flaque d'eau. Elle me baisa le front, le nez, puis les lèvres. Je n'osai plus la repousser. Elle prenait mes cheveux entre ses doigts et les essorait.

— Viens, lui dis-je, occupons-nous de Francesco, et de nous sécher. Puis nous allons devoir faire sécher toutes ces affaires... Comment as-tu fait pour retrouver nos sacs ?

— Mais le lac n'est pas profond, dit-elle d'un air presque méprisant. Et les sacs n'étaient pas loin. Simplement, j'ai dû plonger à plusieurs reprises pour les ravoir tous. Ce qui est bien, c'est que j'ai retrouvé toutes nos couvertures, et le petit sac en peau de serpent où j'avais mis les pierres précieuses. Regarde !

Et toute fière, elle me montra le sac, qui n'était pas si petit !... tira sur une cordelette qu'elle avait fabriquée, et exhiba les diamants, les émeraudes, les rubis qui dans ses paumes scintillaient, captant la lumière du soleil levant. Aussi vite qu'elle les avait extraits, elle les rangea. Elle prit Francesco dans ses bras et me dit :

— Alors, tu croyais que je m'étais noyée ?

— Oui.

— Et tu pleurais à cause de ça ?

— Oui.

— Mais alors, c'est que tu m'aimes vraiment ?

— Oui.

— Je me jetterais bien à ton cou encore une fois, Flavie, mais je tiens Francesco, et je ne veux pas le lâcher. Il a déjà eu assez peur pour ce matin.

Un brin de taquinerie montra le bout de son nez chez moi en même temps que le soleil et je répondis :

— Tu as certainement raison !

Nous passâmes deux journée à faire sécher nos affaires, à recoudre un sac, à vêtir Francesco en lui retaillant une sorte de chemisette dans l'un des sacs de jute, et à user de très grandes feuilles cousues pour y mettre d'autres affaires. Nous étions très contentes : nous avions échappé à l'incendie, à la noyade, et même si nous étions seules, nous n'avions pas peur du tout : cet endroit était un véritable Eden. De tous côtés, le lac semblait caché, et même inaccessible ; il n'y avait aucun sentier dans la forêt. On pouvait s'y déplacer lentement, de clairière en clairière, en évitant les nombreux singes qui y habitaient. Mais en ayant vu beaucoup de très près, nous vîmes que ces animaux n'étaient pas à craindre : comme nous, ils cueillaient des fruits, dormaient dans les arbres, usaient de feuilles pour s'abriter lors des rares pluies. Ils amusaient énormément Francesco, qui passait son temps à courir de branche en branche et à leur lancer de petits fruits durs et granuleux qui ressemblaient à des fraises – mais en décortiquant ces fraises, je découvris qu'elles possédaient une pulpe blanche et douce, au goût exquis. Nous en mangeâmes des quantités. Inaua avait attrapé quelques poissons. Par chance, rien d'autre ne sévissait dans ce lac ; c'en était surprenant ; aucun serpent, aucun saurien, aucun poisson venimeux ou dangereux, comme ceux que nous avions vus en pays wanauhia, et qui dévoraient tout en quelques secondes – les Indiens les appelaient *piranhas* ou *subultxe*. Aucun fauve dans la selve, ni la plus petite panthère noire, ni le moindre de ces singes méchants et très grands qui s'attaquaient parfois à d'autres singes. Nous aurions pu dormir sur les rochers, tant la nuit était douce. Inaua avait tendu nos hamacs l'un près de l'autre, et elle dormait avec Francesco et moi, tout près de moi, le plus près possible. Je la laissais me caresser le visage, mais je ne permettais pas que ses caresses devinssent moins chastes. Parfois, durant la nuit, profondément assoupie, je sentais ses jambes minces se mêler aux miennes, et sa chaleur s'ajouter à ma chaleur. C'était doux. Je dus m'avouer que j'aimais Inaua, mais sans doute pas comme elle eût aimé que je l'aime. Je me disais qu'elle avait le temps de changer, puisqu'elle était si jeune – peut-être avait-elle désormais dix-huit ou dix-neuf ans – et qu'elle n'avait connu de près que moi et quelques jeunes Indiens. Souvent, le matin, elle me peignait, avec un grand peigne en bois léger qu'elle avait fabriqué. Elle caressait mes cheveux, puis soupirait. Je lui suggérais alors de s'occuper de mon fils, et elle le faisait avec bonne grâce, exactement comme s'il avait toujours fait partie de moi.

Nous aurions pu rester là des années.

Nous l'appelions le lac caché. J'aimais les deux sons qui s'entrechoquent, lac-caché, comme deux coquilles. Pour me taquiner, Inaua faisait exprès de dire : « le lacaché ». Elle prononçait très souvent ces mots, sorte de miel ou de sirop qu'elle aimait à tenir sous la langue et savourer.

Francesco parlait. Il prononçait quelques mots d'un air sage et concentré, parfois une courte phrase. Je craignais qu'un jour il ne me demande où était son père. Il lui ressemblait. Il avait la peau d'Inaua, les yeux de Marcus, le front de Marcus. Il avait presque le même nez, un peu épaté mais assez fin, très élégant. J'aimais beaucoup de détails chez Marcus, tels que ce nez ! C'est surprenant de voir à quel point un esclave peut avoir l'air noble. Mon petit Francesco semblait parfois adopter les mouvements, les gestes de son père : longs et prudents. Il ne me ressemblait en rien. Sauf peut-être la colère ! D'un seul coup, il se mettait soudain en colère, et s'arrêtait aussi promptement, honteux de la disparition de sa supposée maîtrise de soi. Lorsque Inaua le taquinait, il la considérait d'un air apitoyé, comme si les efforts qu'elle avait faits pour l'agacer eussent été voués à un échec certain... puis il se mettait en colère après elle un bon coup, mais nul ne savait s'il le faisait par vraie fureur, ou seulement pour lui faire plaisir.

Quant à ma petite sœur, elle s'occupait si bien de lui, et de moi, que j'avais toujours le sentiment qu'elle voulait vivre avec nous, dans notre ombre. Ce n'était pas vraiment servir qu'elle voulait, car elle n'était en rien servile et montrait sa volonté assez souvent ; mais elle voulait rester auprès de nous, comme si nous avions été sa case, son arbre et ses racines. Je lui avais plusieurs fois demandé si elle avait connu ses propres parents. Chaque fois, elle m'avait répondu, offusquée : bien sûr qu'elle avait connu ses parents. Sa mère était une belle grande femme qui savait coudre. Son père, un bon chasseur, et qui savait cultiver la terre, faire pousser les légumes... Qu'allais-je imaginer ? Mais quand je lui demandais comment ses parents étaient morts, elle répétait simplement qu'ils étaient morts, et une fois, comme je l'avais pressée, irritée qu'elle me chantât toujours la même antienne, elle me dit que je ne devais plus jamais le lui demander, et vint pleurer dans mes bras. Si elle était triste, elle venait se placer contre moi, attendant que j'aie bien remarquée sa présence, et enfouissait le nez sous mon aisselle. Je sentais la chaleur de sa respiration. Je lui baisais le front. Elle était consolée.

Deux années s'écoulèrent.

Ce qui nous décida à quitter le lac caché, ce furent tout simplement les pluies, qui devinrent un jour beaucoup plus fortes. Le niveau du lac monta. En quelques mois, nous avions séché des fruits, de la viande, tanné des peaux de singe, cousu des vêtements pour Francesco, réparé les nôtres, consolidé les sacs, construit une barque avec des rames et un gouvernail. Inaua s'en servait parfois pour pêcher. Nous savions tout faire. J'avais même capturé un petit singe tout pelucheux et mignon, jaune et noir, pour Francesco. Il l'avait adopté, le traitait comme un bébé, lui chantait des chansons. Nous l'avions appelé Môô, car lorsqu'il bâillait, il poussait un miaulement qui faisait à peu près ce bruit-là. Francesco en était ravi ; il le prenait dans ses bras, le petit singe lui nouait les bras autour du cou, et les voilà partis tous les deux dans les arbres. Je n'avais pas la moindre crainte : je savais qu'ils reviendraient une heure après, gavés de fruits. Cette vie de sauvage ne faisait aucun mal à mon fils. Il souhaitait apprendre, et ne faisait aucune difficulté pour venir avec moi : je lui appris à écrire avec une tige, sur le sable, et aussi à dessiner sur de l'écorce.

Lorsque nous dûmes constater que le lac allait envahir la forêt et qu'il pleuvait durant près de huit heures par jour, nous embarquâmes. Adieu, « lacaché »... Nous ne savions pas que nous quittions le pays du bonheur.

Troisième
partie

LES ÎLES ABANDONNÉES

Repartir ainsi, reprendre encore le cours d'un voyage infini dont jamais nous ne savions quand ni où il s'arrêterait fut pour nous une rude épreuve. Errantes. Nous étions errantes. Telles des folles, des mendiantes ou de pauvres égarées nous avions le sentiment de nous promener sur toute la planète, d'arpenter la Terre d'un bout à l'autre, sans relâche. Certains jours nous ne regardions même plus les paysages que nous traversions.

Je ne sais absolument pas où nous étions, mais un jour nous vîmes un très grand fleuve. Il s'étendait à perte de vue. Evidemment, il était infranchissable.

Ayant décidé de camper à proximité, nous contemplions chaque matin cette immense étendue d'eau, qui dépassait tout ce que l'on peut imaginer. Cela grondait au loin, d'un gémissement sourd et profond, comme si la Terre entière avait voulu pleurer.

Francesco pouvait rester des heures à écouter et admirer cette monstruosité de la Nature. Car nous ne nous trompions pas : autant un calme fleuve majestueux et limpide peut être un allié, une voie navigable, autant celui-ci, trop puissant et impétueux, représentait un redoutable ennemi. Trop puissant, trop rapide, animé d'une force incommensurable, il cassait les arbres qui tombaient en son cours, il repoussait toute tentative de traversée ; d'ailleurs, aucun peuple ne vivait là ; il n'y avait pas d'Indiens ; nous étions seules, avec mon fils et Môô. Seules, plantées là comme de stupides arbustes, à nous demander comment nous passerions un jour cette espèce d'océan... Bien entendu, j'étais furieuse : nous savions depuis longtemps que nous rencontrerions le rio Amazona, et nous n'avions jamais réfléchi aux moyens de le traverser : fallait-il partir loin sur la côte, tenter de prendre un bateau, et accoster beaucoup plus loin, sur l'autre rive ? Devions-nous construire un radeau géant ? Aurions-nous pu nous renseigner auprès d'Indiens vivant dans la région ? Mais depuis des semaines, nous n'avions rencontré personne, et les derniers Arauhia que nous avions vus habitaient à vingt jours de marche, et à quarante jours du « lacaché ». Nous étions rigoureusement seules. Ce qui nous faisait peur aussi, c'étaient les tempêtes. Depuis quelques jours, alors qu'il n'y avait pas un souffle de vent, brutalement une tornade se levait, agitait les arbres en les fouettant de sa pluie drue et tiède, secouait toute la rive puis s'évanouissait dans une rose des vents improbable. Cette sorte de tempête était jusque-là inconnue de nous, et nous ne savions pas comment y faire face. Une fois, le vent avait manqué faire tomber Francesco du haut d'un palmier où il s'était caché avec son petit singe, et il m'avait été très difficile de l'aider à descendre. Nos affaires avaient été parfois emportées à des dizaines de pieds, et nous avions dû chercher des vêtements ou des couvertures plaqués sur des troncs d'arbre, très loin de notre campement. Ce vent était lui aussi un ennemi.

— Faisons-en un ami ! dit Inaua.

Elle avait dit cela un soir, avec beaucoup de conviction. Un peu comme si elle avait lu dans mes pensées.

— Que veux-tu dire ?

— Tu as bien remarqué que le vent provient de derrière nous, et qu'il souffle en direction de l'autre rive ? Eh bien, construisons un large radeau, avec une voile immense. Si nous le mettons à l'eau au moment propice, nous serons poussées naturellement vers l'autre rive !

— C'est une bonne idée, mais elle est excessivement dangereuse, lui répondis-je. Il me semble plutôt que la voile sera arrachée au moment même où nous lèverons notre embarcation pour la mettre à l'eau.

— Pas forcément. Nous ferons peut-être deux mâts, pour tenir une seule grande voile, et nous construirons quelque chose de très solide. Les arbres ici ont des troncs très durs et très flexibles.

Peut-être arriverons-nous à faire un très bon bateau ? De toute manière, il ne devra tenir que quelques minutes...

— Mmmh. Ce sera plutôt une machine volante : le vent l'emportera. Mais nous pouvons essayer. Car je ne crois pas que nous aurons la force d'aller durant plusieurs semaines en direction de la côte, vers le nord. Et il n'y a pas de passage. Nous rencontrons tout le temps des fleuves, des bras de rivière, et nous y trouvons toujours ces reptiles énormes. Cela aussi est très dangereux. Donc autant essayer la méthode la plus rapide. Si nous passons sur l'autre rive, nous trouverons peut-être un paysage plus clément. Sans trop de rivières...

— Faisons ça, conclut Inaua.

Comme on pouvait s'y attendre, cette tâche énorme nous prit des semaines : il fallut d'abord abattre l'arbre le plus fin, le plus dur, le plus résistant que nous ayons trouvé, puis en faire deux mâts, puis coudre nos couvertures, tissus ou même robes et sacs de jute de la façon la plus résistante qui soit, et enfin assembler tout cela, en faisant entrer la partie basse du mât dans une énorme encoche au centre de notre embarcation, et en la consolidant avec des cordes très épaisses. Mais au moins, l'ayant plusieurs fois dressé avec les voiles hissées, nous vîmes que nous avions là un bateau tout à fait convenable, et qui flotterait sur n'importe quel fleuve.

Il était douteux qu'il flottât sur celui-ci. L'Amazone était à l'évidence une diablesse. Certains jours, elle charriait des cadavres d'animaux. Même le plus gros taureau constituait un point minuscule sur ce cours gigantesque. D'autres fois, nous voyions passer les restes de plusieurs arbres attachés les uns aux autres : peut-être des Indiens avaient-ils cherché à traverser, beaucoup plus loin en amont, et y avaient laissé leur vie. Cela ne nous découragea pas : d'une part, nous avions déjà franchi des obstacles qui paraissaient insurmontables ; d'autre part, nous n'avions aucune autre solution, sauf peut-être rebrousser chemin, et nous trouver un jour prisonnières dans des régions inondées. Car bien sûr nous avions vécu agréablement au bord du « lacaché », mais nous pouvions croire qu'il n'existait plus dorénavant : si la saison des pluies avait été là-bas aussi forte que nous le redoutions, alors le lac avait disparu au milieu d'autres étendues désormais immergées. C'était cela qui était effrayant dans cette région de l'Amazone : les bords, les limites, les eaux, tout changeait. C'était un pays sans frontières.

De ce fait nous ne cessions d'encourager mon petit garçon, qui avait compris ce que nous faisions.

— Nous allons être tués ! disait-il. Môô va mourir aussi !

— Ne sois pas sot, lui répliquais-je. Tu n'es plus un bébé. Tu es un grand garçon d'au moins six ans, si je compte bien, et tu dois nous suivre et être brave, comme l'était ton père, et comme nous !

Il me regardait d'un air scandalisé, comme toujours lorsque je lui parlais de son père. Mais quoi ? Il avait bien eu un père, et son père était parti, et je le lui disais, et je lui expliquais pourquoi. Je lui disais aussi qu'il était le seul homme de notre tribu, et qu'il devait être le plus courageux, le plus fort de nous tous. Il me regardait alors d'un air accablé. Je savais que c'était lourd à porter pour lui, mais qu'un jour il me serait reconnaissant d'avoir cherché à l'éduquer de cette manière. Pour nous, la recherche de la force était la seule voie. Dans la jungle, au long des fleuves, on ne peut pas s'arrêter, être faible, connaître le repos. Nous étions obligés d'être forts.

Un soir, après avoir attendu bien des jours, nous sentîmes que le vent se levait.

— C'est maintenant ! dis-je à Inaua.

— Maintenant ? Mais tu es folle ! La nuit va tomber, le soleil s'est couché...

— C'est maintenant ! Il faut y aller. Je le sens. Et puis, le fleuve a grossi, ces derniers jours. Nous ne pourrons plus rester ici. Viens, attachons-nous. Mettons vite le radeau à l'eau, puis nous nous attacherons au mât avec Francesco.

Aussitôt, Inaua n'hésita plus. Nous fîmes comme je l'avais décidé. De toutes nos forces, nous levâmes le mât du radeau et nous nous y liâmes, tout en jetant le radeau dans le fleuve. La voile était immense. Elle se tendit aussitôt, gonflée par le vent violent qui montait, giflant le ciel violet et noir. Nous mourions littéralement de peur. En quelques secondes, le fleuve nous traîna sur une centaine de mètres. La tempête nous poussait vers l'autre rive, certes, mais elle allait déchirer la voile.

Puis ce que j'avais prévu se produisit : alors que la voile risquait de craquer, le vent qui la gonflait prodigieusement commença à soulever le radeau... nous allions nous envoler ! nous volions ! ! ! La voile se déchira et me claqua le dos et les épaules. Je perdis pied. Je serrais Francesco contre moi. Il hurlait, pleurait, enfonçait ses ongles dans mes bras... Je crois que pendant quelques secondes, nous survolâmes le fleuve... Puis un choc terrible nous renversa, et un énorme craquement se fit entendre : le mât s'était cassé au-dessus de nous. Mais nous étions également attachés à la voile. Elle s'enroula brusquement autour de nous, je sentis des feuilles énormes me gifler le visage, les os de mon bras gauche se brisèrent, je perdis connaissance, et ce fut tout.

Je touchai une terre molle, spongieuse, une sorte d'humus noir tout gorgé d'eau. De mon autre main, je cherchai à tâtonner, à palper le sol, mais je ne pouvais plus la remuer. Mon poignet devait être cassé. Je sentis la douleur, mais aussi le bonheur de toucher Francesco, qui était resté attaché à moi. Epuisé, il dormait !

Je levai les yeux et vis deux jambes qui pendaient, un corps accroché dans un arbre. C'était Inaua. Elle avait dû être projetée dans les frondaisons d'un arbre et elle était morte.

Non, elle bougeait ! Elle gémissait. Donc elle n'était pas morte ! Je mis un moment à m'en rendre compte, et à me détacher de Francesco. Je le posai précautionneusement sur de larges feuilles, après avoir vérifié qu'il n'y avait pas de grands sauriens dans les environs. L'arbre dans lequel se trouvait Inaua ressemblait à un paulownia, celui qui a de grosses baies dont les Indiens extraient le poison appelé *curara*. Je voulais y grimper, mais mon bras gauche me faisait trop mal. Je ne pouvais pas. Je me bandai le poignet et tout l'avant-bras gauche avec du tissu et mis un bout de bois comme attelle.

Puis, en me plaçant juste au-dessous d'elle, je vis que ma petite sœur avait l'épaule cassée : son bras droit pendait d'une manière étrange, tout tordu comme une branche de ce vilain arbre. Et l'une de ses jambes était déchirée sur toute la longueur du jarret ; un peu de sang coulait sur le sol, goutte à goutte.

Je ne pouvais pas grimper et l'aider à descendre. J'en étais malade de fureur et de honte. Je ne pouvais pas aider Inaua. Je ne pouvais pas la sauver. Son corps était pris entre trois branches, qui devaient bien être à quatre ou cinq mètres du sol. J'allais tenter de grimper, malgré tout, lorsque je vis une chose invraisemblable sur le tronc de cet arbre : il y avait là, sur l'écorce de ce gros balourd d'arbre, une inscription avec un cœur ! En frottant un peu l'écorce, je déchiffrai ce qui avait été gravé là : Camondo ♥ Mira.

Cela me donna une étrange idée. Un cœur. Eh bien, puisque j'aimais Inaua, j'allais la sauver, mais d'une autre façon. Je partis récupérer un grand morceau de la voile, réveillai Francesco, le rassurai, et à nous deux nous tendîmes la voile en dessous des trois branches. Môô, oui, le petit singe, était vivant : il avait traversé accroché au cou de Francesco, et il essayait de tenir avec lui un pan de la voile, imitant chacun de ses gestes. A force de crier, de l'encourager et de pleurer dessous ces maudites branches, Inaua reprit connaissance et tomba. Nous la reçûmes dans la voile, mal tendue il est vraie, mais nous la reçûmes. Posée sur le sol, je la consolai et lui dis que j'allais lui fabriquer une autre attelle, soigner sa jambe, laver son épaule, et qu'elle serait sur pied dans quelques jours. Francesco pleurait : il avait peur qu'elle ne meure, et moi de même.

Les choses n'allèrent ni aussi bien, ni aussi vite que je l'envisageais. Il nous fallut nous nicher dans un grand arbre, pour éviter ces abjects reptiles que je craignais tant, qui avaient une peau si dure et d'immenses mâchoires, et de grosses pattes suffisamment fortes pour courir sur la rive ; ils nichaient non loin de là et s'approchaient parfois de notre feu. Je me fabriquai une lance, mais n'eus pas à l'utiliser. En soignant Inaua, je constatai que le gros sac de pierres précieuses était encore attaché à sa taille. Vraiment, c'était comme si ces émeraudes et autres rubis n'avaient jamais voulu la quitter ! Nous avions perdu quasiment tout, sauf de menus objets, et j'avais dû découdre les morceaux de la voile pour retrouver nos couvertures et certains vêtements. J'avais même retrouvé un morceau du mât de notre radeau, planté en travers d'un palmier ! Mais nous n'avions presque plus rien. Heureusement, il faisait tiède, une petite brise nonchalante montait le soir, et la saison des pluies était encore loin...

Par chance, nous ne subîmes aucune autre tempête, et pûmes reconstituer nos ressources en cet endroit, après nous être fait un nid en haut d'un grand palmier. Francesco en était enchanté, ainsi que son petit singe, mais je m'impatientais à voir Inaua reprendre si lentement des forces. Je ne l'avais jamais vue aussi laide ; toute chiffonnée, l'air épuisée, elle finissait par avoir un visage gris du plus mauvais effet.

Avec ma déplaisante habitude de dire son fait à chacun, je le lui dis. Elle ne fut pas longue à répliquer :

— Et toi, tu as une belle balafre au milieu du dos, et tu ne t'en es même pas aperçue !

Très vexée, après avoir soigné Inaua, je demandai à mon fils si elle avait dit vrai. Oui, ça l'était, j'avais dû me faire une estafilade sur une branche quelques jours auparavant et je présentais, signala-t-il, « des croûtes dans le dos ». Des croûtes dans le dos ! J'avais des cicatrices, et je ne le savais même pas ! De ce jour-là, je décidai de tenir un peu ma langue, si faire se pouvait, et de voir d'abord la poutre qui se trouve dans mon œil, comme disent les Evangiles.

Nous ne vîmes jamais personne dans cette contrée sauvage au bord du grand fleuve. Si, pourtant, une seule fois : au loin, nous aperçûmes un petit groupe d'Indiens, nus, à bord d'une pirogue très longue, et qui paraissaient effrayés. Mais cela ne nous mit pas, comme on dit, la puce à l'oreille.

Ayant recomposé notre paquetage, tout ravaudé, rapiécé, recousu, je discutai assez longuement avec Inaua pour savoir si elle se sentait capable de reprendre notre chemin vers le nord-ouest. Il lui sembla que oui. Elle était assez forte pour marcher, courir, porter son sac. La veille, elle avait même joué avec Francesco et le petit singe. Donc nous pouvions penser que tout allait bien. Nous ne pouvions pas savoir ce qui allait encore nous arriver, et si quelqu'un nous avait dit que nos récentes mésaventures, depuis notre fuite hors de la plantation de M. de Toiros, n'étaient rien en comparaison de ce qui nous attendait, nous ne l'aurions évidemment pas cru.

Ceci donne à songer. Je me dis maintenant que nos épreuves sont difficiles à comprendre, que notre cheminement sur cette terre est bien ardu, et qu'au moment où nous vivons les événements nous ne pouvons pas en saisir le sens. En décidant d'écrire ce récit, j'ai compris en partie la signification de ce qui m'était arrivé. Mais au moment où j'ai vécu ces événements, je n'y entendais strictement rien.

J'aurais dû penser, par exemple, qu'il était étrange d'apercevoir des Indiens effrayés sur le Grand Fleuve, mais qu'il était encore plus étrange d'avoir vu gravée sur un arbre une inscription avec un cœur, comportant de surcroît des noms ou prénoms en portugais. Croyez-vous que j'y prêtai attention ? Non point. Inquiétée par la convalescence d'Inaua, obsédée par les tâches que je m'attribuais, voulant à toute force repriser nos rares vêtements – en décousant la voile ! –, accumuler quelques provisions, je n'avais pas pris garde à ces éléments essentiels. Tout aurait dû me montrer qu'il y avait sûrement des hommes blancs, plus ou moins civilisés, à proximité, et j'aurais peut-être dû envisager de nous cacher à leurs yeux. Au lieu de cela, je tombai tête baissée dans leurs rets.

Un beau matin, alors que nous marchions lentement à travers ces espaces marécageux, parfois solides, parfois spongieux, nous entendîmes un épouvantable coup de tonnerre dans le lointain. Comme nous n'étions pas très loin du rivage – car parfois nous voyions des oiseaux de mer dans le ciel –, je pensai que c'était le canon d'un vaisseau de guerre. J'avais déjà ouï partir des boulets, et je me souvenais que cela fait exactement ce vacarme-là.

Puis derrière moi il y eut un cri. Francesco s'éleva dans les airs, comme happé par la poigne d'un géant, puis retomba près de nous, tout dolent et serré dans un filet. Je hurlai et me précipitai vers lui. Inaua et moi essayâmes de le libérer de ces rets qui le gardaient prisonnier. J'en pleurai presque. Je trépignai d'impatience et de fureur, lorsqu'une voix derrière moi, brutale et grossière, prononça ces mots incroyables :

— Deux oiselles ! et deux belles, prêtes à rôtir ! ! !

Je fis une brusque volte-face et répliquai à mon insulteur :

— Savez-vous au moins à qui vous parlez, maraud ? !

L'homme avait parlé en portugais. J'avais encore assez de rudiments de cette langue pour lui clouer le bec. Il me regarda d'un air furieux, s'empara d'Inaua et de moi, libéra Francesco, et nous fit attacher les mains à tous les trois. Prisonnières, et mon petit Francesco prisonnier aussi, et Môô disparu, nous suivîmes les deux hommes qui avaient posé ce piège.

L'un d'eux, celui qui avait parlé, devait s'appeler Maurado, puisque l'autre l'interpellait sous ce vilain nom. Le second, et le plus petit, vêtu de ridicules hauts-de-chausses rayés, n'avait pas de nom et se faisait surtout rudoyer : Maurado l'insultait, le poussait, lui donnait des ordres brefs comme si lui seul eût connu le chemin que nous prenions dans la jungle. Cela ne laissait pas de m'inquiéter ; nous nous rapprochions du littoral, et avions pris une direction plein nord, comme si ces deux hommes avaient su qu'ils trouveraient là-bas un refuge. Ils ne se parlaient pratiquement pas. A nos questions, ils n'avaient rien répondu.

Au loin, nous entendîmes à nouveau un coup de canon. Cela ne parut pas gêner les deux hommes. Inaua et moi nous lancions des regards inquiets ou stupéfaits. Quoi, le canon tonnait, et cela ne les troublait pas ?

Enfin, nous jaillîmes hors de la forêt vierge. Une grande rade s'étendait devant nous, dans le couchant du soleil. Une cité portuaire !

Un port, un vrai port, avec un quai, trois vaisseaux, des hommes en train de décharger des vivres, des Blancs, des Indiens, des Noirs, des... Comment n'avais-je pas compris, en examinant Maurado et son compère ?

Je murmurai pour Inaua :

— Des pirates ! Nous sommes tombées aux mains des pirates.

Inaua me considéra d'un air effrayé, et ne dit rien. J'ignorais si elle savait ce que sont les pirates. Moi, sur *l'Echappée Belle*, j'en avais bien sûr entendu parler... Je regardai de tous côtés, essayant de bien mémoriser ces lieux, me disant que nous allions certainement être emprisonnées avant que l'on ne statuât sur notre sort. J'avais peur pour mon fils. Je me dis aussitôt que s'il fallait m'offrir à tous ces hommes pour que Francesco ait la vie sauve, je le ferais sans hésitation. Mais cela ne fut pas de mise. On nous fit entrer dans une sorte de palais à moitié en ruine. Un arbre avait poussé au milieu du grand escalier. Maurado dit à son camarade :

— Va nous annoncer au Prêtre.

Un prêtre ? Il y avait un prêtre en cet endroit ?

Inaua me regardait avec une grande inquiétude. Je vis que ses liens étaient trop solidement serrés, et lui faisaient mal. Mais je n'eus pas à implorer ni à demander. On nous détacha, Maurado nous fit apporter de l'eau, et nous buvions à même une carafe lorsqu'un homme grand et sombre entra.

Maurado lui fit une manière de grande révérence et dit :

— Les prisonnières, Monseigneur.

— Il y a aussi un garçon, fit remarquer l'homme de haute taille.

— Oui, Monseigneur, dit Maurado. Un garçonnet.

— Mais il est métis ?

— Oui, Monseigneur. Je pense que c'est l'enfant de cette négresse.

— Non ! m'écriai-je tout spontanément. C'est mon fils ! Il se nomme Francesco, et vous n'y toucherez point !

L'homme grand s'approcha et me fit face. Il avait les yeux noirs, les cheveux bruns et courts mais très légèrement bouclés, il était assez beau, très grand, imposant. Il était vêtu d'une longue soutane parfaitement propre ; il avait aux doigts de nombreuses bagues, fort belles, et une croix chrétienne cousue à l'envers sur son jabot de soie bleue, avec une sorte de croissant d'or au-dessus. Je contemplai cet étrange bijou, ou plutôt cet assemblage de bijoux. Il le remarqua.

— Ah, dit-il, vous examinez mon Croissant. Le Croissant est la plus belle chose du monde ! N'est-ce pas sous cette forme que la lune nous apparaît, quand vient la nuit ?

— Ne cherchez pas à me réciter de la poésie ! lui dis-je. Que comptez-vous faire de nous ? Pourquoi avons-nous été conduites ici contre notre gré ? Voilà tout ce qui m'intéresse !

— Oh, c'est fort simple, répliqua-t-il. Je ferai de vous ce qui me plaira, car je suis ici un seigneur tout-puissant... Mais vous ? Vous semblez provenir de la meilleure noblesse. N'êtes-vous ni espagnole ni brésilienne ?

— Je suis duchesse de Toiros, dis-je pour l'impressionner. Et je suis d'origine française.

— Oh, Madame la duchesse, je crains que vos titres ne disent rien qui vaille... Ici, du moins... Dites-moi... vous avez presque l'air d'une coupeuse de canne à peine affranchie... Quel équipage ! Et qui est cette charmante négresse ?

Je crus bon de poursuivre dans le même registre :

— Inaua est ma suivante, déclarai-je fièrement.

— Une suivante ! Cela est merveilleux... Une suivante, et dans la jungle ! Sur les bords de l'Amazone... Ah, comme je vous envie !

— Et vous, Monsieur, qui êtes-vous ?

— Je suis dom Chaitano de l'Oridad, prêtre défroqué, c'est pourquoi mes hommes me surnomment le Prêtre, et je suis Empereur du Nouveau Saint Empire.

Je jugeai bon de hausser les épaules :

— Vos hommes ? Mais... Ne sont-ce pas là des forbans ? ! lui demandai-je en nuançant ma voix d'une forte insolence.

— Ah, vous êtes magnifique ! Comme vous vous y entendez, à provoquer les gens ! Vous devinez que ceci va me déplaire, et vous me le dites quand même avec une impudence... qui n'a d'égale que votre beauté. Comment... mais comment une dame aussi majestueuse a-t-elle pu se trouver dans la jungle, et y vivre si longtemps ? ! Voilà qui est plus intéressant que mes « forbans », comme vous dites.

— Ne pensez-vous pas que nous pourrions deviser plus tard de tout cela, et que vous devriez d'abord nous accorder votre hospitalité, et nous laisser nous reposer ? Ensuite, je vous prie de croire que je serai prête à satisfaire votre curiosité.

— Ah, Madame, s'il n'y avait que ma curiosité ! Mais assez jasé, laissons tout cela, et acceptez une chambre dans mon palais.

L'étrange prêtre claqua dans ses mains. Un de ses hommes apparut, qui enleva son grand chapeau de feutre et le salua jusqu'à terre :

— Oui, Votre Seigneurie ? demanda-t-il.

— Conduis ces dames et cet enfant jusqu'à la chambre bleue. Donne-leur à manger, et qu'elles se délassent jusqu'à demain matin. Bonsoir, duchesse, ajouta-t-il d'un ton narquois.

Je le vis alors se pencher vers une longue table qui lui servait de bureau, y prendre une sorte de sextant ou un autre objet de marine, et s'éclipser derrière une tenture.

Nous fûmes installés dans ladite chambre bleue. Le canon retentit encore, tout près du port, auprès des navires de commerce que nous apercevions par les fenêtres. Dans mes bras, Francesco dormait déjà.

Le lendemain matin, avant qu'on ne vienne nous déranger, je m'entretins secrètement avec Inaua. Je lui dis de me pardonner de l'avoir fait passer pour ma « suivante », et lui rappelai qu'elle était ma sœur, mon égale, mais que je redoutais que ces valeurs n'eussent pas cours ici.

Elle me répondit en me tenant les mains :

— Flavie, tu as eu raison. C'est le seul moyen de nous sortir d'ici, en étant traitées comme des dames plutôt que comme des gueuses ! Mais tu as peut-être eu tort d'inventer, ou plutôt de citer, le nom de Toiros : ce méchant homme ne va-t-il pas songer à envoyer des messagers à ton mari ? Ou bien n'irait-il pas lui demander une rançon pour ta personne ?

— J'ai assurément tort, Inaua : j'ai cru que ce nom et ce titre l'impressionneraient, ce qui est stupide puisque cet homme est un hors-la-loi, et sans doute de la pire espèce. Mais de l'autre côté, nous ne risquons rien. Mon ancien mari vit à des mois et des mois d'ici – il se trouve une immense forêt et le Grand Fleuve entre nous.

— Au moins, où crois-tu que nous sommes ? Qui sont tous ces gens ? Que fait ce prêtre ici ? Et comment se fait-il qu'il y ait là des centaines d'Indiens, de gens de mon pays et de pirates ? J'ai vu près d'un millier d'hommes, à l'aube, en regardant par ces persiennes !

— Je suppose que nous sommes dans une sorte de cité pirate, ou bien un immense *quilombo*. Je crois que ces gens doivent être établis ici depuis longtemps, et qu'ils se sont constitués en une sorte d'état indépendant – une manière de principauté, dont ce « Prêtre » serait le roi !

— Mais enfin, Flavie, c'est incroyable. Comment peuvent-ils vivre tous ici ? Ils sont tellement nombreux ! Ce n'est quand même pas la jungle qui les nourrit !

— Je ne sais que te répondre, ma petite sœur. Après tout, je n'en sais pas plus que toi...

Peu après, quelques réponses commencèrent à nous être fournies. Dom Chaitano de l'Oridad, toujours habillé en prêtre, nous fit appeler pour partager son déjeuner. Il y avait sur sa table des monceaux de fruits ; dans le ciel, le soleil était déjà un peu haut ; les palmes se balançaient mollement, et ombrageaient la façade toute détruite de ce palais magnifique ; un pirate d'origine africaine, qui portait un grand sabre, se tenait près de la porte, et dévisageait Inaua. Se rendant compte de son impudence, dom Chaitano le fit sortir.

— Merci, lui dis-je, vous êtes bien obligeant. Je ne sais pas si par la suite vous allez nous tuer ou nous réduire en esclavage, ou nous laisser partir où bon nous semble, mais en tout cas je vous remercie pour ce très beau déjeuner !

— Ah, je vais être bon prince... Il me faut vous rassurer sur votre sort. Je ne vous réduirai pas en esclavage. Déjà nous disposons ici de dizaines d'esclaves qui triment à la pêcherie, dans nos élevages, et sur nos navires... Pourquoi prendrais-je deux belles jeunes femmes comme esclaves ? Je vais plutôt faire de vous mes compagnes !

— Vous semblez bien sûr de vous...

— Je vais vous dire pourquoi vous allez accepter. Vous allez être les compagnes, bénévoles et douces, de l'homme le plus puissant qui ait jamais régné sur cet océan et sur cette contrée. Je possède tout, ici. Je suis leur empereur. Et pour couronner le tout, regardez cette cage.

Dom Chaitano se leva, alla débarrasser une grande cage de la couverture qui la masquait. Mon fils hurla. Dedans la cage, il y avait Môô, son petit singe, paré d'un collier de fer.

— Un bien petit esclave, en vérité, dit le Prêtre en désignant Môô.

— Ne vous suffit-il pas d'être méchant envers les hommes ? demandai-je. Faudrait-il aussi que vous soyez cruel envers les animaux ?

Il me présenta la paume de ses mains en riant :

— Je ne suis pas cruel, dit-il. Que puis-je faire, moi, pauvre empereur et prêtre, pour mériter deux dames aussi merveilleuses ? ! Mes affaires ne me laisseront pas le temps de vous séduire. Je ne puis vous prouver ma valeur. Je ne peux apparaître que comme un rustre, un chef de pirates, un souverain de pacotille ! Quel choix d'ailleurs m'avez-vous laissé ? Voici donc un marché : je laisserai à votre fils ce petit animal que nous avons trouvé hier soir sous vos fenêtres, et qui vous cherchait, je ne vous ferai aucun mal, et vous deviendrez mes compagnes. Mais d'abord, j'exige d'entendre votre récit. D'où venez-vous ? Je ne crois pas un instant que vous soyez une dame de Toiros – duchesse, peut-être, je n'en disconviens pas, vous êtes trop belle et trop bien éduquée pour être autre chose, mais Toiros est à des centaines de journées de marche d'ici, et ne peut être atteint que par la mer. Or vous étiez dans la jungle, et vos pieds, vos vêtements montrent assez que vous y avez passé des mois ou des années. Alors d'où venez-vous ?

— Je n'ai aucun intérêt à vous mentir ! mais je voudrais de vous une promesse : quelle que soit ma réponse, donnez-vous votre parole que jamais, jamais vous ne demanderez pour nous de rançon ?

— Mais enfin ! je ne songe guère à vendre ou échanger mes femmes ! Je suis déjà fort riche, et ne demande rançon que pour les gouverneurs brésiliens, ou pour les amiraux de sa foutue Majesté la reine d'Angleterre. Je ne prends pas non plus d'otages espagnols, car je me suis entendu avec eux. Vous avez ma parole.

— Fort bien. Je veux croire que la parole d'un flibustier a autant de valeur que celle d'un gentilhomme, d'autant que les gentilshommes que j'ai connus avaient la parole moins estimable que celle d'un flibustier. Voici la vérité : je suis vraiment l'épouse du duc de Toiros, et nous nous sommes enfuies il y a de cela des années, nous avons vécu dans la forêt vierge, nous avons partagé la nourriture des Indiens, nous avons traversé l'Amazone, et je jure que tout cela est la vérité vraie.

A ce récit, le Prêtre sursauta. Il eut soudain l'air furieux. Il renversa son fauteuil et cria :

— Je suis le Maître du Saint Empire Romain Islamique. Ici, j'ai fondé la Nouvelle Rome, dans cette jungle ! On ne se moque pas de moi. Ne l'oubliez jamais !

Ayant peur de lui, et voyant qu'il était à moitié fou, alors qu'auparavant il était aimable et disert, je me mis à lui parler avec un feint et profond respect :

— Votre Majesté, de grâce écoutez-moi ! Je n'ai aucune raison de vous mentir : je puis vous prouver que ce que je vous ai dit est vrai.

— Que c'est vrai ? ! Enfin, c'est impossible ! Un homme ne survivrait pas deux mois dans la forêt vierge. Alors, deux femmes, et un enfant ! ! ! Vous vous moquez, Madame !

— Point du tout, je ne me moque pas. Je suis sincère. Vous êtes sûrement un homme éduqué, intelligent, puisque vous avez été prêtre, puisque vous avez pu fonder ici un empire. Ecoutez mon récit, et vous jugerez ensuite si j'ai dit la vérité. Mais au moins, n'imaginez pas que je vous conte songes ou mensonges. Réfléchissez d'abord : quelle motif aurais-je de vous mentir ?

Il se calma peu à peu. D'abord, son visage se transforma : il ne fut plus tordu par la colère, mais animé d'une certaine curiosité, qui aurait même pu ressembler à de la bienveillance. Puis il lissa les plis de sa soutane. Il avait l'air de respecter ce vêtement, quand bien même il eût été défroqué. Ensuite, il croisa les doigts, prit un air cauteleux, tel un évêque madré qui va oindre un roi après confesse.

— Reconnaissez au moins, Madame, que tout cela n'est guère vraisemblable.

— Je le sais bien, mais qu'y puis-je ? Il me serait aisé de vous conter une fable plus courte, aussi animée, et plus vraisemblable. C'est parce que tout ceci est vrai que cela paraît impossible. En général, et vous le savez sûrement déjà, la réalité n'est pas très vraisemblable : elle n'a pas à s'embarrasser de nos croyances !

— Ah, Madame, vous parlez d'or. Comment avez-vous dit... Flavie ? Vous méritez bien que je vous appelle par ce beau prénom. Flavie... or voici que je doute à nouveau : avoir survécu quelques mois dans la forêt vierge est peut-être possible. Mais quelques années ? Y avoir eu, donc, cet enfant ? Et venir de l'empire du Brésil ? ! C'est comme ces mangues et ces oranges : je ne puis les avaler toutes !

— Du fait que vous ne me croyez pas entièrement, je vais commencer par le plus simple : qui je suis, d'où je suis venue, autrefois. Puis je vous raconterai comment j'ai rencontré Inaua, comment je me suis enfuie avec elle et d'autres personnes. Vous verrez bien si vous désirez connaître la suite.

...

Il voulut bien. Il désira connaître la suite, et ardemment. Nous étions à table depuis des heures et avions laissé passer l'après-midi. Francesco avait eu l'autorisation d'aller jouer sur les quais, accompagné par le grand garde noir qui nous avait inquiétées, et qui avait promis de veiller sur lui comme la prunelle de ses yeux. Dom Chaitano lui avait adjoint un autre flibustier, un homme vieux, nommé Da Costa, pour faire bonne mesure :

— C'est un homme qui a servi sous les ordres du petit-fils de Le Golif, dit Vilaine-Figure, et qui a été le lieutenant d'Agoniela-Belle, de La Rochelle. Il connaît son monde. Votre garçon ne craint rien.

Et de fait, nous apercevions, par la fenêtre, mon Francesco, accompagné de Môô, qui montait à bord d'une brigantine, se faisait hisser les voiles rien que pour lui, et qui dut subir un caprice de dom Chaitano, qui tenait à ce qu'on tirât le canon rien que pour son plaisir !

Des heures durant, je contai notre histoire. Le Prêtre-Empereur ne croyait pas tout, se faisait répéter des anecdotes, me questionnait pour tenter de trouver des erreurs, essayait de faire des recoupements avec d'autres récits qu'on lui avait faits... Il interrogeait aussi Inaua, qui confirmait toujours... Nous y étions encore et le soir s'annonçait.

— Varions les plaisirs, dit soudain dom Chaitano. Venez sur mon vaisseau. De là, je vous ferai comprendre ce que j'ai accompli ici, et vous me raconterez la suite.

Il ne croyait toujours pas que je fusse l'épouse – défroquée ? – du duc de Toiros, mais pensait que j'étais une grande dame brésilienne, qui avait de sérieux motifs de cacher sa véritable identité. Un complot contre l'empereur du Brésil, sans doute ? Il imaginait des complots partout : un de ses lieutenants, un nommé Rackman Tahoe, fils du célèbre pirate Rackman Jack, avait essayé de le tuer quelques mois auparavant et de lui ravir son trône.

— Hélas, précisa dom Chaitano, cet imbécile n'avait aucun projet. Nulle ambition, nulle visée ! Juste la volonté de prendre ma place. Quelle idiotie ! Quand je suis arrivé ici il y a dix ans, j'étais un jeune prêtre révolté sur un bateau volé à de riches marchands. Avec mes compagnons, nous avons fondé cette commune libre, cet Etat indépendant de toutes les absurdes puissances de ce bas monde, et j'ai embrassé la foi de Mahomet, afin de fonder un empire. Je pense que la Nouvelle Rome est ici le début d'une civilisation différente, où les hommes n'adoreront plus le Christ, et où ils feront rigoureusement ce qu'ils veulent. Liberté, et Puissance ! Voilà les mots qui nous animent !

— Liberté ? lui dis-je d'un ton méprisant. Ne parlons pas d'Inaua ni de moi. Parlons plutôt de ces Indiens que j'aperçois là-bas, et que vous avez ravis à leur forêt, les forçant à travailler dans vos corrals ou dans vos pêcheries... Parlons de ces Nègres que vous faites monter sur vos navires pour être matelots sous le fouet, alors que vous les avez libérés des odieux bricks effilés où les négriers les gardaient ! Parlons de tous ces gens que vous contraignez à faire autre chose que ce qu'ils veulent ! Où est leur liberté, là-dedans, si elle n'est pas seulement l'effet de votre tyrannie ! ?

— Flavie ! ! ! Comment osez-vous me parler ainsi ? hurla soudain le Prêtre.

Fou de colère, il me saisit par mon corsage et manqua l'arracher.

— Vous ai-je tuée ? Vous ai-je prise de force ? Ai-je battu votre enfant ? ! ? Alors, ne vous mettez point à me vilipender !

Il me secouait, me faisait mal ; il bavait presque, écumait en me parlant, et cracha soudain sur le pont, jurant comme un charretier :

— La putain de merde ou quel que soit son nom ! On ne parle pas ainsi à l'Empereur ! ! ! regardez ! regardez ce que je fais, à cause de vous ! ! !

Il fit signe à deux de ses hommes et au nommé Maurado. Ceux-ci s'emparèrent de trois Indiens qui sur le quai chargeaient du poisson salé. En quelques secondes, ces trois pauvres diables avaient une corde au cou, et pendaient à la grande vergue du mât d'artimon. L'un des corps tressauta et se vida tout près de Maurado. Ce dernier s'écarta en poussant un cri et bouscula involontairement le Prêtre, qui tira son épée et hurla :

— Sacrilège ! Impardonnable offense ! Il manque de respect à son Empereur !

Et ce disant, il lui troua la panse d'un vaste revers de lame. Le sang coula sur le pont et Inaua manqua vomir.

— Retiens-toi, petite sœur, lui chuchotai-je. Tiens, prends mon mouchoir. Cet homme est un dément.

— Comment ? Qu'avez-vous dit, Flavie ? ! cria le Prêtre.

— J'ai dit : « Il a raison, assurément. » Cessez de vous mettre en fureur. Nous comprenons bien que l'on ne peut construire un empire sans discipline. Calmez-vous, ne vous irritez point ainsi. Nous avons tous besoin de vous, ici ! Vos hommes vous sont reconnaissants de ce que vous faites.

Je me tournai vers les pirates qui se tenaient à bonne distance, terrorisés, attendant de voir quelle suite ces événements leur réservaient. L'un d'eux, tenant des deux mains son chapeau à la main, avait l'air d'un de ces paysans qui attend que son maître apprécie son grain. Sur mon instance, ils approuvèrent bruyamment. Comment ! Bien sûr ! Le Prêtre, notre bon Empereur avait eu raison de faire pendre ces Indiens ! Et de tuer Maurado, l'insolent personnage ! Quel noble Sire ! Un bon roi ! Vive l'Empereur !

Et ces imbéciles se mirent tous à crier Vive l'Empereur, comme je le leur avais suggéré. Brusquement dégrisé, dom Chaitano lissait sa soutane, remettait son épée au fourreau, ordonnait qu'on dépendît les corps de ces « pauvres Indiens », et distribuait des pièces d'or à toutes les personnes qui se trouvaient auprès de lui. J'avais contemplé des fous, et déjà M. de Toiros m'avait paru redoutable. Mais je n'ai jamais contemplé d'homme aussi dément que dom Chaitano. Aussi soudainement qu'il s'était mis dans une fureur noire, il devint volubile, charmant, soucieux de plaire. Il me tint la main :

— Comme vous parlez bien, Flavie ! Comme vous savez dire les choses qu'il faut !

Puis il demanda qu'un souper nous fût servi sur le pont du bateau, après qu'on l'eut nettoyé. Inaua risquait de se trouver mal à cette évocation. Manger sur le pont où il venait de faire tuer des hommes, et d'éventrer son lieutenant ! Je dis à dom Chaitano qu'il me semblait préférable de retourner en son palais, qui était ravissant, et meublé avec goût. Tous ces compliments l'apaisèrent.

— Ah, Madame, me dit-il, confondu de joie, ce sont ces maudits Anglais ! Lorsque nous allons vers les îles, nous rencontrons quelques-uns de leurs vaisseaux... Je vous laisse penser que mes confrères voudraient tout brûler, et ne prendre que l'or ! Tandis que moi, qui suis homme de goût, je fais aussi saisir les meubles, tous ces jolis secrétaires, ces tables, ces baldaquins... J'abandonne parfois mon butin à mes amis, pour ne garder que quelques bijoux bien tournés. Regardez cette pierre que j'ai à l'index : ne dirait-on pas qu'elle a été ciselée pour la main d'un prince ? Un empereur tel que moi a besoin de ces babioles : il faut laisser une forte impression sur mes hommes, comprenez-vous ?

— Vous avez tout à fait raison.

Il était si fou que je ne savais plus que lui dire. Je compris qu'il nous avait épargnées, Inaua et moi, parce que nous représentions à ses yeux une histoire presque impensable. Son goût pour le merveilleux se satisfaisait de mon récit, sa passion pour l'énorme et le monstrueux s'y complaisaient. Mais nos vies, bien sûr, et a fortiori notre beauté, notre charme, ne représentaient quasiment rien pour lui. Ce soir-là, il nous quitta, et nous l'entendîmes vociférer après ses hommes : qu'on lui fît venir des Indiennes, et une négresse assez grosse, et du tafia !

— Je suis l'Empereur de la Flibuste, criait-il. Dieu est grand, mais je suis encore plus grand que Lui ! A boire, à boire ! Du vin, du sang, et de la pisse !

Nous l'entendîmes encore longtemps. Il criait dans la nuit.

Nous ne le vîmes plus pendant quelques jours. Le très vieux forban qui parfois était chargé de veiller sur mon Francesco nous expliqua que l'Empereur était parti en expédition. Il nous dit aussi que cela consistait à navrer beaucoup de gens, et à piller des cargaisons anglaises, portugaises, françaises, brésiliennes, tout sauf espagnoles. Car pour une raison mal définie, dom Chaitano, qui était originaire de Castille, gardait encore une relative affection pour la couronne d'Espagne, et avait conclu un traité secret avec un gouverneur de Trinidad, dans les îles. De la sorte, les nations civilisées le tenaient pour un pirate, et l'un des plus redoutables qu'on eût connus depuis longtemps, mais les Espagnols le considéraient comme un corsaire, et un allié. Il faisait donc du commerce avec les Espagnols et ne pillait jamais leurs navires – sauf par erreur.

Le vieux Da Costa nous avoua donc que l'expédition du Prêtre consistait d'abord à charger ses trois vaisseaux avec du poisson séché, des fruits, de la viande, à aller les vendre aux Espagnols, à faire d'autres provisions telles que le blé, le sel, puis à courir un peu les mers afin de dénicher un brick gorgé d'esclaves, ou une frégate pleine à ras bord de tissus précieux. De plus, s'il rencontrait une autre équipée de pirates mal connus de lui, il les expédiait eux aussi par le fond.

C'est ainsi que treize jours après son départ, nous vîmes ses trois vaisseaux accoster chez nous derechef, suivis d'un quatrième, plus grand, fort abîmé, mais qui gardait son pavillon anglais : la prise était encore superbe.

On avait tué peu de monde. Le Prêtre descendit, sauta lestement sur le quai, suivi du fringant équipage de cette *Lazy Mermaid* : il avait laissé la vie sauve à plusieurs officiers, deux dames, quatre enfants, un chien même, et nous les présenta. Alors qu'il n'avait jamais eu avec moi la moindre intimité, il me présenta comme sa maîtresse, la divine duchesse de T., et affirma qu'Inaua était ma fille... et la sienne ! Je le laissai se dépêtrer dans cette généalogie nouvelle, et reçus fort poliment les... prisonniers ? invités ? esclaves anglais, qu'il jugeait bon d'introduire un par un :

— Madame la comtesse de Vaildon... Le capitaine Schwob... Le commandant de Vaildon... Mesdemoiselles leurs filles... Le lieutenant Shrewdsbury... Le lieutenant Clariot... etc, etc...

On me pardonnera peut-être d'avoir oublié leurs noms : ils ne vécurent pas très longtemps.

Tout d'abord, dom Chaitano s'exaspérait du fait que ces Anglais fussent « guindés » ; mais ce qui le mettait hors de lui, c'était que les fillettes du commandant et de son épouse ne parlassent pas un mot de portugais-brésilien avec Francesco, qui jouait avec elle sous la surveillance du vieux Da Costa, ni ne prononçassent un traître mot de français en ma compagnie, ce qui à ses yeux aurait pu me distraire. Furieux que ces Anglais fussent si mal éduqués – tandis que lui, l'Empereur, parlait il est vrai plusieurs langues, et se ménageait même quelques petits succès en français – il advint que les cris des demoiselles le missent en fureur. Il exigea d'abord que leurs parents lui fussent amenés, ainsi que les lieutenants, et tout l'équipage anglais de la *Lazy Mermaid*, et qu'ils traduisissent les propos de leur progéniture. Mais pour ce faire, ils avaient été ligotés et bâillonnés, ne pouvant donc émettre le moindre son. Ce que constatant, notre Empereur se remit en colère. Il arracha le bâillon du commandant, et lui demanda en espagnol :

— Est-ce que vous n'avez même pas enseigné l'espagnol et le français à vos stupides péronnelles ? !

Le commandant ne comprit pas cette phrase, et surtout le mot « péronnelles », qu'il confondit avec un nom propre. Devant un tel galimatias, dom Chaitano perdit patience. Il appela un nommé Camondo, celui peut-être dont j'avais vu le nom gravé en compagnie d'une Mira qui toujours me resta inconnue, et se fit prêter son sabre d'abordage. Camondo le lui tendit :

— Tenez, Monseigneur.

— Merci, Camondo, dit le Prêtre.

Et il trancha la tête du commandant de Vaildon, puis éventra ses filles. Je me mis à gémir, à lui agripper le bras, le suppliant d'épargner ces pauvres gens. Quelle immense erreur je fis là...

— Regardez, ma chère épouse, contemplez votre œuvre ! me dit-il. Je vais les passer au fil de l'épée, tous, tant qu'ils sont ! ! !

Et il commença de décimer les rangs des Anglais qui, attachés, n'opposaient guère de résistance. L'ignoble meurtrier ! Sa « chère épouse »... il osait m'appeler... s'approprier ma personne, et tuer, tuer, tuer jusqu'à en être comme ivre. Je détournai les yeux, malgré tout mon courage, et me tins prête à défendre la vie d'Inaua et de mon Francesco. La fureur de dom Chaitano s'apaisa. Mais à un moment je voulus regarder cet amoncellement de corps meurtris, et je chavirai soudain, comme noyée d'horreur.

Je me retrouvai dans la grande chambre bleue, et Francesco était penché sur moi.

— Laisse ta maman, Francesco... Elle est un peu malade. Il faut qu'elle se repose, dit Inaua.

— Elle ne se reposera pas. Nous partons tous ! dit une voix un peu chevrotante juste derrière ma couche.

— Qu'y a-t-il ? Qui a parlé ? demandai-je faiblement.

— C'est moi qui ai parlé, dit le vieux Da Costa. L'Empereur a donné ses ordres : nous faisons voile cette nuit vers les Caraïbes. Il a décidé d'installer là-bas un comptoir, et d'étendre notre champ d'action. Mais il vous le dira lui-même. Nous faisons nos bagages.

Et voilà que nous descendîmes dans la nuit toute douce, chacun avec son sac ou sa mallette, Inaua n'ayant pris avec elle que le sac de pierres précieuses qu'elle avait toujours miraculeusement gardées, Francesco avec une épée en bois que Da Costa lui avait taillée, voici que l'ombre détestable de l'Empereur se profilait sur le gaillard d'avant, voici que la *Lazy Mermaid* tout juste renflouée bougeait en cognant le quai de son épaule tendre, voici que la brise odorante agitait les feuillages auprès du quai et que les voiles claquaient doucement : nous cinglions vers les Antilles.

Au bout de quelques heures, plus aucun cri d'oiseau, plus de jungle. Oublié, le parfum des fleurs de manguier, d'oranger. Tout n'était plus que sel, éclaboussures de vagues.

L'équipage grommelait, râlait, vitupérait les vents, les cieux, les océans. Les matelots avaient faim. Les pirates avaient soif. A ces hommes de sac et de corde, nulle confiance accordée : la nourriture était enfermée dans les cales. Une fois la semaine, un tonneau de rhum était mis en perce. Parfois aussi un tonneau de madère. On entendait les gens roter pendant deux jours. Afin de rester tranquille avec Inaua et Francesco, nous avions dit que nous voulions nous rendre utiles : nous demandions à ravauder les voiles. Quantité d'entre elles étaient abîmées, percées de coups de sabre, trouées par le sel, et même si l'Empereur jugeait cette tâche indigne d'une grande dame telle que moi, j'avais tant insisté, et si impudemment prétendu que je savais faire cela mieux que personne qu'il avait fini par nous laisser faire. Francesco lui aussi apprenait à coudre. Il grandissait, il avait l'air d'un petit garçon et avait de belles épaules dorées. Inaua avait hérité quelques robes de la dame anglaise assassinée. Je lui disais qu'il était sûrement néfaste de porter les vêtements d'une dame qui avait été massacrée. Elle s'en moquait.

Notre quiétude fut de courte durée : durant le jour, dom Chaitano avait fort peu d'occasions de nous voir, il donnait ses ordres sur le pont, examinait les réserves, comptait les prises, dirigeait tout, s'occupait de tout, allant parfois jusqu'à inspecter lui-même le fond des cales. Mais le soir ! ah, le soir, il nous fallait coucher Francesco bien vite, et tenter de saouler ce misérable qui se prétendait notre empereur.

Au début du voyage, il pensa qu'il me séduirait, et ne voulut pas me violer. Mais s'apercevant assez vite de ma complète répugnance, il me fit jeter dans sa cabine, et maintenir par quatre de ses hommes afin de me prendre par la force. Alors qu'il tentait de me besogner, il fut importuné par l'odeur de ses hommes et ne put parvenir à ses fins : loin d'être bandé comme un arc, son membre pendait lamentablement. Il dit à ses hommes de sortir, me contempla tout écartelée, se soulagea avec sa dextre et m'abandonna. Quelques jours plus tard, il fit venir Inaua, et nous força, après nous avoir battues, à nous livrer devant lui à diverses caresses impudiques. Un homme se tenait devant la porte de sa cabine avec un grand fouet, au cas où nous aurions refusé d'obéir. Je pensai à mon fils, et me dis que je ne voulais pas voir Inaua blessée ou tuée par le fouet ; aussi je m'essayai sur sa personne à des câlineries qui d'ailleurs lui plaisaient. Mais tout cela n'excita pas notre tyran, qui demeura aussi piteux que durant l'épisode précédent. Il finit par nous délaisser et passa le plus clair de ses soirées à boire afin d'oublier son fiasco.

Là où en revanche dom Chaitano manifesta beaucoup d'énergie, ce fut sur le pont, pour haranguer ses hommes. Comme il avait constaté que ceux-ci s'impatientaient beaucoup, anxieux de l'avenir et marinant dans l'abstinence – point d'abordage, point de pillage, point de femmes –, il entreprit de mobiliser leur courage et de leur faire miroiter de grandioses projets.

— Un palais pour chacun de vous, mes flibustiers ! Votre Empereur ne vous laissera pas dans le besoin. Dès que nous serons établis dans les îles, nous serons si puissants, si riches après chaque prise, que nous pourrons faire commerce et nous faire construire de somptueuses résidences... Connaissez-vous le marbre de Carrare, Messieurs ? Ah, forbans !... Forbans... c'est entre les pierres la plus douce, et celle qui a des veines comme aux poignets des femmes... Sous les pieds nus elle est fraîche et tranquille, comme quand on touche les rochers du lit d'un fleuve. Et Dieu est avec nous, savez-vous, garçons ! ? Dieu est à nos côtés ! Allah nous aidera à attraper nos proies, à haler nos prises dans les remous portuaires ou les détroits tortueux. De plus en plus souvent, Allah soufflera dans nos voiles. Il privera les autres navires de tous les alizés, ne leur donnant que vent debout ! Et nous prendrons tous les vaisseaux ! Vous m'entendez bien : plus un seul bateau, sur toutes les mers du monde, ne nous échappera ! Hourra ! Hourra ! Hourra !

Avec un bon sens pratique, il se tourna vers Da Costa et dit :

— Du rhum !

— Oui, Monseigneur. Deux tonneaux, peut-être ?...

— Oui. Deux tonneaux. Que l'on boive, garçons ! Que l'on chavire ! Que l'on se noie dans les rêves de luxe et de luxure ! Allah est grand ! Dieu est avec nous ! Vive le Saint Empire !

— Vive l'Empereur ! consentirent à crier quelques pirates.

Puis le tonneau fut mis en perce et les gobelets se tendirent. Un ancien ciboire aussi fut avancé. Dans quelle église, dans quel pillage avait-il été pris ? Plutôt que des cantiques, on entendit monter des chants de cabestan, des hymnes à faire frémir qui mélangeaient putains et semence et seilleau. Un forban, plus hardi que les autres, après quelques verres demanda :

— Monseigneur ? Quand est-ce qu'on prendra un autre vaisseau ? C'est pour bientôt ?

Au lieu de se fâcher, dom Chaitano eut un trait de génie. Crânement, il répliqua :

— Dès demain, mon garçon ! Dès demain. J'ai prié Dieu, je L'ai interrogé. Il m'a montré en rêve le bateau que nous prendrons. C'est pour demain.

Le lendemain, un vaisseau nommé *la Pomme couronnée* croisa notre route. Il subit un violent abordage. Ses canons crachèrent trop tard. Il fut pillé. On fit passer sur notre pont les matelots et le capitaine. C'étaient des Français ! Je demandai à leur parler. Mais dom Chaitano montra un peu de mécontentement. Puis je lui fis valoir que ce serait bien courtois d'apprendre un peu de français à nos pirates.

Ma remarque fut très à son goût. Il installa quatre matelots et leur capitaine sur des cordages, les faisant surveiller par douze hommes armés de sabres. Puis il leur enjoignit de donner une leçon de français à ceux des forbans qui voulaient bien y consacrer un peu de leur temps. Je fis comprendre aux prisonniers que ce serait un bon moyen de gagner du temps, et de se garder quelques heures en vie, si faire se pouvait.

Le capitaine était un petit baron un peu fiérot, coq au panache ébouriffé, qui entendait me faire une tout autre leçon :

— Comment, Madame ? A votre voix, j'entends que vous êtes de noblesse. Et vous courez les mers avec ces forbans ?

— Monsieur, même si cela n'en a pas l'apparence, je suis prisonnière de cet homme, tout comme vous l'êtes. Je ne vous promets rien. Je dis seulement que si vous chantez quelques mots en français à ces gens-là, vous resterez sans doute en vie quelque temps. Comment vous appelez-vous ?

— Je suis le baron de Chasse-Meurthe, rétorqua-t-il fièrement. Et je donnerai des leçons de notre belle langue, si cela doit sauver ne fût-ce qu'un seul de mes hommes. Holà ! toi, vieillard, viens ici, que je t'apprenne une chanson !

Le vieux Da Costa s'assit auprès de lui, et fit semblant de l'écouter. Puis il l'écouta vraiment, dès que le baron se fut mis à chanter. Il avait une voix magnifique, prenante, caverneuse parfois, qui contrastait avec sa taille mince et son air jeunet. Plusieurs marins, fascinés, vinrent s'asseoir auprès de nous. Je leur dis qu'ils allaient répéter la chanson après le baron, et que leur voix sans doute deviendrait comparable à celle des anges.

Et nous irons à Valparaiso, oh-oh-oh,
Haul away hé, oula tchalez,
Pour faire la pêche au cachalot,
Brave matelot, hé-ho, hisse et ho...

L'après-midi passa ainsi : j'expliquai les paroles que chantait Monsieur de Chasse-Meurthe, je les traduisais ou les commentais, puis je les faisais répéter à certains de nos pirates, en suggérant au baron de bien vouloir approuver les affreux borborygmes que proféraient ces hommes, qui croyaient susurrer en français de superbes roucoulades.

C'était une scène ahurissante, que notre pont frémissant de toutes ses planches sous cette douzaine de pirates tapant du pied, buvant et poussant d'absurdes gueulantes enseignées par leur prisonnier, lequel voyait d'un œil inquiet toutes les richesses de ses cales déballées sur le pont, tandis que dom Chaitano se vautrait là-dedans, paré de tissus précieux, ceignant un fourreau incrusté d'or pour y ranger son épée, et haranguant à nouveau ses hommes pour se faire applaudir :

— Je vous l'avais bien dit, mes bons forbans ! J'ai prié Dieu, qui m'a montré en rêve ce bateau dont nous mangerons tout ! Oh-oh ! *La Pomme couronnée* ! Une pomme, ça se croque, garçons ! Mangeons ! Pillons ! Mâchons ! Aaaah ! quel bonheur ! Allah est grand ! Et qu'est-ce qu'on dit à son Empereur ?

— Vive l'Empereur ! hurlèrent les hommes d'une seule voix. Vive le Saint Empire Romain Islamique ! ! !

Lorsque la nuit tomba, ils avaient oublié de tuer les prisonniers, nous chantions encore, berçant les pirates ivres de nos comptines, où de jeunes femmes rencontrent à l'église des hommes qui voudront bien démêler leurs cheveux.

Par un don qu'il avait de se rendre indispensable, le baron se mit à faire partie du paysage. Il aidait Inaua à attacher les voiles, il montrait à un forban comment réparer un canon, il donnait des leçons de chant, de français, d'escrime, et fit si bien que dom Chaitano le trouva tout à fait fréquentable.

Quoi, avec la grande dame française que j'étais, un petit baron chanteur et bretteur, n'était-ce pas charmant ? ! Le méchant prêtre trouva que faire salon sur son vaisseau était du dernier bon goût. A Madrid, à Paris, à Rome, se pouvait-il trouver endroit mieux fréquenté ? D'honnêtes et courageux pirates ! de bons croyants, tuant et pillant pour bâtir le Saint Empire, tous apprenant le français et le chant avec d'honorables recteurs ! Ah, que de dignité ! que de magnificence !

Il en parut si satisfait qu'il en oubliait de me maltraiter. Certains soirs, il faisait simplement venir Inaua dans la cabine où il m'avait enfermée. Il nous ordonnait de nous déshabiller, de nous livrer à quelques caresses, puis il se mettait à boire et nous quittait, l'air satisfait, s'extasiant sur le rôle que nous tenions sur son navire : nous étions la Beauté.

Parfois, nous trouvant seules, Inaua voulait prolonger des caresses qui n'étaient plus contraintes, et je la laissais faire. Etait-ce parce que nous vivions dans la peur, sachant pouvoir mourir d'un jour à l'autre ? ou était-ce parce que je l'aimais, tout simplement ?

Ce qui nous sembla merveilleux, en tout cas, c'est que nous allions parvenir aux Antilles, que Francesco se portait bien, que les nouveaux prisonniers étaient saufs, et qu'à nous-mêmes il n'était pas arrivé grand mal. Je commençais à ourdir de bien agréables complots. Nous apercevions les îles : et si elles pouvaient être le théâtre de notre évasion ? et si je pouvais convaincre Chasse-Meurthe de s'enfuir avec nous et de nous protéger ?

On s'imagine bien que rien ne se passa comme je le présageais. Lorsque nous accostâmes au premier port de la première des Antilles, et ce devait être Tobago, tenue par les Espagnols, nous vîmes que nous devions nous tenir à distance de tous les autres vaisseaux : comme nous étions totalement inconnus d'eux, les maigres forces du roi d'Espagne toléraient notre présence, et n'avaient pas intérêt à nous attaquer, vu notre nombre ; comme nous n'aurions pas eu grand-chose à leur voler, dom Chaitano non plus ne souhaitait pas les attaquer ; donc la plupart du temps, les hommes demeuraient sur le pont du bateau, et nous, dans les cabines. Interdiction absolue de nous montrer. J'empêchais même mon petit Francesco de sortir faire le singe sur le mât de misaine.

Da Costa et quelques forbans, parmi les plus raisonnables, avaient été chargés de faire des provisions, de prévoir quelles réparations devaient être faites à nos deux bâtiments : *la Pomme couronnée* avait été rebaptisée en *Sagrada Familia* car nous étions supposés venir de l'Uruguay, et dom Chaitano avait été jusqu'à prétendre qu'il était un riche capitaine de Montevideo, qui se rendait lentement vers l'Europe pour y acquérir des outils. Les autorités du port avaient fait semblant de le croire, d'autant qu'il avait payé à boire à nombre d'officiers.

Nous dûmes rester sur le bateau pendant toute une semaine, et le baron de Chasse-Meurthe, enfermé depuis huit jours, ne voulait plus chanter pour distraire les forbans ! Le méchant prêtre annonça qu'il allait le découper en lanières, lesquelles seraient boucanées puis données à manger à chacun d'entre nous. Comme je n'avais aucune envie de déguster du baron, je fis connaître que je me mettrais à apprendre à danser à divers matelots si Monsieur le Baron voulait daigner chanter à nouveau. Tous les pirates lui cassèrent les oreilles – prières, suppliques, prières encore, il dut en entendre de telles qu'il se remit bien vite à chanter. Je dansai, ne vous déplaise ! et Inaua dansa. Francesco dansa. Le vieux Da Costa dansa. Les pirates aussi. Tout le navire dansa. Jamais on ne vit autant d'assassins doués pour le menuet.

L'escale suivante était évidemment Grenade. En ce temps-là, le port de Grenada était l'unique endroit habité, ce qui ne faisait pas grand monde. Dom Chaitano décida de prendre l'île.

Inutile donc de songer à s'enfuir : nous faisions le tour de l'île en trois heures, et aucun navire ne nous aurait pris à son bord, puisqu'il n'y en avait aucun à part les nôtres. La garnison espagnole, qui comptait dix personnes, avait été aussitôt massacrée sur ordre de dom Chaitano. Il tenait le fortin, le port et les canons. Les pêcheurs travaillaient pour lui. Les Indiens, les Africains, tous lui appartenaient.

Chasse-Meurthe se lamentait :

— Complice des pirates ! gémissait-il. Je suis devenu complice des pirates !

Dom Chaitano l'entendit :

— Ah non, Monsieur ! s'exclama-t-il. Pour être pirate, ou complice de pirates, il faut boire beaucoup, piller beaucoup, et commettre beaucoup de crimes. A part nous apprendre de pieuses chansonnettes, vous n'en commettez aucun.

Terriblement vexé, le baron murmura, dès que le Prêtre eut le dos tourné, qu'il s'enfuirait à la première occasion. Je ne lui laissai pas dire deux fois. Nous allâmes faire semblant de nous occuper des voiles, et je demandai au baron ce qu'il comptait faire : il n'y avait aucun navire sur l'île, et sur cette île nous ne pouvions pas nous cacher.

Le baron de Chasse-Meurthe rétorqua que je me trompais, et lourdement. Comment, aucun navire sur l'île ? ! Bien sûr, il n'était pas question de songer à faire plonger chaque pirate et à nous emparer de la *Lazy Mermaid* ; mais la *Sagrada Familia* ne demandait qu'à redevenir *Pomme couronnée* !

— Comment, dis-je au baron, vous pensez que vous reprendriez votre vaisseau aux hommes de dom Chaitano ? !

— Et pourquoi pas ? De toute manière, quand nous l'aurons lassé, il nous pendra, ou bien nous fera cuire. Nous ne pouvons pas éternellement rester parmi son équipage ! Vous-même et la jeune Inaua serez un jour données aux pirates, ou vendues... Quant à moi, je ne puis envisager de rester ici sans rien tenter. Je vais m'épuiser, m'amollir, devenir algue ou mollusque ! Je dois récupérer mon bâtiment.

Je considérai alors d'un autre œil cet homme qui voulait être courageux. Je vis qu'il ne faillirait pas.

Une fois encore, les événements prirent une tournure surprenante. Un convoi de navires marchands s'approchait de la Grenade ; tous espagnols, ces vaisseaux revenaient des côtes de l'Amérique latine, peut-être du sud lointain, tout comme nous, et semblaient chargés à ras bord d'or et de canne à sucre.

L'un des bateaux pirates les repérèrent au moins deux jours avant qu'ils n'eussent atteint la Grenada. Lorsqu'ils s'en approchèrent, la *Lazy Mermaid* et la *Sagrada Familia* leur donnaient la chasse, tonnant de tous leurs canons. Une lourde frégate au bastingage superbe, la *Perla de Buenos Aires*, fut la seule à rester intacte, gardant presque toute sa mâture. Huit autres bâtiments furent envoyés par le fond. Trop lourds, mal manœuvrés, ils ne pouvaient échapper aux tirs des attaquants ; dom Chaitano faisait très vite passer la marchandise sur son propre navire, se servait du vaisseau pris pour attaquer les autres, n'hésitant pas à percuter de sa proue les flancs d'un autre bâtiment ; parfois, ivre d'audace, il allait jusqu'à prêter le flanc aux petits canons de l'adversaire, et parvenait à l'état d'épave au moment de l'aborder. Estomaqués par tant de fureur, les victimes reculaient, se battaient à peine, et donnaient des couleurs au fil des sabres.

Quelle horreur... J'ose l'écrire, alors qu'à chaque abordage nous tremblions de voir ces pauvres gens se faire tuer, et se faire tuer si vite. Ils me faisaient penser à ces gros papillons qui s'approchent d'une trop forte lumière, s'y brûlent et tombent en un feu d'artifice.

Pendant cet assez long combat, dom Chaitano ne fit qu'une seule erreur : il nous oublia, le baron et moi, nous croyant bien surveillés par Da Costa. Nous avions soudoyé ce vieil homme depuis longtemps. Il partit avec nous. Au lieu de regagner son propre vaisseau de haute lutte, le baron dut se contenter de la *Perla de Buenos Aires* !

Ce n'était pas mauvais échange. Alourdies par leurs énormes butins, la *Lazy Mermaid* et la *Sagrada Familia* ne pouvaient pas nous suivre. Francesco, tout content, bien accoudé aux cuivres rutilants du bastingage, aperçut au loin le méchant Prêtre, tout occupé à nous maudire. Il nous hélait, nous faisait signe de revenir, afin qu'il pût nous écorcher vifs à son aise...

Plus jamais je n'entendis parler de lui. Avec Inaua, nous avons supposé qu'il avait fini sous le feu des Espagnols, ou bien poignardé dans le dos par un de ses séides à la fin désireux d'être pape des pirates à sa place. Mais nous n'en sûmes jamais rien. La *Perla* cinglait vers le nord.

Le baron avait pu emmener avec lui deux matelots qui restaient de son ancien équipage. Ils se nommaient Jobard et Carcassonne, et savaient à peu près s'occuper du grand mât. Mais il nous aurait fallu au bas mot quatre gaillards du même tonneau pour s'occuper du reste, en admettant que le baron tînt la barre constamment, que Da Costa s'occupât de l'intendance avec Inaua et moi, et que Francesco fît la vigie. Nous nous arrangeâmes de la sorte, mais c'était peine perdue : dès qu'un grand vent se levait, la *Perla* partait pour n'importe où, et n'importe comment. Extrêmement robustes, les mâts ne cassèrent point, les voiles se déchirèrent rarement. Mais cette lourde frégate eût été difficile à manœuvrer à vingt. Nous étions quatre ou cinq, parfois six, selon notre fatigue. Francesco apprenait à tout faire, mais était encore bien petit. Fier de sa nouvelle importance, il tenait lieu de mousse, et nous désigna même, dans le lointain, quelques navires que nous avions intérêt à éviter. Deux semaines passèrent, et bien vite – nous étions exténués à force de tenter de diriger ce vaisseau. Nos provisions étaient énormes et nous n'avions pas à nous inquiéter pour le ravitaillement. Da Costa faisait à manger pour vingt. Mais nous partions vers une destination inconnue. D'après le baron (qui exigea que nous l'appelions désormais « commandant » !), c'était nord-nord-est, mais en ce cas nous aurions dû atteindre la Barbade depuis des jours...

Perdus en mer ! Vaisseau fantôme... toutes les vieilles légendes qu'ont tramées les matelots dès qu'ils s'ennuient me revinrent à l'esprit. Nous irions errer durant des semaines, puis deviendrions squelettes, et Da Costa figure de proue, vieux marin égaré figé dans le bois patiné par les ans. De minuscules coquillages s'incrusteraient dans ses vieilles mâchoires... Inaua et moi serions fantômes, et en haut du mât de misaine, Francesco deviendrait le Hollandais volant... Drapés dans des voiles aux coutures qui bâillent, nous ferions peur aux pirates, avides de s'emparer de nos ossements tout blancs pour en parer leur drapeau noir !

— Ne rêvons pas, duchesse, dit le commandant de Chasse-Meurthe. Restons aux aguets. Le moindre bateau qui s'approche peut en quelques heures nous réduire à nouveau à l'esclavage.

— Cessez de m'appeler duchesse ! répondis-je aigrement, soudain pleine de colère. Pas plus que vous je ne souhaite retomber dans cet état qui m'est odieux. J'ai haï ce pirate pour tout ce qu'il a fait, pour tout ce qu'il m'a obligée à faire. Mais vous ignorez tout de moi. J'avais déjà été esclave auparavant – esclave d'un homme riche et puissant, esclave en fuite dans la jungle, et je puis vous promettre une chose : toute ma vie je combattrai l'esclavage, et plus jamais je n'accepterai de retomber dans cette sinistre condition ! Maintenant trouvez un moyen de diriger notre navire, et si vous le pouvez, appelez-moi Flavie. Depuis que j'ai touché le rivage du Brésil, c'est mon nom.

— Votre nom ? dit le baron assez surpris. Mais un jour, me direz-vous votre vrai nom... enfin, celui que vous portiez en France ?

— A votre dernier soupir, je vous le dirai. Certainement !

Errance ou dérive, perdition ou mouillage à bon port, rien n'était décidé, nous partions vers un ailleurs qui pouvait être n'importe où. Francesco m'appela un beau matin :

— Maman ! Maman ! regarde ! il y a des mouettes !

— Je le vois bien... Descends de là-haut, tu vas encore t'arracher la peau sur ces cordages !

— Tu ne comprends pas ! Ce sont des mouettes de la terre, pas de la mer !

Il savait distinguer les oiseaux venus des îles de ceux qui survolaient les mers. J'en aurais été bien incapable. S'il ne se trompait pas, nous n'étions pas loin d'un rivage – mais lequel ? Je frémissais à l'idée que notre errance ait pu nous rabattre vers le sud. Mais c'était impossible. Mes craintes n'avaient aucun fondement. Je vivais dans la hantise de me retrouver un jour sur un rivage du Brésil, ou pis encore, face à dom Chaitano. Mais cela ne se produisit jamais.

Le rivage dont nous approchions était celui d'une île assez longue, qui de loin paraissait garnie de hauts remparts, comme une forteresse. Mais en croisant au plus près, nous vîmes qu'il n'y avait là que des rochers escarpés, aucune construction de la main de l'homme, sauf un minuscule moulin à canne à sucre qui trônait sur un promontoire. A ce moment, M. de Chasse-Meurthe ayant lâché la barre vint nous trouver sur le pont, et annonça triomphalement :

— Nous sommes sauvés ! C'est Sainte-Lucie.

J'aurais volontiers tressé des couronnes de lauriers à cette sainte bénéfique, mais avant de me couvrir de ridicule je devinai que c'était le nom de l'île, et que le baron la reconnaissait parce que, ayant déjà navigué dans les parages, il avait dû reconnaître le moulin. Il me confirma le fait, et s'éclipsa précipitamment pour rattraper la barre, car nous risquions de nous échouer sur des récifs.

Après une demi-heure de cabotage, nous finîmes par jeter l'ancre sur une plage beaucoup plus accueillante que les côtes escarpées que nous avions vues à l'est. Da Costa, aidé du baron, mit à l'eau une chaloupe.

Le premier homme dont nous fîmes connaissance était un pauvre pêcheur. Il portait un chapeau bizarre, fait de paille grossière, qui ressemblait à un déguisement. Ce n'en était pas un, et l'homme n'était pas pauvre. Il nous dit qu'il possédait le moulin à sucre. Il était originaire du pays nantais et sa famille était installée là depuis trente ans. Son père avait construit le moulin.

Il se nommait Grandteint. Sa barque et notre chaloupe laissées côte à côte, il nous conduisit devant sa maison, une vilaine bâtisse basse et blafarde toute couverte de crépi. Tout cela, pourtant bien entretenu, brillant sous le soleil, nous fit le plus mauvais effet. Il régnait là une ambiance parfaitement désagréable. Nous en eûmes assez vite l'explication : l'homme avait des esclaves, et nombreux. Ces gens étaient en haillons, portaient évidemment des marques de fouet, et certains même avaient les chevilles emprisonnées dans de petits fers, mais ici reliés par une chaîne très longue, qui leur permettait quand même de faire de grandes enjambées. Inaua et moi ne pouvions supporter ce spectacle. Lorsque ce M. Grandteint nous proposa de déjeuner avec lui et de lui raconter notre périple, je dus décliner son invitation. Je lui dis poliment, en contenant ma colère, que nous n'approuvions pas le fait qu'il eût réduit des êtres humains en esclavage.

— Mais comment aurais-je des gens pour travailler ? demanda-t-il, stupéfait.

— On peut payer les gens, et les laisser libres de choisir leur emploi, dis-je d'un ton sec.

Il me contempla comme si j'étais tombée de la lune.

— Je n'y avais pas pensé, dit-il seulement.

— Pensez-y. Bonjour, Monsieur.

Quand nous nous fûmes éloignées, Inaua et moi, tenant chacune Francesco par la main, Da Costa, Jobard et Carcassonne nous rejoignirent et manifestèrent leur mécontentement :

— Il ne fallait pas lui dire ça ! maugréa Carcassonne. Madame, pardonnez-moi si je ne suis pas assez respectueux, mais comment allons-nous manger, maintenant ?

Le baron de Chasse-Meurthe alors s'interposa et donna ses ordres :

— Qui parle de manger chez un négrier ? Allons, racaille, à la chaloupe ! Nous pêcherons en mer ! Je suis fatigué des mœurs de tous ces gens, et ne veux pas manger chez un sieur qui pose des fers aux pieds d'autres messieurs, est-ce bien compris ? !

Da Costa dit seulement :

— Le commandant a raison.

Les deux matelots n'osèrent pas protester.

Pour moi, j'étais fort contente de la noble réaction du baron, et me promis de lui marquer de la reconnaissance, un jour prochain.

Après un maigre repas de daurades, vite attrapées au filet puis grillées par Da Costa, nous levâmes l'ancre : il nous fallait trouver un port, refaire des provisions, lever un nouvel équipage. Le baron dit qu'il savait comment trouver de l'argent, et financer une nouvelle expédition. Il avait l'intention de vendre une partie de la cargaison que nous avions trouvée en nous emparant de la *Perla*, notamment la soie, et d'en garder environ la moitié pour faire voile vers la France et la vendre là-bas, puis se séparer du bateau, qui remplaçait il est vrai assez bien *la Pomme couronnée* qu'il avait perdue, mais dont il doutait de pouvoir longtemps rester propriétaire. Je lui dis qu'il aurait grande peine à lever un équipage, et surtout à convaincre ces gens, tous établis ici, de faire voile avec lui vers l'Europe. Cela ne parut pas le décourager. Il dit qu'il essaierait.

Nous avions mouillé l'ancre près d'un port minuscule qui se nommait Entrecasteaux, en l'honneur de quelque défenseur d'un fortin inexistant – certains hommes passent leur vie à garder des forteresses vides, cela me semblera toujours miraculeux – mais au moins, ce trognon de ville était tenu par des Français... Nous allâmes nous présenter aux autorités du port et le baron expliqua qu'il était le capitaine d'un brave négociant français, et qu'il souhaitait lever un équipage. Un gouverneur un peu ivre lui souhaita bonne chance, et ce fut tout. Le gouvernement français semblait ici réduit à sa plus simple expression, ce qui arrangeait bien nos affaires. M. de Chasse-Meurthe me dit qu'il était certain de vendre une part de sa cargaison dès le lendemain. Voyant les fortes résolutions du baron et sa bonne humeur, je lui offris de passer une nuit agréable en sa compagnie.

Inaua me regarda le lendemain matin d'un air fort méchant, et me prévint de la visite, à notre bord, d'un marchand d'ici qui avait entendu parler de nos projets et voulait acheter nos soieries.

Le baron s'habilla précipitamment, me laissant seule dans la cabine amirale de la *Perla*, ce qui m'allait fort bien, et je l'entendis étouffer un petit cri de surprise : le négociant qu'il s'apprêtait à recevoir n'était autre que Grandteint, notre pêcheur esclavagiste de l'autre jour ! Je m'habillai prestement, attrapai mon Francesco et lui confisquai une petite sarbacane dont il comptait se servir pour punir Grandteint de ses méchantes mœurs, et décidai de laisser le baron traiter avec lui. Bien m'en prit : la colère est mauvaise conseillère, et je n'arrivais pas à savoir si cet homme était mauvais, ou seulement stupide.

J'en profitai pour visiter le port d'Entrecasteaux avec Inaua. Il n'y avait personne. Si peu de matelots qu'on les aurait tous crus cachés dans les tavernes – or il n'y avait que deux tavernes, fort maigrichonnes ; et si peu de gens, femmes, enfants ou vieillards, qu'on aurait pu penser que Sainte-Lucie avait été dépeuplée par les ouragans. J'en parlai à une vieille dame que je croisai, et qui me parut porter une coiffe bretonne, plutôt incongrue en ces lieux. Elle me dit que la plupart des gens vivaient dans les plantations, ou à la « grande ville », qui se nommait Le Bon Port. Mais elle crut bon de préciser que là encore, il ne devait se trouver que sept ou huit centaines d'habitants.

En l'interrogeant davantage, je compris qu'elle ne comprenait pas les « Nègres ». Ils ne comptaient pas.

Personne ne s'offusquait de me voir avec Inaua : on la prenait pour mon esclave. Je la tenais parfois par la main, ou par le bras, afin de montrer qu'elle ne l'était pas, et afin de la réconforter. Mais cela ne changeait rien à ce que pouvaient croire certaines gens, car ici des dames vêtues à la française tenaient de petites esclaves par la main ou, plus âgées, s'appuyaient sur elle. J'étais outrée : cela paraissait pire qu'au Brésil, car ici l'esclavage était tellement banal que nul n'y faisait plus attention. Le climat aussi se faisait complice de cette ambiance délétère : il faisait si chaud et humide, ou parfois si doux, qu'on avait l'impression que n'importe quel événement fût arrivé sans que pour autant les palmiers cessassent de remuer. Je me rendis chez une mercière pour acheter une tenue décente à mon fils : Francesco ne possédait rien. Puis je pensai à Inaua et à moi : robes neuves, surtout neuf, et foulards. Lorsque Inaua voulut payer en sortant l'un de ses petits sacs d'émeraudes, je l'en empêchai précipitamment : il ne fallait surtout pas éveiller les soupçons, et nous faire remarquer par une richesse inhabituelle. Je dus lui expliquer, par la même occasion, qu'une seule des émeraudes qu'elle avait ramassées pouvait acheter mille robes, et le magasin par-dessus le marché... Les rares personnes qui nous rencontraient devaient continuer de croire que j'étais la compagne d'un navigateur de passage – il n'était pas rare, en ce temps-là, qu'un capitaine fît un long voyage sur les océans avec sa moitié, pour lui montrer le nouveau monde ; je n'avais qu'à faire passer le baron pour mon mari. De retour à bord, je le lui expliquai, et il me dit qu'il en était très flatté. Il me fit même comprendre, à mots couverts, le visage un peu empourpré, qu'il eût été heureux que je vinsse avec lui en France, et que cette situation ne demeurât pas un simulacre.

Je le remerciai et l'embrassai, mais lui dis qu'il n'en était nullement question. Nous avions de longue date décidé, Inaua et moi, de gagner le nord des Antilles pour tenter plus tard la traversée vers la Louisiane. J'en avais même parlé avec mon Francesco, qui comprenait tout ce qu'on lui disait, mais répondait en un sabir enfantin où se mélangeaient d'impropres constructions, des mots de français, de portugais-brésilien, d'espagnol et parfois même un ou deux mots de wanauhia, quand ce n'était pas des bribes de la langue des Paiacù, voire de celle des Urupùca ! J'essayais fréquemment de converser avec lui en bon français, et de lui éviter d'être pris plus tard pour un sauvage, mais il s'obstinait à mélanger plusieurs langues, et ne pouvait pas dire des mots comme « le ciel », « la lune ». C'était aussitôt « l'azul », « la luna »..., et même l'océan, d'un jour à l'autre, se changeait en « mar », en « mer » ou en « maré », avec divers types d'accent qui fleuraient bon la jungle ou le marigot. Sachant cela, Inaua lui apprenait des mots africains qu'il mélangeait aussi à son babil, et je faillis plusieurs fois me mettre en colère après elle à ce sujet.

— Flavie ? me dit-elle le lendemain. Tu crois vraiment que...

— Oui ?

— Tu crois vraiment qu'un jour nous vivrons tranquilles, quelque part en Lousiane ou ailleurs dans la vaste Amérique, et que tu pourras y élever ton fils comme tu veux ?

— J'espère bien que oui, répondis-je bravement. Et toi, que feras-tu ?

— Je voudrais rester avec toi et Francesco.

— Je le sais bien, mais ne voudras-tu pas un jour avoir pour toi un enfant, et donc trouver un mari, ou un homme qui en tienne lieu ?

— C'est possible. Mais alors il faudrait que ce soit un homme doux, et vieux. Je n'aime pas les hommes jeunes. Je n'aime pas tellement les hommes, d'ailleurs. Mais je suis certaine de préférer les hommes vieux, pourvu qu'ils soient doux.

— Décidément, j'en apprendrai toujours sur toi, et j'aurai toujours l'impression de ne jamais te connaître ! Entre le baron et Da Costa, tu préférerais le vieux Da Costa ? !

— Mais bien entendu, dit Inaua, placide.

Ce qui était important, pour le moment, n'était pas de s'imaginer de futurs compagnons, mais plutôt de penser à notre survie dans l'immédiat. Je m'évertuai donc à parler de tout cela avec Inaua, mais aussi avec M. de Chasse-Meurthe, qui avait négocié avec le vilain Grandteint, et se trouvait désormais à la tête d'une petite fortune.

La situation était pour le moins étrange : nous pouvions décider beaucoup de choses fort diverses, avions même de l'argent pour financer tout cela, mais ne pouvions rien acheter ou trouver qui nous permît de les réaliser. Le baron se rendit même à Bon Port, et discuta avec des capitaines qui en aucune façon ne voulaient lui louer partie de leur équipage. Il revint à bord de la *Perla* et nous offrit un somptueux repas dans la moins laide des tavernes d'Entrecasteaux, pour nous annoncer que... nous n'avions rien à faire ! Débaucher un équipage était impossible. Il aurait fallu prendre de jeunes gens, ou des esclaves, et les former comme matelots, après les avoir employés comme débardeurs. Je caressais parfois le projet de libérer tous les esclaves de l'île, les prendre comme marins et fuir en haute mer, afin de les libérer plus tard. Mais c'était insensé : chaque plantation était bien gardée, la petite garnison française était armée, et même si elle ne comptait que quarante ou cinquante hommes, nous avions tout au plus un vieillard et deux nigauds à qui donner des armes. Si l'on y ajoutait mon fils et le baron, cela faisait juste de quoi tresser les cordes pour nous pendre haut et court.

Triste état que le nôtre, et qui manquait parfois de s'envenimer : au bout d'une semaine, le baron me manifesta bien de l'agressivité, car il savait qu'il ne me ramènerait jamais comme butin à butiner... Da Costa aurait voulu rester là, car il était fatigué de courir les mers. Quant à Jobard et Carcassonne, ils espéraient que nous partirions bientôt en mer, à n'importe quel prix. Je me dis qu'il allait falloir prendre quelques initiatives.

Le baron venait de traiter avec Grandteint ; logiquement, ce dernier devait avoir beaucoup moins d'argent. Peut-être pouvait-il nous vendre quelques hommes, que nous libérerions ensuite. Je trouvais la méthode immorale, mais elle me parut destinée à des objectifs assez louables : notre liberté, et plus tard celle des captifs. Je m'en ouvris à M. de Chasse-Meurthe, mais hélas ! sans doute par rancœur, ou par dédain envers le cynisme de ma suggestion, il ne voulut pas y donner suite. Je me trouvai donc dans l'embarras, tirant sans cesse des plans sur la comète, lorsque la Chance, toutes voiles dehors, s'annonça au loin pour enfin jeter l'ancre dans le port d'Entrecasteaux.

Un gros brick américain, le *Flying Spur*, faisait un détour par Sainte-Lucie, car un vilain grain lui avait passablement déchiré les grand-voiles. Comme il y avait là plusieurs ateliers de ravaudage et d'entretien des navires, le capitaine, un M. Kerrick, comptait demeurer une semaine à Entrecasteaux et, par bonheur pour nous, disposait de trop de matelots. Quelle ne fut pas sa joie lorsque nous lui dîmes que nous entendions lui louer vingt hommes ! Il affirma qu'il ne parviendrait jamais à les nourrir tous, ni à les employer, et qu'une honnête petite somme lui suffirait. Voici qu'en un après-midi, nous nous trouvions à la tête d'un équipage de vingt-cinq hommes, presque tous Irlandais, auxquels le baron proposa de partir pour les Grandes Antilles, puis pour la France, et qui sait, de faire peut-être auparavant escale en Irlande, afin d'aller saluer des familles quittées depuis quelques années. Les matelots furent enthousiastes, et montèrent sur la *Perla* comme s'il s'était agi d'un palais. Quand ils me virent, toute majestueuse dans ma nouvelle robe, ils me saluèrent poliment, et quand ils virent Inaua, ils dirent que j'étais une grande dame, pour avoir une aussi belle suivante. Le baron fit courir le bruit que j'étais simplement sa cousine, établie au Brésil, et que je me rendais d'abord à Port-au-Prince, afin d'y installer un garçon (Francesco) et une jeune fille (Inaua) que l'on m'avait confiés. Il était hors de question de prétendre que Francesco était mon fils. Soit cela nous ferait soupçonner de conduite immorale, soit cela remonterait un jour jusqu'aux oreilles d'un certain duc, au Brésil, dont je souhaitais ne plus jamais devoir entendre parler.

Sur mon instigation, Inaua courut en cachette, une nuit, prévenir les esclaves chez Grandteint que nous levions bientôt l'ancre, et qu'il y aurait de la place pour quelques gaillards courageux. Un seul homme s'enfuit, qui s'appelait Deux-Doigts. Il monta à bord de la *Perla*, se présenta à moi, et je lui dis que je l'assurais de ma protection.

Les braves Irlandais ne me manifestèrent qu'un respect distant, et seul l'un d'eux osa un jour me parler d'une charmante jeune fille rousse qu'il avait connue dans le comté de Sligo, et qui me ressemblait beaucoup... Tous catholiques, ces jeunes hommes étaient partis depuis des années en Amérique, fuyant la misère et la faim, retrouvant ces fléaux dans les ports de la côte est. Discrètement, j'écoutais leurs récits, tandis qu'ils hissaient les voiles ou peinaient à la manœuvre. Ils connaissaient cette Amérique du Nord où je voulais aller. Mais ils en connaissaient les tavernes, les bouges, quelques quais, certains ports, et les geôles de différentes prisons. Souvent battus, maltraités, mal payés, se louant à tel capitaine pour trimer sur tel ou tel brick, leur vie se résumait à trois mots : le rhum, le cachot et le fouet.

Inaua se tenait à bonne distance de ces rouquins qu'elle n'aimait pas. Réfugiée parfois dans la cambuse où officiait Da Costa, elle rêvait surtout de Port-au-Prince, qu'on nous avait décrit comme une ville magnifique, un jardin aux fleurs toujours épanouies, aux maisons coloniales aussi séduisantes qu'une fée aux bras blancs. L'île d'Haïti nous était d'ailleurs dépeinte comme un havre de paix, où les esclaves étaient si heureux qu'ils n'en voulaient jamais s'enfuir, où les marins voulaient rester, où les pirates enfin assagis venaient, fortune faite, couler une retraite paisible. Entendant ces récits auxquels je n'accordais nul crédit, j'en parlai avec M. de Chasse-Meurthe :

— Ce sont des fadaises, affirma-t-il. Je suis passé deux fois en Haïti... tout là-bas n'est que feu qui couve sous la cendre. Les gens sont malheureux, et la garnison française est constamment renforcée, pour tenir une île qui bouillonne. Haïti est un volcan.

— Et vous ne nous laisserez pas sans inquiétude dans une telle fournaise...

— Flavie, me dit-il d'un ton digne, je vous ai fait une proposition que vous avez refusée. Sachez que si un jour vous posez le pied sur un quai de Nantes, au doux pays de France, vous n'aurez qu'à demander où je suis pour être accueillie comme une princesse. Mais vous voulez partir en Amérique. Il vous faut bien trouver un bateau pour vous y rendre. Je tremble pour vous et pour votre fils. Mais je respecte votre décision. A propos, que ferez-vous de ce nègre marron, Deux-Doigts ?

— Je lui demanderai son avis, et je le libérerai à Port-au-Prince.

— Mais l'esclavage est-il vraiment aboli, là-bas ?

— Je ne sais pas.

En effet, nous ignorions tout de ce qui se passait d'une île à l'autre, et lorsque nous accostâmes en Haïti, quelques semaines plus tard, ce fut pour apprendre que des troubles graves avaient lieu non pas à Port-au-Prince, mais dans les montagnes avoisinantes, et dans des vallées qu'ils appellent « mornes ».

... Nous avions des pics, des pioches, des bêches, des hies. Nous concassions des rochers. Dans mon rêve, j'étais chargée de construire une route. Mais nos outils étaient trop peu solides. Notre route avait peine à ressembler à un chemin caillouteux. Je ne distinguais pas le visage des personnes avec qui je devais travailler. En tout cas, il fallait construire cette route. J'aperçus alors derrière moi la jungle toute bruissante. Elle s'avançait. Je compris que bientôt elle allait envahir la route que nous avions tant de peine à tracer... puis je me réveillai.

J'avais dormi sur la *Perla*, qui était amarrée à quai. Je m'habillai et montai sur le pont, laissant Francesco dormir en bas. J'observai les façades blanches et jaunes de Port-au-Prince.

A ma surprise, une silhouette familière s'approcha du quai et fit mine de monter à bord. Ce n'était pas si surprenant ! C'était Inaua qui revenait de faire des emplettes ; tôt levée, elle était allée au seul marché qui se trouvait en ville, et revenait avec des brassées de légumes et de fruits : une Cérès noire que Rome n'eût pas méprisée. Elle me fit un grand sourire. Depuis peu, elle avait pris l'habitude de quérir la nourriture pour tout l'équipage ; elle livrait cela à notre ami Da Costa, ou au nouveau cuisinier irlandais, qui s'affairait dans la cambuse en chantant de vieilles comptines. Francesco apprenait ainsi quantité de chansons. Je ne sais plus combien de langues désormais nous parlions – si l'on peut dire cela de notre baragouin. A force de passer d'un rivage à un autre, nous traînions avec nous des lambeaux de langues et de dialectes, des morceaux de créole et des pièces de Guinée, des bribes d'anglais ou d'irlandais, des reliquats d'espagnol et de portugais, et même le baron de Chasse-Meurthe ou moi finissions par glisser des mots obscurs dans notre beau français, comme pour le truffer de perles étrangères...

Il y avait des troubles dans l'intérieur des terres ; nous ne savions jamais qui se battait contre qui, ni comment, devinions que d'antiques partisans de l'esclavage auraient voulu abattre la jeune république d'Haïti, tantôt régie par un gouverneur nommé par la France, tantôt dirigée de fait par tel ou tel chef de bande, héritier du fameux Toussaint Louverture qui avait autrefois secoué la tyrannie. Nous entendions dire qu'un chef de guerre s'était emparé du nord de l'île ; le lendemain, il n'existait plus, ou bien était devenu empereur ; le surlendemain, c'était le sud qui faisait sécession... Ce qui est certain, c'est que nous autres Français étions là de parfaits étrangers, auxquels on déconseillait vivement de rester. Mais comme nous n'avions aucun lien avec les riches familles blanches qui avaient autrefois dépouillé l'île, on tolérait notre présence, protégée par un gouverneur français dont le pouvoir n'était que de façade. En effet, si celui-ci n'avait pas eu pour l'aider des volontaires français venus de l'Aisne ou de l'Aube afin de « planter l'étendard de la liberté à Saint-Domingue », nul ne sait comment les Noirs, devenus libres citoyens depuis un décret de 1792, le fussent restés.

Parfois l'on découvrait même que des Noirs s'étaient revendus, avaient touché de l'argent qu'ils donnaient à leur femme ou à leur mère, et travaillaient de nouveau dans les lointaines plantations où ils avaient souffert le martyre. Et quand ils ne redevenaient pas esclaves, c'était tout comme : sous-payés par des propriétaires sans scrupules, ils trimaient jour et nuit pour un salaire si bas qu'ils vivaient en haillons, comme au temps du pire esclavage. La seule différence désormais résidait dans le fait que les châtiments corporels avaient été interdits et les chaînes, brisées. On découvrait même des morceaux de chaînes rompues aux abords des fermes ! Fièrement, à l'entrée d'une case, on arborait des chaînes cassées, symboles des temps anciens. Mais toujours aussi misérables, les gens désormais étaient esclaves de leur condition, même si gisait dans leur poche un papier disant qu'ils étaient libres.

Cependant à Port-au-Prince on ne devinait rien de cet état de choses, et ce fut seulement parce que nous allions explorer l'arrière-pays que nous comprîmes que leur vie n'avait pas changé. Plus surprenant encore, les rares troupes de volontaires français qui étaient restées se chargeaient de combattre les brigands et les esclavagistes, ou les partisans de tel ou tel empereur du Nord. On pouvait donc croiser sur les chemins de pauvres hères à l'accent champenois, moustachus et fiers, qui se vantaient d'avoir tué une centaine de « Nègres », dont le seul crime était de s'être cachés dans les fourrés en sifflant, ou en murmurant de vilaines chansons, « *coupé tête à li, coupé bras à li, coupé jambes à li, amaré li* » qui selon eux témoignaient à coup sûr d'un vil attachement à l'ancien régime. Je pensais plutôt que, même s'il se trouvait encore dans les mornes quelques infâmes esclavagistes, ces brigands noirs étaient surtout poussés par la misère, car leurs chansons – du moins, le peu que j'en savais – parlaient surtout de soif, de « grand gousier » et de famine.

Lorsqu'elle entendait parler de tout cela, Inaua entrait parfois dans une rage sourde et glissait entre ses dents qu'il y a des gens qui ne méritent pas leur liberté, pour être assez stupides d'aller de nouveau se vendre ou errer sur les routes. Ce qu'il fallait, c'était fonder une nouvelle république, disait-elle, une véritable démocratie dans laquelle chaque Noir aurait exactement les mêmes droits et les mêmes richesses que chaque Blanc, donc redistribuer les propriétés. Elle disait que bientôt se lèverait sur Saint-Domingue une seconde grande révolte, ce en quoi elle ne se trompait guère.

Quant à notre ami M. de Chasse-Meurthe, il s'employait à trouver de nouveaux commanditaires pour faire voile vers la France ; et pour nous, un autre navire, pour faire voile vers les Etats-Unis. Mais cela prit beaucoup de temps.

De fait, alors que nous étions toutes deux désireuses de vivre dans un pays que nous croyions plus adapté à notre condition très particulière – on me posait chaque jour des questions sur Francesco, sur elle, sur moi –, alors que nous étions habituées à quitter un rivage pour un autre sans nous poser la moindre question, sans nous interroger sur notre fuite perpétuelle, comme si le souvenir de l'esclavage au Brésil nous avait définitivement apposé sur l'épaule un scel brûlant, voilà que le Port-au-Prince nous retenait, nous enlaçait de sa brise indolente, et qu'un parfum de maisonnée, de fauteuil installé sur le seuil nous retenait, nous pénétrait, finissant par nous suborner. Nous restions là sottes, sur le quai ou à bord de la *Perla*, louant de temps à autre un petit meublé sur le port, faisant la connaissance de telle matrone, de tel capitaine, bavardant, jasant, achetant des légumes... Comme ces milliers d'épaves que chaque matin rejette sur le rivage, nous devenions îliennes ou gisants du jusant. Les gens qui ont vécu longtemps sur des îles vous diront le charme qu'elles distillent parfois : une ambiance, un air, un parfum, quelque chose d'impalpable et d'insidieux qui finit par coller à la peau et qui reste dans vos tissus...

Alors que nous aurions dû nous soucier de trouver un bateau, nous laissions ce soin à M. de Chasse-Meurthe, qui nous voyant si tranquilles ne s'en occupait plus... Lui restait là, restait, se tenant toujours non loin de moi, comme s'il avait rêvé qu'un jour je change d'avis et devienne son épouse, ce à quoi je ne pensais pas une tierce. Passant juste un peu de temps à éduquer Francesco, nous ne voyions pas qu'il grandissait, devenait un garçon, presque un adolescent. Occupées à coudre des tissus, à dénicher des coffres, des armoires, des colifichets, nous avions même oublié que nous étions riches, puisque les émeraudes conservées par Inaua s'avéraient hautement négociables auprès des grands navigateurs et de leurs riches passagères. Nous avions tellement d'argent que nous ne nous en rendions pas compte. Sans y prendre garde, nous nourrissions l'équipage de la *Perla*, entretenions ici une couturière, là un ancien esclave dont le visage nous avait plu, ici un vanneur et là-bas un ravaudeur de filets. Nous dilapidions tranquillement notre fortune, plus imprévoyantes que cigales, et Inaua était la première à vouloir toujours tout fournir. Quoi ! si ceci ou cela manquait à quelqu'un, n'était-il pas plus simple de l'acquérir, plutôt que de devoir endurer l'horrible spectacle de la frustration ? !

Seul Francesco refusait les cadeaux, affirmant qu'il n'avait besoin de rien, se contentant toujours d'un canif, d'un bout de bois et d'un livre de cartes marines. Les années passèrent sans que nous y prîmes garde.

Un beau jour, je m'aperçus du fait que deux ans auparavant, les gens avaient fêté l'entrée dans un siècle nouveau, et que les temps changeaient. Des gens que nous avions aimés nous regardaient d'un œil hostile. Des partisans de l'ancien temps nous considéraient comme des traîtres. Quant à moi, qui vivais « avec une femme noire » et un garçon visiblement « mulâtre », je devais être la traîtresse la plus perverse de toutes les îles. Au lieu de nous tuer, des amis nous prévinrent à temps. Revint l'époque du sang versé. On vit de nouveau des horreurs. Des croix dressées au bord des routes exposaient des hommes éventrés, des enfants crucifiés, des femmes sans tête. Les cases des Noirs brûlaient, les maisons des Blancs brûlaient, les plantations brûlaient. On aurait cru que l'infâme dom Chaitano s'était soudain établi à Port-au-Prince ! Mais il n'y avait pas besoin de lui : de vieilles rancœurs, des désirs de revanche et quelques grains de folie avaient suffi pour remettre le feu aux poudres. Dessalines prit le pouvoir, enflamma toute l'île, chassa les Blancs et fut plus tard renversé à son tour. Le premier bateau fut le bon. Le baron de Chasse-Meurthe nous fit des adieux précipités, partit pour Nantes sur la *Perla*, emmenant avec lui Da Costa, et brusquement, avec trois caisses et vingt-deux coffres, nous nous trouvâmes sur un vaisseau qui rejoignait l'autre Amérique.

Quatrième
partie

UN FOYER EN LOUISIANE

Les flots poussèrent la nef et carguées furent les voiles, le vent restant le maître de céans. Nous vîmes alors La Nouvelle-Orléans, tout ébahies d'atteindre l'Amérique, celle du Nord, la vraie, l'Amérique des rêves et des marins, des Irlandais et des aventuriers, où vivaient des hommes à peau rouge, cousins de ceux que nous avions connus au Brésil. C'est peu dire que nous tombâmes de haut, de très haut, du haut d'un grand arbre caché dans la forêt de nos rêves... Nous avions cru découvrir un continent vierge, et voici que nous accostions sur des terres habitées, industrieuses, peuplées de dockers, de fermiers, de négociants. Nous croyions voir des palmiers, des palétuviers, des araucarias, et même si nous en aperçûmes quelques-uns, nous vîmes des paysages qui ressemblaient pour moi à ceux de l'Europe, et qui pour Inaua n'étaient comparables à rien de connu. Dès le premier pas sur le port de cette Amérique-ci, nous faillîmes être renversées par des calèches, heurtées par un palan, et étouffées dans cette ville immense où une activité furieuse paraissait de mise. Les hommes criaient, juraient, crachaient, pétunaient, les femmes s'écartaient, se cachaient, s'effaçaient, les enfants piaillaient, hurlaient, étaient blessés... On aurait dit que personne ne portait la moindre attention aux autres personnes, que les gens ne se parlaient pas, que les hommes ne regardaient pas même les femmes, et me revint soudain en mémoire la belle phrase de Monsieur Restif de la Bretonne, dans un livre que j'avais lu en Haïti : « Là où les femmes ne seront pas considérées comme des objets sacrés, il n'y aura point de mœurs. » On nous bousculait, on nous rudoyait, et lorsque nous demandions notre chemin, on ne nous répondait même pas ! Je décidai illico, en accord avec Inaua, de trouver un logis en dehors de la ville, au calme, et d'engager vite un majordome qui parlât bien l'espagnol. La Louisiane, notre immense province, était encore sous la férule des Espagnols, même s'il se racontait partout qu'elle allait être cédée à l'Empereur des Français à la suite de sombres échanges... si bien qu'on nous regardait partout d'un très mauvais œil, car j'avais l'air d'une riche dame sud-américaine et très fantasque qui osait voyager avec ses deux esclaves, Francesco et Inaua, que toute dame bien née eût dû laisser à la maison ! Ainsi constamment devais-je expliquer qu'Inaua était ma dame de compagnie, que chez nous en France l'esclavage n'existait plus, tout comme en Haïti d'ailleurs, ce que savaient bien nos interlocuteurs, qui s'en révoltaient beaucoup : je ne pus trouver un seul médecin, agent de change, architecte ou négociant qui ne s'offusquât beaucoup de me voir ainsi accompagnée. Lorsque j'affirmai que Francesco était tout simplement mon fils, et que je voyageais loin de mon mari resté au Brésil, on trouvait cela tout bonnement stupéfiant. Comment ? ! moi, une dame de France, de la vraie et authentique France, j'avais épousé un seigneur brésilien ! ? Mais où était-il ? N'était-il pas fou de laisser ainsi voyager sa femme ? Et son fils ? Il avait laissé partir son fils encore tout enfant ? Et cette jeune... personne, là ? N'était-ce pas en fait une esclave, une pièce de Guinée ou des Indes ? !

Je suscitais donc tant d'étonnement et de questions que c'en était insupportable, non seulement pour moi, mais bien sûr aussi pour Inaua et pour Francesco, lequel commençait à comprendre que nous n'étions peut-être pas venus au bon endroit au bon moment.

Epuisées par ce que nous venions de voir en Haïti, déconcertées, perdues, craignant à nouveau pour notre vie et cela, sans vraie raison, Inaua et moi décidâmes de nous établir provisoirement aux abords de La Nouvelle-Orléans, et de trouver un précepteur pour qu'enfin Francesco fût éduqué comme il se doit. Nous cherchâmes donc un endroit discret, d'où il fût possible de rejoindre le centre de la ville en une demi-heure à cheval. Je visitai longuement les alentours en calèche, tenant constamment mon fils par la main. Heureusement, notre cocher ne disait mot.

Enfin, après quelques jours de recherches et de palabres, je négociai un lot de pierres précieuses auprès d'un important banquier, qui me livra d'immenses billets, et surtout des lingots d'or espagnols, lesquels enfin me permirent d'acheter une petite propriété au nord de La Nouvelle-Orléans, comprenant une maison de style dit « colonial », des prairies, et quelques centaines de saules pleureurs.

Au début, nous ne comprîmes pas que nous avions eu la main heureuse. Je changeai le nom de cette « Hacienda » en « la Maison Rouge », car elle était située assez près d'une route qui part vers le nord-ouest en direction des villages de Baton Rouge et de Natchez, non loin d'un immense fleuve qui porte un nom indien : Mississipi ; enfin parce qu'elle était avant tout construite en briques rouges, presque dissimulées sous des plaques de bois peint en jaune pâle qui voulaient la faire ressembler à une maison de planteurs. L'entrée de la Maison Rouge était dissimulée dans un virage et à peine visible sous des saules proprement gigantesques. La discrétion de cette entrée un peu secrète nous plaisait beaucoup, et aussi le fait qu'au bout de la propriété serpentait un sentier qui descendait vers la rivière Atsontas, laquelle se jetait plus loin dans le grand fleuve. La Maison Rouge était en grande partie ombragée par des arbres très vastes : plaqueminiers, saules, orangers des Osages aux gros fruits verts. Lorsque nous y entrâmes pour la première fois, Francesco se précipita sur ces fruits et voulut y goûter. Je lui dis que cette variété d'oranges était sûrement plus amère que des citrons, et immangeable, mais il fallut qu'il y mordît, et aussitôt crachât le peu de pulpe qu'il en avait goûtée. Quant aux plaqueminiers, ils donnent des fruits appelés kakis, et de ceux-ci, chacun mangea.

A peine avions-nous fait venir nos valises et nos caisses qu'Inaua me dit :

— Flavie, nous devons acheter des meubles.

— Eh, je veux bien, mais n'y a-t-il pas plus urgent ?

— Et qu'est-ce qui est plus urgent ? me dit-elle d'un air un peu contrarié.

— Je crois qu'il faut trouver une domestique ou deux pour nous aider dans cette grande maison – il y a douze chambres... et que nous devons aussi trouver un professeur pour qu'il s'occupe de Francesco.

Elle se mit à sourire et acquiesça d'un air grave, avec un grand signe de tête. Je me demandai un instant d'où provenait un si vif assentiment, puis je songeai qu'elle aussi voulait en profiter : elle avait plusieurs fois manifesté le souhait d'apprendre à écrire, car je lui avais déjà un peu appris à lire, d'abord sur la *Perla*, ensuite à Port-au-Prince.

Nous commençâmes donc à nous installer, à nous bâtir un nid enfin confortable, à engager une Martha, une Louise, un Monsieur Perrier, à choisir des appaloosas pour tirer la calèche, tout cela sans voir les nuages qui au-dessus du Mississipi s'amoncelaient : les saules étaient trop grands et nous cachaient le ciel.

Qu'on n'aille pas s'imaginer que nous avions nous aussi des servantes : Inaua ne l'eût pas supporté. Nous avions trouvé deux femmes seules, abandonnées, et je leur avais proposé de nous aider à tenir la maison, qu'elles seraient bienvenues de considérer comme la leur. J'avais insisté sur le fait qu'elles n'auraient pas à nous « servir », et que Francesco ne devait pas être appelé « maître » – qu'on l'appelât par son prénom lui suffisait. Comme il me fallait bien une identité de façade, et puisque je devais protéger celle de Francesco, j'avais bien fait savoir partout que j'étais la duchesse de Toiros, épouse d'un seigneur fort malade que ses souffrances contraignaient à rester au pays, et qui souhaitait que son fils fût éduqué dans la belle et noble Amérique du Nord ! Mais cette fable ne convainquait personne, soit parce que les gens pensaient que Francesco ne pouvait être le fils d'un Sud-Américain, ou plus couramment parce que l'on croyait qu'aucun seigneur, même en très mauvaise santé, ne pouvait avoir laissé seule une dame aussi riche et aussi magnifique... Martha, qui était née chez un pauvre cotonnier des environs, avait été jetée hors de chez elle à l'âge de treize ans, en même temps que ses huit sœurs ; elle avait trente ans et aucun homme ne voulait d'elle, tant elle était laide ; elle croyait que j'étais une espionne française qui se faisait passer pour l'épouse d'un duc brésilien parce qu'à ce moment-là, tout le monde s'inquiétait d'une possible cession de la Louisiane à la France par les Espagnols, ce qui se produisit peu après : beaucoup de gens pensaient que des agents français allaient se mêler à la population afin de lui apprendre à retrouver un peu des mœurs et de la langue françaises. Le fait que j'eusse pris comme précepteur pour mon fils un Monsieur Perrier accréditait cette idée.

Louise, qui était orpheline et née dans une famille acadienne, avait commencé sa jeunesse en se prostituant dans les bouges de Natchmotchez et de La Pointe Coupée, vers le nord. Elle connaissait tous les gens qui avaient possédé une ferme au bord du grand fleuve. Elle avait eu un mari et des fils, tous partis ou décédés, et se considérait comme une femme perdue dont « même un nègre », disait-elle, n'aurait pas voulu. Elle pensait avoir quarante ans et en paraissait soixante. Je n'avais jamais vu de personne ayant un regard aussi doux. Cependant, cela ne l'empêchait pas d'être assez sotte, et elle s'imaginait que j'étais une grande dame venue faire fortune dans les cotonnades, parce que ma famille au Brésil était vraisemblablement ruinée.

Quant à Monsieur Anselme Perrier, il était parti de Savoie vingt ans plus tôt alors qu'il menait la vie paisible d'un instituteur fraîchement nommé. Cependant, il avait eu le tort de s'amouracher d'une très jeune fille son élève et avait dû s'enfuir le plus loin possible. Après avoir tâté de la vie de forban et y avoir mal réussi, il était revenu à l'enseignement, se mettant au service des familles les plus cultivées de La Nouvelle-Orléans. Connaissant son texte par cœur, il m'assura d'emblée que Francesco était l'élève le plus intelligent qu'il eût jamais connu. Je lui répliquai que mon fils était aussi très habile dans l'art de plumer les perroquets, et M. Perrier ne s'adressa ensuite à moi qu'avec les plus extrêmes précautions.

Au bout de quelques semaines, l'été approchant, la vie à la Maison Rouge me parut réglée comme du papier à musique. Afin de me rendre utile et de me faire quelques amis, j'avais commencé d'acheter des livres de France et avais loué boutique dans un faubourg : deux après-midi par semaine, je me faisais prêteuse ou loueuse de livres. On s'émerveillait du fait qu'une dame brésilienne connût aussi bien la littérature française, et je dus mettre à mon enseigne que j'étais de naissance originaire du Bourbonnais. Je rencontrai ainsi diverses personnes de qualité, la plupart françaises ou espagnoles : il y avait très peu de personnes d'origine anglaise à La Nouvelle-Orléans, et les personnes originaires des Etats-Unis voisins étaient installées de trop fraîche date pour qu'on pût commencer de les remarquer. Toutefois, je connus aussi un vieux médecin, originaire du Kansas, dont les fils avaient souhaité venir ici acquérir une ferme. Il se nommait Andrew Jamieson. C'était un homme d'assez haute taille, au teint rougeaud, aux cheveux blonds presque roux, qui devait avoir cinquante ans et parlait toujours avec douceur, manifestant autant de respect que de sincère gentillesse. Ses mains étaient si grandes qu'on osait à peine les lui serrer et qu'on pouvait se demander si elles ne le gênaient pas pour la chirurgie. Mais il me dit un jour qu'il soignait par les plantes et n'opérait jamais. Les autres gens qui me louaient des livres étaient d'origine acadienne, donc française : des Laplume, Cachin, Ménolde, Burin des Roziers, Cadillac, et quantité de gens de Bretagne ou Charentes. Il y avait aussi de riches Espagnols, des Cortes, Hitano, de Carcer, et quelques hommes qui venaient de pays mal connus, le Mexique ou la Californie.

Tous ces gens étaient toujours curieux de savoir qui était l'autre, d'où il venait, ce qu'avaient fait ses parents, et toutes choses de cet ordre, simplement parce que, tous arrivés là depuis peu, ou tout au plus depuis une ou deux générations, ils ne se connaissaient absolument pas. C'était à coup sûr comique d'entendre un homme originaire de France ne pas reconnaître l'accent d'un autre Français venant d'une province différente, ou de voir un Madrilène traiter un Catalan comme un intrus, sous prétexte que le père de ce dernier avait quitté la péninsule ibérique depuis trente ou cinquante ans...

De ce fait, les gens semblaient avides de toutes sortes de légitimités, de distinctions, d'honneurs, et l'on aurait cru qu'ils ne pensaient qu'à fonder une nouvelle noblesse sur les rives du Mississipi ! Ceux qui venaient de vieilles familles espagnoles ou françaises, comme moi, et qui pouvaient montrer un titre ou citer le nom d'un fief, étaient considérés comme des personnes très importantes ; ceux qui avaient des champs de coton, qu'ils fussent écossais ou français, étaient eux aussi importants, mais l'étaient moins ; et ceux qui ne pouvaient rien montrer n'étaient rien. Mais tous avaient en commun un grand respect pour l'or et particulièrement la monnaie espagnole, qui n'avait cours ici que depuis quelques décennies, qui s'était durablement installée et avait établi une sorte d'étalonnage des fortunes. On n'avait confiance qu'en une chose : le métal précieux. Depuis qu'à Saint-Domingue on venait de suspendre le paiement des dettes, beaucoup de gens avaient peur qu'un changement de gouvernement, quel qu'il fût, ne fît s'écrouler la valeur de telle ou telle monnaie ; les Français, avec leurs assignats, faisaient rire ; les Espagnols, avec leurs piastres et leurs écus, rassuraient. Pour notre part, Inaua et moi avions encore en réserve un nombre considérable de pierres précieuses. Nous faisions donc partie des rares gens qui pouvaient tout acheter. Beaucoup d'autres personnes, fort industrieuses et pourtant riches, ne pouvaient pas en dire autant : elles étaient parfois riches en terres et en papiers, fort peu négociables.

Une seule chose, donc, me chiffonnait. Il s'agissait du statut de Francesco et d'Inaua. Pour le moment, le gouverneur espagnol de la Louisiane faisait bien peu de zèle, sachant que ses jours étaient comptés puisque son gouvernement allait céder le territoire à la France ; il n'était donc nullement question de raviver d'anciennes querelles au sujet de l'esclavage, tant parce que les planteurs y étaient fort sensibles, que parce que de nombreux Noirs et de pauvres Blancs, s'inspirant des récents événements en Haïti ou à Saint-Domingue, eussent pu vouloir renverser toute forme de gouvernement qui eût fait mine de renforcer des lois caduques. Mais il en était tout autrement si le territoire redevenait français : la République, qui avait aboli l'esclavage, n'avait rien pu faire lorsqu'un odieux petit homme corse avait décidé de se proclamer empereur et de rétablir le *Code Noir*, contre lequel tant d'amis de la liberté s'étaient battus. Inspiré peut-être par la famille de son épouse, l'innommable empereur avait même songé à rétablir la traite, fût-ce pour une durée provisoire, et les abolitionnistes étaient nombreux, à Paris, qui chaque jour devaient monter à la tribune pour exiger qu'en aucun cas l'abject commerce ne fût remis sur pied.

Les livres que je louais n'étaient pas tous des romans, et *Paul et Virginie* n'était pas, d'entre eux, le plus demandé. Parmi les essais que je prêtais à lire, certain parlaient franchement de ces questions, et pas seulement dans les termes ambigus dont usa autrefois M. Voltaire. Les essais de Condorcet, de Benjamin Frossard, et même les toutes récentes brochures de M. l'Abbé Grégoire avaient depuis longtemps trouvé leur chemin dans mes rayons. Il se murmurait donc déjà dans certains salons les plus libéraux de La Nouvelle-Orléans qu'une riche dame française, ou brésilienne, ou pire : les deux à la fois, osait louer quelques libelles séditieux dont la lecture ne pouvait que nuire à la récolte du coton et à la sage soumission des cotonniers qui le cueillaient. Certaines familles, moins libérales que d'autres, s'en émurent, et l'on me fit comprendre plusieurs fois que si j'étais accueillie avec chaleur en tel ou tel salon, ce ne seraient point mes beaux bijoux, ma fière allure qui me feraient admettre dans d'autres.

Lorsque je racontais à Francesco pourquoi j'étais rentrée furieuse d'une soirée où l'on m'avait invitée par erreur, il levait vers moi ses grands yeux noirs de petit homme et me disait d'un air grave :

— Maman, on devrait retourner dans la jungle !

Inaua renchérissait :

— Oui, Flavie, tu te rends bien compte que dans la jungle, au moins, on sait qu'il y a partout des ennemis : des serpents, des araignées mortelles... Ici, les araignées venimeuses se cachent dans les tapisseries, et ce sont les boas qui tiennent salon ! Je n'ai pas envie de vivre dans un pays où les gens veulent rétablir l'esclavage, alors qu'il n'est même pas vraiment aboli.

— Tu as raison, Inaua, mais alors... où faut-il vivre ? !

Elle haussait alors les épaules sans répondre, et parfois, comme pour mieux affirmer sa solidarité avec les plus démunis, elle allait dans la cuisine aider Louise à préparer un mets. Et comme je ne voulais pas les laisser seules, je me retrouvais avec elle à confectionner une tarte, ou quelque énorme gâteau que bien sûr Francesco voulait manger avant qu'il n'allât au four ! Puis Martha, qui s'était endormie en faisant les lits, nous rejoignait en entendant nos rires, et vers neuf heures du soir, nous envoyions le cocher quérir M. Perrier ou le Dr. Jamieson et leur offrions le dessert avec un thé glacé. Nous parlions dehors, table dressée sous les saules, nous chassions les moustiques et les moustiques nous chassaient, nous ne disions rien du passé et nous efforcions d'écouter les autres nous parler du leur, même s'il était moins coloré que le nôtre.

Le « traité secret »... le « Traité secret » ! Toute La Nouvelle-Orléans ne bruissait que de ces mots. Moins on en savait, plus on prenait des airs entendus. Les messieurs, dans les salons, murmuraient ces mots d'un air important, puis s'écartaient un instant, laissant à leur interlocuteur le temps de s'enferrer : quoi donc ? quel traité secret ? puis le regardaient avec un air de grande commisération, suivi d'un « Comment ? Vous ne savez donc pas ? » auquel il ne fallait rien ajouter. Les ignorants, dont je faisais partie, s'éloignaient, dépités de ne pas faire partie des *happy few* dont on parlait avec envie dans les salons américains. Parmi la colonie française, les gens savaient désormais presque tous – et je finis moi-même par l'apprendre – qu'un certain traité de San Ildefonse avait été signé en 1800 entre le Premier Consul et les autorités espagnoles : à la suite d'un obscur marchandage, le territoire de la Louisiane, qui était pour le moment tout aussi espagnol que celui de la Californie voisine, devait revenir à la France.

Les raisons de ce traité s'étaient avérées nombreuses : tout d'abord, la couronne d'Espagne avait bien assez à faire avec le Mexique, qu'il fallait défendre, et avec ses alliances avec certains pays d'Amérique latine ; ensuite, la Louisiane était surtout peuplée de Français, d'esclaves et de quelques Indiens, ainsi que d'une poignée d'Allemands venus avec les premiers comptoirs fondés par John Law et sa « Compagnie du Mississipi ». L'Espagne avait donc peu de motifs de défendre une infime minorité de ses citoyens qui vivaient à La Nouvelle-Orléans mais n'habitaient aucune autre partie de la contrée. Enfin, la France était prête à desserrer quelque peu l'étau dans lequel elle avait étranglé l'Espagne, à condition que celle-ci lui cédât ce vaste territoire.

La seule chose que personne ne comprenait, c'était ce que Napoléon voulait faire de la Louisiane. Ce qui me frappa d'emblée, ce fut que les Français, dans leur majorité, paraissaient hostiles ou indifférents au rattachement de leur nouveau pays à la France. Beaucoup d'entre eux avaient confiance en la couronne, et fort peu en la république ; le petit général tout neuf qui s'était proclamé plus tard empereur était mal connu, et dans le meilleur des cas tenu pour un ambitieux militaire, tout juste bon à effrayer l'Anglais ; la monnaie, avant tout, posait problème : on savait bien que la piastre et les écus espagnols étaient des monnaies d'or, qui à elles seules détenaient une véritable valeur, et on se méfiait beaucoup du manque de monnaie d'or en France et de la fâcheuse tendance des gouvernements précédents à faire marcher la presse à papier, c'est-à-dire à étouffer la méfiance sous des tonnes d'assignats ou de billets. Beaucoup de gens à La Nouvelle-Orléans, et en premier lieu les planteurs, ne voulaient surtout pas recourir à la monnaie française, et disaient haut et fort qu'ils continueraient de payer et d'être payés en monnaie sonnante et trébuchante.

Ce fut la situation que trouva Monsieur de Laussat quand il arriva en Louisiane. Napoléon venait de le dépêcher en tant que préfet chargé de recevoir la province des mains du gouverneur espagnol. On murmurait qu'un certain général Claude Victor avait dû partir précipitamment cet été afin de rallier Saint-Domingue, pour le cas où une base arrière eût été nécessaire aux forces françaises et l'on venait d'apprendre que cela s'était soldé par un échec cuisant : à peine arrivés en Haïti, les soldats français avaient été décimés par les fièvres, quand ils n'avaient pas été massacrés par des milliers d'esclaves révoltés. On racontait même, sous le sceau du secret, qu'un beau vaisseau français, malencontreusement nommé *l'Orgueilleuse*, gisait désormais par vingt mètres de fond dans la rade de Port-au-Prince.

Il devenait donc clair pour tous que Napoléon n'avait pas les moyens de défendre la colonie, et que de toute manière un territoire aussi gigantesque que le nôtre serait impossible à garder. Dès lors, pourquoi envoyait-il un préfet extraordinaire à La Nouvelle-Orléans ? C'est ce que je lui demandai, lorsque je fis sa connaissance dans le salon du marquis de Barbé-Marbois.

— Madame, me dit-il d'un air malicieux, vous êtes bien curieuse !

Il avait un petit visage, un nez fin, et portait une perruque simplement poudrée. Son habit était gris clair, sobrement coupé. De toute sa personne se dégageait une sorte de raffinement compassé que l'on ne trouvait plus que dans l'ancienne noblesse. Lorsque j'étais fille, en France, j'avais bien connu cette sorte de gens, qui jamais ne se départait d'une certaine hauteur. Il était détaché, dans tous les sens du terme. Détaché par Napoléon, détaché de ses liens avec la France, désormais lointaine, et surtout détaché de ce qu'il possédait, de ce qu'il devait faire. Du moins, il l'était en apparence. Mais il parut tout à fait heureux que je lui parlasse avec autant de franchise, car il sentait bien que les Français de Louisiane l'accueillaient avec une évidente froideur.

Il me présenta son épouse, une jolie brune qui venait comme lui du Béarn. Ils avaient deux enfants et paraissaient heureux. Il se dégageait d'eux une fraîcheur, une joie exceptionnelles et je fus aussitôt contente de les entendre répondre oui à ma proposition de les recevoir à la Maison Rouge. Cependant, après m'avoir clairement dit que j'étais indiscrète, il fit dévier la conversation vers d'aimables sujets, peu compromettants pour lui, tels que les beautés comparées du Bourbonnais et du Béarn, ou l'art de tresser des coiffes de plumes chez les Indiens.

Inaua me montra les grands hamacs qu'elle avait achetés.

— Cela te rappellera la forêt ! me dit-elle. Souvenons-nous d'où nous venons.

— Pourquoi me dis-tu cela, avec cet air plein de sous-entendus ?

Comme d'habitude, elle éclata de rire, et s'approcha pour que je lui pince la joue. Elle n'avait jamais été aussi heureuse. L'unique souci qu'elle avait pour le moment était qu'en ville, on s'étonnait de la voir descendre d'une calèche et de faire ses courses seule. Lorsqu'un négociant insolent lui demandait qui elle était, elle rétorquait qu'elle était depuis peu une esclave affranchie et que, comme elle était jolie, elle avait dû payer très cher le prix de sa liberté ! Comme à cette époque ce genre de situation commençait en effet à se produire, et que des femmes à peine venues d'Afrique achetaient à leur maître le droit d'être libre, avec quelque argent donné par un discret admirateur ou par un richomme bienfaisant, on s'étonnait moins de la voir seule, sans une maîtresse ou un garant. Mais comme elle était souvent vêtue d'une magnifique robe noire, ou d'un ravissant manteau couleur sable, bien apprêtée sous un joli chapeau aux rubans de soie précieuse, très peu de gens osaient lui poser des questions. De plus en plus souvent, on la reconnaissait à La Nouvelle-Orléans, et on murmurait qu'elle était « mais si, la suivante de cette dame française qui a un nom brésilien, vous savez bien, la duchesse de Toiros, voilà... », de telle sorte que, si elle avait été blanche, on l'eût presque traitée comme une grande dame. Lorsqu'elle accompagnait Francesco avec Monsieur Perrier, il se trouvait même des gens pour imaginer qu'elle était la mère de mon fils, et que son précepteur était le père ! Bien évidemment, personne n'avait jamais entendu parler de Marcus, et nul n'aurait osé prétendre que mon fils était aussi celui d'un esclave marron dont nous ignorions la destinée. Il était fort heureux que personne ne connût le Brésil, et que tous pussent imaginer que Francesco pouvait être l'enfant d'un noble seigneur de ce pays. Je pouvais même prétendre que l'esclavage avait déjà été aboli au Brésil, afin de justifier la situation d'Inaua aux yeux des plus sourcilleux : personne n'en savait rien, et bien impudent eût été celui qui eût osé prétendre le contraire. Malheureusement, cela était faux, et je ne connus pas l'abolition, au Brésil, de cet odieux trafic.

Pour la Louisiane, nous ignorions encore beaucoup de choses ; comme nous ne connaissions que des Blancs assez libéraux, jamais des planteurs ni des producteurs de coton, nous ne savions pas que des centaines d'esclaves trimaient et souffraient dans les plantations voisines. De fait, nous fûmes brutalement mises en présence de l'un d'entre eux, et connûmes assez tôt leur épouvantable condition.

Un soir que nous dînions en compagnie de M. Perrier, qui à notre demande déclamait un poème d'André Chénier, nous entendîmes un bruit inquiétant interrompre *Myrtho, la belle Tarentine*... et des aboiements furieux éclater tout près de nous. Deux énormes dogues venaient de surgir, écumant et bavant, tandis qu'au loin des gens hélaient d'autres gens, sans doute à la poursuite d'on ne sait quel gibier. Assez courageusement, M. Perrier leva sa canne et mit les dogues en fuite. Nous étions bien surprises, Inaua et moi, de constater toute cette agitation, alors que personne ne venait jamais par chez nous. Je fus soulagée, après coup, de me rappeler que déjà mon fils était couché. Il ne vit pas la conclusion de cette affaire, tout à fait vilaine : un grand bonhomme vint, son chapeau de paille rond vissé sur la tête, qu'il enleva en me voyant, m'annonçant d'un air tranquille et fort banal qu'il était à la poursuite d'un « esclave marron ».

Heureusement, je pensai à être prudente, et à ne pas me découvrir trop vite devant un tel adversaire. Il était aussi laid que sot. Lorsque je lui dis que ses dogues étaient partis dans une autre direction, il me salua à peine, bafouilla, et reprit sa course. Ce qui comptait pour lui, c'était l'esclave, que son patron avait dû payer mille piastres. Inaua tremblait d'indignation, et moi aussi.

— Ah, dit-elle, si au moins nous pouvions faire quelque chose pour cacher ou sauver tous ces gens-là !

— Eh, Mademoiselle, dit Perrier, je suis bien de votre avis. Mais que faire donc ? Si vous les cachiez ici, la garde viendrait assez vite les reprendre !

Je fus bien contente de voir M. Perrier dans ces nobles dispositions, et le lui dis. Il avait deviné depuis longtemps que j'étais, comme on dit à Paris, « de la Société des Amis des Noirs » et je lui répondis que j'étais simplement de la société des amis des hommes, sans que j'en eusse déposé les statuts. Avec Inaua, nous décidâmes de lui confier que nous étions fermement opposées à la traite et que nous entendions bien joindre le geste à la parole.

— Bah, dit-il, je connaîtrais bien quelques personnes qui pensent comme nous, mais ne devrions-nous pas fonder une petite société qui aiderait quelque peu les esclaves en fuite ? Ce serait un début. Nous pourrions les aider à franchir quelques territoires, peut-être passer dans l'Arkansas et gagner les Etats du nord, où les gens tolèrent mal l'esclavage, même s'il n'est pas aboli. Et puis...

Il laissa sa phrase en suspens. Il y avait tant à faire. Nous étions comme interdites, les poings sur les hanches, devant l'immensité des champs de coton, où parfois une petite tête noire se relevait et disait à une paire de jambes noires de courir à perdre haleine.

M. de Laussat pénétra dans notre salon, suivi de son épouse Alise. Celle-ci s'émerveilla : elle n'avait jamais vu autant de splendeur dans une demeure de la colonie. Nous avions tendu là de fins tissus rapportés d'Haïti ou d'autres îles, installé de petits meubles charmants, et laissé beaucoup d'espace. On respirait. Devant la maison, sous la très longue véranda, les hamacs se balançaient mollement et l'on entendait les oiseaux chanter dans les saules. La Maison Rouge était un petit paradis.

Alise de Laussat fut bien étonnée lorsqu'elle me vit servir les rafraîchissements, en compagnie de Louise et de Martha, pendant qu'Inaua leur apportait des coussins. Bien installés en un profond canapé, ils se détendirent et nous considérèrent avec curiosité, comme si nous aussi avions été les oiselles qui chantaient dans les arbres. Ils avaient bien sûr laissé leurs enfants chez eux, de même que j'avais fait monter Francesco dans sa chambre, avec un grand atlas de géographie, afin qu'il s'endormît dessus. Pour qu'il n'y eût pas trop de prédominance féminine, qui aurait peut-être contrarié le préfet, j'avais également invité mon ami le vieux Dr. Jamieson, dont la perruque portée de travers et le vieil habit aux couleurs passées trahissaient les origines. Inexplicablement, à La Nouvelle-Orléans, les Français et les Espagnols s'habillaient comme des personnes de la ville, tandis que tous les gens d'origine américaine ou allemande s'habillaient comme à la campagne. Monsieur de Laussat, qui était tout poudré, bagué et caparaçonné, examinait le Dr. Jamieson comme un chat regarderait un singe. Notre bon médecin, tout feu tout flamme, parlait de tout avec vivacité, ne s'offusquant guère de ce regard.

— Et savez-vous, Monsieur, dit-il à Laussat avec son fort accent, que certaines gens croient que mon pays va acquérir un bout du vôtre ? !

Pour une fois, comme amusé, ou peut-être décontenancé, le préfet perdit un peu de sa réserve :

— Cela n'est pas impossible, Docteur, répondit-il.

— Mais comment donc ? m'exclamai-je. Que nous raconte-t-on là ? Cela ne fait pas huit jours que la Louisiane est devenue française, et l'empereur déjà songe à s'en séparer ? !

Le préfet se mordit les lèvres :

— Madame la duchesse, déclara-t-il, on ne peut rien vous cacher. De toute manière, vous l'eussiez appris tôt ou tard. Je n'ai pas été chargé seulement de recevoir l'autre jour la Louisiane des mains de M. de Casa-Calva, mais je devrai aussi un jour prochain la remettre à nos amis américains. Cela doit se faire très bientôt. Je ne cours donc aucun risque à vous l'annoncer. Les négociations entre M. de Barbé-Marbois et M. Monroe ont déjà été menées à bien. L'Amérique achète la Louisiane à la France, qui a souhaité la vendre.

Pour sa part, le Dr. Jamieson se pourlécha les lèvres.

— Que voici d'étonnantes nouvelles ! dit-il. Je comprends désormais pourquoi les Espagnols ont déjà fait courir ce bruit. Ils ne souhaitaient même pas que la France exerçât la moindre juridiction sur cette colonie : c'est comme si les Américains la recevaient directement de l'Espagne, par votre truchement !

M. de Laussat manqua se mettre en colère :

— Je ne puis vous laisser dire cela, Monsieur ! s'emporta-t-il.

Durant au moins trois mois, la Louisiane sera bel et bien française, et j'y exercerai les pleins pouvoirs, au nom de l'empereur.

— Mais quels pouvoirs ? demanda malignement le vieux médecin. Napoléon ne vous donne aucun soldat, vous entretenez quelques gardes espagnols que l'on veut bien laisser à votre disposition, et vous succédez à un gouvernement qui arrosait la colonie d'argent frais et de prébendes de toute sorte. Même les Français d'ici sont outrés de voir en vous l'homme de la république, qui a chassé les Ursulines, alors que vous n'y êtes pour rien... et d'autres voient en vous l'homme de l'empereur, alors que vous êtes simplement l'homme chargé d'assurer une passation de pouvoirs. Ce n'est pas si souvent qu'un pays change de nationalité deux fois de suite !

— Monsieur, vous résumez assez bien la situation, dit Laussat. Mais laissez-moi vous dire qu'elle est encore plus complexe que vous ne le supposez. Si les Anglais savaient à quel point nous sommes faibles, et apprenaient que nos soldats de Saint-Domingue sont absolument tous morts, ils nous attaqueraient aussitôt, même ici, fort loin de chez eux ; et si les Etats Nouveaux de l'Amérique avaient su que nous ne pouvions pas défendre la colonie, et que nous devions l'abandonner ou la donner, ils ne se seraient certes pas donné le mal de l'acquérir.

— Comment, dit alors son épouse, vous voulez dire que les Américains vont payer une forte somme pour une colonie que nous serions obligés de laisser ?

— Bien sûr, dit le préfet, et là-dessus je réclame de vous tous ici la plus totale discrétion. Mais cela n'est possible que parce que la France a de grandes dettes envers l'Amérique : notre pays ne touchera qu'une petite partie de la somme convenue, que vous me permettrez de taire. Enfin, c'est parce qu'il veut consolider les Etats-Unis de l'Amérique et les renforcer face à l'Angleterre honnie que l'empereur a entrepris cette transaction assez tortueuse. Mais je ne parle ici que devant des amis, et des personnes savantes. Vous vous doutez bien que je ne puis, dans ma correspondance avec le ministre, affirmer de telles choses...

— C'est positivement incroyable ! dit son épouse. Comment pouvez-vous accepter, mon cher, de participer à une négociation dont finalement la France ne sortira pas grandie ? !

Pierre de Laussat blêmit, rougit, et faillit de nouveau se mettre en colère :

— Comme vous y allez, ma chère ! De grâce, ne soyons pas trop naïfs. Ce sont les guerres menées en Europe qui conditionnent la situation qui nous est faite ici, et il est sûr que si la France et l'Angleterre s'entendaient bien, si chaque jour à Brest parvenaient le sucre et le café, si nos soldats pris devant le golfe de Gascogne n'étaient pas soudain déportés à Liverpool, il est certain, disais-je, que j'aurais à administrer ici un vaste territoire, qui va des Grands Lacs à La Nouvelle-Orléans, et que notre colonie serait la plus belle colonie française au monde... Mais ni l'Anglais ni l'empereur ne l'ont voulu ainsi !

— Je crois que personne ici ne songerait à vous incriminer pour cette situation assez exceptionnelle, dis-je poliment. Il est évident que cette fois notre pays n'est pas très à son avantage. Mais ne serait-il pas possible de retarder la cession ? Ou, pourquoi pas, de la refuser ? !

Mes invités me regardèrent avec un mélange de stupeur et de crainte. Une conspiratrice... Ah ! j'allais enfin montrer mon vrai visage !

— Oui, repris-je, ne serait-ce pas le moment idéal ? Nous pouvons nous unir, mettre sur pied une petite armée, et voir venir. La République de Louisiane naîtrait enfin, et nous n'aurions pour maîtres que nous seuls. Les Anglais sont bien trop occupés pour nous attaquer, la France est loin et ne veut plus de nous, et les Américains ne sont pas assez forts, avec leur tout jeune Etat, pour tenter quoi que ce soit. Les Espagnols s'en vont et n'ont plus d'intérêt à dépenser des fortunes pour maintenir ce territoire dans le giron de la reine d'Espagne... Il nous appartient de décider de notre avenir !

— C'est inconvenant, dit M. de Laussat. Je représente ici l'autorité de la France, et je ne puis permettre...

— A mon tour de vous supplier, Monsieur ! repartis-je. Il ne s'agit que de suggestions. Mais dites-moi ce qui nous empêche de proclamer ici la République de Louisiane, et de nous y tenir ?

— Mais enfin, Madame, les convoitises sont énormes ! Il suffira que plus aucune grande puissance ne garantisse la sécurité de ce pays pour que les aventuriers de tout poil veuillent y planter leur drapeau. On verrait le Portugal, ou même l'Autriche, proclamer leur grand attachement pour nos concitoyens ! On verrait les seigneurs de Californie organiser des milices pour venir occuper la rive droite du Mississipi jusqu'à l'île de La Balise !

Le Dr. Jamieson souriait. Il prit soudain part à la discussion :

— Eh, je n'en suis pas si sûr. Le terrain est vaste, et délicat à défendre... Tous ces marais, ces fleuves, ces forêts... Mais vous, Flavie, pourquoi donc voudriez-vous fonder une république dans ce lieu que vous connaissez à peine ?

— Eh bien, mon cher Docteur, je trouve qu'il manque dans toutes nos Amériques un endroit où les gens puissent vivre libres et en paix. On a cru un moment que ce seraient les Etats-Unis, ou une fédération d'Etats. Et l'on voit maintenant le riche écraser le pauvre, les Indiens privés des territoires où ils sont nés, et les Noirs réduits en esclavage. Notre Amérique est un peu trop plongée dans le meurtre et prisonnière de toutes sortes de chaînes. Pourquoi la Louisiane ne deviendrait-elle pas ce lieu où les hommes de toute origine pourraient enfin vivre ensemble, et en paix ?

Inaua, en face de moi, m'applaudit, et M. de Laussat leva les yeux au ciel.

— Quelle fabuleuse erreur ! s'exclama-t-il. Vous oubliez que nous avons ici des gens que vous osez nommer Français, qui ne sont que des Créoles, et qui sont occupés avant tout de leurs gains. Avant que vous n'arriviez sur ces terres, Louis Billoart de Kerlérec, l'ancien gouverneur de la Louisiane, au milieu du siècle dernier, disait que Sa Majesté voulait bien fournir à chaque colon un nègre ou une négresse, pourvu qu'ensuite on payât ses dettes avec du tabac ! Les gens, Madame la duchesse, sont venus ici pour faire fortune. Ils ne pensent qu'à leurs gains, leur coton, leurs clôtures ! Je croyais en arrivant ici qu'ils étaient soucieux de savoir qui serait leur maître... et je me suis trompé. Tout maître sera leur ennemi, et ils ne s'accommoderont certes pas d'une république où le moindre Indien aurait les mêmes droits qu'eux. Les privilèges, Madame ! La république a cru les abolir, et chaque jour nous voyons de nouveaux privilèges prendre forme.

— Ne regrettez-vous pas cet état de choses, Monsieur ? lui demandai-je doucereusement.

— Oh, Madame, si je le regrette... Oui, je dirai qu'un peu... Mais ne vous y trompez pas, je ne suis qu'un fonctionnaire de l'empereur. Je ferai ce qu'il me dira.

— Ah, Monsieur, comme je m'en voudrais de chercher à vous écarter de votre mission ! susurrai-je.

Le préfet et son épouse nous quittèrent peu après ce soir-là. Bizarrement, il n'avait pas l'air fâché, et me baisa la main avec beaucoup de chaleur. Sa femme me tint le bras et m'embrassa sur la joue, comme si nous étions les plus vieilles amies du monde. Ils tinrent à raccompagner chez lui le Dr. Jamieson, qui habitait sur l'autre rive. Pour moi, ce qui me tenait à cœur désormais, ainsi qu'à Inaua, c'était le sort des esclaves ; nous avions décidé de fonder un réseau d'entraide qui s'appellerait « la Lionne ». Sa tanière était la Maison Rouge.

Francesco me contemplait ce matin-là d'un œil triste, et ne voulait pas me parler. J'insistai. J'interrogeai M. Perrier, qui ne savait quoi dire, et ignorait pourquoi Francesco montrait une si mauvaise mine, ne voulant pas du tout travailler avec lui. Mon fils avait le museau chiffonné de son petit singe aujourd'hui disparu. A force de le questionner, de le harceler et de le menacer, je finis par apprendre ce que je voulais savoir :

— Maman, pourquoi étudier ? pourquoi apprendre ? ! Nous habitons dans un mauvais pays ! Tout à l'heure, lorsque le cocher m'a conduit pour aller chercher M. Perrier, nous avons failli heurter une autre calèche... et le monsieur qui était dedans nous a insultés. Quand j'ai souhaité lui présenter nos excuses, il m'a insulté, et il m'a dit : « A qui appartiens-tu, petit moricaud ? ! »

— Et que lui as-tu répondu ?

— Je lui ai répondu que je n'appartenais à personne, que j'étais le fils de la duchesse de Toiros !

— C'est très bien, mon garçon. Alors, tu n'as rien à te reprocher. Sais-tu qui étais ce déplaisant bonhomme ?

— Oui, le cocher m'a dit qu'il le connaissait. C'est un Monsieur Juan Bautista Conrotte. Il fait profession de négrier. Maman, qu'est-ce que c'est qu'un négrier ?

— Je te l'expliquerai plus tard, et en détails. Pour l'instant, tu dois savoir qu'un négrier est une canaille qui prétend faire le commerce des hommes.

— Penses-tu que j'aurais dû le provoquer en duel ?

— Mon Francesco... tu es un jeune garçon. Un homme, seul,

peut décider de se battre en duel – encore que je ne l'approuve pas. Tu te battras en duel si tu dois défendre Inaua, ou me défendre. Voilà, c'est tout. Maintenant, je souhaite que tu étudies avec Monsieur Perrier, que tu n'es pas allé quérir pour rien. Et s'il te plaît, dis à Inaua qu'elle aussi peut continuer à écrire avec lui ; car la dernière fois, elle était sortie, et elle devrait réformer ses g, ses j et toutes lettres à jambage.

Il m'obéit – je ne sais trop comment – et tourna les talons. J'entendis son précepteur qui soupirait. Le soir même, celui-ci était convié, avec le Dr. Jamieson, à la première réunion de « la Lionne ». Je laissai, bien sûr, Inaua présider.

Le Dr. Jamieson arriva en compagnie d'un pharmacien, M. Wescott, qu'il connaissait de longue date. Tous deux voulaient prendre une part active dans la lutte pour l'abolition, et y pensaient depuis longtemps. Inaua avait fait venir une femme affranchie, Mme Egboli, qui avait repris son « nom de Guinée » et nous raconta son histoire.

— On m'a faite prisonnière en Afrique, non loin d'une île appelée Gorée, commença-t-elle. Mes parents étaient des pêcheurs. Un jour, sans savoir comment, je me suis retrouvée sur un navire, serrée au milieu de dizaines d'autres femmes, filles ou fillettes. Beaucoup d'enfants étaient au sein. Les cales du navire sentaient mauvais. Nous étions serrées ; très serrées... et nous ne sortions jamais.

Elle pleura. Brusquement, Inaua pleura aussi. Nous dûmes nous arrêter. L'émotion était trop forte. Pour moi aussi, tous ces événements étaient beaucoup trop récents. Inaua et moi avions décidé de ne jamais parler de Marcus, du Coupeur et de tous les autres, de notre fuite... Ces aventures effrayantes avaient commencé de s'éloigner, je les rangeais dans une partie de mon esprit que je revisitais rarement, si j'ose dire. Mais pour Inaua, c'était différent. Elle faisait des cauchemars en pensant à ses parents et à l'Afrique qu'elle ne reverrait jamais. Ce que disait Madame Egboli faisait tout ressurgir. Inaua regardait derrière elle, dans la profondeur de la nuit, comme si quelque chose d'affreux avait dû sortir.

Ellina Egboli se contenta donc d'en dire le minimum. Elle ne montra pas ses chevilles ; elle ne raconta pas l'arrivée en Amérique ; elle ne mentionna que le nom de l'homme qui l'avait vendue : Timothy Dow, et elle expliqua simplement qu'un vieil homme qui la trouvait belle lui avait tendu un sac de pièces pour qu'elle pût se racheter. Le code était très net là-dessus, au temps de l'administration espagnole : si on pouvait se racheter, on était libre. La seule chose qu'elle nous dit encore fut son prix : quatre-vingts piastres, car lorsqu'elle arriva ici, elle était maigre, et n'avait presque plus de poitrine.

Que décider ? Que faire en premier ? Monsieur Wescott tenait absolument à assister aux ventes d'esclaves, et à protester en brandissant des panneaux ou en distribuant des libelles. Je savais, pour ma part, que ni Inaua ni moi ne supporterions ce spectacle. Le fait même d'imaginer qu'on vendait quelque part un être humain et que personne ne protestait nous paraissait incroyable. C'était une des choses les plus pénibles que j'aie eues à connaître : l'impression de vivre dans un pays attardé, au milieu de gens frustes et vils, qui ne pouvaient entrevoir la brutalité de leurs appétits ni la grossièreté de leurs mœurs.

Là-bas, ici, tout près, un honorable négociant, bien coiffé, la gorge serrée dans un petit foulard de soie, un beau chapeau sur la tête, allait mettre au pilori un homme ou une femme, un enfant peut-être, et allait recevoir de l'argent pour envoyer un être humain au pire des bagnes : le champ de coton. Sincèrement, je n'aurais jamais songé, comme M. Wescott, à partir protester contre ce genre de choses. Je songeais d'emblée à m'emparer d'un fusil, à aller libérer les personnes réduites en esclavage, et si nécessaire, à faire le coup de feu contre les négriers. Mais ces excès n'eussent en aucune façon arrangé notre cause : nous étions en minorité – les partisans de l'abolition étant peu nombreux, même dans les églises et les temples – et l'utilisation des armes n'aurait fait que pousser les négriers et les planteurs à renforcer leurs milices. En revanche, de ce côté-là, nous pouvions espérer une défaillance : les Blancs ou mulâtres employés dans les milices étaient simplement des pauvres, et certains détestaient ce qu'ils se croyaient obligés de faire. Rattraper un esclave essoufflé, hagard, épuisé par sa fuite, et le remettre entre les mains du planteur qui peut-être allait lui couper un pied ou une main n'était pas chose facile, et rappelait trop l'hallali. Les supplices endurés par les esclaves étaient si effrayants que certains petits Blancs n'osaient jamais les évoquer : ils parlaient de « châtiment », utilisaient des euphémismes comme « il a été puni », « on l'a fait rentrer dans sa case ». Mais jamais ils n'expliquaient ce qui s'était passé et ne disaient s'ils avaient dû lâcher les chiens. Ces dogues étaient dressés pour courir à la poursuite de l'esclave marron après avoir reniflé un haillon ayant trait au fuyard. Malheureusement pour les propriétaires, et plus malheureusement pour les esclaves, les dogues arrivaient souvent à leur but avant les poursuivants. On ne savait donc pas combien d'esclaves s'enfuyaient réellement : pour faire peur, les propriétaires prétendaient toujours que leurs dogues avaient déchiqueté les fuyards. Mais combien d'hommes échappaient aux crocs des chiens ?

Cette sinistre réflexion me donna une idée, dont je parlai aussitôt à Inaua.

— Tu vois, je me demande si le meilleur moyen de se débarrasser de ces chiens ne serait pas le chien lui-même.

— C'est merveilleux de discuter avec toi ! dit Inaua moqueuse. Tes énigmes sont toujours un plaisir. Explique-toi...

— Pardon ! je voulais dire que ce que nous devons faire, la nuit, c'est d'aider les esclaves à s'enfuir. Mais le premier problème qui se pose, ce sont les chiens. D'accord ?

— D'accord. Mais il y a d'autres soucis, ensuite. Dis toujours.

— Eh bien, ce qu'il nous faut, ce sont des chiennes ! Elles attirent le dogue, lui font perdre la trace du fugitif... pendant que le chien perd du temps, nous cachons l'esclave.

— Bonne idée ! Très bonne idée. Bravo, Flavie ! Mais tu l'as dit, « nous cachons l'esclave ». Donc il nous faut un endroit pour cacher l'esclave. Et nous ne pouvons pas le faire ici, à la Maison Rouge, car au bout de trois semaines, toutes les traces y conduiraient les négriers. Donc, il nous faut un endroit secret, qui soit à nous, un peu éloigné, pour cacher les esclaves avant qu'ils ne reprennent leur route. Et il nous faut organiser une filière pour les faire partir ensuite, au loin. Là où ils veulent aller.

— Sans doute au nord.

— Oui, sans doute au nord. Donc, il faut que nous ayons des contacts solides avec des gens de l'Arkansas, ou de Biloxi, ou de

Natchez, qui à leur tour aideraient les fugitifs à partir plus loin, à poursuivre leur route.

— Tu as raison. « La Lionne » a du travail !

Au bout de quatre mois, nous avions mis sur pied une filière d'aide à la liberté. A Biloxi, la famille d'un planteur français, qui était le seul de toute la région à refuser d'utiliser des esclaves et qui payait ses employés ; à Petit Rocher, dans l'Arkansas, un pasteur et sa femme nous aideraient ; encore plus loin, au nord-est, la famille du Dr. Jamieson avait organisé un réseau d'entraide au nord, dans le Kansas. Désormais, « la Lionne » vivait. Elle allait pouvoir donner des coups de pattes, et de griffes.

En même temps, à La Nouvelle-Orléans, les événements se précipitaient. Pierre de Laussat m'avait laissée pantoise : il hésitait. Il m'avait demandé si j'étais sérieuse, lorsque j'avais parlé de fonder une sorte de nouvelle république, un Etat de la Louisiane libre et autonome. Je préférais demeurer dans les limites du vraisemblable, et lui répondis que non. Qu'il était trop tard ; que désormais, jamais la France ni l'Angleterre ni l'Espagne, ni même les Etats de l'Amérique nouvelle n'admettraient que l'on se moquât d'eux de la sorte ; et que même s'il hésitait, il n'avait pas vraiment la volonté de désobéir à l'empereur et, pire, de se rendre tout retour en France impossible.

Il me remercia de ma franchise, me baisa les mains, les bras, le creux des coudes, et me remercia si bien que nous fûmes amants dans la minute. J'avais imaginé que j'en serais mécontente, que je ne l'aimerais pas. Ce fut l'inverse. Je ne connus jamais amant plus délicat, plus tendre. Honteuse de ma faiblesse, je pensai à son épouse, la gentille Alise, qui m'avait manifesté tant d'amitié. Chose inimaginable, je reçus d'elle quelques jours plus tard un petit billet :

Chère Flavie,

je suis entrée par hasard un certain jour, et suis bien vite repartie. Rendez mon mari heureux. Je suis, pour ma part, heureuse avec quelqu'un d'autre. Votre amie qui vous embrasse,

Alise de Laussat

Ebahie, je ne pus que me féliciter d'être tombée sur cette libertine. Puis, à défaut de pudeur, ayant quelque honnêteté, je me dis que s'il y avait par chez nous une libertine, c'était moi.

Le nouveau siècle avait trois ans et, comme en chaque début de siècle, quantité de faits nouveaux avaient lieu en même temps, qui tous paraissaient sans rapport les uns avec les autres mais qui, additionnés, finissaient par brosser un étrange paysage. Les lois françaises s'appliquaient à nouveau au territoire de la Louisiane. Ce qui était surprenant, c'est que l'esclavage avait été aboli, puisqu'il l'avait été à Paris, mais que le Code Noir avait été remis en vigueur par l'infect Napoléon et que l'esclavage, de ce fait, continuait d'exister, sans que la traite eût été de nouveau permise. On pouvait donc détenir des esclaves et les maltraiter, mais point en acheter, ou si on le faisait, on le faisait clandestinement. Mais cette situation étrange ne dura que trois mois, puisque, à peine reçue des mains des Espagnols, la Louisiane fut vendue aux Etats-Unis d'Amérique pour 80 millions de livres que la France ne toucha jamais – ayant trop de dettes vis-à-vis des Etats-Unis, elle les réglait en cédant la Louisiane ! Le reliquat de la somme était ridicule. Pierre de Laussat, durant l'été, remit symboliquement les clefs du territoire au général Wilkinson et au gouverneur de Natchez, nommé Claiborne. Courant juin, mon amant avait reçu un courrier du ministre de la Marine, lui indiquant qu'un traité secret avait été signé le 10 floréal à Paris – c'est-à-dire le 30 avril. On lui prescrivait la marche à suivre : durant le reste de l'été et l'automne, il continuerait d'administrer le territoire, en veillant à ce que les Espagnols s'acquittent de leurs dernières obligations ; puis, à la fin de l'année, il céderait progressivement la place aux Américains, en faisant tout pour que les Créoles d'origine française aient le statut de citoyen le mieux garanti qui soit. On ne lui donnait aucun ordre en ce qui concernait les lois. Dès le 1er janvier 1804, les lois seraient celles des Etats-Unis d'Amérique. Mais d'ici là ?

Je le suppliai donc de promulguer un édit officiel abolissant l'esclavage et rappelant l'interdiction de la traite. J'usai de mes charmes, le menaçai, l'inquiétai, rompis, revins, et... échouai ! Je découvris un homme doux, tendre, sans doute généreux, mais incapable de prendre à lui seul une décision aussi grave : il savait pertinemment que Napoléon était opposé à une véritable abolition, et qu'un préfet ne pouvait sans danger contrevenir aux ordres qui lui étaient donnés, pour implicites qu'ils fussent. C'est pourquoi il hésita, promit, mentit, atermoya, différa sa décision, mentit encore, et finalement regretta de ne pouvoir changer quoi que ce fût à la condition des esclaves. « La Lionne » se trouvait donc devant une situation très grave : dans quelques semaines, nous aurions une situation pire qu'auparavant, car les Etats-Unis n'avaient édicté aucune loi nouvelle au sujet de l'esclavage ou de son abolition, et traitaient de la liberté des hommes comme d'une pure question commerciale.

Je ne vis plus Laussat. Je ne lui reprochai aucunement sa faiblesse, mais je pensai aux chaînes accrochées aux pieds de ces gens qui étaient mes amis : les chaînes restent accrochées parce que des centaines de gens, comme Laussat, ont peur de prendre une décision.

Les négriers, eux, préparaient leur revanche : ils allaient revendre du bétail humain ! Il leur suffisait, durant quelques mois, de garder cachés sur les îles des milliers de gens qu'ils venaient d'exporter d'Afrique ou même d'enlever en Haïti et en Guadeloupe. Ils gardaient ces personnes au secret dans des fermes, des plantations, des rhumeries, et ne les laisseraient sortir que pour les vendre sur l'immense marché américain, qui s'étendait chaque jour davantage.

En effet, je m'émerveillai, avec Francesco et Inaua, d'aller nous promener jusqu'au détroit des Anglais ou à l'île de la Balise, et de voir arriver de grands vaisseaux, des bricks, des frégates qui tous, en plus de leur cargaison, déversaient leur flot d'immigrants. Parfois, tout émoustillée, Inaua parlait à ces gens. Ils venaient de la Corse, du pays Basque, des Alpes, de Bretagne, mais aussi du Munster ou du Connemara, de la Toscane, du Piémont, de la Suisse, et aussi de l'Estrémadure, des Asturies, de la Galice, et encore des Flandres, du Hainaut, du Brabant, et du Jutland, et des îles du golfe de Botnie, et aussi de mille contrées encore que jamais nous n'aurions pu situer sur une mappemonde. Que disaient tous ces gens ? Qu'ils voulaient vivre libres, manger à leur faim, travailler, posséder un jour une petite maison, de la terre, et ils citaient même des noms de pays merveilleux où les Indiens marchaient sur des routes pavées d'or : la Californie, l'Arkansas, l'Arizona, le Texas, ils désiraient tellement ces nouveaux pays de cocagne que parfois ils allaient jusqu'à inventer leur nom : l'un voulait acheter des terres « en Arizonas », l'autre avait une cousine « en Kansanie », un troisième voulait devenir juge « en Missourie » et c'était toute une famille qui nous montrait gravement, sur une carte inventée de toutes pièces en Europe, un pays nommé « El Dorado » qui s'étendait à la fois sur le Mexique et les Etats du Sud... Aller plus loin, partir, acheter un chariot, une diligence, un cheval ou des mules, tous avaient dans les bottes une étincelle de folie qui leur interdisait de s'installer là une semaine. Que faisaient-ils, à nous parler ? Perte de temps ! Comment osions-nous les retenir ? Impolitesse, importunité, demi-portions ! Qui étions-nous pour rester ici, pauvres sédentaires ! ? Partir, il fallait partir, et tout au long du jour nous les apercevions, sur les routes alentour de La Nouvelle-Orléans, se traînant les uns derrière les autres dans leurs longs chariots poussiéreux telles des chenilles processionnaires.

Parfois, lorsque certains d'entre eux venaient toquer à la porte de la Maison Rouge, nous offrions des verres d'eau fraîche, un peu de menthe ou de tilleul, et glissions que nous avions par ici un brave homme de nègre tout gentil, affable et travailleur, qui serait bien heureux de leur donner un coup de main s'ils acceptaient de le convoyer très loin d'ici, vers l'ouest. L'ouest... L'Ouest !

Très souvent, je dois le reconnaître, ils se récriaient : « prendre un nègre » avec eux, mon Dieu ! mais quelle horreur ! cet homme-là voudrait les manger, plus sûrement qu'un Indien viendrait les scalper... Ils avaient entendu tant de légendes qu'ils n'avaient plus qu'une obsession en tête : partir au loin, trouver des terres vierges. En un sens, je les comprenais. Souvent très humbles et misérables, blessés par la civilisation, malmenés par les puissants, ils recherchaient des territoires où personne ne viendrait leur demander des comptes, leur faire payer d'impôt, contrôler si leur nom était noble ou non, et exiger de voir les titres de leurs terres.

Ils partaient, tout pétris de poussière et de rêves.

Les Indiens n'étaient certes pas les premiers à les mal accueillir. Ces pauvres gens se perdaient dans les marais, se retrouvaient au bord de la Rivière Rouge sans pouvoir la franchir, ou allant plus loin vers le nord mouraient de faim en ayant cru qu'ils vivraient de chasse et de pêche. Ils ignoraient qu'ils arrivaient en territoire déjà conquis : parfois ils remontaient le Mississipi, tout étonnés d'y trouver des comptoirs, ou traversaient des plantations qu'ils saccageaient, stupéfaits d'en voir surgir des agriculteurs furibonds.

Quand on leur expliquait calmement qu'ils mettraient des mois à longer le Mississipi, à obliquer vers le nord-ouest, à traverser des plaines et des montagnes, ils nous regardaient comme de méchants intrigants qui eussent voulu les retenir ou les réduire en esclavage. Quand nous leur proposions d'aider un esclave en fuite, ils acceptaient rarement, mais parfois quelques-uns, tout contents, acquiesçaient, allaient faire l'acquisition d'un fouet : les mules, l'esclave et les chevaux donnent parfois du fil à retordre.

Ainsi, nous avions bien vite compris qu'il nous faudrait d'abord compter sur nous-mêmes et sur un très petit nombre d'amis, tant il est vrai que le combat pour la liberté est ardu et décourageant. Le seul résultat que nous obtenions était le petit sourire d'un homme ou d'une femme noire, qui se cachait dans la cabane que nous avions achetée, sur l'île du Chat, au beau milieu de la Fourche, grande rivière proche de la Maison Rouge et qui est un affluent du Mississipi. Dissimulées sous les saules, des barques ou de minces pirogues – que Francesco et notre ami John, le cocher, fabriquaient – étaient prêtes à partir à la moindre alerte. Nous exigions que le fuyard ne reste pas plus de trois ou quatre nuits sur l'île. Nous lui laissions la barque. Le meilleur signe que nous puissions recevoir de lui était, bien sûr, de n'avoir aucune nouvelle. Surtout, si vous savez écrire, n'écrivez pas ! leur disions-nous. Ne dites jamais où vous avez été hébergés. Ne dites jamais le nom de l'île. Vous ne savez pas qui nous sommes. Vous ne connaissez pas nos noms. Je ne m'appelle pas Flavie. Cette jeune femme ne se nomme pas Inaua. Mon fils n'a pas de nom. Nous sommes vos frères, vos sœurs, de parfaits inconnus.

Les fuyards étaient stupéfaits. La nuit, Francesco se glissait dans une plantation. Il s'approchait d'un hamac et murmurait :

— Si quelqu'un veut s'enfuir, je suis là, dehors.

Lorsqu'on le regardait de travers, et que quelqu'un lui demandait si on pouvait lui faire confiance, il répondait bravement :

— Tout, plutôt que l'esclavage !

Et comme il était encore un enfant, on l'acceptait mieux qu'un adulte. Jamais un esclave prêt à fuir n'aurait suivi une femme blanche. Mon fils avait l'avantage d'être métis. Bien qu'il ne fût pas très typé, son père ne lui ayant guère légué qu'une solide musculature, et quoiqu'il eût un nez fin et un visage qui tenait plutôt du mien, on pouvait dans la nuit le prendre pour un Noir. Souvent, un ou deux hommes, une ou deux femmes suivaient Francesco. Jamais davantage. Au-dehors, Inaua, ou moi, ou le Dr. Jamieson attendions, avec deux ou trois dogues femelles – au cas où les chiens des planteurs nous auraient poursuivis trop tôt. Pas de fanal, pas d'armes : nous étions supposés être des promeneurs égarés au clair de lune, ou des gens qui rentraient chez eux. Nous marchions au milieu d'une route, visibles de tous côtés. Seuls les esclaves marchaient dans l'ombre. Puis nous prenions des sentiers, passions sur des arbres à travers les marais, coupant par des prés que nous connaissions. Nous n'entrions pas dans notre propriété par d'étroites sentes qui traversaient la haie : nous conduisions tout de suite les fugitifs vers l'île, et leur montrions où se trouvaient les hamacs, et de quoi manger. Quand c'était le Dr. Jamieson qui guidait les esclaves en fuite, il fumait un cigare pour être repérable dans la nuit. Lorsque c'était moi, je portais un foulard blanc très large. Inaua se posait des lucioles sur l'épaule.

Au fond, je n'ai jamais su pourquoi je voulais aider les esclaves fugitifs. Par amour de la liberté, sûrement. Mais je suppose aussi que je voulais guérir et rassurer la pauvre jeune femme perdue dans la jungle, celle qui avait peur des araignées et des morsures de serpent : celle que j'avais été.

— Un homme est venu me demander qui tu étais ! dit Inaua.

Elle, au moins, savait éveiller ma curiosité. Un mauvais frisson me courut entre les omoplates.

— Qui était-ce ? Que voulait-il ?

— C'est Martha qui lui a ouvert. Il a dit qu'il était un homme de loi, et qu'il reviendrait. Il voulait savoir à qui appartenait la propriété, ainsi que ton nom.

Pour une fois, je ne répondis pas à Inaua. Je ressortis, furieuse. Un homme de loi ? Mais là où il y a de la loi, il n'y a plus d'homme !

Francesco grandissait et... prenait de plus en plus de risques. A la nuit tombée, tout mince et agile, il se faufilait entre les branches d'un arbre, entre les solides haies qui gardaient une plantation, et le Dr. Jamieson le suivait des yeux. Il s'approchait des « habitations », ces pauvres cases où l'on parquait les esclaves, et leur parlait. S'il y avait des gardes, ce qui était souvent le cas, il leur apportait de l'alcool et laissait une bouteille bien en vue en criant : « De la part du patron ! » Les pauvres bougres n'en demandaient pas tant. Une heure plus tard, cuvant leur rhum, ils dormaient et laissaient filer sous leur nez de jeunes fugitifs pleins d'espoir.

Parmi ces derniers, je me souviens particulièrement d'un jeune homme que je conduisis moi-même en barque sur l'île du Chat. Il me regarda sans méfiance, comme s'il avait su tout de suite que j'étais une amie. Il me dit qu'il se nommait Olaudah et qu'il venait d'un pays appelé la Côte de l'Or. Je ne savais pas où cela se trouvait en Afrique. Il me raconta son histoire : il avait été enlevé, enfant, dans un port de pêche appelé Takoradi, et il était resté longtemps auprès de son « maître », un négrier qui restait là-bas sur place et accueillait les négriers venus du nord, qui longeaient le littoral et remplissaient peu à peu leurs navires.

Quand il fut devenu adolescent, son maître le violenta, lui fit endurer mille souffrances, puis le vendit. A partir de ce moment, il décida de s'évader chaque fois qu'il le pourrait. Il fut mis aux fers sur un bateau qui le conduisit dans les îles avec onze cents autres esclaves. Ce chiffre m'étonna beaucoup, mais il m'assura en être certain. Presque tous ces esclaves, bien traités, soignés par plusieurs médecins, arrivèrent aux Antilles assez vite, et furent tous vendus. Il dut travailler dans une plantation en Martinique. Il s'échappa. Il fut repris, fouetté, revendu par son ancien maître à un autre, qui le déporta en Haïti, où il travailla dans les champs de canne à sucre. Il s'échappa deux fois, fut deux fois repris, et fouetté. La deuxième fois, on lui fit une sorte d'infibulation cruelle, qui l'empêchait d'être un homme. Lorsqu'il fut revendu, la première révolte des Noirs en Haïti éclata. Il s'échappa de nouveau, et vécut longtemps dans la jungle, avec d'autres « marrons ». Ils fondèrent un *quilombo* et tentèrent de cultiver la terre, mais beaucoup moururent de faim. Alors il partit s'établir au bord de la mer, et devint l'ami des pêcheurs. Il partait avec eux en mer. Ils vivaient tous très pauvrement de la pêche, mais arrivaient à subsister. Enfin, le bateau de pêche sur lequel il travaillait fit naufrage... et tout l'équipage se retrouva prisonnier... sur un beau navire négrier tout neuf, qui filait clandestinement vers la Louisiane, avec plus de six cents esclaves à bord ! C'est ainsi qu'il se retrouva en Amérique, et qu'il travaillait comme cotonnier depuis un an. Il craignait de mourir bientôt, car on leur donnait très peu à manger. Dans la plantation dont nous venions de le faire sortir, beaucoup de jeunes gens s'enfuyaient, car ils avaient tous peur de mourir de faim ou d'épuisement. Certains propriétaires étaient assez pauvres, et avaient souvent « vu trop grand » en acquérant trop d'esclaves. Si le prix du coton baissait, ils n'avaient plus alors de quoi les nourrir. On ne s'occupait plus de les punir, ni même de les entretenir : ce que voulait le planteur, c'était les revendre au plus vite. Désormais américains, nous étions confrontés à l'absence de lois en la matière : n'importe qui pouvait venir, et acheter n'importe qui.

Je donnai à Olaudah une grande couverture en tissu bariolé, mais il la refusa. Je lui demandai pourquoi, et il me dit que c'était sûrement du coton, cette matière honnie. Il m'expliqua même qu'il ne supportait pas le sucre. Il en avait trop humé l'odeur, auprès des moulins à bagasse, et il ne tolérait pas non plus les objets en fer, pour en avoir trop souvent senti le détestable poids.

Je repris alors la barque, ramai, allai à la Maison Rouge lui chercher un drap en lin, repris la barque, ramai, accostai sur l'île, le retrouvai dans la case et lui donnai le drap. Il fut stupéfait de ce geste. Il se jeta à mes pieds, m'embrassa les genoux. Je l'obligeai à se relever, lui montrai où était la réserve d'eau douce et partis.

Sur le chemin du retour, en ramant, je me mis à pleurer : je pleurai sur la méchanceté des hommes, qui nous fait des vies trop lourdes à porter. La barque accosta brutalement, cognant durement notre petit débarcadère. L'une des chiennes approcha sans bruit et je lui grattai la nuque. Une grosse pluie épaisse et drue tomba soudain.

Le Dr. Jamieson arriva un soir avec un bras dans le plâtre, soutenu par son ami Wescott. John, notre cocher, les précédait. Tout trois étaient allés protester contre la tenue d'une vente d'esclaves. Un tout petit nombre de gens qui faisaient partie du club des Jacobins de La Nouvelle-Orléans les avait soutenus. Il s'en était suivi un plaisant pugilat. Tout contents d'eux, les trois hommes exhibaient leurs cannes, qui avaient servi. Alors qu'habituellement je les eusse laissés savourer leur ridicule exploit, je ne sais quel souci me mit en colère et je les apostrophai vertement :

— Comment pouvez-vous être si sots ? Vous attirez l'attention sur nous, alors que deux fois par semaine nous aidons des esclaves à fuir ! Vous revenez ici sans précaution, avec notre calèche ! Qui sait si l'on ne vous a pas suivis ? ! Malgré notre discrétion, je crains que peu à peu toute la ville ne sache qu'il y a ici un foyer d'abolitionnistes. Et ce sera avant tout votre faute !

— Flavie, dit Wescott, vous êtes injuste ! Nous n'avons obéi qu'à notre sentiment. Nous avons vu ces gens mis à l'encan, et nous avons...

— Taisez-vous ! lui criai-je. Nous n'obéissons pas à nos sentiments ! Jamais ! Si j'obéissais à mes sentiments, je prendrais des torches et irais mettre le feu aux plantations. Que Francesco obéisse à ses sentiments est excusable ! Pas nous !

— Flavie a raison, dit Inaua. Si j'estimais que vos actions contre les ventes d'esclaves sont efficaces, j'y participerais. Elles attirent l'attention, causent un peu de désordre, et ne produisent rien. Au contraire, vous apparaissez comme des gamins bagarreurs. Ce dont « la Lionne » a besoin, c'est d'autres adhérents, le long de la route du nord. C'est tout.

Le Dr. Jamieson soupira.

— Parlons-en, grogna-t-il. Mes fils viennent de m'écrire, et les nouvelles sont fort mauvaises. Quantité de gens au Kansas veulent inquiéter ma famille parce que l'on sait qu'elle aide les fugitifs. Nous pouvons à peine garder quelqu'un caché une journée. Ensuite, il faut le faire partir plus loin vers le nord, et très vite. Des milices de chasseurs d'esclaves existent depuis peu. Il y a même des gens qui en font métier. Ils vont proposer aux propriétaires des esclaves en fuite de leur payer une somme modique en échange de chaque esclave récupéré.

— Il faudrait nous armer, et détruire ces milices, dit John.

Je considérai alors notre cocher. Depuis longtemps, je me doutais de quelque chose, mais là...

— Dites-moi, John, c'est la prison qui vous a rendu aussi violent ?

— Oui, Madame, dit John froidement. Vous le savez bien.

— Bien. Mais nous devrons d'abord user de toutes les autres ressources. Croyez-moi, Inaua et moi avons déjà dû faire usage des armes et défendre notre vie, ainsi que celle de Francesco. Mieux vaut retarder le plus possible ce moment. Les armes se retournent souvent contre ceux qui les utilisent.

C'était la première fois que je faisais allusion à notre passé. Inaua me lança un petit regard tranquille. Elle s'en moquait. Elle n'avait plus peur depuis longtemps – du moins, pas de l'opinion de nos amis sur notre passé.

Le Dr. Jamieson grogna de nouveau :

— N'en dites pas trop, ma chère amie. Mieux vaut aimer les gens sans savoir qui ils sont !

Son ami Wescott le regarda alors d'un air étonné. Jamieson reprit :

— Ce qu'il nous faut, et très vite, ce sont de nouvelles filières pour faire partir les fugitifs. Et pour leur faire quitter la région par l'ouest. Le nord, le Mississipi, tout cela est devenu trop dangereux.

— Sans doute, dit Wescott. Mais il faudra des mois. Nous devrons dénicher de pauvres gens dans le bayou, prêts à nous aider, et les payer s'il le faut. Nous aurons besoin de deux ou trois guides pour emmener les fugitifs à travers les marécages, puis traverser la Rivière Rouge...

— Bon, dis-je. Nous mettrons des mois.

Et tandis que nous fourbissions nos armes et organisions nos nouvelles filières, un complot bien plus sombre s'ourdissait contre nous. Il prit les formes les plus tortueuses, et un jour nous le découvrîmes, tel un serpent lové autour d'un pilier de la véranda.

Les chiennes aboyèrent un peu, et virent arriver au loin une calèche occupée par un inconnu. Il descendit, fit signe à son cocher de rester, brossa son chapeau gris d'un revers de manche et vint à moi, qui lisais assise dans un fauteuil, au-dehors, malgré le vent et le froid du printemps.

— Madame la duchesse de Toiros ? demanda-t-il.

— Comment connaissez-vous mon nom ?

— Madame, je suis déjà venu il y a quelques mois. Voyez-vous, Madame, je suis avocat.

— Allez-vous-en ! lui dis-je. Si vous êtes le défenseur de ces marchands d'esclaves, je n'ai rien à vous dire.

Il me regarda, interdit.

— Mais Madame, je ne suis pas du tout... Je suis simplement mandaté par une personne, une seule, qui...

— Ah bon ? Mais de la part de qui venez-vous donc ? J'ai peut-être été trop vive. Je vous prie de m'en excuser. Tenez, prenez un siège.

Il s'assit sur un fauteuil à bascule, taillé dans un joli bois clair. Son beau costume faisait quantité de plis. Il était petit, la quarantaine, presque chauve, et quelques touches de cheveux roux. Il dit se nommer Maître Nevardo, et dit qu'il était avocat à La Nouvelle-Orléans ; il travaillait souvent pour la communauté espagnole ; cette fois, c'était un client étranger qui avait fait appel à lui. Un client du Brésil, précisa-t-il.

Je sursautai.

— Monsieur le duc de Toiros m'a chargé de ses intérêts, dit-il.

Je le jetai dehors, et reçus peu de temps après une lettre de lui. Maître Nevardo y indiquait qu'il ne prenait aucunement parti dans cette affaire, et avait été seulement chargé d'une négociation. Malgré la longueur de sa lettre, et l'extrême et inutile complexité des termes dont il usait, on pouvait résumer assez vite les ordres qu'il me communiquait :

— mon mari, ou supposé tel, avait appris ma présence et mon établissement à La Nouvelle-Orléans ;

— il me donnait ordre formel de le rejoindre « chez nous » au Brésil ;

— je devais vendre ma maison, me séparer de mes proches, et revenir seule ;

— à cette condition, le duc de Toiros acceptait de me pardonner, et de n'engager aucune procédure contre moi.

Il est inutile de dire que cette lettre me mit dans une colère remarquable. Le premier vase à portée de ma main en fut victime, et traversa la fenêtre. Puis je criai. Martha et Louise accoururent, puis John. Je lui dis d'aller quérir Inaua au plus vite – elle devait être avec Francesco chez M. Perrier –, de les trouver et de les ramener immédiatement. John fut si inquiet de mon air terrible et de l'expression de fureur qui s'était peinte sur mes traits qu'il courut à la calèche et fit galoper les chevaux ventre à terre. Une heure après tout au plus, Inaua était là, avec mon fils. Il me trouvèrent en pleurs, effondrée près de mon lit.

— Maman ! cria Francesco.

— Attends, mon grand garçon, n'aie pas peur, je t'expliquerai. Je dois parler tout de suite avec Inaua.

— Par pitié, Flavie, explique-moi, dis-moi ce qui se passe, supplia mon amie.

— Tout de suite. Attends que Francesco soit en bas. Voilà. Lis cette lettre. Non, attends, elle est trop mal écrite. Je vais tout te dire.

Elle me prit la main. Nous nous assîmes sur le canapé. C'était toujours mon amie, la personne sur qui je comptais entièrement. Le seul fait de la sentir tout près de moi me fit chaud au cœur. Je l'embrassai. Elle me serra dans ses bras. Je lui résumai tout, soigneusement, sans rien omettre. Elle sursauta aussi, serra les poings, mais ne pleura pas. Elle était même plutôt étonnée de la violence de ma réaction :

— Mais enfin, Flavic, ma Flavie... calme-toi donc ! Que peut-il faire ?

— Tu ne comprends pas, Inaua. Tu te souviens de cet homme. Tu sais comme il était cruel, avide de pouvoir, jouissant toujours de la souffrance des autres, et de sa domination sur moi, sur sa mère avant qu'elle n'en mourût, sur les esclaves, sur tant d'autres personnes. Tu te rappelles sa méchanceté. A cause de lui, nous avons fui dans la jungle, nous avons vécu traquées, Zorillo est mort. Je ne veux même pas me remémorer tout cela. Mais une chose est sûre : si cet homme exceptionnellement méchant s'est permis d'envoyer cette lettre par le biais de ce stupide avocat, c'est qu'il a quelques munitions en réserve.

— Une fois encore, dit Inaua calmement, je te le demande : que peut-il faire ? Quels moyens a-t-il donc ?

— Les moyens ? Oh, je ne sais pas exactement lesquels... Mais il doit en avoir, et d'assez nombreux. D'abord, je suis son épouse. Je suis presque certaine qu'il n'a jamais fait annuler notre mariage. Cela fait des années que j'ai disparu dans la jungle, et il a peut-être été content de jouer les veufs éplorés, ou les époux abandonnés. Il a dû engager des moyens considérables pour retrouver ma trace, payer des limiers, des mouchards... Il a su, en tout cas, que nous vivons ici. Pourquoi s'ennuierait-il à rétribuer un avocat et à me demander de revenir ? Uniquement pour obtenir une réponse humiliante ? Ce n'est pas tout à fait le genre du personnage.

— Je te suis bien, dit Inaua. Mais je connais mal les lois américaines, auxquelles nous sommes soumises. Le préfet Laussat nous a fait donner, lorsqu'il est parti, des papiers en règle, signés par le gouverneur américain Claiborne. Ce n'était pas un privilège : tous les citoyens de La Nouvelle-Orléans qui ne les refusaient pas ont pu les obtenir. Comment le duc de Toiros, citoyen brésilien, pourrait-il te faire condamner ici ? et exiger de toi quoi que ce soit ?

— Je ne sais pas. Mais s'il m'a envoyé ce Nevardo, c'est qu'il a un plan, et qu'il poursuit un but. Il a peut-être de solides appuis.

— Qui donc ?

— Les marchands d'esclaves ?... Oui, sûrement les marchands d'esclaves. Depuis le temps que nous faisons fuir des esclaves, les négriers ont dû l'apprendre. D'une certaine façon, nous leur rendons service ! Les planteurs sont obligés, à cause de nous, de leur racheter des esclaves...

— C'est absurde, et tu es injuste avec toi-même, dit Inaua. Les négriers ne trouvent presque plus d'esclaves, et ne peuvent pas répondre à la demande. Ce sont plutôt des enfants, nés d'esclaves sur une plantation, qui deviennent automatiquement esclaves à leur tour. Non, les négriers se moquent bien de nous. Les seuls qui nous haïssent, ce sont les plus riches parmi les planteurs. Pourquoi ? Parce que nous aidons leur main-d'œuvre à fuir. Ils engagent donc de pauvres Blancs, libres, ou des affranchis, ou des étrangers de toute sorte. Nous leur faisons perdre de l'argent.

Mais aucun planteur n'irait s'attaquer à une riche duchesse qui a été l'amie d'un préfet de l'empereur. Donc ils t'ont dénoncée. C'est fort simple. Ils ont été chercher partout, ont peut-être envoyé quelqu'un à Toiros-et-Teresina, et ton « mari », si j'ose dire, n'aura même pas eu à te faire rechercher.

— Ma foi ! ce que tu dis là est fort possible.

— C'est même certain. Sais-tu ce que tu vas faire ? Monsieur le duc a un avocat ? Eh bien, tu va prendre aussi un avocat.

— Ah non ! Je déteste ces gens !

— Pas du tout. Tu le consulteras, et il te dira quels sont tes droits, et si des conventions particulières sont signées entre les Etats-Unis et le Brésil. Il te dira quelles sont les limites du pouvoir de ton terrible mari, et cela te fera du bien. De toute manière, dis-toi bien une chose : si tu décides à nouveau de t'enfuir à travers la forêt, je serai à tes côtés !

— Inaua, tu es... tu es une merveille ! Tu es une perle noire ! Un diamant noir ! Tu es ma petite sœur chérie !

Elle se leva alors, lissa sa belle robe noire, et ajouta :

— Ça, c'est bien vrai !

Le surlendemain, je me rendis en ville en calèche, vêtue de mes plus beaux atours, et fus reçue chez Maître Fenton, un avocat d'origine anglaise qui était sans nul doute l'un des plus réputés de La Nouvelle-Orléans. Il tenait à me recevoir tout de suite, semblait avoir entendu parler de moi, babillait, papillonnait autour de moi tel un sphinx attiré par une lampe. L'aspect positif de son intérêt résidait dans le fait qu'il était très heureux d'avoir à me conseiller, à me défendre, et qu'il paraissait vouloir se faire couper en quatre pour mes beaux yeux.

C'était simplement un homme habile, et il avait une manière inimitable de prendre un air veule, un peu simplet, faussement obéissant, qui était une merveille. Quoi qu'il en fût, il était vivement intéressé par tout ce que je lui contai.

— Maître Nevardo a, me semble-t-il, une marge de manœuvre bien petite.

Et il répéta pour lui-même, d'un ton satisfait :

— Bien petite.

— Pourquoi le pensez-vous ?

— Parce que, chère duchesse, votre mari, ou ancien mari, quelque immenses que soient ses pouvoirs au Brésil, ne pourra pas faire grand-chose ici. Aucune convention n'a été signée entre le Brésil et les Etats-Unis, et nos gouvernements ont autre chose à faire que de s'occuper des époux qui vivent séparés. Il peut bien vous sommer de revenir dans son pays : aucun tribunal ici ne vous y forcera, ni même ne reconnaîtra votre mariage, contracté dans un pays étranger, et nullement valide ici. A mon sens, la seule chose qu'il devra faire, s'il tient absolument à disposer à nouveau de votre personne, serait de vous enlever.

— M'enlever ! ?

— Oui, vous enlever, puis vous séquestrer. Un rapt. Cela n'est pas impossible, s'il est aussi puissant et riche que vous dites...

Je me mis aussitôt à réfléchir vite et intensément. Cet homme-là avait peut-être raison. Et le pire, il ne l'avait pas entrevu : le duc de Toiros pourrait faire enlever une personne qui m'était chère afin de faire pression sur moi. Mon fils : Francesco. Ma sœur : Inaua. Si j'avais été à sa place, et animée de cette énorme méchanceté qui le hantait, j'aurais imaginé de commettre ce crime. Dès que me vint cette pensée, je ne songeai plus qu'à une chose : rentrer à la maison, protéger Francesco et Inaua, engager des gardes du corps, et... mais n'était-il pas déjà trop tard ?

J'appelai John et le fis partir à toute allure. La calèche volait à travers les rues et les chemins, et je ressentais dans mes jambes le moindre obstacle. Très bientôt nous arrivâmes en vue de la Maison Rouge et, immédiatement, j'appelai les miens. Inaua fit irruption tout de suite, suivie de Martha et de Louise.

— As-tu vu ton avocat ? me demanda-t-elle.

— Il s'agit bien de mon avocat ! Où est Francesco ?

— Comme d'habitude, me dit-elle, il est parti chez Monsieur Perrier, qui devait l'emmener au cimetière. Il voulait lui enseigner quelque chose sur l'ono... sur les noms de famille.

— L'onomastique. On s'en moque ! Venez vite. Francesco est en danger.

Nous repartîmes en calèche. Où John avait-il appris l'art de conduire les chevaux si vite ? En un quart d'heure, nous étions aux abords du cimetière proche de l'église. Inaua courait encore plus vite que moi, et John nous suivait. J'avais déjà un affreux pressentiment.

Nous trouvâmes le pauvre Monsieur Perrier couché par terre, un grand coutelas entre les omoplates, et de mon fils, nulle trace.

Lorsque je revins à moi, Inaua m'épongeait le front avec un linge. John m'avait transportée dans ma chambre ; j'avais été assez longuement évanouie ; je pensai à Francesco, et ne parvins pas à pleurer ; je hoquetai et fus saisie de spasmes ; on appela le Dr. Jamieson ; dès qu'il vit mon état, il me fit donner une potion qui me calma beaucoup ; je dormis. En pleine nuit, je m'éveillai. Tout près de moi, à côté de mon lit, se tenait Inaua.

— Tu es là, ma belle... Qu'allons-nous faire ?

Elle me prit la main.

— Nous allons nous battre, comme toujours. Nous allons retrouver ton fils.

— Oui, nous ferons tout, mais... comment le retrouver ?

— Attends. Je vais appeler le Dr. Jamieson. Je l'ai prié de s'installer chez nous quelque temps. Il a une idée.

— Vite, Inaua, dis-lui de monter.

Notre ami le médecin entra. Il avait l'air fort sombre, mais cela n'affectait pas son jugement. Il alla droit au but.

— Réfléchissons, dit-il. Votre mari veut vous tenir à sa merci. Il a fait enlever Francesco – cela est certain, et je suis prêt à parier que demain ou après-demain vous recevrez un courrier à ce sujet. Bien. Mais comment a-t-il fait ? Il n'a pu faire enlever Francesco qu'en se servant des gens qui ici nous connaissent et nous en veulent : les planteurs.

— Oui, mais comment ? Et où Francesco est-il séquestré ?

— Dans une plantation, ou bien chez un marchand d'esclaves. Il n'y a que cela qui leur est possible. Dans une demeure de La Nouvelle-Orléans, il attirerait l'attention. Donc, avec tous nos amis de « la Lionne », nous devons faire surveiller les plantations, et aller à toutes les ventes d'esclaves de la région. Or celles-ci sont devenues rares. Nous le trouverons.

— Mais pourquoi pensez-vous que...

— Vous verrez !

Je ne dormis pas le reste de la nuit. Au matin, je vis arriver la voiture et les chevaux de Nevardo. Il était porteur d'un pli dont il ignorait peut-être le contenu. Comme s'il avait craint de se faire de nouveaux ennemis, il me dit qu'il n'était pour rien dans les menaces dont il était porteur. Le duc de Toiros m'enjoignait de rentrer sur-le-champ à Toiros-et-Teresina, sans quoi Francesco serait vendu comme esclave. De surcroît, il m'avertissait qu'il avait fait parvenir au président du tribunal de La Nouvelle-Orléans une demande pour s'assurer de ma situation, en précisant qu'il était mon époux légitime, mais que nous n'avions pas d'enfant, et qu'en aucune façon je ne pouvais revendiquer comme fils un garçon qu'il n'avait jamais vu !

Je compris aussitôt la portée odieuse de cet ajout : il était assez inutile, si nous retrouvions Francesco, que j'aille prétendre qu'il était bel et bien mon fils, et que j'exige qu'il me soit rendu : mon propre « mari » affirmait que ce fils, en tout cas, n'était pas le sien.

Une épouvantable envie de me laisser aller, de mourir, de tout abandonner me saisit : comment ! J'avais franchi tous ces obstacles, traversé la selve, nous avions bravé mille périls et pouvions narguer nos ennemis, j'étais devenue riche et respectée après avoir été pourchassée comme esclave marron, et désormais je me trouvais sans recours, nue, désarmée, privée de mon petit garçon ?

Inaua me vit dans cet état affreux, haletante, hagarde, échevelée, et elle ne songea plus qu'à me tirer d'abord de ce mauvais pas. Elle hurla, me gifla, et finalement me donna à boire un très grand verre d'alcool, sous les yeux ébahis du Dr. Jamieson.

— Traitement radical, maugréa-t-il. Parfois, ça marche.

Je regardai Inaua par en dessous, abasourdie, comme un animal pris au piège. Elle m'avait giflée.

— Tu m'as giflée ! criai-je d'une voix entrecoupée de sanglots. Toi, toi ! Tu m'as frappée ! Toi !

— Oui, et tu pourrais bien recevoir une autre gifle ! cria-t-elle. Nous avons besoin de toi, si tu peux être lucide et efficace. Arrête de gémir ! Gémir n'a jamais rien apporté de bon. Ton fils a disparu, et nous devons le retrouver. Cesse de pleurnicher sur ton propre sort.

Ses paroles me firent l'effet d'un seau d'eau glacée. Je tendis mon verre en direction du Dr. Jamieson.

— Ce que dit Inaua est juste. Redonnez-moi de cet alcool. Qu'est-ce que c'est, à propos ?

— Du rhum, dit-il.

Le piège allait se refermer d'une manière encore plus perverse que tout ce que j'avais envisagé. Au début, tout se passa selon les prédictions du Dr. Jamieson. En rencontrant différents membres de « la Lionne », M. Wescott avait très vite appris où se tiendrait la prochaine vente d'esclaves, autrefois clandestine, et aujourd'hui tout à fait tolérée.

L'infamie devait avoir lieu aux abords de Biloxi, tout près d'un ancien comptoir de la compagnie du Mississipi. Je payai grassement Maître Fenton afin qu'il nous accompagnât, le Dr. Jamieson, M. Wescott et moi. Pour ne pas faire courir de risque inutile à Inaua, je la priai de rester à la maison, en laissant auprès d'elle un homme qui depuis deux jours nous servait de garde du corps – un nommé Scott, ancien acrobate de foire, qui était mince et vif comme un lézard. Je passe sur les protestations d'Inaua, sur quelques récriminations qu'elle me fit, et sur mes répliques aigres-douces au sujet des infimes caresses que j'avais prises pour des gifles.

Le jour dit, alors que le printemps éclatait, que les arbres en fleurs invitaient à la joie et au vagabondage, nous nous trouvâmes à la vente d'esclaves de Biloxi. C'était le fameux Conrotte, un négrier dont j'avais déjà entendu parler, qui organisait l'ignoble vente à la criée.

Il ne se passa pas vingt minutes que déjà M. Wescott avait racheté deux femmes et leur avait rendu leur liberté sous les yeux réprobateurs de l'assistance. Un planteur avait acheté deux hommes âgés. Conrotte laissait faire son assesseur, un hideux bonhomme espagnol qui répondait au nom de Cartujo. Ce dernier présenta soudain « un lot de pièces de Guinée, arrivé la veille », où se trouvaient quatre garçonnets... dont Francesco !

Mon sang ne fit qu'un tour. Heureusement, je m'étais contrainte à ne pas venir armée. Mon Francesco avait déjà des fers aux chevilles, et une petite blessure au front. Je lui fis signe, et criai impérieusement à mon avocat :

— Faites arrêter ces hommes !

— Certainement, Madame la duchesse, dit Maître Fenton.

Il appela plusieurs gardes de la milice nationale, venus exprès de La Nouvelle-Orléans. Ceux-ci s'emparèrent de Cartujo, de Conrotte et de tous les esclaves présents. Mais bien loin de me remettre mon fils, ils firent monter tout ce petit monde dans une sorte de voiture-geôle à gros barreaux de fer, et à mes protestations répondirent qu'un certain juge Ford, au tribunal, statuerait sur tout cela.

Alors que je redoutais que cela ne prît beaucoup de temps, le juge en question fit annoncer publiquement et crier de par la ville que dès le lendemain son tribunal délibérerait sur une sombre affaire d'esclaves qu'on venait de lui soumettre. Je compris que l'influence de Maître Fenton était là, sans doute possible, décisive.

Inaua me supplia, insista, tempêta et fit tant et si bien que je cédai. Ce fut assurément la seule fois où je dus regretter amèrement de l'avoir écoutée. Elle vint avec moi au tribunal. Il y avait là le Dr. Jamieson, M. Wescott, Martha, Louise, John, beaucoup de personnes influentes à La Nouvelle-Orléans, et bien évidemment Maître Fenton, qui devrait intervenir après que le juge Ford aurait posé ses questions.

Il m'appela à la barre et s'enquit tout d'abord de ce que je réclamais. Je répondis que je voulais qu'on me rende mon fils, qui m'avait été enlevé depuis quelques jours, que je portais plainte pour cet enlèvement, et que je souhaitais que la condamnation de M. Conrotte fût exemplaire.

Au lieu de me trouver dans une situation confortable, bien soutenue par Maître Fenton, une impression désagréable de complot se fit jour, et je dus faire face à de surprenantes questions du juge Ford. Mais le pire était à venir.

En premier lieu, je découvris que l'avocat de Conrotte était Maître Nevardo, dont je savais bien qu'il était rétribué par M. le duc mon « époux ». En second lieu le juge me pria de prouver que ce garçon nommé Francesco était bien mon fils. En troisième lieu, lorsque Maître Fenton vint à la barre pour défendre mes intérêts et ceux de mon fils, il déclara qu'évidemment je ne pouvais apporter la preuve de mes « droits maternels », puisque mon fils était né au Brésil.

Pour parachever ce vil ensemble, Maître Nevardo signala qu'il mettait à la disposition du tribunal un document signé de la main de mon « mari », M. le duc de Toiros, qui stipulait qu'il ne reconnaissait aucunement Francesco comme étant sa progéniture.

L'affaire prenait une tournure si mauvaise que je me tournai vers le Dr. Jamieson et lui demandai son avis.

— Dites la vérité, quelle qu'elle soit ! murmura-t-il. Tout vaudra mieux que ce désastre.

Je demandai alors la parole, et fis valoir au tribunal que Francesco était mon fils, mais que je n'avais jamais, nulle part, prétendu qu'il était celui de M. de Toiros. Que comme il était né dans la forêt vierge du Brésil, je n'avais aucun acte de naissance, car ni les Indiens ni les sbires de mon « mari » n'en délivraient. Ceci eut au moins le mérite de faire rire le tribunal, et de clouer le bec à toute l'assistance. Un enfant né dans la jungle ! Elle a eu un enfant dans la selve ! chuchotait-on.

Le juge Ford eut beau jeu de dire que l'identité de Francesco n'était pas établie. Mais il se produisit alors un petit coup de théâtre. Inaua demanda la parole, fut appelée à la barre et témoigna. Elle expliqua qu'elle était citoyenne américaine, originaire de Guinée, et du Brésil, ancienne esclave, et affranchie de par la volonté de M. le préfet, qui avait fait faire pour elle des papiers signés de M. le gouverneur de La Nouvelle-Orléans ; elle produisit ces papiers, et son témoignage fut aussitôt déclaré recevable ; elle affirma qu'elle était témoin de la naissance de mon fils Francesco, qu'il était bien mon enfant, et m'avait été enlevé quelques jours auparavant.

Un autre coup de théâtre eut lieu alors.

Francesco se leva, remuant ses chaînes, et dans un anglais parfait, afin d'être compris de tous, cria d'une voix terrible :

— Tais-toi, Inaua ! C'est un piège !

Nous attendions la suite. Elle provint de Nevardo. Il montra un document signé de M. le duc de Toiros... lequel exigeait qu'on lui remît une esclave nommée Inaua, laquelle s'était enfuie de son domaine en même temps que sa légitime épouse !

Le juge Ford donna l'ordre qu'on se saisît de la personne d'Inaua, me jeta brièvement qu'il ne pouvait donner suite à mes réclamations, et somma l'assemblée de se retirer.

Poussés dehors par la milice nationale, le Dr. Jamieson et moi nous retrouvâmes devant le palais d'injustice, meurtris et stupéfaits.

— C'est fort bien monté ! dit Maître Fenton. Ah ! quelle sottise... Vous avez manqué de confiance en moi, vous avez même cru que je pouvais être stipendié par vos ennemis, et que j'étais à mettre dans le même sac que les Nevardo et autres laquais ! Mais pourquoi Madame, pourquoi ? !... pourquoi ne m'avez-vous pas dit que Francesco était né au Brésil ? pourquoi m'avez-vous caché une partie de ce que vous avez vécu, avec Mademoiselle Inaua ? Je vous aurais fabriqué les papiers, un acte de naissance pour votre fils, un acte d'affranchissement pour Mlle Inaua, et je me faisais fort alors de résoudre tous ces problèmes ! Désormais, nous sommes dans une situation inextricable, Maître Nevardo et Conrotte sont payés par votre mari, le juge Ford est soudoyé à coup sûr, et nous mettrons des mois avant d'obtenir un jugement équitable !

— Epargnez-moi, je vous prie, répondis-je assez sèchement. Mon petit garçon est en prison, ma meilleure amie est en prison, et il ne sert à rien de m'accabler ; j'ai commis une erreur à votre égard, et je vous prie de m'en excuser.

Maître Fenton s'essuya le front avec un mouchoir de batiste.

— Tout va bien, dit-il. Je croyais que vous alliez m'accuser d'être à la solde d'un certain duc... Bien, nous devons répliquer. Croyez-moi, désormais cette affaire me tient à cœur, et je ne laisserai jamais ce chien de Nevardo me laisser sur cet échec.

Nous étions assis dans son cabinet dont les fenêtres à claire-voie étaient ouvertes. Il faisait beau. Une brise enchanteresse agitait les arbres, on entendait chanter les oiseaux, et cela contrastait si violemment avec ma triste situation que j'en aurais pleuré.

— Avant tout, dit-il, raisonnons. Ne nous laissons pas aller au découragement. Votre mari est puissant. Toutefois, sa puissance n'est pas éternelle. Du jour au lendemain, tout peut changer. D'abord, il est surprenant qu'il ne se soit pas manifesté à nouveau. C'est donc qu'il va le faire. Comme évidemment je sais qu'il est hors de question que vous vous soumettiez à ses desiderata et que vous rentriez chez lui au Brésil, nous allons user de toutes les armes possibles pour lui nuire. A mon avis, tout ce qu'il a entrepris contre vous a dû lui coûter beaucoup d'argent. Donc il a transféré de l'argent ici, aux Etats-Unis d'Amérique. Où cela ? Comment ? C'est ce que je me fais fort d'apprendre. Supposons que cet argent ait une origine illicite. Nous nous en occuperons et l'attaquerons sur ce qui lui est le plus cher : son argent. Ensuite, votre fils. Nous allons prouver, puisqu'elle l'a fait devant le tribunal, que le témoignage de Mlle Inaua est valide. Donc que Francesco, même s'il est le fils d'un esclave, même s'il est né dans la jungle, est votre fils. Nous allons jouer du fait que vous êtes d'origine française, et non brésilienne. Donc, étant ensuite devenue citoyenne américaine, que la loi brésilienne ne vous concerne en rien. Et donc, qu'elle ne concerne en rien votre fils. Pour Mlle Inaua...

Il était intarissable.

— Assez ! le coupai-je. Vous vous donnez beaucoup de peine, mais il y a un autre fait que vous ignorez : je n'ai aucune preuve de mes origines françaises. Toute ma famille ou presque a péri pendant la Révolution, j'ai émigré au Brésil voilà près de dix ans, et y ai d'ailleurs pris le nom d'une branche cousine de ma famille – les de La Roche-Dragon – puis je suis devenue duchesse de Toiros. Je n'ai strictement aucun moyen de prouver que je suis d'origine française.

— Mais là où vous êtes née, à Moulins, il se trouve bien un acte de naissance, des papiers...

— Oui. Et en quoi prouveront-ils ici que je suis bien la personne qui correspond à ces papiers ? ! La vie n'est pas faite que de paperasses, Maître Fenton !

Il prit un air étonné puis soupira :

— En effet. Tout ceci est délicat. Sur quoi pouvons-nous nous fonder, à votre avis ?

— Eh bien, Monsieur le duc de Toiros dit que je suis sa femme ? Fort bien. Je serai donc la duchesse de Toiros. Je dis que Francesco est mon fils. Très bien. Je vais donc affirmer devant le tribunal que Francesco est bien le fils... de cet homme abject. Et je demanderai au tribunal de citer à la barre M. le duc de Toiros !

— Mais il niera ! Il nie déjà être le père de votre enfant ! La seule personne qu'il prétend posséder, à part vous, sauf votre respect, c'est Mademoiselle votre amie. A quoi nous servirait le fait de le convoquer ici ?

— Faisons sortir le loup de la bergerie, Maître Fenton. Nous verrons bien alors ce que nous pouvons faire...

C'est peu dire que chaque soir, la plus noire tristesse m'envahissait. Je restai sous la véranda, écoutant les oiseaux. J'avais dit au Dr. Jamieson qu'il devait considérer la Maison Rouge comme sa demeure, et que j'avais grand besoin de lui en cette passe difficile. Comble de malheur et d'ironie, le pauvre M. Wescott venait de mourir, en goûtant une potion qu'il préparait pour un de ses clients ! Nous l'enterrâmes, et je dus supporter la visite de ses enfants, qui nous tenaient pour plus ou moins responsables de ses activités « dangereuses et subversives », selon eux. Je n'avais plus le cœur à nous défendre. Accablée, je laissai le Dr. Jamieson les apaiser par quelques paroles vaines. Cela faisait maintenant plus d'un mois que Francesco m'avait été enlevé ; il gisait dans un cachot, non loin d'ailleurs de celui où était détenue Inaua. Nous n'avions aucun droit de visite.

J'avais reçu une lettre du répugnant Nevardo, qui était un ultimatum de M. le duc de Toiros ; ce n'était qu'un tissu d'insinuations menaçantes, affirmant que des « désagréments » beaucoup plus sérieux pouvaient me frapper : je devais partir sur-le-champ pour rejoindre M. de Toiros. Ne l'avais-je pas trompé ? N'était-il pas bien généreux de vouloir me reprendre auprès de lui ? Ne risquais-je pas bien des soucis en Louisiane, après tous les méfaits dont je m'étais rendue coupable, en aidant « à ravir des esclaves à leurs légitimes propriétaires » ? ! !

Manifestement, cet homme était bien renseigné. Il est vrai que « la Lionne » comptait maintenant une centaine d'adhérents, depuis que le Dr. Jamieson avait eu l'excellente idée de prendre contact avec des institutrices, des maîtres d'école, et autres clercs. La plupart de ces gens étaient opposés à l'esclavage et leur nombre ne faisait que grandir. On commençait à fonder des écoles, des lieux d'apprentissage, et même des cafés où chacun pouvait débattre. Parfois, je donnais une conférence dans l'un d'eux, à La Nouvelle-Orléans, qui avait pour enseigne « Le Grand Cacatois ». Les trois quarts de l'assistance étaient abolitionnistes et me soutenaient bruyamment. Un quart, dont beaucoup de femmes, me connaissant depuis le procès, venaient pour m'insulter. Les négriers, eux, n'y venaient jamais. En effet, même les partisans les plus féroces de l'esclavage pensaient que les marchands de « pièces humaines » avaient depuis longtemps fait trop de profits sur le dos des planteurs, et que leur intense activité entre l'Afrique et les Caraïbes avait beaucoup trop attiré l'attention des gouvernements. La conséquence de cette situation était assez positive pour nous : les négriers ne pouvaient espérer aucun soutien de qui que ce fût, et devaient payer des miliciens pour chercher, garder, pourchasser les esclaves. Ils entretenaient aussi des pourvoyeurs, qu'on appelait parfois, dans leur jargon, « oiseleurs » : ceux-ci devaient aller chercher des esclaves dans les territoires encore vierges d'Amérique centrale, et surtout des Caraïbes. Parfois l'on faisait miroiter à de pauvres gens, Noirs ou non, la perspective d'un emploi ; mais une fois qu'ils étaient sur le navire, on les mettait aux fers et on les marquait. C'était aussi simple et odieux que cela : rapt et vente, puis esclavage à vie. Quel corsaire ou quel gouvernement allait se soucier de défendre ces gens ? Ainsi, chaque semaine, des centaines de gens arrivaient sur les côtes du Sud, entre la Floride et notre région, et c'est sur le rivage des Etats-Unis d'Amérique qu'ils faisaient connaissance avec l'esclavage. Le prix des esclaves avait beaucoup augmenté, et il ne nous était plus possible de racheter quelqu'un pour l'affranchir ensuite.

Dans cette situation douloureuse, il était plus difficile, ou en tout cas plus dangereux, d'accompagner les fugitifs : les planteurs gardaient précieusement leur « bétail humain » et engageaient des nervis pour les surveiller constamment. Il était désormais impossible de soudoyer des gardes, ou de les saouler : c'étaient parfois jusqu'à six ou sept hommes qui veillaient la nuit du côté des hamacs où dormaient épuisés de petits nombres d'esclaves. Il arrivait même qu'il y eût un garde par esclave, un homme libre payé pour surveiller un homme enchaîné, lequel travaillait douze heures par jour : n'aurait-il pas été moins onéreux, pour les planteurs, de payer l'homme libre, ou de rétribuer les deux hommes chacun pour six heures ? Mais ce simple argument d'ordre économique impressionnait peu les planteurs : ils étaient habitués à posséder des gens, à les avoir, à les marquer. Ils voulaient les garder, comme un chien veut garder les parois de sa niche. On aurait cru que pour ces gens, l'esclave faisait partie de la maison. C'était un meuble, un pot de terre, un couteau.

Le courage me manquait peu à peu pour m'occuper de tout ce que j'avais à faire, et avant tout de la libération de Francesco et d'Inaua. Mais la machine avait été mise en marche par Maître Fenton : lors du deuxième procès, je réclamerais la libération de mon fils, et la prononciation effective de ma séparation d'avec le duc de Toiros, pour les innombrables crimes qu'il avait commis contre moi et mes proches.

Quelques mois plus tard, lorsque le procès concernant Francesco eut lieu, c'était de nouveau le printemps ; le procès concernant le sort d'Inaua devait se tenir trois semaines après. C'était malheureusement le juge Ford qui devait à nouveau régner sur la cour. Je redoutais fort de me retrouver en présence de Monsieur mon « mari », tout en sachant que c'était inévitable. J'avais appris que pour cette fois, un autre avocat défendrait ses droits, Maître Gustav Lehmann, qui avait un talent particulier : il parlait plusieurs langues, dont l'anglais et le portugais-brésilien ; il avait autrefois plaidé à Rio de Janeiro, après avoir fui l'Europe centrale, du fait des persécutions contre les Juifs. J'étais bien étonnée, vu sa réputation d'homme probe et de fin connaisseur du droit, qu'il voulût défendre mon « mari », car il n'avait pas la réputation de servir des causes injustes. Je fus encore plus étonnée lorsque je l'entendis plaider.

Le duc de Toiros l'avait dupé afin de pouvoir utiliser ses services, et avait complètement changé de stratégie. A ma stupéfaction, je vis venir à la barre un homme que je ne reconnus pas d'emblée : le duc de Toiros avait enflé, grossi, gonflé, et paraissait assiégé par une terrible maladie. Etait-ce l'hydropisie, ou je ne sais quelle fièvre tropicale... ? Son visage cruel, autrefois beau, n'était plus qu'une outre toute tavelée, marquée de plus par une terrible cicatrice qui lui barrait la bouche. Il s'exprimait péniblement de ce fait, et ne montrait plus autant la morgue et l'arrogance qui avaient été siennes. Tout au plus ressemblait-il désormais à un brave et gros propriétaire qui veut retrouver son bien. Là où il fut plus surprenant, c'est lorsqu'il déclara qu'il s'excusait auprès du tribunal !

Tout cauteleux, il insista sur le fait que j'étais une femme extrêmement méchante, la pire qu'on pût avoir pour épouse, et que je m'étais enfuie uniquement pour le faire souffrir ! Il prétendit que cela l'avait aveuglé, qu'il avait longtemps songé à se venger. C'est pourquoi il avait écrit cet acte pour Maître Nevardo, affirmant que Francesco n'était pas son fils. Mais il regrettait maintenant ces méchantes paroles : Francesco, disait-il, était bien son rejeton, il voulait le reconnaître et le prendre avec lui ! ! !

— Comprenez-moi, prononça-il lentement, je ne suis plus animé par aucun désir de revanche. Il me faut retrouver mon fils et mon épouse, à laquelle je pardonne toutes ses erreurs passées.

Je compris alors pourquoi le bon Maître Lehmann avait accepté de plaider sa cause : il pensait défendre un brave homme de père qui revenait sur de méchantes décisions...

Le Dr. Jamieson, qui connaissait maintenant tous les tenants et aboutissants de cette affaire et m'assistait constamment, en fut lui aussi estomaqué : il n'y avait plus de procès ! Maître Fenton plaida pour la forme, dit que je devais avoir le droit d'être séparée de mon mari puisque je le désirais, et bien sûr le juge Ford refusa, disant que mon mari donnait toutes les garanties souhaitables pour qu'on pût espérer qu'il redevînt bon époux et bon père. Comme il demandait Francesco et le reconnaissait comme de sa descendance, mon fils lui fut immédiatement confié. Je me répandis en sanglots, et tout le monde en ce maudit tribunal crut que c'étaient des larmes de bonheur.

Jamais autant que ce jour-là je ne maudis mon mauvais sort. Qu'avais-je donc fait pour subir d'aussi atroces décisions ? Chaque fois que je me croyais tirée d'affaire, et que j'imaginais avoir droit à un peu de quiétude, les pires arrêts du ciel ou de l'enfer me tombaient dessus – j'aurais fini par croire que j'étais maudite ! Pour l'instant, au lieu de croire des sottises, il me fallait lutter contre l'adversité, et dans un premier temps sauver Francesco. A peine eus-je quitté le tribunal et donné rendez-vous à Maître Fenton pour décider de la stratégie à suivre au sujet d'Inaua que je donnai mes ordres à John et à mon garde du corps, le mystérieux M. Scott. Ils devaient suivre partout le duc de Toiros et s'assurer de la personne de mon fils, quitte à se faire tuer sur place.

— Je veux que demain, Francesco se trouve caché tout près de chez nous, dans l'île du Chat, et que nul ne puisse croire que nous l'avons soustrait à son soi-disant père. Si vous devez blesser les hommes du duc de Toiros, tant pis, faites-le ! Votre récompense sera gigantesque !

Puis je retournai à la Maison Rouge avec le Dr. Jamieson, tandis qu'au loin j'entendis le duc crier qu'il exigeait que son « épouse » rentrât avec lui. Il faisait même semblant d'embrasser Francesco et celui-ci, étouffé par ces odieux et hypocrites transports, ne put que se jucher dans la voiture du duc, auprès du cocher, en refusant obstinément d'en descendre. Je fis des efforts terribles pour ne pas pleurer à ce spectacle infâme. Je me jurai bien que dès le lendemain Francesco serait avec moi, dussé-je aller le chercher les armes à la main.

— Un autre souci que j'ai, mon cher Docteur, dis-je à mon vieil ami, est que bientôt je vais manquer d'argent. Nous avons dépensé des fortunes en organisant « la Lionne », en rétribuant Maître Fenton et en cherchant à corrompre diverses personnes pour que l'ordinaire de Francesco fût assuré et que la détention d'Inaua ne fût pas trop cruelle. J'ai négocié les pierres précieuses dont je vous ai parlé, celles qu'Inaua avait si longtemps sagement conservées, puis j'en ai obtenu de l'or, toujours plus stable que les monnaies successives de notre pays, j'ai vendu quelques objets, laissé partir Louise qui désirait retourner chez elle... et il me reste à peine de quoi assurer notre quotidien et payer Maître Fenton en vue du procès d'Inaua. Je ne sais plus que faire. Reprendre mon activité de libraire et prêteuse de livres ne me rapporterait presque rien...

Nous tenions conseil à dix heures du soir, en soupant légèrement dans la cuisine. Martha était couchée. Au-dehors, là-bas, du côté de l'hôtel particulier que le duc de Toiros avait loué pour son séjour à La Nouvelle-Orléans, mes deux hommes devaient préparer le rapt de mon propre fils, et j'étais là à m'occuper de questions d'argent !

— Je n'y tiens plus, criai-je. Il me faut rejoindre John et Scott, je veux voir mon fils au plus vite !

— N'y allez surtout pas ! dit le Dr. Jamieson. Je ne vous laisserai pas faire cette bêtise. En aucun cas on ne doit vous voir près de l'endroit d'où Francesco s'échappera. Il faut que demain matin la garde nationale, qui viendra forcément ici en premier, trouve une maison endormie, et que vous sortiez du lit dans un ravissant peignoir, en prenant l'air d'une grande dame affligée que l'on vient d'arracher au sommeil.

— Vous avez raison. J'allais faire une sottise. Attendons demain.

— A propos de ces questions d'argent, vous avez oublié un détail important : vous pourriez vendre la Maison Rouge, et vous contenter d'une maison plus modeste, au cœur de La Nouvelle-Orléans.

— Je ne tiens pas trop à rester ici, et c'est impossible. Dès que Francesco sera de nouveau avec moi, il nous faudra partir. Je ne pourrai pas le cacher indéfiniment à proximité de chez moi. Vous avez raison : il me faut vendre la Maison Rouge, attendre qu'Inaua soit libérée, puis partir nous installer... près de chez vous, par exemple, dans le Kansas. Ou plus loin. Qu'en dites-vous ?

— J'en dis que c'est une bonne idée. Mais je croyais que vous aimiez tellement la Maison Rouge ainsi que La Nouvelle-Orléans que jamais vous ne voudriez en partir.

— Mon cher ami, je vais là où le vent me mène. Et je dois penser d'abord à Francesco et à Inaua. Car après tout, vous excepté, ce sont les seules personnes qui soient vraiment proches de moi et pour lesquelles je ferais tout.

Le bon Dr. Jamieson s'inclina pour me remercier, débarrassa la table et me souhaita bonne nuit. Je ne pensais plus qu'au retour de Francesco. Il allait peut-être revenir ici dans la nuit, comme un voleur.

Il revint dans la nuit, comme un voleur. A quatre heures du matin, je déliai la barque pour aller le cacher sur l'île du Chat.

Mon petit garçon serré dans mes bras et tout endormi, je me fis aider de Scott, qui ramait seul.

— Madame, dit-il, vous serez contente. J'ai simplement cassé les bras d'un grand dadais qui voulait nous empêcher de le prendre. Quant à votre duc, eh bien nous ne l'avons pas vu. En cognant durement sur le garde, j'ai su que le duc était chez son médecin.

— Chez son médecin ? En pleine nuit ?

— Oui.

— Bien. Nous verrons cela. Vous, Scott, il faut que vous soyez demain très loin d'ici. Vous irez chez les fils du Dr. Jamieson. Où est John ?

— Il est parti chez sa mère. Il a dit qu'il reviendrait quand tout cela serait un peu oublié.
— C'est bien. Vous irez le voir. Partagez ceci avec lui.
— Merci, Madame Flavie.
Je lui donnai une grosse bourse. Il cacha la barque et partit dans la nuit.

Evidemment, les hommes de la garde nationale firent irruption à la Maison Rouge dès le lendemain – mais vers midi, et ce fut le Dr. Jamieson qui les reçut avec Martha, laquelle prit un air d'autant plus étonné qu'elle ignorait vraiment où se trouvait mon fils.

Lorsqu'ils m'apprirent que mon fils avait été « enlevé chez son père », je poussai les hauts cris et dis que c'était la faute du tribunal, que je passerais ma vie à pourchasser le juge Ford de ma vindicte, et que mon « époux » le duc de Toiros n'était même pas capable de protéger « son » fils. Je me rendis au tribunal dès le début de l'après-midi, et annonçai au juge Ford que je portais plainte pour enlèvement, et contre le duc de Toiros, pour qu'il fût déchu de son autorité paternelle. Le juge me regarda droit dans les yeux, et me dit :
— Vous avez de la chance d'avoir pris Maître Fenton pour vous protéger, car sans cela je vous aurais déjà fait incarcérer. Je suis convaincu que c'est vous qui avez fait enlever votre fils. Mais nous le trouverons. Partez, Madame !
Je ne répondis rien, et le laissai maugréer seul. Je songeai qu'Inaua devait bientôt être jugée, et par lui.

Maître Fenton, pour cette fois, eut encore fort peu à faire : le juge Ford se déclarait incompétent. On venait en effet, en très haut lieu, de lui faire comprendre que pour la suite de sa carrière, il eût été très inconvenant de contester la validité de papiers signés par le gouverneur Claiborne, et par le préfet de la France avec lequel on voulait garder d'excellentes relations.

Même si par miracle, osa-t-il dire, Mademoiselle Inaua X. a été autrefois l'esclave de M. le duc de Toiros, elle a été affranchie dès lors que lui étaient octroyés – ô combien généreusement – la qualité de citoyenne libre des Etats-Unis, ce qui avait été fait par M. le gouverneur, dont les actes et décisions, dûment justifiés, etc. : j'épargnerai le détail des belles arguties du juge Ford, qui pour une fois étaient conformes au droit des gens.

Le duc de Toiros, encore une fois présent, cria haut et fort que tout cela était scandaleux : sous prétexte qu'il était citoyen d'un pays étranger, on lui enlevait « son » fils que la justice à peine venait de lui remettre, et à présent, voilà qu'on le privait de « son » esclave !

Je ne pus que me réjouir de le voir une nouvelle fois en difficulté. Au sortir du tribunal, je pus enfin embrasser Inaua, un peu amaigrie, mais libre, enfin libre ! Elle versa quelques larmes et me serra les poignets en m'embrassant, en me couvrant de baisers et de remerciements. Je discutai encore un peu avec Maître Fenton, et très vite j'avertis Inaua de tout ce qui s'était passé : nous devions envisager de partir bientôt, et notre vie d'errance allait sans doute recommencer. Inaua comprenait bien qu'il était hors de question de continuer à cacher Francesco dans la cabane de l'île du Chat, et que nous devions partir.

Des gens rôdaient depuis quinze jours autour de la Maison Rouge, et il était certain que le duc avait recruté des hommes et cherchait à récupérer mon fils : il savait parfaitement que désormais ses différents recours seraient vains et qu'il n'avait qu'à reprendre Francesco pour m'avoir à sa merci. Ses moyens étaient très importants, mais étaient quand même limités, notamment du fait qu'il se trouvait en terre étrangère ; il ne pouvait pas, comme au Brésil, faire absolument tout ce qu'il voulait et il était évident que cela lui déplaisait fort. En soudoyant des gens voisins de sa maison, le Dr. Jamieson apprenait beaucoup de choses sur ses intentions et ses déplacements. Et comme il gardait de bonnes relations avec plusieurs grands médecins de La Nouvelle-Orléans, nous sûmes enfin pourquoi il devait parfois consulter la nuit : il était malade, souffrait d'une anasarque et devait subir des ponctions de liquide séreux de temps en temps, ce qui expliquait l'état effrayant dans lequel je l'avais vu. Je m'enquis alors auprès du Dr. Jamieson des origines possibles de cette maladie, et il tint là-dessus un discours plutôt surprenant :

— Voyez-vous, Flavie, je pense qu'il existe une infinité de choses dont nous ne savons rien, et que nous ne maîtrisons pas. Vous vous étonniez, par exemple, du fait d'avoir enduré tant d'avanies... Je crois pour ma part que nous choisissons, d'une certaine manière, les épreuves à travers lesquelles nous évoluons, grandissons et nous épanouissons. Si ce n'est pas de notre fait, cela provient de la décision d'une instance qui nous sert de guide – que l'on nomme ceci une âme, ou un ange gardien, ou autrement n'a pas grande importance. Cela ne vit pas en nous à notre insu, ou contre notre libre arbitre : nous sommes libres. Mais notre vie se déroule en fonction de ces décisions, qui sont nôtres, mais que notre conscience ne reconnaît pas.

— Pour une fois, cher Docteur, je vous suis bien mal !

— Ce n'est pourtant pas si difficile à comprendre : c'est une sorte d'interaction entre l'Harmonie universelle et notre libre arbitre. Nous choisissons les épreuves ou les bienfaits qui nous permettront de grandir, d'accomplir ce qui correspond à notre être profond. Je ne vois la maladie que comme un avatar de ce dispositif. Si nous refusons à tout prix de suivre notre guide, et si nous nous contentons de satisfaire nos désirs ou nos simples besoins, nous tombons malades. La vie humaine consiste dans le fait de grandir en répandant l'amour autour de soi, de donner, d'être, et non pas d'avoir. Les personnes qui s'opposent à ce processus meurent plus vite que les autres, et souffrent davantage.

— Si cela est vrai, pourquoi moi ai-je dû supporter tant de souffrances, et traverser tant de difficultés ? !

— Vous vous êtes donné des épreuves extraordinaires, parce que vous avez toujours voulu être quelqu'un d'exceptionnel. Vous n'approuvez pas le commun des mortels, vous ne parvenez à vivre qu'en étant différente, généreuse, et surtout originale, hors des normes habituelles. Il n'est pas étonnant que vous meniez une vie difficile. C'est vous qui l'avez choisie.

— Comment ? ! Mais je n'ai rien choisi du tout ! J'ai dû fuir la France alors que j'étais fort jeune et insouciante... je suis tombée au Brésil sur un homme abject, pour mon malheur... j'ai fui dans la forêt vierge pour sauver ma vie et échapper au malheur... je n'ai rien choisi de tout cela !

— Bien sûr que si ! dit le Dr. Jamieson, fermement.

— Bien sûr que non ! répondis-je, tout aussi fermement.

— Evidemment, si nous admettions ce fait, nous aurions encore plus de mal à vivre, reprit-il. Il nous faut toujours nous imaginer que tout nous est extérieur, que nous ne sommes pas responsables de ce qui nous arrive. Alors qu'en réalité, nous sommes totalement libres, et responsables de tout !

Bien que ce qu'il disait m'intéressât au plus haut point, je ressentis une vive irritation, et le priai de bien vouloir laisser là ce débat. Je voulais aller rendre visite à Francesco et lui expliquer que nous partirions bientôt pour le nord. Je ne pouvais prévoir que tout allait de nouveau être bouleversé. Pour le moment, j'avais décidé de ne pas vendre la Maison Rouge, et de permettre à notre ami le Docteur d'y résider en permanence. J'avais réglé plusieurs affaires avec Maître Fenton et avais laissé la boutique où auparavant je prêtais des livres. J'avais dit à Inaua que je devais partir avec Francesco, en lui disant que je la voulais toujours à mes côtés, mais qu'elle n'y était aucunement obligée : libre citoyenne de ce pays, elle aurait pu rester à la Maison Rouge tant qu'elle voulait. Comme je m'y attendais, elle déclara qu'elle voulait partir avec moi et ne jamais m'abandonner, même si un temps elle avait songé à se trouver un mari et à fonder sa propre famille. Mais elle ajouta que sa famille, c'était moi, et qu'elle me considérait de plus en plus comme sa sœur. Elle voulait donc nous suivre.

Le lendemain, alors que nous commencions à sentir les premières chaleurs de l'été, je commençai à préparer nos bagages. John était discrètement revenu. Il avait réparé et consolidé notre calèche – il comptait partir avec nous au Kansas puis revenir ici par la suite. Nous devions partir de nuit, par le nord, en déguisant Francesco dans les premiers temps afin de ne pas attirer l'attention : il se pouvait que le duc de Toiros continuât de faire surveiller la Maison Rouge, même si pour le moment nous ne décelions aucun espion et nous sentions dans une relative sécurité. Ceci prouve que l'on peut se tromper lourdement quant à nos propres intuitions. Un matin de juillet, alors que nous devions aller chercher Francesco dans l'heure suivante, les gardes nationaux frappèrent à ma porte et m'intimèrent l'ordre de sortir.

Le Dr. Jamieson se tenait à mes côtés. Il demanda au lieutenant qui commandait ces gens-là pour quels motifs on voulait me faire quitter ma demeure. Le lieutenant répondit que j'étais accusée de l'enlèvement de mon fils, et d'avoir organisé une expédition violente qui s'était soldée par la mort d'un homme chez M. le duc de Toiros ; on avait d'ailleurs là, à disposition, un de mes serviteurs qui m'accusait !

Là, derrière les barreaux d'une petite voiture cellulaire tirée par quatre chevaux, j'aperçus Scott. On avait dû le battre, car son visage tuméfié semblait presque méconnaissable. Ce qui se passa ensuite fut si rapide que je ne compris rien, ne vis rien, et me trouvai tout interdite. Un coup de feu retentit.

John était à deux mètres derrière moi, un pistolet fumant à la main, un autre prêt à tirer. Les gardes reculèrent, puis s'enfuirent. Leur lieutenant était grièvement blessé, et ils n'osèrent même pas reprendre la petite carriole dans laquelle Scott était retenu prisonnier.

John tira encore un coup de feu en direction des gardes, afin qu'ils s'enfuient plus vite. Il ne les toucha pas, mais ces pauvres bougres détalèrent et nous laissèrent le champ libre.

— Partez, Flavie ! Partez maintenant ! dit le Dr. Jamieson. Dès que vous serez dans un autre Etat, ils ne pourront rien contre vous. Allez chercher Francesco et fuyez maintenant. Tout de suite !

Je l'embrassai et tournai les talons. John avait fait sauter la serrure de la voiture cellulaire. Inaua courut chercher Francesco. Nous nous retrouvâmes à cinq dans la calèche qui filait sur la route poudreuse à la vitesse de l'éclair, John fouaillant les chevaux, Francesco se tenant assis sur mes genoux, Inaua serrée contre moi, et Scott me demandant pardon, me demandant pardon sans cesse.

Cinquième
partie

LES DOIGTS DE DIEU

QUI EÛT DIT QUE, partant pour le Kansas vers le nord et cherchant à gagner la route qui longe le Mississipi, nous serions obligés de suivre la rivière des Ouatchitas, vers l'ouest ?

Nous étions pourchassés. Mais au lieu de s'agripper à nos basques, les autorités de La Nouvelle-Orléans avaient tout simplement ordonné de nous arrêter plus loin, et avaient dépêché des coursiers de la garde nationale vers chaque comptoir, au nord. Ainsi nous vîmes dès la première étape que nous étions attendus... Il nous fallut rebrousser chemin précipitamment, tirer sur nos poursuivants, qui n'étaient jamais plus de deux ou trois, et changer de route. A force de trouver gardées les routes du nord et de l'est, il ne nous resta plus que le loisir de chevaucher vers l'ouest, donc de dépasser la Rivière Rouge en escomptant aller plus tard vers le nord-ouest. Là, personne ne nous attendait. Au bout de deux jours, nous campions auprès de sinueuses rivières, parfois au bord de vastes marécages qui ne nous disaient rien de bon. Le pauvre Scott dormait constamment, exténué. John fouettait les chevaux et ne disait pas un mot, sauf pour annoncer qu'il allait déplier la capote de la calèche. Inaua me regardait d'un air triste – eh oui ! Nous étions reparties, cette fois encore, et avec le vent pour seule couverture ! Par endroits, nous croisions l'un de ces paysans misérables d'origine française qui vivaient dans le bayou et qu'on nommait Acadiens ; ils nous prenaient pour une famille de ces fous qui émigraient vers l'ouest et qui seraient bientôt décimés par les Indiens.

Après trois jours passés dans le marais, n'y tenant plus, et voyant que Francesco s'était assoupi, j'interrogeai John qui avait gardé les dents serrées.

— Allons, John, lui dis-je, quoi que vous ayez fait, je vous pardonne ! Je suis sûre que vous l'avez fait pour notre bien. Mais au moins, dites-moi pourquoi la garde vous a poursuivi jusque chez moi.

— Ah, Madame Flavie, répondit-il enfin, je suis un grand imbécile, vous savez ! Je suis un grand crétin. Vous avez avec vous le plus grand des crétins !

— Allez-vous cesser de vous morfondre et me direz-vous ce qui s'est passé ? Etait-ce quand vous avez repris Francesco à mon criminel époux ?

— Oui certes, Madame. J'ai eu la sottise de faire confiance à cet animal (il désignait Scott qui gisait entre nous sur la banquette) et je lui ai dit de faire le guet. Il a fallu qu'il croise le seul homme qui gardait encore la maison, puisque moi j'avais assommé l'autre, et qu'il le tue à bout portant. Pensez donc que quand ils l'ont capturé, ils avaient de quoi lui faire peur !

— Mais il m'a dit, lorsque nous sommes allés sur l'île du Chat, qu'il avait seulement blessé un grand dadais qui s'opposait à lui... Donc, en fait, il l'a tué...

— Bien entendu, Madame. Il l'a tué. Et ne lui avez-vous pas dit aussi de partager une bourse avec moi ?

— Si fait.

— Eh bien, il m'a donné dix écus et a gardé le reste pour lui, afin de protéger sa fuite. Les soldats du gouverneur l'ont retrouvé à Biloxi, ivre mort, ayant dépensé tout l'argent dans de mauvaises maisons.

— Vous avez raison, John, il a mal agi, mais sans lui, sans vous, notre Francesco serait encore prisonnier de M. de Toiros. Non, ne regrettons rien !

— Vous êtes trop bonne avec moi, Madame Flavie, mais surtout avec lui ! Ce lascar ne nous attirera que des ennuis. Vous verrez qu'il nous vendra dès qu'il en aura l'occasion.

— Je ne le crois pas, murmurai-je. Je pense qu'ils l'ont questionné rudement, et qu'ils l'ont battu, sans quoi il n'aurait rien dit. Il nous a dénoncés pour qu'on arrête de le martyriser. Qui aurait fait mieux que lui, à sa place ?

— Vous, sans nul doute, répliqua John.

— C'est joliment dit, remarqua Inaua.

— C'est joliment dit, mais c'est faux, commentai-je. Vous êtes bien bon de me prendre pour une personne héroïque, mais je ne le suis nullement. Comme n'importe qui d'autre, si l'on me torture, je fais ce qu'il faut pour que la souffrance prenne fin...

— En tout cas, je me méfie de lui, reprit John. Nous ferions mieux de le laisser ici.

— Ce n'est pas une mauvaise idée, dit Inaua.

— C'est tout à fait hors de question, dis-je nettement. De plus, nous aurons bien besoin de ses bras si nous avons à nous défendre...

Mais il était pour l'instant assez illusoire de penser que Scott pût nous être d'un quelconque secours un jour prochain. Il était épuisé, une de ses blessures au visage s'était mise à suppurer, et il ressemblait plutôt à quelqu'un qui attend de rendre l'âme.

Je débattis alors avec Inaua de tout ce qui relevait de l'avenir proche : où fuir ? Jusqu'où aller ? Comment survivre avec deux pistolets – ceux de John – et quelques bagages ? Comment donner de nos nouvelles au Dr. Jamieson ? Comment savoir si un jour nos affaires s'arrangeraient à La Nouvelle-Orléans ? N'allions-nous pas bientôt nous trouver sur le territoire des Choctaws, ou d'une autre tribu tout aussi redoutable ?

Il ressortait de tout cela que je voulais permettre à John de partir, et de rejoindre La Nouvelle-Orléans avec un message pour le Dr. Jamieson. John était recherché, mais il était très habile et discret. Son signalement devait être très peu précis. Seul, il avait toutes les chances de pouvoir vivre non loin de la Maison Rouge, s'il était assez futé pour ne pas se faire remarquer. Inaua était de mon avis, mais elle trouvait que nous étions fort hardis de nous enfoncer peu à peu vers l'ouest. Certes nous avions déjà vécu dans une forêt hostile, et longtemps, mais ici nous savions que presque tous les Indiens ne toléraient aucun étranger sur leurs territoires. De surcroît, habituées à un certain confort depuis peu d'années, nous avions perdu l'art de survivre dans la Nature et nous nous sentions terrifiées à l'idée de devoir à nouveau chasser, faire du feu, dormir dans des lieux impossibles, écarter les bêtes sauvages... Francesco, bien au contraire, était heureux de cette situation, et voulait toujours s'occuper d'établir notre campement, ramasser du bois, chasser, accomplir mille choses indispensables.

Nous étions bien heureuses de l'avoir avec nous. Je chérissais mon fils. Quand je pensais que j'avais failli le perdre, et qu'il aurait pu partir au loin avec l'infect individu qui se prétendait son père, je tremblais et le serrais contre mon cœur. Rien n'était plus indispensable à ma vie que ce petit homme, qui avait grandi si vite et qui était toujours mon petit enfant ! Inaua aussi l'aimait, et le traitait comme un petit frère. Nous devions donner l'image d'une famille : John ne voulut pas nous quitter !

— Ne me demandez pas cela, Madame Flavie !

— Cela suffit, lui dis-je. Au moins, appelez-moi Flavie. Je vous rappelle que vous êtes libre, que je ne vous considère plus comme mon employé, que je vous suis reconnaissante d'avoir sauvé mon fils, donc faites-moi grâce de vos formules ! Je vous ai prié de rejoindre La Nouvelle-Orléans. Je comprends parfaitement que vous ne vouliez pas y retourner : après tout, c'est fort dangereux pour vous. Mais vous n'êtes aucunement obligé de vous soucier de nous. Au contraire, si nous nous séparons, nos poursuivants, s'il y en a, auront d'autant plus de mal à nous dénicher.

— Et que ferez-vous, seules, sans personne pour vous défendre ? Votre fils n'est pas assez grand, tout de même, bien qu'il soit déjà vaillant et audacieux... Que ferez-vous lorsque nous rencontrerons les Indiens ?

— J'ai déjà – nous avons déjà – rencontré les Indiens ! Dans la forêt vierge du Brésil, dis-je tranquillement. Je n'ai pas peur des Indiens. Ils seront de toute façon moins méchants que les esclavagistes, et que la plupart des honnêtes citoyens de La Nouvelle-Orléans !

— Je... vous... bafouilla John.

— Je suis bien aise de vous voir bafouiller ! le taquinai-je. Et que faites-vous de Scott ? Je suis certaine qu'il nous défendrait jusqu'à la mort.

— Oh ! grogna John. Ça alors ! Mais regardez-le : c'est une loque ! S'il survit, nous devrons le porter !

Comme pour démentir ces propos, Scott se leva brusquement, et dit d'un air tout fiérot :

— Je suis guéri. Je vais bien ! Où sommes-nous ?

— C'est vrai, ça ! dit Francesco éveillé en regardant les marécages alentour. Où sommes-nous ?

Un ravissant tapis de fine poussière verte recouvrait la terre. On avait envie de s'allonger dessus, de s'y poser : papillon sur la feuille. Et au dernier moment, juste avant de relâcher notre vigilance, on sentait que ce délicat tapis de vertes particules recouvrait de l'eau. Pas de la terre, mais de l'eau. Une eau profonde, souvent sombre, et au creux de laquelle poussaient de larges feuilles circulaires plus vastes que des chapeaux, des tiges noueuses et larges, celles de nénuphars géants et de mille autres fleurs luxuriantes. Nous étions de nouveau dans la selve !

Autour de nous, les arbres plongeaient leurs racines dans le marigot. De très étranges toiles d'araignée végétales, que l'on nomme *barbe espagnole*, formaient des rideaux moussus et effrayants. Des choses indéfinissables tombaient des arbres. Certaines écorces étaient gluantes. On ne pouvait pas grimper sur les branches basses : les troncs glissaient. Parfois un oiseau criait puis se taisait, ahuri par sa propre audace. Des froissements de grandes feuilles plates nous donnaient l'impression d'être retournées au Brésil : Inaua et moi venions d'être jetées plusieurs années en arrière. Cette impression nous fut si désagréable au début qu'elle m'en parla tout de suite, avouant même qu'elle se sentait « sur le chemin du retour ». Mais nous ne retournions nulle part. Une fois encore, nous allions vers l'inconnu. Peu à peu, cette sensation étrange se mua en une impression presque rassurante de déjà-vu. Contrairement à John et à Scott qui se serraient l'un contre l'autre tant au début la grande forêt est inquiétante, nous étions certaines de connaître déjà le terrain où nous évoluions. Inaua ne sursautait plus lorsqu'elle voyait quelque chose serpenter à terre ou glisser dans l'eau. Francesco ne bougeait pas lorsqu'un cri partait derrière lui. Il me dit simplement qu'il souhaitait avoir un petit singe comme le Môô dont il s'était fait un ami autrefois, près du « lacaché ». Les seules surprises, en fin de compte, ne pouvaient venir que des Indiens.

De ce côté, il faut bien dire qu'elles furent de taille. Je savais que les Indiens nous surveillaient, et comme Inaua et Francesco s'en étaient aperçus mais sagement n'avaient rien dit, je m'étais abstenue d'en parler à John et Scott, qui avaient trop peur. Mais évidemment la nuit, lorsqu'un Indien rampait à quelques mètres de nous pour observer notre calèche qui allait rendre l'âme et les essieux, j'étais étonnée que ni Scott, qui avait le sommeil léger, ni John, toujours inquiet, ne se rendissent compte de la présence de ces espions silencieux.

Nous avions continué d'emprunter des pistes et des sentiers qui longeaient le marécage. Les chevaux et la calèche y passaient à peine. J'avais essayé de dire à John que bientôt, nous devrions libérer les chevaux et progresser à pied. Mais bien sûr, pour un cocher, la perspective d'abandonner sa calèche à la forêt ressemblait à une défaite ; quant à laisser là les chevaux !... Mieux valait ne pas lui en parler.

Il fallut qu'un matin nous nous réveillions en percevant de brefs hennissements plaintifs.

Un homme très grand, immense, au torse exceptionnellement large, se tenait au-dessus de l'un des chevaux ; étant monté dans la calèche, il entreprenait de l'égorger.

Le cheval s'écroula, baignant dans son sang. Je cachai les yeux de Francesco. John se leva, esquissa un geste, et s'évanouit. J'avais peur, et j'étais horrifiée par ce spectacle affreux, mais je compris que cet Indien et peut-être même toute sa tribu ne pouvaient laisser échapper un gibier aussi tentant. Je me mis à lui parler en français – je savais que les Choctaws avaient parfois eu des contacts avec les premiers colons français. Au lieu de me menacer comme je le craignais, son visage s'éclaira. Il descendit de notre calèche et essuya posément son coutelas sur sa cuisse.

Il rangea son couteau dans sa gaine, croisa ses bras en tenant le haut de ses épaules avec ses mains et s'inclina légèrement devant moi, puis fit signe de le suivre. Je priai Inaua de rester là un moment avec John et Francesco. Scott et moi le suivîmes. Il marchait vite, se glissant entre les branches et ne les heurtant jamais. Il tournait, se courbait, se penchait, virevoltait, prenait appui sur un tronc, sur une tige, sur une fleur, et ne faisait jamais remuer une branche. C'était un ballet étourdissant. Au bout de quelques minutes, il devint impossible de le suivre tant il se déplaçait vite entre les arbres, et je dus l'appeler pour qu'il nous attendît.

Nous parvînmes à son campement. Il nous présenta sa femme, ses enfants, quelques hommes et femmes plus âgés, et deux guerriers de son âge qui vinrent s'incliner devant nous, toujours se tenant les épaules de cette étrange façon. Ces Indiens étaient tous de grande taille, portant peu de vêtements à part des pantalons de peau qui laissaient nu le haut de leurs cuisses et restaient attachés par une vaste ceinture en lianes. Les femmes portaient de longues robes de couleur claire, sans doute fabriquées avec la peau entière d'une biche ou d'un cerf. Les enfants étaient nus, mais portaient tous des mocassins assez épais – ce qui devait être avisé, vu le grand nombre de serpents que nous trouvions dans la forêt. L'un des guerriers resta devant nous et nous montra que nous pouvions nous asseoir : une des femmes venait de déplier une natte.

L'homme toucha son propre torse en disposant soigneusement la vaste parure qui le décorait : un collier qui semblait fait de dents énormes, toutes percées et enfilées sur un fil d'apparence étrange – du métal ? Mais où auraient-ils eu du métal ? Ces gens ne semblaient disposer que d'arcs et de flèches. On entrevoyait aussi quelques lances courtes, telles des javelines, ornées de lianes et de plumes. L'homme montra son torse et se nomma :

— Hactas.

Il nous fit servir de l'eau fraîche dans laquelle macéraient des feuilles. C'étaient une boisson délicieuse, une sorte de menthe. Scott eut peur et n'osa pas en boire. Puis l'Indien ne dit plus rien et prit un air contrit.

— Je ne veux pas que vous soyez triste ! dis-je de manière impromptue.

Or je ne pouvais imaginer une seconde qu'il me comprenait. Mais c'était bel et bien le cas, car dans un sabir épouvantable, avec un accent qui rendait ses mots presque incompréhensibles, il me répondit :

— Dommage. Triste tuer cheval.

Abasourdie, je le regardai, et il me considéra à son tour, le regard en dessous, comme un enfant pris en faute. Je ne savais plus quelle conduite adopter. Je décidai de parler longuement avec lui. Son petit groupe était bien un parti de la tribu des Choctaws, et ils avaient déjà maintes fois rencontré des Français – notamment, expliqua-t-il, des voyageurs qui faisaient commerce sur le fleuve. Quel commerce ? quel fleuve ? Voilà qui était impossible à comprendre. Mais les Choctaws étaient des alliés des Français, ils avaient fait la guerre avec eux, et il ne nous serait jamais fait aucun mal. En revanche, ces gens mangeraient notre cheval, que nous serions bien inspirés de leur laisser, sous forme de présent attestant de notre alliance.

Je retournai avec Hactas ainsi que plusieurs Indiens pour chercher mes compagnons. John avait rassemblé nos affaires et confectionné des baluchons afin que tout fût un peu moins difficile à transporter. Il avait enfin admis que nous abandonnions la calèche. Je dus écarter Francesco et prier John de venir avec moi à l'écart tandis que les Choctaws dépeçaient notre cheval.

Lorsque nous rejoignîmes leur campement, les Indiens nous avaient arrangé une hutte, préparé des nattes, offert de l'eau et... donné généreusement quelques quartiers de viande de cheval. Hactas nous expliqua que nous pourrions rester quelques jours parmi eux, et qu'ils lèveraient le camp à la prochaine lune, car ils craignaient les inondations. D'ici là, ils se faisaient forts de nous faire rencontrer un homme qui était français, comme nous – je m'étais d'ailleurs décidée à appeler John du prénom de Jean, et Scott du nom de l'Ecossais, pour ne pas leur attirer d'ennuis ! L'homme dont parlait Hactas était un « coureur des bois » selon lui, sans doute un Français qui faisait du commerce avec « les gens du fleuve » et qui peut-être achetait aux Choctaws des produits quelconques. Mais lorsque je priai Hactas de me dire quels produits il pouvait bien leur acheter, celui-ci me fit des signes si étranges, en montrant ses dents, et prononça des borborygmes si incompréhensibles que je renonçai pour une fois à le comprendre, et remis ce débat à plus tard...

Jean et l'Ecossais, donc, se reposaient de leurs émotions. Inaua, Francesco et moi allions chasser avec les Choctaws, découvrant mille ruses qui leur permettaient de se cacher dans la forêt, d'attraper du gibier, et de traverser les nombreux cours d'eau. Au lieu de s'épuiser comme nous à faire des détours, ils coupaient trois ou quatre arbres, choisissant les troncs les plus légers, les reliaient avec des lianes et pagayaient. Ils se déplaçaient ainsi constamment sur les rivières et sur le marais, vite et silencieusement, n'abandonnant les radeaux à peine fabriqués que s'ils étaient certains de pouvoir les retrouver : ils les cachaient sous des feuillages. Comme je leur demandais pourquoi ils faisaient cela – puisque la forêt fournissait des arbres à profusion –, Hactas me répondit qu'il ne fallait pas gaspiller les arbres : les esprits en étaient mécontents, et les arbres eux-mêmes en étaient tristes. Comme je l'interrogeai là-dessus, il me répéta d'un ton pénétré : « Arbres tristes ! » sans autre explication.

Un matin, alors que nous venions de tuer un assez beau castor, Hactas nous fit signe de ne plus faire un bruit :

— Le coureur des bois ! dit-il.

Sur un sentier touffu, nous vîmes s'approcher un grand bonhomme, encore plus robuste qu'un Indien, mais un peu gros, avec une vaste bedaine, et vêtu de peaux, le bonnet de fourrure sur la tête lui donnant l'apparence d'un comédien italien.

— Salut, Choctaws ! dit-il en les apercevant.

Puis il se tourna vers Inaua et moi, et d'une façon comique ajouta :

— Bonjour, Mesdames ! – comme si nous nous étions rencontrés dans une rue de La Nouvelle-Orléans.

— Bonjour, Monsieur, répondis-je sur le même ton plaisant.

— Je suis Bellandos, les Indiens me connaissent. Voilà un bien beau castor ! dit-il en tâtant le pelage de l'animal que portait Hactas. Vous venez de le prendre. Il est tout chaud.

Et sans façon il palpait l'animal, ce que les Indiens constatèrent comme étant, de sa part, un comportement habituel, auquel en tout cas ils s'attendaient.

— Bah, mangez-le, dit-il, je vous payerai sa peau plus tard. Vous allez vers la rivière ?

Les Indiens lui dirent qu'ils comptaient bientôt rentrer avec nous au campement.

— Bon, je vais chasser encore un peu, et je vous rejoins.

— A bientôt, dit Hactas. A demain !

Comme je demandai alors à notre ami choctaw pourquoi il lui avait dit « à demain » alors que Bellandos précisément avait dit qu'il nous rejoignait, Hactas, d'un ton un peu contrarié, me dit qu'avec Bellandos, on ne pouvait savoir, et qu'il était capable de nous rejoindre dans trois jours, s'il lui fallait du temps pour pourchasser une bête qui avait le malheur de lui plaire. Mucta, un de nos compagnons, précisa que l'on devenait un peu fou à force de courir les bois. Comme il avait du mal à se faire comprendre, il se tapa fortement le crâne contre un cyprès chauve, afin de m'expliquer que Bellandos avait un comportement assez critiquable. Le tronc rouge lui laissa des marques sur le front.

J'aurais pu rire, ou m'en étonner, mais j'étais déjà habituée à la façon de s'exprimer fort sincère des Indiens : vivant dans la Nature, ils parlaient sans détour, d'une manière crue parfois surprenante, mais allant toujours à l'essentiel. Les Choctaws n'échappaient pas à cette règle de simplicité.

— Drôle d'oiseau, ce Monsieur Bellandos ! dit mon Francesco.

Je lui caressai les cheveux.

— Mon grand, tu verras, dis-je pour plaisanter. Si nous demeurons encore des années dans cette forêt, sans doute un jour serons-nous aussi « drôles » que Monsieur Bellandos.

Inaua fronça les sourcils et Francesco rétorqua aussitôt :

— Je ne veux pas rester des années dans cette forêt !

Quelques jours plus tard, nous fîmes nos adieux aux Choctaws et partîmes vers l'ouest avec Jacques Bellandos. Il était habile, rieur, efficace et... Jean tout comme l'Ecossais ne le supportaient pas ! Tout se passait entre eux comme si Bellandos avait pris toute la place dévolue à la gent masculine, et comme si les deux autres ne l'avaient toléré en aucune façon. Il avait voulu être aimable envers Jean et l'Ecossais, leur montrant par exemple diverses ruses de chasse et ceux-ci l'avaient tout bonnement envoyé promener. Il jouait devant moi au savant, me citant à tire-larigot les noms bizarres et exotiques des rivières – Bayou Palourde, Bayou Chef-Menteur, Petite-Truite – et de certains villages ou fortins – Dry Creek, Plaquemine, Vacherie, Coin-t-à-Marmottes, Oppeloosas ou Provencal (dont la cédille avait été égarée dans l'océan Atlantique...). Pour couronner le tout, il avait l'art de se faire admirer de Francesco, ou parfois d'Inaua, et peut-être également de moi... ce qui agaçait au plus haut point nos deux amis. Il connaissait les pistes, les sentiers, le marécage ; eux devaient le suivre. Il savait où poser des pièges ; eux l'ignoraient. Il connaissait les Indiens, et avait même eu quelque commerce avec des femmes indiennes ; eux trouvaient cela épouvantable. Alors que nous marchions à travers des bois particulièrement inextricables, il fallut encore supporter une discussion sur le comportement fort étrange des Indiennes choctaws et ouachitas, leur hygiène désastreuse, la manière détestable qu'elles ont de s'enduire le corps de graisse, leurs préférences assez choquantes pour certains animaux mâles au lieu de certains hommes, et autres légendes absurdes ou à tout le moins peu fondées. Comme Bellandos comprit vite que ces pierres n'atterrissaient que dans son jardin, et que mes deux amis le tenaient pour un sauvage parce qu'il avait fréquenté des sauvageonnes, il finit pas se mettre en colère et vouloir se servir de son grand coutelas contre l'Ecossais, qui se mit à fuir en glapissant.

Inaua gronda vertement l'Ecossais après lui avoir couru après pour le faire revenir. Elle apostropha aussi notre ancien cocher et lui dit que toutes ces allégations sur « notre ami Jacques » et sur les Indiennes étaient honteuses : n'étaient-ils pas en présence de dames, fussions-nous tous égarés dans la forêt et fugitifs ? Etaient-ce bien des propos qu'un jeune garçon pouvait entendre ? Pouvait-on trouver admissible que les mœurs des Indiens et de leurs femmes, tous proches de la Nature et fort différents de nous, fussent ainsi vitupérées alors que nous les connaissions à peine ? Les Indiennes ne s'enduisent-elles pas de graisse tout simplement pour se protéger du froid de la nuit et des odieux moustiques – lesquels d'ailleurs nous persécutaient puisque nous, hélas ! ne connaissions pas cet usage ? ! Enfin elle leur fit un si beau sermon qu'ils se retirèrent tout penauds, non sans avoir serré la main de Bellandos qui n'en demandait pas tant, et marmonné quelques excuses.

Et voici que nous vagabondions encore. Autrefois, ç'avait été en compagnie de Quatre-Bouches ou Meilleur-Fardeau, plus tard ce furent les Paiacù, les Wanauhia, les... et il y avait eu Marcus (je n'osais plus jamais penser au père de Francesco. Seigneur ! où était-il, maintenant ?). Et le père Goffredo. Et le mystérieux Alete-heia. Désormais, avec Jacques Bellandos. Plus tard, avec qui ?

Inaua connaissait elle aussi ce sentiment inconfortable et m'en parlait quelquefois : des gens que vous aurez à peine le temps de connaître traversent votre vie, puis disparaissent ou meurent ou s'en vont, ils tournent les talons et ne vous abandonnent même pas l'empreinte de leurs pieds, comme s'ils étaient tous voyageurs sur notre planète, feuilles emportées par les vents, mal collées sur le mur d'où l'ouragan les enlève, avis de passage. Qui avais-je connu ? Qui avais-je serré dans mes bras, tenu, et retenu à part bien sûr Francesco, et sans doute Inaua ? Personne. Personne. J'aurais voulu qu'un Indien vienne me saisir par le bras, fît de moi sa femme et m'indiquât avec rudesse que dorénavant je devrais vivre là, ici, pas ailleurs, pas toujours ailleurs, m'installer là, et rester. Quel Indien aurait voulu de moi ? ! Et pire : qu'aurais-je réellement voulu ? Je savais que j'étais vouée à glisser entre les doigts des gens, sans même pouvoir ainsi mesurer le temps qui nous est compté : mauvais sable. Inaua devait être comme moi. Cela nous réunissait. Au début, comme elle était bois d'ébène volé en Afrique et moi bois blanc exporté de France, nous avions cru être fort différentes : nous faisions erreur. Nous nous ressemblions beaucoup.

Quelle drôle d'existence... Et ce grand crétin de Bellandos qui scrutait constamment le haut des arbres ! Il espérait attraper un écureuil ou toute autre bestiole... que de saines préoccupations ! J'avais envie de rire de moi-même et non pas de m'apitoyer. J'en profitai pour héler John ou Jean :

— Alors, mon bon ! ? Allez-vous bientôt nous brandir sous le nez votre premier castor ?

— Pour ma part, dit-il vexé, je ne me moque pas de vous ! J'étais un cocher, moi, avant que vous ne m'entraîniez dans cette aventure !

— Et il m'en veut, en plus ! dis-je à Inaua.

— Il n'a peut-être pas tort ! répondit-elle en me lançant un gros fruit un peu trop mûr.

J'évitai le fruit, et m'apprêtai à me disputer avec elle, mais je vis qu'elle riait. C'était là où se trouvait sa force. Elle riait.

Francesco vit mon désarroi, et me regarda d'un petit air taquin. Lui aussi me lança un fruit – plus petit. Il riait. Il regarda Inaua, puis ils se mirent à rire tous les deux, l'un en face de l'autre, comme des enfants.

La nuit tombait d'un seul coup. A chaque fois, on entendait l'Ecossais maugréer, puis Bellandos donnait des conseils pour que chacun fît sa part de travail afin d'établir un semblant de campement, faire du feu, préparer quelque chose à manger.

Cette fois-ci, nous avions fait halte au bord de la Rivière des Ouachitas, une grande rivière qui se jette dans la Rivière Rouge plus loin au sud, avant que cette dernière ne rejoigne le Missisipi. Bellandos disait que nous progressions de plus en plus vers le nord-ouest. Il escomptait trouver, beaucoup plus au nord, la Rivière Arkansas, mais connaissait mal les terres qui nous séparaient de cette région. Moins de marécages, autant de forêts, quelques plaines herbeuses, des vallées, disait-il. Et des Indiens très différents des Choctaws. Ceux-ci avaient l'habitude des transactions avec les Blancs, des traités, des petites guerres. Les Choctaws, par exemple, avaient plusieurs fois trahi les Anglais et souvent combattu aux côtés des Français. Ils n'hésitaient pas à vendre les peaux à des trappeurs tels que Bellandos afin d'obtenir des fers de hache, des pointes de métal, du fil de fer, des outils. Quelques balles et de la poudre, parfois, mais rarement. Beaucoup d'autres Indiens n'auraient jamais fait le moindre troc avec les hommes blancs, et ne les auraient jamais approchés, sauf pour les capturer et leur décocher quelques flèches.

— Ces Indiens sont si farouches qu'ils ne parlent pas avec nous, ne nous prennent pas comme esclaves, contrairement aux Iroquois, et ne gardent jamais le moindre prisonnier. Même avec les autres nations indiennes, ils se font la guerre et s'entre-tuent. C'est tout.

— Mais, lui demandai-je, avez-vous rencontré beaucoup d'autres tribus ? ou nations indiennes ?

— Non, dit-il, trois seulement. Je cours trop vite !

— Est-ce pour cela que les Choctaws vous traitent de « coureur des bois » ?

— Oui, répondit Bellandos. Parce que je cours. Pour subsister, ici, il faut courir plus vite que les autres. Si nous allons vers le nord, il nous faudra des chevaux.

— Mais Inaua et Francesco ne savent pas monter ! Et l'Ecossais...

— Moi, je sais monter à cheval, dit l'Ecossais, furieux.

— Excusez-moi, repris-je. Mais où donc pensez-vous que nous trouverons des chevaux ?

— Je ne sais pas... Il faudrait les voler chez les Indiens !

Cet homme était un dément. Voler des chevaux chez les Indiens ! Seigneur ! Et une autre lubie qu'il avait conçue, c'était de nous apprendre à capturer les chevaux sauvages, et à les dresser. Voilà ce qu'il avait inventé. Francesco était ravi. Je l'étais moins. Inaua était très mécontente.

— Flavie, me dit-elle un soir, alors que j'allais m'endormir près d'elle, nous ne sommes pas restés en vie dans la selve pour ensuite mourir dans la plaine ou les montagnes de l'Arkansas. Il ne faut pas continuer de suivre ce fou de Bellandos. Il nous entraînerait n'importe où.

— Penses-tu vraiment qu'il est dangereux ? Qu'il pourrait nous conduire à notre perte ?

— Evidemment ! Qui avait signalé nos chevaux aux Indiens choctaws bien avant que nous ne le rencontrions ? A ton avis ?

— Comment ? Mais ce n'est pas possible !

— Si, et je l'ai entendu en parler avec Hactas.

— Ça alors ! Mais crois-tu qu'il irait nous faire du mal, nous livrer par exemple, si c'était nécessaire pour défendre sa vie ?

— Oui. Peut-être.

— Ah vraiment... tu me sidères ! Je ne le voyais pas comme ça !

— C'est un chasseur de peaux. Un trappeur. Un mauvais homme. Les gens capables de dépecer un animal pour vendre sa peau sont mauvais. C'est ce qu'on disait quand j'étais petite fille, en Guinée.

— Comment cela ? Tu as gardé des superstitions de la Guinée ?

— J'ai gardé mes origines. Mes coutumes. Ma façon de penser. Toi aussi. Et toi, tu as même gardé des rubans ! dit-elle en me tirant les cheveux.

— Aïe ! Laisse mes cheveux. Je te laisse tes superstitions, et tu me laisses mes cheveux !

Les événements qui se passèrent ensuite montrèrent amplement qu'Inaua avait raison. Un beau matin, nous aperçûmes au loin les montagnes de l'Arkansas ainsi qu'une rivière inconnue qui ondoyait dans la vallée. Nous descendîmes une colline afin de nous approcher de cette rivière. L'Ecossais et Bellandos nous précédaient, en éclaireurs, pour être sûrs qu'il n'y ait pas d'Indiens dans les parages. Ils remontèrent vers nous et nous assurèrent qu'il n'y en avait aucun.

Les Indiens, je le compris ensuite, n'auraient jamais été assez sots pour se trouver dans les environs à ce moment-là.

Nous étant beaucoup approchés, nous regardions cette rivière, fascinés par son courant puissant. Il se mit à pleuvoir à torrents. Nous courûmes nous mettre à l'abri sous les arbres et, ne sachant trop que faire, nous nous mîmes à contempler les alentours. La colline dont nous étions descendus était couverte d'herbes hautes, et ravinée par des dizaines de minces ruisseaux. La pluie les gorgeait d'eau et ils se précipitaient dans la rivière, entraînant de petites mottes de terre bien pourvues en herbe folle. Je dis alors à Bellandos :

— Croyez-vous qu'il soit prudent de rester ici ? La rivière grossit, et tous ces ruisseaux qui dévalent les pentes vont finir en torrents bientôt...

— Pensez donc ! dit joyeusement Bellandos. On voit ça tout le temps, par ici. Il y a constamment des crues, nous sommes au début de l'été, mais ça se maintient dans des proportions raisonnables...

— Vous croyez ?...

— Mais oui, mais oui...

Et Bellandos sortit un couteau et se tailla distraitement une badine, tout en mâchonnant un brin d'herbe. Jean me lançait des regards interrogateurs. L'Ecossais venait de bondir sur ses pieds et désignait les bords de la rivière :

— Regardez, cria-t-il, il y a des animaux là en bas qui s'enfuient !

Nous entrevoyions en effet de grands buissons bruns qui s'ébrouaient et se mettaient à courir. Ce que j'avais pris de loin pour des buissons étaient les ramures des cerfs cachés dans les herbes. Pourquoi fuyaient-ils ?

La pluie redoublait d'intensité. Soudain je vis un morceau des bords de la rivière, grand comme un pan de mur, qui glissait, emporté par les flots.

— Il ne faut pas rester là ! dit Inaua.

— Tu as raison. Venez tous ! ordonnai-je.

Francesco me suivit aussitôt. Jean et l'Ecossais aussi. Mais Bellandos tergiversait, affirmant que ce n'était qu'un grain, un brave petit orage, et qu'il n'y avait pas lieu de s'affoler.

— Eh bien, restez là si vous voulez, lui dis-je. Nous, nous allons remonter en haut de la colline.

C'était bien plus aisé à dire qu'à faire : les ruisseaux avaient pris de l'ampleur, charriaient de la terre et des cailloux, se réunissaient en petits torrents tandis que le tonnerre grondait. Nous glissions souvent et tombions dans la pente avec notre barda, nos arcs à flèches offerts par les Choctaws, et nos couvertures. Or nous n'avions presque rien pour nous protéger du froid, et il nous fallait absolument tout conserver en prévision des saisons à venir. Je redescendis donc plusieurs fois pour récupérer une couverture ou un ballot de vêtements. Jean descendit aussi pour retrouver son sac avec ses pistolets, même si depuis longtemps il n'avait plus de poudre. L'Ecossais n'avait presque rien sur le dos et grimpait devant nous. Subitement, il se produisit devant lui comme un énorme gargouillis, une source jaillit de terre et lança dans la pente un petit torrent d'eau claire qui le renversa comme un pantin. Il descendit de plusieurs coudées et se retrouva les quatre fers en l'air dans la pente. En cherchant à l'aider, j'aperçus en bas de la colline ce grand bêta de Bellandos qui s'échinait à gravir la pente alors que les ruisseaux, bouillonnant à tout-va, l'en empêchaient désormais. Inaua intervint et me cria, rageuse :

— Flavie ! Laisse-les ! Francesco est déjà en haut.

Mais je ne voulais pas laisser l'Ecossais se débrouiller tout seul. Je fis donc encore quelques pas et le tirai, grimpant mieux que lui qui avait perdu ses chaussures... Il gémit. Je vis que Bellandos parvenait à nous suivre. Il avait de la chance : les ruisseaux rejoignaient la rivière et la faisaient énormément grossir, charriant des torrents de boue. La rivière s'étendait, s'élargissait, envahissant les rives où nous nous étions reposés juste avant, puis se répartissait sur toute la petite plaine que nous comptions traverser. Une immense inondation venait de se produire en un quart d'heure, et la pluie nous écrasait toujours.

Peu à peu, tirant l'Ecossais par la main, je finis par rejoindre mes compagnons au sommet de la colline ; mon fils, avec Inaua, vint me saisir par les bras pour effectuer les derniers pas. La boue glissait sur les herbes et rendait l'ascension très difficile. Nous vîmes que la colline sur laquelle nous étions remontés se trouvait en contrebas d'une montagne plus imposante, elle aussi ravinée par des dizaines de ruisselets.

C'était bien simple : nous avions peur. On aurait pu croire que toute la colline allait s'effondrer, et que la montagne viendrait nous tomber dessus.

— Vous êtes un âne ! dis-je poliment à Bellandos, qui nous avait enfin rejoints.

— Eh ! je vous l'avais dit ! croassa-t-il. Il faut courir vite, dans ce pays !

— ... Et un âne qui ne sait pas reconnaître ses torts. Bien... Allons nous abriter dans ce petit bois, là-bas, et attendons que la pluie cesse. Nous déciderons ensuite de la direction à prendre.

— Comment ça ? dit Bellandos. Il faut rebrousser chemin. Il nous sera impossible de regagner l'Arkansas, maintenant ! Toute la plaine va être inondée...

— Ce n'est pas sûr. Attendons un peu. Nous verrons bien.

Nous passâmes donc la nuit dans un petit bois, sur une autre colline. Nous étions trempés, les pieds couverts de boue, Francesco et Inaua se pelotonnaient contre moi et, au lieu de dormir, je contemplais les étoiles.

Le lendemain, Jean essaya de faire du feu et n'y parvint pas. La première phrase que j'entendis à mon réveil, ce fut :

— Madame Flavie, je vous remercie de m'avoir sauvé la vie, dans la pente, hier !

— Dites-moi, l'Ecossais, vous n'exagérez pas un tantinet ? lui répondis-je.

— Pas du tout. Je ne m'en serais jamais tiré tout seul.

Et il tourna les talons, le front bas, le dos courbé, comme un homme qui va devoir s'acquitter d'une lourde dette. Je m'étais décidée pendant la nuit, et avec Inaua nous déclarâmes que nous voulions continuer vers l'Arkansas, en construisant un grand radeau : les eaux s'étaient calmées et la vallée était tout envahie par un vaste fleuve qui semblait navigable.

— C'est de la folie ! déclara Bellandos. Personne ne pourrait pagayer ou diriger un radeau sur cette rivière... Qui nous dit que plus loin il n'y a pas des rapides ou des chutes ?

— C'est un risque à prendre, lui dis-je. A nous la rivière ! Vous viendrez avec nous si vous le désirez... De toute manière, il nous faut un moyen sûr de nous éloigner d'ici. Or je n'aime pas ce que j'ai trouvé ici hier soir avant de me coucher : regardez !

Je leur montrai alors une flèche cassée, avec une très forte pointe en pierre taillée, ornée d'une courte plume de geai bleue pâle et noire.

— Ouh la la ! gémit Bellandos.

— De quels Indiens cela vient-il ? demanda Francesco d'un ton sentencieux.

— Des Indiens arkansas, dit Bellandos. Ou peut-être des Yazous – parfois ils traversent le Mississipi en canoë et viennent jusqu'ici. D'après ce qu'on m'a dit. Je ne les ai jamais vus, heureusement.

— Quoi qu'il en soit, je pense qu'ils reviendront chasser par ici dès qu'ils verront le retour du beau temps. Je crois que le meilleur moyen de les éviter est de fuir par la rivière. En général, les Indiens ont des chevaux. Ils utilisent plus rarement les embarcations.

Inaua, Jean et l'Ecossais m'approuvaient. Bellandos hésitait encore. Mais après mûre réflexion, si tant est qu'il en fût capable, il se mit à abattre des arbustes en notre compagnie, et tira même de son sac une hachette que nous n'avions jamais vue.

— Je comptais la garder pour faire du troc avec les Ouachitas, dit-il.

— Elle a l'air en tout cas bien utile, dit Jean. Et il reste encore cinq ou six arbres à abattre, là-bas...

A la fin de l'après-midi, affamés, rompus de fatigue, nous disposions d'un radeau assez large. Avec d'infinies précautions, il nous fallut d'abord tout installer dessus, arrimer nos maigres bagages, et prévoir plusieurs rames et un gouvernail. Le soleil allait se coucher à l'horizon quand notre radeau fut mis à l'eau. La grande rivière devenue fleuve ou plaine nous prit tout de suite, nous faisant défiler sur ses flots calmes et souverains comme une planchette taillée par un enfant. Le soleil disparut. L'eau devenait sombre. Où allions-nous ?

Après avoir amarré le radeau à un saule sur un îlot, exténués, nous trouvâmes tout juste les forces pour nous lover dans nos couvertures et dormir comme des loirs.

Je dormis sans doute longtemps.

Francesco me secouait. Malgré le vacarme que faisait la rivière, j'entendais distinctement de méchants petits bruits secs, qui me rappelèrent le son vibrant de nos flèches lorsque dans la selve nous les lancions vers un oiseau et qu'elles se plantaient dans un arbre.

Justement ! Je sursautai et serrai Francesco contre moi. Il mourait de peur : les flèches des Indiens atterrissaient tout près de nous. Quelques-unes s'étaient déjà plantées dans le radeau, ou dans l'arbre auquel il était attaché. Au moment où il se réveillait, Jean se leva brusquement et faillit recevoir une flèche en pleine poitrine. Ce fut Francesco qui au dernier moment le tira vivement par le bas de ses chausses pour qu'il s'accroupît, et cela lui évita d'être transpercé. Bien loin de nous, les Indiens lançaient des flèches très haut, largement au-dessus d'eux, en espérant que certaines retomberaient sur nous. Ils étaient une dizaine, sur la rive, les visages peints de couleurs criardes. Trois d'entre eux étaient en passe de mettre à l'eau un canoë.

Je secouai l'Ecossais et Inaua. Ils se levèrent. Bellandos était déjà en train de dénouer les amarres du radeau et criait dans notre direction. L'Ecossais et Inaua couraient avec nos affaires et s'installèrent sur le radeau. Je pris Francesco dans mes bras et décidai de courir, appelant Jean qui restait là, ahuri, cherchant vainement à rassembler toutes les affaires qui restaient.

— Laissez tout ! hurlai-je. Laissez tout ça ! Ils vont vous tuer...

— Mais... mais on ne peut pas laisser les couvertures, bafouillait-il.

— Laissez ces maudites couvertures ! Prenez vos pistolets et courez.

J'avais déjà atteint le radeau avec Francesco. Inaua m'aida à monter avec lui. Je tremblai de peur... puis de fureur, lorsque je vis que Bellandos se mettait déjà à ramer tout en tenant le gouvernail, sans attendre Jean davantage.

— Arrêtez ! criai-je. Attendez-le, ou je vous jette à l'eau !

L'Ecossais se leva et le menaça de sa rame. Trois flèches lancées en même temps se fichèrent entre les rondins, et une autre dans le pied de Bellandos. Il poussa un cri terrible et manqua partir à la renverse. Le radeau se mit à tournoyer. Inaua s'empara du gouvernail et tenta de lui faire contourner l'île. Par miracle, le courant nous portait plutôt de ce côté : nous n'arrivions pas à filer vers l'aval, mais en tout cas nous étions hors d'atteinte et pouvions enfin reprendre à bord Jean, qui avait fini par rassembler tous nos effets et qui monta sur le radeau, l'air très satisfait ! Je me mis en colère après lui et l'insultai de tous les noms d'animal que je connaissais, pour ensuite lui enjoindre de trouver quelque chose pour panser le pied de Bellandos. Il me regarda comme si j'avais voulu l'humilier : lui, soigner Bellandos ! Inaua lui montra le gouvernail, tendit les rames à l'Ecossais et à moi, puis alla s'allonger près de Bellandos. Elle réussit à lui enlever la flèche qui lui avait traversé le dessus du pied et le clouait au bois du radeau. Il poussa des hurlements épouvantables tandis que nous dérivions enfin vers le milieu de la rivière et que les trois Indiens s'approchaient de nous en canoë. Ils n'étaient plus qu'à un jet de pierre. Celui qui se tenait à l'avant de son embarcation prit une flèche dans son carquois, tendit son arc très soigneusement et décocha la flèche.

Tout se passa en un souffle, une tierce. Je vis la flèche partir. Elle allait atterrir au milieu de nous. Je fis signe à Jean de me donner un arc, mais il ne le trouvait pas. La flèche descendit vers nous. Je criai et m'allongeai sur Francesco. Inaua qui pansait le pied de Bellandos s'en écarta soudain et plongea dans l'eau. La flèche transperça le sac qui se trouvait auprès d'elle. Sans doute aurait-elle été blessée. Je me penchai et voulus lui tendre le bras : elle était restée accrochée au radeau par sa robe, et sa jambe cognait contre un rondin. Des deux bras, je l'attrapai par la jambe et l'aidai à se hisser à bord.

Francesco cria. L'Indien s'apprêtait à tirer une autre flèche : il voyait qu'il ne se rapprochait pas de nous, leur frêle kayak étant plus léger que notre radeau. Celui-ci dérivait naturellement à bonne allure, entraîné par son poids, et nous avions à peine besoin de ramer ; il fallait surtout le diriger. Les Indiens, eux, pagayaient avec force. Mais ils ne réduisaient pas l'écart entre nous, ou bien peu. J'aidai Inaua à se réinstaller à l'extrémité du radeau, près de Bellandos qui tremblait. La deuxième flèche indienne se ficha dans le gouvernail. L'Ecossais avait pris l'un de nos arcs et tentait de tirer une flèche, mais il ne savait pas le faire. Il fallait que ce fût moi, ou Francesco. Inaua grelottait.

— Déshabille-toi, lui dis-je. Tu vas mourir de froid. Cette eau est glacée.

— Mais... les hommes ! dit-elle.

— Ne t'occupe pas d'eux.

Il se passa ensuite une scène comique et extraordinaire, effrayante quand j'y pense maintenant : je me tenais à l'arrière du radeau, pendant que l'Ecossais me tendait les flèches en ne réussissant pas à me les mettre dans la main, tout bonnement parce qu'il regardait du coin de l'œil Inaua, qui se dévêtait et essorait sa robe. Bellandos la regardait. Jean la regardait aussi.

— Arrêtez, Monsieur Scott ! criai-je. Donnez-moi ces flèches et cessez de regarder notre amie.

— Excusez-moi, dit poliment l'Ecossais.

Je le considérai d'un air peu amène et finis par tendre l'arc – j'en avais perdu l'habitude. Je posai calmement la flèche et visai le canoë des Indiens. Ma flèche partit malgré mon bras qui tremblait et tomba juste devant le canoë. Les Indiens, stupéfaits, pagayèrent moins vite, comptant toujours nous suivre, mais ne cherchant plus à se rapprocher. Comme nous dérivions à toute allure et que je leur décochais une flèche de temps à autre, ils abandonnèrent la poursuite après une heure de ce vilain jeu. Nous traversions des plaines inondées, puis des forêts, dont certains arbres ne montraient plus que le haut de leurs ramures : l'inondation avait fait son chemin jusqu'ici. Puis nous arrivâmes sur une sorte d'île où poussaient quelques trembles. C'était sans doute le sommet d'une colline. Nous nous y installâmes après avoir amarré le radeau et soigné Bellandos. Inaua descendit, toute nue, posa ses vêtements au soleil et alla s'allonger dans l'herbe. J'ordonnai à l'Ecossais de m'aider à attraper du poisson. Nous mourions de faim. Francesco réussit à faire du feu. Jean fit griller quatre malheureux poissons. Alors que la nuit tombait, nous avions toujours faim, et Francesco se plaignait. Il nous fallait de toute urgence descendre ce fleuve, et repartir tôt le lendemain. Je décidai d'organiser des gardes afin que personne ne vînt nous surprendre.

Ce qui nous surprit surtout, le lendemain, alors que nous comptions atteindre l'Arkansas, ce fut de constater que, le courant allant évidemment dans l'autre sens, nous étions redescendus vers la jonction avec le Mississipi alors que nous pensions dériver vers le nord ! Il est vrai que si nous avions réfléchi une minute, nous aurions compris qu'il était impossible d'aller vers l'Arkansas sans remonter à contre-courant. Emportés par l'inondation et par le flot des événements, nous n'avions pas même réfléchi au fait que nous partions du mauvais côté. Nous vîmes donc le comptoir des Natchmotchez puis l'endroit où l'affluent rejoint la rivière des Ouatchitas. Cet affluent sur lequel nous étions, nous finîmes par le reconnaître : c'était le Bayou Bartholomew, à moins que ce ne fût le Bayou Macon. Bellandos n'arrivait à rien reconnaître, tant l'inondation avait gonflé les eaux.

De surcroît, il se plaignait constamment de son pied, et disait qu'à cause de nous, il ne courrait plus jamais. Dire que lui qui n'avait jamais eu maille à partir avec les Indiens, il fallait que ce fût avec nous qu'il fût ainsi meurtri ! Quelle déveine ! Il alla même jusqu'à affirmer que c'étaient Inaua, Jean et l'Ecossais qui nous portaient malchance ! S'il avait voyagé seul avec moi, tout eût été différent ! affirma-t-il.

Je dus lui enjoindre de se taire, et me jurai de le laisser au premier comptoir dès que l'occasion s'en présenterait. Mais pour le moment, nous n'étions nulle part : plus aucun îlot, des troncs d'arbres blancs tout seuls, plantés dans l'eau, quelques ajoncs... le bayou. Nous étions perdus dans cet immense marigot qui en certaines saisons recouvre d'invraisemblables parties de ce territoire, et ne savions pas même par où en sortir. Le courant nous avait poussés doucement en direction du Mississipi, puis s'était diverti à nous dérouter, et nous étions maintenant perdus dans un endroit où d'habitude il n'y avait sans doute aucun fleuve. Le radeau ralentissait, je pris l'arc et le tendis en espérant que quelque gibier prendrait son vol sous mon nez. C'était pour rien. Bientôt le radeau s'arrêta. Nous mourions de faim, immobiles, sur une eau étale que ne troublaient pas même les bonds des grenouilles. Plus rien ne bougeait. Plus rien ne bougeait, absolument rien.

— Mangez, buvez, ne vous gênez pas ! Restaurez-vous ! Cela nous fait grand plaisir de recevoir ici des gens. Nous n'avons vu personne depuis deux mois.

Le lieutenant Bernière allongea ses pieds sous la table. Il était chez lui. Son fortin, au-dessus des Natchez, non loin de la Pointe-Coupée, représentait le seul îlot de civilisation qu'il pût y avoir dans le bayou. On le ravitaillait tous les trois mois. Sa petite garnison, composée d'une vingtaine d'hommes, se morfondait toute l'année.

Je dévorais une cuisse de poulet.

— Mais étiez-vous sortis avec seulement six hommes, lorsque vous nous avez trouvés ?

— Ma foi oui. Il vaut mieux être peu nombreux. Les Chicachas se déplacent constamment, et si nous sortions à une douzaine, ils nous repéreraient vite. En petit nombre, nous passons inaperçus.

— Alors, ce sont peut-être eux qui nous ont attaqués sur la rivière, plus au nord, dit Inaua.

Le lieutenant la regardait avec curiosité, mais aussi avec un brin de bienveillance. Comme tous ses hommes, il devait la trouver jolie. Mais je n'étais pas en reste. Plusieurs des sous-officiers me dévoraient des yeux – ce qui déplaisait fort à Bellandos, à qui on avait donné une canne, et qui ressemblait à un grand blessé de guerre ! Jean et l'Ecossais, encore fourbus, mangeaient de grandes quantités de légumes et de viande. Francesco s'escrimait à enlever tous les minces bouts de viande qui restaient à la carcasse du poulet, et rouziguait les os.

— Mademoiselle, dit le lieutenant à l'intention d'Inaua, tout le bayou n'est qu'un vaste territoire chicacha. Si des Indiens vous ont attaqués au nord, ce sont eux. On les reconnaît d'ailleurs aisément : ils ont des flèches à pointe en pierre taillée et se couvrent de peintures de guerre.

— Ce sont eux, dis-je. Et vous les redoutez beaucoup ?

— Ah, que oui ! Parfois ils nous assiègent dans notre fortin durant des jours... puis s'en vont d'un seul coup sans crier gare. Si nous partons chasser et que nous abattons un beau cerf, nous sommes aussitôt pourchassés à notre tour.

Plusieurs officiers approuvèrent bruyamment. L'un d'eux, le sergent Taconnet, déclara :

— Ce n'est pas que nous ne soyons pas braves... mais ces Indiens-là sont extrêmement malintentionnés. Ils tuent tout ce qui bouge !

— Eh oui, ajouta Bernière. Nous sommes chez eux, après tout.

— Vous voulez dire qu'ils ont le sentiment que nous violons leur territoire.

— Certes, et davantage encore. Nous ne chassons pas comme eux. Nous prenons à la forêt ce qui nous plaît, alors qu'eux sont parcimonieux, modérés. Ils prient les esprits du cerf avant de le chasser. Je connais ces choses, parce que, autrefois, avant l'époque des Français, nous avions d'assez bons rapports avec eux. Mais à force de se battre entre nous, à force de nous opposer entre colons, et d'enrôler ces Indiens dans nos conflits, nous leur avons donné des mœurs redoutables. Ils n'ont aucune confiance en nous. Pour eux, nous sommes des gens sans foi ni loi. Maintenant qu'ils en sont convaincus, chaque fois qu'ils voient un Blanc, ils le pourchassent. Et quand ils en attrapent un, ils ne se contentent pas de le tuer. Ils ont des manières cruelles.

— Mais vous dites « avant l'époque des Français » ? Vous étiez ici, avant ?

— Oui, en tant que colon. Je venais de Bretagne. Puis j'ai servi dans l'armée française à La Nouvelle-Orléans, comme presque tous mes hommes ici. Ensuite, c'est l'armée américaine qui nous a enrôlés : il n'y avait personne d'autre. Le sergent Frick, là-bas, est anglo-américain. Les autres sont français d'origine, comme moi, et parfois nés ici.

— Nés ici ?

— Mais oui. Dès les années 1740 – cela fait tout de même soixante ans – un compagnon de mon grand-père, nommé Capucin, fit partie des gens massacrés par les Natchez. Plus tard les Chicachas prirent le dessus, et massacrèrent autant de Français que d'autres nations indiennes. Mais tout cela est bien connu... Vous qui lisez des livres, Madame, vous avez sûrement lu *Le Voyageur françois* ? C'est un livre qui a été publié à Paris, il y a une bonne dizaine d'années. On me l'a envoyé de France (le lieutenant Bernière ajouta ceci avec fierté). Il raconte tout ce qui s'est passé ici à l'époque de mes grands-parents. Ceci étant dit, tous ont été massacrés par les Chicachas, malheureusement.

J'allais faire des commentaires sur le fait que j'avais été un peu libraire à La Nouvelle-Orléans, mais je tins ma langue : et si ces braves soldats avaient su que nous étions recherchés depuis quelques semaines ? Au lieu de cela, je contai que nous étions partis de Floride, où nous étions arrivés depuis peu, et que nous voulions nous rendre vers l'ouest ; que nous avions rencontré Bellandos en chemin ; et que l'inondation nous avait surpris.

Le lieutenant Bernière et le sergent Taconnet me regardèrent comme si nous étions les fous les plus abrutis, les plus stupides qu'ils aient jamais rencontrés.

— Comment, dit le sergent, vous êtes partis ainsi, du côté du bayou ? Et sans armes ? !

— Mais non, répondis-je. Nous ne sommes pas fous ! Notre ami Jean a deux pistolets !

— Deux pistolets ? ! Deux pistolets ! gémit le lieutenant.

— Deux pistolets ! reprit le sergent, ébahi.

— Mais enfin, il vous faudrait à chacun et chacune deux fusils, avec beaucoup de poudre, des balles en quantité, et si vous naviguez sur le fleuve, il vous faut au moins deux grands radeaux !

— Tout cela est bel et bon, mais nous n'avons pas de fusils ! maugréa Jean.

— Nous vous en donnerons ! dit le lieutenant. C'est la seule chose que nous ayons à profusion. Nous avons de vieux fusils pris aux Espagnols, des fusils plus récents qui proviennent des Français... et la poudre est la seule chose que nous ayons en quantité.

— Je vous les paierai, dis-je. Il me reste encore de quoi.

— Oh, ce n'est pas utile, dit Bernière d'un ton magnanime. Mais si vous voulez faire un cadeau à mes hommes, ils ne refuseront pas.

Le lendemain, nous quittâmes le fort, équipés de pied en cap par ces soldats américano-français. Ils nous avaient donnés douze fusils, cinq barils de poudre, et nous aidèrent ensuite durant toute une journée à fabriquer deux radeaux. Ils sortirent tous de leur fortin, et huit d'entre eux nous entouraient pour nous protéger en cas d'une attaque des Chicachas.

Vers le soir, alors que Bellandos nous quittait – il avait décidé de rester au fortin et d'attendre que son pied fût en meilleur état pour courir à nouveau le bayou, et nous tous étions soulagés de le laisser –, nous nous installâmes sur les deux radeaux, grands et solides, chacun doté d'un gouvernail. Avec nous venait un soldat nommé Foucher : le lieutenant l'avait chargé de descendre avec nous jusqu'au Mississipi, de gagner ensuite à pied La Nouvelle-Orléans, et de délivrer un message au gouverneur et aux autorités militaires pour leur signaler les attaques répétées des Chicachas. Le lieutenant était convaincu que ses chefs ne feraient rien, ou enverraient tout au plus quelques hommes et quelques fusils, mais il tenait à exposer la situation, afin que l'on comprît bien à La Nouvelle-Orléans que tôt ou tard ceux qui survivaient au nord de la Pointe-Coupée seraient massacrés.

Ce brave Foucher nous dit qu'il ne nous encombrerait pas, et qu'il se chargerait même de toute commission que nous voudrions qu'il fît pour nous à La Nouvelle-Orléans : n'y avions-nous pas des parents, comme tous les gens d'ici ?

L'idée me vint de faire parvenir un message à mon bon ami le

Dr. Jamieson. Il pouvait peut-être nous dire ce qui se tramait à La Nouvelle-Orléans, apprendre si nous étions toujours recherchés, et me raconter ce qui se passait à la Maison Rouge. J'écrivis donc un bref message à son attention, lui disant de nous répondre chez lui, dans le Kansas, où nous irions sous peu ; le cachetai avec une brindille, le confiai au soldat Foucher avec une pièce d'or comme récompense. Celui-ci me baisa les mains. Quand nous le laissâmes à la jonction du Mississipi, il m'assura que cette lettre serait remise « à Monsieur le Docteur » sans faute, et qu'il se ferait tuer plutôt que de la perdre.

Nous étions à nouveau seuls tous les cinq, et avions décidé de remonter à pied vers Natchez. En effet, le lieutenant Bernière nous avait dit que trois ou quatre fois l'an un bateau partait de ce grand comptoir et remontait le Mississipi au moins jusqu'à Memphis ; que c'était le moyen le plus sûr de gagner le nord, si nous voulions ensuite aller vers l'ouest, au Kansas, en coupant par exemple à travers l'Ozark et en traversant la Rivière Marais des Cygnes ; mais c'était un très long voyage et nul n'aurait parié que nous l'accomplirions.

— Il faut prendre un bateau près d'un petit village nommé Dolorosa, dis-je à Inaua.

— Oui, Flavie. Tu me l'as déjà dit deux fois.

— Excuse-moi. Je suis inquiète. Si nous courons encore sur ces chemins et ces pistes durant trois jours, nous serons peut-être là-haut à temps pour le prochain bateau.

— Ecoute, nous allons le plus vite possible. L'Ecossais peut à peine courir. Ton fils est petit. Nous faisons de notre mieux. Est-ce qu'il te reste encore un peu d'or ? Ou bien as-tu tout donné aux hommes du lieutenant Bernière ?

— Il me reste un peu d'or, oui. Bien assez pour prendre ce bateau. Mais après... Je ne sais pas. Je crois que j'aurais dû envoyer un message au Dr. Jamieson en lui disant de vendre la Maison Rouge.

— Oui, fit Inaua pensive. C'est triste, mais je crois qu'il le faut. Je ne sais pas pourquoi, mais j'ai le sentiment que nous n'y reviendrons jamais.

La *Sleeping Mermaid* était une espèce de monstre de bateau, pourvu de rames et de roues à aubes, et même d'un moteur qui fonctionnait rarement. Lorsqu'il daignait se rendre utile, ce moteur actionnait les roues à aubes, et faisait avancer le bateau à une vitesse vertigineuse. Lorsqu'il ne fonctionnait pas, le petit équipage de seize hommes se mettait à ramer, et nous progressions alors de quelques encablures chaque jour... Nous étions montés à bord en donnant nos dernières piastres, et impressionnions beaucoup les messieurs venus du sud parce que nous étions lourdement armés, et de fusils espagnols, en plus ! Les hommes, souvent des négociants, n'avaient sur eux qu'une paire de pistolets. Rares étaient les femmes à bord. Lorsque nous en croisions, il s'agissait presque toujours de la femme ou de la maîtresse d'un riche marchand qui partait acheter du tabac, du coton ou autres denrées. Il poussait dans ces régions du centre un excellent tabac, dont on faisait grand commerce depuis cent ans. Quant au coton, il s'acquérait en quantité impressionnante qu'on acheminait sur des bateaux à fond plat qui mettaient seulement trois jours à descendre le Mississipi, et des semaines à le remonter à vide. La *Sleeping Mermaid* dépassait de temps à autre l'un de ces bateaux en cornant un grand coup pour prévenir de son encombrant passage : elle était plus grande que tous les autres navires qu'on pouvait voir sur le fleuve. Pas de soldats, aucune police : personne ne faisait attention à nous. On nous prenait pour des aventuriers qui allaient ensuite partir vers l'ouest afin de chasser le bœuf sauvage à travers les vastes plaines. Il se murmurait à bord que plusieurs grands chasseurs étaient déjà passés par là, s'enrichissant grassement en vendant de la viande aux comptoirs établis sur le fleuve.

Il y avait plus étonnant. Un bateau équipé de roues à aubes, plus petit, nous rejoignit, et nous dépassa. A son bord se trouvaient une douzaine d'hommes, tous chasseurs équipés de lourds fusils à canon très long – comme les nôtres – et même d'une couleuvrine qui servait surtout à effrayer les Indiens au cas où ceux-ci se présenteraient avec des intentions belliqueuses.

Ces hommes avaient organisé un commerce effrayant : ils tiraient sur tout ce qui s'approchait du fleuve en matière d'animaux sauvages – daims, cerfs, sangliers, et quelquefois aussi des bœufs musqués – puisque ces bêtes venaient boire dès que les eaux avaient un peu baissé ; ils en faisaient grand carnage, rapportaient la viande à bord... et la vendaient ensuite à l'équipage de la *Sleeping Mermaid*, qui les suivait toujours à une ou deux heures de marche.

Ecœurant spectacle ! Comme nos compagnons de voyage n'avaient que ce loisir, ils se gavaient de viande en restant à table quatre ou cinq heures. Les plus riches des commerçants régalaient leurs confrères moins chanceux, le vin et les alcools coulaient à flots ; de rares disputes se terminaient vite, tant les convives étaient ivres et défaits !

— Je vois que vous n'appréciez guère ces agapes, me dit un négociant grand et mince – un rouquin au visage en lame de couteau, mais bien habillé, avec quelque chose d'élégant et une silhouette dégingandée. Permettez-moi de me présenter : Robert Beardmore. J'habite à La Nouvelle-Orléans... mais je viens d'un petit village appelé Guildford, dans le Surrey. Je suis anglais. Je fais partie de vos « ennemis traditionnels » ! Ah ah ah !

— Je n'ai aucun ennemi, pas même traditionnel, dis-je poliment à ce jeune séducteur. N'allez-vous pas manger avec vos amis ? On prétend que c'est au cours des repas que se concluent les bonnes affaires...

— Oh ! les bonnes affaires ! Nous en ferons, de toute façon ! Il n'y a qu'à rendre visite aux planteurs de tabac dans le nord, aller toujours plus loin, rencontrer des fermiers inconnus, et acquérir un produit que nous vendrons quatre fois plus cher à La Nouvelle-Orléans, ou dix fois plus si nous attendons que vienne un acquéreur d'Europe. Un Hollandais, tenez ! Les Hollandais nous achètent beaucoup de tabac.

— Vous êtes si riche que vous ne vous souciez plus de vous enrichir, commentai-je. Cela vous laisse une liberté certaine...

Inaua s'approcha et prit part à la conversation. Au bout de quelques minutes, nous savions tout de ce Robert-là. Il avait laissé sa jeune épouse à La Nouvelle-Orléans ; il jugeait les Françaises fort élégantes et belles ; il se demandait ce que nous faisions sur ce bateau ; d'où venaient nos fusils ; quel commerce nous faisions ; et si une jeune dame française et sa compagne africaine voulaient lui faire le plaisir et l'honneur de le rejoindre dans sa cabine...

Je pensai que tout cela risquait de nous mener fort loin, mais Inaua paraissait contente, et devait avoir envie de se distraire. Par chance, l'Ecossais et Jean devaient dormir dans un hamac à l'avant du bateau, et Francesco s'était juché telle une figure de proue dotée d'une ligne et d'un hameçon. Sans doute enhardie par le fait que nous nous trouvions sur un bateau écrasé de soleil et dérivant paresseusement au long du grand fleuve, Inaua, de plus en plus effrontée, fit comprendre à Monsieur Robert Beardmore qu'elle le suivrait là où il serait prêt à lui donner du plaisir, et au plus vite. Je ne ressentais pas l'envie de m'insérer dans cette aventure, mais Inaua me tira par la main et Robert me lança des œillades ourlées des plus révoltantes promesses, à tel point que, ma sensualité ainsi que la Nature reprenant le dessus, nous passâmes tous trois une après-midi fort agréable dans la cabine de M. Beardmore.

Evidemment, dès le soir, il ne voulut plus nous lâcher. Il fallait que je prétende que Jean était mon compagnon, qu'il était fort jaloux... et que mon fils verrait d'un mauvais œil qu'un nouvel homme entrât dans mon existence, ou dans celle d'Inaua. Je ne vis jamais un homme faire aussi vite autant de promesses : il voulait divorcer ; nous épouser toutes deux, ou l'une puis l'autre ; nous faire crouler sous les cadeaux ; nous acheter une maison à Memphis ; ou à Saint Louis ? ou dans le Kansas ?... nous offrir des robes, des bijoux, brader ses cargaisons de tabac et nous couvrir de présents somptueux... rien n'était assez beau pour nous !

Je voulus garder avec lui quelque distance, mais cet homme, oserais-je me l'avouer, me plaisait un peu, et j'étais heureuse qu'il plût aussi à Inaua. En me trouvant avec elle et lui, je goûtai de nouveau une intimité que j'avais connue avec elle et je n'osais admettre que j'en étais heureuse. J'avais donc soudain peur d'avoir quelque chose à perdre.

Pour une raison qui m'échappait, je craignais aussi d'être prise en faute par Francesco, ou de manifester trop peu de vergogne à ses yeux, que sais-je encore. Jean et l'Ecossais allaient soudain devoir jouer le rôle de domestiques ou de fidèles seconds, et ceci me déplaisait. Je m'en ouvris à Inaua, qui se mit à rire de moi, me disant que je n'acceptais pas assez mon bonheur et que, comme nous avions pas mal souffert depuis quelque temps, nous pouvions peut-être nous accorder une sorte de pause consacrée au plaisir. Une fois encore, son impudence me stupéfiait !

Je décidai d'exposer franchement la situation à l'Ecossais, qui me paraissait peut-être susceptible de la comprendre... et de l'exposer à notre ancien cocher. Mais je dus encaisser une révélation qui me frappa durement, et me montra combien j'étais aveugle.

— Madame Flavie, me dit l'Ecossais, j'aime beaucoup Mademoiselle Inaua, et je suis bien fâché qu'elle puisse appartenir à quelqu'un d'autre, fût-ce provisoirement. Quant à John, mieux vaut que je ne lui dise rien, car il est si coiffé de votre belle personne que je doute qu'il accueille cette nouvelle avec détachement !

— C'est joliment dit, l'Ecossais ! mais je suis consternée ! Pourquoi ne m'a-t-il rien dit ? Pourquoi n'avez-vous rien fait comprendre à Inaua ?

Il me servit alors une figure longue d'une aulne, coiffée d'un petit regard triste qui faisait peine à voir.

— Il ne vous a rien dit parce qu'il pense être un vaurien, et que vous êtes une grande dame. Et je n'ai rien fait entendre à Mademoiselle Inaua parce que, tout simplement, elle ne m'aime pas.

Je crus donc que j'allais devoir me dissimuler pendant le reste de la traversée, rejoindre en cachette Inaua et Robert la nuit, lorsque tous dormiraient... Fatale erreur ! Ah ! si au moins cela avait pu se produire... Comme j'eusse été heureuse de devoir me cacher et jouer les gourgandines, de nuit... Mais les guerriers chicachas veillaient, se tenant à distance respectable du petit canon des chasseurs, et à bonne portée de la *Sleeping Mermaid*. Un soir, alors que je songeais à mes petites intrigues amoureuses et que j'avais couché Francesco dans ma cabine, je montai sur le pont... pour voir dix flèches enflammées tomber juste devant moi !

Les Chicachas nous poursuivaient, ivres de l'espoir d'incendier le bateau et de nous y faire rôtir. On racontait d'ailleurs qu'ils brûlaient les prisonniers après les avoir torturés.

Je courus chercher Inaua et Robert tandis que de tous côtés retentissaient des appels aux armes et que l'équipage commençait à éteindre le feu. Les flèches frappaient parfois un gros négociant fin saoul ou un matelot tombé du hamac. Quelques secondes plus tard, je me retrouvai sur le pont avec John, l'Ecossais, Robert, Inaua, plusieurs hommes et hommes d'équipage, et nous rechargions constamment nos fusils, maniant les poires à poudre avec beaucoup de ferveur. Nous étions tous conscients du fait qu'il fallait tout faire, sauf tomber vivants aux mains de ces Indiens-là.

Embusqués derrière des coffres, des cordages, abasourdis par le feu roulant de nos fusils, l'odeur âcre de la poudre nous affligeant de ses vapeurs entêtantes, nous tirions sur tout ce qui ressemblait à un canoë. Les Chicachas s'approchaient, lançaient une bordée de flèches, pagayaient en arrière pour se mettre à couvert, revenaient... et nous assiégeaient bel et bien, car si nous étions aussi nombreux qu'eux et mieux armés, ils finirent par incendier la *Sleeping Mermaid*. Je descendis chercher Francesco : nous allions tous et toutes passer à bord du bateau des chasseurs, la *Red Goddess*, qui s'était rapproché mais dont le canon n'était d'aucune utilité.

Nous entendions, depuis les canoës, des cris furieux auxquels nous ne comprenions rien :

— Achafalaya ! Achafalaya !

— C'est le nom du fleuve, dit un trappeur Les Choctaws et les Chicachas appellent ainsi le Mississipi. Ils ne veulent pas que nous naviguions sur leur Grand Fleuve.

Pour ce motif, les Chicachas firent de nous grand carnage : en passant d'un bord à l'autre, nous nous exposions à leurs flèches, et les moins agiles ou les plus gros furent vite expédiés par le fond. Au moment de sauter, John me lança ses pistolets et son fusil. Il fut transpercé d'un coup de lance sous mes yeux. Inaua et Francesco réussirent, aidés par moi, à passer sur la *Red Goddess*. L'Ecossais monta lui aussi à bord après avoir dû sauter à l'eau. Je retournai, cherchant à aider Robert qui nous hélait depuis la *Sleeping Mermaid* en feu. La chaleur était devenue insupportable et dans la lumière des flammes, j'entrevoyais les Indiens qui, hurlant tels des démons, dansaient devant le feu qu'ils avaient allumé, décochant leurs dernières flèches en une gerbe d'effrayantes étoiles...

Plusieurs d'entre elles clouèrent Robert sur la paroi proche du bastingage. Sans même avoir eu le temps de lui tendre les mains, je le vis s'écrouler sur le pont dont il allait bondir, puis tomber dans les flammes et brûler comme une torche. Je hurlai si fort que je fis peur à l'un des chasseurs qui s'apprêtait à servir la couleuvrine ; il n'avait plus à se soucier de toucher ou non la *Sleeping Mermaid* : il mit un tout petit boulet dans le canon, visa l'un des kayaks et mit le feu aux poudres avec un tison et une mèche. Le boulet partit et traversa l'un des canoës avec un bruit de tonnerre, faisant tomber d'un coup cinq guerriers dans le fleuve.

Les autres Chicachas comprirent qu'il était sage de battre en retraite. L'odeur de bois calciné et de chairs brûlées était asphyxiante. Je laissai tomber mon fusil dans l'eau et pleurai. Soudainement, nous nous trouvâmes dans la nuit, éclairés par les seules lueurs du bateau qui brûlait encore.

Le bilan de cette terrible journée resterait pour toujours gravé dans ma mémoire. Inaua et moi vivions, notre amant était mort, Francesco vivait, heureusement ! et l'Ecossais avait l'air tout content de s'être tiré de là. John était mort, le bon et fidèle John dont je n'avais même pas su percevoir l'amour, dont j'avais sans doute mal jaugé le dévouement... Rien ne l'obligeait à nous suivre dans notre fuite, il nous avait accompagnés partout, et je me souvenais maintenant de mille petits gestes qu'il avait faits pour chacun de nous, quand il se nommait Jean, quand il s'appelait John, ou même autrefois quand il conduisait Francesco chez le précepteur et qu'il lui laissait en secret tenir les rênes.

Notre nouveau bateau ne comptait qu'un maigre équipage d'hommes rudes et prêts à tout. Ils étaient fort contents d'avoir à leur bord des femmes, notamment celles des négociants, dont certaines étaient peu farouches, mais ils se permettaient aussi de rançonner les commerçants qui étaient restés en vie, faisant valoir à ces hommes que rien ne les obligeait à les prendre à leur bord. Les bourgeois de La Nouvelle-Orléans, humiliés et sans armes, durent payer cher leur transbordement ! Quant à nous, dès qu'on vit nos fusils, on nous accepta volontiers. Bien sûr, pour des chasseurs, la présence d'une petite jeune femme noire à bord était choquante, mais la drôlesse avait de la repartie, dirent-ils, et on allait peut-être s'amuser d'elle un de ces jours... Ils devinrent fort respectueux lorsque Inaua mit à l'un d'eux le coutelas sous la gorge, et que je montrai d'un air significatif les beaux pistolets que John m'avait légués.

Nous avancions peu, mais les chasseurs ne s'arrêtaient plus que rarement pour faire provision de gibier. Bientôt nous arrivâmes à un tout petit comptoir du nom de Tallulah, qui était construit un peu à l'écart du fleuve. Il y avait là un fort solide, tenu par les

Anglais. Nous leur demandâmes asile et assistance, et une fois encore les commerçants durent verser une obole, tandis que les chasseurs offraient quelques cuissots. Je jugeai prudent de nommer à nouveau l'Ecossais de son vrai patronyme, et de me faire appeler Lady Flavia, ce qui plaisait énormément à Inaua. A force d'avoir fréquenté les mêmes cours que Francesco, elle parlait bien sûr un anglais presque parfait, et inventa d'elle-même que mon fils s'appelait Francis, et que nous comptions rejoindre le Kansas pour nous établir dans le commerce du tabac, car nous avions de grandes richesses à La Nouvelle-Orléans. Les habitants du fort de Tallulah nous regardèrent alors avec de grands yeux. Un capitaine nommé Kay vint nous offrir une petite bouteille de tafia des Iles qu'il avait gardé pour une belle occasion.

Comme nous avions sans doute besoin de réconfort, nous bûmes avec lui, et il ne cessa de prier M. Scott de raconter encore l'attaque des Indiens sur le fleuve. Après une dose conséquente de tafia, il nous raconta que les Chicachas ne se risquaient jamais à assiéger le fort de Tallulah, car d'une part on les attendait de pied ferme, avec canons et baïonnettes, mais d'autre part certaines personnes ici avaient passé avec eux des traités secrets qui... que... vous m'avez compris, insinua-t-il. Nous n'avions rien compris du tout, et repartîmes deux jours après sans savoir pourquoi le fort de Tallulah était si bien protégé.

Sur la *Red Goddess*, nous avions pris nos habitudes. Scott devint ami avec l'un des trappeurs, un gaillard nommé Alan Murray, qui contemplait souvent nos formes les plus rebondies avec un vif intérêt, et décida tout de go de nous accompagner jusqu'au Kansas ! Il aurait bien pu dire en enfer, mais ne savait trop où cela se trouvait, ni où lui-même voulait aller. Il était lassé de tirer tout le temps du gros gibier, et cherchait à se consacrer aux fourrures les plus rares, le lynx, le puma, l'ours et le caracal. Il prétendait avoir plusieurs fois traversé les plaines indiennes et chassé le bœuf sauvage pendant des années. Selon lui, les Indiens nous attaquaient avant tout parce que nous détruisions les bœufs sauvages, et les immenses réserves de nourriture qu'ils représentaient. Je ne comprenais pas cette allégation.

— Mais enfin, lui dis-je, il doit y avoir tout au plus une centaine de chasseurs qui s'aventurent en terre indienne !

— Détrompez-vous, dit Murray. De nos jours, des milliers d'immigrants partent des grandes villes de l'est. Ils ne partent pas seulement de La Nouvelle-Orléans, d'où vous venez ! Par familles et troupeaux entiers ils quittent les cités de l'est et migrent vers l'ouest... toujours vers l'ouest ! disent-ils. On leur a conté que des terres vierges et véritablement immenses s'offrent à eux. Ils vont cultiver le maïs ! abattre du bois ! élever des vaches ! tuer des ours ! Et tous comme des nuages de mouches ils partent n'importe où, car ils s'imaginent qu'à l'ouest, il n'y a personne. Mais il y a deux sortes de personnes, à l'ouest : il y a les Indiens, et il y a les montagnes !

— Les montagnes ? Drôles de personnes en effet ! fis-je.

— Oui, Madame Flavia, les montagnes ! car si on échappe aux Indiens, les montagnes, elles, on ne les franchit pas ! Ce ne sont pas de petites montagnes comme en Europe ! Ah que non ! Ce sont de belles et hautes et vastes montagnes terribles, aux sommets glacés, d'où personne ne revient vivant, sauf un ou deux trappeurs tels que moi. J'y suis allé, Madame, moi qui vous parle ! J'y suis allé ! Très loin au-delà du Kansas... il y a le Colorado, et de formidables, de gigantesques montagnes.

Et notre brave Alan Murray esquissa un geste immense qui plut beaucoup à Francesco mais manqua balayer tout ce qu'il y avait sur la table. Les autres chasseurs vinrent l'écouter. Le bateau dérivait doucettement. Pendant une heure, en buvant je ne sais quel alcool, il décrivit les sapins, les forêts de hêtres et de bouleaux, les Indiens des plaines qui se cachaient sur un seul côté de leur monture et décochaient deux flèches pour tuer un bœuf sauvage, les garçons qui se couvraient le corps de peinture et partaient à la guerre comme leur père et leurs oncle, les trappeurs qu'on payait pour rapporter les coiffures des Indiens, des choses atroces appelées scalps, les gros revolvers qu'on achetait dans les armureries de Denver et qu'on portait dans une gaine appelée holster, les jolies dames qu'on achetait pour quelques heures dans des maisons fermées appelées bordels, les parties de cartes qui finissaient dans la boue de la rue parmi des ruisseaux de sang et d'urine. Francesco, Inaua et moi l'écoutions, fascinés. Son ouest sentait la poudre et la sueur et l'espace.

Après avoir ramé, longtemps ramé, les chasseurs finirent par échouer leur *Red Goddess* un peu au sud de Memphis. Nous les quittâmes. C'était l'automne.

Notre piste, avec Alan Murray, obliquait vers l'ouest. Nous ne voulions pas entrer dans Memphis, par prudence. De toute manière, nous n'avions plus d'argent. J'avais confié une lettre pour le Dr. Jamieson à un cotonnier qui repartait pour le sud à quelque temps de là. Je voulais que notre ami vendît la Maison Rouge et trouvât un moyen de nous faire parvenir l'argent chez lui, là où se trouvait sa famille.

Pauvres, mais libres, et dotés d'un guide qui avait l'air solide, Inaua, Francesco, Murray, Scott et moi fîmes route vers l'ouest, dans l'espoir de rejoindre un jour le Kansas.

— Attention, avait dit Murray. Nous ne pouvons en aucun cas emprunter une route directe. Nous allons cheminer vers l'ouest, jusqu'à la Black River. Ensuite, s'il n'y a pas trop d'Indiens, nous tenterons de gagner Calico Rock, un petit point que je connais, au milieu de nulle part, puis nous franchirons les monts Ozark. Après, si Dieu le veut, nous atteindrons Kansas City par le sud.

— Vous êtes très gentil, Alan, expliquai-je, mais comme nous n'avons pas de cartes et aucune notion de la géographie de ce pays-ci...

— Je veux dire que je prends un itinéraire qui nous fait éviter le gros des nations indiennes. La plupart des émigrants vont trop au nord, et même jusqu'à Saint Louis. C'est très dangereux, car c'est entre ici et Springfield et Saint Louis, dans cette sorte de grand triangle, qu'il y a le plus d'Indiens sur le sentier de la guerre. Les monts Ozark, par exemple, sont plus sauvages, mais nous y verrons moins de Blancs, et moins d'Indiens.

— Nous vous faisons confiance, Alan, dit Inaua.

— Oui, dit Scott.

— Oui ! cria Francesco.

Il nous fit un grand sourire et nous montâmes dans le chariot qu'il avait acheté. Il prétendait qu'il avait de l'argent pour nous quatre, et qu'avoir de tels compagnons était une récompense. Nous avions de nouvelles couvertures, cinq chevaux dont quatre attelés, de la poudre, des balles, des outils, une grosse réserve de café, des couteaux à lame ronde pour travailler les peaux.

Au bout de quelques jours d'épuisantes pérégrinations, nous atteignîmes une petite cité de maisons en bois nommée Judsonia, qui se trouvait au carrefour de quatre pistes. Des immigrants s'arrêtaient là, refaisant leurs forces et leurs réserves de nourriture. Un ou deux négociants les délestaient de leurs derniers dollars et leur indiquaient le chemin du nord en leur disant que c'était l'ouest, afin qu'ils allassent se perdre vers Mammoth Springs et ensuite dans l'Etat du Missouri : tout le monde semblait vouloir que Saint Louis devînt une très grande ville, et que la conquête de l'Ouest s'arrêtât là. Des prêcheurs, des commerçants, des bandits, tous vous convainquaient que seule Saint Louis était digne de respect et qu'on y trouvait tout, argent, amour, religions, paradis sur terre et peaux de renard. Mais surtout, on indiquait aux voyageurs ce que l'on connaissait déjà – Saint Louis et le nord. Quant à l'Ouest, la plupart des gens n'y étaient jamais allés. Les trappeurs aventureux tels que notre ami Murray n'étaient pas légion. Et les colons, ceux qui partaient, les « immigrants » ne revenaient jamais pour dire comment était l'ouest : on ignorait s'ils y vivaient ou s'ils s'y reposaient, six pieds sous terre.

Alan Murray nous annonça qu'il voulait éviter Batesville, au nord, et obliquer vers l'ouest, afin de passer au près d'un grand lac sans nom, en pays choctaw. Les Indiens choctaws étaient d'un contact assez difficile, mais il les connaissait déjà et entretenait des relations avec quelques guerriers parmi eux.

Scott affirma que nous étions fous de nous aventurer si loin des pistes fréquentées, où nous pouvions au moins être secourus par d'autres migrants, et que nous serions rigoureusement seuls en terre indienne, seuls Blancs à oser s'aventurer sur les terres choctaws.

— Je ne suis pas blanche, dit Inaua. Nous ferons ce que suggère Monsieur Murray.

Inaua l'appelait toujours ainsi afin de le tenir à distance. Mais se sentir approuvé par elle l'émoustilla, et il lui lança des regards enflammés. Je me demandai si un de ces jours son vif intérêt pour Inaua, confronté à celui de Scott, n'allait pas finir par nous attirer des ennuis. Pour le moment, ils tournaient chacun autour d'elle, mais d'assez loin, faucons approchant tourterelle farouche.

Francesco me fit un petit sourire de connivence : il avait repéré le manège des deux hommes et s'en amusait, très content de voir que je l'avais repéré moi aussi et que nos signes d'intelligence nous rendaient complices. Le petit rusé ! J'avais un fils né dans la forêt vierge, futé comme un renard et malin comme un singe. Il ne perdait pas une occasion de me le montrer.

Nous nous arrêtions assez souvent pour faire reposer nos chevaux et qu'ils paissent au bord de la piste. Ils broutaient consciencieusement l'herbe verte et odorante, appétissante, et Francesco leur tendait de jeunes pousses ou des feuilles de pourpier. La végétation avait changé. Par endroits, c'était presque celle de la plaine. En d'autres lieux, c'était celle de montagnes peu élevées, un peu comparable à ce que j'avais connu en France. Mais les arbres étaient dix fois plus nombreux. Quand nous traversions une plaine, elle me semblait interminable. Nous foulions les herbes hautes en ayant l'impression que personne, jamais, n'était passé par là. Territoires vierges. C'était cela qui venait à l'esprit en parcourant ces vastes plaines : des terres où jamais personne n'avait posé le pied, inviolées, sacrées, encore fraîches et crissant du bonheur d'être nées, issues de la main de Dieu comme aux premiers temps de l'humanité.

C'était une légende merveilleuse que nous nous contions : des traces infimes étaient visibles dans la forêt, dans la plaine. Un petit brin de branche cassé, des excréments de chevaux qu'on avait balayés avec un buisson, des traces de pas, et même, un beau jour, une *kachina*, comme disait Murray – une poupée fabriquée par les Indiens. Alors nous frissonnions.

Là où jamais nous ne voyions personne, il y avait des gens, et ces gens étaient les Indiens.

Le feu, la nuit. Je me souviendrai toute ma vie de ces feux. Nous prenions notre tour de garde. Inaua commençait toujours. Puis moi. Puis Scott, et enfin Murray. Pour lui, c'était le plus difficile. Il était toujours fatigant de se lever très tôt en se disant qu'on ne reprendrait pas un petit somme ensuite et, de plus, il détestait l'aube. Chacun d'entre nous aimait l'aube, lui la détestait.

— Un nouveau jour, disait-il. Bah ! et alors ? On ne sait pas ce qui va nous arriver. Peut-être les pires ennuis ! Et ce maudit soleil qui vous empêche de dormir, mais qui ne vous chauffe pas assez le dos ! Baah !

Et il grognait toujours en évoquant l'aube, mais tenait à ce que ce fût lui qui veillât, car il ne nous croyait pas capables de garder l'œil ouvert à quatre heures du matin.

Une nuit où nous dormions dans la forêt, sous des sapins, nous fûmes réveillés par la chute de petites épluchures qui tombaient des frondaisons : au-dessus de nous, les écureuils décortiquaient des pommes de pin.

Scott saisit son fusil, tout content de songer à de futures agapes d'écureuil rôti. Murray se jeta presque sur lui et l'empêcha de tirer.

— Vous êtes fou ! dit-il. Tirer des coups de feu en pleine nuit ! Vous voulez réveiller les Indiens ? !

— Réveiller les Indiens ? dit Scott, ahuri.

— Oui. Ils sont comme nous : ils dorment ! Si à quelques lieues d'ici ils entendent un coup de feu, ils ne seront pas très contents !

— Alan, demandai-je, vous voulez dire qu'ils savent déjà que nous sommes là ?

— Vous plaisantez ? Ils le savent depuis des jours. C'est leur territoire, ici. Nous laissons plus de traces qu'un troupeau de bisons !

— Donc, nous allons les rencontrer bientôt.

— Bah ! Quand ils voudront ! Rendormez-vous. Je prends le dernier quart.

Et notre trappeur alla s'installer devant le feu, en maugréant et pestant beaucoup : comment avait-il pu songer à s'aventurer de nouveau sur ces terres qu'il connaissait bien avec des personnes aussi inexpérimentées ?

Les jours suivants, il se rattrapa : il nous laissa seuls, partit chasser et revint avec des peaux de loup gris. Trois belles peaux. Les feuilles rousses des chênes et des ormes voletaient autour de nous, tombant sur les peaux presque noires quand il les étala devant nous sur le sol.

— Mesdames, Monsieur, dit plaisamment Murray, les Choctaws !

Ils étaient là, somptueux, effarants, magnifiques, avec leurs vastes coiffures de plumes blanches et noires, leurs chevaux minces et pommelés, leurs lances en bois léger, leurs boucliers d'écorce. Les Indiens ! Francesco les contemplait avec l'air de celui qui peut mourir, après avoir rencontré pareils gens.

C'était le matin. Le vent soufflait dans la forêt. Nous nous étions rapprochés du lac qui ne portait pas de nom, et après nous être levés, ayant chevauché durant une petite demi-heure, nous les avions rencontrés au détour d'une clairière parsemée de très gros rochers qui semblaient avoir chu d'une montagne voisine et roulé sur les pentes, pour se couvrir ensuite de mousse et de lichens. Les Indiens se trouvaient derrière ces gros rochers, ils en sortirent lentement, pour ne pas nous effrayer, et firent face en tenant leurs chevaux à distance respectueuse des nôtres.

— Ils sont polis, dit Murray. De bonne humeur. C'est bon signe.

Il s'avança seul vers eux et leva la main, puis ôta sa toque de fourrure.

— Salut, êtres humains, dit-il. Je suis Murray.

Un des guerriers, qui avait fait plusieurs pas dans notre direction, lui rendit son salut. Aussitôt, les autres abaissèrent leurs lances.

— Salut, Murray ! dirent plusieurs guerriers.

— Nous ne venons pas voler et chasser sur vos terres, déclara Murray. Nous venons vous saluer, car nous allons plus loin vers le soleil, et vous acheter de belles peaux, si vous en avez à vendre et si toutefois vous voulez vous en dessaisir.

— Nous voulons nous en dessaisir, dit le premier guerrier.

— Salut à toi, Hacteh, dit Murray. Je suis très content de faire à nouveau affaire avec toi.

Je compris alors que toutes les paroles échangées étaient de pure convention, et qu'il s'agissait pour ce parti de Choctaws de faire un échange rapide, sans autre forme de procès. Evidemment, ils ne posèrent aucune question sur nous qui accompagnions Murray : ce dernier nous avait expliqué qu'ils étaient d'un naturel discret, assez courtois quand ils ne se sentaient pas provoqués. D'autre part, il eût été inélégant de poser des questions devant un homme qui avait deux femmes et beaucoup de richesses, et qui leur offrait les plus beaux outils et la meilleure poudre qu'ils connussent en échange de peaux qu'ils n'auraient pas négociées ailleurs : aller vers les petites villes de l'Est et troquer les peaux avec des trappeurs représentait pour eux aussi un danger. Ils étaient donc plutôt reconnaissants à Murray d'être venu jusqu'à eux. Mais en même temps, ils manifestaient de l'inquiétude quant à leurs possibilités de troc : les peaux n'allaient-elles pas manquer, avec l'hiver ? Comment conserver les rares peaux qu'ils prendraient encore aux animaux de leur Mère la Forêt ? Où et comment les négocier après l'hiver ? Murray reviendrait-il ? D'autres trappeurs passeraient-ils par chez eux ? Pouvait-on se procurer d'autres fers pour les pioches, et d'autres racloirs pour les peaux ?

A chacune de leurs questions, Murray répondait lentement, et précisément. Il essayait de se montrer de la plus rigoureuse honnêteté et de leur donner ce qu'ils voulaient en échange des peaux de renard et de loup qu'ils souhaitaient échanger. Mais souvent, les Choctaws, sachant déjà ce que tel ou tel trappeur anglais leur aurait donné, marchandaient âprement chaque peau, et le pauvre Murray nous avoua ensuite qu'il devenait très difficile de faire le moindre profit avec eux : il craignait déjà de vendre ces peaux avec quelque perte s'il ne parvenait pas à retourner assez loin vers l'est pour les négocier. De leur côté, les Choctaws négociaient avec la hantise d'être dupés, car ils avaient été si souvent trompés, autrefois, sur la valeur de leurs fourrures qu'ils les surestimaient aujourd'hui et n'envisageaient pas que chez les Blancs aussi la cote de ces peaux pût changer.

Les palabres autour des fourrures durèrent donc une journée entière. Les Indiens nous conduisirent dans un petit village de tentes, protégé du vent, non loin de là. Notre premier village indien ! Francesco tremblait d'excitation et Scott, de peur. Inaua se faisait discrète : elle savait que les Indiens avaient vu très peu de personnes à la peau noire et la dérangeraient incessamment, avides de la toucher et s'étonnant qu'elle sût monter à cheval. Elle en avait été prévenue par Murray, qui avait dû répondre oui à la question de Hacteh, lequel voulait savoir si la *squaw* à la peau sombre était bien une femelle humaine. Ayant enregistré la réponse, le guerrier choctaw cessa alors de la dévisager et se comporta avec elle comme avec moi, c'est-à-dire avec le plus grand respect.

Les tentes de ces hommes-là étaient ouvertes en haut, et laissaient échapper un filet de fumée. C'était fort étrange : ils réussissaient à garder vif un petit foyer qui se trouvait au centre de leurs maisons. Pour les tentes, certaines étaient immenses : une famille entière y vivait à l'aise, parmi les fourrures et les coussins de peau.

A l'extérieur, de longues perches en bois en retenaient d'autres, comme si l'on avait voulu faire sécher du linge : c'était la viande qui séchait là dehors, afin de ne pas incommoder par son odeur les gens qui habitaient les tentes. Au bord d'une rivière, les Indiens passaient en canoë pour frapper avec des gaules les plants qui poussaient sur la rive ; ils récoltaient ainsi du riz sauvage et cuisaient souvent de grandes quantités de ragoût de viande et de riz partagées alors entre tous les membres de la tribu. Les femmes cuisinaient, raclaient les peaux, cousaient des vêtements. La plupart étaient des personnes belles et vigoureuses, aux longues mains. Elles nous regardaient en face, mais baissaient les yeux quand leurs maris approchaient.

Il m'apparut que certaines de ces femmes avaient plusieurs maris, et que parfois l'un d'eux avait plusieurs épouses – ou peut-être s'unissaient-ils de manière aléatoire ? En tout cas, les enfants étaient élevés par tous, et aucun des guerriers ne paraissait vraiment commander aux autres. Ils ignoraient ce qu'était un chef. Dès que l'un d'eux était plus fort ou avait davantage de prestige dans tel ou tel domaine, il était respecté et commandait plus ou moins. Mais celui qui dirigeait un parti pour la chasse au cerf pouvait n'être qu'un subalterne quand il s'agissait de courir la rivière. Alan Murray nous expliqua que les Choctaws faisaient rarement la guerre, mais que s'ils la faisaient, alors toute la tribu ou presque s'y mettait : hommes adultes, vieillards, garçons, tandis que certaines femmes préparaient des flèches et des lances et que d'autres ravitaillaient les guerriers. Un seul homme échappait à cette loi commune : le sorcier. Celui-ci, nommé Hetac-aota, passait beaucoup de temps éveillé la nuit et examinait les étoiles. Souvent, il se promenait seul, loin des autres membres de la tribu et exigeait que nul ne lui parlât. Il faisait du feu, brûlait un bois odorant ainsi que des feuilles, invoquait des puissances connues de lui seul et réunissait parfois toute la tribu afin d'indiquer ce que le Grand Esprit lui avait dit. C'est ainsi que quelques jours après notre arrivée il déclara que nous étions une bénédiction pour la tribu mais que le trappeur devait partir au plus tôt.

Cette nouvelle fit grand bruit. Presque aussitôt, plusieurs guerriers parmi les plus farouches voulurent s'emparer d'Alan et le jeter hors de leur vue ; ils s'apprêtaient même à le ligoter sur le dos d'un cheval ! Ce que voyant, les autres guerriers, qui avaient négocié avec lui, firent valoir que c'était une méchante façon de remercier un homme avec qui ils avaient fait commerce et qui les avait gratifiés de beaux outils, de poudre pour les fusils et autres objets. Il y eut un grand débat. Ces gens s'assirent et palabrèrent. Je me tenais à distance respectueuse, mais tout près de notre chariot et de nos fusils, tous cachés sous de nombreuses peaux, au cas où il eût fallu défendre nos vies et tirer Alan de ce mauvais pas. Heureusement, cela ne fut pas nécessaire. En discutant avec eux, le trappeur, pas si bête, fit comprendre que s'il lui arrivait quoi que ce fût, il ne reviendrait plus jamais afin de troquer ses beaux outils contre les peaux. Mieux, il déclara que la prochaine fois, il viendrait avec de nouveaux fusils tout neufs que certains Blancs ne pouvaient même pas posséder tant ils étaient rares et précieux. Et il vanta pendant une heure les mérites d'une nouvelle arme à feu, qui selon lui pouvait abattre un bison à quatre-vingt-dix ou cent pas ! De ce fait il fut traité de menteur, hâbleur et vantard, mais palabra si bien qu'il convainquit presque les guerriers choctaws qu'il reviendrait dans trois saisons avec ces armes merveilleuses. On voulut donc bien nous laisser partir sans ligoter Monsieur Murray sur un cheval fougueux, et nous quittâmes les Choctaws en restant dans les meilleurs termes avec eux.

Le matin qui suivit, un froid glacial se fit sentir ; le vent se leva ; un des chevaux mourut ; le chariot, vide d'outils mais chargé de peaux, et donc toujours aussi lourd à tirer, menaçait d'être abandonné. Bien évidemment, Murray ne pouvait s'y résoudre. Mais je lui expliquai que l'hiver allait bientôt venir et que nous risquions de nous trouver avec une belle fortune en peaux, et aucun cheval pour la transporter. Que comptait-il faire ? Voulait-il négocier avec d'autres Indiens ? Mais négocier quoi ? Il n'avait plus d'outils, et très peu de poudre.

— Nos fusils. Vos pistolets.

— Vous êtes fou ! Repartir sans armes ? ! Et comment chasser ?

— Comme les Indiens. Avec des arcs et des flèches. D'ailleurs, vous savez le faire. Vous me l'avez dit.

— Mais je ne l'ai pas fait – et Inaua non plus – depuis longtemps ! Ce ne sont pas des flèches qui nous permettront d'arrêter un cerf en pleine course ! Les Indiens savent fabriquer de bonnes flèches. Pas nous !

— Nous nous arrangerons. Comment croyiez-vous que nous allons passer l'hiver ? Les Indiens ne nous accueilleront que si nous avons quelque chose d'important à leur offrir. J'ai encore nos fusils, qui sont de qualité. Vous avez une paire de pistolets.

Alan Murray ne voulut plus rien savoir. Quatre fusils, deux pistolets. Il n'en démordait pas. Ce serait grâce à ce troc que nous gagnerions, selon lui, le droit de passer l'hiver sous une tente et aussi une douzaine de peaux.

Inaua était furieuse.

— Il ne t'avait pas dit qu'il nous obligerait à troquer les pistolets de John ! Attention, Flavie ! Nous n'aurons plus aucune arme, et nous serons à la merci de n'importe quel Indien ou, pire, d'une petite bande de trappeurs avides qui fera de nous des esclaves et vendra ton fils au premier trafiquant venu !

— Ne t'inquiète pas, lui dis-je calmement, et n'essaie pas de m'inquiéter au sujet de Francesco – je n'aime pas cela... Je sais que nous avons besoin, hélas ! d'être armées. Mais nous n'échangerons nos armes que si c'est strictement nécessaire.

J'ai depuis longtemps perdu l'habitude de vivre au présent, et me suis toujours représenté l'avenir. Je cherchais à deviner, à envisager ce qui allait survenir. Le sort de Francesco et celui d'Inaua m'importait autant que le mien. A de nombreuses reprises, j'avais cru que j'allais mourir dans les deux jours. Or à chaque fois, l'échéance tragique avait été repoussée, comme si nous avions vécu dans un perpétuel atermoiement, comme si la mort n'avait pas voulu de nous ou même, oserais-je l'avouer, comme si une force puissante nous avait toujours accompagnés et préservés de la mort. Cette fois, je ne pensais absolument pas que nous pouvions nous tirer de ce mauvais pas. Je regrettais beaucoup d'avoir quitté La Nouvelle-Orléans si précipitamment. Peut-être aurait-il fallu que nous y restions, quitte à moisir en prison quelque temps ? Peut-être aurions-nous dû songer à partir pour une tout autre destination ? Le Mexique ? Prendre un bateau pour l'Europe ? L'Afrique ? En tout cas, tout aurait mieux valu que ce pays effrayant. Il commençait à faire froid, nous n'avions que des peaux qu'il aurait fallu coudre, nous n'avions aucun abri, nos chevaux allaient mourir de fatigue et nous étions entourés d'Indiens exceptionnellement méfiants, qui épiaient le moindre de nos gestes.

Toujours aussi rassurant, Murray nous avait dit que nous étions entourés d'Indiens et qu'il était anormal qu'ils n'aient pas pris contact avec nous, fût-ce pour nous attaquer. Nous connûmes de surcroît une surprise extraordinaire. Un beau matin, Scott avait disparu. Ses affaires et son cheval n'étaient plus là.

Je devinai qu'il avait trop peur, et avait préféré nous quitter sans mot dire. Près de la couverture qui roulée servait d'oreiller à Inaua, il y avait une grande fleur mauve qu'elle trouva là posée au matin. Ce fut tout. Scott était parti.

Fréquemment, par la suite, je pensai à lui, et ne pus jamais l'imaginer que sous la forme d'un petit corps maigre, percé de flèches et abandonné aux oiseaux de proie. Francesco me dit un jour :

— Je suis sûr que Monsieur Scott est mort.

J'en étais certaine moi aussi. Que lui répondre ? Etait-il trop petit pour comprendre, ou assez grand pour en souffrir ? En tout cas, j'eus le sentiment que pour mon fils comme pour nous, la vie à ce moment-là ne ressemblait plus qu'à une fleur mauve, hâtivement coupée, que le moindre souffle de vent peut emporter. Inaua voulut s'arrêter pour contempler la plaine et faire une sorte de prière pour Scott. Elle fit une chose que je n'avais jamais vue : elle se mit face au soleil, leva les bras, resta ainsi plusieurs minutes, les bras à l'horizontale, murmura quelques mots que je n'entendis pas et attendit qu'un nuage passât pour s'interrompre et puis remonter à cheval, sous les yeux ébahis d'Alan Murray qui avait ces jours-ci une mine exagérément sombre.

— Les Indiens sont là, nous dit-il. Tout près de nous. Je voudrais que nous obliquions vers le nord-ouest et que nous quittions leur territoire au plus vite.

— Très bien, lui dis-je. Faisons cela.

— Est-ce que... Flavie ? Est-ce que vous avez confiance en moi ?

Je fus assez stupéfaite.

— Quelle question, Monsieur Murray ! Est-ce bien le moment ?

— Répondez-moi.

Je sentis qu'il me fallait mentir.

— Oui, j'ai confiance en vous. Maintenant, partons vite !

Nous ne sûmes jamais qui étaient les Indiens qui nous avaient si longtemps épiés et laissés passer sains et saufs sur leurs terres.

Par chance, les chevaux ne moururent pas et nous réussîmes à atteindre Calico Rock sans encombre. C'était un minuscule poste sur une piste à peine tracée et les cinq maisons de bois qui le composaient étaient habitées par des trappeurs, par un fabricant d'alcool et par un éleveur de chevaux. Ces gens étaient armés de quantité de fusils et ne comptaient que sur leurs propres forces pour se défendre. Aucun fortin, aucune loi, aucun drapeau. Les trappeurs connaissaient Murray et le saluèrent assez chaleureusement ; mais hélas, notre arrivée ne fut guère discrète et deux femmes d'un seul coup dans un si petit hameau où ne survivaient que des mâles pouvaient à coup sûr faire grande sensation. Nous fûmes courtisées aussitôt. Un grand diable de trappeur ivrogne qui portait le doux surnom de Grosse-Cognée voulut que je fisse connaissance avec ses genoux et prétendit m'y faire asseoir de force. Lorsque sa mâchoire fit connaissance avec la crosse de mon pistolet, il se frotta le menton, partit d'un grand rire et nous offrit à boire de l'infect breuvage que son ami concoctait. Murray en but un peu et après quelques verres s'écroula raide. Francesco voulut en boire, et je l'envoyai se coucher.

Je fus ensuite approchée par Hillman, l'homme qui élevait des chevaux. Il voulut se montrer plus beau, plus grand, plus important que tous les autres, et se fit grand seigneur : il déclara qu'il nous offrait sur-le-champ six chevaux pour remplacer les nôtres et qu'il reprendrait simplement les rosses épuisées que nous avions ! A cette époque, c'était offrir une fortune. Je commençai par refuser. Il me prit par le bras, me serra trop fort. Je lui dis qu'il me faisait mal et qu'il risquait de tâter de la crosse de mon pistolet.

— Je vous en supplie, dit-il, acceptez mes chevaux. Je suis un homme très malheureux car je n'ai rien à donner à personne. Je n'ai jamais vu une femme aussi belle que vous. Je suppose que vous ne m'épouserez pas. Il faut que vous acceptiez au moins mes chevaux.

C'était la demande en mariage la plus rapide et la moins réussie que j'eusse jamais entendue.

— En effet, répondis-je, personne n'aura ma main. Je compte partir vers le Kansas et je ne souhaite pas finir ici ma route.

— Très bien. Alors, ma belle dame, acceptez mes chevaux !

C'est ainsi que nous passâmes l'hiver emmitouflés à Calico Rock, dans une petite maison de bois, avec à l'écurie six chevaux qui attendaient notre bon vouloir, sans parler des trappeurs ivres qui espéraient que nous montrerions le nôtre.

Au début du printemps, Alan Murray nous annonça qu'il voulait bien nous accompagner à Kansas City.

Nous avions réussi à ne pas mourir d'ennui, ni de froid, durant janvier, car il nous fallait à Inaua et moi repousser autant les assiduités de messieurs les trappeurs que distraire Francesco. Ma petite sœur eut une idée de génie : elle pria les trappeurs d'enseigner leur art à Francesco !

Le trappeur est quelqu'un qui pose des trappes, des pièges et des chausse-trappes. On s'en doutait, mais Francesco, pour sa part, avait cru que cette activité avait quelque chose à voir avec celles d'un certain ordre de moines, et que pour ces motifs les trappeur vivaient reclus, à l'écart. On lui expliqua son erreur. Les trappeurs vivent à l'écart parce qu'ils vont très loin au cœur de la nature pour la frustrer de ses plus belles espèces. Les animaux qu'ils prennent, ils les massacrent pour leurs peaux, non pour les manger. Ils ne sont chasseurs qu'accessoirement, comme par accident. S'ils lissent un pelage, c'est celui d'un animal mort. On ne verra jamais un trappeur flatter son cheval ou caresser son chien. Les pièges sont de métal, mais aussi en bois, en pierres ou en cordes, parfois en fil de fer. Pour ces animaux étranges que l'on nomme les castors, il faut des pièges en métal, que l'on fixe sous la vase, dans le lit d'une rivière, en disposant à la surface un roseau odorant ou tout autre appât enduit de musc. Le castor est si rusé qu'il peut détruire le piège en creusant au-dessous, s'il a vu un de ses congénères se faire prendre. Pour d'autres animaux, un solide piège en bois peut suffire : les trappeurs sont passés maîtres dans l'art de fabriquer des arcs en bois qui sont retenus par une cordelette que l'animal actionne lors de son passage. Il est alors frappé par un arc de bois si sévèrement recourbé puis si violemment détendu qu'il en est assommé ou s'y brise la nuque. Le renard peut être capturé de cette manière. Pour de grands animaux tel le cerf ou l'élan, on peut tendre des cordes au ras du sol. Dans un passage étroit, elles provoqueront un grand éboulement qui tuera le cervidé. Pour d'autres grands animaux tels que les ours, la plupart des pièges ne servent de rien : Murray racontait à qui voulait l'entendre qu'il avait vu deux fois un ours s'échapper d'un piège avec une patte sectionnée, et qu'il avait même observé pendant des heures une femelle, libérant son petit à force de peser sur les mâchoires du gigantesque piège en fer qui l'emprisonnait. Ainsi pendant l'hiver, les trappeurs fabriquent des pièges en bois, réparent les chausse-trappes en métal ou tressent des collets. Comme la terre est trop dure pour être creusée afin de composer de grands pièges couverts de lits de branches, ils ne sortent pas : aucun animal ne se laisse capturer durant l'hiver. Seuls parfois les loups peuvent être tirés de loin, avec de longs rifles, comme disent les Anglais. C'est ainsi que les trappeurs nomment leurs longs fusils parce qu'ils proviennent le plus souvent des fabriques de Grande-Bretagne telles que Purdey ou Dartmouth. Durant l'hiver, quand on ne sait plus quoi faire, on incruste la crosse de son rifle avec des clous en cuivre, des coquillages, des babioles de toute sorte. Les Indiens le font aussi. Il n'est pas rare que l'on voie un Indien arborer un rifle orné de plumes, de queues de martre ou de bijoux.

Francesco, lorsque arriva le printemps, partit de temps à autre avec l'honorable trappeur appelé Grosse-Cognée pour nous montrer son nouveau savoir-faire. Une belle après-midi de mars, il revint triomphant, et crut bon de m'offrir une queue de renard toute sanguinolente. Je le remerciai beaucoup, et omis de lui dire que ce n'est pas forcément le cadeau qu'une mère va trouver idéal, mais d'un fils, mieux vaut accepter toute offrande : les garçons supportent mal que leur mère les décourage !

Lorsque le soleil décida de vraiment bien réchauffer la terre, nous partîmes. Alan Murray avait tenté cent fois de séduire Inaua et n'y était pas parvenu. Il ne vivait plus que dans ce but. Je suis certaine que s'il partait avec nous jusque dans le Kansas, c'était parce qu'il escomptait encore la mettre dans son lit. Ou peut-être désirait-il sa peau, plus désirable que toutes les fourrures ?

Un chariot neuf et des chevaux fringants. Des peaux tannées, de belles trappes toutes prêtes : le bonheur. Pour Francesco, en tout cas, qui conduisait désormais notre attelage, et pour nous aussi, assurément heureuses de le voir si heureux.

Nous allions à Kansas City par fatalisme, parce que nous l'avions décidé auparavant, parce que nous étions toujours en fuite et parce que peut-être le destin nous y ferait un petit clin d'œil. Je n'imaginais pas que le clin d'œil en question serait aussi extravagant...

Deux mois plus tard, lorsque enfin nous franchîmes les portes en bois de l'entrée sud de Kansas City, ahuris par les dizaines de gens bien habillés, les chevaux, les carrioles, les garçons vachers, les bouchers, les commerçants, les dames bien mises, lorsque donc nous y parvînmes enfin, sans même avoir été massacrés par les Indiens, ni volés par les hors-la-loi, en ayant évité toutes les embûches et en ayant nous-mêmes posé quantité de chausse-trappes, riches en fourrures, et toujours escortés par un Murray émoustillé à l'excès, lorsque nous posâmes le pied sur ces trottoirs en bois dont nous ne soupçonnions pas même l'existence, mon premier mouvement fut d'aller voir la famille de notre ami le Dr. Jamieson. Nous ne trouvâmes l'un de ses fils qu'au bout de deux jours.

A ma grande surprise, Victor, le fils cadet de mon ami, me salua très chaleureusement et me tendit aussitôt une lettre. J'étais si fatiguée que je ne l'ouvris pas tout de suite. Inaua et moi fûmes traitées comme des princesses : n'étions-nous pas les fondatrices de « la Lionne » ? Je priai Victor de trouver une chambre pour notre ami Murray, qui enrageait de ne pouvoir se trouver dans celle, fort grande, que j'occuperais avec Inaua, et de loger Francesco dans une petite soupente. Tout content, mon fils eut droit à la mansarde, et à un chien assis depuis lequel il admirait la ville, sa presse et ses passants...

Le lendemain, assise dans un confortable *rocking-chair*, je songeai à la lettre du Dr. Jamieson. Dès que je la lus, je sentis mon cœur bondir dans ma poitrine, je sautai à pieds joints hors du fauteuil et courus à l'étage en criant :

— Nous sommes riches !

— Que dis-tu ? demanda Inaua, qui sortait de son bain.

— La lettre du Docteur ! La maison est vendue ! Et pour une fortune ! Cela fait des mois qu'il nous a expédié l'argent. Nous avons une lettre de change à donner à un banquier de Kansas City.

— C'est incroyable ! Et que dit-il d'autre ?

— Qu'il va bien. Qu'il s'est installé au sud de Métairie avec une dame nommée Linda. Que nous sommes toujours recherchées. « Fugitives mais riches », dit-il.

— Oh ! que je suis contente ! Vite ! Le banquier ! Une robe ! Des robes !

— Inaua, tu es folle !

— Oui ! Et toi aussi, Flavie ! Cela tombe bien ! Vite ! A la banque, tout de suite ! Préviens Francesco !

— Francesco ! criai-je. Francesco... descends de ton perchoir ! Nous sommes riches !

Alan Murray ne voulut pas nous accompagner. Il accueillit froidement cette bonne nouvelle, et dut songer qu'Inaua avait désormais davantage de chances de lui échapper... Le banquier, un vieux monsieur nommé Winston, nous reçut très poliment, mais eut toutes les peines du monde à croire que j'étais bien Madame la duchesse de Toiros, ex-propriétaire d'une maison à La Nouvelle-Orléans. Heureusement, je lui montrai divers papiers de la justice de Louisiane, qui établissaient mon identité. C'était une énorme sottise : il nous identifia aussitôt comme étant les personnes recherchées par la police de l'Etat de Louisiane, qui avait expédié partout des messages à notre sujet, décrivant même notre apparence physique ; il ne douta plus du tout de mon identité, voulut prévenir les autorités, se leva, tempêta lorsque je lui montrai mes pistolets, trembla, grommela, fit toutes choses que doit faire un vieux monsieur en de telles circonstances, même si celles-ci sont rares.

Enfin il accepta que, sur le montant de la fortune colossale qu'il allait nous verser contre ma lettre de change, je fisse une substantielle donation à ses enfants en échange de son silence complice et de sa promesse formelle qu'il ne préviendrait nulle police de notre passage impromptu, que j'ouvrisse plusieurs comptes dans divers établissements de sa banque aux Etats-Unis y compris New York, et que je disposasse sur-le-champ de cinquante mille dollars, ce qui était encore une somme coquette.

Nous revînmes assez tard à la maison de Victor Jamieson, couvertes de beaux manteaux, belles robes et boîtes à chapeaux, et offrîmes à Monsieur Murray une splendide carabine que l'on pouvait actionner avec un mécanisme spécial pour la charger de balles d'un calibre terrible. Francesco, vêtu comme un milord, la lui remit.

Répit de courte durée, satisfactions brèves : je finissais par y être habituée. Un homme de très petite taille, Stanton, que Victor Jamieson nous avait présenté comme étant de ses meilleurs amis, vint nous courir après dans la rue, le lendemain : nous devions fuir. Victor venait d'être arrêté en tant que membre actif de « la Lionne », association de malfaiteurs bien connue des autorités ! Ils ne nous considéraient pas, en effet, comme une association travaillant à l'abolition de l'esclavage, mais comme un *gang* qui faisait fuir des esclaves pour mieux les revendre ensuite – c'était du moins, selon Stanton, la charge retenue contre nous. La police et les *vigilantes* esclavagistes nous recherchaient partout.

— Monsieur Murray est déjà en route. Il vous attendra demain à la sortie nord de la ville, sur la route du comté de Wyandotte. Il a pu prendre son attelage et toutes vos affaires car il n'était pas inquiété, lui.

Le petit homme insista sur ce dernier mot. Lui. Il ajouta que Victor était en danger, qu'il devait avant tout s'occuper de son ami. Brusquement, il me tendit la main, levant le bras pour m'atteindre, souleva son chapeau et s'en fut.

Bizarrement, la police ne paraissait pas se soucier que nous fussions recherchées dans l'Etat de Louisiane. J'en conclus que peut-être les arrêts nous concernant n'étaient pas parvenus jusqu'ici, contrairement à ce qu'avait dit le vieux banquier. Puis je songeai que c'était faux : simplement, il devait être plus efficace pour les autorités du Kansas de nous poursuivre pour rapt et vol d'esclaves que pour des actes commis en Louisiane. Je sus plus tard que je ne m'étais pas trompée.

J'eus la bonne idée de déguiser quelque peu Inaua, qui était de nous trois la plus reconnaissable, et de lui faire porter des lunettes et un grand châle. Elle eut soudain l'air d'une vieille institutrice, ce qui fit beaucoup rire Francesco.

— Flavie, tu me fais passer pour une vieille folle !

— C'est une très bonne idée, répondis-je. Soyons de vieilles originales ! En nous faisant remarquer, les gens n'y verront que du feu, alors que si nous cherchons à nous dissimuler, nous serons vite arrêtées. Des chapeaux, des oripeaux, des écharpes ! Je vais acheter une calèche !

Et quelques heures plus tard, nous allâmes passer la nuit dans une auberge au nord de la ville, laissant à l'écurie une très longue calèche à double capote, quatre beaux chevaux, des vivres, de nombreuses couvertures, des outils de toute sorte, des trappes en acier et des caisses de munitions pour les quarante fusils que j'avais acquis.

Ayant ôté les déguisements dont je nous avais attifées, nous rejoignîmes au petit matin l'honorable Monsieur Murray, dont l'œil s'alluma en apercevant Inaua, qui était fort guillerette et pimpante, le teint charmant, la mine reposée. Francesco lui aussi avait l'air en excellente santé et, ma foi, je n'étais pas trop vilaine. Nous avions retrouvé nos forces, étions prêts à tout affronter, et pour couronner le tout, c'était le printemps !

Alan Murray avait acquis des cartes géographiques éditées à New York par des gens qui connaissaient mal cette contrée : au nord, la région appelée Nebraska était décrite, ainsi qu'une partie du Wyoming. Mais pour le reste des états du Nord ou de l'Ouest, il n'y avait rien. En nous arrêtant sur la piste, nous entendîmes nombre de légendes sur les Indiens que nous allions rencontrer, principalement sur les Cheyennes. Mais sur d'autres tribus – Arapahoes, Piegan, Sioux, Nez-Percés – on ne racontait rien. Murray nous expliqua que les trappeurs faisaient souvent courir des bruits sur les tribus qu'ils fréquentaient : il était utile pour eux d'effrayer les gens, et de garder ainsi l'exclusivité du commerce avec les Indiens auxquels ils achetaient des peaux. Ainsi, non contents de faire courir des racontars sur les Indiens, certains Blancs leur avaient suggéré de dangereuses coutumes : au début, c'étaient les trappeurs qui enlevaient leur *scalp* aux Indiens, et obtenaient de petites récompenses auprès des associations qui encourageaient la conquête des terres indiennes ; mais très vite, certains Indiens adoptèrent cette cruelle coutume, alors qu'auparavant ils se contentaient d'orner leurs boucliers, leurs lances ou leurs chevaux de queues de loup ou de renard. De ce fait, on parla bientôt de la crainte d'être capturé par les Indiens et *scalpé* ; mais pour ma part, j'ai rencontré beaucoup de tribus indiennes, et n'ai jamais constaté qu'ils pratiquaient cette mutilation.

Cependant, il me paraît certain qu'ils en pratiquaient d'autres, et que les prisonniers qui restaient entre leurs mains devenaient rarement leurs esclaves ; plus souvent, ils étaient attachés à un mât que l'on nomme poteau de tortures, et qui est fabriqué selon des rituels compliqués, sculpté, graissé, peint, et sous lequel à la fin des supplices on accumule du petit bois pour faire un feu qui étouffera le condamné. Je n'ai jamais vu les Indiens supplicier de femme ni d'enfant ; mais je les ai vus plusieurs fois martyriser des hommes et les réduire en cendres. Même si cela est cruel, j'ai pu constater que les Indiens ne le faisaient jamais sans de solides motifs, invoquant les esprits avant de sacrifier un prisonnier. Le fait que les Blancs aient envahi leurs territoires les rendit sûrement beaucoup plus féroces qu'ils ne l'étaient. Mais ni les Blancs ni les Indiens ne pouvaient prévoir que, peu à peu, l'Europe se viderait d'une partie de sa population et viendrait emplir l'Amérique. Au début de notre présence en Louisiane, nous rencontrions peu de gens sur les pistes. Lorsque nous parvînmes au Kansas, puis revînmes du nord quelques années plus tard, nous rencontrâmes beaucoup plus fréquemment des immigrants. Tel jour, c'était une famille allemande ; le lendemain, toute une caravane d'Anglais qui venait de Saint Louis ; plus tard, des trappeurs irlandais, seuls, sans attelage ni chevaux ; au sud, une petite ville avait vu le jour, qui se nommait Denmark ; au nord, des étrangers avaient fondé un comptoir qui portait un nom italien. Mais pour l'instant, nous étions en marche vers le Wyoming, et nous évitions soigneusement les plus grandes pistes. Nous mentions toujours au sujet de nos origines, nous faisant passer pour des immigrants venus de l'est, et donnions des identités fantaisistes. Un jour, j'étais une comtesse anglaise ; le lendemain, une commerçante turque, avec ma sœur, mon mari et son petit-neveu. Les gens avalaient n'importe quelle fable : ce qu'ils voulaient, c'était que nous ne représentions aucun danger, que nous plaisantions avec eux et que nous leur souhaitions bonne route.

Notre ami le trappeur ne connaissait pas les Arapahoes ; cependant il s'était mis en tête de faire commerce avec eux, à tout le moins de prendre langue. Il s'imaginait que ses relations, point trop mauvaises, avec les Choctaws pourraient en faciliter de toutes neuves avec les Arapahoes, qui étaient leurs « cousins ». En fait de « cousins », nous rencontrâmes deux guerriers arapahoes qui étaient loin de leurs terres et qui chassaient le bison. Dès qu'ils aperçurent notre fort belle calèche et l'attelage de Murray, ils poussèrent de grands cris et nous mirent en joue, puis nous tirèrent dessus sans autre façon. Murray voulut riposter, mais la poudre, peut-être mouillée, fit un bruit sinistre et lui explosa sous le nez. Je tendis mon rifle à Francesco, qui tira au jugé et frôla l'un des deux guerriers. Ils s'en allèrent. Quant à Murray, fort peu content de sa poudre et de ce joli coup, il cessa de nous parler durant toute la journée.

Le soir venu, je lui suggérai de prendre une piste plus au nord, afin d'éviter le gros des tribus sioux, qui étaient sans doute les plus puissantes et les plus grandes troupes de guerriers indiens à cette époque.

— Mais Flavie, me dit-il, qu'en savez-vous ? Peut-être qu'en allant vers le nord, nous rencontrerons d'autres tribus, tout aussi redoutables... En réalité, nous savons peu de choses sur ces Indiens et de plus, ils vont *sur le sentier de la guerre* quand ça leur chante !

— Vous avez raison, mais je pense à une autre chose fort simple : au nord, il y a moins d'Indiens, car il y a peu d'immigrants. Les Indiens sont attirés par ces grands convois de gens qui viennent les narguer, et par ces troupeaux que certains éleveurs prétendent installer ici. Si donc vous voulez de belles fourrures, mieux vaut aller au nord : davantage d'animaux, moins d'Indiens !

— Bon, dit-il d'un air pénétré. Vous avez raison. Mais c'est vous qui prenez la responsabilité de cette décision.

C'est ainsi qu'au début de l'été, nous arrivâmes dans le Montana sans avoir tiré un seul coup de feu sur un Indien, et n'ayant été attaqués que par des ours.

Nous ne rencontrions plus aucun Blanc depuis des semaines : aucun trappeur, et a fortiori aucun colon ni éleveur, sauf dans un petit village qui s'appelait Billings, où nous avions trouvé un maréchal-ferrant écossais et quelques métis. Ils nous dirent qu'ils vivaient en paix avec les Indiens, lesquels habitaient fort loin de là, dans les montagnes, et qui venaient parfois leur échanger une peau contre un outil. Ces Indiens, les Apsaroke, presque toujours en guerre avec les autres tribus, avaient la réputation de sauvages redoutables. Lorsque nous questionnâmes plus avant les habitants de Billings, ils refusèrent d'en dire plus et nous conseillèrent de rebrousser chemin. En ce mois de juin, la région était délicieuse, mais elle devenait très inhospitalière en automne, et tout à fait insupportable en hiver.

— Vous entendez, Alan ? Il ne faudra pas me proposer de rester en automne là-haut pour faire du troc !

Murray, pour une fois, se mit à sourire, et lissa sa grande barbe brune :

— Bah, dit-il, quand même, nous pouvons bien nous aventurer deux mois dans ces montagnes, et acheter quelques fourrures ou poser quelques trappes... Ensuite, je vous promets que nous redescendrons !

Inaua, je ne sais trop pourquoi, fronça les sourcils. Avait-elle un pressentiment ? Pauvre Murray... Comment aurait-il pu savoir qu'il ne redescendrait jamais ?

Le soleil brillait, écrasait les rochers, illuminait les sapins. Nous venions de traverser une forêt de bouleaux et suivions, dans un étroit défilé, une mince et discrète rivière. Sur notre carte, les montagnes qui nous dominaient étaient appelées les monts Pryor. En cinq jours de marche, nous avions constamment gravi des sommets et devions avoir atteint une altitude considérable. Nous n'avions pas vu un seul être humain depuis Billings. Nous avions laissé notre belle calèche au maréchal-ferrant, et n'avions pris que les chevaux, avec plusieurs *travois* pour porter nos bagages et les armes nombreuses dont je m'étais munie.

— Les trappeurs ne viennent jamais jusqu'ici, dit Murray. Nous sommes dans la région la plus sauvage que j'aie jamais visitée.

— Cela me rappelle la jungle, dit Inaua. Il y avait des sauvages, et nous ne les apercevions presque jamais.

— Oui, mais nous passons facilement avec les chevaux. Ici, aucun arbre à couper, ajoutai-je. Et nous faisons tant de bruit que les Indiens doivent nous avoir repérés depuis deux jours !

— Ce que je ne comprends pas, reprit Murray, c'est que nous ayons ces derniers mois traversé tant de territoires, et que nous n'ayons jamais vu les Indiens. Qu'ils ne nous aient même pas interrogés. Cela ne m'est jamais arrivé. On croirait que...

Il s'interrompit, l'air mécontent.

— Que vouliez-vous dire, Alan ?

— Je ne sais pas vraiment... Par moments, j'ai eu l'impression que les Indiens nous laissaient passer.

— Qui sait ? Peut-être n'étions-nous pas assez intéressants à leurs yeux ? !

— Vous plaisantez ! Deux femmes... des outils... des peaux ! Pas assez intéressants pour les Indiens ? Vous vous moquez !

— Alors, c'est qu'ils désiraient nous laisser tranquilles. Ou qu'ils avaient mieux à faire ailleurs...

Alan piqua les flancs de sa monture en grommelant. Il était manifestement fort mécontent – mais de quoi ? Aurait-il préféré que les Indiens nous aient poursuivis sur chaque territoire que nous traversions ? Puis Murray s'arrêta pour satisfaire un besoin naturel et je chevauchai en avant. Francesco se porta à ma hauteur malgré l'étroitesse du sentier. Son tout jeune cheval appaloosa était docile et faisait ce qu'il voulait. Francesco me tira par la manche et dit :

— Maman, Monsieur Murray a raison. Je pense que les Indiens nous ont toujours laissés passer.

— Oui, mon cœur. Mais pourquoi ?

— Peut-être parce que nous devions arriver jusqu'ici.

— Nous voilà bien avancés ! répondis-je

— Si, dit mon fils. C'est cela que je sens.

— Tu as de bien étranges pressentiments, mon grand. Et est-ce que mon grand garçon peut aussi me prédire l'avenir ? Rencontrerons-nous bientôt des ours géants ? !

— Je ne sais pas, dit subitement Francesco. Mais nous rencontrerons des Indiens. Regarde !

En effet. A trente pas devant nous, au milieu de la petite rivière, un Indien pêchait. Il avançait dans l'eau, nous faisant face, et brandissait une javeline qu'il lança une fois entre les rochers, ramenant un poisson.

Un Indien !

Il avait levé la tête. Il nous avait vus.

J'hésitai à avancer encore. Francesco me poussa en avant.

— Parle-lui.

Je m'approchai très lentement, retenant fermement ma jument par la bride, et levai la main pour m'adresser à cet Indien.

— Salut ! lui dis-je. Bonjour ! Etes-vous un Apsaroke ?

L'Indien me regarda fixement, fit un petit signe d'assentiment, posa le doigt sur sa bouche et me montra la rivière. J'allais effrayer le poisson ! Je me mordis les lèvres, et fis signe aux autres de mettre pied à terre sans faire de bruit. Nous attendîmes qu'il eût fini de pêcher. Alan Murray nous rejoignit, comprit la situation, ne dit rien. Lorsque l'Indien eut transpercé sept poissons sur sa javeline, il nous fit un petit signe. Sa monture était cachée parmi les arbres et n'avait pas bronché durant une heure. Il montait à cru. Il nous indiqua qu'il fallait le suivre.

De ce jour-là, je compris mieux les Indiens. Ils restaient longtemps immobiles. Ils observaient la nature. Ils pouvaient passer des heures à pêcher, à chasser, à soigner leur cheval. Ils étaient presque toujours calmes. Ils étaient irritants ! A côté de Murray, par exemple, qui bougeait toujours, ou auprès d'Inaua et moi, qui étions vives, impatientes, toujours prêtes à bondir, les Indiens apparaissaient comme des rocs. Solides, calmes, impavides. Seuls quelques-uns d'entre eux étaient de vrais chasseurs, souples, rapides, puissants. La plupart étaient des arbres. Des rochers.

A un moment, l'Apsaroke s'arrêta, nous fit signe de faire halte. Il nous montra un point qui remuait, en haut d'une paroi du défilé. Les rochers s'empilaient les uns sur les autres comme des tranches de pain bis. Par endroits affleurait une touffe d'herbe, un buisson, quelques œillets, mais il était impossible d'y grimper. La paroi était abrupte, sans doute impraticable même pour un chamois. Le point qui remuait se mit à courir puis à sauter brusquement au-dessus du défilé, à près de vingt pieds au-dessus de nos têtes.

— *Puma* ! dit l'Indien.

Je compris qu'il nous disait le nom de cet animal. Ce fauve ressemblait assez aux panthères que j'avais vues au Brésil, mais il portait une robe pâle et jaune et devait peser plus lourd. L'Indien se désigna, frappant sa poitrine.

— *Hoec Ten.* Aile Rouge, ajouta-t-il en anglais.

— Aile Rouge, dit Murray. Très bien. C'est un beau nom.

Il fit un signe élogieux, comme pour montrer à Aile Rouge qu'il appréciait son nom. L'Indien sourit. Ce fut très étonnant. De fixe et grave et inquiétant, très haut, son visage devint comme large et ses narines s'ouvrirent. On eût dit qu'il venait de se mettre une torche dessous le visage et qu'il s'illuminait. Il était plus grand que Murray, très large d'épaules, et son cou de taureau était surmonté d'une tête massive, à la peau très cuivrée. Sa veste de daim était de couleur claire, comme délavée. Il portait des mocassins, des braies en peau de cerf, et il attachait ses cheveux en arrière avec des lanières. Sur ses tempes, de petites nattes solidement tressées bougeaient en même temps que les gros anneaux qui pendaient à ses oreilles : il avait quatre boucles d'oreille du côté droit !... et deux du côté gauche, une d'entre elles supportant un disque en os ou dans une matière que je ne connaissais pas, sans doute une sorte d'ivoire. Des bracelets d'ambre enserraient son poignet gauche. Il avait un petit collier de dents de loup qui lui battait la poitrine. Aucun tatouage, aucune peinture, sauf peut-être une ligne presque invisible qui descendait depuis les pommettes jusqu'au menton. Ses mains étaient trois fois plus larges que les miennes. De toute sa personne émanait une impression de puissance que je n'avais jamais ressentie auparavant.

Il ne nous avait rien dit d'autre, et jusqu'à la nuit, nous chevauchâmes de conserve, jusqu'à ce que des bruits nous parvinssent, qui provenaient de la montagne. Le défilé s'était enfin élargi et nous traversions une gorge plus vaste, moins arborée, qui permettait de mieux apercevoir les flancs de la montagne. C'était une haute et majestueuse montagne, couverte de cent variétés d'arbres immenses, au milieu desquels on distinguait de fines volutes de fumée : un village apsaroke.

Aile Rouge imita le cri de la chouette, fit un grand signe de la main, et plusieurs *squaws* descendirent à notre rencontre. Elles étaient à cheval, et vêtues de courtes robes ou de jupes. A notre grande surprise, elles portaient des tissus. De beaux tissus imprimés, tous composés de taches sombres sur un fond clair, ou l'inverse. Elles chevauchaient tranquillement leur monture dans leurs robes magnifiques. Je n'ai jamais rien vu d'aussi beau que ces femmes, descendant les pentes à cheval et s'éclairant avec des torches, la lueur dansant sur les parements de leurs chevaux et sur les tissus étranges de leurs robes, quelques reflets s'accrochant à leurs boucles d'oreilles, aux perles de leurs mocassins ou aux incrustations de leurs lances.

Chacune d'elles s'avança et dit son nom :

— Nuage.

— Hermine qui Change.

— Parfum de la Nuit.

Inaua et moi étions stupéfaites, fascinées, ébahies. Francesco n'arrivait plus à fermer la bouche ! Quant à Murray, en une seconde il avait oublié Inaua et bombait le torse, prenant un air avantageux et lançant des regards sur l'énorme *travois* que tirait sa monture, prometteur de plaisirs et de fructueux échanges. Les trois *squaws* tournèrent bride et nous conduisirent au village. La pente était difficile à gravir, et bien gardée. Perchés dans plusieurs arbres, de silencieux veilleurs apsaroke nous observaient, l'arc et les flèches à portée de main. Ils nous attendaient.

Le chef ressemblait à Aile Rouge, et portait un collier immense. Ses parures semblaient si lourdes qu'il était surprenant qu'il les supportât. Il avait de longs cheveux gris tirés vers l'arrière mais épais, des nattes, de lourds bijoux aux oreilles et aux doigts, et surtout ce collier gigantesque en disques d'ivoire, en lamelles d'os et griffes d'ours qui lui battait le torse, par-dessus sa veste en daim et en *puma*. Dans sa main droite, comme tout roi, un sceptre. C'était une longue perche au bout recourbé, ornée d'une plume noire, qu'il tenait d'une main si ferme qu'on eût dit qu'il allait la briser. Il trônait sur un vaste siège en bois et peaux, décoré de ramures d'élan. Lorsqu'il se leva, il me fit peur : il mesurait près de vingt centimètres de plus qu'Aile Rouge. Il se toucha doucement la poitrine et se présenta :

— Elan Assis.

Ses trois femmes étaient accroupies autour de lui et portaient des robes somptueuses. Il nous avait poliment laissés passer la nuit dans deux tentes, et avait prêté l'une de ses épouses à Monsieur Murray, qui en eut l'air satisfait. Il nous avait fait donner une boisson chaude, qui paraissait être une infusion de feuilles, et manger des galettes d'une céréale que je n'avais pas reconnue – de l'épeautre ou du seigle. Il avait attendu que nous fussions parfaitement réveillés, habillés, et avait offert un poulain à Francesco, puis nous avait convoqués.

Plusieurs couvertures avaient été disposées devant lui ; il nous pria de nous asseoir.

Comme je n'avais jamais été reçue par un chef indien, et que cela me fit presque penser à la cour du Roi, dans mon pays, j'étais assez impressionnée. Ce serait peu dire qu'Elan Assis était majestueux : il était splendide, formidable... et paralysant. Ses yeux sombres vous perçaient, vous examinaient calmement après vous avoir dépecé. Je me sentis nue. Machinalement, je pliai autour de mes bras un châle imaginaire.

Lorsqu'il parla, je fus très surprise. Alors que plusieurs Apsaroke nous avaient parlé en anglais, il nous parla en français. Il expliqua que ses frères du Canada (mais qui étaient-ils ?) lui avaient enseigné cette langue, que parlaient de nombreux trappeurs, très loin au-delà des montagnes. Je compris que le territoire des Apsaroke était immense, car s'il s'étendait au-delà du Montana, cela représentait une région pratiquement aussi grande que la France. Il poursuivit son discours en évoquant des alliances compliquées, mais surtout le fait qu'il était en guerre depuis des lunes contre les Assiniboins et contre leur chef, Aigle Gris, dont il prononça le nom en lui donnant une consonance anglaise, qui devait être pour lui quelque chose de haïssable. Il me sembla, si je comprenais bien ce qu'il disait, que notre arrivée avait été signalée depuis quelques semaines – ce qui me semblait ahurissant, mais certainement vrai – et que nous étions porteurs de belles armes et de beaux outils ;

que les Apsaroke, dont il commandait toutes les tribus, étaient heureux de traiter avec des gens honnêtes, Français ou Américains et heureusement pas Anglais ; qu'ils préféraient de beaucoup être nommés Apsaroke, dans leur langue, et non pas « Crows » comme le faisaient les Anglais, ni « Corbeaux », comme le disaient les Français ; que les trappeurs n'étaient jamais tolérés sur leurs terres et qu'il était rigoureusement interdit à Monsieur Murray de songer à capturer le moindre écureuil ; mais qu'évidemment, on lui proposerait de belles peaux en échange de ses outils ; qu'enfin nous, les dames, ainsi que le jeune monsieur, aurions de somptueux colliers, bijoux, trésors et de très fines fourrures telles que l'hermine et la martre et le vison en échange de nos carabines.

Comment savait-il que j'avais un attelage plein d'armes ? Pouvait-il ignorer que j'en avais laissé quelques-unes, cachées dans le double fond de ma calèche, à Billings ? Voulait-il contrôler toutes les entrées d'armes à feu sur son territoire, et être certain de qui les détiendrait ? Tout cela, et sans doute un peu plus. Cet Elan Assis donnait l'impression de tout savoir, d'avoir tout prévu et de ne jamais connaître d'opposition. C'est donc spontanément qu'Inaua lui dit que nous étions de son avis et que nous ferions du troc avec lui, quand il lui plairait. Stupéfaite, je regardai Inaua qui pour une fois ne m'avait pas consultée, et je compris qu'elle avait été tout simplement fascinée, persuadée par l'ascendant exceptionnel de ce vieil homme et qu'elle avait pensé que je l'étais aussi. Après tout, tel était bien le cas.

A la fin de la matinée, nous étions riches de mille peaux, pierres précieuses, boucles d'oreilles, vestes en peau de daim et mocassins fourrés. Nous n'avions gardé de munitions que pour nos propres armes, fusils et pistolets, que les Apsaroke ne songeaient pas à nous confisquer. Ils nous proposèrent de rester parmi eux quelques semaines, jusqu'à l'automne.

Rien, évidemment rien ne m'aurait permis d'entrevoir les événements incroyables qui eurent lieu pendant l'été. J'ai eu l'impression de rencontrer – bien rarement – des personnes qui, comme le père Goffredo ou comme Ale-te-heia, contemplaient leur vie, perchés au-dessus d'elle, et examinaient la vie des autres, de même que depuis un promontoire on se plaît à contempler un fleuve. Je ne possède pas ce talent. Au contraire, il m'a souvent semblé que les événements fondaient sur moi comme l'aigle qui va buffeter la proie et que j'étais frappée de plein fouet, imbécile et incapable de prévoir ce qui me frapperait ensuite.

J'avais prié le chef Elan Assis de nous accorder à chacun une tente, car je voulais qu'Inaua se sentît libre, que mon Francesco ne me réveillât plus la nuit et apprît à grandir seul, en étant l'objet de moins de soins tout en restant celui de mon amour le plus constant. Elan Assis ne fit aucune objection, et me fit seulement remarquer que je ne serais pas obligée d'épouser la personne qui bâtirait ma tente ! En effet, les Apsaroke ont pour coutume de ne construire de tente en peaux bien blanches que lorsqu'ils ont l'intention de fonder un foyer ; auparavant, ils vivent chez leur père ou leur mère, ou chez un oncle, ou même chez quelque personne qui les tolère.

Elan Assis ordonna donc à des guerriers nommés Aigle Solitaire et Chat Sauvage de nous bâtir des tentes, ainsi d'ailleurs qu'à Murray, qui rongeait son frein : depuis qu'on lui avait interdit de poser des trappes et qu'il avait négocié tous ses outils, finissant même par échanger des pièges en métal qui lui appartenaient depuis des lustres, il attendait qu'un fier chasseur apsaroke l'invitât à la chasse, ou au moins lui montrât comment on attrape le renard. Mais personne ne se souciait de lui. On nous avait adjoint une jeune femme charmante, la fille d'Elan Assis, une beauté nommée Loutre Avide, pour nous accompagner, nous aider, et servir d'interprète si le besoin s'en faisait sentir ; nous commencions en effet à comprendre assez bien les Apsaroke, mais leur prononciation gutturale et leurs mots chuchotés ne rendaient pas le dialogue aisé, tandis qu'eux paraissaient nous comprendre assez vite. Je compris la raison de tout cela : depuis longtemps, on leur avait enseigné à bien espionner leurs ennemis comme leurs alliés, à bien écouter les moindres bruits de la forêt, et aussi à apprendre d'autres langues : se sentant isolés, ils avaient envie de connaître des dialectes, y compris ceux d'autres tribus indiennes ; et leur peuple avait voyagé, ne s'installant dans le Montana et alentour qu'un ou deux siècles auparavant.

Loutre Avide nous aidait et nous expliquait tout. A l'exception d'Inaua, je n'ai jamais connu de femme aussi belle. Son air majestueux, son nez aquilin, ses yeux légèrement bridés, sa peau couleur de pierre et de soleil, sa taille mince et ses amples hanches, tout en elle respirait la grâce et l'aisance. Elle tirait à l'arc et abattait un daguet à trente pas ; elle montait à cheval et galopait plus vite que moi ; elle savait coudre à merveille et pouvait réparer l'épaisse peau d'une tente en quelques minutes ; enfin elle s'arrêtait, étonnée que je l'admire, posait calmement, comme voulant mesurer de l'empan la base de son cou, sa main grande ouverte sur sa gorge ; puis souriait.

Inaua était un peu jalouse. Mais du fait que de nombreux jeunes guerriers la contemplaient elle aussi, elle oublia que Loutre Avide était si remarquable, et la traita comme une amie. Elles étaient du même âge, et se rapprochèrent assez pour n'avoir guère envie de se passer l'une de l'autre. Il arrivait donc souvent que je reste seule au camp, tandis que Francesco, avec elles deux, arpentait la forêt, tout heureux qu'il était de son nouveau poulain à la robe grise, baptisé Orage.

C'est ainsi qu'un matin, je vis revenir un jeune chasseur qui avait dû s'absenter du campement depuis quelques semaines, et qui parut bien étonné de me voir. Il alla certainement se renseigner, car quelques minutes après son arrivée il vint se présenter, sachant manifestement que j'étais l'invitée d'Elan Assis soi-même. Ce jeune homme était très grand, très fort, très beau. Il portait une tunique en peau de *puma*, teinte en rouge, et avait sur la clavicule droite une cicatrice assez vilaine. Le reste de sa personne était une splendeur. Souple et vif, il se déplaçait avec élégance et laissait battre, au long de sa cuisse dénudée, un *tomahawk*, qui est une sorte de hache de guerre. Il avait les yeux noirs, la bouche immense et les lèvres minces. Ses yeux me lançaient des éclairs. Je fus si étonnée d'être si vite attirée par ce jeune homme, pour ne pas dire séduite, que je répondis à peine à ses questions. Il me proposa d'aller nous promener dans la forêt. Sans m'en rendre compte, j'acquiesçai. Il venait de se nommer :

— Aigle Rouge.

— Je viens avec toi, lui dis-je. Montons-nous à cheval ?

Il me fit signe que non. Je compris bientôt pourquoi : au-dessus du campement, des parois très raides partaient à l'assaut des nuages – ce ne fut que beaucoup plus tard, en examinant une carte, que je compris que nous étions déjà dans cette région que certains géographes appellent les Montagnes Rocheuses. Là, je commençai à gravir les parois, aidée d'Aigle Rouge, qui me tirait sans façons par le poignet. Après quelques minutes, nous arrivâmes sur un premier contrefort pourvu d'une corniche assez étroite, en laquelle j'aperçus une cavité obscure : il y avait là une grotte. Aigle Rouge me fit signe d'attendre et inspecta la grotte, revint, me prit par le bras, me fit entrer, posa une couverture par terre et m'enlaça. Je sentis le froid de la roche, la chaleur de ses lèvres, l'ardeur de son baiser, et me livrai à lui comme si plus rien n'avait existé sur la Terre.

Tomber amoureuse d'un homme né parmi les Apsaroke ne m'étonna guère. Ce qui me prit au dépourvu, c'est qu'Aigle Rouge était plus jeune que moi, plus fort, plus effrayant, plus brusque que tous les hommes que j'avais rencontrés. Il me rencontrait en cachette, s'unissait à moi, partait deux jours et deux nuits, revenait, ne disait rien, s'unissait à moi encore. Il n'avait aucune conscience du fait que je l'aimais, ni que j'aurais pu l'aimer : il prenait son plaisir, manifestait son bonheur avec violence, et me quittait. J'avais le sentiment de m'être unie à un fauve.

Nulle raison de m'en plaindre : visiblement, il tenait à moi, me rejoignait dès qu'il le pouvait, me donnait rendez-vous dans la forêt, ou dans une grotte. Il s'assurait que je ne manquais de rien, que j'étais belle, et si je l'étais à ses yeux, il m'offrait une plume, une fleur, une mince brindille de bois pour tenir mes cheveux. Un jour il m'apporta une toute petite bête vivante, qui fit le bonheur de Francesco : un daim. Ce petit animal tenait tout juste sur ses jambes. Hélas, Francesco, quelques jours plus tard, le conduisit dans la forêt et le laissa s'enfuir ; la petite bête se précipita du haut d'un rocher et se fracassa en bas. Je consolai Francesco très longtemps, pendant au moins trois jours et deux nuits, et ne vis point Aigle Rouge durant cette période.

Il revint de la chasse. Il avait appris quelques mots auprès d'Inaua et de Loutre Avide :

— Toi, Flavie... moins triste ?

— Oui, répondis-je. Un peu triste, à cause de Francesco.

Il ajouta, d'un ton pénétré :

— Les animaux ne vivent pas longtemps.

— Nous non plus. Après tout, notre vie est courte, elle aussi.

Il comprit, et m'emmena dans la forêt.

Jamais je n'avais été aussi heureuse. Je n'avais pas connu un tel bonheur depuis très longtemps. Aigle Rouge ne pouvait pas me quitter plus d'une journée : j'en tombais malade. J'oubliais tout : les autres personnes, la tribu, et même Inaua. Il n'y avait que mon fils qui retenait encore mon attention. J'étais accaparée par ce nouvel amour, comme si Aigle Rouge avait eu droit à toute la place, à tout l'espace disponible, à mes ardeurs, à mes rêves, à toutes mes pensées. J'en étais effrayée : je n'avais jamais aimé quelqu'un à ce point. Je touchais sa peau, ses bras rudement sculptés, je posai ma tête sur son épaule énorme et ronde comme un rocher dans la rivière. Je laissai courir mon doigt sur sa cicatrice, qui allait du bout de sa clavicule droite à la base de son cou et dont j'aurais pu dessiner chaque centimètre. Après, toujours je me suis souvenue de cette cicatrice.

J'aimais quelqu'un d'irréel : il partait chasser, disparaissait, et je ne savais presque rien de lui. Il voulait bien me parler, mais se lassait de me faire des confidences après une seule minute, puisque nos deux langues étaient si dissemblables. J'apprenais des mots en apsaroke, et réussissais à émettre quelques phrases. Il ne me répondait que rarement : je compris que ma prononciation était épouvantable, mais qu'il n'osait pas me l'avouer. Je le suppliai de m'apprendre sa langue. Il me regarda, tout étonné :

— Loutre Avide, dit-il.

Pour lui, il n'y avait que la fille du chef Elan Assis qui pouvait m'apprendre cette langue difficile et avoir la patience de s'occuper de mes fautes. J'en fus vexée, et me contraignis à passer des matinées entières avec Inaua et Loutre Avide. Nous prenions avec nous Francesco, et Loutre Avide nous donnait une leçon d'apsaroke. Je fus d'autant plus humiliée que je dus constater qu'Inaua parlait maintenant cette langue mieux que moi.

— Loutre Avide, demandai-je, pourquoi t'appelle-t-on ainsi ?

— On m'a nommée ainsi quand j'étais toute petite, répondit-elle. Chez nous, le chaman lit notre avenir, puis indique quels noms les parents pourraient donner à l'enfant. Jamais plus de deux ou trois, et les parents choisissent durant la première semaine après la naissance.

— Comment un chaman peut-il lire l'avenir d'un bébé ?

— Il ne lit pas vraiment l'avenir, mais les différentes possibilités de l'avenir. L'être humain est libre. Un chaman peut seulement deviner ce qui peut lui arriver, et non pas ce qui lui arrivera à coup sûr. Je ne peux pas t'expliquer davantage : je ne suis pas un chaman ! On m'a baptisée Loutre Avide parce que je suis gourmande, curieuse de tout, et prête à toutes les conquêtes. Ainsi, depuis que tu fréquentes Aigle Rouge, j'ai envie de le fréquenter, moi aussi !

Cet aveu me cloua sur place.

— Loutre Avide, lui dis-je, tu es mon amie. Tu nous as accueillies à merveille et tu nous consacres beaucoup de temps. Mais si tu t'approches d'Aigle Rouge, je t'arracherai les yeux !

— Mais non ! rétorqua Loutre Avide. Tu ne m'arracheras pas les yeux. Les femmes *seinapah* ne font pas cela.

En même temps que j'apprenais l'étrange désir de rivalité qu'éprouvait la fille d'Elan Assis, je dus me préoccuper d'un rapprochement inquiétant, qui progressivement s'était fait jour entre mon fils et Œil d'Or, le chaman. Cet homme avait depuis quelques jours jeté son dévolu sur Francesco et voulait l'emmener partout, lui montrer les étoiles, les sentiers, les pistes, lui faire lire l'avenir dans le foie des animaux, dans le vol des oiseaux. Un matin, alors qu'Inaua et Loutre Avide chevauchaient devant nous, Francesco m'en parla ; et mieux ou pis que tout cela, on voulait faire de lui un chaman.

— T'éduquer en tant que chaman ? Il est fou ! Tu es un enfant des *seinapah*. Enfin... à moitié. Et surtout, tu es mon petit garçon ! Comment d'abord pourrait-il t'éduquer sans m'en demander la permission ?

— Il dit que cela n'a pas d'importance, me dit Francesco, la mine attristée. Nous sommes des invités, mais aussi des prisonniers, car nous ne pourrons pas repartir seuls s'ils ne veulent pas.

— Qui ?

— Les Apsaroke.

— C'est absurde ! Le chef Elan Assis nous respecte, et m'a affirmé que nous étions absolument libres. Nous repartirons au début de l'automne, si nous le souhaitons.

Je me mordis les lèvres, en pensant à Aigle Rouge. Il était hors de question de partir à l'automne. Que voulais-je faire ?

— Maman, reprit Francesco, nous serons obligés de compter avec Œil d'Or. Cet homme dit que j'ai un grand talent. Il veut m'initier, me former. C'est ce qu'il dit.

— Ne t'inquiète pas, mon trésor. Je vais en parler au chef Elan Assis, et lui dire qu'il est hors de question que mon fils devienne un chaman apsaroke !

— Je ne sais pas s'il sera de ton avis, dit Francesco, l'air sombre.

Elan Assis m'avait fait asseoir face à lui ; sa fille me tendit un gobelet en os contenant une infusion chaude. Je remerciai Loutre Avide et exposai immédiatement à son père les motifs de mon inquiétude. Il répondit aussitôt :

— Je comprends le souci d'une mère, mais je ne puis intervenir auprès de mon frère Œil d'Or. Je règne sur le peuple des Apsaroke. Je commande aux guerriers, mais il commande aux âmes. De plus, je puis t'assurer qu'un chaman ne fait jamais aucun mal à un enfant qu'il initie. Va !

C'était sans réplique. Loutre Avide me fit un petit signe. Immédiatement, je quittai la tente de celui qui commandait aux guerriers apsaroke. Je devais aller parler avec celui qui, peut-être, régnait sur leurs âmes.

Auparavant, je discutai avec Aigle Rouge et lui demandai conseil. Il n'esquiva aucune question et fit de prodigieux efforts pour bien me comprendre. Il me demanda si je voulais que Loutre Avide fût présente afin d'être mon interprète. Aussitôt, je lui dis que non, et je fis moi aussi des efforts pour être brève et claire. Après quelques minutes de réflexion, Aigle Rouge me dit :

— Je ne sais pourquoi, mais je pense qu'il y a un danger pour ton fils. Un chaman ne se donne le mal d'initier un enfant que s'il pense se servir de lui plus tard.

— Se servir de lui pour quoi faire ?

— Je ne sais pas. Peut-être devrez-vous partir bientôt.

Il ajouta :

— Malheureusement.

— Aigle Rouge, tu sais que je t'aime. Je ne veux pas partir. A cause du chaman, tu me conseilles de ne pas rester auprès de toi ? !

— Je suis Aigle Rouge, le plus grand des guerriers apsaroke.
— Oui, je le sais. Que veux-tu dire ?
— Nous faisons la guerre chaque automne.
— Comment cela ?
— Nous déterrons le *tomahawk* et levons nos boucliers contre les Assiniboins.
— Chaque automne ? Vous savez à l'avance que... ?
— Oui. Je viens de le dire.
— Tu penses que tu devras faire la guerre et... ? Je ne comprends pas ! Pardonne-moi ! Je ne connais pas assez bien ton univers et je pose des questions stupides !
— Que veut dire : pardonner ?
J'éclatai en sanglots. Aigle Rouge me prit dans ses bras, me calma, m'essuya les yeux, baisa mes paupières, mes joues, mon front, puis tout mon corps.
Il me déclara ensuite que je ne devais pas songer à rester avec lui : il comptait mourir à la guerre.
— Comment ? lui dis-je, désemparée. Tu as l'intention de mourir ? Tu veux te sacrifier ? !
— Non, dit-il. Mais je sais que je mourrai pendant la prochaine expédition contre les Assiniboins.
— Mais enfin, comment le sais-tu ?
— Lorsque j'étais enfant, Tenir Debout, le chaman de cette époque, l'a dit à mes parents. Ils m'ont appelé Aigle Rouge parce que je suis un grand guerrier, et que le chaman me voyait tout éclaboussé de sang.
— N'était-ce pas plutôt le sang de tes ennemis ? Je sais que tu es très brave, et que tu as déjà tué beaucoup d'ennemis. Loutre Avide me l'a dit.
— Non. C'était mon sang. Celui qui tue beaucoup d'ennemis meurt dans son propre sang.
— Je suis faible, Aigle Rouge, et je vais encore pleurer.

Nul besoin de conter que je vécus alors les pires angoisses pendant la fin de l'été. Œil d'Or refusa tout simplement de me parler. Je ne pouvais pas attacher Francesco chaque matin, et l'empêcher d'aller le rejoindre. J'avais parlé avec Murray, qui n'avait aucun conseil à me donner, mais qui pensait que j'étais stupide d'être tombée amoureuse d'un guerrier. J'avais dit à Inaua que j'étais amoureuse d'Aigle Rouge, que je l'aimais à la folie. Elle me comprenait, mais pensait avant tout à l'avenir de Francesco.

— Tu dois partir, dit-elle. Nous devons partir. Chaque jour Francesco est fasciné davantage par cet Œil d'Or, et apprend des choses effrayantes. Il lit dans le cœur des bêtes. Il regarde le vol des oiseaux. Il apprend des formules magiques. Il chante des incantations. Il prépare la danse des Flèches et la danse du Serpent, qui sont des cérémonies dangereuses que le chaman doit tenir durant l'automne, puis durant l'hiver. Francesco est en danger.

— Mais qui nous dit qu'un enfant qui est à moitié fils d'esclave noir, à moitié fils d'une dame française, sera malheureux en devenant sorcier chez les Indiens ? !

— Ne sois pas faible. Ne te donne pas de bons prétextes pour demeurer auprès d'Aigle Rouge. Il va mourir. C'est lui qui te l'a dit.

— Et si c'était faux ? ! Comment pourrait-il être sûr de ce que lui a dit un chaman à sa naissance ? Et si ç'avait été un beau discours pour faire de lui un brave, un guerrier ?

— Il le saurait. Et toi ? Tu crois qu'il va revenir chaque fois qu'il sera parti tuer des Assiniboins ou des Hidatsas ou des Mandans ? Tu crois que tu vas rester vivre parmi les Apsaroke et vieillir à ses côtés ?

— Je ne sais pas ! S'il veut bien de moi, si les Apsaroke veulent bien de moi, pourquoi pas ? Et si mon fils veut devenir leur chaman, pourquoi m'y opposerais-je ? !

— Parce que c'est un danger très grand. Parce que n'importe quelle personne sensée te dira que cet Œil d'Or est mauvais, que tout ce qu'il entreprend sent la mort et pue la charogne.

Je vis Inaua redevenir grande et belle à mes yeux. Pleine de colère devant mon obstination, elle se dressait devant moi, prête à tout, et prête à m'accompagner encore.

— Je partirai avec toi, dit-elle.

— Je ne sais pas si je pourrai, répondis-je.

Elle sortit de ma tente en donnant un coup de pied dans le feu. Les braises jaillirent et un brandon roula vers mon mocassin. Je le saisis et me fis une cruelle brûlure dans la main droite.

Parfum de la Nuit entra dans ma tente et se glissa auprès de moi, sous ma couverture. Je dormais. Dans mon rêve, je crus que c'était Inaua, puis que c'était Aigle Rouge, aussi la serrai-je dans mes bras et l'embrassai. Elle se dégagea, surprise.

— Flavie ! murmura-t-elle.

— Oh ! c'est toi, Parfum de la Nuit. Excuse-moi. J'étais dans un rêve.

— Flavie, je viens te prévenir. Mon père connaissait bien Œil d'Or le chaman. Il était le frère de son père. Œil d'Or est pire qu'un loup. C'est une panthère. Méfie-toi de lui.

— Je sais... Je le sais déjà !

— Quelqu'un veut te voir. Tu dois te lever, et m'accompagner dans la forêt.

— Comment cela ? Venir avec toi dans la forêt ? Mais il fait nuit !

— Oui, mais c'est le bon moment. Et ne t'inquiète pas. Je connais bien la nuit.

Je m'habillai en toute hâte et pris cependant un peu trop de temps à lacer mes mocassins. Parfum de la Nuit s'impatientait. Je lui demandai :

— Qui veut me voir ?

— Quelqu'un que tu as déjà rencontré. Viens tout de suite.

— Qui est-ce ? Je ne viens pas si tu ne me dis pas qui c'est.

— Je ne sais pas son nom.

— Tu ne sais pas son nom ? Et tu sais qu'il veut me rencontrer ?

— Oui. Viens.

Piquée par la curiosité, je la suivis.

Nous marchâmes près d'une heure. Nous courions, plutôt. Comme son nom l'indiquait, elle se faufilait dans la nuit, subtile créature à l'odeur de lune et de feuilles. Je voyais sa robe blanche qui dansait devant moi dans l'obscurité. Je ne sais pourquoi, je me mis à penser à Inaua. Il n'y avait qu'Inaua que j'avais suivie ainsi dans la forêt. Ma petite sœur.

Je ne sais trop pourquoi, le paysage que nous arpentions me rappela un peu le pays des Wanauhia, avec ses sentiers escarpés et ses pierres coupantes. Là, pourtant, il y avait de grands sapins, parfois un érable ou quelques bouleaux. La chouette, de temps à autre, ululait. Aucun autre bruit ne se faisait entendre. Parfum de la Nuit arrêta enfin sa course et me retint, posant la main sur mon ventre.

— C'est ici. Attends.

Elle n'avait pas voulu me décrire celui qui voulait me voir et je me préparais au pire. Et si ç'avait été un piège... ? Si Œil d'Or m'épiait, là, dans l'obscurité, prêt à me plonger son couteau dans le cœur ? Puis je me raisonnai, tout en frissonnant de peur et de dégoût. Tout cela était de ma faute. J'étais folle.

— Le voici, dit Parfum de la Nuit.

Elle précédait un tout petit homme, qui marchait lentement et s'aidait d'une canne. Elle le tenait par la main.

Je connaissais cet homme. Qui était-ce ?

Qui était-ce donc, qui s'approchait là ?

Enfin, malgré la nuit, je finis par distinguer ses traits. Des cheveux blancs. Une bouche qui tremblait un peu. Une petite barbiche. Et son fameux regard, que je n'avais jamais oublié.

Je criai presque :

— Ale-te-heia !

La douce et jeune Parfum de la Nuit dut penser qu'elle n'avait pas le droit de rester : elle s'en fut, me laissant seule avec le vieil aveugle.

— Grande femme blanche ! dit-il. Tu vas bien ?

— Comment ? ! Comment est-ce possible ? éclatai-je. Comment pouvez-vous être ici ? Ale-te-heia ! C'est bien vous ? !

— Oui. C'est bien moi.

— Alors, je ne rêve pas ? Parfum de la Nuit est venue me chercher, parce que vous vouliez me voir ? Je ne suis pas dans un autre rêve ?

— Mais non. Je suis bien là. C'est toi, Flavie. C'est moi, Ale-te-heia. Je suis venu ici parce que je voulais voir ton fils, et te parler.

Il m'est difficile de dire à quel point cela m'inquiéta. Pour moi, Ale-te-heia possédait un pouvoir immense, et de lui émanait une influence sans bornes. J'avais donc peur : s'il était venu, c'était bien parce que Francesco devait devenir un chaman et rester parmi les Apsaroke ? Je lui posai aussitôt cette question.

Il alluma sa pipe – son *hutzin* – et fit rouler entre ses doigts un petit bouton de nopal. Puis il me dit vivement :

— C'est exactement le contraire que je souhaite !

— Mais comment ? dis-je, estomaquée. Vous... vous n'êtes pas venu pour... ?

— Je suis venu pour vous garder d'un grand danger, et pour préserver le peuple des Apsaroke.

— Vite, par pitié ! Vite, expliquez-moi...

— Calme-toi et sois patiente. Je vais tout t'expliquer.

Du fait de ses pouvoirs de visionnaire, dont j'avais déjà vu l'ampleur lorsque nous l'avions rencontré au Brésil, près du pays des Gê, il avait appris qu'Œil d'Or était devenu fou et voulait initier Francesco. Je n'osai pas lui demander comment il le savait, mais il me décrivit la situation comme un fait incontestable. Il ne faisait pour lui aucun doute que le chaman apsaroke était à moitié dément, et ferait courir d'immenses risques à Francesco, et pis encore aux Apsaroke, lesquels seraient un jour sous l'influence d'une personne qui les connaissait à peine. Francesco, selon Ale-te-heia, courait un danger en effet, mais c'étaient surtout les Apsaroke, exclusivement guerriers et inaptes à prendre une décision dans le domaine spirituel, qui iraient à leur perte en suivant les décrets d'un Francesco incapable de les guider.

— Œil d'Or est plus aveugle que moi ! dit Ale-te-heia.

— Mais pourquoi veut-il Francesco ?

— Pour le dominer. Lui faire faire n'importe quoi. C'est en effet plus facile que de tenter de former un détestable et cruel jeune guerrier... tel qu'Aigle Rouge ! ajouta malicieusement Ale-te-heia.

— Comment... que dois-je faire selon vous ?

— Quitter les Apsaroke. Partir avec Francesco. Vous ne pourrez jamais vivre ici. Les Apsaroke sont des guerriers. Ils vous ont reçus avec beaucoup de générosité. De ce fait, vous avez cru qu'ils sont de sages et paisibles chasseurs, d'aimables sauvages qui vivent isolés dans la forêt. Cela est faux.

— Je crois... je crains de ne pouvoir quitter Aigle Rouge.

— De toute façon, grande femme blanche, si tu ne quittes pas cet homme, c'est lui qui s'en ira.

— Comment ? Vous voulez dire qu'il va mourir ?

— Pas nécessairement. Il y a maintes façons de s'en aller.

— Comment ? Pourquoi ?

— Trop de questions. Regarde.

Il cacha son *hutzin* sous sa cape, bondit sur ses pieds et partit. Je le vis qui s'éloignait, guidé par une petite tache blanche. Parfum de la Nuit. Je me frottai les yeux.

Parfum de la Nuit revint sur ses pas pour me reconduire. Nous mîmes deux fois plus de temps qu'à l'aller à rejoindre le campement.

— Où est passé Ale-te-heia ? demandai-je.

Je savais ce qu'elle allait me répondre. Cela ne manqua pas.

— Je ne sais pas, dit-elle. Je ne le connais pas.

Le lendemain matin, ayant à peine dormi, je filai prendre Francesco et courus jusqu'à la tente d'Aigle Rouge. Personne n'était réveillé ; nul ne nous vit. Je racontai tout à Aigle Rouge, en présence de Francesco. Mon amant était perplexe. Mon fils était véhément.

— Je veux rester avec le grand chaman Œil d'Or ! me dit-il. Je serai l'ordonnateur de la cérémonie des Flèches, quand viendra l'hiver !

— C'est peu probable, dit Aigle Rouge.

— Pourquoi mon frère Aigle Rouge veut-il m'en empêcher ? dit Francesco avec un bel accent apsaroke. Veut-il jouer le rôle de mon père ? !

— Le chaman ne s'en charge-t-il pas ? Ne vole-t-il pas le rôle d'un père ? dit Aigle Rouge.

— Mon frère Aigle Rouge n'a pas le droit ! cria Francesco. Je n'ai pas de père, mais ce n'est pas une raison pour me...

— C'est faux, dit Aigle Rouge. Tu as un père, mais il est loin. Voilà tout. Œil d'Or veut se servir de toi. Pour lui, tu es comme une hache, ou un outil. Tu n'ordonneras pas la cérémonie des Flèches : tu seras une flèche !

Je finis par les interrompre.

— Francesco, dis-je, est-ce que tu comprends ce que j'ai dit ? Est-ce que tu comprends qu'Ale-te-heia est venu spécialement me voir pour nous protéger ?

— C'était un rêve. Tu rêvais, dit Francesco.

— Je ne rêvais pas, et tu le sais bien. Comment pourrais-tu devenir un chaman si tu ne devinais pas au moins ces choses-là ?

— Alors, un homme aussi important qu'Ale-te-heia serait venu rien que pour nous ! ? Non, je peux te dire pourquoi il est venu.

— Vraiment ?

— Oui, je peux te le dire !

— Eh bien, dis-le.

— Mais toi, es-tu prête à l'entendre ?

Je faillis frapper mon fils, mais je contins ma colère.

— Dis toujours...

— Il est venu parce que les Apsaroke vont bientôt faire partie du cercle des Peuples Disparus.

— Es-tu devenu fou ?

— C'est pourtant cela. Je dis vrai. Et Œil d'Or le sait aussi !

Aigle Rouge leva la main.

— Que veux-tu dire ? Qu'est-ce que ce cercle ?

— C'est le Cercle de ceux...

Francesco n'eut pas le temps de poursuivre. Je me jetai sur lui, le giflai de toutes mes forces, le tirai hors de la tente et partis avec lui. Comme je passais devant la tente du chaman, je donnai un coup de pied dedans.

Aigle Rouge nous suivait de loin, étonné, levant les yeux au ciel. Il ne reçut d'ailleurs jamais de réponse à sa question.

En retournant à ma tente, j'appris qu'Alan Murray était parti : un bref message me dit qu'il ne pouvait pas supporter de ne pas tendre ses trappes. Il allait le faire « sans l'autorisation des Indiens ».

Ayant tenu Inaua au courant de cette affaire, je l'entendis me répondre qu'Ale-te-heia devait avoir d'impérieuses raisons d'être venu de si loin et s'entretenir avec moi, sans doute parce que le destin des Apsaroke lui importait beaucoup.

— Il n'a pas pu venir de si loin, commentai-je. Il ne peut pas avoir traversé deux continents. Soit c'est un miracle, et il est capable de se matérialiser ici sans difficulté, soit c'est un exploit physique, mais en tout cas ce n'est pas un rêve. J'ai touché sa cape. J'ai senti l'odeur du cactus séché qu'il fumait. Mais tu ne tiens pas compte du principal : je suis amoureuse. Je ne peux quitter Aigle Rouge en sachant qu'il risque de disparaître. Si je devais partir maintenant, j'en mourrais.

— Que dois-je dire, Flavie ? Je sais bien que tu ne m'écouteras pas. Tu es obnubilée par ce beau jeune homme, et tu ne vois pas que ton propre fils va un jour être définitivement perdu à force de suivre les préceptes de ce chaman. Veux-tu perdre ton fils, et me perdre, si je décide de m'en aller ?

— Je ne veux pas te perdre, Inaua, et je ne veux pas perdre mon fils.

— Alors, abandonne Aigle Rouge et les Apsaroke à leur destin ou à leur univers. Nous ne pouvons rien faire pour eux. Aigle Rouge, tu l'as dit toi-même, est un guerrier. Tu peux passer avec lui quelques minutes dans une grotte. Mais il ne vivra pas avec toi longtemps. Ni d'ailleurs avec personne.

Inaua ne pouvait savoir à quel point elle avait raison. Mais je m'obstinai, me disputai avec elle, et la quittai sans avoir rien décidé. Je la laissai seule avec l'angoisse de me perdre, avec la peur de me voir perdre Francesco. Je compris seulement beaucoup plus tard à quel point elle continuait de tenir à moi. Pour l'instant, je courus rejoindre Aigle Rouge, qui chassait le cerf dans la montagne. J'avais mis une robe que Loutre Avide m'avait donnée. Une robe marron foncé et noir, parsemée de nombreuses petites taches blanches.

Nous étions cachés dans un bosquet d'arbres extrêmement touffus, et il était impossible que nous soyons vus de l'extérieur. Le soleil jouait entre les branches et parfois une mince feuille jaune et ronde tombait sur notre peau nue. Brusquement, Aigle Rouge s'écarta de moi, me laissant soudain toute vide et seule et stupide. Je crus qu'il était fâché !

— Qu'y a-t-il ?

— Tais-toi, chuchota Aigle Rouge.

Nu, il se mit à ramper sous les arbres, gardant sa hache à la main. Il ne remuait pas la moindre brindille en se déplaçant. Qu'avait-il senti ? Qu'avait-il entendu ? Un animal ? Un homme ? Sous mes yeux, il se transforma en panthère. Il devint un fauve éduqué pour la chasse, les muscles bandés, la hache haute, ne se souciant pas des branches basses qui l'égratignaient. Je le suivis de loin, restant accroupie. A l'orée du bosquet, il s'arrêta.

Comme lui, j'aperçus, à une portée de flèche, quatre Indiens qui venaient d'attacher leurs chevaux. Ce n'étaient pas des Apsaroke.

Aigle Rouge revint vers moi et prit ses vêtements. Il s'habilla. Nous retenions notre respiration et ne faisions pas le moindre bruit. J'étais certaine que ces Indiens étaient des éclaireurs. Ils marchaient lentement, en effaçant derrière eux la moindre trace et sans briser la moindre branche ; ils s'éloignaient de nous, mais marchaient en direction de notre campement. Aigle Rouge me fit signe de rester dans le bosquet.

— Assiniboins, murmura-t-il à mon oreille.

Il prit son arc et ses flèches. Les quatre Indiens marchaient là-bas devant lui, au long d'un sentier invisible parsemé de trouées qui avaient dû être faites par un lièvre. Le vent soufflait face à Aigle Rouge. Les guerriers ennemis ne sentiraient pas son odeur.

Il tira ses deux premières flèches si rapidement que je ne les vis pas partir. Il allait décocher une troisième flèche lorsque le plus petit des Assiniboins se retourna et courut vers lui. Aigle Rouge mit un genou en terre, saisit sa hache et la lança. Elle fendit le crâne du guerrier qui, bondissant, se fracassa contre un arbre. Le quatrième courut vers les chevaux. Aigle Rouge tendit son arc et lança une flèche. Ce fut tout.

En quelques secondes, il venait de tuer quatre ennemis. Je pensai qu'il allait se tourner vers moi, me dire quelque chose, mais il partit calmement s'emparer des chevaux, mit en travers de chacun le corps d'un Assiniboin, lia les chevaux les uns derrière les autres, puis me fit signe. Je vis que les Assiniboins portaient de courtes capes de fourrure sur les épaules, et qu'ils n'étaient pas coiffés comme les Apsaroke. Nous rentrâmes au campement en triomphateurs.

Tout cela me terrorisa. Non seulement je voyais que pour lui le meurtre était une activité naturelle, évidente et qui ne le troublait pas, mais encore je comprenais que cette incursion sur leur territoire ne laissait pas d'inquiéter les Apsaroke : si eux avaient songé à attaquer leurs ennemis à l'automne, ceux-ci n'avaient pas attendu la saison suivante pour venir reconnaître le terrain. Aussitôt, Elan Assis réunit ses guerriers ainsi que les plus grands sages de la tribu. De différents sentiers vinrent des hommes que je n'avais encore jamais vus. L'un d'eux, un guerrier très grand, portait une hirondelle morte dans ses cheveux ; il se nommait Deux Chansons. Un autre, plus petit, vêtu d'une très longue tunique couverte de nombreuses plumes d'épervier, brandissait un long bâton courbe ; il était le chef d'un clan éloigné, cousin des Apsaroke, et se nommait Vol d'Epervier. Je vis que le chaman Œil d'Or n'était pas convié : les chamans ne doivent pas s'occuper de la guerre ; il préparait certainement une cérémonie propitiatoire. Francesco était venu me rejoindre – j'en fus heureuse, et bien étonnée qu'il ne fût pas caché quelque part avec le chaman.

Elan Assis exposa la situation en phrases brèves, et annonça que tous les Apsaroke devaient se préparer à la guerre dès maintenant. De grands cris s'élevèrent, des lances furent levées, une hache très lourde et grossièrement peinte fut déterrée devant la tente d'Elan Assis. Les petits garçons, envoyés par leur mère, apportaient des bols de peinture aux guerriers ; ceux-ci dessinaient sur leur visage des lignes noires et blanches, ou bien rouges et bleues. Leur expression devenait plus grave. Certains arboraient désormais un mauvais sourire. On allait tuer beaucoup d'ennemis. Le superbe exploit d'Aigle Rouge le prouvait ! Que la guerre commençât par l'extermination de quatre Assiniboin était un signe excellent pour tous. Elan Assis posa sa main droite sur l'épaule d'Aigle Rouge et déclara qu'il commanderait la première attaque. Aigle Rouge bomba le torse, tout empli d'un immense orgueil ; Elan Assis lui faisait là un honneur insigne. De loin, mon amant me lança un regard radieux. Je ne pouvais lui rendre ce regard : je savais désormais qu'il serait parmi les premiers à mourir.

Œil d'Or effectua une longue danse, brûla des feuilles sèches dont la fumée nous fit tousser et pleurer. Les peintures de guerre sur le visage des hommes devinrent laides. Elles coulaient, se mélangeaient, et la couleur glissait le long des rides des plus âgés. Les Apsaroke aiguisaient leurs lances, taillaient les pointes et les empennages de leurs meilleures flèches, bouchonnaient leurs chevaux. Ils s'apprêtaient à partir le soir même.

J'avais pensé que les femmes resteraient sagement au campement, protégées par quelques guerriers. Il n'en fut rien. Les enfants, avec les vieillards et le sorcier, furent cachés dans des grottes que je n'avais encore jamais vues. Je crus aussi qu'on allait m'ordonner de rester. Mais Francesco était assez grand pour aider les guerriers – il devrait porter plusieurs lances – et j'étais considérée comme la compagne d'Aigle Rouge. Tout le monde me considérait avec respect. Chaque femme accompagnait, à quelque distance, un guerrier qui l'avait désignée. Ceux qui étaient célibataires désignaient une femme qui l'était également. Ainsi, un guerrier nommé Dents de l'Ours élut Inaua, et un homme qui s'appelait Marcher Longtemps désigna Parfum de la Nuit. Celle-ci, très fière, me montra comment nous devions participer à la guerre des Apsaroke. Chevauchant à cinquante pas derrière les guerriers, nous devions emporter toutes nos affaires, transporter la nourriture, une partie des flèches, des lances et autres armes de jet. Nous étions armées de javelines. En aucune façon nous ne devions être faites prisonnières par les Assiniboins. Ils nous traiteraient de la plus cruelle façon.

— Pour eux, nous ne valons guère plus que des fouines, dit Parfum de la Nuit. S'ils nous prennent, ils nous... Demande à ton fils de te tuer s'il s'aperçoit que tu es prisonnière.

Elle piqua les flancs de sa monture et s'éloigna.

Je me rapprochai de Francesco et d'Inaua.

Nous allions faire la guerre.

Je tremblais.

Pour livrer combat, encore faut-il trouver ses ennemis ! Au bout de trois jours, nos éclaireurs n'avaient encore aperçu aucun campement assiniboin, et nous gravissions de hautes montagnes sans rencontrer âme qui vive. Elan Assis, loin devant nous, désigna d'immenses parois qui trônaient dans le lointain, brun et mauve, d'une dimension cyclopéenne. Comme si de gigantesques tranches avaient été coupées dans la montagne, ces parois se prolongeaient sur une longueur incommensurable, jusqu'au bout de l'horizon. Evidemment, il était hors de question de franchir ces formidables forteresses. Aigle Rouge se retourna, désigna pour moi un filet de fumée qui s'échappait d'un campement, au pied de ces parois. Les Assiniboins !

Les autres femmes s'étaient retournées, afin de voir à qui le grand guerrier faisait cet honneur. Elles baissèrent les yeux, voyant mon statut confirmé. Le sage et subtil Elan Assis fit faire demi-tour à son cheval, montra à chaque femme le filet de fumée ou la direction du campement ennemi ; ainsi chaque femme fut-elle flattée par le chef des Apsaroke en personne, et rien n'était plus important que cela. Les femmes se rengorgèrent, Parfum de la Nuit me fit un petit sourire, et nous dressâmes le camp sans faire de feu. C'était la fin de l'été, le froid allait bientôt venir, la nuit serait difficile. Sous une très grande couverture, je dormis avec trois femmes et avec Inaua. Francesco dormait parmi les jeunes garçons. Les guerriers dormaient ensemble. Les guetteurs mangeaient des morceaux de viande séchée tout en observant la fumée, à l'horizon.

Le lendemain matin, plus de trois cents guerriers apsaroke attaquèrent le camp des Assiniboins. Francesco pleura en voyant tous ces morts, toutes ces femmes tuées, tous ces enfants blessés qui s'enfuyaient. Je ne pus m'empêcher d'être malade à cette vue et me mis à vomir. Les femmes me regardèrent alors avec mépris : comment la compagne élue par un guerrier tel qu'Aigle Rouge pouvait-elle se conduire de cette façon ? Les morts et les blessés étaient des ennemis, des chiens qui ne méritaient pas de vivre !

Je vis qu'Aigle Rouge était vivant, alors qu'il avait conduit plusieurs vagues d'assaut successives après la mort des deux guerriers qui devaient les diriger – Vol d'Epervier et Trois Doigts. Comme je venais de montrer ma faiblesse devant les cadavres des ennemis, Aigle Rouge ne m'adressa pas la parole. J'en fus très blessée, mais j'entendis aussi que lui, Elan Assis et les guerriers les plus avisés étaient fort inquiets d'avoir rencontré une résistance vigoureuse, certes, mais très limitée : où étaient les autres Assiniboins ?

En effet, il apparaissait que leur camp n'était défendu que par la moitié des guerriers tout au plus. Qu'avaient fait les autres ? Inaua me dit que certains Apsaroke allaient torturer des blessés assiniboins afin de savoir où se trouvaient les autres guerriers, et qu'il valait mieux que ni Francesco ni moi n'assistions à ce spectacle.

— Et toi, que fais-tu ? lui demandai-je.

— Je viens avec toi : nous allons préparer le repas de tous ces assassins, répondit-elle calmement.

Il était évident que nous ne pouvions rien faire d'autre, et que tenter de dire aux Apsaroke de faire preuve de mansuétude à l'égard de leurs ennemis eût été pure folie. Alors que nous préparions le repas avec une douzaine d'autres femmes, Inaua murmura :

— Partons maintenant, Flavie ! Nous pouvons partir maintenant.

— Non ! lui dis-je.

— Non ! dit Francesco.

Et je sais que nous avions tous deux de bien mauvaises raisons de refuser. Mais nous voulions rester jusqu'au bout avec les Apsaroke, revenir avec eux au camp, et je voulais dire adieu à Aigle Rouge ; désormais, je savais que plus rien ne serait possible entre lui et moi.

Ce que nous pouvions craindre se réalisa : les Assiniboins nous attaquèrent par surprise, lançant contre nous tantôt un petit détachement de leurs braves, ou bien se frayant la nuit un chemin entre nos guetteurs pour égorger l'un d'entre nous pendant son sommeil. Un matin, nous allâmes secouer Parfum de la Nuit, la charmante, la douce... Elle ne voulait pas se lever. Inaua lui toucha l'épaule et hurla : sa main pleine de sang venait de retourner Parfum de la Nuit, dont la tête se détachait presque de son torse.

Tandis que nous pleurions, les guerriers assemblèrent quatre solides arbustes et tendirent des branches entre eux, sur lesquelles ils posèrent le corps de Parfum de la Nuit. Puis ils allumèrent du feu sous ce bûcher improvisé, chantant des prières et distribuant ses colliers aux autres femmes. Depuis, j'ai conservé un collier d'ambre fin que je ne peux jamais attacher sur ma nuque.

Je voulais parler avec Aigle Rouge. Même brièvement, dussé-je essuyer un refus, je voulais lui parler. Une nuit, je me glissai tout près de lui sans réveiller les autres guerriers, et lui fis signe. Il se leva, me prit la main plutôt brusquement et s'assit devant le feu presque imperceptible auprès duquel se tenait l'un des guetteurs.

Aigle Rouge lui dit qu'il prenait son tour de garde. L'autre homme baissa les yeux et alla se coucher. Aigle Rouge me dit :

— Tu ne peux pas rester avec nous.

Je me tordis les mains. Je ne savais plus ce que je faisais.

— Pourquoi, mon aimé ? Pourquoi ? !

— Tu m'as offensé, tu as offensé le peuple apsaroke avec tes larmes. La pire chose à faire est de pleurer sur nos ennemis.

— Nous sommes parfois comme cela, nous autres *seinapah*. Nous pleurons sur nos ennemis. Cela ne veut pas dire que je veux te quitter, ni quitter les Apsaroke. Même si nous sommes différents, je vous prends tels que vous êtes.

— Tu l'as dit. Nous sommes différents. Beaucoup trop différents. Demain, prends ton fils et ton amie avec toi, et pars vers le sud. Il y a un défilé, entre les gorges du Busard, qui n'est pas trop difficile. Vous avez encore le temps de repartir avant qu'il ne fasse vraiment froid.

— Pardonne-moi, Aigle Rouge. Tu vas être en colère. Mais je ne peux pas te laisser. Je t'aime trop. Si je pouvais donner ma vie pour que la tienne ne soit pas prise, je le ferais.

Il me caressa la joue.

— Femme stupide, dit-il. Tu as un fils.

Il s'était levé, avait marché auprès du feu en attendant l'aube, puis avait très tôt éveillé les guerriers. J'avertis Inaua pour que Francesco fût prêt au plus vite. J'entrevis Elan Assis, qui boitait un peu depuis l'attaque du camp assiniboin. Il me fit un petit signe de la main, comme un au revoir. Il savait à quoi s'en tenir. Au fil des jours, après des dizaines de petits coups de main et d'attaques brusquées, notre groupe était réduit à environ deux cents guerriers.

On galopa, les bannières de plumes claquaient au vent, les crinières des chevaux dansaient, les peintures des guerriers rutilaient dans le soleil. Leur peau cuivrée se mêlait au pelage des chevaux et aux peaux de puma dont ils étaient parés. Les lances ornées de plumes, les boucliers aux incrustations clinquantes accrochaient un rayon de soleil. Les chevaux frappaient le sol librement, les sabots libérés des tissus qui auparavant les protégeaient : les Apsaroke ne craignaient plus de signaler leur chevauchée et savaient bien que nos moindres déplacements étaient épiés par les Assiniboins. Depuis un haut promontoire de rochers, ils nous défièrent, se montrant au grand jour, boucliers tenus à bout de bras. Ils chantaient un chant de guerre. Ils attendaient que notre colonne fût encore un peu plus étirée pour lancer une attaque décisive. Ce que voyant, Aigle Rouge donna ordre de se regrouper au centre d'une vaste clairière qui se faisait jour entre les grands sapins au-dessus desquels nos ennemis nous narguaient. Les guerriers, un peu surpris par cette manœuvre, et devant se disposer en cercle, hésitaient un peu – où était la bravoure, là-dedans ? Mais Elan Assis leur lança un cri furieux, et ils se disposèrent comme il en avait décidé, femmes et jeunes gens au milieu du cercle, avec travois et chevaux. Les Assiniboins, fous de rage, insultèrent les Apsaroke et descendirent les pentes en hurlant : ils voulaient en finir. Des dizaines de flèches tombèrent autour de nous.

— Flavie ! cria Inaua. Le défilé, là-bas !

Assez loin de nous, à l'opposé des pentes d'où dévalaient maintenant des cohortes de guerriers ennemis, j'aperçus les gorges dont m'avait parlé Aigle Rouge. Nous pouvions nous enfuir par là. Je regardai Francesco. Il avait les larmes aux yeux. Il me fit un signe d'assentiment de la tête. Pourquoi voulait-il maintenant me suivre ?

Je cherchai du regard Aigle Rouge. Il n'était plus là.

Où était-il, mon amant, mon bien-aimé ? Où était le vaillant Aigle Rouge ?

En sortant du cercle à cheval, suivie de Francesco et d'Inaua, j'entrevis son cheval sur lequel tressautait son corps criblé de flèches. Les Assiniboins ne s'étaient pas trompés en le choisissant parmi les premiers qu'il fallait tuer.

— Aigle Rouge ! hurlai-je. Aigle Rouge ! ! !

Il ne fit aucun signe, mortellement blessé, chevauchant son coursier qui fonçait maintenant droit sur les lignes ennemies, enfin s'écroulant devant eux, percé de flèches. Je galopais désormais vivement, sans voir qu'Inaua me tirait par la bride.

— Il est mort, Flavie. Ils vont tous mourir... Fuyons maintenant, fuyons le plus loin possible !

Nous ne pouvions même plus entendre les rumeurs de la bataille au cours de laquelle périrent plus de la moitié des Apsaroke. Devant nous, les gorges s'élargissaient, brun et rouge, effrayantes. On aurait dit l'enfer. Le vent s'engouffrait derrière nous et nous poussait au loin comme des feuilles mortes.

Je passai toute une nuit à prier pour l'âme d'Aigle Rouge et pour tous ces gens que j'avais aimés. Avais-je donc cru que je passerais parmi eux le reste de ma vie ? Puis je priai pour que les Assiniboins ne nous rejoignent pas. Mais Inaua avait marché une heure sur nos pas afin d'en être sûre : personne ne nous suivait.

Je parlai ensuite avec Francesco. Pourquoi avait-il soudain changé d'avis ? Pourquoi était-il venu avec nous, finalement ? Etait-il toujours plein de rancœur ? Ne voulait-il donc plus revoir le chaman Œil d'Or ?

— La cérémonie des Flèches est très belle, me dit-il. Elle a lieu en hiver. Dans la neige, les guerriers aux yeux bandés tirent au loin des flèches, et voient ensuite quelle direction elles prennent. Ils pensent que cela leur indique la direction des chasses à venir.

— Quel rapport avec nous ? lui demandai-je à voix basse.

— Nous connaissons aussi la direction que nous devons prendre par des signes. Œil d'Or m'a enseigné cela. Puis, juste avant que nous partions, Parfum de la Nuit est venue me chercher. Elle m'a conduit devant Ale-te-heia. Il m'a parlé un soir (où tu étais partie avec Aigle Rouge), et il m'a convaincu. Il m'a fait construire une petite montagne de pierres, haute comme moi. Il m'a dit que je la détruirais ensuite, d'un coup de pied, et que lorsqu'elle tomberait, elle m'indiquerait la direction à suivre. J'ai construit cette petite montagne, ou plutôt cette sculpture en pierres, je lui ai donné un coup de pied, et lorsqu'elle est tombée, ce qui restait à terre ressemblait à une grande main, une très grande main avec les doigts repliés et un index indiquant le sud. J'ai donc su qu'il fallait repartir vers le sud. Ale-te-heia m'a dit que ce sont les doigts de Dieu.

Sixième
partie

FRANCESCO

LA CHEVAUCHÉE fut très difficile et harassante. Nous cherchions à regagner Billings en supposant qu'il fallait obliquer vers le sud-est. Très souvent, nous devions faire marcher nos chevaux derrière nous tant les gorges devenaient étroites, et prendre garde à ne pas tomber dans les ravins. Nous fûmes pourchassés par un ours, sur lequel il fallut tirer pour s'en défaire. Nous n'avions presque rien à manger, sauf lorsque nous parvenions à piéger un écureuil, ou à découvrir des fruits dans un arbre sauvage. Je pleurais en marchant, le visage fouetté par le vent d'automne, par la poussière, par les feuilles mortes rousses et dures qui tombaient sur nous telles des nuées. Il pleuvait très peu. Le soleil était toujours là, brillant entre les frondaisons ou jetant une lumière éclatante sur les parois rouge et mauve des montagnes. Je garderai pour toujours ce paysage devant mes yeux : des montagnes inondées de soleil, des feuilles jaunes qui scintillaient, des poiriers qui laissaient tomber de lourds fruits que les abeilles venaient fouailler. C'était le verger du soleil, la forêt de Dieu, le pays des Apsaroke.

Comme c'était beau ! Je pleurais chaque jour en pensant à Aigle Rouge, mais je pleurais aussi de gratitude en voyant devant moi chevaucher mon fils et ma petite sœur. Comme nous devions être protégés, et de quelle miraculeuse façon, pour qu'une fois encore nous ayons été sauvés !

Alors que nous commencions à nous inquiéter du fait qu'au bout d'une semaine, nous n'ayons pas encore croisé la moindre piste, il se produisit un caprice de la nature tout à fait surprenant : il neigea.

Ayant soigneusement compté les jours, nous savions que nous étions maintenant à la mi-septembre et que l'automne commençait à peine. Il neigeait ! Durant toute une nuit, alors que nous ne comprenions pas pourquoi nous grelottions de froid, alors que nous n'avions pas subi la moindre pluie, la neige se mit à recouvrir d'un léger manteau toutes les feuilles et le sol, toutes les branches et les parois rocheuses. Ce n'était pas une neige bien épaisse, mais enfin elle tint quelques jours, et nous inquiéta suffisamment pour que nous nous calfeutrions dans nos fourrures, le soir, dès que nous campions.

Un autre fait horrible et effrayant apparut alors – et je vis que Francesco, qui avait tant grandi, pouvait en cette occasion redevenir un petit garçon – il se blottit contre moi et exigea de dormir sous ma couverture ; car la nuit, nous commencions à entendre les loups.

Les loups ! Dira-t-on jamais qu'il existe plainte plus sinistre, la nuit, lorsque la forêt devient toute calme et menaçante ? C'est la nuit, lorsque le loup vient, que tous les animaux se taisent, que seul le bruit des feuilles accompagne le murmure du vent, que les chouettes n'osent plus ululer et que le renard ne quitte plus sa tanière...

Les loups !

Francesco se serrait contre moi, Inaua vint s'étendre contre nous, et j'eus l'impression de devenir la mère de tout un petit monde qui voulait se cacher dans mon giron. Au loin, les hurlements retentissaient, s'éloignaient, se rapprochaient, s'éloignaient de nouveau.

Durant la première nuit, ils ne vinrent pas tout près de nous, et nous n'eûmes pas le sentiment que nos vies étaient en danger. Mais la nuit suivante, les hurlements furent si proches que je décidai de me lever, de forcer Francesco à s'habiller et de partir. Déjà, Inaua avait sellé les chevaux. Déjà, les lugubres et plaintifs hurlements s'approchaient : toute une meute allait venir et nous attaquer d'un moment à l'autre. Il était trop tard pour fuir. J'ordonnai à Francesco de charger tous les fusils, et même les pistolets. Il prit le fusil le plus lourd et mania la poire à poudre, me le tendit, en chargea un autre pour Inaua, et il allait charger le troisième lorsque les loups furent soudain là.

Ils arrivèrent tous ensemble, les uns derrière les autres. Une meute de quinze loups qui souriaient, se battant les flancs de leurs queues, retroussant leurs babines et montrant leurs dents jaunes. Nous pouvions imaginer la bravoure des Indiens qui portaient parfois autour du cou un collier entier de ces crocs... Je fis feu la première, abattant aussitôt l'un des plus grands, un gris au poitrail noir qui possédait des griffes énormes. Sur la fine couche de neige, ces fauves laissaient peu de traces, bondissaient sur l'un des chevaux, s'éloignaient, revenaient à la charge. Je crus qu'ils allaient nous submerger, mais ils se contentèrent de s'attaquer à l'un des chevaux, qu'ils griffèrent et mordirent tous ensemble. Je tirai encore, et abattis le cheval pour qu'il ne souffrît pas davantage. C'était le beau poulain gris clair de Francesco.

Nous réussîmes à nous dégager, chevauchant dans la nuit, Francesco et moi partageant la même monture. Mon fils pleurait la mort de son cheval. Je le serrai contre moi, tenant bien la bride, en me demandant pourquoi les loups ne nous avaient pas attaqués plus vaillamment.

La réponse vint le lendemain. A quelques lieues de là, nous aperçûmes un feu, et nous en approchâmes en usant de mille ruses apsaroke. Hélas ! l'odeur pestilentielle qui émanait de ce camp abandonné ne laissait aucun doute : quelqu'un était mort là, attaqué par les loups. Nous vîmes d'abord au loin la carcasse du cheval. Alors Inaua osa s'avancer davantage, et cria :

— Ah ! Ne regardez pas !

— Qu'y a-t-il ? appelai-je. Qu'est-ce que tu as vu ?

— Là, en contrebas... Ne venez pas ! Il y a le corps d'Alan Murray !

— Comment ? ! Tu en es sûre ?

— Ne t'approche pas, Flavie ! Reste avec Francesco. C'est horrible. Il a été dévoré par les loups.

Sans aller regarder, mais en m'approchant de son campement, je vis le fusil abandonné, la poudre mouillée qui n'avait pas servi, les trappes dispersées, les peaux déchiquetées, et ses pauvres affaires éparses. Une couverture claquait, accrochée à une branche d'arbre d'où l'eau tombait goutte à goutte, comme fondait la neige. Le soleil brillait sur le canon de son fusil. Notre ami le trappeur avait payé de sa vie son désir de poser des pièges, encore et toujours.

Bien sûr, il nous fallut poursuivre en pensant à sauver nos vies, parlementer avec un petit groupe de guerriers hidatsas qui voulaient nous faire payer un droit de passage, il nous fallut leur donner de la poudre ainsi que toutes nos peaux, leur jurer que nous quittions ces terres et que nous n'y reviendrions jamais, il fallut retrouver la piste et enfin apercevoir le village de Billings, en bas, dans la vallée, tout petit et perdu, mais cela ne nous empêcha pas de penser chaque jour à ce grand diable de trappeur, avec qui nous avions bravé tant de dangers et qui avait fini là, dans les gorges des Montagnes Rocheuses, dévoré par les loups.

Incompréhensible ! Après toutes ces horreurs, nous retrouvions notre luxueuse calèche, toute ma petite fortune cachée dans le double fond, des chevaux frais, des armes, et même un semblant de confort lorsque le maréchal-ferrant écossais, nommé William Duncan, nous proposa de dormir chez lui, dans de vrais lits ! Bien entendu, j'acceptai l'offre de ce brave homme, et partageai un lit avec Inaua, tandis que Francesco s'effondrait dans la chambre voisine, recru de fatigue. Le petit déjeuner ressemblait à un véritable *breakfast* et seule la vilaine tendance de ce brave Ecossais à pétuner dès huit heures du matin troubla un peu ce festin. Il nous servit même d'une excellente confiture qu'il fabriquait, ainsi que de la tarte au potiron, des petits pains au jambon largement tartinés de moutarde, et proposa de nous pourvoir en viande séchée, au cas où nous voudrions repartir bientôt.

Je consultai mon fils et ma petite sœur, et en effet nous étions d'accord pour repartir vite et tenter de faire route vers le sud. Il nous fallait de toute manière regagner Kansas City avant de décider si nous redescendrions vers le sud par le centre ou par la côte : je ne ressentais guère l'envie de traverser à nouveau les terribles plaines du centre et les montagnes toujours gardées par des tribus farouches. William Duncan nous signala que les immigrants, toujours plus nombreux, attiraient de plus en plus de tribus indiennes vers le Nebraska et le Kansas, car les Sioux, les Cheyennes et d'autres nations revendiquaient avec fierté le droit de repousser ces envahisseurs les premières. Il y avait donc de plus en plus de monde sur les pistes et autour des relais, et le brave Ecossais nous recommandait vivement de ne voyager qu'en compagnie d'un convoi. Non seulement des gens rebroussaient chemin, mais aussi des troupes d'éleveurs ou de négociants commençaient à faire la route en sens inverse du flux des émigrants. Il était donc probable que nous ne croiserions presque personne ici et dans le Wyoming, mais que nous trouverions à nouveau beaucoup de monde dans le Nebraska et le Kansas.

Nous remerciâmes chaleureusement cet excellent homme, lui laissâmes une belle bourse et partîmes le lendemain. Dans tous mes malheurs, je pouvais au moins me féliciter d'une chose : si notre calèche avait été bel et bien fouillée en fin de compte, quelques munitions ayant été volées tandis que nous nous perdions en territoire apsaroke, personne n'avait découvert le double fond et notre argent nous restait disponible – nous étions sans doute les voyageurs les plus riches et les plus fous qui fussent jamais parvenus à Billings !

De ce fait, il nous était facile de proposer une petite somme lorsque nous rencontrions un groupe de cavaliers ou un convoi qui descendait vers le Wyoming. A chaque fois, on nous faisait mille grâces, on s'étonnait de voir deux belles jeunes femmes et un tout jeune homme dans ces régions inhospitalières, on s'émerveillait de nous voir si bien armés – ou peut-être le déplorait-on ! – et on nous accompagnait jusqu'où nous voulions. C'est ainsi qu'en un mois nous parvînmes au Nebrasaka alors qu'il commençait à faire très froid et que la neige tombait à gros flocons.

Non loin d'un lac, auprès d'un village appelé Ogallala, nous fîmes halte chez une dame qui élevait des chevaux en compagnie de ses fils. Madame Lawson était à la tête d'une véritable petite tribu, dont on pouvait retrancher son défunt mari, qui avait eu le tort de mourir noyé dans le lac Ogallala. Les garçons, au nombre de six, s'occupaient de tout ce qui concernait les chevaux ; leur mère s'occupait de tout ce qui concernait la maison, en compagnie de deux Indiennes qu'elle avait sauvées de chez les Sioux – nous apprîmes par la suite qu'elles étaient des prisonnières de la tribu des Yanktonai, et que les Sioux les avaient vendues parce qu'elles étaient de mauvaises cavalières ! Dans ce pays, les femmes oglala, teton et sioux étaient toutes des cavalières émérites, et ces deux-là avaient le malheur de n'être pas très douées

Apprenant tout cela, nous questionnâmes Madame Lawson : pourquoi donc n'avions-nous pas été attaqués par les Sioux ?

— Les Sioux se trouvent pour l'instant au Dakota du Sud, et pour une fois les Oglala, les Teton et toutes les autres tribus sioux sont réunis. Ils se préparent à la guerre contre d'autres nations, et contre les Blancs. Pour l'instant, ils ne sont pas ici auprès de leur lac, mais à l'ouest et au nord. Ceux qui ne se préparent pas à la guerre s'occupent des provisions de viande fumée pour l'hiver. Lorsqu'ils seront prêts, au printemps, ils vous poursuivront et vous massacreront, si vous êtes encore là.

— Je vous remercie pour ces précisions, dis-je un peu ironiquement, mais je crains que nous ne restions ici qu'un jour ou deux.

— Je crains au contraire que vous ne soyez obligée de rester plus longtemps, avec votre esclave et votre fils, car une grande tempête de neige se prépare.

— Inaua n'est pas mon esclave, mais ma sœur. Et je ne crains pas les tempêtes. J'ai connu beaucoup de tempêtes, de neige et autres.

Madame Lawson me regarda alors avec un certain respect, en même temps qu'elle me lança un bref coup d'œil qui signifiait sans doute : « A moi, on ne la fait pas, ma petite dame ! » Mais elle était trop soucieuse de ses hôtes pour me manifester de l'irrespect, et surtout elle comptait nous vendre quelques-uns de ses chevaux, au cas où nous voudrions partir assez vite. Ses propos étaient donc calculés, avec juste ce qu'il fallait de grossièreté pour me donner envie de quitter les lieux, et juste assez de considération pour me donner envie de lui acheter trois ou quatre chevaux. Elle fit bien. Nous quittâmes le lac Ogallala et sa ferme après avoir acquis trois chevaux à cette femme.

En lui disant au revoir, je lui demandai, avec quelque insolence, pourquoi les Sioux n'attaquaient pas sa ferme ni ne lui volaient de chevaux. Elle partit d'un grand rire et déclara :

— Les Sioux n'attaquent pas leurs fils ! en désignant ses propres garçons qui travaillaient dans le *corral*.

Je compris alors que je n'étais pas la seule à avoir aimé un Indien, et cela me réconforta, en même temps que cela m'attrista beaucoup. Je pensai de nouveau à Aigle Rouge, à la mort des guerriers apsaroke, à tout ce que j'avais vécu de terrible ces derniers mois, et me mis à pleurer tandis que nous chevauchions. Je me retournai, contemplai le lac et Inaua vit mon visage couvert de pleurs. Elle s'approcha, trotta tout près de moi et me caressa les joues avec son mouchoir. Je ne sais pourquoi, Francesco se mit à pleurer, lui aussi.

En comparaison avec l'aller, notre nouveau périple vers le sud fut presque aisé. Nous passâmes l'hiver dans le Nebraska. Je ne dirai rien de ce minuscule fortin perché à flanc de montagne, de ces fermiers qui avaient transformé leur maison en commanderie, usant de doubles rangées de pieux pointus pour décourager les attaques des Indiens qui hantaient les parages ; à cause du climat rigoureux, les Indiens n'étaient à craindre que durant le printemps et l'été ; le reste du temps, ils se contentaient de rapines, et surtout volaient aux éleveurs le peu de chevaux qu'ils avaient arrachés à la sauvagerie ; ces *mustangs* étaient devenus des sortes d'enjeux, de signes de bravoure pour les Indiens, qui les gardaient dans leurs enclos après les avoir pris aux Blancs, les exhibaient, se les montraient et parfois se les volaient, sans doute afin d'avoir quelque motif d'aller quérir le *scalp* de leur voisin. Au printemps, notre calèche remise en état nous emporta vivement sur les pistes qui menaient au Kansas. Nous échappâmes à une petite embuscade – les hors-la-loi étant plus nombreux qu'autrefois – et nous nous arrêtâmes quelque temps pour tirer sur des loups, bêtes que nous avions en horreur. Et voici qu'après toutes ces aventures, nous nous retrouvions de nouveau à Kansas City, frappant à la porte de Victor Jamieson et espérant qu'il était sorti de prison !

Il était libre, en effet ; plus personne ne s'intéressait d'ailleurs à « la Lionne », désormais inoffensive ; et il était allé se promener.

Sa toute jeune épouse, une beauté d'à peine vingt ans, ouvrit la porte et me donna aussitôt une lettre qui provenait de mon bon ami le Docteur :

Métairie, le 18 mars 1808

Chère Flavie,

Pourvu que ce courrier vous trouve en bonne santé, vous, votre fils et votre charmante amie ! Je suis un homme heureux, qui n'a que du bonheur à vous annoncer. Je viens d'avoir un autre fils, encore un ! à qui Linda mon épouse a donné naissance le 10 février. Le garçon s'appellera Francis, en votre honneur et en celui de votre fils, à qui j'adresse mon meilleur souvenir.

Davantage encore, si j'ose dire, je suis heureux de vous annoncer que j'ai pour vous d'excellentes nouvelles. Les choses ne sont pas encore certaines, mais elles s'annoncent merveilleusement pour vous trois.

Comme je n'ose encore vous donner de détails, n'étant pas certain de toutes les informations que j'ai recueillies, je vous prie de me rejoindre non loin d'ici afin que je vous parle de tout cela et vous livre les documents à ce sujet. Essayez, si vous le pouvez, d'être à Pascagoula ou même à Jacksonville aux alentours du 20 mai. J'espère que cela vous sera possible et ne précipitera pas trop votre retour.

Comme vous le supposez, je préfère, pour votre sécurité, que nous nous retrouvions en dehors de La Nouvelle-Orléans.

Je vous souhaite à tous les trois un bon voyage, et vous dis à bientôt.

Votre ami,

A. Jamieson

Il ajoutait à sa lettre un post-scriptum indiquant les adresses de deux personnes à contacter en cas de besoin : un médecin à Jacksonville, en Floride ; et une dame inconnue de nous, à Pascagoula, qui est un port au sud de Mobile, Alabama, mais qui se trouve à la frontière du Mississipi, au sud de Trois-Rivières.

— Quelle fantaisie est-ce là, maugréa Inaua, de nous donner un improbable rendez-vous si loin d'ici, et de ne rien nous dire des merveilleuses nouvelles qu'il aurait à nous annoncer ?

— En effet, ma belle, tout cela est bien étrange...

Nous nous lançâmes alors dans des milliers de supputations concernant les merveilleuses nouvelles du bon docteur :

il était devenu très riche grâce à un nouveau médicament, une potion qu'il avait inventée, et voulait nous faire partager sa fortune ;

il avait trouvé le moyen de relancer les activités de « la Lionne » grâce à de généreux mécènes fort attachés aux droits humains et désirait nous associer à cette entreprise dont nous étions fondatrices ;

il avait opéré un riche et dangereux chercheur d'or qui le poursuivait maintenant de sa vindicte ;

il pensait tout simplement que nous étions encore recherchées à La Nouvelle-Orléans mais voulait nous annoncer qu'il avait placé de l'argent pour nous dans un élevage d'alligators et voulait nous faire toucher les premiers dividendes...

Enfin nous fîmes quantité de suppositions, toutes plus saugrenues les unes que les autres, en terminant sur un fort banal constat : il était bien étrange que le Dr. Jamieson ait quelque chose de très important et de merveilleux à nous dire et qu'il n'en esquisse pas le moindre croquis – mais peut-être était-il troublé du fait qu'il venait, à son âge, d'avoir un fils ?

Demeurait cependant le fait que nous devions rapidement atteindre New York ou bien un autre port de la côte est... et faire voile ensuite vers le sud en longeant tout le littoral, au moins jusqu'à Jacksonville en Floride. Bien sûr, il était impensable de traverser par l'intérieur des terres et descendre le Mississipi : non seulement parce que c'était trop dangereux, mais aussi parce que nous ne parviendrions à La Nouvelle-Orléans ou dans l'Alabama que quatre à six mois plus tard... Cela ne nous laissait guère de temps pour reprendre des forces et nous reposer à Kansas City. Nous quittâmes précipitamment l'épouse de Victor, éberluée, qui dut imaginer que nous étions les coureurs de prairie les plus fous et les plus pressés qu'il lui avait été donné de rencontrer.

New York !

Trente-cinq jours plus tard, après avoir connu maintes aventures et incidents sur les pistes, après avoir croisé des centaines d'im migrants qui partaient vers l'ouest, vers l'Eldorado, après avoir changé deux fois de chevaux afin d'aller plus vite, nous arrivâmes dans les faubourgs de la grande ville... où des nuées d'enfants miséreux nous poursuivirent !

Piaillant, criant, suppliant, tous ces petits bonshommes en haillons, portant casquette, toutes ces petites demoiselles en robes rapiécées, pieds nus dans leurs bottes – quand elles en avaient – nous coururent après pour quelques sous, agitant des menottes et des bras maigres, blancs... petits fantômes, malades, et qui toussaient ! Où étaient leurs parents ?

Pour certains, morts ; pour d'autres, partis ; pour quelques-uns, absents, car ayant du travail ; et pour d'autres encore, là-bas, au coin de la rue, ramassant l'argent que leurs petits venaient de gagner... Inaua jeta quelques pièces, Francesco également. Je le fis moi aussi. Mais c'était comme jeter des pièces dans une fontaine, en faisant des vœux : ces enfants n'avaient rien, arrivaient sur les bateaux partis d'Europe, leurs parents mangeaient les dernières économies et ne savaient plus comment les nourrir ensuite... Après cela, une solution : aller vers l'ouest ! Ces gens allaient vers l'ouest comme on se suicide, ou comme on joue aux dés. Ils risquaient tout, jouaient leur va-tout, disparaissaient, va-nu-pieds de tragédie ou bouffons de *commedia dell'arte*. Nous eûmes toutes les peines du monde à échapper à ces dizaines de mendiants, à nous frayer un chemin à travers les avenues, les boulevards, les venelles : la ville était noire de monde, encombrée comme un jour de foire. Les cochers poussaient leurs chevaux n'importe comment, n'hésitant pas à heurter les nôtres. Un fouet sifflait au-dessus de nous. Un panier garni de légumes nous était mis sous le nez ; puis une poule ; puis des œufs ; puis une carabine ! Les marchands nous assaillaient, proposaient, donnaient même, puis réclamaient, levaient le poing, pleuraient. Des nationalités diverses et variées se disputaient, colorant l'atmosphère de leurs mots différents, jurons en italien ou en irlandais, cris en allemand, en français, belles formules en espagnol, en anglais ou en yiddish. Au coin des rues, des femmes montraient leur poitrine, soulevaient leurs jupes, offraient leur bouche. Dans les ruelles et les impasses, les petits voleurs se montraient les beaux portefeuilles qu'ils avaient chipés, la montre hors du gousset dont ils avaient cassé la chaîne, le collier arraché à la prostituée d'à côté. De rares gendarmes en uniforme bleuâtre arpentaient les grandes rues d'un air important, mais ne s'aventuraient pas dans les petites. De riches messieurs portant un huit-reflets et un gilet de soie faisaient affaire et s'en allaient d'un pas preste, regagnant un tilbury ou un coupé fermé. Notre calèche faisait des envieux, longue et belle, tirée par quatre chevaux magnifiques. On ne regardait pas Inaua : une jeune femme noire, dans cette ville, pouvait très bien être une femme libre, ou la domestique libre d'une personne de qualité. Mais on regardait Francesco, vêtu d'un beau costume, comme s'il avait été son fils à elle. Qui étaient ces deux dames à l'air si hardi, sans autre homme que ce garçonnet ? Cependant il y avait beaucoup de belles dames dans cette grande ville, en calèche ou non. Et l'on ne fit pas longtemps attention à nous.

Je me rendis à une succursale de la banque où j'avais un an auparavant déposé des fonds, et pris une somme rondelette. Puis nous traversâmes l'Hudson, et nous dirigeâmes vers le port où il nous fallait trouver un bateau en partance pour la Floride. Il y en avait deux, un long-courrier qui ferait escale dans différents ports, y compris divers lieux inconnus entre Norfolk et Charleston ; et un clipper joliment baptisé la *Wicked Witch,* qui se rendait à Newport et Savannah pour prendre une petite cargaison de tabac, puis descendait jusqu'en Floride. Il partait plus tard que le premier, mais serait plus rapide. Evidemment, nous jetâmes notre dévolu sur celui-ci. Lorsque nous montâmes à bord avec l'autorisation du capitaine, un officier barbu nommé Aberlewick, nous comptions lui offrir une forte somme pour le convaincre de nous prendre à son bord comme passagers. Mais il nous répliqua d'un ton aigre que nous paierions le même prix que les rares passagers qui étaient assez fous pour monter à son bord, des négociants en tabac.

— Assez fous ? lui demandai-je poliment, sentant son irritation.

— Oui, Madame, rétorqua-t-il, de plus en plus impoli. Les pirates, voyez-vous !

J'ignorais totalement qu'il y eût des pirates cinglant au large de la côte est des Etats-Unis, mais j'étais toute disposée à admettre que ce brave capitaine Aberlewick avait de solides raisons de les craindre.

Nous allâmes prendre pension dans un luxueux hôtel tout proche du port, le *White Swan.* En discutant avec un marchand de tabac qui nous déclara devoir prendre le même bateau, nous apprîmes que Monsieur Aberlewick surestimait les dangers de la traversée et montrait parfois des signes de démence.

Inaua et Francesco croisèrent dans le port un jeune couple irlandais qui venait d'arriver, les Henry O'Connell. La gentille rouquine et son compagnon les émurent, qui voulaient partir vers l'ouest – évidemment. Ils donnèrent la calèche. Ils donnèrent les chevaux. Cachèrent un peu d'argent dans le double fond. Et pour finir, ils donnèrent un fusil ! Avertie, j'approuvai. On a rarement l'occasion de donner quelque chose d'utile, de bonne qualité, et dont on ne se sert plus.

L'océan, l'océan tout remué de pensées effrayantes, profond, glacé – enfin ! Retrouver l'océan ! Après ces mois de chevauchée à travers des plaines, des forêts, des montagnes, c'était comme plonger dans un bain de jouvence. J'oubliai tout. En moins d'un mois, toutes les tragédies que nous avions vécues en vivant parmi les Apsaroke étaient presque effacées. Je voyais Francesco, toujours aussi solide et audacieux, malin, vif et fougueux, humer à pleins poumons l'air âpre au parfum d'algues, le bon air impudent qui vient des vagues, l'air iodé, au goût de sang, de rouge aux joues. Je contemplais Inaua qui nouait hâtivement les rubans de son chapeau afin qu'il ne s'envolât point, belle et fière dans une robe mauve, et qui refusait de répondre à un petit homme qui la courtisait, l'écartant de la main comme s'il avait été un gamin insolent. Et dans les yeux du capitaine Aberlewick, je devinais une certaine admiration pour moi, la dame dont on disait qu'elle avait couru toutes les mers et parcouru tous les pays. Nous n'étions pas encore usés, juste à peine assez polis et assez rudoyés par la vie pour devenir à peu près fréquentables. Je me sentais comme un galet qui a roulé au fond des eaux et qui finit par prendre la forme qu'il souhaitait.

Le capitaine Aberlewick eut au moins l'occasion de nous surprendre et, serrant entre ses dents un affreux brûle-gueule en écume de mer, l'opportunité de cracher, d'un air triomphant :

— Qu'est-ce que j'avais dit ? ! Les pirates ! Et voilà ! Toujours les pirates !

Nous vîmes à l'horizon se profiler un vilain petit voilier fort rapide, avec de gros grappins et des filets énormes qui lui battaient la coque, et qui portait le nom de *Sweet Lilian*, Savannah. Deux ou trois bonshommes à l'air évidemment patibulaire se promenaient sur le pont.

— Capitaine, dit Francesco, ce sont des pêcheurs...

— Pas du tout, grogna le capitaine Aberlewick. Ces pirates sont rusés ! Ils se déguisent en pêcheurs et au dernier moment, ils vous balancent leurs filets sur la tête, c'est moi qui vous le dis.

Nous attendîmes encore quelque vingt minutes, un peu

inquiets. Plusieurs des négociants allèrent cacher leur tabatière en or dans un recoin du pont ou entre deux cordages. Les terribles pirates tiraient les filets et ramenaient force poisson. C'étaient des pêcheurs. Furieux, le capitaine Aberlewick refusa de le croire.

— Eh ! nous sommes à vide ! Aucune cargaison à nous prendre. Ces gaillards-là sont malins, c'est moi qui vous le dis !

Après avoir fait escale à Savannah Beach, la *Wicked Witch* croisa beaucoup plus lentement vers les côtes de Floride. Il faisait un temps magnifique, le soleil illuminait l'île de l'Espoir et l'île d'Ossabaw, les voiles claquaient doucettement au long des mâts... et le navire n'avançait guère ! Cela nous impatientait, mais hélas, c'eut le malheur de mettre le capitaine dans une fureur terrible ; il s'en prit aux paisibles négociants qui fumaient sur le pont et jouaient aux cartes.

— C'est de votre faute, à vous tous, horribles commerçants ! Le Seigneur n'a-t-Il pas jeté les marchands hors du temple ?! N'a-t-Il pas donné des coups de pied dans leurs étals et dispersé leur abjecte marchandise ?! Et dire que moi, pauvre parmi les pauvres, je fume de votre horrible pétun et je tousse et je crache mes poumons, tandis que vous vous enrichissez à mes dépens et grevez ce navire de la façon la plus infecte ! ! !

— Voyons, capitaine, calmez-vous ! dit un des marchands. C'est *nous* qui affrétons votre bateau !

Le capitaine ne voulut rien entendre, et menaça de se débarrasser de la cargaison dans le premier port venu. Comme les matelots s'inquiétaient, le second, un jeune lieutenant nommé Romphard, de très petite taille mais fort audacieux, alla parlementer avec Aberlewick et lui conseilla de traiter ses affréteurs et clients avec un peu d'aménité. Le capitaine hurla, parla de mutinerie. Exaspérés, le lieutenant Romphard et ses hommes d'équipage l'enfermèrent dans sa cabine. Nous parvînmes à Jacksonville une semaine plus tard.

Un courrier partit pour La Nouvelle-Orléans : finalement, nous n'étions pas en retard, et pourrions rejoindre le Dr. Jamieson à Pascagoula. Nous nous reposâmes deux jours en prenant des chambres dans une manière d'auberge qui ouvrait ses vérandas sur des marais infestés de moustiques. Peu nous importait : impatientes de savoir ce qu'avait à nous révéler notre ami Jamieson, nous avions déjà réservé des places dans une diligence qui bientôt emprunterait la route du sud-ouest, au long de la côte, et d'abord à travers la Floride jusqu'à Tallahassee.

Tout heureuses que nous étions à l'idée de revoir l'excellent Jamieson, et sans doute obsédées par le secret qu'il devait nous dire, nous avions oublié que ce petit voyage, beaucoup plus court que d'autres que nous avions accomplis avant, comportait cependant des dangers. C'est pourquoi nous fûmes bien étonnées de voir que Francesco était allé rendre visite à un armurier, avait acheté une paire de pistolets et s'était muni de poudre, de balles, ainsi que de solides valises en cuir d'alligator !

— Comment cela ? m'exclamai-je. Depuis quand a-t-on le droit de vendre des armes à un gamin ? Je vais aller quérir cet armurier sur-le-champ !

— Maman, dit tranquillement Francesco, je ne suis plus un gamin. Et ici, les armuriers vendent des armes à qui les leur paye.

— C'est ahurissant ! Mon fils me répond ! Mais quel âge as-tu donc ? Douze ans, si mes calculs sont exacts ? Et tu penses que je vais te laisser te promener avec deux pistolets ?

— Maman, je t'en prie, dit Francesco. J'ai partagé tous les dangers avec toi.

Il me jeta un regard si suppliant et si furieux à la fois que je me laissai fléchir. Alors il releva très légèrement la tête, comme si durant toutes ces années je l'avais contraint à courber l'échine. Ce n'était pourtant pas le cas : mon fils paraissait avoir la nuque assez rebelle, et les reins solides. De ce jour-là, en tout cas, je l'autorisai à porter ses armes. Bien m'en prit. Nous partîmes le lendemain en diligence avec cinq autres passagers, et nous fûmes attaqués en route par un parti d'Indiens séminoles. Ils ne lancèrent que quelques flèches, mais blessèrent le cocher. Je tirai sur les Séminoles et n'en touchai aucun. Inaua tira, et en blessa un. Je vis que Francesco tirait fort bien, puisqu'il en blessa deux. Les autres passagers, dont un marchand de peaux nommé Weaver, qui avait été le seul à faire le coup de feu en notre compagnie, nous félicitèrent chaudement.

Nous consacrâmes un peu de nos énergies à soigner le cocher, et passâmes une nuit agitée sur la route de Lake City.

Le surlendemain, alors que nous approchions de Tallahassee, ce furent des hors-la-loi qui nous attaquèrent. Ils furent plus ardents, mais nous étions sur nos gardes : cinq fusils crachèrent leur feu depuis la diligence, et l'adjoint du cocher vida ses quatre pistolets sur les assaillants qui s'enfuirent. Bon prince, Francesco voulut ramasser l'un des voleurs, blessé, qui gisait sur la route. M. Weaver, le cocher et son assistant se récrièrent : comment ? Sauver cette racaille ? !

— Le Seigneur n'a-t-il pas dit d'aimer son prochain ? murmura Francesco.

Je fus assez étonnée de l'entendre citer des mots que je ne lui avais pas enseignés, même si je lui avais souvent recommandé d'être généreux et capable de miséricorde. Les trois hommes le jaugèrent, estomaqués. Puis le cocher déclara qu'après tout, ce jeune homme tirait bien, et avait mis en déroute hier les Indiens, aujourd'hui les bandits...

— F... ! beugla le cocher. Qu'on fasse comme il voudra. Foutez-moi ce lascar sur le toit, bien attaché. Tant pis pour ses blessures !

Nous ligotâmes donc le voleur sur le toit de la diligence, et le laissâmes chez un médecin de Tallahassee. En cachette, je donnai une bourse à ce dernier, afin qu'il n'allât pas le remettre aux autorités du *county*, après l'avoir soigné.

Je sais que l'on désapprouvera ma bonté, mais j'ai passé au travers de la jungle et des mers, survécu à une révolution, franchi les montagnes et les forêts des Indiens. Qu'est-ce qu'un petit brigand, à côté de tout cela ?... C'est un homme, seulement un homme.

Sept jours après ces événements, tout fiers, impatients, repus, nous étions dans une petite auberge dans la ville de Pascagoula. En contrebas, vers le port, nous entrevoyions les voiles d'un clipper qui nous parut familier. Etait-ce la *Wicked Witch* ? Mais elle n'aurait jamais eu le temps de contourner la pointe de la Floride et de parvenir ici ! Ce n'était pas notre clipper, et nous ne sûmes jamais si le capitaine Aberlewick avait ou non fini ses jours dans un asile. C'était seulement un clipper en tous points semblable... dont débarqua le Dr. Jamieson, qui avait trouvé plus sûr ce moyen de nous rejoindre depuis La Nouvelle-Orléans.

— Ah ! Jamieson ! ce cher vieux Jamieson ! m'écriai-je.

— Pas si vieux, ma chère ! Un jeune père de famille ! minauda-t-il.

Et il embrassa Inaua et Francesco comme du bon pain, devisant avec nous comme s'il nous avait quittés la veille.

Nous l'invitâmes à prendre le thé dans notre auberge et, au bout de quelques minutes, le voyant se gaver de *cake* et de biscuits, n'y tenant plus, nous le pressâmes de questions :

— Allons, Docteur ! Assez de mystères !

— Oui, dites-nous ce qui nous concerne !

— Avez-vous découvert une mine d'or ? !

Il me considéra alors d'un œil très étonné.

— Ce serait plutôt votre cas, Madame la duchesse de Toiros ! répondit-il.

— Que voulez-vous dire ?

Mon cœur bondissait dans ma poitrine, soudain. Que se passait-il ? Qu'est-ce qui m'attendait encore ? Et pourquoi osait-il m'appeler de ce nom honni ? Le destin m'avait-il guettée pour m'infliger encore quelque sinistre farce ?

— Voyons, Flavie, je vous l'ai dit, depuis la mort de votre mari, nous devions apprendre en quel lieu vous allez toucher votre héritage.

— Comment ? ! ?

Je bondis presque sur lui.

— Qu'avez-vous dit ? ! Mon mari est mort ? ? ?

— Mais enfin, oui !

Abasourdie, j'aurais presque giflé mon meilleur ami.

— Bon sang ! Pourquoi ne l'avez-vous pas dit dans votre lettre ? !

— Mais je vous l'ai écrit...

— Pas du tout !

— Mais si.

— Mais non. J'ai ici la lettre. Lisez, regardez !

Très confus et plus rouge encore que de coutume, agitant ses grandes mains en tous sens et froissant la lettre qu'il m'avait adressée, le bon Docteur dut reconnaître que la naissance de son fils l'avait un peu troublé, et qu'il avait tout bonnement omis de m'avertir du décès de l'infâme duc de Toiros...

— Je suis très confus, Flavie... Je suis horriblement gêné. Je vois bien maintenant que c'est à cause de la naissance de Francis... J'étais si heureux de vous l'annoncer. Ce qui...

— Ce qui compte désormais pour nous, le coupai-je, c'est de savoir quelles sont les dernières nouvelles. Et comment donc est mort ce misérable ? Comment l'avez-vous su ?

— Ah, c'est une étrange histoire. Un homme de loi qui connaissait Maître Fenton s'est présenté chez moi, un certain Barresin, originaire de Rio de Janeiro. Il était chargé par un riche seigneur de « votre » province, au Brésil, un certain Monsieur de Campredon, ou de Cambredon, de vous retrouver afin de vous prévenir : le duc de Toiros, en pourchassant des esclaves en fuite, avait fait une mauvaise chute de cheval. Il avait d'abord été paralysé, avait souffert beaucoup pendant plusieurs semaines, puis était mort.

Inaua leva les yeux au ciel :

— Merci, Dieu tout-puissant, qui que Tu sois !

— C'est une bonne nouvelle, en effet, dis-je. Mais comment êtes-vous certain que ce n'est pas un piège pour m'attirer au Brésil ? Après tout, le duc voulait me récupérer à n'importe quel prix...

— Ah, heureusement, ma chère, c'est impossible, répliqua le Dr. Jamieson. Non seulement j'ai ici, dans ma valise, les papiers concernant votre héritage, dont certains documents que vous devez envoyer signés, et d'autres, dont je viens d'apprendre qu'il vous faudra les valider là-bas, au Brésil, devant plusieurs notaires..., sans parler des journaux. Plusieurs gazettes de São Paulo et de Rio mentionnent la mort de votre euh..., mmh, eh bien de feu votre époux, et... tenez ! Regardez !

Il brandissait la *Gazeta de São Paulo*, qui arborait en page deux un bel article d'un redoutable plumitif, évoquant « le décès tragique de Monsieur le duc de Toiros, à Toiros-et-Teresina » et qui tentait de décrire « l'œuvre colossale de civilisation » que selon lui cet être abject avait édifiée, sans toutefois oublier de mentionner son « immense fortune », que le sang des esclaves avait si bien irriguée. J'étais mentionnée, pour couronner le tout, comme partie en voyage « aux Etats-Unis de l'Amérique du Nord » et comme heureuse héritière d'un époux qui m'avait comblée de bienfaits.

Sur le moment, je ne compris pas du tout ce que cela impliquait. La nouvelle me tombait dessus comme la foudre, comme le tonnerre... et je songeai seulement que j'allais devoir me rendre au Brésil – ce dont je n'avais guère envie. Mais enfin, pourquoi pas ?... Ensuite, je me dis qu'il serait sans doute pénible à Inaua de retourner sur ces terres où elle avait été esclave. Or, presque aussitôt, à peine lui en eus-je parlé qu'elle me répondit que non. Comment était-ce possible ?

— Voyons, Flavie, me dit-elle, nous rentrerons au Brésil en triomphatrices. Comme de grandes dames ! Là-bas, ce sont les riches qui font les lois, toutes les lois ! Et toi, désormais, tu es riche et richissime... Ne te souviens-tu pas de la très grande fortune de Toiros ? Ne te rappelles-tu pas les extraordinaires privilèges dont tu jouissais ?

— Je dois bien plutôt avouer que j'ai tout fait pour les oublier, murmurai-je.

— Eh bien, maintenant, tu peux y penser de nouveau, et sans crainte !

Inaua eut un sourire si radieux que cela balaya toutes mes hésitations. Quoi ! On voulait que je sois à nouveau la duchesse de Toiros ? ! Eh bien soit ! je serais à nouveau la duchesse ! Je jouirais des honteuses richesses que l'horrible duc et sa famille avaient accumulées au fil des siècles. Je distribuerais la plus grande partie de ces richesses à des esclaves et à de pauvres gens. Je donnerais à mon fils un nom honni et un domaine gigantesque. Je léguerais à Inaua la plantation où elle avait été esclave. Je ferais tout cela. J'assumerais tout.

Encore plusieurs heures, nous discutâmes avec le Dr. Jamieson. Il ne cherchait pas à me rabattre le caquet ni à détruire mes rêves, bien au contraire. Il les encourageait, m'aidait à les préciser, leur donnait des couleurs, et de plus justes proportions.

— Non, Flavie, me dit-il, la fortune que vous héritez n'est pas seulement énorme. Elle est incommensurable. Songez... Rappelez-vous que c'est vous-même qui m'avez dit que les Toiros possédaient toutes les plantations, toutes les fabriques, et ce sur des terres exceptionnellement vastes, y compris le port voisin ! Non, vraiment, je pense que lorsque vous irez là-bas, vous découvrirez que ces possessions sont encore bien plus grandes que ce que vous supposez. L'avocat qui est venu de Rio, Me Barresin, a été chargé de vous retrouver par le gouvernement ! Il a laissé à La Nouvelle-

Orléans une somme colossale à la *Commercial Bank of Louisiana*, pour que vous puissiez voyager avec un important équipage... et il spécifie dans une lettre – que j'ai ici, tenez – que lorsque vous reviendrez au Brésil, vous y serez accueillie comme une reine.

Francesco, que j'avais oublié depuis une heure, me regarda avec une tendresse mêlée d'ironie :

— Votre Majesté ! me dit-il. Le Brésil.

Et d'un geste large, il m'offrait la terre où il était né.

On peut imaginer avec quelle impatience je regagnai en cachette La Nouvelle-Orléans, afin d'être certaine que tout cela ne dissimulait aucun piège – aucune trappe ! – et que je ne risquais pas sottement d'être prise, et traitée ici comme une criminelle, alors que là-bas on désirait me traiter en princesse.

Surtout, je parlai longuement avec Francesco, puis avec Inaua, puis avec eux deux ensemble afin d'être certaine qu'ils étaient tous deux d'accord pour que nous nous rendions là-bas. Mais y resterions-nous ? Allions-nous derechef nous établir dans ce lieu où nous avions souffert ? Et que pouvait-il représenter pour mon fils, qui ne le connaissait pas, lui qui était né dans la jungle, après ma fuite éperdue ? Quel sort bizarre pouvait s'imaginer Francesco ? Celui d'être l'héritier d'un père qui n'était pas le sien ? Celui de jouir soudain d'une énorme chance qui lui tombait du ciel ?

Inaua me confia qu'elle trouvait que je me posais trop de questions au sujet de mon fils.

— Pense tout simplement que pour Francesco, tout cela est neuf ! dit-elle. Il se souvient de la jungle... il se souvient du « lacaché », peut-être, et sûrement de Môô, le petit singe ! Il n'attache aucune importance au fait de n'avoir pas connu le duc de Toiros. Le fait qu'il porte bientôt son nom le surprend un peu, c'est tout. Si un jour il se rend dans ton pays d'origine, il portera ce nom, comme celui d'un noble seigneur étranger... Chassés de partout, ne méritiez-vous pas qu'un jour le Ciel vous accorde un bout de terre ?

— Un bout de terre ! Comme tu y vas ! Les milliers d'hectares de Toiros-et-Teresina... l'argent, l'or, le coton, les nopaleries... Voilà bien un gros héritage, si gros qu'il en est encombrant ! J'en suis moi-même abasourdie...

— Quelle importance ? Quelle importance cela a-t-il, ô Flavie ! ? Tu l'as dit, nous en donnerons ! Pense à ce que nous pourrons faire ! Nous pourrons libérer les esclaves, leur proposer de travailler en tant qu'hommes et femmes libres, construire un pays nouveau, disposer de moyens importants pour entreprendre ce que nous voulons. Qui refuserait cela ? C'est tout bonnement merveilleux !

— Fasse le Ciel que tu aies raison.

Durant plusieurs semaines, j'attendis qu'une catastrophe se produisît, qu'un tremblement de terre engloutît Toiros-et-Teresina, qu'un désastre quelconque nous privât de cette fortune. Je me sentais un peu comme ce pauvre fou d'Aberlewick, qui voyait approcher les pirates... Durant quelques jours, je m'affublai d'une perruque brune et sortis fort peu !

Rien ne se produisit.

En tout cas, rien de désagréable. Ayant écrit à cet avocat de Rio, je reçus un colis qui contenait des affaires personnelles de Monsieur le duc, des bijoux qui étaient supposés m'appartenir, des contrats à signer... On me suppliait de venir au plus vite afin de régler les affaires courantes... décider à qui l'on vendrait les récoltes de soie ! reconduire les droits concernant le port ! m'occuper de l'octroi ! des vergers ! de la plantation ! du cours auquel on proposerait le sucre sur le marché de Natal ou de... C'était inénarrable. On aurait cru que tous les hommes d'affaires du Brésil attendaient mon retour, et que ce pays ne pouvait pas tourner sans moi. J'adressai un message à cet avocat pour le tranquilliser, et décidai que nous partirions en juin pour le Brésil, afin de reprendre possession de mon domaine au plus tôt. Je devais rencontrer Maître Barresin à Natal. Il me conseillait d'y débarquer avec une importante escorte. J'engageai une vingtaine d'hommes sûrs, dont un ancien esclave du nom d'Arnolfo qu'autrefois « la Lionne » avait secouru. Nous partîmes de La Nouvelle-Orléans pour le Brésil à bord d'un vaisseau portugais nommé la *Tâmega*.

La traversée fut, pour une fois, sans histoire ; d'une part, les Etats-Unis, l'Angleterre et l'Espagne menaient une guerre acharnée contre les pirates, et d'autre part, ces derniers avaient pris la bonne habitude de n'exercer leurs talents que dans les Caraïbes, là où aucun Etat ne pouvait espérer les déloger. Comme nous longions les côtes d'assez près, nous ne passâmes qu'au large du Venezuela, tout près de Trinité-et-Tobago, qui jouissaient pour une fois d'un calme relatif. Apercevant les côtes brésiliennes, j'allai dans ma cabine mettre une robe et des souliers noirs. Une nouvelle fois, mon débarquement à Natal fut marqué par les odeurs fortes, l'agitation des hommes de peine, et la découverte de tout nouveaux pontons-grues en acier qui servaient depuis peu à décharger les marchandises. Je fis galamment mes adieux au capitaine et rejoignis mon équipage. Après avoir indiqué à Arnolfo où nous devions nous rendre, et découvert que trois calèches nous attendaient déjà, nous en louâmes deux autres et nous rendîmes tout droit chez Maître Barresin. J'ordonnai à mes hommes de prendre des chambres dans un luxueux hôtel et y envoyai Francesco. Je restai avec Inaua car je tenais à ce qu'elle fût présente lors de mon entretien avec l'avocat – lequel fut long et fastidieux. En effet, Inaua représentait désormais pour moi une personne de ma famille et j'entendais qu'elle devînt par la suite à tout le moins la régente ou l'intendante de nos biens. Mais nous découvrîmes assez vite qu'il était plus simple que j'en fusse la seule détentrice, à cause de l'extrême complexité des lois brésiliennes. Nul ne s'intéressait à ce qui avait pu m'arriver durant toutes ces années : l'avocat croyait que je n'étais partie aux Etats-Unis que depuis quelques mois, sans doute parce que je tolérais mal le climat étouffant de son pays, et d'autres personnes que je rencontrai par la suite étaient convaincues que j'étais sagement demeurée à Toiros durant toutes ces années. J'appris plus tard que l'on tenait pour normal et légitime que mon mari désirât me séquestrer : on mettait cela sur le compte du fait que j'étais française, et assurément douée du caractère libertin que l'on attribue communément à mes compatriotes. Une dame de la haute société m'avoua plus tard qu'elle imaginait que j'avais simplement montré autant d'infidélité qu'elle. Il semblait si fréquent que les dames fussent recluses que personne ne s'était inquiété de mon absence. Gageons que le duc avait dû répandre maints racontars pour faire accroire que j'étais de santé fragile et que le climat ne laissait pas de m'affliger... La première question, que me posa Maître Barresin, fut d'ailleurs :

— Et comment se porte maintenant Madame la duchesse ?

— Fort bien, je vous remercie, dis-je du ton le plus froid.

Je m'arrangeai ensuite pour que nous n'abordions que les sujets juridiques et financiers. C'était déjà très ennuyeux ; il me fallait supporter, de surcroît, que cet avocat me donnât toutes les minutes du « Votre Grâce » ou même « Votre Grandeur ». Il devait réserver les « Altesses » pour l'empereur du Brésil en personne, ou pour l'impératrice, car ce fut le seul titre que je n'entendis pas ! Cet homme était boursouflé de prétention, se gavait de mots et de belles formules creuses. Que je fusse l'héritière d'une immense fortune et l'épouse de feu le duc de Toiros le garnissait de mille préjugés favorables à mon endroit. Il ne cherchait pas à savoir qui j'étais, si j'avais la moindre jugeote ou la plus infime valeur intrinsèque, un talent, un savoir-faire, une qualité, non, j'étais une personne de qualité, donc *la* Qualité. Il savait de plus que j'allais devoir lui régler des honoraires énormes et s'en délectait à l'avance. Je passai avec lui au moins trois heures à signer des papiers. Certaines de ces paperasses étaient si poussiéreuses et son encre noire puait si fort que je lui demandai d'ouvrir toutes les fenêtres. Je laissai mon paraphe sur des dizaines de feuilles et finis par prendre possession de tous mes titres, des clefs d'un coffre à la *Banco Nacional*, de nombreuses lettres de change qui provenaient de récentes créances et d'une quantité de brochures, sans parler des liasses de contrats qui me liaient aux soyeux et aux négociants qui chaque année devaient m'acheter la soie.

Inaua ne dit rien et ouvrit par moments de grands yeux. Comme nous nous rendîmes ensuite à la succursale de la Banque Nationale, elle en ouvrit d'encore plus grands, et plus effarés. On ne nous reçut pas comme princesses ; on nous reçut comme des déesses nées de l'Olympe et descendues sur terre, une fois n'est pas coutume.

Le coffre, dont je croyais qu'il s'agissait d'une boîte d'un beau format, était en fait une chambre forte. J'étais la propriétaire du coffre le plus gros de toute la banque, et on me signala tout de suite que ma fortune se trouvait à part, et que cette chambre forte lui était seule consacrée. Les gardes s'écartèrent et nous laissèrent seules y pénétrer, laissant la porte entrouverte et prêts à accourir au moindre appel. Non seulement il se trouvait là des centaines d'énormes liasses en *cruzeiros* et en dollars, mais encore s'étendait devant nos yeux une collection de pierres précieuses comme je n'en avais jamais vu. Inaua écarquilla encore les yeux : ce qui gisait ici devait correspondre à cent ou deux cents fois le nombre de pierres qu'elle avait autrefois collectées dans la selve. Notre fortune était réellement incommensurable. Je me divertis à prendre quelques dizaines d'émeraudes et à les glisser dans le réticule d'Inaua. Ma petite sœur protesta, car elle ne voulait pas que je fisse mine de lui « rembourser » les pierres qu'elle avait généreusement dépensées pour nous tous, mais peu à peu je la contraignis à accepter. Je pris quelques colliers de perles et deux ou trois paquets de billets de banque, en songeant que j'aurais quelques cadeaux à faire. Je n'avais pas oublié, en effet, une certaine Madame Bauzerand, qui avait eu autrefois pour moi tant de bontés.

Durant l'après-midi, nous partîmes donc en grand équipage dans le quartier de la ville où se trouvait l'estaminet « Aux Vins de France ». Je retrouvai le brave Amédée Bauzerand, qui me reconnut tout de suite, et lui dis mille choses aimables car il était intimidé par mon escorte. Hélas ! j'appris aussi que son épouse était décédée six années auparavant, et que depuis il vivait seul. Cela me fit une peine immense. Durant des années, j'avais oublié cette femme, puis depuis quelques jours j'avais repensé à elle et je m'apprêtais à la combler de cadeaux, à l'inviter dans ma demeure de Toiros-et-Teresina... Voici qu'elle s'était invitée au cimetière et que je ne la reverrais plus jamais. Pourquoi cela me frappait-il tant ? Je commandai du vin à Amédée Bauzerand, le payai somptueusement et lui fis mes adieux. Mais enfin... comme j'étais sotte ! Qu'allais-je donc faire à Toiros ?

— Ce que tu vas faire ! ? Ah-ah ! Ce que tu vas faire ? Et tu te le demandes ? ! Non mais quel toupet !

Inaua était à l'évidence furieuse, et Francesco me considérait d'un œil mécontent.

— Eh bien, reprit Inaua, ce que *nous* allons faire, ce sera d'abord répandre le bien autour de nous, et essayer de bâtir un peu sur terrain stable. Cela nous changera !

— Peux-tu me dire quels grands édifices tu entends bâtir dans cet endroit abandonné de Dieu, et hanté par l'âme damnée de feu le duc, mon haïssable époux ? !

— Nous ferons ce que tout être humain digne de ce nom aurait pu y faire depuis longtemps : partager. Répartir les biens. Distribuer le travail et donc les richesses. Supprimer le fouet et les chaînes. Offrir librement un travail à des hommes libres.

— Bravo, Inaua ! dit mon fils.

— Ce sont de belles paroles, et tu as certainement raison. Mais vois-tu, petite sœur, je me sens épuisée. Je vais devoir retourner dans cet endroit où nous avons tant souffert et, d'accord avec toi, j'entreprendrai les réformes que tu souhaites – que nous souhaitons. Mais que ferai-je pour moi ? Que ferai-je de ma propre vie ? Suis-je condamnée à vivre dans ce domaine où j'ai failli mourir et d'où, à peine arrivée, j'ai voulu m'évader ?

— Mais enfin, Flavie, peux-tu réfléchir avant de te mettre en peine et te gruger de soucis affreux ? ! Vois d'abord ce qui se passera. Vois quels changements nous y apporterons, tous ensemble. Et tu verras ensuite si tu veux y demeurer ou non.

C'était sans doute un sage conseil. Mais depuis quelque temps, la sagesse me faisait horreur. Par moments, je me sentais comme Aigle Rouge, prêt à repartir sur le sentier de la guerre à chaque nouvelle saison.

Au cours du voyage vers Toiros-et-Teresina, je revis des paysages connus, d'humbles fermes, des cases, toutes sortes de petites masures qui avaient poussé un peu partout et des milliers de paysans qui ne demandaient qu'à survivre. Peu à peu, j'oubliai ma propre existence et me sentis prise de pitié pour toutes ces personnes. Oui, je voulais faire quelque chose pour eux. Je me dis cyniquement que là, au moins, en agissant au mieux, j'oublierais que je ne faisais rien pour moi-même. Ou peut-être faisais-je autre chose pour moi, sans le savoir ?

Ce qu'il y a de divertissant chez les riches et les puissants, c'est leur bêtise. Etant puissants, ils s'imaginent que leur puissance va durer toujours. A peine revenue dans le somptueux domaine de Toiros, je reçus une lettre de Monsieur et Madame de Cambredon, qui bien sûr m'invitaient « lorsque mon deuil aurait pris fin » – dans une quinzaine de jours ? – à leur hacienda de Villa Pahejù-de-Flores. Ils se plaignaient : les revenus n'augmentaient pas, les cours de la viande de bœuf s'effondraient, les esclaves s'enfuyaient, ah ! j'étais revenue durant une bien triste période ! Mais ils ajoutaient que tout allait bien, et que Dieu leur avait pour l'instant accordé longue vie et prospérité. Oh ! les affligeants crétins ! Je montrai leur message à Inaua et lui dis que nous irions toutes deux, vêtues comme des reines, les taquiner un peu. Je rêvais d'incendies, de plaies et de bosses.

Elle sembla si choquée que je ne réitérai point ma proposition, et dis à Francesco que je comptais le présenter à nos voisins comme le futur maître des lieux. Il sourit et ne fit aucune objection : ce dont il rêvait, c'était de les saluer poliment, et de fomenter ensuite une révolte d'esclaves sur leurs terres ; il avait un goût certain pour le coup de poignard dans le dos. Je ne voulais pas favoriser chez lui cette attitude, mais il me déplaisait de la décourager d'autre part. J'estimais que les conditions difficiles de sa naissance et de sa survie, l'enfance chaotique que j'avais été contrainte de lui offrir, étaient dues notamment à des gens tels que les Cambredon, et je considérais qu'il avait droit à une petite revanche.

En une semaine, nous fîmes de grandes déclarations, qui étaient le plus souvent traduites par Inaua ou par Francesco, tandis qu'Arnolfo m'assistait et surveillait tout cela, gardant toujours quelques hommes sûrs à proximité : nous soulevions tant d'enthousiasme que les esclaves soudain libres risquaient de nous étouffer !

Je fus portée en triomphe. Inaua fut portée en triomphe. Francesco le fut aussi, et même une fois, en plus, son cheval et lui, ensemble ! C'était tout bonnement ahurissant. Les hommes et les femmes qui appartenaient au domaine croyaient au début que Madame la duchesse leur faisait une farce, et leur contait des sottises. Mais ensuite, lorsqu'ils voyaient une ancienne esclave, qu'un très petit nombre d'entre eux avait même connue toute jeune, leur confirmer mes dires, ils hurlaient leur joie, ils dansaient, ils chantaient à tue-tête.

Une autre chose nous surprenait beaucoup : très peu d'esclaves de l'ancien temps avaient survécu, non seulement parce que certains s'étaient enfuis, mais encore parce que beaucoup d'entre eux avaient péri lors des terribles épidémies de variole qui avaient sévi dans la région. De la même façon, des gardes, des soldats, des capitaines qui avaient appartenu au duc étaient morts. Tous nos anciens tortionnaires étaient morts – sauf un, estropié, qui depuis deux ans vivait seul dans une magnanerie désaffectée, là où Monsieur le duc avait bien voulu lui donner un refuge : il était parti dans la selve à la poursuite d'esclaves marrons et s'était fait manger la jambe par une panthère.

A part ce misérable, les gens que j'avais connus treize ou quatorze ans auparavant étaient tous décédés. Ou partis. Ou disparus sans autre forme de procès. Parmi les esclaves qui m'avaient servie autrefois, il restait sept personnes, uniquement des femmes. On n'avait strictement aucune nouvelle des autres gens qui avaient « marronné » ni bien sûr d'aucun de mes compagnons d'infortune qui avaient été avec moi jusque chez les Wanauhia. Lorsque je posais des questions sur des esclaves qui avaient vécu ici autrefois, les esclaves présents me regardaient d'un air stupéfait. Comment, semblaient-ils dire, cette dame se soucie de nous ! Pourquoi donc demande-t-elle des nouvelles de tous ces morts ? !

Au bout de quelques jours, j'appris qu'on m'appelait gentiment « la vieille dame » ou « la bonne maîtresse ». Lorsque je disais aimablement que l'on pouvait m'appeler « Flavie » au lieu de « Madame la duchesse » ou « notre Maîtresse », les jeunes filles me dévisageaient d'un air inquiet, bégayaient, s'éclipsaient, ou faisaient n'importe quel geste bizarre qui témoignait de leur désarroi. Je décidai de les laisser s'habituer, lentement. J'établis peu à peu des papiers qui les faisaient jouir du statut d'esclave affranchi, fort rare au Brésil à cette époque. Inaua leur expliquait tout. Mais comme ils ne savaient pas lire, ils pliaient le papier dans une petite poche en tissu et le gardaient tout contre leur maigre poitrine d'un air content, tels des enfants qui ignorent à quoi peut bien servir un nouveau jouet compliqué.

Cependant, force est de reconnaître qu'une moitié d'entre eux comprenait bien ce qui s'était passé – heureusement. Ceux-là venaient le lendemain discuter avec Arnolfo de leur salaire. Il était devenu mon intendant. Il assumait cette nouvelle responsabilité à merveille, s'occupait de chacun, veillait à tout. Francesco également commençait à prendre de l'importance. Il avait organisé des cours de lecture et d'écriture et se remettait au portugais-brésilien tout en essayant de l'enseigner. Il était maintenant un beau jeune homme, élégamment mais simplement vêtu, à la peau brune. Personne n'osait devant lui murmurer le mot « sang-mêlé », mais c'était bien ce à quoi pensaient les affranchis, et surtout les femmes, en le regardant. Qu'avait donc bien pu faire « la Maîtresse », autrefois ? Et le duc, ce méchant homme dont on était si content qu'il fût mort, pouvait-il véritablement avoir été le père de ce jeune homme charmant ?

Une vie nouvelle commençait donc à se mettre en place. Les affranchis parlaient avec des esclaves marrons qui s'étaient enfuis dans la jungle et... qui revenaient pour se faire employer ! Un matin, Arnolfo dut recevoir deux gaillards épuisés qui ne voulaient pas rendre leurs armes.

De pauvres machetes...

Nous eûmes toutes les peines du monde à les convaincre qu'ils n'auraient pas à payer leur liberté de leur vie, qu'ils étaient affranchis sur-le-champ, et qu'ils pouvaient bien se reposer une semaine avant de reprendre le travail. C'était affreux : ils coururent se prosterner à mes pieds.

Epuisée par toute cette activité, je pleurais de fatigue et de honte en allant me coucher, le soir venu.

— Tu sais, me dit Inaua, qui m'avait apporté – comme autrefois ! – un verre de limonade, ces gens ont été tellement battus... tellement battus ! Et traqués... Rappelle-toi comme nous nous sentions traquées, dans la selve. Ils ne peuvent pas croire que tout cela est fini, d'un seul coup, du fait de la décision d'une seule personne ! C'est comme si un maître invisible décidait de tout dans leur vie : un jour vous êtes esclaves, vous serez fouettés ; aujourd'hui vous êtes libres, vous serez choyés ! Et demain ? se demandent-ils. Et demain, que fera-t-on de nous ?

— Assurément tu as raison : un maître les manipule aussi en les libérant. Mais cette fois, petite canaille, reconnais que c'est pour leur bien ! Et même si eux ne comprennent pas trop ce qui leur arrive aujourd'hui, peut-être leurs enfants comprendront-ils ce que nous avons fait pour eux ? Après tout, nous aussi nous avons été poursuivies dans la forêt par les hommes d'armes de Monsieur le duc ! Et regarde où nous sommes, maintenant.

— Oh, nous sommes riches ! Nous engrangeons les bénéfices de la soie, qui se vend fort bien cette année, paraît-il, et qui continuera ! On vient d'apprendre à notre ami Arnolfo que les cours sont toujours très élevés, que l'est et le sud des Etats-Unis, en plus de l'Europe, nous en achètent toujours davantage. Nous sommes très riches, et nous serons plus riches encore demain. Mais pendant ce temps-là, les esclaves affranchis savent à peine lire, et nous leur donnons de quoi manger. Ils n'ont pas de gilets en soie, eux !

— Patience, Inaua, patience ! Nous avons commencé par l'abolition de l'esclavage. Nous devons faire en sorte qu'il se généralise peu à peu dans ce pays. Cela ira lentement, très lentement. En même temps, nous tenterons de répartir un peu mieux les richesses. Cela aussi prendra beaucoup de temps. Nous ne changerons pas l'univers d'un seul coup, en trois coups de cuiller à pot, comme disait le Dr. Jamieson !

— Ah, ce cher vieux bougre de Docteur ! dit Inaua. A propos de lui, tu as des nouvelles ?

— Oui, dis-je. Un autre enfant en route. Avec Victor et ses fils précédents, cela doit être le sixième ou le septième...

— Aah ! fit Inaua. Je me demande si je ne voudrais pas avoir un enfant, moi aussi ?

Sur le moment, je ne relevai pas cette remarque d'Inaua, car je ne voulais pas l'offenser sottement en lui signalant que pour avoir un enfant, il falllait d'abord avoir un homme pour le fabriquer. Je songeai alors que j'étais peut-être insuffisamment informée. Elle avait peut-être un homme. C'est qu'elle était cachottière, parfois. Qui pouvait-ce être ? Arnolfo ? Quelqu'un d'autre ?

Je n'eus guère le loisir de me poser d'autres questions quant à un éventuel amant caché de mon amie. Nous devions aller voir les Cambredon et elle était courroucée que j'eusse consenti à me rendre chez eux avec Francesco. Nous partîmes avec un équipage restreint, mais bien armé – on ne savait jamais ce que fomentaient sur nos routes les *desperados* et autres bandits de grand chemin. Au moins n'y avait-il pas d'Indiens hostiles, ni d'hommes d'armes désœuvrés : j'y avais mis bon ordre, en offrant notamment du travail comme coupeur de canne ou comme collecteur de soie aux anciens sbires qui avaient autrefois tenté de composer une soldatesque au service de mon mari. J'avais aussi mis à prix la tête d'un idiot qui rançonnait les paysans de temps à autre, afin qu'il fût bien clair que si je libérais les esclaves, je n'autorisais pas pour autant tous les débordements. Je dis à Arnolfo de donner systématiquement un emploi dans les soieries à toute jeune fille qui en ferait la demande et je signalais que je n'autoriserais aucune forme de prostitution. Pour l'instant, divers fléaux nous étaient donc épargnés. Mais on ne pouvait empêcher que des hommes préférassent la vie de bandit de grand chemin à celle de coupeur de canne à sucre. Il me fallait donc me déplacer avec des hommes d'armes. Tous étaient d'anciens esclaves qui avaient appris depuis peu à se servir d'un fusil et à chasser. C'était comique, et fort dangereux pour les personnes qu'ils protégeaient. Je faisais donc très attention à m'éloigner d'eux lorsqu'ils prétendaient tirer sur un cochon sauvage.

Parvenus sans encombre à Villa Pahejù-de-Flores, nous fûmes reçus par le marquis et la marquise, qui étaient tous deux fort diminués. Je n'oserai pas raconter ici, de peur d'épuiser mes dernières lectrices et mes derniers lecteurs, les conditions de santé déplorables dans lesquelles ils baignaient, ni les atroces discussions qu'ils nous infligèrent. Certes, nous fûmes reçus somptueusement, et Francesco eut droit à une épée à pommeau d'argent qui avait appartenu à un ancêtre de Monsieur de Cambredon, mais nous dûmes aussi entendre d'épouvantables jérémiades sur le prix du bœuf... sur tous ces esclaves qui s'enfuyaient... et encore plus qu'avant, savez-vous ? A croire qu'ils aiment à chasser le perroquet, dans la selve !... et sur tous ces bandits, au gouvernement, qui envoyaient ici des trésoriers qu'on avait du mal à corrompre... Enfin ce fut un déluge de plaintes ineptes et d'inanités, qui laissait présager que nous les priverions peu à peu de leurs esclaves dans les meilleures conditions qu'il fût possible d'envisager.

Et qu'était donc devenue Madame la duchesse, pendant tout ce temps ? Ah, comme on regrettait de ne point l'avoir vue depuis... depuis cinq ans ? dix ans ? davantage ? Ah ! quel dommage que feu Monsieur le duc ne fût plus là pour voir comme son fils grandissait en force et en sagesse !

Francesco m'avoua plus tard qu'il avait failli leur jeter leur épée à la tête et leur crier qu'il était le fils d'une « pièce de Guinée » et de Madame la duchesse, mais qu'il avait réussi à se maintenir, en pensant à tous les pauvres gens qu'il allait aider à fuir durant les mois qui venaient.

Et ce fut bel et bien le cas. Nous avions décidé d'être d'une prudence et d'une hypocrisie absolues. Lorsqu'un riche propriétaire de la région venait nous voir et demandait si nous n'avions pas quelque idée de l'endroit où pouvaient bien se trouver une centaine d'esclaves qui avaient disparu, nous l'assurions que non, que nous avions nous-mêmes de gros soucis avec tout ce *marronnage* et que nos rares affranchis s'efforçaient souvent de ramener dans le droit chemin les non-affranchis qui avaient eu le toupet de nous quitter.

Tandis que nous leur servions ces beaux discours, nous mettions sur pied dans leur dos une filière d'évasion, avec divers ports d'attache et points de ralliement sur le pourtour de la selve, dont plusieurs campements bien cachés qui étaient ravitaillés par quelques affranchis de chez nous guidés souvent par le sage Arnolfo. Non seulement nous aidions les esclaves à fuir, mais encore nous leur offrions toute une assistance qui leur permettrait de vivre selon leur choix, soit comme esclaves marrons dans la forêt, soit comme affranchis chez nous, à condition qu'il se dissimulassent lorsque leur ancien maître venait à passer. Tout cela demandait une organisation assez compliquée, et nous comprîmes qu'il nous fallait mettre sur pied un réseau avec des gens payés pour ce faire, avec des messages secrets, des codes, des caches, et des complicités dans d'autres régions limitrophes. Nous baptisâmes ce réseau : « la petite Lionne ».

Francesco lui aussi s'occupait de ce réseau ; je m'en occupais beaucoup ; nous étions toute la journée sur la brèche. Tenter de contribuer à progressivement abolir ce fléau nous prenait presque tout notre temps. C'était à peine si je me rendais compte que j'étais riche, que j'aurais pu commander des milliers de robes et des calèches, organiser des bals et mettre fin à mon « veuvage », comme disaient nos voisins. Les gens se demandaient si un jour Madame la duchesse, qui était encore si belle et qui avait à peine plus de trente ans, n'allait pas songer à se remarier, et doter le domaine de Toiros-et-Teresina d'un nouveau maître... peut-être pire que le précédent ? A ces inquiétudes je répondais par une sage promesse : Francesco était le nouveau maître, et il n'y en aurait jamais d'autre.

Qui d'ailleurs serait venu me dénicher dans mon repaire ? Je n'allais presque jamais à Natal. Je ne rencontrais jamais le moindre homme qui me fît envie, preux chevalier ou esclave en déroute.. Jamais je n'apercevais un soupçon de représentant de la gent masculine qui pût un instant m'attirer, alors même que je ressentais souvent le déplaisant plaisir d'être seule, dussé-je en souffrir dans mon petit orgueil. Accablée par les tâches immenses à accomplir, sollicitée par toutes les exigences du présent, il m'arrivait seulement de rêver au passé, de songer à quelque gentilhomme qui m'avait fait du bien, de me souvenir des jambes de Marcus ou du regard terrible de certain guerrier apsaroke. Je me comportais comme la vieille dame que mes affranchies imaginaient !

En même temps, je voyais Francesco grandir, et je me voyais vivre seule. J'avais tenté de me rapprocher à nouveau d'Inaua et de lui manifester autant de tendresse qu'autrefois. Elle était toujours tendre, et douce, et rieuse, mais aussi étrangement distante, et je me dis que mon instinct ne m'avait pas trompée lorsque je m'en étais entretenue avec elle : elle avait un amant. Qui donc était-ce ? Pour la première fois, comme je me trouvais seule et un peu triste le soir, je fus tentée d'être indiscrète et de la surprendre ou de la suivre.

Puis j'eus honte de moi. Comment aurais-je osé la déranger et m'insinuer dans ce qu'elle voulait garder de privé ? Quelle vergogne ! Il était dix heures du soir. Je décidai donc de lui parler et de lui demander ce qu'il en était, comme on peut le faire lorsqu'on s'adresse à une amie très chère.

J'allai donc frapper à la porte de sa chambre.

Elle n'était pas là. Il n'y avait personne.

Deux ans passèrent ainsi, consacrés à l'organisation de notre domaine, à l'aide apportée aux esclaves fugitifs, en un mot à un travail harassant, qui ne me laissait plus une heure de libre. J'en venais presque à me demander si j'avais bien fait de revenir au Brésil et si cette énorme fortune n'était pas un cadeau empoisonné...

— Bonjour, Madame la duchesse... et... et pardon !

— Pourquoi demandez-vous pardon ?

L'homme, déjà, se traînait à mes pieds. Il ne comprenait rien à ce qui lui arrivait. Il marronnait depuis des semaines, sans doute échappé d'une hacienda lointaine, et avait survécu à l'orée de notre domaine, chapardant parfois quelques fruits. Il avait été repéré par les guetteurs d'Arnolfo, qui devaient nous avertir si quelque propriétaire venait nous chagriner, surtout s'ils étaient en armes. Je lui demandai comment il se nommait :

— Pas de nom, Madame la duchesse ! dit-il tout honteux.

— Est-ce un nom ? ! Ou bien n'as-tu vraiment aucun nom ?

— Hélas, dit-il, je n'ai aucun nom. A ma naissance, mon maître devait me tuer. Mes parents réussirent à m'escamoter et à m'élever en cachette. Nous étions nombreux. Ils ont oublié de me donner un nom.

— J'en suis vraiment désolée. Vois-tu, je m'appelle Flavie. Autrefois, je m'appelais différemment, mais j'ai changé de nom. Tu peux toi aussi décider de porter le nom que tu veux. Dis-le-moi, et je l'inscrirai sur tes papiers d'homme libre !

— Choisir un nom ? demanda-t-il.

— Oui.

— Mais... je ne saurai pas !

J'essayai de l'aider.

— Voyons, tu te souviens sûrement du nom de ton père. Ou de quelqu'un que tu aimais bien. Peut-être voudrais-tu porter un nom semblable ?

— Ah, oui, dit-il, c'est une bonne idée. J'ai connu un homme qui ne se laissait jamais battre, et qui s'enfuyait très loin quand il voyait venir l'homme chargé du fouet. Eliseo. Cet homme se nommait ainsi.

— Bonne idée. Veux-tu être appelé ainsi ? Eliseo ?

— Oui, Madame la duchesse.

— Appelle-moi Flavie, en échange.

— Non, Madame la duchesse.

— Pourquoi ?

— C'est impossible. Je ne pourrai pas !

— Bon. Tant pis. Veux-tu que nous te donnions une case et quelques affaires ? Tu pourras travailler ici, mais en tant qu'homme libre. Tu auras un salaire. Cela s'appelle : une paye.

— J'aurai de l'argent ?

— Oui.

— Pour mon travail ?

— Oui.

— Bon.

La plupart du temps, cela se passait ainsi, sauf pour le nom.

Mais lui, Eliseo, puisqu'il me fallait l'appeler ainsi, avait d'autres exigences :

— Je voudrais aussi avoir une calèche et des chevaux. Peut-être même un fouet, mais seulement pour les chevaux, bien sûr.

— Ah bon ? Mais pourquoi donc ?

— Parce que j'aime les chevaux. Madame Inaua et son mari m'ont dit que certainement je pourrais devenir cocher.

— Inaua et son mari ? ? ?

Je fus si troublée que j'interrompis notre entretien, non sans avoir promis à Eliseo que nous nous reverrions et qu'il deviendrait cocher, puisque c'était cela qu'il souhaitait. Mais je n'avais plus qu'une seule question en tête : qui était l'homme qu'Eliseo avait pris pour le « mari » d'Inaua ?

A quelque temps de là, j'entendis un soir de petits bruits dans la chambre d'Inaua, alors qu'il était déjà très tard et qu'une nuit un peu fraîche enveloppait l'hacienda. De brefs gémissements, des frôlements de draps, de petits cris de plaisir sortaient de l'alcôve, et je fus presque tentée d'entrer brutalement afin de savoir qui lui faisait autant de bien. Je me pinçai la peau du bras pour ne pas crier. Moi, j'étais seule. Personne ne me faisait gémir de plaisir. Et je ne savais même pas qui était l'amant de ma meilleure amie ! Cela me faisait ressentir une sorte de jalousie mêlée de honte. Qu'Inaua eût pris un amant me semblait tout à fait admissible ; mais pourquoi ne m'en parlait-elle pas ?

J'étais si mécontente et si frustrée que je me promis de lui en parler dès le lendemain.

Au matin, nous prenions presque toujours notre petit déjeuner sur la véranda, au bord du salon qui était exposé au sud. Plusieurs arbres plantés l'année d'avant commençaient à donner de l'ombre. Nous avions décidé de n'employer comme domestiques que les personnes qui étaient volontaires pour ce faire et, plus précisément : qui l'avaient demandé. Il s'agissait de quatre jeunes gens, deux filles et deux garçons, qui avaient environ vingt ans et qui voulaient vivre auprès de nous. Ils se nommaient Vera, Utaewa, Paulo et Teco. Comme nous voulions que ces quatre orphelins aient chez nous une manière de famille, et comme nous ne souhaitions pas qu'il restât des discriminations entre les « maîtres » et les anciens esclaves, nous les invitions à rester à table une fois qu'ils avaient fait le service. De plus, nous priions fréquemment Arnolfo de venir déjeuner avec nous, ce qui nous faisait une belle tablée et une compagnie assez joyeuse. Lorsqu'ils eurent fini leur chocolat et plié leur serviette, tandis que Vera et Paulo débarrassaient la table, je demandai à Inaua de rester avec moi. Comme Francesco faisait signe qu'il allait partir, je lui demandai de rester. Après tout, n'était-il pas curieux, lui aussi, de savoir qui Inaua fréquentait depuis près de deux ans ?

— Pourquoi ne m'as-tu pas dit, ma petite sœur, qu'il y avait quelqu'un dans ta vie, et pourquoi ne m'as-tu jamais dit de qui il s'agissait ?

— Parce que je pensais au début que tu le savais. Puis je me suis rendu compte que tu l'ignorais, et que peut-être je te ferais de la peine en te le disant. Je préférais que tu t'en rendes compte toute seule. Mais ça n'a pas été le cas...

Elle eut un petit sourire contrit qui la rendait mignonne, attendrissante comme au premier jour où je l'avais vue, là justement, devant cette véranda, et où l'horrible duc me l'avait donnée pour servante. Et maintenant elle se tenait devant moi, belle jeune femme épanouie, grande et fière, mais reprenant soudain une attitude d'enfant prise en faute !

Je fus étonnée de l'attitude de mon fils. Visiblement, il s'en moquait. Ou plutôt, on aurait dit qu'il savait déjà, et depuis belle lurette.

— Mais enfin, Francesco, toi qui connais Inaua depuis ta naissance, cela n'a pas l'air de t'intéresser !

Francesco tourna vers moi son beau regard fier et droit.

— Maman, dit-il posément, je ne cherche pas à apprendre qui est l'amant d'Inaua, tout simplement parce que c'est moi !

Je touchai le bord de la table comme si j'avais cru m'effondrer. Au lieu de m'évanouir, je tordis le manche d'une cuiller. Comment était-ce possible ? ! Non, j'avais mal entendu ! Ce n'était pas possible... Inaua et Francesco ! Mais pourquoi ne m'avaient-ils rien dit ?

— Quelle... quelle... Comment ? !

Je ne savais plus que dire, je bafouillai, bégayai, et me sentis tellement trahie que je songeai à leur jeter toute la table à la tête.

— Voyons, Flavie, calme-toi ! Nous connaissons ton caractère impétueux, tes réactions parfois assez... fortes. Nous ne savions pas comment te le dire, et nous pensions que tu allais le deviner. La situation s'est éternisée parce que nous travaillons tous beaucoup, parce que nous n'avons plus le temps de nous parler d'autre chose que des employés, de la soie... Ensuite, nous avons craint de te faire souffrir. Nous ne savions plus comment aborder ce sujet avec toi !

— Mais... mais vous êtes ma... mon... Vous êtes mon fils, et ma meilleure amie ! Toi, tu devais me parler ! Tu devais ! Comment crois-tu que je vais le prendre, maintenant ! ? Ma meilleure amie est avec mon fils de quinze ans !

— Ce n'est pas une question d'âge, dit Francesco. Nous avons vécu ensemble, tu m'as élevé en compagnie d'Inaua, j'ai toujours été avec elle, j'ai fini par l'aimer comme une femme après l'avoir aimée comme une grande sœur. C'est aussi simple que cela. Comment pourrais-tu nous en vouloir ? Tu m'as élevé dans la selve ! Avec Inaua !

C'était vrai, et je ne savais que lui répondre. Mais j'avais toujours cru qu'Inaua était pour lui comme une seconde maman, ou comme une tante, ou quelque gouvernante qui en ma compagnie assurait son éducation. Je me rendis compte aussi d'une chose effrayante : j'étais certes jalouse qu'Inaua m'ait pris mon fils. Mais j'étais sans doute autant jalouse que mon fils m'ait pris Inaua.

Mes émotions, mes propres sentiments me faisaient peur. J'avais aidé des dizaines d'esclaves à s'émanciper, j'avais toujours fait comme si Inaua avait été ma sœur, ou mon amie, malgré les nombreux moments d'intimité que j'avais eus avec elle. Et je découvrais maintenant l'évidence : elle était aussi ma compagne. Elle avait été mon esclave. Elle avait été mon affranchie, ma compagne de misère, celle avec qui j'avais suivi des pistes inconnues, fait le coup de feu, rêvé, fui. Nous avions partagé mille bonheurs et affronté mille dangers. Pire encore, je l'avais serrée dans mes bras, et traitée comme si elle avait été mon amante. Je l'avais possédée. Et désormais, elle était dans les bras de... de Francesco ? De mon fils ? De mon propre enfant ? Je ne parvenais pas à le croire.

J'avais tout envisagé, sauf cette incongruité. Cette erreur de la Nature. Inaua avec mon fils. Mon fils avec Inaua. Je chancelai.

Je les priai de me laisser seule. Je leur dis que peut-être, peu à peu, je m'habituerais, je me ferais à cette idée. Je ne voulais pas les blesser. J'étais simplement inapte à faire face à cette donnée nouvelle. J'aurais voulu m'adapter, faire semblant, dire que tout allait bien, que je les marierais, doterais, bénirais... C'était impossible. Je ne pouvais pas. Inaua ! Francesco !

Durant quelques semaines, nous nous vîmes peu.

Un soir, ma maudite curiosité me fit encore faire une erreur, qui me mit les larmes aux yeux et beaucoup d'amertume au fond de la gorge. Passant par hasard devant la chambre d'Inaua, je regardai par la porte entrouverte. Par l'entrebâillement, j'aperçus les cheveux de ma petite sœur, étalés sur l'oreiller comme un grand soleil noir, et au-dessus de son visage je vis, penchée, la nuque de Francesco.

Je ne descendais plus le matin pour prendre mon déjeuner avec eux tous. D'ailleurs, je n'avais plus faim. Je maigrissais, me laissais dépérir. Je demandais à Eliseo, qui avait commencé de maîtriser l'art de conduire les chevaux, de m'emmener en calèche n'importe où sur mes terres. Je disais à Arnolfo et à deux ou trois hommes de m'accompagner. Nous chassions. Un soir, un jaguar bondit sur l'un des chevaux devant moi et le blessa mortellement. Arnolfo tira un seul coup de fusil, et le félin magnifique fut posé sous mes pieds, dans la calèche. Avec un peu de crainte et un infini plaisir, je mis les pieds sur le ventre tout chaud de ce fauve encore pantelant.

Arnolfo me regarda et me dit simplement :

— Dona Flavie ! vous ne devez pas être triste.

— Comment sais-tu que je suis triste ? ! Grand nègre !

— Je sais seulement que vous n'avez pas le droit d'être triste. Allez à Natal ! Achetez-vous des bijoux, des robes, des chevaux ! Achetez-vous des livres ! Achetez-vous du vin ! Faites venir des musiciens ! Mais ne soyez pas triste.

Il avait peut-être raison, mais je ne n'avais nulle envie de faire la fête à Natal, de me jeter au cou d'un bellâtre ou d'engager un orchestre. J'avais envie de partir, de voyager à nouveau.

Peu à peu, une idée se fit jour en moi. Tout m'était possible ; mes moyens financiers étaient toujours aussi grands ; je n'avais pas d'attaches ; Francesco et Inaua seraient bien tranquilles sans moi.

Pourquoi n'allais-je pas retrouver l'Europe, voir un peu ce qu'il était advenu de ma famille, de mes amis d'enfance, de la Loire et de mes racines ? Qui m'en empêchait ? Le domaine était désormais parfaitement bien géré par Inaua, Francesco et Arnolfo. La plupart des esclaves de la région n'étaient plus que de pauvres gens qui voulaient bien le rester. Nous avions accompli en trois ans davantage que tout ce que nous pouvions espérer. Qui allait prétendre que je ne devais pas traverser les mers, revoir la France, dépenser ma fortune ? De plus, une terrible curiosité m'avait saisie : j'étais partie autrefois, abandonnant tout, et depuis mon existence ne m'avait pas laissé le temps de reprendre mon souffle. Mais désormais, je pouvais respirer, m'arrêter, repartir. Qu'étaient devenus mes frères ? Y avait-il quelqu'un, maintenant, au château ? Où étaient les gens que j'avais connus ?

Dans le même mouvement, je reconnaissais que cette curiosité nouvelle était incompréhensible : pendant près de quinze ans, voilà que je m'étais passé de ma famille, ou plutôt de ce qui pouvait en rester – si jamais il en demeurait quelques spécimens sur cette terre ! – et voilà que brusquement il m'aurait à toute force fallu partir en cultiver les derniers rejetons ? ! C'était là une lubie qui me paraissait incroyable.

Je compris ainsi que, privée de mon fils et de mon amie, qui allaient, de leur côté, fonder peut-être une famille, ou qui un jour se poseraient la question d'en fonder une, je devenais une amie ou une amante abandonnée, une mère trahie, après avoir été une veuve de pacotille. Cela faisait un peu trop de rôles déplaisants à jouer ! Je me mis à rire. J'étais pitoyable.

Où était passée ma fierté ?

Je me comportais soudain comme la pire des esclaves : une personne esclave de ses sentiments, de ses émotions, ce que j'avais rarement été. Je pouvais certes me reprocher beaucoup de choses, ma curiosité insatiable, mon côté aventureux, ma véhémence, mais je ne pouvais pas admettre que j'eusse été souvent esclave de mes sentiments. A moins que... peut-être l'avais-je été, lorsque j'avais suivi les Apsaroke – ou plutôt un Apsaroke. Sans doute l'avais-je été. Légère, j'avais parfois été légère. Mais jamais je n'avais été perdue, noyée dans mes émotions comme maintenant. Je ne supportais pas que Francesco et Inaua fussent ensemble. Il me fallait m'éloigner. Je devais repartir.

Septième
partie

MA MAIN

ENCORE une étrave, encore un navire, et cette fois la figure de proue me ressemblait : une femme blonde, aux longs cheveux qui lui cachaient en partie la poitrine, et qui portait serré contre son cœur un objet mystérieux. L'*Ararinha azul* faisait voile vers l'Europe et plus exactement vers le port de Lisbonne, où bientôt l'on déverserait sa cargaison d'épices, de café, de sucre et de soie.

Je n'avais souhaité être accompagnée que d'un seul garde du corps qui serait aussi mon valet, et qui m'avait priée de le prendre avec moi. Il s'agissait d'un homme robuste et grand, nommé Aminadab, d'origine africaine mais arrivé tout enfant au Brésil : n'ayant pu le faire évader de chez mes voisins, je l'avais tout simplement acheté puis affranchi. Il avait été le garde du corps de la vieille Madame de Cambredon et avait désiré reprendre le service. Pour une raison que je ne puis imaginer, il aimait ce travail. Je le rétribuais bien, et il s'était fait bâtir une maisonnette sur mon domaine. Il m'affirma qu'il voulait venir avec moi jusqu'en France « pour trouver une femme française » ! Je lui avais expliqué qu'il aurait peut-être du mal à ce faire, que les Françaises, si généreuses fussent-elles parfois, auraient sans doute peur de lui, d'autant qu'il était presque un géant : ma tête parvenait à la hauteur de sa poitrine. Il me suivait de loin sur le bateau, prévenait le moindre de mes désirs et portait des charges si énormes – mes bagages, entre autres – que les matelots le considéraient avec grand respect.

Je n'avais certes pas imaginé qu'il me quitterait si soudainement Après quatre jours de traversée, tous les marins vaquaient à leurs occupations, et paraissaient fort calmes et détendus. La vigie s'endormit-elle en haut de son nid ? Personne ne prit-il garde à ce qui pouvait nous arriver ? Soudain, le long de l'*Ararinha azul* se glissa un vilain petit brick assez pressant, nous serrant de près – un corsaire anglais. Les pirates lancèrent leurs grappins et furent bientôt tous à notre bord.

De manière absurde, le commandant avait fait tirer au canon contre le navire pirate. Ces tirs endommagèrent gravement la coque du pirate mais aussi la nôtre, et l'issue de tout cela était fort incertaine ; cachée dans ma cabine, j'entendais les hurlements des assaillants ; ils étaient nombreux, mais avaient oublié un fait très important : les matelots de l'*Ararinha azul* étaient deux fois plus nombreux qu'eux, car un tel voyage s'effectue avec un fort équipage, ne serait-ce que pour entretenir la cargaison et s'occuper de l'importante voilure. Notre vaisseau était très vaste, muni d'une réserve d'armes impressionnante, tant les armateurs avaient été autrefois échaudés par d'anciens affrontements avec d'autres forbans plus expérimentés. Ce qui fit qu'après un combat acharné, une vingtaine de pirates seulement vivaient encore, n'ayant pas prévu qu'ils essuieraient feu si nourri. Même s'ils tiraient mal, nos matelots disposaient d'un arsenal énorme et de munitions en quantité. Jouant leur va-tout, les pirates essayèrent de descendre vers les cabines.

J'ordonnai pour la seconde fois à Aminadab de rester auprès de moi, et de ne sortir sous aucun prétexte : la seule chose qu'il pouvait faire était d'attraper un mauvais coup, alors qu'en restant à l'intérieur il pourrait nous défendre utilement jusqu'au bout. Mais en entendant que les pirates s'attaquaient à notre porte, il ne put y tenir et sortit. Les pistolets en main, il fit feu sur eux, en abattit deux, et fut hélas grièvement blessé par un troisième, qui portait un grand chapeau d'où s'échappaient des nattes graisseuses, enduites de suif. De mes deux pistolets, je fis feu sur cet homme hideux tandis que les hommes d'équipage tiraient sur les derniers hommes qui tentaient de faire intrusion dans les cabines. Dans un affreux vacarme de portes fracassées, les derniers coups de feu retentirent alors que cachée sous ma table je rechargeais inutilement mes pistolets.

Le commandant en personne vint s'assurer que je n'avais rien, me félicita pour ma hardiesse et me dit que malheureusement le médecin du bord n'avait rien pu faire pour Aminadab. Il venait d'expirer. Je manquai me trouver mal et pleurai à chaudes larmes. Quoi ! il avait fallu que cet homme bon, lui aussi, pérît dans des circonstances absurdes ? ! Pourquoi tant de gens qui m'avaient accompagnée mouraient-ils ainsi ? Pourquoi étais-je la seule à toujours survivre ? Je passai une semaine, cloîtrée dans ma cabine, à me poser ces questions. Enfin le médecin frappa à ma porte et voulut me forcer à manger. Je lui jetai à la tête les plats qu'il avait apportés.

C'est fort maigre, pâle et découragée que je descendis sur le port de Lisbonne. Plusieurs matelots furent chargés par le commandant de porter mes valises et mes coffres dans une auberge où je comptais attendre un bateau qui devait gagner San Sebastián puis Bordeaux et enfin Saint-Nazaire.

Assez sottement, je ne regardai pas beaucoup la magnifique cité de Lisbonne. C'est tout juste si je consentis à me laisser conduire au palais du régent João VI, qui s'était enfui au Brésil depuis quelques années déjà. L'occupation anglaise avait transformé le pays en une sorte de protectorat depuis qu'un général français du nom de Junot avait tenté d'enjoindre au gouvernement du Portugal d'appliquer les décisions du tyran français. Mais comme chacun sait, la mésentente entre tyrans est fréquente, et même s'il s'était jeté dans le giron de Sa Gracieuse Majesté britannique, le Portugal n'avait pas pour autant accepté de devenir un *dominion* anglais, si bien qu'à Lisbonne on complotait désormais contre les Anglais. Je fus donc presque bien accueillie, notamment par de jeunes guides issus de la noblesse appauvrie qui tous voulaient me faire visiter la ville. On ne cessait de me rappeler l'histoire du terrible tremblement de terre de 1755. Je remerciai les jeunes gens en leur disant que j'avais lu Voltaire et que je savais qu'on reconstruisait la ville depuis une cinquantaine d'années. Pour ces raisons, de somptueux bâtiments neufs émergeaient par endroits, sortant du sol tels des champignons sculptés, là où de beaux effets de l'art manuélin s'étaient écroulés. Il restait heureusement quelques témoignages de ce monde ancien et j'eus le temps de visiter le monastère des Jerónimos. Je contemplai les rigoureuses fleurs de pierre qui enjolivaient les arcades et me cachai à l'ombre pour méditer ou pleurer. Je demeurai une heure dans l'église et me sentis épuisée d'avoir marché : je m'endormis, assise sur l'une des magnifiques stalles en bois d'érable.

Les feuilles et les fleurs de pierre que je venais d'admirer s'agitaient, remuaient, se détachaient de la voûte à laquelle d'audacieux bâtisseurs les avaient accrochées, tombaient à terre et se répandaient en une infinité de morceaux qui émettaient de petits bruits cristallins. Une main me secoua doucement l'épaule, j'aperçus des azulejos bleus et jaunes, j'entrouvris les yeux et entendis une voix que je connaissais qui cherchait à me réveiller :

— Dona Flavia !

— Oui ? Qui est-ce ? dis-je, sortant du sommeil en me frottant les yeux et balbutiant quelques excuses.

Comment ce prêtre connaissait-il mon nom ? Je me levai et le suivis, quittant les stalles et essayant, dans la pénombre, de voir cet homme grand qui marchait devant moi et dont je contemplais les vastes épaules. Il me semblait reconnaître cette haute silhouette, même si cet homme paraissait avoir quelque soixante-dix ans ou plus. Nous passâmes devant un vitrail bien éclairé par le soleil, et une vive lumière jaune tomba sur sa robe violette. Un évêque... Mais je ne connaissais pas d'évêque !

— Qui êtes-vous, Monseigneur ? dis-je poliment.

Il se retourna à peine.

— Comment, Flavie, vous auriez oublié mon nom ? Je n'ose le croire !

Une sorte d'immense espoir me saisit. Je reconnus cette voix chaude, un peu moqueuse, que j'avais entendue autrefois en brésilien et que je découvrais maintenant dans un portugais plus chuinté, plus rapide. Mais ce n'était pas possible ! Ce n'était pas possible...

L'homme âgé se retourna et me fit face, bien éclairé maintenant par la lumière qui forçait les portes de l'église :

— Goffredo ! Le père Goffredo !

— C'est moi, dit-il.

Il souriait largement, l'air satisfait.

— Comme c'est gentil d'être venue me voir !

— Mais... pardon, je ne devrais pas vous le dire, mais... je ne suis pas venue vous rendre visite ! Je ne savais pas que vous étiez ici !

— Je le sais bien, Flavie ! Ne vous inquiétez pas.

— Père Goffredo ! Vous n'êtes plus dans la jungle, auprès des Wanauhia ? Vous ne vivez plus parmi les Gê ?

— Cela fait cinq ans que j'ai quitté le Brésil. A ma grande vergogne, je viens d'être nommé évêque. Je ne suis pourtant pas digne d'un tel poste... mais on a voulu me faire honneur, en prétendant que j'avais « évangélisé les sauvages ». C'est assez comique. Ce sont plutôt eux qui m'ont évangélisé ! Mais venez, Flavie, nous n'allons pas rester là dans cette église.

Il me conduisit dans ses appartements. Nous discutâmes comme de vieux amis. Il paraissait à peine plus âgé, toujours aussi tranquille et grand, portant la même courte barbe bouclée, et me regardant avec ce bon regard que j'avais tant apprécié lorsque nous l'avions rencontré chez les Wanauhia.

Je ne parvins pas à tout lui dire, mais lui résumai ce qu'avait été ma vie, en omettant toutefois les passages que je croyais scabreux, tels que mon union passagère avec un Indien de l'Amérique du Nord. Mais c'était stupide : il n'avait pas changé, même s'il était devenu évêque, et c'est sans aucun préjugé qu'il abordait toutes les questions, comme un homme qui n'est capable que d'amour et qui se refuse à tout jugement.

A ses yeux, ce qui comptait, c'est que j'étais restée libre, et vivante. Il ne voulait rien savoir d'autre.

— Ce qui est beau, me dit-il, c'est la Création de Dieu. Chacun doit se préserver, vivre et essayer de rester libre. Lorsque nous nous aimons, nous préservons quelque chose de beau dans le monde. L'homme et la femme, tous les humains devraient se considérer comme ces fleurs rares que sont les orchidées, que tant de gens veulent élever en serre... C'est l'être humain qu'il faut préserver. Tout l'être humain.

— Je n'ose pas vous dire, Monseigneur...

— ... Goffredo. Je m'appelle toujours Goffredo.

— Je n'ose pas vous dire, Goffredo, tout ce que j'ai enduré. Je suis libre, et riche, et presque jeune, et toujours belle, mais je ne sais comment j'ai pu rester en vie ! Il y a quelques semaines encore, un homme qui m'accompagnait, et qui s'appelait Aminadab, est mort sur le bateau en cherchant à défendre nos vies. Tant de gens ont péri autour de moi que j'ai cru que j'étais entourée d'une sorte de malheur ou de malchance. Pourquoi souffrons-nous tant ? Pourquoi tant d'hommes meurent-ils ainsi, comme des insectes, et sans avoir eu le temps de rien demander ? !

— Flavie, ma chère amie, je suis en désaccord avec vous. Ce que nous avons demandé, tout d'abord, c'est cette vie. Cette vie-ci, celle que nous vivons. Nous l'avons choisie. Venez au-dehors, là, sur le balcon. Regardez par ma fenêtre. Voyez-vous ces centaines de gens ? Ils ont choisi. Ils choisissent tout, à chaque minute. D'autres gens choisissent de souffrir, de tuer, de vivre sans amour, sans générosité. Eux aussi choisissent. Nous sommes les maîtres de notre vie. Dieu nous laisse libres, Il n'intervient pas. Il a créé l'Harmonie Universelle pour nous permettre de trouver dans chaque vie ce qui convient à notre épanouissement. Et au bout de plusieurs existences, parfois beaucoup, nous Le rejoignons et nous nous unissons à lui dans Sa Lumière.

— Comment donc ? Vous croyez vous aussi que nous avons plusieurs vies ? Beaucoup de vies ? Les Indiens gê eux aussi croyaient cela !

— Oui, c'est vrai, ma religion s'est un peu modifiée à leur contact ! Mais je vous ennuie, à discuter avec vous de théologie... de philosophie...

— Vous ne m'ennuyez pas du tout. Savez-vous qui j'ai rencontré, en Amérique du Nord, lorsque je me trouvais dans les Montagnes Rocheuses ?

— Non, je l'ignore !

— J'ai rencontré Ale-te-heia. Il était là-bas. Je ne sais pas comment c'est possible, mais il était là-bas. Il m'a conseillé de partir vers le sud, et m'a dit que les Indiens chez qui je me trouvais allaient mourir. Je crois qu'il aurait voulu les guider, les sauver...

— Cela ne m'étonne pas. Cet homme était partout. Chaque fois que j'ai eu besoin de le rencontrer, il était là. Ne me demandez pas comment cela lui était possible ! Mais il était toujours là quand on le voulait.

— N'avez-vous jamais pensé que c'était une sorte de guide, ou de messager de Dieu ?

— Si, bien sûr, je l'ai pensé. Mais en tout cas, c'était un Indien, qui vivait parmi les Indiens, qui s'occupait du sort des Indiens. Aurait-il été, ailleurs, un messager divin ou un simple sorcier ? Je ne sais... En tout état de cause, il était capable de choses extraordinaires. Je l'ai vu guérir des gens, raccommoder des tribus qui se faisaient la guerre, s'extraire de situations impossibles... Il possédait des dons merveilleux. C'est lui qui devrait être évêque ici, et non pas moi !

— Vous plaisantez...

— Non, pas du tout. Les Eglises, les religions ne reconnaissent pas les hommes saints, ou rarement. Tout au mieux, elles en font des icônes.

— Et vous, père Goffredo, ne feriez-vous pas une belle icône ? !

— Ah, moi... bah, qui cela peut-il bien intéresser ? Je suis juste un vieux prêtre qui a vécu parmi les Indiens, et qui y a gagné en tolérance et en sagesse.

Tandis que nous devisions, le soir était tombé, et le soleil s'était couché sur Lisbonne la magnifique. Dans le lointain, j'aperçus les remparts du castelo São Jorge et je vis miroiter les eaux du Tage. Je me sentis belle, apaisée, parfaite.

Le lendemain je revis encore le père Goffredo et lui fis mes adieux. Il me recommanda de prendre soin de moi et d'être prudente : une jeune femme voyageant seule et pourvue des plus grandes richesses ne peut qu'attirer les convoitises. Il me conseilla d'écrire une lettre à Francesco et Inaua, pour les rassurer sur mon sort et leur dire que je serais dans quelques semaines en France dans le tout nouveau département de l'Allier, et que je voulais être présente lors de leur mariage : Inaua m'avait dit qu'elle souhaitait épouser Francesco.

Il me vint alors une lubie que j'ai par la suite amèrement regrettée. Alors que j'avais prévu de rejoindre mon pays par la mer, j'entendis parler d'une petite expédition qui se rendait en France par les terres, allant d'abord à Porto puis en Espagne et traversant ensuite la France par les Pyrénées. Je ne connaissais pas du tout ces contrées et j'avais fort envie de les découvrir. Et puis, que diantre ! Si j'avais franchi une partie des Montagnes Rocheuses, je n'aurais pas grand mal à franchir les Pyrénées... Je venais d'apprendre que le marquis de Bosquital, féru de botanique et amateur de voyages, avait décidé d'entreprendre ce périple. Je n'écoutai que mon audace et lui fis porter une lettre, dans laquelle je proposai de financer une part de son expédition à condition que l'on voulût bien de moi jusqu'en France. Lorsque nous serions à Pau ou à Tarbes, me disais-je, il ne me sera pas très difficile de gagner le centre de la France et de trouver quelques valets et cochers pour m'accompagner. C'est ainsi que je renonçai à ma place sur un navire de Sa Gracieuse Majesté britannique, et fus acceptée avec enthousiasme au sein de l'expédition de M. de Bosquital.

— Ah, Madame, vous au moins avez voyagé... vous avez découvert des terres pratiquement vierges. Nous ne sommes, nous autres, que de piètres arpenteurs qui retraçons les sentiers des pâtres et des chasseurs.

Le fils du marquis, le jeune Eduardo de Bosquital, qui devait approcher des vingt ans, venait de me parler avec quelque dépit, mais aussi pour que je fisse attention à lui. C'était un fier et beau jeune homme, qui me parut assez cultivé, mais aussi, hélas ! comme souvent à cet âge, fort prétentieux et fat. J'acceptai cependant sa conversation et devisai avec lui tandis que nous chevauchions sur les routes qui menaient à la frontière espagnole. La veille, nous nous étions arrêtés dans les caves qui sont voisines de la ville de Porto, et avions goûté quelques-uns des nectars connus pour être l'apanage de cette ville. Un vin capiteux et vieux de cinquante ans d'âge nous avait été servi, puis un petit apéritif blanc, vif et coquin, qui m'avait mis le cœur en joie. J'étais donc un peu fatiguée mais encore alerte, et j'avais remarqué que son père, le marquis Lazio de Bosquital, n'appréciait pas de me voir parler avec son fils plutôt qu'avec lui. Je n'en eus cure et demeurai donc au côté de ce bel oison. Nous franchîmes bientôt la frontière, et tout notre équipage passa sans encombre, non sans qu'une malle eût été fouillée par les douaniers, qui étaient accompagnés de quelques grenadiers français. L'Espagne était bien gardée puisque l'horrible Napoléon avait trois ans auparavant imposé son frère Joseph sur le trône, chassant le Bourbon et écrasant le peuple sous un joug de fer et d'airain.

Il n'était donc pas étonnant que de temps à autre nous rencontrions des troupes françaises sur le qui-vive, harcelées qu'elles étaient souvent par des partisans espagnols.

C'est dans une région où sévissait une sorte de *guerilla* que nous passâmes d'abord, trouvant même sur notre route quelques villages brûlés. Ceci me rappelait trop les diverses horreurs que j'avais pu voir les années précédentes, notamment en Haïti, et je commençai à regretter d'avoir songé à franchir les Pyrénées : il eût peut-être été sage de me renseigner d'abord précisément sur l'état dans lequel se trouvait l'Espagne ! Mais je n'y avais guère pensé.

Nous trouvions donc de pauvres auberges, où il n'y avait souvent rien à manger. Notre troupe, d'une vingtaine de personnes, était surtout composée de savants, de nobles messieurs et de valets, qui tous ne brillaient guère dans l'art de l'escrime, et nous eussions vite été débordés si une petite troupe un peu décidée avait voulu nous rançonner.

J'en étais là de mes réflexions lorsque nous atteignîmes un relais qui était juché en hauteur au-dessus de la route de León, sur les premiers contreforts des monts Cantabriques. Nous espérions ainsi éviter Burgos en passant au nord, traverser Vitoria puis Pampelune, et de là franchir les Pyrénées. Le marquis de Bosquital avait décidé de s'y arrêter et de recueillir de nombreux spécimens de la flore pyrénéenne ; il espérait qu'à son retour ses communications lui feraient obtenir une place enviable à l'Académie des Sciences de Sa Majesté le roi du Portugal – s'il y avait de nouveau un monarque ou un régent quand il rentrerait.

Jusqu'à Pampelune, tout se passa presque normalement, c'est-à-dire que nous pûmes éviter les régions où l'on se battait et ne pas nous faire attaquer par des bandits de grand chemin. Nous eûmes le temps d'assister à une corrida à cheval qui se déroulait dans cette ville superbe, et c'est de fort bonne humeur que nous prîmes les chemins du nord alors que les premiers frimas se faisaient sentir.

Nous passâmes alors trois jours sur diverses pistes de terre, nous protégeant de la poussière du mieux que nous pouvions, cache-nez sur le visage et chapeaux enfoncés jusqu'aux yeux. Tout le monde se plaignait, toussait et renâclait. Puis nous atteignîmes les sentiers de montagne et chevauchâmes lentement, prenant garde à ne pas effrayer nos montures. Un étroit chariot tiré par deux mules suivait la mienne, portant mes bagages et toute ma petite fortune. M'étant portée à l'avant de la colonne, je devisai avec le marquis de Bosquital, qui avait réussi à reléguer son fils à l'arrière...

— Madame, dit-il d'un air las, je me dis que j'ai eu tort d'entreprendre cette expédition si tard dans l'année, en pensant qu'il serait intéressant du point de vue scientifique de poursuivre mes investigations durant l'hiver et le printemps. Car le vent d'automne me...

Il n'eut pas le temps d'achever sa phrase : une détonation venait de retentir et, ahurie d'épouvante, je me cramponnai à la bride de mon cheval qui menaçait de sauter dans le ravin. Toute l'épaule du vieil homme était en sang, sa tête tomba soudain contre sa poitrine et je vis un flot de sang jaillir de son front. En quelques secondes, son habit gris perle et sa cape brune étaient devenus écarlates. J'allais appeler son fils à l'aide, tandis que derrière moi je constatai le plus grand désordre, chacun rebroussant chemin dans la pente, lorsque plusieurs coups de feu éclatèrent à nouveau. Je ne sais pas avec quoi l'on tirait sur nous, mais cela faisait un bruit de tonnerre. Je vis plusieurs de nos messieurs tomber comme pantins à la foire et se coucher disloqués sur l'encolure de leur cheval.

Alors que je m'étais cachée derrière un rocher, plusieurs bandits descendirent vers nous, affublés de grands chapeaux, avec à la main de longs fusils et leurs affûts. C'était avec ces armes d'autrefois qu'ils venaient de nous tirer comme du gibier. L'un d'eux, une grosse canne noueuse à la main, semblait diriger les autres. Tous portaient des gilets en peau de mouton, comme des bergers. J'allais tenter de prendre mes pistolets dans le petit chariot qui se trouvait à quelques pas de moi et me précipitai pour quitter mon abri. Soudain, l'un de nos valets surgit devant moi et me mit un couteau sur la gorge. Nous étions trahis.

— Suffit, Noak ! Laisse cette femme.

— Mais elle...

Le valet qui m'avait menacée avec un couteau voulut protester. Il reçut un coup de canne. Le chef des bandits le traita comme un chien, et lui parla dans une langue que je ne connaissais pas, belle et très gutturale.

A ce moment, le jeune fils du marquis se dressa, l'épée à la main. Une dernière détonation éclata. Il fut tué sur-le-champ. En un clin d'œil, plus de la moitié de notre expédition avait été décimée. C'en était trop pour moi. Secouée par les détonations et par la mort de tous ces hommes, je me mis à pleurer nerveusement, et me sentis si désemparée que je demeurai là, par terre, prostrée, muette.

Les bandits prirent avec eux trois valets qui nous avaient trahis, leur confièrent des fusils et commencèrent à fouiller nos bagages. Lorsqu'ils virent les filets à papillons et les boîtes à herbiers du marquis, ils se mirent à rire et les jetèrent dans le ravin. Mais lorsqu'ils virent mes affaires, ils prirent tout, tissus, écharpes, capes, gants et ceintures, et s'en félicitèrent beaucoup, jusqu'à ce que soudain un grand silence se fît : ils venaient de découvrir, sous mes bagages, deux petits coffres. En un tour de main, ils firent sauter les serrures, découvrirent mon or et mes bijoux. Le chef des bandits émit un sifflement admiratif. Ses hommes étaient pantois. Il se tourna vers moi :

— La prise est belle, dit-il en espagnol. Qui êtes-vous ?

— Je suis une dame d'origine française et je viens du Brésil. Je rentre dans mon pays.

— Avec une pareille fortune dans un chariot ? ! Vous êtes une espionne. Un agent de Napoléon.

— Certainement pas, dis-je, indignée. J'ai ce tyran en horreur. Si j'étais une espionne, je ne repasserais pas la frontière en direction de la France : j'aurais distribué cette fortune en Espagne !

— C'est ma foi vrai... Mais d'où vient cet argent ?

— J'ai fait fortune au Brésil. Je suis très riche, malheureusement.

— Pourquoi « malheureusement » ? sourit-il. Nous, nous étions affreusement pauvres il y a quelques minutes !

Il fit un signe à ses hommes. L'un d'eux s'approcha, et dit que l'on pouvait peut-être m'utiliser pour le plaisir, puis me tuer. Le chef lui asséna un rude coup de canne sur l'épaule.

Cet homme en gilet de berger devait être un de ces partisans basques qui parfois descendaient des montagnes pour harceler autant les Français que les Espagnols. A l'évidence, son sens de l'honneur lui dictait de ne pas me violer ni me tuer. Ils jetèrent les cadavres des Portugais dans le ravin, entassant par la suite sur eux quelques grosses pierres. Ils prirent tout, or, vêtements et chevaux, puis me laissèrent seule, avec deux valets blessés. Les autres hommes de notre expédition s'étaient enfuis.

Je fus secourue par une bergère qui prit chez elle mes deux compagnons et les fit dormir avec ses moutons. Ils furent soignés et nourris. J'appris que souvent des brigands montaient des embuscades sur ces sentiers et rançonnaient les voyageurs. La jeune femme me tendit une houppelande et je l'embrassai sur les deux joues. Elle m'avait conseillé de repartir vers Pampelune. A l'inverse, je repris la direction des montagnes.

Hébétée, sans doute plus choquée que je ne voulais le supposer, je marchai durant des semaines, prenant parfois des sentiers fort difficiles, échangeant mes bagues contre un quignon de pain frotté d'ail ou contre un abri pour quelques nuits. Je racontai volontiers aux bergers ou aux fermières ce qui m'était arrivé. On me donnait un lit, une soupe, un peu de chaleur devant l'âtre. Jamais je ne rencontrai autant de gens bons et accueillants que dans ces montagnes. Lorsque j'expliquais que je songeais à me rendre dans le centre de la France, malgré ce qui venait de m'arriver, on me donnait quelquefois un fichu, des galoches, un parapluie. Lorsque je parvins de l'autre côté des Pyrénées, c'était déjà l'hiver et je grelottais de froid. Je n'avais plus rien, à part ce qu'on m'avait donné dans la montagne. C'est par miracle que je parvins saine et sauve à Saint-Jean-Pied-de-Port. Là, de bonnes religieuses me donnèrent le gîte et le couvert durant huit semaines, à condition que je consentisse à m'occuper des malades avec elles. Il y avait là quelques enfants tous plus ou moins infirmes. L'un d'eux ressemblait à mon Francesco. La nuit, je pleurais calmement et priais pour me donner du courage. Ah, mon Dieu ! fasse le ciel qu'un jour ma lettre de Lisbonne parvienne à Francesco, et qu'il me fasse rechercher en France...

L'unique solution qui me restait en quittant ces nonnes était de me rendre à Pierrefitte, dans l'Allier, là où j'avais dit dans ma lettre que je me trouverais, puisque j'avais affirmé que je songeais à retrouver des traces de membres de ma famille, s'il en subsistait encore.

Je me rendis à Tarbes, demandant une entrevue avec l'évêque, en espérant qu'un homme d'Eglise, entendant mon surprenant récit, m'aiderait peut-être à rejoindre la région du Bourbonnais. Mais il refusa de me recevoir. Je croisai alors surtout des gens qui vivaient sur les routes, chemineaux ou négociants, et qui bien sûr ne pouvaient croire qu'une riche dame ayant fait fortune au Brésil pût se retrouver dans une situation aussi navrante. Je renonçai donc assez vite à conter mon histoire, même en l'enjolivant et en essayant de la rendre vraisemblable : les histoires vraies ne sont pas vraisemblables, et les gens ne veulent bien écouter des histoires vraies que dans certaines conditions. Je décidai donc de demander un emploi dans divers endroits. A Pau, je me fis engager comme bibliothécaire et y restai six mois, le temps d'accumuler un petit pécule et habitant, comme une vieille veuve, une modeste chambre de bonne. On louait ma culture et mon beau parler, on me priait de rester dans cette ville, on s'étonnait qu'une dame de qualité telle que moi eût besoin de travailler. J'attendis l'été et, contrairement à la cigale de la fable, ne chantai point. Lorsque vint le mois de juin, je repartis sur les routes et pris des diligences, des calèches ou même des chariots. Je finis par me trouver à Moulins au début de juillet.

Je n'avais plus d'argent. Je me rendis à Pierrefitte, espérant que peut-être quelqu'un me reconnaîtrait et voudrait me venir en aide : j'étais évidemment prête à me faire héberger et à rembourser par la suite tous les frais qu'on aurait engagés pour moi. Mue par une impulsion assez stupide, je me présentai au château, là où ma famille avait vécu. Je n'osai pas dire mon vrai nom et je déclarai simplement que j'avais connu la famille qui vivait là autrefois ; j'en étais, précisai-je, une lointaine cousine, une demoiselle de La Roche-Dragon. J'étais la cousine du marquis du Chambon.

Le nouveau maître des lieux, un marchand de grain originaire de Moulins, qui avait dû acheter le domaine après la Révolution, écouta mon beau parler, mais vit surtout ma houppelande. Il ignorait que je n'étais point du tout une cousine éloignée, mais bien l'une des filles de la maison. Donc il me fit chasser, non sans avoir dit :

— Si vous étiez ce que vous prétendez, ma petite dame, vous sauriez au moins que vos cousins, Joachim et Bertrand du Chambon, sont morts ! Et vos cousines itou. Morts et mortes depuis longtemps !

— Morts ?...

Je me mis à sangloter et répétai :

— Morts... mais comment ?

— L'aîné a été guillotiné. L'autre a péri pendant l'insurrection à Lyon, je crois bien.

Mes frères étaient morts. Mes sœurs ne vivaient plus. Je n'avais plus personne ici. Je ne parvenais pas à cesser de sangloter et j'étais si secouée, si misérable, que je me rendis à l'église et demandai à voir le prêtre. Sa servante m'accueillit et, voyant mon état, me servit un bol de soupe. Le curé, M. Allain, rentra chez lui le soir et me trouva là, presque endormie sur son canapé. Il me demanda ce que je faisais là. Je lui racontai mon histoire. J'y passai la moitié de la nuit.

Il m'écouta. Il me crut. Il m'indiqua même que Joachim était décédé durant les massacres dont Ville Affranchie, c'est-à-dire Lyon, avait été le théâtre. Quant à mon autre frère, il ne savait pas. Mes deux sœurs, pour leur triste part, avaient dû être tuées au château ; c'était du moins ce qu'il croyait.

Il affirma que j'avais besoin de me faire entendre, de me faire connaître, et que je devais écrire l'histoire de ma vie jusqu'à présent, la publier, la faire aimer, et que peut-être pour ce beau roman je serais appréciée ou aimée.

— Nous avons tous besoin d'être aimés, dit-il. Restez ici quelque temps. Ecrivez votre histoire.

C'est donc ce que je fis. Mais, alors que pourtant j'avais promis à ce prêtre de l'indemniser un jour pour tout le mal qu'il s'était donné pour moi, je me sentais honteuse, car pour une fois dans ma vie, il me fallait non plus donner, mais recevoir. Je vis que j'avais beaucoup de peine à recevoir, et que je souffrais terriblement de n'avoir plus rien à donner.

— Il vous faut simplement faire un effort, dit-il. Le Seigneur Jésus-Christ a beaucoup donné, mais Il a aussi beaucoup reçu. Il a multiplié les pains et les poissons qu'on Lui avait donnés.

Je ne savais trop comment interpréter ce qu'il me disait là, mais je me dis que j'étais bien sotte. Après tout, cette main avec laquelle j'écrivais mon histoire ne servait pas qu'à écrire. Le lendemain, c'était dimanche. En attendant la sortie de la messe, je songeai à Francesco et à Inaua qui étaient là-bas, si loin de moi. Je me dis qu'ils allaient sûrement venir me chercher ici. Ne leur avais-je pas écrit ?

Alors, m'asseyant sur le parvis de l'église, je tendis cette main et demandai l'aumône.

DU MÊME AUTEUR

LA COULEUR DU SOIR, roman, Aubépine, 1985

COUS COUPÉS, roman, Intertextes, 1989

LE PUITS DU TEMPLE, nouvelles, Climats, 1992

TIERCE PERSONNE, roman, Climats, 1993

LE ROMAN DE JEAN COCTEAU, essai, L'Harmattan, 2001

Composition Nord Compo
Impression Firmin-Didot mai 2004
Éditions Albin Michel
22, rue Huyghens, 75014 Paris
www.albin-michel.fr
N° d'édition : 22390. – N° d'impression : 68244.
Dépôt légal : juin 2004
ISBN 2-226-15099-4
Imprimé en France.